2017中国年度中篇小说［上］

中国作协《小说选刊》 选编

漓江年选 ■ 品质阅读 ■ 恒久珍藏

漓江出版社

目 录

contents

[上]

[下]

银子岩

姚　辉*

窝　棚

银子岩东面的石壁上，刻着一幅比较潦草的窝棚图。数一数，那杉木搭就的窝棚大致由二十九道划痕组成：尖顶，有些歪斜，一根黑木支棱着，逼出四望茫茫的天光。棚上，盖着些杂乱的老麦草——或许也可能是茅草，以及其他什么。窝棚正面高悬一细篾窄帘，很破旧的样子，微卷，经不起太多遐想。然后，你会看见窝棚左侧伸出来根长竹竿，上面挂个黑乎乎的黑东西，人说是个铁风铃，仔细一看，还真的就是个风铃。铁打的叮当声，似乎响着：叮当，叮当，似乎很舒朗，也或者，很密集。

谁也说不清这窝棚图是谁刻在岩壁上的，也不知道刻凿的具体时间。但很久很久以来，银子岩黑黢黢的岩影上就日复一日地颤动着这幅嶙峋斑驳的窝棚图了。喜欢捻着白须半闭着双目说话的许不疾老夫子常半闭着双目说：“窝棚图？那可是上了麻河县县志的，那也是上过不少书的。前些年还有不少人专门跑来，撅着屁股在银子岩上反复拓印那图呢。”

---

* 姚辉，汉族，1965年生于贵州仁怀。中国作家协会会员，贵州省作家协会副主席。曾参加1999年《诗刊》社“青春诗会”。出版诗集《两种男人的梦》（二人集）、《火焰中的时间》、《苍茫的诺言》、《我与哪个时代靠得更近》（中英对照）、《在春天之前》、《另外的人》，散文诗集《对时间有所警觉》，小说集《走过无边的雨》等，部分作品被译成多种外国文字。

许不疾老夫子的樟木箱底里，就存着一张古旧的窝棚图拓片。

已经过去了八十多年，许不疾老夫子仍记得送拓片者说过的那些含含糊糊的话。那些话有什么含义呢？许不疾老夫子捻着白须，想了又想。

银子岩下，斜着一大溜弯曲的街。

许多年前第一个在银子岩下小土包上搭窝棚的那人，肯定是很难预见到而今眼下这一片人烟缭绕的场景的。

这片街叫望前街，是麻河县大岗乡政府所在地，计有三百零九户人家，三十六个姓氏，一千六百多人丁（许不疾老夫子喜欢把人口叫作人丁)。为啥叫“望前街”？望啥子“前”？许多人都会对问询的人木然一笑。许不疾老夫子也总木然笑笑，但笑得好像颇有些值得笑的深意在焉。

望前街有九个大姓，曰：赵钱孙李余夏胡张许。许不疾老夫子的姓氏按人丁数排在倒数第一。“但我们许家是最早落籍在银子岩下的，有祖坟山上的碑刻为证。”许不疾老夫子说。许不疾老夫子最近身体有些微恙，他信不过那些花花绿绿的西药片，便自己去山埂上扯了些草药熬着喝，好像渐渐喝出了些许名堂来，话音间，总闪着点绿油油的野意。

许不疾老夫子快一百岁了。“银子岩上的窝棚图好像残了一块，是被黑鸟啄的吗？望前街的人可要留心了，窝棚图还会残下去的……”许不疾老夫子接着说。

“我要把那成卷成卷的白云，选一些刻在银子岩上去。”许不疾老夫子又说。

窝棚图上方的岩壁上，镀着一道凛冽的晨光。

赵大黑在银子岩下的枯草丛中找寻着什么。草深且乱，赵大黑找寻着，显得有些伛偻。

赵大黑是望前街的首富，长得虚胖了点，半张脸也常露出五十元版人民币般浅浅的色泽来。前些年，赵大黑和他的两个儿子开了家理发店，独门生意，好做，又兼卖点散酒油盐茶烟糕点之类，渐渐就有了不少积蓄。积蓄到了一定时候，赵大黑瞅个空，一猛子扎到县城，带了几个袅袅婷婷的按摩女回来，又重新打下了一方香艳的天地。他家的霓虹灯是望前街最早的霓虹灯，他家后檐下田角里扔弃的口红、套子，及其他什么也是极为嫣红姹紫的……时不时，一个咧着嘴从霓虹灯下闪出的年轻人被他母亲一把死死揪住，再被一直骂过街角。赵大黑就站在二楼的阳台上，就着灰暗的天光，打一个饱嗝，再扬一扬手中也学得骂骂咧咧的鹦鹉，将半盏绿茶，慢慢嚼进肚里。

风，卷过银子岩。杂草丛里的人影，一晃一晃，似被抹了层薄油在上面。赵大黑抬起头，看见了不远处的二儿子赵好。

“找什么蛇皮？蛇毛都没得一根！”赵好说。

“给老子再找！”赵大黑说。

那就再找。

“爹！爹！这里有长蛇蜕的皮壳……”一个声音从岩头边撞出来，是大儿子赵浪在喊。

赵大黑很高兴。拨开杂草，赵大黑和赵好爬到赵浪身边，张了眼，向岩头上望去。

一张窄窄的蛇皮，正被风声，斜钉在窝棚图右侧的石坳缝里。

木 剑

钱二喜欢把胖胖的身子搁在竹凉板沙发上，听戏。

听老川戏。“咿呀”一声，铜锣在悠长的咏叹里打着旋，钱二搔搔头皮，瘦手舒卷，将望前街的黄昏，叩出一片合辙押韵的颤响。

钱二跟着影碟机在唱：

一群黑蚁嘛过九州，万只黑蚁哟起高楼。

凭谁试问那黑蚁事呀？浊酒一杯说沉浮。

据说这剧目叫《黑蚁传》，是清初传下来的戏了。戏很老套，一副才子佳人悲欢离合之类的旧貌，但因为有了一窝黑蚁为戏中事做见证，调子便牵心扯肺的，有些抓人，与平素听惯的川戏有着绝大不同。而且，《黑蚁传》的故事据说就源自望前街所在的麻河一带，所以当地及周遭的人大多能哼上几句，但也大都哼得很零碎。

钱二对此戏却是倒背如流，可以唱全本，唱得也丝丝入扣。钱二是个戏篓子，杂七杂八的，篓里什么戏都装一点，然后，再装一点。据说钱二唯一一次在望前街的元宵灯会上上台表演川戏，唱的就是这出《黑蚁传》。

钱二唱《黑蚁传》时，手里握着柄木剑。

木剑微弯，是榆木做的，剑柄上刻着道粗粝的蛇形纹。

其实《黑蚁传》原剧情中是没有木剑的，但钱二认为该有，满世界找了又找，还真巧，一场大雪压塌了山墙外的牛圈，钱二便从扼断的牛圈梁上找来了这把难辨来由的榆木剑。

剑很趁手，沉沉的，攥在手里，舞一回，仿佛那一声声"咿呀"，也被舞出花来了。

剑气荡然，大家齐声喝彩不止。

许不疾老夫子从剑影里，却窥出了许多暗黑的蹊跷。

办元宵灯会出钱最多的人是赵大黑，就是他生拉活扯让钱二登台表演川戏的。钱二和赵大黑是连襟儿，就着一个锅吃过饭望过明晃晃的太阳。当然，钱二也是在赵家溢彩的霓虹灯影里穿梭得比较多的人——满嘴川戏的钱二，也帮着赵大黑沿山绕水地找过蛇皮，他还真找到过四张非常完整的蛇皮，一张是菜花蛇的，一张是乌梢蛇的，另外两张，都是水蛇的。

赵大黑从初秋一直找寻到冬末，总算把需要的十二张蛇皮找齐了。他要配一服药，十二张蛇皮只是药引子。按照孙医生孙眼镜的说法，找齐十二张当年蜕下的完完整整的蛇皮，再配上他孙家的独门秘药，赵大黑的“尿虚症”便可治而愈之。

赵大黑拎着皮纸卷裹好的十二张蛇皮出门去找孙眼镜时，钱二刚好来到姓赵的霓虹灯下。赵大黑看了钱二一眼，说：“我要去药店抓药呢。”钱二说：“你去你去，我剃个头就过来。”

钱二剃完头还没来得及直起身子，赵大黑已拎着三大包药回来了，脸色有些黑。“怎么了？”钱二问。“狗日的眼镜！说这药每月必须吃三服，每服吃十天，最少要吃十二年呢……”

钱二差点伸出了半条舌头。“那就吃嘛，只要病好就行。”钱二说。

“好个尿！狗日的孙眼镜，想把我熬成老药罐！”

恰好大儿子赵浪从里屋出来，便接了父亲手里的药，说：“管他呢，只要能治病，吃十二年就吃十二年。”然后进屋，找药罐熬药去了。

“你说孙眼镜是不是在涮我的坛子，丢我的吊钱，让我上当？”赵大黑盯着钱二问。

“可能是，”钱二说，“更可能也不是。”

“呸！你等于没尿说！”赵大黑说。

“但药当吃还是要吃，病在你自己身上呢，别人又替你剐不下来。”钱二又说。

许不疾老夫子总记得那柄木剑中隐含的某种光芒。

许不疾老夫子翻出八十多年前送他窝棚图拓片的人离开银子岩前留给他的几页毛边纸，又一次在纸上，看见了曾被钱二舞得有些怪异的那把木剑。

那人也姓许，却一直未说出自己真实的名字。那时，望前街还被叫作“守银坡”，坡上只有数十户人家，东家做面条西家熬黄糖的，也有些街道的模样了。那人在银子岩上前前后后转悠了三年多，乡人对他早就熟悉了，都叫他“老许”，也大都知道他岩前岩后转悠的目的。看他转悠得久了，有人就打趣道：“老许老许，银子从石缝里冒出点叶尖儿来了没？”

老许有些赧然，冲银子岩打个哈哈，就算答过话了。

那时，跟着老许在岩上转悠得最多的，就是十多岁的少年许不疾。许不疾是个孤儿，一个人在岩壁下的草棚里住着，虽族中也有人不时照顾着他，但却少了其他孩童需要接受的种种严格管束，所以就每天跟着老许爬岩。除了爬岩，老许也没有其他更多的事可做，于是就给许不疾讲古，摆龙门阵冲壳子，教他识字。没想到许不疾还真认识了不少字，据说很快就比守银坡已上了九年学的李明久认字还多，真不知人家老许是怎么教的。

后来，临走了，老许将窝棚图拓片和几页毛边纸交到了许不疾手里。

老许对许不疾说起了木剑之类的事。

“我是在到银子岩的第一个夜晚丢失这柄木剑的。”老许指着毛边纸上的图案，对许不疾说。“……我在这里找了三年多了。别人以为我是在找岩隙中的银子，是的，我想找银子，但我更是在找我丢失的木剑。”许不疾看着老许有些戚戚的脸。四周一片静寂，好像有老枭在什么地方，吐吐舌头，啸了一声。

老许说：“这是我们家传了很多代的木剑，它与这座银子岩有关。”

许不疾觉得老许的故事有些无聊。“不就是说银子岩里藏有大量银圆的事么？守银坡的人哪个不知道这事？”许不疾说。

“是的，大家都知道，祖祖辈辈都知道，但是没有人能找到那些银圆！没有人！已经找了多少代了，没有人能找到！”老许说，“除非能辨认清楚木剑上隐含的秘密。”

“你看，这剑柄上有个让几辈人都猜不透的蛇形图案。这是我先祖画的——我先祖最明了银子的事了——虽然与剑柄上的原图没有差别，但你要看过真正剑柄上的图案才会知道它有多神奇——你不管朝哪个方向转动木剑，那蛇芯都始终正对着你。”老许说。

老许说："找不到木剑，对不起祖宗，更不消说还要想法子去寻那些银子了。我想先回老家去一趟，你替我留心着，看能不能寻着那剑，我会很快回来的。"老许将叠好的几页毛边纸塞在许不疾手中。

草棚顶掉下只虫子来，好像被油灯的火倏地燎了一下。

望前街

望前街被叫作望前街，是民国后的事了。

这之前，这个地段一直被称作守银坡。"守银坡"的叫法源自何年，已不可考。但若说是起自许氏先人在银子岩下搭窝棚不久之后，应当是说得过去的。

许氏先人为什么会卜居于此？当然是为了那些传说中的银两喽。守银守银，守的是一种找到银两的机会，守的，就是银子呢。

首先，当然是要守住那座高高大大的银子岩。

银子岩是一片绵延峭拔的岩壁。站在望前街头，你必须仰着头转上小半圈，才能看清它的大概来。银子岩当然是比较经得住看的，看久了这白光闪闪的岩石，或许你也会生发出无数的遐思——不过大约所想仍然与那些子虚乌有的银两有关吧。

而许不疾老夫子是从来不会将那成摞成摞的银两乌有化的。他的祖先最早来到这里，在岩壁下的山包上搭出本地第一个窝棚，他们把一种坚韧的守望刻在子子孙孙的血脉里，他们的灵肉中滚动着一大片银子般闪光的陡峭岩石……然后，再有人循着银子的传说聚过来，也在坡头坡脚搭起更多的窝棚。也许，某一天，有人看着四起的炊烟，就随口说，这地段，该有个名字了，既然大家都是冲着那些银子守在这里的，干脆就叫守银坡吧。然后，有人咽气了，酸软的手自银子岩周遭无望的静寂中滑落下去；有人出生，呜哇一嗓子，哭出满天霞彩。你不能说这一切均与银子无关，你不能说因为这纠缠无尽的生生死死，那些银子就应当被忽略，被遗忘，被诅咒，被责难，被唾弃……

更何况，许不疾老夫子还看见了那剑。

是的，他花大价钱从钱二手里买下了那柄榆木剑。

他拿着木剑在窝棚图下的岩壁边，走着。

这是一片谁都熟悉、谁都诅咒过的偌大岩壁。九大姓，三百零九户人家，一千六百多口人丁，如果加上坟地里腐烂的那些累累骨殖，望前街这近三百年来，已有数万人被银子们缠裹过、撕扯过、煎熬过、伤害过了。

还有那些从外地跑来临时碰碰运气的人，多则数年少则数月甚至数天，他们风尘仆仆而来，在守银坡上安顿好自己的脚步，把自己的渴求混入早就守在这里的人群的渴求中，然后，失望地离开，或者死去。

老许离去已八十多年了。老许一去不回，像一个比银子更虚渺的传说，也像是泊在泥泞中的半抹花影，被风一吹，噗地一闪，就消了影迹。

但望前街没有人比老许更了解、熟悉银子岩，他说他是扛着银子岩的秘密前来找寻银子岩的，这个最早拓印窝棚图的人，这个住在许不疾草棚中仿佛一天到晚都嗅着银子岩深处银两气息的人，对银子岩上的每一处罅缝、每一个洞穴、每一道沟痕、每一丛林木均斤斤计较，知根知底。他曾对许不疾说："山坳右侧岩穴上的那棵树很是奇怪！整座银子岩的树林里，只有这一棵樟木，且是歪歪扭扭的。我查看了樟树周围的土、石、山形，好像没有什么特别之处。但这棵树仍可能真与那些银子有关，至少，可能是指示银子的一个什么标记……"

老许还说："银子会睁着眼睛睡觉，它始终在盯着你，看你诚不诚心，看你脑袋瓜里有点糟糟儿没得，看你是不是会憨痴痴地把它尖刃般的绿焰整熄火。银子会打哈欠，沉在岩石与土层深处，也打，更要打。那哈欠，可能很轻，很微，很细，很浅，你要随时尖起耳朵听着，不得有一丝半毫的差池。你不能随便错过老天可能会赐给你的好运气。"

许不疾听出了满嘴的口水。老许说得有些困了。

老许的脸上，有一缕比较倾斜的天色。

许不疾老夫子用木剑划着自己左臂上的黑皮肉。

皮肉上露出些白白的划痕，但不痛，甚至不带来什么明显的感觉。皮肉已经很老了，皮肉的苍老比岩层有过之而无不及，皮肉苍老得生疼生疼的，而岩层呢，则只能苍老得比较虚无。

许不疾老夫子看着剑柄上的蛇形图案。这蛇，生得的确怪异，身体呈一种反复折叠状的弯，望上去，简直就是一根被扭了几扭的窄纸条。年岁久了，蛇形显得有些残破，所以愈发显出异状来。蛇可能是条好蛇，但藏着过多的猜想，就难免让人犯怵。

是的，你可以清晰地看见那条微曲的蛇芯，不论你移向何种方位，那嘶嘶作响的蛇芯始终正对着你，正对着你的脸膛凝望。剑柄上的蛇形图案在许不疾老夫子的手里发烫，好像整个银子岩偌大的空旷与黄昏都属于那条嗤然的蛇芯，属于蛇芯之上不倦而浮动的云影及斜风。

许不疾老夫子从十几岁跟着老许识字起，就坚持一日不落地记流水账日记。到如今，许不疾老夫子的日记已垒了差不多有小半间屋——许不疾老夫子被长久的日子淹着，被一大堆毛边纸、白粉纸、打字纸以及软壳、硬壳笔记本之类撑起的日子硌着，被那些涂涂改改的花红草绿的日子撵着……许不疾老夫子偶尔会独自对着大堆的日记出一会儿神，然后，拍拍日记本丛中的尘灰，又把浑浊的目光，朝银子岩一股脑儿地扔过去。

在老许临走前一天的日记里，少年许不疾记下了“守银坡”改名的事。

老许是在那个黎明找到街长李百乐的。当时，李百乐正蜷在门口的草凳上，吸叶子烟。老许走过去，对街长说：“老李，我要暂离开一阵，但什么时候能回就说不清楚了。在守银坡停留了三年多，我感谢你和大家接纳我。守银坡什么都好，就是这个地名欠妥帖。你想，大家祖祖辈辈两三百年聚在这银子岩下，守银找银，结果守到什么了呢？找到什么了呢？只守出了这一条街啊。这街是这里的世世代代一土一石修造起来的，重要着呢。所以我提议把地名改改，至少改得隐晦些、好听些，别总是银啊银的惹人笑话。你说呢？我建议改成望前街，‘前’虽然也能让人想到银子想到钱，但总还是前方的意思、前途的意思、前行的意思，是吧？你说呢……”

黎明深处突然飞起几只雀鸟。李百乐点了点头。第二天，老许离开了守银坡。从此，守银坡就改叫望前街了。

银子岩的影子有些慌乱。

许不疾老夫子坐在岩沿边，像一棵虬曲的树，手里握热了那柄沉沉木剑。不远处，是那棵曾经被老许反复猜疑、查证的樟木。樟木临风，却依旧探出些铁打的静谧来。樟木的阴影卷得稍显松散。

许不疾老夫子左臂上，一道被木剑划出的白痕，正渗出暗黑的血渍……

白 马

许不疾老夫子想在银子岩上刻一些白云，由来已久。

刻一些马一样的白云，一团一团的白云。风吹不灭的白云，把祖坟上的空旷撑成白云状的白云。

许不疾老夫子最喜欢骏马状的白云。

许不疾老夫子不属马，他那落户银子岩下的一世祖也不属马，虽然一世祖是揣着罗盘骑着匹白马从远方来到银子岩的。

那时银子岩还没有名字。在万山丛中走着走着，一世祖好像听见布袋里的罗盘嘶叫了一声。

的确是嘶叫了一小声。

好像。

一世祖一趔趄滚下马来，拍拍马脚下的土地，流出两行热泪。转过身，他看见了那一溜逶迤的、冰凉的、白白的陡峭岩壁。

那片白得发亮的白！

呀！一世祖说。呀！一世祖又说。

“你就是匹银子岩。”一世祖再说。

马在他的身后，也昂首，嘶叫了一声。

望前街刚从一片深深的雨雾中浮起来。

许不疾老夫子为何总是喜欢马，喜欢白云般卷来卷去的马或者马一般的白云呢？

许不疾老夫子常常把梦中见到的那些白云或者白色马匹当作一世祖。近来，许不疾老夫子总有一些恍惚，风一般的恍惚。有时，这样的恍惚宛如一滴水被搁在了松香中，渐渐变硬，渐渐露出圆润的光泽。

许不疾老夫子也在一世祖的墓碑前学着钱二的样子舞过那柄榆木剑。钱二真是个钱二，把剑一舞，就好像减了自己成打的斤两，将自己也舞成了一把瘦剑。狗日的那剑，舞得好，真好。

钱二在《黑蚁传》的腔调里，舞着那剑，四围一声呐喊。你听，铜锣也绞出烈风来，一股劲地揪你肝肺。在璀璨的剑光中，黑蚁散开，散成一圈星斗的形状。你看钱二，颈脖甩下半升汗滴。

……墓碑上的字早已剥蚀，可许不疾老夫子背得出石碑上的所有文字。银子岩下的许氏一脉由此碑起始，至今已历经三百年。你查查那些黄昏那些黎明，你就知道多少黎明多少黄昏已经被碑石压碎，被碑文划痛了。

许不疾老夫子舞剑的影子有些好笑，慢，缓，盖过半截即将僵过去的蚯蚓。

望前街一代又一代的人，都知道和传诵过白马的事。

简而言之，就是很久很久前的某一天，某个黄昏，有人看见一匹白马，从银子岩中猝然跃起。那白马，似乎咴咴地嘶鸣了几下，然后，在空中，停了好长一刻。

白马似乎有很长的尾巴，那尾巴，时扬时落，划响一大茬纯白的风声。白马的鬃毛在略显昏暗的黄昏里，飘曳，卷动无数耀眼的白光。

看的人越来越多，越来越惊愕——

白马渐渐隐去，宛如一片由银锭打制的特异空旷。张望白马的人突然愣住了，想起银子岩及宝藏的事，遂一片声叫起天来。

“这马是银子岩里的银子变的呀！”

白马融进天幕。

“银子都跑尿了呀！”

银子岩依旧静着，一种空落落的静，挠心的静。一干人，望酸了时辰，望痛了渴望。

在日记中，许不疾老夫子曾多次提到过银子变成白马的事，有时是慨叹，有时是考证，有时是猜测，有时是否定，有时是质询，有时是失望……在许不疾老夫子或潦草或工整的字迹中，银子岩始终静默如初，它不泄露什么，也不浮现什么，除了那匹属于传说的白马，除了白马眨眼间消失无踪的那种“浮现”。

谁也说不清银子岩上到底有没有真出现过白马的影踪。

风声总在苍老，但这样的风声，绝不会比升向苍穹的那匹白马苍老得更快。

许不疾老夫子后来将银子岩下的一座无名小土堡，叫作“马冢”，算是给那匹载着许姓一世祖到银子岩的白马定了一处归宿之地。一世祖是个堪舆师，一个特殊的撵山匠。多少年前，他将一只罗盘塞在布袋中，牵一匹白马便上了路。一开始，他走过的山水几乎都难以被称作真正的山水，直到他勒马银子岩前，耳边突然响起了罗盘低低的嘶叫。

罗盘在腰间嘶叫，在白马和空阔的天色间，嘶叫……

他颠下马来，被大片银色的岩影撞了个满怀。他大叫一声，拍响脚下的土地，像个孩子一样，流下了黄土般灿烂的泪水。

白马在他身后，伫立，噙着半嘴汁液四溅的青草。

风　铃

在麻河一带，方圆数百里间，是找不到什么风铃的。

窝棚图上的那只风铃，显得很是突兀。我多次去看过镂刻在银子岩上的窝棚图，还真喜欢那只突兀而并不入俗的铁风铃。

铁风铃悬着，自有铁风铃翻卷的声息。这岩上刻的，大概是许姓一世祖从老家带过来的风铃吧。携着个罗盘，走那么曲折的谁也说不清目的地在哪里的路，如果还要带只铁风铃，就很让人有些奇怪了。

——或者，他就只是带了个风铃之影？

窝棚图上，撒上了些鸟粪，经太阳一晒，劲风一吹，鸟粪就暗成了浅浅的灰色，似银锭上新浮的晕斑。

风铃在鸟粪的浅痕里，静静的，仿佛藏着另外的期许。

我是个粗人。从小在望前街长大，认得这街上的一千六百多个男男女女，我在这人丛中长大。我叫夏亦良，平时喜欢学街上的小媳妇们老嫂子们纳鞋底，或者在布片上绣林林总总的缠枝花纹。我用黑竹制出了望前街的第一支长箫，吹不成曲调的曲调，然后，把一只翠鸟刻在箫筒上。但我的确是个粗人。

我真的是个粗人。我与赵大黑店里的好几个按摩女打成一片，打得火热。我被所有花朵般的女人唾弃，我的箫声一无是处，但为什么箫声总是婉转、悠扬？为什么，我纳出的鞋垫还能为晨昏垫高几寸额外的艳丽？

我在山野里给赵大黑找寻过蛇皮，那药，他已经吃了差不多十年了。每月三服，每年十二张形形色色的蛇新蜕的完整的皮，你算算这账——赵大黑的药早成了望前街的一件显事要事，谁都知道赵大黑的尿虚症隔痊愈已不远了。蛇呢，依旧在山水间，蜕着它们斑斓多彩的种种皮壳。

我还抚弄过许不疾老夫子的那柄榆木剑，好剑啊好剑，我一把弄，就割破了我的右脸。

我在银子岩上找了近四十年银子。跟着许不疾老夫子找，跟着其他的人，跟着男人找，也跟过女人找。前些年某一天，许不疾老夫子突然对我和跟在他屁股后面的人说："我要把那成卷成卷的白云，选一些刻在银子岩上去。"

一群女人在身后发出一阵嗤笑。一群男人也笑。可我还是喜欢窝棚图上的那只风铃。我找张铁匠，请他照图给我打一只，张铁匠还真打了。去取风铃时，我送上三只野鸡、一对刺猬、一只穿山甲，再加一斤火酒。送得张铁匠很是高兴，但拎着那只铁风铃的我却高兴不起来。为什么？因为张铁匠打制的，是只哑风铃，任我怎样晃、摆、荡、摇，也吱不出半点儿声响。

看我不高兴了，张铁匠就把三只野鸡递回到我怀里，说，夏老弟，先将就用用，我再琢磨琢磨，想想办法重新帮你打一只。

打个卵！打个铲铲！我吐口唾沫星儿，揪开三只野鸡脚上的细棕索儿，断喝一声，放它们飞回了丛林里。

我把铁风铃挂在了银子岩的岩壁上。

挂风铃的时候，很多人都在，许不疾老夫子在，赵大黑在，他野爹的张铁匠也在，但是孙眼镜不在。

孙眼镜不在，赵大黑有些慌神。"听说这孙眼镜病得厉害，可我还须吃几年治尿虚症的药呢。狗日的眼镜，又不把药方给我，你说这叫我咋办？"赵大黑说。

许不疾老夫子也在吃孙眼镜开的药，其他很多人都在吃孙眼镜开的药，你个孙眼镜，病屌个啥？

我是个粗人，粗人也有粗人的病，我早已经开始老尿啦。但我不知道我的病是什么，我从没有找孙眼镜开过药，我不吃药。我是个粗人，纳鞋底，制长箫，如果孙眼镜死了，我还真想黑着脸膛对着他僵冷的身躯吹上一曲。我已经对着银子岩吹奏过很多很多次了。我也对着银子岩虚无缥缈的银两们吹奏过许多次了。

我是个粗人，我把铁风铃，挂在风与太阳反复淬炼的巍巍岩壁之上——

当！风铃突然将银子岩撞出一片闷响……

毛边纸

老许留下的那几页毛边纸锁在许不疾老夫子的柏木箱底。八十多年了，许不疾老夫子已不知看过了多少次，即使闭着眼，他也能摹画出纸上那柄榆木剑的模样，也可以描画出那剑柄上的蛇形纹。但对另外几张毛边纸上的那些形色各异的文字、符号，许不疾老夫子却始终不甚了了。

那些纸上，有涂来改去的重复多次的天干地支，有星宿之名，有近三百年来掠过去的好几朝皇帝的年号，有从各个角度瞭望出的银子岩的种种形状……纸上还画满了种种奇奇怪怪的线，把天干地支星宿之类一锅粥搅和在一起。几张纸之间好像各自独立，好像又有不少勾连。从纸上的字迹、划痕看，有一些是老许留下的，其他的则不知是谁所为。即使老许留的，时间上也有早有迟。几张纸上并未标有排序的字样，你只能反反复复颠来倒去地看，糊糊涂涂莫名其妙地看。

许不疾老夫子知道这些纸与银子岩的银子有关。但到底有什么关系呢？毛边纸依旧卷着自己的角，静着，已很老旧了，最窄的那张纸上，还烙着一道虫蛀过的痕迹。

其实，这些毛边纸许不疾老夫子曾给许多人看过。这些人七嘴八舌地研读着纸上的线条、文字、图像，甚至涂改的种种印迹，然后说出千百种离奇的设想、臆测。一些人说说而已，一些人则悄没声地去一一查验、证实。八十多年了，在这样杂乱而常新的猜测与设想中，银子岩能够翻挖的地皮已不知被翻挖过了多少遍，岩前岩后的那十多处洞穴，也空竹箩篼般，被人们扒弄得寸草不生了。

余老幺家原先也住在望前街，可刚解放不久，他父亲就将家搬到了麻河左岸那座废弃的水碾坊里。碾坊被整修一新，石碾磙子一天到晚转着，碾米的人临走时，留些混着糠末的米做工钱，也有带几个米粑捎半斤腊肉或者三两个鸡蛋鸭蛋的，余老幺一家人的日子，过得也就还算滋润。

余老幺总在水碾坊后边的巨石上，刻着画着什么。

从麻河左岸的水碾坊看过去，银子岩显得格外劲峭、宏阔。有时，飘几缕薄雾，则更看出大岩的奇秀来。银子岩与银子有关固然好，银子岩与银子无关也还是挺耐看的。是不是呢？很有看头的样子。

星宿在天，光芒里散布几多亮闪闪的冀望。此刻，如果俯身麻河，你所看到的星宿可能又展开了另外的漾动。星宿在银子岩黑黝黝的岩廓之上，忽隐忽现，偶尔，几只萤火虫飞过，星宿似又露出了不少试图暗藏的笑意。

也许，银子岩，值得找另外一种方式和角度去打量。

麻河曲折。余老幺刚从麻河的水波中撑起身子。他喜欢夜泳，脱得光叉叉的，咚一声插进河里，吓走一干鱼虾。余老幺搅乱了麻河深处的星空。一颗星，蜷在他肚脐眼之下，闪，像某年巧遇的某件趣事。余老幺在麻河的星空里，好像觑见了许不疾老夫子那些毛边纸上弯曲的某种印痕。

最近二十多年来，许不疾老夫子已坚决不给别人看他压在箱底的毛边纸了。“狗日的纸，哄了老子一生！”许不疾老夫子有些切齿。

“但我不能毁了它！这是老许的。他走了八十多年了，走得无踪无影。但你说不清楚老许什么时候突然就又回来了。回来看他的纸，找他的木剑。老许若回来，我当然首先要交给他那把榆木剑，这是他离开五十多年后钱二从被雪压塌的牛圈堆里找到的，我花了大价钱买过来。我要给他说，我在看钱二唱川戏舞那柄剑时悄悄抹了大把的泪。我看毛边纸上的木剑看了五十多年，终于看到了那把真正的木剑。之后，我又对着毛边纸上的木剑将手中的榆木剑看了近三十年。近三十年哪，老许若真的回来，我还会对他流上几回泪……”许不疾老夫子暗暗地说。

三天前，余老幺在望前街街头看见许不疾老夫子，觉得他似乎年轻了不少。快一百岁的许不疾老夫子走路一跳一跳的，头发老长，乱乱地飘着，只间插着几小茎白发。胡须也老长，也黑油油的，也飘。

“银子精！”余老幺说。

“黑银子精！”余老幺对着许不疾老夫子一跳一跳的背影，说。

水碾坊后山上的那块巨石，矗在几棵虬曲的老柏下，有些神道道的，有些背阴。隔三岔五，余老幺总要趁人不备，在巨石上刻着画着些什么。

余老幺大字不识一个，却有着过目不忘的惊人本领。十多岁时，他被父亲赶去学过两年石匠活，没学上几日，便凿图刻字的，很能在石头上敲打出点名堂。后来，遇上个算命先生，说：“你学不得石匠，你是做水上活的命，去扳船吧，去打鱼吧，去找条泥鳅做小老婆吧。”于是就不学了。

但石匠手艺却基本凿在了余老幺的骨子里。

余老幺在碾坊里设了个香火位，供财神。去碾米的人见了，也拱手拜拜。财神爷笑眯眯的，好像对谁都一样，都很好。

敞开碾坊门，财神爷笑眯眯对着的，仍是那一溜明晃晃的银子岩。

看上去，银子岩依旧，总凸出些起起伏伏的样子。云粘在岩壁上，偶尔也曳出些许白马状的轮廓。

望前街挤满了凌乱的房子，时常堵了人们张望银子岩的视线。如果真有什么白马，从碾坊看过去，的确会真切、实在得多。

日子宽阔。夜色遮掩漫漫麻河。

在麻河的波澜中，余老幺裸着，挤窄星空，把一抹灰色的身影，系在麻河的岸石及银子岩遥迢的身形之间。余老幺要把这些漫长宽阔的日子积在身上的尘垢与血汗气狠狠洗濯一回。

他在渐渐泛白的弦月下，搓足，洗头，涮面皮上越来越弯的皱纹，揉清水边隐隐作痛的肋骨，刮臀侧的旧伤，甩裆下那条黑乎乎的筋道欲望，涤夜风中猝然跃动的几声长长吆喝……余老幺像是把一整条麻河捆系在了身上。是的，他要尽情地洗濯一回——在靠着水碾坊活命的这些年岁里，他瞅空子东刻一画西錾一画，今天总算凭着记忆，将许不疾老夫子那几页毛边纸上的图文及其他所有墨痕全刻在了碾坊后的巨石上。

巨石上镂刻的星宿此刻大约也浮上了微斜的苍穹。

“你藏起毛边纸也没用了，许不疾。那些图、文，就是要被阳光照着，被雨淋着，被这夜的星月盯着的，被风吼着……”余老幺把头扬出水面，又接着吆喝了三两声。

石灰窑

那年春上，胡年禄在银子岩背面的坡麓上建起座石灰厂，烧石灰。那时，石灰金贵，望前街及附近的人修房造屋，大都需要石灰，胡年禄的生意做得很是红火。

胡年禄与许不疾老夫子是隔壁邻居，许不疾老夫子和胡年禄的祖父穿过连裆裤。胡年禄的父亲是个孤儿，人哑，体弱，老被人欺着，许不疾老夫子便总是替他撑撑挡挡。胡哑巴三十多岁时，许不疾老夫子将一个逃荒到望前街的外乡女人撮合给哑巴做了媳妇。许不疾老夫子出钱、出粮、找人工，将胡哑巴破旧的房子修整了一番，两个人就过起了小日子。一年多后，胡年禄出生，名字还是许不疾老夫子起的呢。又过了小半年，女人悄没声地，跑了。

又过了十五年，胡哑巴也死了，留下胡年禄赶山吆水地长着，长得粗壮，像一根鼓突着绿色的松，让人欣喜、惊愕。

本来胡年禄是可以多读些书的，他学习好，听话，满街人张罗着给他筹粮凑钱，供他上学。可高中只读了一年，胡年禄就自己退学回家了，任谁劝他骂他，也绝不再回去上学。“我自己可以养活自己。”胡年禄说。死劝不听，惹得许不疾老夫子也差点挥起赤铜烟杆打他。

胡年禄跑外面闯了几年，回到望前街，就和乡政府签了份合同，去银子岩后山上建石灰厂了。

大锤震得岩响。石灰窑里吐出杂色的烟雾。鸟被什么呛了一下，缩着身子向山脊外滑去。

小货车们将白白的石灰拉到四面八方。

“你小崽子是不是就想到银子岩挖银子？”许不疾老夫子说。“别去做梦了！做你娘的没心肝的梦！”许不疾老夫子瞪圆了双眼说。

银子岩上的云霭开始多起来。云团中，有白马，时而也有黄马，或者漆黑的马，也有花乎乎辨不出确切颜色的其他什么马。马静着，或者扭着腰身，或者飞，霹雳一般狠跑，或者让风扯乱蹄迹，或者，冷不丁，乱扔下一网发白的雨滴来，马蹄般，敲四散的群山。

麻河的水声里，从此，似乎也裹了不少云霭之气。

没多久，胡年禄又在石灰窑旁添了三座沙石厂。沙石厂背后，他找人建了个山神庙。山神庙后有一个毛狗（狐狸）洞，洞口微张，像一只老鸭嘴。胡年禄时常在洞口外静坐，望远处的天色，望银子岩背阴处越变越远的季候。

偶尔，有毛狗远远地踩着草叶潜过山麓去……

许不疾老夫子和满街人一天天看着领着人敲山叩石的胡年禄。从石灰窑到沙石厂，据说里面都有胡年禄暗中留给乡里某些领导的足够利润。银子岩肩背之后的肉与骨被撕扯掉了不少，胡年禄一天到晚忙碌着，忙得像只吱吱叫的耗子，背后被人骂，当面，就照单接收着无数人灰扑扑的笑意。

“你可能真会把岩石中的银子挖出来。”收了胡年禄好处费的乡领导对他说。胡年禄连声道：“岂敢岂敢，借您的福分赚几个汗水钱，还要仰仗您多多关照呢！”

望前街的黎明被银子岩朝街口外推远了半寸。

……人们在麻河下游四十多里外的石滩边，寻到了余老幺的尸体。余老幺是那夜被突然暴涨的河水卷走的。暴雨从银子岩那边猛地直倒过来，将星空撕得粉碎。卵石被卷得老高。余老幺刚起身跑几步，就被狼一样的大水扯走了。碾坊后的巨石上，大雨稀里哗啦，余老幺当天刚刻完的那些文字、图案之类，摊在大雨中，也好像号了一整夜。

安葬完余老幺后，许不疾老夫子随人去他住的碾坊看了看。许不疾老夫子发现了余老幺刻在巨石上的那些东西。他大吃一惊："这个余老幺啊，简直是个精怪，竟然刻清了那几页毛边纸上所有的玩意儿！"站在水碾坊门前，看着远处的银子岩，许不疾老夫子一下子明白了余老幺一家搬离望前街的缘由——"没有哪个地方比这里更能清清楚楚地看清银子岩的一举一动、一草一木了。天！这家人，硬是守着这座水碾坊监视了银子岩几十年哦……"

远远地，银子岩默然伫立。

胡年禄也站在那块字痕遒劲的巨石旁，发呆。

日 记

我是个粗人，但许不疾老夫子最喜欢让我去翻看他长年累月留下来的那些日记。

我花了很长时间，将许不疾老夫子的那小半屋日记一一码弄清楚，再按时间分一年三到四册用麻线订好。看着我整理日记，许不疾老夫子总是显得挺乐和的。他给我逐年讲述那些发生在望前街的杂事、艳事、闲事、卵事。有时，他把事情记岔了，我就翻开日记提醒提醒他，他点点头，默一下，然后说："日子还真是拿来被忘记的呢，这狗日的日子！你把它记下了，可你还是得忘记！"

我的确只是个粗人。去胡年禄的石灰窑上干活，干着干着看上了在窑上煮饭的杜小苗，就整天找空子猴她。啥"猴"她？就是缠喽。猴得被人瞧不过了，一天夜里被人蒙头暴打了一顿。我的左眼被打瞎了，打瞎了就打瞎了，少一只眼就少一只眼，但我要找胡年禄扯皮。我是个烧石灰的粗人，不知道谁打的我，我只能找石灰窑老板。街里街坊的，胡年禄也不含糊，赔给我几万块钱。我腰里别着几斤钱去找杜小苗，她就哭了，抱着我哭了，说要管我一辈子。我把钱交给杜小苗，然后把她带回家。刚落屋，她说要回去接父母过来看一看，做一做主，就回去了。杜小苗一去就再没回来，后来一问，才知道她其实早就没爹没妈了。她拐走了我的瞎眼钱，不过没爹没妈也怪可怜的。所以我也没再想去找她，也没向人说起被骗的事。时不时，有人约我做做生意，说你有钱呀，你那钱卧在家里又不下崽，一起做做生意吧。我就说，不做了不做了，钱正要下崽呢。

我只好是个粗人了。我陪了许不疾老夫子那堆日记好多年，陪得怪不错的。有一回，胡年禄找到我，让我替他送点东西去县城，我就去了。去了才知道送的是几张照片，啥照片？许不疾老夫子日记的照片，共七张，装在封好的大信封里，有些模糊，一看就是偷偷拍的。收照片的人叹口气，说："许不疾老夫子的日记真是堆宝呢，可惜看不清楚！"我是个粗人，我就说："宝个屎，那一大摞一大摞全是我用麻线订好的呢。"那人就来了劲，一定央着我带他回望前街找许不疾老夫子，而且塞给我三百元钱，让我别说出胡年禄偷偷把照片送给他的事。我是个粗人，想着许不疾老夫子那一大堆日记冷冰冰堆在屋里没屎用，就答应了。

可当我领着那人到许不疾老夫子家说清那人的来意时，却被许不疾老夫子骂了个狗血加猪血淋头。

银子岩把暗影一遍遍烙在各种转瞬即逝的风声上。

这一年多来，许不疾老夫子已不记日记了。"我可能隔死不远了，还记啥呢，记了也没用。"许不疾老夫子说。

许不疾老夫子偶尔也会显出某些恍惚来。他还在说要把一些白云刻到银子岩上之类的话，真是好笑。日子真是宽阔、芜杂，但你总可以在许不疾老夫子那一大堆日记里，找到银子岩白花花的种种光亮，找到麻河上飘落的种种混着鱼腥味的水花，找到望前街上生老病死的种种炎凉以及苦乐、企盼、迷惘，找到可以写进县志的诅咒，找到那种悄悄伸向小媳妇肚腹的慌乱的手势……

翻看许不疾老夫子的日记，我的确了解和记住了那八十多载寒暑中不少细微而真切的光景——

八十多年里，赵家和许家共计争执、冲突过四十七次，其中，械斗十一次，共计死四人，伤十六人，十九人入狱——缘由全都是为了找那传说中的银子岩的银子。

八十多年里，钱家和孙家发生过三十二次纠纷，三人入狱，十四人流落异地——缘由除一次是因为钱家悔婚外，其余全都是为了找那传说中的银子岩的银子。

八十多年里，李家与余家发生冲突四十四次，死三人，伤六十六人，入狱三十六人——其中三次是因为争坟山地，其余都是为了找那传说中的银子岩的银子。

八十多年里，夏家与胡家发生冲突十五次，伤三人——全部都是为了找那传说中的银子岩的银子……

八十多年里，望前街九大姓间其他小的争执、冲突数不胜数，除大量的起因源自银子岩那传说中的银子外，也存在其他一些引发争执的根由及情形。比如某一年，原住在街头的许不疾老夫子家被夏家欺侮，被赶到麻河边的一只旧船上住了半月。还是许不疾找了个仗剑的袍哥主持公道，才又重新回到老屋居住。还有一年，张家的一头黑牛被一个陌生的行脚客当作神灵，在张家牛圈前烧香叩头地弄了大半个月，惹得四处乡民竞相赶来朝拜，最后引发与外乡人的纠纷，大打出手。

当然，许不疾老夫子还记下了望前街及麻河一带的许多变迁。土地承包时谁暗中做了手脚，把好田好土划到自己名下；荒山拍卖时谁用一个按摩女疏通关节，让乡领导在漏写多项条款的合同上顺利签了字；还有，这条街是怎样一户叠一户堆起来的，谁家的窝棚阔绰而寂寥，谁家在山墙上多装了两扇窗户，好一年四季详细看银子岩和银子岩上空怪异的云朵，谁的祖父是被自己的私生子用铁铲打死的……如此种种，均被许不疾老夫子一一勒在了纸页之上。所以除了我夏亦良，许不疾老夫子还真没有让谁看过他的日记。“敢让看？我这可能是在挖望前街一些人的祖坟，也是在挖自己的祖坟呢。敢让谁看！我要把它们一把火烧了！”许不疾老夫子说。

“烧不得呢。烧了，就好多人都找不到先人板板了。”我说。

我呢，是个粗人。我真不知道胡年禄那七张黑乎乎的日记照片是怎样弄到手的。

窝棚图

孙医生孙眼镜估计是真要死了，他让人去找赵大黑。赵大黑来了。孙医生摘下眼镜，看着赵大黑，眼里滚出几颗泪珠来。

“赵老板，我死以后，您可别咒我哟。”孙眼镜使劲笑了笑，说。“哪里哪里，哪敢哪敢，要感您的恩呢！我们很多人都要感您的恩呢！——您救死扶伤，给我治了快十二年的尿虚症……”赵大黑说得眼圈泛红。

“您知道我们医生行的一些小规矩，赵老板。我死后，我孙子会将药方交您手上。”孙医生说。“拜托您照顾照顾我那憨孙子，孙某在此先行拜谢拜谢！拜谢拜谢！”孙医生又说。

赵大黑点了十好几下头，点得头都有些晕了。

第二天，果然，孙医生孙眼镜，就死了。

早些年，孙医生的儿子儿媳得了怪异的杂症先后死去，只留下一个痴呆儿子孙小元。孙医生肩不能挑背不能驮，幸好能帮人号号脉，扎扎针灸，或者配制几服草药，于是拉扯着孙子算是把日子过了下来。近几年，日子当然是越过越好了，孙医生开了药店，找来一男一女，两个二十来岁的年轻人帮衬着。男的叫莫小牛，女的叫黄翠芽，两人都很踏实，也是自家亲戚，干啥都不推辞的。

但孙子孙小元始终痴呆着。

孙医生早把自己的后事一一安排停当了。所以孙医生刚一落气，他请好的总管余木来就照他写就的单子逐一安排起了相关事宜。孙医生把自己的丧事安排得周到、细致、有板有眼的，的确很像个丧事的样子。

孙医生丧事刚一结束，总管余木来就宣布孙小元与黄翠芽择日成亲以冲孙家丧气。这当然也是孙医生早就安顿清楚了的。人们就摇摇头，然后点点头，说这个孙眼镜，还真有些眼镜本事。

赵大黑得到了孙医生安排孙小元转给他的药方。呸！什么药方？是一纸道歉信。赵大黑先是双手在桌子上狠捶了一通，然后坐下，把前三后四认真捋着想了想，他不得不转怒为静，竟十二分佩服起孙医生来。

他真的不好诅咒孙眼镜孙医生什么。

风很高。

赵大黑站在银子岩下，扬眉，看着那幅斑驳的窝棚图。

“赵老板，您多担待，您大人有大量！我的确骗了您十多年。可我也的确没有收过您半分昧心钱……”刚钻土的孙医生在“药方”上，似乎细声细气地说。

事情说来也简单，孙眼镜知道自己得了绝症，活不过多久，就想替憨孙子孙小元的未来做点筹划，他选上了赵大黑。

不想孙医生又活过了十余年。面对赵大黑，他可真是越活越焦虑啊。当时孙医生之所以选上赵大黑，一是因为他有钱，二是那些年，赵大黑也有些邪乎：开按摩店，大把赌钱，和好几个弄姿的女人不干不净；两个儿子也赌，也总对人横眉竖眼僵出副要败家的样子……孙医生和赵大黑算是远房亲戚，他知道，一旦自己闭眼走了，最有可能照看孙小元的，恐怕就只能是（或最好是）赵大黑。而且赵大黑说什么，在望前街还是做得了些数的。也是碰巧，那段时间，赵大黑突然生起了莫名其妙的病，去县里市里找医生看了很久，均未奏效。一天，赵大黑到孙医生店里，说起生病的事，孙医生就帮他切脉，切了大半晌午，切去切来的，很是正式，周全，切完后啊呀一声，连连说："啊呀啊呀，啊呀，你得了尿虚症！"

……刚死去数日的孙医生很真诚地在向赵大黑致歉。在信中，孙医生说，这十余年来赵大黑花在他店里的所有药钱，他已经单独打进了一个专门的存折中，他的孙媳妇黄翠芽会亲手交给他，一分一厘也不会少。而且，赵大黑当时虽然没得什么尿虚症，但身体的毛病还是不少的。他这十余年给赵大黑开的药，主要是用于固本培元，祛邪扶正，健心旺神。当然每过一段时间，他都会根据赵大黑的身体情况换换药单子，让赵大黑体泰气畅，保持活力。"所以，"孙医生说，"我摸着良心说，我给您赵老板配的药，绝对值得起您赵老板这十多年来花的每一厘钱。但是我仍然有愧于您！我骗了您十余年，让您顶着个尿虚症的恶病名，活得不清不净，我向您鞠躬致歉！所以我要把您给我的药费，一厘不少地还给您，赵老板。"孙医生还说自己顶着祖宗的牌位保证，自己的这次"欺骗"绝对只是想与赵大黑续好交情，让他可怜一下自己这个远房亲戚，让他看顾一下自己可怜的孙子……

赵大黑仿佛又看到了孙医生孙眼镜临死前见他时那盈满眼眶的泪花。

"至于让您去找十二条蛇当年蜕的蛇皮，那是因为那些年您家三爷崽总是在银子岩四处转，找银子，常被大家嗤笑，我是给您家找个合理的大幌子。"在纸上，孙眼镜孙医生说。

是的，在望前街，在而今望前街这所有相信银子岩里埋着大摞大摞银两的一千六百余口人丁中，像赵大黑前些年那样疯狂翻岩爬坎找寻银子的，的确不多。赵大黑是望前街的首富，按说早不缺什么银子了，可他仍带着两个儿子及还未成年的四个孙子在银子岩上日复一日七上八下地找着。据说，两百多年前，一个道士先生途经银子岩，呀呀唱出一道咒语，然后在岩壁上贴了道神符，说："甲子翻破四遍，山里将滚出姓赵的银子……"赵氏祖宗将道士的话记在了族谱上，好像神符也被描了下来，存在宗祠里，赵氏子孙，好像也就自定了是银子岩里所有虚叨叨的银子的真正主子。

两百多年了，别人在找，赵家人更在找——祖祖辈辈找，没到时辰也找，道士可能也有心误嘴误的时候吧——更何况，别人找也像是在帮赵家找。

赵大黑和父辈一起，和儿孙一起，在银子岩上摸爬滚打了近六十年，他当然要找那些银子。尽管望前街有些人早已对银子怀疑了，对找银子的事淡心了，但赵大黑一家必须坚持找下去，必须把两百多年前道士点亮的那一苗小火一口气接一口气地吹燃成一支火炬。况且，赵大黑祖上已三代单传，到他这一辈，望前街姓赵的已只剩他这一家了。

——啊，好像始终有人在对赵大黑他们赵家说着什么。

鸟影掠过高远的苍穹——

"……山里，将滚出姓赵的银子……"

银子岩上的窝棚图，的确被风雨蚀了不少。

孙眼镜孙医生在纸上说，他听见赵大黑一家第一次按药方要求（卵的个药方你个锤子药方——赵大黑暗哼了一声）——在银子岩上的窝棚图边找到蛇皮时，他也大吃了一惊。他觉得道士的话快要应验了，靠一张被荆棘挂出几处小孔的蛇皮指引，银子正在找它破壁而出的道路。银子就快要被找到了，他替那些在岩层里憋了几百年的银子们高兴、骄傲、自豪。"它们就要掀开崭新的一页，走上开放的美好前途，迎接新的纪元和新的明天，谱写出更加辉煌的华彩篇章！"孙医生承认，他这话是从报纸上抄来的。当时，对着赵大黑送来的那条从银子岩上找到的蛇皮，他很是激动，激动得实在找不到更正确的话来表达他的心情，幸好他平时爱学习，爱进步，爱关心国家大事，爱看报纸，所以他很幸运地在报纸上一个非常显眼的地方抄到了这段话。

“您难道没有看出岩上的窝棚图每年都有些细小的变化吗？”孙医生在纸上，说得极为慎重。他说：“我虽然死了，但我相信银子岩的银子只与那幅窝棚图有关。我替人看病，我也在替山水看病，替银子岩看病号脉呢。赵老板，除了骗您患了什么尿虚症那次，我对各种脉象的把握还是很准的，是不是呢？乡里乡外，我是有口皆碑呢。我是没有福分见到那些白花花的银两了，赵老板赵亲戚，请您可怜可怜我，替我照顾一下我那可怜的孙子，也请您不要忘了去紧盯着银子岩上那幅窝棚图，它正在变破变烂，但它肯定会说出银子岩的古老秘密。到时候，也请您代我孙眼镜认真看一看那些姓赵的银子，赵老板——那些老银子，至少也快三四百岁了吧，赵老板，我想我们就喊它们几声老祖宗也不为过呢，您说呢，赵老板。我们是亲戚，我也该喊它们几声祖宗的！喊它们几声祖宗哦，赵老板……”

太阳渐斜。

银子岩上的窝棚图，浸了点淡淡的晚霞，暗红暗红的，像谁抹在唱川戏的钱二阔脸上的半缕猪肝之色。

马 冢

马冢上，长着三五根歪歪斜斜的老柏。柏树尽头，还有一根板栗树，是根寡公子树，从没结出什么栗子状的东西。然后，是三根青冈树，抱成一团地乱长。一到夏天，青冈树叶上全是密挨密的毛毛虫，看得人头皮紧缩，毛皮傻痒。

这个被叫作马冢的小土坡，当然是还没有被叫作马冢之前就有了的。可某一天，小土坡被许不疾老夫子叫作马冢的事一传开，有些人心里就涌出不少新的想法来。

许不疾老夫子为什么盯上了这座小土坡？为什么一定要把这座小土坡当作他许家一世祖所骑白马的埋骨之地？“马冢”里有马的什么？差不多三百年了，

"马冢"里还可能有着与什么白马相关的?

小土坡那时属望前街街尾的黄大狸家所有。于是，黄大狸总留了只眼睛在许不疾老夫子身上，想从许不疾老夫子的一举一动中，睨出他的用意，了解被叫作马冢后，这座小土坡可能出现的变化，或者可能引发的变化。

青冈树叶上的毛毛虫又蠕动了好几茬，而马冢，似乎，还是小土坡既往的老样子。

许不疾老夫子已经去马冢烧过十五次香了，每年一次，但每次去的日子都不相同，有时是初一，有时是十五，有时又是初九，或者二十一。有一年，是个马年，许不疾老夫子去马冢烧香时，就特地选了个马月马日，而且弄得十分隆重，请了两个道士做道场，祭奠那匹久老的白马。

鞭炮声里，旗幡飘拂，道士的唱念声亦呜呜地升在半空中。两拨响器班子敲锣打鼓地围着马冢，一圈又一圈地转。——事前，许不疾老夫子是专门到黄大狸家说明了情况的。许不疾老夫子说，差不多三百年了才祭祀这第一回，因祭祀是在您老黄家的地盘上，所以恳请您予以大力支持。另外，许不疾老夫子还请韩石匠磨制了一块刻着"银子岩白马之冢"的石碑，拟嵌在黄大狸家荒土坎垮塌的缺口上，"算给您家的土坎子补个缺"，也一并请黄大狸家支持支持。黄大狸一家认真商量了一下，找不到什么不能同意的理由，就笑着支持了。

于是，小土坡上多了一块石碑，多出了一行被石头和望前街人念叨和记住的字。石碑静穆，再过些日子，又快到青冈树落叶的时候了。

老许再没有回到望前街。已经八十多年了，谁也不知道老许的归宿。现在，很多人已完全不知道望前街还曾出没过一个叫"老许"的人，这个不知来自何方的人，在银子岩上转悠了三年多，留下几页毛边纸，丢掉一把榆木剑，走了。说好要回来的，可是最终，老许还是没能回来。

"刘副乡长，我想把你在窑上的股份再往上提提。"坐在石灰窑边，胡年禄对戴着副黄边眼镜的刘副乡长说。

刘副乡长没有吱声。他将一片窄石块扔向另一边的毛狗洞，扔得偏了些，与洞口大约还隔着十余米远的距离。

刘副乡长每次到石灰厂、沙石厂检查工作，都要远远地比画着朝毛狗洞扔几次石块，偶尔扔中一次，就露出半边笑脸来，油晃晃的。

没吱声就算是吱声了。

胡年禄了解刘副乡长的脾性。刘副乡长也是望前街上人，叫刘比，比胡年禄大一轮多，估计也干不了多久了。从小，刘副乡长就没少随父兄们在银子岩上摸爬。银子岩真是匹银子岩，是远远近近多少人心目中一个高耸入云的盼头。没米下锅了，菜里没肉少油星了，人们举个头，看看银子岩；没烟烧了，没媳妇煨脚了，人们举个头，看看银子岩；打牌输了，少给赵大黑店里的按摩女钱被骂了辱了，人们举个头，看看银子岩——酒酣耳热的人看着，饥渴难忍或揣着满腹病症的人也看着；老得只剩下两瓣黄牙的人看着，刚学会走路就被摔得鼻青脸肿的孩童干号着看着；男人看着，女人也看着，有的泪汪汪地看着，有的视若无睹地看着；垂死的人看着，偷了一支雪糕走到街角处自己扇了自己两下耳光的小青年看着；有的在黎明看着，有的在黄昏或者疏星朗照的夤夜深处看着；有的横看着，有的竖看着……银子岩可真是匹银子岩啊——刘副乡长还是没吱声，俯身，又捡起一块鸟状的石头，远远地，朝毛狗洞扔过去。

银子岩，挡了一小半缓缓下坠的天光——

马冢上的柏树，摇响翠绿的风声……

黄翠芽早将孙医生孙眼镜临终前明确要还赵大黑的钱一厘不少地退给了赵大黑。“这是故人之意，我就不再推辞了。我不能辜负孙医生的这份心愿和他的嘱托，我要把这些钱记挂在我们孙赵两家的情分上。我会尽全力帮助照顾你和孙小元两口子，我发誓！我对银子岩和银子岩下马冢边孙医生的墓发誓！”看着手里颤颤抖抖的存折，赵大黑湿了眼，对黄翠芽说。

孙小元和黄翠芽的儿子出生时，赵大黑张罗着替他们庆贺了一番。人们呼儿嗨哟闹腾着。胖胖的儿子睡在藤编的睡篮里，突然醒了，尖声哭起来，小雀雀滋出一道细细的白尿。

一条菜花蛇，正从刻着“银子岩白马之家”的碑石边，静静爬过……

银子

许不疾老夫子好像已很久不做梦了。可在这刚入冬的某个夜晚，他却突然梦见了漫天大雪里一个被雪反复缠裹的迷迷糊糊的人影。

望前街的这个冬天有些泥泞，冷雨飘了好多日了，不大，却烦人地始终飘着，像一些说不完的口水话。银子岩在冷雨中，似乎往什么地方斜过去了一丁点。

近几年，县里文化部门的人来找过许不疾老夫子好几次，说他那些日记对研究乡土文化历史很有裨益，希望许不疾老夫子能够提供帮助，让他们从中整理出一些有价值的精华东西。

许不疾老夫子一直未予答应。他初时记日记，是听从老许的要求，主要是为了让自己记认更多的字，学点有用的东西。后来就写上瘾了，每天不去纸上堆几个字，就浑身痒痒。当然，毕竟许不疾老夫子识字有限，所以也堆得不多。即便渐渐地堆得多了，许不疾老夫子仍在实打实地记着周遭的人和人们平实的日子。终于，日子堆成山了，堆成银子岩坚硬的某一角了，一些晓得这堆日记的人开始把它当回事了，许不疾老夫子却觉得有些心慌。

只有夏亦良翻看完过这些日记。夏亦良把这些日记订成了一本本厚厚的册子，日子也似乎齐整了不少。夏亦良是个忽而痴呆忽而聪颖无比的人，是个即使说了很多话也会被人不当回事的人。夏亦良瞎了只眼，但他很细心，你看他装订的那一册册日记，就像厂里印制的好书，看上去，很好，一副很感人的样子。

天突然下起了大雪。大雪下了整整十三个昼夜，簌簌簌簌，把一些反复超越了大雪的遐想及翘盼揉进鹅毛般的银白中，光灿灿的，逼人眼目。

许不疾老夫子喜欢夏亦良守在日记册子旁的那份静穆样子，好像自己度过的那些日子，转眼间就转进了夏亦良的骨血中，荡出不少吱吱呀呀的回音。

夏亦良说，我是个粗人，我记住了我可以记住的，我已经把理当记住的东西忘记了一小半，我没有办法记住或忘记更多的东西了。我是个粗人，我该怎么办啊？

雪落在马冢的四面八方，落得马冢也仿佛想要飘起来，学雪片迎风招展的各种样子——雪落在数百年来冰凉依旧的坟墓上——马冢泛白，大雪从柏树枝丫上捋下一只陈旧的鸟窝，那些拼拼凑凑的棍棒、泥，或者碎树叶，掉落一地。

雪停的时候，许不疾老夫子还在反复不断做着与雪有关的梦。许不疾老夫子说出了他在梦中经历过的迷糊的种种影迹。夏亦良听了，说："什么梦？不梦见点好一些的东西，做些什么废梦啊，一点屎意思也没有。真的，没什么像样的意思，还不如不做梦。"

但梦还是在继续做着。

银子岩在雪的光芒里，酣卧，打着哈欠，白茫茫的哈欠，蛇一般盘来绕去的哈欠，也是昼夜喧嚣与静寂不断交错的哈欠——哈欠有着风一样卷动的轨迹，闪着幽光，跑过山峦以及风雨裹挟过的各种奇迹……

现在是太阳下的银子岩。冬阳筛下层薄薄的温暖。雪开始融了，山河之间，留下雪意斑驳的痕迹。有人坐在水碾坊的巨石边，看雪融成水，簌簌然，自余老幺刻下的那些石痕里滑过。余老幺刻的那些字、画之类的，盖了层灰黑的腐叶，有些地方早长出了青苔，那青苔们，已经绿过，又枯过几回了。

放眼望去，正在融雪的银子岩，更是光可鉴人，再经这暖阳一照，照出了银锭般瑟瑟的几多神采。

那日，夏亦良在马冢下拾柴火，看见赵大黑从银子岩下过来，手里理着些什么。待近了，再细看，原来是几张老蛇皮。

夏亦良迎过去，说："赵老板，还找蛇皮做什么用呢？""唉——"赵大黑说，"吃惯了孙医生那药，一旦不再吃了，觉得浑身不得劲，人燥得慌，所以找一些蛇皮，熬水喝喝呢。""不怕喝出什么新病来？"夏亦良问。"不怕，怕个屌，老蛇皮呢，先消消毒，整几味草药进去熬——要真喝出什么新毛病了，也管屌他！人不是总要有毛病的吗？"赵大黑说。

突然，夏亦良和赵大黑在马冢石碑脚下，看见了几坨白花花的东西，像几团被冻僵的硬雪。两人走过去，吃惊地说："你看你看，这这这……银子！"

还真是几锭白白的银子，沾着将残的薄雪，在冬阳下，闪。这可能是近三百年来首次突然跃起于银子岩下的银子吧？

"姓赵的银子……"赵大黑热泪纵横，冲着银子岩磕了一串响头，说，"我总算见到银子了，夏亦良老弟，我们总算见到银子岩的银子了。哎呀呀，哎哟哟……这银子，我建议我们每人要一锭自己存着，其他的，带回街上给大家见识见识，我们总算见到这狗日的银子了！"

夏亦良点点头，说："好的好的，我们快回去，让大家开开眼！"

银子冰凉。银子在两人手中轮换着，跑着，银子好像跑出了些许的汗水。天穹下，银子岩仍旧滴着融雪的水滴，默然而立。

消　夜

弯月。望前街的小吃摊上，坐着几个闲喝漫吃的人。

望前街的小吃摊不多，只有四家，紧挨在一起，就在离赵大黑按摩店不远的拐角处。你看，按摩店的霓虹一照过去，把各种小吃也照出了点迷离的模样来。啤酒瓶从桌上坠下来，钱二一张手，竟捏住了。他又将杯子倒满，冲对角一个年轻人说："来，整！再整！"

年轻人也不含糊，直接将一瓶啤酒倒进了喉咙里。“再整……”年轻人抹抹嘴角，说。

“该小张喝了。”钱二说。被叫作小张的人眼睛已经直了，她胖胖的，看看钱二，又看看年轻人，却好像均未能看真切什么。小张张了张嘴，什么也没有说。

旁边，歪扭扭坐着另外几个半醉的男女。

“你们每天都要烧香拜那些银子吗？”钱二问。好像没有谁听到似的，谁也没搭腔。

钱二不再喝了，嘴里哼起不成调调的川戏。

小张侧过脸，看天上斜着的弯月。

许不疾老夫子还会在这样的夜晚梦见什么呢？小张认识许不疾老夫子，小吃摊上吃夜宵的男男女女们都认识许不疾老夫子。这几个醉醺醺的人中，只有钱二是本地人，其他都是赵大黑店里的。小张是按摩女，挨着小张旁边的另外三个有胖有瘦的也是。与钱二对喝了不少酒的年轻人叫毛坤，在替赵大黑管店。还有一个年轻人小迟，早喝醉了，将头倚在壁上，扯着细微的鼾声。

许不疾老夫子的确已经睡着了，在隔着十多户人家之外的木屋中，他的鼾声也很细微，仿佛漾了一小片薄薄的月光在里面。

黄昏的时候，许不疾老夫子在赵大黑的店里找人剃光了头发。快一百岁的许不疾老夫子，头发却依旧黑黑的。许不疾老夫子看着满地的黑发，对赵大黑说：“你应该多去找找那些银子！”

赵大黑有些激动。“这虽然只是几锭民国时的银子，但只要有了这些银子，就肯定会有其他的老银子！”许不疾老夫子说。赵大黑点点头，把旱烟点好，塞到许不疾老夫子手中，连声说：“是的是的，应该的应该的。以后还要多托您老人家的福分呢……”三年多前赵大黑和夏亦良在马家下找到的那几锭银子，就搁在按摩店新设的香案上，闪动着几缕硬实的光芒。

我是个粗人。我喜欢那几锭银子摆在赵大黑按摩店香案上的样子。

已经过去三年多了，我还是忘不了我与赵大黑看见银子时那份好像祖宗又重新活过来的美劲。我们在马冢下跳着嚷着，我们一路跳着嚷着。到了街上，我们跳得嚷得更凶了。大家轰一下围过来，也跳着嚷着——我们都看到了银子，看到了命，看到了以为完全不可能看到的又理当看到的某种东西。银子很少，只有几锭，“值不了几个钱！”按摩店的小胖妞小张说，但我们还是看到了几百年来差点毁了多少人魂魄的那点东西。

许不疾老夫子什么话也没说。他站在人群中，目光湿湿的，看着银子。他的目光中，好像又飞过了那把木剑瘦弱的身影。

正是从那天起，我也开始写起日记来。许不疾老夫子已早不写日记了。我们发现银子的那天，他一反常态，回去找张纸重新写了页日记，可之后再没有写过。但我要继续写下去。我识字不多，但我觉得那些字已足够用来记我们这望前街流过的日子了，哪怕写错几个字，也是没多大关系的，是吧？我是个粗人。日子总有错或者对的理由，你绕不开，你还得把日子过下去。

我听见钱二和那些人在小吃摊上喝着，说着。我认识那些人。小吃摊与我仅一墙之隔，油烟透过墙缝绕进来，找到了我的冥想。有人喝吐了，有人对着远处的土墙撒尿。而钱二似乎还在喝着，嘴里漫出低低的川戏声，是咿呀哎呀的《黑蚁传》。

小吃摊上的油烟绕到了更远的地方。钱二唱着。小张突然笑了起来。为什么笑？我是个粗人。弯月在油烟够不着的地方，静静矮下去。

弯月下，银子岩显得有些远，还有些虚渺。

山　路

我就是被许不疾反复梦见的那个被雪反复缠裹的迷迷糊糊的人影。

是的，我是老许。虽然许不疾在梦中未辨清我是谁，我还是老许。我就是那个离开银子岩已八十多年的老许。望前街还知道我的人已经不多了，我的确早已变成了一个模糊的影子——但我始终存在着，始终盘绕在这银子岩的风里雨里，阴里晴里，雪里雾里……

我是差点在山路上死过多次的人。我真正死去时，也正好是在回银子岩的山路上。

那是个大晴天，太阳通红，映黑我的身影。山路崎岖，远近看不见一个人。太阳下，连鸟声都似被晒焦散成了风尘，找不到半点踪迹。

我在山路上走着，一个人，拎着根杂木棍，走得有些缓慢。离开银子岩已经快三年了，我要回去守着那匹大岩，找我遗失的榆木剑。在回老家住了一段时间，想了一阵之后，我觉得自己还是应当再次回去，守着那匹白花花的银子岩。

我总记得我们许家老族谱里记载的那些稀奇古怪的事。两百多年前，甚至更早的时候，我们许家就将无数条命搭在了一堆堆沉甸甸的莫须有的银子上。银子从何而来？又去了哪里？——没有谁知晓。这些银子，当然不只与我们许家有关，据说它曾涉及朝廷的命数，涉及几省地界许多人的生计。所以，无数人都在以各种各样的方式，找寻着那些踪迹全无的银子。

这次回去，我还要告诉许不疾，他的一世祖，就是将那些族谱中的事刻进脑子后，拎着罗盘离开我的家园上路的。是的，我与许不疾有着同样的血脉，我们同宗，是同一个树蔸上长出的枝叶。我要告诉他，为找寻他的一世祖，我们许家也曾有无数人离乡背井，大费周折。

我在山路上走着，脑子里始终旋动着银子岩上的那幅窝棚图。我曾爬上岩壁去拓印过好几份。我带着其中一份窝棚图返回故乡，在祖坟山里将它烧成一抹黑烟。我可以断定，窝棚图的出现，要远远早于许不疾的一世祖抵达银子岩之前。图上的窝棚，是我老家一带最常见的窝棚样式——它与我的祖先有关，与从家园出发而又渺渺茫茫的某种宿命有关……我把那抹黑烟，烙在了故土低矮的天空上。

银子岩，久久地被搁置在凛凛风雨之间，仿佛某种被打碎过千遍又反复镶嵌的布满裂痕的企盼。

银子岩可能早已适应了太多疼痛。从洪荒之远，到枝叶横斜的种种力量，梦想银子岩把瘦削的身影泊在季候中。这样的季候，让岩石之光，一遍遍浸入人们坚守多年的夙愿……

银子岩还可能参与过所有人锈蚀多年的苦乐。巉岩在晨昏边缘飞翔——它燃烧的翅翼接近什么？一个人，还有更多的人，在岩石的暗影里，叩响草叶以及虹彩的追忆。

银子岩把影子向偏东南面挪过去一小片。

蝙蝠找到了遗忘的理由。它们将翅膀悬挂在风雨深处，蝙蝠，用不断剥蚀的雨声，触痛一片黑土殷红的惊悸。

一块石头，突然想说出什么——

一块石头，移开。它翻越春天，或者其他季节——一块疼痛的石头，在典籍上，回溯，银子及银白石头隐藏的絮语。

一块石头，战栗……

我在山路上走着。我是比雨声更为冰冷的游魂，是一只鸟窄臀上的暗斑，是酒滴通红的脸色，各种脸色——抑或蚂蚁骨骼中吱吱作响的懊悔，是霞光表面的皱纹，是憎恶，是土粒试图接近的欲望，是草虫摆动的触须，挂着露水的触须——是火中的光焰，是被谁写错的昵称，是你肚脐下跃动的星迹……

我在蚂蚁的脊梁上，雕刻整个黄昏起伏的声息。

——是的，那天，太阳通红，我看见了那些密密麻麻的窸窸窣窣的蚂蚁。黑色的、黄色的、灰色的，还有绛色的蚂蚁和其他形形色色的蚂蚁。蚂蚁成堆成团，成群结队，成丘成陵，成颤抖，也成惊惧。还有些蚂蚁有透明而轻盈的翅膀——蚂蚁同样占据了狭窄的天空——蚂蚁的队列一片混乱，一片驳杂，闪烁着镰刀般迟钝的抑郁。

蚂蚁，挤满了整条弯弯曲曲的山路。

我好像被蝴蝶撞了一下额头，然后，又被蜜蜂撞了一下，然后，是嶙峋多年的那些蛾子，或者黑鸦和麻雀的细羽……我被撞了好多下，然后，我倒在大片嘈杂的蚂蚁之上。

我倒在蚂蚁脆弱的迟疑之上。我的身影破碎，好像正在成为蚂蚁骨肉的一部分。我好像只能破碎，只能在蚂蚁黝黑的奔走中轻轻裂开。谁看见蚂蚁是怎样将我疼痛的身影抬走的？

蚂蚁们损失了不少齿牙。蚂蚁，损失了不少关于往昔及未来的记忆。

山路弯曲，我死了，死在距银子岩不足十天路程的那些蚂蚁的光芒里。

山路，依旧崎岖而弯曲……

是的，我，什么都可以看见。

自从死在蚂蚁的身影上后，我好像在瞬息之间超越了所有的苦难或幸福，我从蚂蚁的肋骨中掘出自己日渐稀少的血性。我真的看见了很多很多。我看见了那双在银子岩上刻凿窝棚图的手，其中，右手腕上有一道伤疤；看见了第一个被银子岩的蓝雾刺伤的花骨朵；还有那些为了寻找或守护银子一家挨一家拼接在一起的房屋，一条被银子聚合起来的逐渐扩大的街道，死去活来的多种灵魂，水滴中反复捶打的近似于银两之类的嗥叫，风的骨殖，风藏在骨殖中的大宗寄托，蜻蜓侧转的追缅……我看见的东西越来越错杂，凛冽，凌乱。我还能看见什么？

榆木剑在许不疾衰老的手里，颤着。

霓虹映照着赵大黑按摩店香案上那弯冰凉的空旷。

可我看不见一丝一毫的那些所谓的银子。啊，银子，我看不见银子的尾巴、脚趾、脊梁骨、血；看不见银子卷曲的祈求、呼啸、爱；看不见银子的光影里旋转的恨，以及咒骂、缄默、酸涩、苦楚……

我把银子岩的累累土石及山形看了个透。但我始终没有看见那被传说了数百年的银子的一丝丝影子。

我在天风之间紧盯着赵大黑和夏亦良兴奋的脸孔。他们说他们看见了银子！他们看见了我看不见的银子？“姓赵的银子……”被寻找了数百年而今正不倦奔跑在风声中的银子——“什么样的银子？”——赵大黑磕着头，夏亦良涨红着脸，他们从马冢下嚷叫着，走过。

我看不见那些被他们叫作银子的东西。

但总有什么在他们二人手里轮流转着，转圈，转圈，翘着尾巴，我看见了么？是不是像几只唧唧乱叫的灰鼠？

是吗？仿佛还真是几只被火焰追逐的灰鼠。

回　声

刘副乡长刘比出事了，说是被查出贪了数十万元公款，大概是会被判好多年的吧。

胡年禄在石灰窑边站着，看着银子岩的影子一寸寸暗下去，直暗到掠斜柏枝的风声里。毛狗洞边，乱躺着些大大小小的石块，大都是以前刘副乡长扔过去的。石灰窑和沙石厂开了许多年，银子岩背后的山形也被挖得走了样。鸟雀们飞着、噪着，逐渐暗下去的风声，好似正给它们拓着更为空旷的远方。

风开始烈了，噼啪打在岩石之上。

许不疾老夫子立在街檐下，看着银子岩。

许不疾老夫子立在水碾坊后的巨石边，看着银子岩。

这几天，他好像总听见那几张毛边纸在发出瑟瑟的声响。老许已经离开多少年了？老许拓印的窝棚图，已然卷角，已然发出铁锈般甜丝丝的味道。“钱二找到了那柄木剑，我买下了它。我记熟了那剑柄上的蛇形图案。可这又有什么鬼卵子用呢？”许不疾老夫子轻咳了几声，然后说。

余老幺把那些字、图刻在水碾坊后的巨石上时，他曾想到过什么？这个余老幺，让碾坊里供着的财神爷始终牢牢盯着银子岩。河水长流，巨石挣不开焦灼已久的臆想。余老幺腰缠几绺坚硬的大水，猝然远去。

银子岩打着悠长的盹。

谁知道那在星月之下叮当作响的，会是巨石上哪几个颤抖不已的字？

而望前街上的光景逐渐陈旧，又逐渐翻新。许多人死了，许多人，正在艰难地死去。望前街从第一个落脚在此找寻银子的人奠下的第一块基石中闪出，窝棚参差，从一户，到三五户，再到十户、百户、数百户……望前街翻越烟火人间，把千百种生计与爱恨植入人们的血肉中。然后，铺陈出一幅大写意的浩渺而凝重的生涯，就像银子岩上的那幅窝棚图，漫漶而又真切、深刻。

“我可能就要死了。”已经一百多岁的许不疾老夫子说。

我可能正在死去，银子岩说。

“窝棚图前年为什么会突然塌下一块？”许不疾老夫子说。

窝棚图旁边石缝里的那条黑蛇，又要蜕下它薄薄的壳了——银子岩好像又在说。

“我要把那些白云，刻在大岩上去……”许不疾老夫子还说。

银子岩，正留下风不朽的低吟。

“有些血脉中好像还真值得藏着掖着点什么银子——”谁在说？

白马好像重新浮上了静静的山岩。

“蚂蚁，挤满了整条弯弯曲曲的山路。我好像被蝴蝶撞了一下额头……”

银子岩似乎又老过去不少。

孙小元的儿子孙银读完大学后，在外边谋了个职，便很少再回望前街了。

我是个粗人。我还是要守着许不疾老夫子那堆即将被灰尘淹没的日记。我的日记刚起了个头，丢了弃了，伤不了望前街的筋骨、血脉。但许不疾老夫子的日记长在望前街血肉中，支在银子岩魂魄中。我要守着它们，看它们被风一页页翻开。我要看风把日记翻到直搔你们痛痒处的那些纸页间，看你和你们的祖宗跳跃、嘶喊，撕碎满脸难以闪避的愧疚抑或自豪……

我要看银子岩在灰黑的日记中苍老，然后远去。

赵大黑还在吃着用蛇皮熬制的浓黑药汁。

那天是除夕，孙银牵着孙小元走过街头时，稀里哗啦的鞭炮声，骤然响起。

孙银举起手机，对着银子岩拍了张照片，发给了远方的未婚妻。不一会儿，未婚妻回了条短信："哎呀，好漂亮的白岩，简直就是块可爱的洁白的银子！你可以守着它好好过大年了。"

鞭炮还在炸响。

许不疾老夫子把一支烛插在堂屋的香案上。

风又拍了拍岩壁。天光渐合。银子岩，正缓缓抖落这个季节最后一束遥远的回声。

旁观者

马金莲*

也许是因为夏粮严重歉收了，秋粮在给我们做补偿，这年的秋庄稼长得分外扎实，三亩莜麦刚割倒，就紧跟着杀高粱了。往年的高粱哪有这种长势呢，秆子粗得不像高粱，简直就是玉米。我们头一天都砍断了一把镰刀。第二天不敢再使用木镰架子，直接换成了铁镰刀。在密匝匝的高粱帐子里，人撒进去就被绿中泛黄的丛林淹没，彼此望不见身影，只能听到镰刀砍伐秸秆的脆响，咔嚓咔嚓咔嚓响个不停，一排排高粱死尸一样唰啦啦倒地。一趟割出头，我和嫂子都累得喘气，我们坐在地坎上磨镰刀。嫂子抹一把汗，望着整整五亩高粱，目光从低处升腾，渐渐地抬高投向空旷辽远处，叹一口气，愤愤地说五亩啊，这么多，这么凶，啥时候能割光呢？等把它们割完你我的头发都熬白了！

将落的太阳在山边上看着我们，好像在无声地怜悯着我们这一对留守妇女，我看一眼嫂子，意思是收工回家吧，还要做饭照顾孩子呢，活计留着明天再干。嫂子往磨石上吐一口水，霍霍地磨，说再割一会儿吧，反正都是你我的活儿，我们躲过了今儿躲不开明儿，还不如早割完早清净，再说糜子燕麦还等着呢。

我也望一眼高粱尽头那高爽的天，大雁排着队正从头顶经过。我浑身酸困，连感叹一下的力气都没有。一个弱弱的声音从远处山脚下传来。风大，我们没

* 马金莲，女，回族，出版有小说集《父亲的雪》《碎媳妇》《长河》《1987年的浆水和酸菜》《绣鸳鸯》等。曾获《民族文学》年度奖、《小说选刊》年度奖、首届朔方文学奖、郁达夫小说奖、中宣部“五个一”工程奖、首届茅盾文学新人奖、第十一届骏马奖。

在意，磨了镰刀，咬几口干粮，然后爬起来准备重新开战。一个小身影爬上坡，边爬边喊，渐渐地近了，竟然是嫂子六岁的儿子。新妈新妈快去看，你家祖儿被锄头砸了脚，淌血呢，奶奶叫你回去看。我一看这孩子跑得满脸汗，不像在撒谎哄人，赶紧丢下镰刀往家跑。夕阳浓郁得像稠糊糊的血，我踩着自己巨长畸形的影子跌跌撞撞跑，影子像浸泡在浓稠的血液里，又像大红油彩涂抹的油画。我只觉得自己一步一个血印，脚底板全是汗。奔进家门，哭声扑面而来。女儿哭得汗直冒，濒临崩溃，嗓子都沙哑了。

公公婆婆一看我进门，赶忙闪开在一边，婆婆忙不迭地解释着孩子受伤的过程。我哪里顾得上细听呢，赶紧查看伤势，右脚脚面，一个三角形口子，血在汩汩地冒。看样子已经流了不少血，擦过的卫生纸丢了好几团，殷红殷红的让人看着惊心。锄头明明倒立在门背后，谁知道这娃怎么了，过去扳倒了，锄头倒栽下来就挖在了脚面上。婆婆的语气尽量保持着平静，不过我还是能听得出老人心头的愧疚。那个肇事的笨重锄头躺在不远处，显得无辜而无知。我伸手指头一按，女儿哇地惨叫一声，大团暗血顿时涌出，洞口很深，三个指头足足陷进去一寸，看样子伤势不轻。

孩子还在哭，我赶忙抱起来哄，走着哄，小跑着哄，许诺给她煮鸡蛋，买糖糖，买气球，买小汽车。怎么都哄不住，她就是扯着嗓子哭，哭得气都要断了。这孩子一贯不是这性儿，属于比较皮实的类型，从小长这么大没少从炕头栽下来挨跟头，每次挨了跌，稍微哄一哄也就没事了，甚至能额头上吊个大青包又跑出去玩。现在这么哭，只能说明她疼，疼得挨不住。

婆婆从炕席下翻出一疙瘩头发烧了，拿着灰往伤口上压，头发灰止血。血液汩汩，很快冲走了那点灰。祖儿扎着小手说疼，疼死了，妈妈疼死我了。公公当即决定，带她去医院，可能伤到骨头了，得拍片子看看才放心。顾不上换衣服，我抱起孩子，嫂子这时候也赶进门，她会骑摩托车，发动了那辆大伯子留下的老豪爵，驮着我们娘俩就往附近的卫生院奔去。

我心里热油煎着一样，既可怜女儿，恨不能把娃的疼痛拿下来放到我身上由我来承担，又担心天黑了路不好走。摩托车在狭窄的土路上颠簸，孩子的哭声一直没有中断。她越哭我心里越烦，等到了乡街道上，夜色已经落下来，稀稀拉拉的路灯近似吝啬地睁着色眯眯的眼。卫生院值班室灯亮着，却没有人。嫂子跑前跑后喊人，喊来了端着茶杯子的王院长。王院长大概看了一眼脚面，说去县城看吧，我们这里也就是简单包扎，条件有限，就算拍了片子，估计也看不清楚。我低头看，捂着伤口的卫生纸和一片白布都被血渗透了。王院长给了一片纱布，说包上快找车上县城，别磨蹭。

这时候了到哪里找车去，我一着急就心里乱了，不争气的眼泪扑簌簌落，心里恨起了常年在外头打工的男人，一年四季眼睛里就认得钱，哪里想过我们妇道人家留在家里的不容易呢，平时还罢了，这遇上事情我们女人家就是没翅膀的鸟儿，只能瞎扑腾啊。

嫂子倒是冷静，很快到街边找了一辆小面包车，雇它去县医院。价格自然比白天贵了两倍。我心疼钱，又害怕这摸黑带夜的奔波不太安全，有点犹豫，说要不抱回去，缓缓也许就好了，咱山里娃娃哪能那么娇气呢？嫂子一把将我推上车，快走，磨蹭啥呢，娃娃要紧。车子马上摩擦着低沉的夜色往前疾驰。渐渐离开了乡街道两边的璀璨灯火，夹道两边的白杨好像陡然变得比白天更大了许多，一棵一棵之间的距离也拉近了，车轮在三级公路上沙沙响，树木像一个个叵测的黑影扑面倒下向我们撞来。我真担心它们就这样压下来，把车和我们一起压在下面。担心自然是多余的，师傅开得不错，也许他也在真心替我们担忧，所以开得很快，感觉车简直要在暮色里飘飞起来了。我不得不提醒他慢点，还是安全为上。女儿还在哭，不依不饶，两个小手扎起来胡乱撕扯，在我帽子上一把，衣领里一把，我心里烦躁，狠着心肠扇她两巴掌，狠狠地吼了一嗓子。孩子吓呆了，哭声竟然渐渐地小下去，等颠簸了一半路程，哼哼唧唧的哭声完全停止，枕着我臂弯迷迷糊糊睡了。

进了医院直奔三楼骨科。楼道里的灯暗沉沉亮着。护士值班处没人。医生值班室门开着，也没人。女儿醒了，呜呜呜又哭开了。我只能抱着她在楼道里找人。推开一个病房门，一个老头儿说医生肯定休息了，在休息室，你去喊吧。我找不到挂休息室牌子的房门，正徘徊呢，几个人抬着个大男人来了，脚步噔噔噔，震得楼道都颤抖。大夫大夫快快快，快抢救！有人冲过来对一间没挂任何牌子里面黑灯瞎火的房门猛踹。踹了十来脚吧，楼道里探出好几个病人家属的脑袋来观望。门开了，一个矮个子男人闪出来，穿着白褂子，我一看正是大夫。大夫揉着睡眼，一看那人血糊糊的，手一挥，去急诊科吧。一个胖子口气很冲，打架伤了骨头，得你们骨科看。大夫说都这个样子了，我骨科看不了，等急诊科看了，确定为骨伤，再转来不迟。对方悻悻地，抬起人，一阵脚步杂乱，旋风般消失了。我赶忙抱着女儿凑上去。他问了几句，抬手压了压伤口，这时候我才敢睁眼看伤口，血止住了，好像肿了，脚面明显高起来许多。先包扎吧，具体情况明天拍片子，根据片子再治疗好吧，先给挂点药。他开了药。我没注意护士从哪里冒出来的，她很麻利三五下就把女儿的脚包好了。孩子哼哼唧唧又拉开了哭啼的战线。住院单子开了，我抱着孩子跑一楼去交了费，又抱着她上来，按照单子上的房号去找病房。

甲级7号，里面灯亮着，但是门关着，从里面上了锁。我试着敲门，没动静，再敲，还是静悄悄的。我心头火冒，忍不住连续敲，嘭嘭嘭，嘭嘭嘭。还是静悄悄的。看样子里面的人睡死了。孩子烦躁，一个劲儿哭，一副不把我催死誓不罢休的样子。我抽一口气，鼓足了劲准备再次狠敲，门忽然开了，无声无息敞开到了最大。我愣在原地，怔怔地扫视里面。两张床，靠里的上面睡着一个人。门口的空着。一个女人面无表情地站在门口冷冷看我。我心里早就很不舒服了，也不看她，绕过她进屋，看样子这女人刚才就睡在这床上。淡绿色被褥上套着上一任病人留下的蓝色被套床单，蹭得四周都起毛了，脏兮兮的模样掩饰不住，透过护罩渗透出来。这是县城医院很常见的，我没有权利嫌弃。一个护士跟着进来了，匆匆将一套新拆封的蓝色医用床单铺在床上，套了枕头和被子，又面无表情地走了，到门口打了个毫无遮掩的哈欠。那个开门的女人竟然一直站在那里，这时候她好像如梦初醒，也跟着打了个大哈欠，却好像怕吵醒了什么，用手掩着嘴，把哈欠声逼回喉咙深处。过去将床上的病人往里面推了推，自己骗腿靠上去，也没枕头，蜷一个胳膊当枕头，面朝里睡了。但是她明显不敢挤着里面的人，只能将屁股使劲地往外面凸鼓，减少自己占据的面积。护士来给女儿挂吊针，扎针的时候孩子自然不愿意，又是一番哭闹。直到液体沿着塑料管子滴进身体，她才渐渐乖下来。夜里两点了，我不敢睡，瞅着高处的液体一滴一滴减少。

女儿忽然从梦里醒来，一双手互相胡乱抓挠。我一看手背红了，接着肿了，显然是蚊子叮了。这病房有蚊子？真是没想到！我嘀咕着把女儿放枕头上，起身打蚊子。那女人忽然偏过头来，蚊子多得一群一群的，是你进来不关门，才把蚊子放进来了！说完头偏过去，重新酣睡。

我被这没头没尾的话击中了，有些蒙，有些傻。我呆呆坐回去，仰头望屋顶。白灰粉过的平顶和四壁一样，经历了岁月和迎送了无数病人，这病房和这座医院一样，到处呈现出一片难以掩饰的仓皇破败和明目张胆的脏乱。到处乱糟糟的，到处是病人用过的医用垃圾和家属丢弃的生活垃圾。医院要迁址，新大楼已经在建了，这旧医院完全地呈现出一副破罐子破摔的凑合景象来。我的目光终于落在那女人身上。她静静睡着，给人感觉她一直在酣睡，压根就没有醒来过，也没有冲我发射过那句戗人的话。我却久久回味着那话，谁都听得出来她的抱怨。是我把蚊子放进来她不高兴了，还是我们来了，让她没地方睡觉才心里不痛快了？这么思量着，我心里也有情绪了。我们住院交了钱，我们占用我们的床位天经地义，凭什么你不高兴，又不是你们家的。

五点钟药才输完，针头拔掉后我再也支撑不住，一头栽倒睡死过去。蒙蒙眬眬中有人在争吵。男人的声音很大，明显脾气不好。在骂什么。透过骂声的间隙，溢出一丝柔和的女音。女人在解释什么。男人不听，不饶，女人的解释更煽起了他的火气，骂得更凶了。我慢慢睁开眼，电棒的柔白光泽射入眼睛。我从嗓子深处调动一口唾沫来滋润干涩的舌头。我有多久没有和男人吵架了？大半年了。春种之后他离开的，去乌海工地上了。本来割麦子时会回来夏收，可夏粮薄了，接近绝产。残余的那点马毛一样的麦秆子，我和嫂子用镰刀刮了一些，实在挂不住镰刀的，让人直接把羊群赶在里面踩踏了。夏季后期雨水多得出奇，公公趁着地皮柔软老早就把麦子地翻犁了，然后种了十亩燕麦。现在燕麦长势凶猛，可以赶在霜冻前割下给牲口做草料。公公做主给儿子们打了电话，让他们不要回来，安心打工挣钱，家里的活没多少，我们能扛下来。公公的决定让我和嫂子心情很矛盾。我们其实是盼着男人回家的，就算庄稼薄了，也可以回来看看人的。他们难道不知道，这个家里除了麦子，还有两个适龄的女人也在期待着一场透雨的浇灌。这样的期待随着日子一天天累积，像无形的山压在我们心上，我们心里有了幽怨，藏着火气，却不能流露。有时候我半夜里醒来，望着黑漆漆的顶棚，想找个人吵一架多好啊，狠狠地骂，无所顾忌地骂，想起什么骂什么，实在骂不过就冲上去一把抱住他胳膊狠狠地咬，最好咬得鲜血直流。

耳畔的吵架声很真实，是有人真的在吵架，不是幻觉。男人说跟死猪一样，还伺候我呢，挤得我一夜没睡好，死婆娘，就是个没眼色的死货！我慢慢坐起来，觉得奇怪，这不像是夫妻间打情骂俏，男人的口气里充满了烦躁，还有那么一丝戾气，听不出疼爱和宠溺。女人正撅着屁股往盆子里掺水，冷水里倒了些开水，然后把一条毛巾泡软了捞起来，抱着男人腿慢慢往这边搬。她的动作很轻柔，轻柔里带着明显的小心，好像她在侍弄一个柔软无骨的婴儿。那个脚板很大，在女人偏小的手心里，更加给人突兀嶙峋的那种大。

这是一对打工者的脚。我一眼就看出来了。我的男人也有这样一对脚。我们新婚那会儿，彼此看着亲昵，有过给对方洗脚的事儿。当时我捧着他的大臭脚，反复打量，觉得新奇，咋这模样呢？看着是一个刚刚成熟并且趋向稳健的男人脚，却又过早地显出一种经了风雨的沧桑味道。骨骼的轮廓，硬痂的厚度，肌肉的磨损度，包括伸展开来的那种有些犹豫又有些羞涩的状态，让人不由得就联想到工地上水泥点子一样分布在不同空隙不同位置的打工者。嫁给他之前，我从来没有想过那些扛活儿的人和我有什么关系，可以说那些冷冰冰的水泥钢筋石板和我压根就没关系。我只在城里马马虎虎念了三年初中，就彻底离开了，重新回到了乡下。城市和我没什么必要的关系，至多我在学校那钢筋水泥浇筑起来的教学楼住宿楼之间穿梭了三个春夏秋冬。可是我嫁的男人在城里打工，这好像让我又和城市具备了某一种联系。这让我在捧着他的脚的同时，猛然回想起初中三年度过的日子，那时候活动范围小，根本没注意农民工，唯一有印象的是，学校后面维修实验楼，宿管老师一再强调大家晚上睡觉关好宿舍门，因为农民工在工地上出入，有潜在危险，谁不听劝，出了事儿校方不负责任。好像从那时起说起农民工，我潜意识里就会想到他们是社会不安定因素的一部分，在某种情况下会变成抢劫犯强奸犯或者别的什么角色，反正都和坏事有关系。

女人把毛巾轻轻捂在脚板上，然后从上往下擦拭。男人直挺挺躺着，好像没有感觉。亮色从他挨近的窗玻璃透进来，照亮了整个狭窄的病床。看得出是一对夫妻。男人三十来岁吧，头抵在床头上，脚一直伸到了床梢子，就算躺着也能看出是个身材高大的人。女人站起来了，端着盆子出去倒水。我冷眼看着，心里想着她昨夜对我的不友好，我看她的目光就有些不厚道。她太矮了，勉强也就一米五吧，反正肯定不会突破一米五五。却胖，身材不好看，而且是那种锥形体型，上身圆嘟嘟的，屁股大，腿子短。这样的女人还谈什么身材。她扭着圆鼓鼓的屁股挤出门去。一会儿又来了，换了一盆水，重新蹲下洗脚。可能好多天不下地走动，短暂的闲散，养嫩了男人的脚，那些死皮硬痂竟然开始脱落，泡下来好些白色鳞屑和油腥，在水面上浮起来一层，让人看在眼里忍不住犯恶心。她好像没感觉，有些迟钝地搓着、揉着，完了用一把指甲剪剪指甲，剪得啪啪响。一会儿再去换水，反复折腾好几遍，水总算清澈起来。这时候我才看清窗外是一栋在建的楼，八点刚到，戴着红色安全帽的工人陆陆续续出现了，钢筋相撞的尖利声响，搅拌机的哗啦啦，打桩机的轰隆隆，像协奏曲一样合鸣起来了。男人的目光一直盯着窗外，其实他什么都看不到，从躺着的角度看出去，只能看到刚竖起来的钢筋像凌乱的枯草，近似绝望地奓着手伸向半空，好像要对着高远的苍穹倾诉什么重大的秘密。真不知道什么人这么心急，医院还没迁出去呢，这就开始搞新的建筑了。我慢慢过去，斜站在这男人脚后，从这个视角望过去，可以看到建筑队劳作的场景。我丈夫也是一个架子工，这些年他在乌海的工地上绑架子，据他说所有的大楼都是从最初的钢筋架子开始搭建起来的，架子就是支撑起一座建筑的骨骼。

我用目光在人群里寻找着架子工，一抹微茫的希望在心里蔓延，我试图从中寻找出丈夫的身影。这是不可能的，这一点四岁的女儿都懂得。所以她昨夜疼得受不了就哭着喊妈妈，我被吵得又难过又心疼，质问她为什么不喊爸爸，那个没良心的凭什么把娃丢给我一个人他在外头逍遥。女儿卷着胖乎乎的舌头说爸爸听不到，爸爸在乌海。有一个身形单瘦的小伙子，我确定他是一名小伙子，他已经高高地爬到第五层去了。有安全帽遮挡，我看不到他的面相，再说太远了，我只能凭借单瘦灵活的身形判断他是个小伙子。他没绑保险绳。我一眼就看出来了。没风，但是他腰里的衣服好像在朝一个方向胀，显出他的腰身来了，好身材。细腰，长腿，窄胯，这样的男人适合做模特。腰里空荡荡的没有那根我熟悉的保险绳。我哄女儿乖乖坐着，我出去买早餐。提着包子和稀饭进了医院，侧门的预制板小房里有公用电话，我打通了，丈夫的声音带着乌海秋天的干爽传了过来，啥事儿？他问。我强忍着眼泪，不能告诉他娃住院的事儿，我说你摸摸腰里，别忘了系保险绳啊。

我把相同的话重复了一遍就挂了。

病房里挤满了人，吓我一跳，以为自己走错了，退出来。再进去，没错，女儿蜷缩在最里面的角落，小手里紧紧抱着一个大香蕉梨，见了我咧嘴就哭，悄悄说坏人，好多坏人。

一共多出来五个人。这么小的病房里，一下子多出来五个大男人，确实显得拥挤。那张床边坐了个老汉，唯一的小凳子上坐着个穿夹克外套的年轻人，剩下三个人齐刷刷挤在我们床边。那个女人已经把洗脚水倒掉，没地方坐，在床尾站着，忙着给大家分发梨子吃。女儿手里的香蕉梨想必正是她的馈赠了。

我悄悄戳一下女儿胳膊，责备她怎么随便拿了陌生人的东西。女儿抱紧了梨子，好像怕我会夺去还给人家，理直气壮地说那个姨姨给的，她不是生人，我们认识，她是小翠姨姨。我惊讶得眼珠子差点掉下来，这小东西，还挺能社交啊，这么好占便宜，长大了让人家男孩子用一颗水果糖就能骗走吧。生人多，不是教育孩子的时候，我只能哄她先吃饭。

现在人都在这儿了，大姑父我也请来了，咱们把事情解决一下吧，这么拖着对谁都不好。一个声音忽然冒出来。这声音怪怪的，明明是个很清朗的嗓音，却好像有意压抑着，不让这一分清爽流泻，声音是从嗓子眼里挤出来的，被压扁了，给人一抹不舒服的感觉。我偷眼看过去，最后断定声音是从夹克衫竖起来的领子里发出来的。他好像怕冷，使劲地缩着脖子，声音也不像是从嘴里发出来，而是从某个衣兜的深处犹犹豫豫掏出来，掏出来不敢示人，鬼鬼祟祟打量着现场，在掂量此时此刻的氛围究竟合不合适掏出那些话呢？

好像有一股力量，像蛛网，粘着所有人的目光，把所有的目光都集中在一个地方，那个老汉的身上。大家齐刷刷望着老汉。我感觉这些目光形成了一股合力，无声，无息，无形，却有重量，全部压在了老人弯曲的脊背上。老汉自己也感觉到了这种重压，他在这目光里渐渐地矮下身子，好像不堪重负，要从床边上滑下去，直接趴到地上。但是他强撑着，他其实是个精瘦的人，锁骨那里凸鼓起来，好像骨头碴子要戳破皮肉，直接冒出来。这副骨架有些忧伤地撑着外表单薄的血脉和皮肉。他将床边的蓝色化纤床单抓在手里，往里面掖，卷边了，怎么也掖不进去，刚进去又翻出来。他好像和那一道卷边铆上劲儿了，不断地掖着，掖着，大手在颤抖。

他姑父，你好歹说句话吧，我们这里就等你吐核儿呢——你也晓得，我们都忙得很——

声音很清楚，不论是吐字、气息还是语调，都很清晰、匀称、平静。是靠我最近的一位说的。他也是个老人。勉强算个老人吧，五十来岁，身材富态，保养不错，满月脸白白亮亮的，尤其一双手，搁在膝盖上，手背肉乎乎的，十个关节上竟然凹下去齐刷刷一排旋涡。让人有一种欲望，想上前对着那旋涡挨个儿按一按压一压，试试那软乎乎的手感。我虽然是个村妇，但是也见过一些官儿，村里的干部，偶尔来下村的乡干部，去年配合丈夫申请无息贷款时候到乡政府去按手印还见着了分管的副乡长呢，凭我的见识，我断定这个半老的人不是农民，而是个有工作或者有钱的人。只有具备这两样中的其一或者两者全部，才能养出这么一张炫白富态的脸，和这么一副雍容从容的气度。

是啊，事儿发生了，咱就全力解决事情吧，这么拖下去对谁也没啥好处啊，牛监理不在，严重影响我们工程进度了——最门口那个年轻人说。他说话语速很快，声调不稳，就如一个瘸子在夜里赶路，高一脚低一脚。

老汉抬头扫了大家一眼，目光在最中间停滞了，就像那一片的空气里含着浓密的糖分，将他的目光黏住了，他扯不开去，有些艰难地犹豫了一下，终于挣脱了，划过去，又低头用大手去掖翘起来的床单。气氛很压抑。我这个局外旁观的人也感觉到了这种不舒服的氛围。我悄然观察，有些迷糊，这些人什么关系，谁是谁的姑父？看样子是要解决一桩案子了，可这其中究竟有什么内幕和牵扯，我一时看不懂，这时候我很强烈地感觉到自己作为一个常年在乡里下苦的家庭妇女，对这个世界的见识真的很少很贫乏。

我肚肚疼，拉稀稀——女儿的童音打破了沉默。

我赶忙抱她去厕所。厕所的卫生状况更直接地显示了这座医院被搬迁的必要性和迫切性，它以一种破罐子破摔的姿态显示着一种不堪入目的脏乱差。池子里塞住了，大小便漫溢出来，遍地都是，简直没法下脚。我抱着女儿正哄她快点，一个打扫卫生的女人进来了，用拖把哗啦哗啦蹭着地，大声骂着病人家属的龌龊，说公共环境，大家都不爱惜，自己明明早晨打扫过，这才几个小时呀，就已经成了这样，害得自己总是挨骂。她戴着和大夫护士一样的蓝色口罩，看不清具体的长相，从声音和那泼辣劲儿可以推测是个中年女人，也可能更年期提前到来了，也可能婚嫁不顺、子女不孝，反正她脾气很不好，气哼哼的，拖把在地上噌噌噌响，我真怕脏水溅起来飞我一身，赶忙替女儿擦了屁屁抱她逃离了厕所。

在病房门口我犹豫了，咋办呢，我竟然有点惧怕那些人和他们营造出的有些怪异、压抑的场景了。就算我反应迟钝，我也已经看出个大概来了。他们有要事要商谈，而我是外人，唯一在场的外人。我的存在，会不会让他们有不方便的感觉呢？门忽然开了，五个人前后随出来，最后跟着小翠。他们一直往出口走去。

病房里顿时空下来，亮堂多了。其实还是原来的空间和亮度，窗外浅灰色的天空被挤压得成了扁扁的一片，看不见太阳，能从阳光散射铺开的余晖上判断出外面是晴天。打桩机像一个只知道下苦，不知疲惫的老实疙瘩，一下一下，嗵——嗵——地叫着，沉闷地砸着地面，砸出让人心里很不踏实的闷响。这是非得把地球砸出一个大窟窿才罢休的节奏吗？我舒展舒展腰腿，慢慢挪到床边，试图透过后面脏兮兮的玻璃去看凌空行走在架子上的那些民工。因为丈夫的原因，我看到架子工就感觉有种特别的熟悉和亲切感，我试图从他们劳作的身影和姿态上想象丈夫此刻的样子。

床边发出喘息声。

我回头，他斜挣着身子，左手往右边够，右肘撑在床边上，试图翻起来。这样的挣扎，无声、冰冷、固执，不容置疑。我不敢劝，呆呆退回去，抱着女儿，一边哄她玩，一边闪眼打量那边的异常举动。别看他身板单瘦，原来挺有力量，两个胳膊支撑，竟然慢慢地坐了起来。我和女儿无声地看着，我不知道他这是要干什么。看看他真的坐起来，就要把腰坐直的时候，忽然被刀子扎了一样，哀号一声，颓然滑倒，回到了原来的样子。我已经断定，他的腰部出了问题。腰是一个人上下肢之间的轴承，他的轴承出问题了，上半身和下半身之间难以达到协调和统一。他伸出手来，紧攥出一个拳头，哐哐哐地捶打起栏杆来。如果刚才他是一个冷峻沉默的人，这会儿忽然变脸了，瞬间变换出一副难以遏制的爆发的嘴脸来。铁床栏是铁的，当初的蓝色油漆被不知道多少病人磨蹭得七零八落，面目斑驳，有一种沧桑从斑驳里逸散出来。

我没想到一个男人的拳头砸在栏杆上会是这样的响声，结实、空洞、凶狠、丧气、残忍。一下一下，像砸在我的心上。先是用左拳头砸，又换了右边的。输液管子连着，有些麻烦，他忽然一把扯掉了管子。血液和药液以同样的速度，从不同的出口往外涌。他不管，他嗵嗵嗵砸着栏杆。我赶忙跑出去喊护士。一个大龄护士脚步快，语声更快，进来一看怒了，一把按住那只手，将棉球和胶带缠上去，恶狠狠地鄙夷地说胡折腾啥哩，有本事家里折腾去，这是医院！

她摘下还留着一些药水的输液管子带走了。

他悻悻地躺着，像个做了错事有点后悔又有些不服气的调皮孩子。

门口一暗，小翠进来了，带来一身微寒的气息，双手捂着个塑料小桶。一把揭开，一股子热气混着香味扑人鼻息。

烩羊肉，是大补的，快趁热吃。

她没注意到丈夫的变化，蹲下去，只管坐在床边拉开架势要给他喂饭。舀起来一勺子，烫，冒热气，她低头吹，把香味吹得扩散了，满屋子都是。她噘嘴嘘嘘地吹，说不要以为把我舅舅搬来我就能让一让，这事情我不能让嘛，咋让哩？我心一软让了以后我的日子就没法过嘛，我们一大家子人口呢，要吃要喝要开销呢，娃娃还念书哩，你说这事情叫我咋说呢?！

这话没头没尾的。

但是他两口子懂。女人吹凉了，往男人嘴里送去。男人嘴唇是淡白色的，他忽然牙关一合咬住勺子，狠狠地咬，把自己咬疼了，噗一口吐出来，勺子跌回桶子，惊得汤水四溅。他悻悻地躺回去，神色凉凉的，你的娘家人么，你看着办么，你舅舅和姑舅哥么，你们打断骨头连着筋呢。

女人好像被这话吓着了，又好像早就预料到会听到这番话，她站起来呆了呆，不认识似的望着丈夫，好一会儿，叹一口气，把桶子盖上，转过脸来，一脸软软地笑，不想吃是吧，那先放放吧。我偷偷看，她竟然脸色平和，一副什么都没有发生的模样。她走了走，到门口，看门背后贴的一张沾满苍蝇排泄物的发黄的病房须知；又到窗口，隔着玻璃看外面凉飕飕的空气和正在掉落的树叶。忽然转过身来，下了决心似的，声音大得像跟人吵架，三万，少一分我不答应，必须三万。

男人一直凉凉地看着。那目光，空荡荡的，好像他不认识眼前躁动不安的女人，也不认识自己，他是个失去了意识和记忆的人，正在虚荡荡空落落的世界里，一点一点费力地努力地寻找，试图拯救自我。

必须是三万，就算是我亲娘老子出面也不行，我谁的面子也不看！随着这强调，她眼睛都红了，嘴巴鼓鼓地噘着，这样子，像什么呢，像娃娃在跟大人撒娇，但是拿不准到底能不能换来大人的疼爱和抚慰，有点忐忑，有点试探，只能用刻意放大的怒气来遮掩自己的心虚。

男人说没人逼你。

我个家逼我个家还不行吗？吃的喝的穿的花的上学的还有你吃药养病的哪一样不花钱呢？叫我有啥办法？到时候叫我一个女人家去偷去抢吗？我、我……

我从这声音里听出了一股力量，一腔幽怨。

但是她很快就意识到了自己的失态，及时闭嘴，蓄积在口腔深处的一股力量被硬生生刹住，没能喷涌而出。

门一响，开了，重新走进来五个人。落座，座位和之前惊人地一样，好像他们在这里坐了好多天好多年，已经熟悉到难以更改的程度，连坐姿也是丝毫没变。他们的身上有一股味道。羊肉的膻味儿，膻中飘着一缕香，香味难掩腥膻。他们吃了羊肉。与小翠提来的清炖不同，我可以断定他们吃的是手抓。整件的羊肉，配上大料葱姜煮熟，白切了蘸酱吃，手抓着吃，就是手抓了，谁不知道手抓羊羔肉是我们这一带最经典的美味。

这一回沉默时间不是太长。有人不允许太长。我身边的胖老汉站起来，咳嗽一声，又坐下，随着他的气息出进，我闻到一股浓郁的羊膻味从他口腔更深的地方喷出来。除了蘸酱里的蒜泥，另外他肯定还吃了大蒜瓣儿，晚秋饱满厚重的大蒜，刚刚进入胃里急于和前面到达的食物融合，于是便有了稀释和翻涌，随之产生的胃气随着饱嗝喷出来，腐烂前期的酸臭味儿暴露了这个人十分钟前下腹的东西。

他不看别人，独独盯着床边的老汉。即便在侧面，我也能从他的目光里感受到一股压力。这股力很凌厉。不是盛气凌人的那种凌厉，是表面绵柔，内核坚硬的那种凌厉，是不动声色无声无形却不容你质疑的那种凌厉。

他大姑父哇，娃娃们嫩，没经过事儿，哪里能看透这世上的风风雨雨呢，你来定主意吧，我们看着你说话。

其余人没言语，静静观看。我真担心他们要是轮流说起来，你三言，他两语，这狭窄的空间里肯定就全是羊肉蘸蒜泥的味儿了。

但是大家沉默着，像化石一样定定坐着，好像在比拼每个人屁股的坐力。

老汉的目光将儿子从头上摩挲到脚底，又从脚底摩挲到头顶。

刚生养下来身体差得很么，就这么长一点点碎人儿啊，他娘没奶，拿面汤汤儿喂着呢，一勺子一勺子的，费劲得很么……我拉扯成人不容易么……

我真怀疑自己的耳朵出问题了，这个老爷子，此刻，怎么像个老娘们一样开始了碎碎念呢？

依照这架势，我这局外人也看出了大概，儿子出事了，要求当老子的出面拿事儿，大家讨价还价，解决赔偿问题呢。

此刻，老爷子应该开口要价，漫天要价也好，按照实际出个底牌也好，都是此刻局面需要的。

可是他竟然从儿子的初生那时候讲起。

这个躺在那里不能动的大男人，和小时候缺奶喝面汤汤吊活了一条命，有什么必然的联系吗？

但是，包括能掌控大局面的胖老汉在内，大家没有表现出我所意料的不耐烦，他们都埋头听着，好像这个老汉是国家重要领导人，正在做十分重要的讲话，需要大家保持安静和肃穆认真进行聆听。

他脑子聪明得很么，一进学校念书就是班里的第一名，拿回来的奖状糊了半面墙么，要不是他妹妹考上中专，他肯定也是个大学生哩么。我那时节都想好了，女子就拉倒算了，女子么念的个啥书，叫儿子念，谁知道这贼娃子狗日的偷了几个钱跑了，从学校里跑了，跑出去才给我写信回来，说不念了，叫妹妹念，他打工挣钱供养妹妹。都是家里穷么，把娃的一辈子就这么给耽搁了么。

他把耽搁的搁，发成了“国”的音。

把所有的“了”全念成“咧”的音。

我慢慢回味着，这是西山里的口音，那一片的汉族都是这样。

我不由得重新扫视那个躺在被窝里的人，要不是老爷子的碎碎念，我还真不会知道，这个人小时候是聪明的，而且少年时候又做了比孔融让梨还伟大悲情的义举。他还是那么瘦，那么单薄，他目光定定望着屋顶，好像那里，白色屋顶上正在上演一场同样是白色幕布白色底板的戏剧，他看得投入而忘我。

我都没注意到啥时候小翠提着饭桶子过来了，她蹲下去跪在地上，又给男人喂饭了。

我被她男人的吃相吓住了，他一直不言不语默默睡着，谁知道会是这么一个能吃的人呢，狠狠地张大嘴巴，小翠舀起一大勺子，连汤带肉，小翠怕呛着他，小心翼翼地喂，他脖子猛然一梗，将勺子叼住，恨不能将勺子也吞进嘴里，吧嗒吧嗒咀嚼，扯着脖子下咽，不等咽下去，已经又张着大嘴等待了。吃相凶狠，目光也恶狠狠的，不知道为何看得我心里一阵发毛，他这个样子，真让人怀疑如果不是有这么多人在场，他会连女人也一把拉近狠狠地咬上几口吞下去。可能吃到了一块骨头，女人慌了赶忙用勺子去接，他不吐，鼓着腮帮子倔强地嚼，嚼得骨头咔嚓咔嚓响。

女儿忽然伸出手，肉肉，我要吸（吃）肉肉——

清脆的童音，像谁摔碎在地上的细瓷碗，脆生生在空气里滚动。没人理睬我们娘俩，小翠有些仓皇地应付着男人的狼吞虎咽。我悄悄俯身告诉女儿，他们是汉民，他们的羊肉我们不能吃。女儿才不理这茬呢，奓着小手，肉肉，吸肉肉——

这一对夫妻在这一刻，将十几年的默契推到了高潮，喂，吃，吃，喂，无声，无息，纯粹的黑白默片，人物配合天衣无缝。她斜拎起桶子，将最后一点汤倒进勺子，很快最后一勺汤进了他的嘴。他静静张着嘴，喉结在动，咕噜咕噜。嘴里不能说不想说不愿说的话，被喉结给无声地诉说了。吃完了，他推开桶子，咽下一口空气，喉结滚了滚，那就三万吧，给我三万块钱，以后取钢板、吃药、复查，都是我的事儿。能不能好，我听老天爷的安排吧。

刚吃完热羊肉的嗓音，掺杂着羊膻味浸润后的浑浊和艰涩。但是吐字清楚，每个人都听到了，也相信每个人都能够听得懂。

老汉猛然被人从往事里揪出来，脖子一梗，头偏过来，定定瞪着他儿子：太少了，五万，至少得五万。娃娃呀，你要把前前后后想好了，以后的路儿咋走呢，谁都不知道，眼前头的路儿黑着呢，我们只能走一步算一步了。但是得考虑得长远一点啊，五万元，你还要吃药呢，养伤呢，总不能吃平常的洋芋面吧，身子亏了，靠补着才能抚养起来。还有娃娃念书呢，还有一大家子的花销呢，你这个样子没个两三年不要妄想扛动活儿了。女人娃娃等着你养活呢，这不是耍笑的事儿，日子要一天一天过呢，不好过哇，没钱，挣钱的根本倒下了，你到时候哭都没眼泪呢。

老汉长着一张单瘦的脸，眼睛这一瞪，大得出奇，好像那张脸都兜不住那双眼，就要撑破了眼眶子，掉落下来。眼球圆鼓鼓的，淡白色眼膜底子上赫然布着一层红色血丝。我冷不防撞上了这一对血色的眼珠子，吓得我心里一哆嗦，不知道为什么就有了害怕的念头，赶忙低下头看别处。

至少得五万。老汉举起一个手，生硬地叉开五个指头，举在眼睛前看了看，慢慢地擎高了，横过来伸在大家面前。这手像一面旗帜，没有风，它不能摇摆，但是它坚持不倒，好像要成为一个标杆永远立下去。

就算我是农村妇女的脑子，我也已经弄清楚这其中的双方势力了。坐在我床边的三个人和那个坐板凳的夹克衫，是同一个阵营；剩下的是老爷子和儿子儿媳。

现在老爷子开了价码。

另一方的队伍沉默了。

没有面面相觑交换目光，没有咳嗽吐痰，倒是有人暗暗放了一个哑屁。放屁的人做得很隐秘，把屁声消了音，气味却是控制不住的。味道很快在空气里弥散。我闻到了。相信大家都闻到了。但我们都是大人，大人们安安静静地装着。女儿忽然拧住自己嫩嫩的小鼻子，呸呸呸，臭，妈妈，谁放屁了？臭死我了！

没人说话。

打桩机在窗外不知疲倦地吼着，咣哧——嗵！咣哧——嗵！一种明显的震颤，通过地面的震动传送到我们的脚底板上，通过末梢神经迅速传递到中枢神经，然后由中枢神经将震感分配到全身的每一个细微神经枝杈。不知道为什么，我觉得自己的心在随着这震动而剧烈地晃荡。晃荡得难受，我伸手捂住了心口的位置。

谁放屁谁举手，不举手是小狗！

女儿瞪着黑溜溜的圆眼睛很认真地嚷。

还是没人举手。

她也觉得无聊，嘟着红艳艳的小嘴儿，嘟囔说我知道啦，肯定是哈撒哥哥放屁了，哈撒哥哥举手了，可是哈撒哥哥在家里，我现在看不到啊。

小翠儿，你来说说嘛。

胖老汉打破了沉默。

我忽然心头狂跳，接着就如释重负，刚才，我竟然差点以为这个人要举手，要跟我女儿承认，屁是他放的，他现在承认，他不想做小狗。

小翠在啃一个梨子。

她仔仔细细地一点一点啃着，把皮啃完了，然后吃果肉，吃了一圈儿，剩下一个纺锤形内核。今年的梨子真是好，饱满，多汁，那个核也像水淋淋的女人，是半透明的，含在里面的黑色籽粒历历可数。她把核放在眼前看了一下，好像在鉴定这个东西究竟能不能吃。她的鉴定结果是可以吃，她把核也塞进了嘴里，慢慢地嚼着，一缕糖水顺着嘴角沁出来。

小翠儿啊——你这个娃娃，你妈死得早——这些年，舅舅看着你长大——你是个懂事娃娃——

我确定那个又陈旧又黏稠的闷屁，肯定是这个舅舅放的。它在空气里缓缓扩散的速度，太符合这个人说话的节奏了。这会儿那股气味还没有完全消失掉，还在本来就浑浊的半空里油腻腻地和空气分子实现着交融、渗透，然后污染着我们这间屋子里本来就很脆弱的生态环境。

原来这个小翠没妈。尽管没妈她还是长大了，嫁人了，生儿育女了，在舅舅眼里还是个懂事的娃娃。

我没注意小翠啥时候又拿了一个梨，紧紧攥着，我注意到了她的手。我知道她进城好几年了，跟着男人进城，把娃娃也带进了城里的学校。或者说，进城的初衷就是为了娃娃上学。这几年送娃娃进城念书，成为一股风在乡村刮，山里人想办法转到乡镇上，乡镇的又挖空脑子往城里挤。小翠这样的女人，她原来应该和我一样，在乡里的土地里刨食，一双手四季粗糙得像擦子。进城后还是没有清闲，做饭洗衣之外，还要去工地上打工，抱砖头，和水泥，翻沙子，她两个手还是应该很粗，甚至比我们乡里女人的手还粗糙，是城里工地上的活儿磨砺出来的。但是她分明长着一对儿白手，圆嘟嘟嫩生生的小白手，这让我不得不对着那手傻眼了。女人长这么一对儿手给人感觉很娇气，丈夫就曾经嫌弃我手大，说女人的手嘛，小点，娇点，让人看了想捏在手心里好好地摸摸，想含在嘴里轻轻地咬咬，这才是女人该有的手嘛，你这手，简直就是狼爪子。我们当时耍笑得高兴，他高兴得忘了形，就说了。说了也就说了，我也没有生气。毕竟我这对儿手真不惹人疼，看着像男人的手。

想不到眼前这个女人竟然拥有着这么一对儿圆润炫白的手。要是给我家那口子看到会在他的心底引起什么样的联想呢？是不是有欲望想上去摸一把呢？我心底竟然泛起一股酸酸的醋味儿。这醋味儿来得好奇怪啊，毫无来由。可我就是这么奇怪，不讲道理，毫无逻辑，刚对这女人产生的一点点隐隐的同情，面对着那两个小手浮想联翩的同时，冰块一样消融坍塌了。

小翠用她胖嘟嘟的小手把那个梨送到嘴边，在梨的陪衬下，我才恍然发现她嘴巴竟然也很小，顺着脸庞扩展，鼻子眼睛耳朵，五官竟然都属于那种小巧玲珑型。虽然胖，却不给人肥的感觉，而是一种小巧的胖，原来她长得很有几分好看呢，尤其五官凑在一张小巧圆润的脸上，营造出一种娇小玲珑的妩媚感。而之前第一眼的身形微胖，竟然给了我一个先入为主的错觉，我觉得这是个丑陋的女人，脸蛋跟身子一样，不怎么具备观赏性。但是这一刻，我的错误观点被无声地推翻了。至少她比我长得好看。

两万吧。两万。舅舅。

说话的肯定是小翠，我能确定是小翠，因为是个女人的声音。尽管嗓子就像患了严重的炎症，声音压得很低，气流急促而短浅，好像发话的人很累，无比疲倦，要说出这短短数语，耗尽了她全部的力气。我还是从这声音上判断出说话的不是男人。这里除了我是女人，另外一个就是小翠。她把最后那个舅舅拉得很长，好像这是一个包含了无限深情的称谓，她需要慢慢地用心地一点一点地体味其中的情义和温暖。

空气抖了抖。

停歇了片刻的打桩机忽然睡醒一样重新叫嚣起来，嗵哧——嗵哧——它像我女儿喜欢看的动画片里力大无穷的魔兽，正在瞪着猩红的眼睛，野心勃勃，要把这个世界击穿，要把整颗地球硬生生给穿个洞。

不同的目光同时落在小翠身上。我顺着舅舅的目光，看到了一种赞许和如释重负。对面，逆着看过来的，是瘦老汉的目光，我从那目光里看到了一种沉甸甸的东西。

小翠低着头，她再次垂着头打量起手里的梨子，好像她长这么大没见过梨子，没吃过梨子，一个梨子让她无比沉溺。

夹克衫簌簌地动，一直别在兜里的两只手拿出来，从右兜里摸出一块砖头。

红灿灿的砖头，硬扎扎的，从硬度和捆扎在上面的那个猴皮筋上我知道这是不久前从银行提出来的新钱，看那挺括的样子可能连序号都没有来得及打乱。

那个猴皮筋好像是活的，没见夹克衫指头动，它已经滑脱，套在手腕上。手腕毕竟粗，猴皮筋撑到了极限，把肌肉勒出了一条深陷的缝儿。

钱一定被猴皮筋捆得早就难受了，挣脱了束缚，有些不大适应这无拘无束，悄悄地慢慢地膨胀了起来，厚度比之前增加了。夹克衫开始数钱。我发现他竟然长着一双巧手，女人的手。我不由得在怀里摸索了一下自己的手，左手摸右手，右手又摸左手。书本上形容女人好手的词儿很多，纤纤玉手，葱管似的手。我马马虎虎念了个初中水平，一时间还真是记不清还有什么更好的词汇。不过可以肯定，会很多的，中国汉语博大精深，不管用来描摹哪一方面哪一事物，都是一套一套的。

我再一次自惭形秽了。这是继小翠之后，我第二次对自己的手感到惭愧，真是拿不出手。小翠的手短短的胖胖的，让我细长得树杈一样的瘦手没一点血肉美感。这个男人的手，却让我有些吃惊。他是个男人，看着不怎么文弱的男人，偏偏伸出来这么一对秀气的手，指头和我的一样，细瘦，单薄，修长，却具备着我不具备的细腻光泽。我的手常年下苦，尤其嫁人生娃后，家里家外炕上地上洗洗刷刷缝缝补补，粗活儿细活儿都是这双手往下拿。我的十个指头伸出来早就不能直溜溜并一排。它们被硬痂包裹、撕扯，有了轻度的扭曲和变形。指甲缝里灰乎乎的，指肚上的肌肤里镶嵌着红的黄的绿的汁液，那是庄稼的秸秆和叶片馈赠的残留。

他的手白、嫩、俏生生的。他甚至跷起一个微微的兰花指形，左手按着砖头块，右手五指麻利地翻页，一二三四五六七八九十十一……数目从他嘴里蹦出来，一声一声，不急不缓，不高不低，恰到好处，满屋子人都能听到。我知道一张代表一百，要数够一万，这个数目需要达到一百。大家好像同时被这数钱的声音震慑住了，我女儿也乖得出奇，她和我一样，没有见过一万块钱一张张在眼前展开的壮观场景。钱在这女人般细巧的指头间好像变得做作起来，有些矫揉地、调皮地，想要翘起来一个边角，弯一下肚子，扰乱他嘴里的数目。这些不久前从银行保险柜里提出的新票子，显然还没有见识外面的江湖，所以它们还没来得及认识江湖的深浅。它们很快就知道这一双女人般的手，其实要比很多粗大有力的手更有经验对付它们。他驾轻就熟地稳稳压着它们，一丝不乱地将数字数到了百。

我悄然舒一口长气。原来数完一万元需要这么长时间呢。

他把钱立起来，现在完全像一个刚刚出窑的棱角完整的砖头了。他拿起砖头掂了掂，然后递给身后的舅舅。舅舅早就等着了，接了钱，也掂了掂，踏上前一步递给瘦老汉。瘦老汉望着那钱愣了一下，接了，不等拿稳，交给了身边的小翠，然后他有些恍惚地在膝盖上一下一下磨蹭着自己的手。是钱刚才把手弄脏了，还是他的膝盖骨在发痒？

一万元整，你再数一遍，看够吗？夹克衫说完左手进了左边的兜，又摸出一个砖头块。这一回他明显有些不耐烦了，指头翻检速度和嘴里报数的速度都加快了。

小翠在一张一张数着。新钱，互相之间有一种粘连和吸附，太硬了，紧紧黏在一起，她伸指头在嘴里蘸一下，数几张，再蘸一下。口水蘸多了，一疙瘩唾液掉出来，赶忙在衣襟上擦了，却忘了数到多少了，略微想想，想起来了，接着数，再蘸唾沫。

我敢肯定这个小翠上学那会儿数学学得不好，数到五十九的时候，她明显犹豫了一下，轻轻说五十。一想不对，忙又倒回来，四十八，四十九，五十。可能又怀疑五十不对，又停住脚步，四十九，四十九……嗯，四十九……五十！终于确定是五十，轻轻松一口气，五十一，五十二……

不等她数到一百，夹克衫已经数完了第二个砖头块。

他把砖块竖在手里，那个猴皮筋翻了个跟头，已经紧紧捆在了钱捆上。他抬头望着数钱的小翠。

我感觉这个人不简单。他在工地上不是个下苦的角色，至少不是像我男人一样下蛮苦吃冷罪的人。他，是个指挥人干活儿的角色吧，经理，监理，还是技术员？工地上那些角色我并不懂得多少，丈夫一年四季回来的时间不多，我们在一起说的更多的是家长里短，关于他挣钱养活我们的那个城市里的工地，好像是一个遥远的梦，却不是个做美梦的所在，所以我们没有热情和时间细细地说及它。凭着丈夫偶尔的一言半语，我印象里知道工地上最苦的活儿是沙子水泥混凝土，最危险的是架子工，也正是从这一鳞半爪的无意中我了解到，工地上的高层有老总、经理、监理，都是什么官儿，哪一个管着哪一个，我至今迷糊呢。

这个夹克衫应该是较高层面当中的一个角色吧。

出了事儿，也正是这样的角色出面来与当事者解决。

小翠男人忽然从被窝里探出一只手，从下面伸上来，一把抓走了小翠手里的钱，他的动作恶狠狠的，带着风。小翠一愣，他已经把钱压进枕头底下了，说没必要数。

第二沓钱从舅舅手里转过来，瘦老汉，小翠，最后是病床上的人。

舅舅大大地吐一口气，站起来，他起立得太猛，我的床瞬间失重，贱兮兮地发出了一声舍不得般的呻吟。

事情嘛，就这么着解决了，我们都是亲戚里道的，我们也不敢亏着娃娃们，都是尽力而为地解决着哩。我看嘛，也不是啥大伤，缓个一半年就好了，爬起来又能干活儿了，那时节想来工地上，还是寻你姑舅，他是监理嘛，这一点忙还是能帮上你们的，工资待遇还是和旁人一样，不会亏待你们。

他嘴里的羊膻气好像减轻了一点，却又增添了另外一种我不知道是什么的气味，反正也是不好闻。幸亏他们大家没有再多逗留，告辞走了。

终于走了。我觉得屋子里顿时宽敞多了，空气也没有那么沉重了。

小翠跟出去相送，留下男人躺着。他很快就睡着了，头朝里歪着，两只手交叠着放在心口上。我在地上走了两步，坐下，又起来走。两万元压在枕头下，他脑袋下那个医院里配的单薄枕头显得不堪重负，难以遮掩枕下的秘密，一头凸了起来，隐隐能看到一团红色。

夹克衫的衣兜里至少还剩了一万，我当时无意中目光一转，扫到了他的衣兜，看见里面还留着一团红色。夹克衫真是好衣服，衣兜很大，装得下钱，还装得下秘密。其实这场谈判只要再努力一把，小翠两口子还能再多得到一块红砖头。我有些替这两人惋惜。

他响起了鼾声。鼾声很响亮，一起一伏，起的时候响，呼噜一声，随着气息伏下去，鼾声好像被什么猛然斩断了，硬生生就消失了。就在我怀疑这鼾声就此结束的时候，忽然又呼噜一声，重新接续上了。

我有些焦躁地加快了步子。我知道他床头下有一块砖头。我床下也有一块。真正的砖头。不知道是哪一任病人拿来的，用来搁架脸盆。这样脸盆和脚盆就能很好地区分。此刻，只要我抓起其中的一块，轻轻地拿起来，轻轻地走近他，对着那个打鼾的脑袋，轻轻地拍下去……我一把捂住心口，跌坐回床边，心扑扑直跳。见财起意，见钱眼红，难道我竟然也有了这样的心思？手腕子无比酸软，脚腕骨也酸软了，我缓缓地瘫在女儿面前，目光湿漉漉望着她清凌凌明灿灿不掺杂一丝杂质的眼珠。清澈的瞳孔深处映出我的脸来，把我一张大脸映得小小的，还走形了。女儿不知道妈妈的心里发生了惊心动魄的大事，已经过去了，虽然只是一闪念，一刹那，但我还是有些后怕地质疑着自己的心思和人品，我真的动了那样的心思啊，这和我平时的为人与内心是多么不符。我出了一头汗。

我不知道鼾声什么时候换成了啜泣。等我平复了自己内心魔鬼般的贪婪念头，听到床那边在哭泣。确确实实在哭泣，肩膀一抖一抖的，身子尽管保持着之前的睡姿，但是四肢有明显的抽搐，一抽搐，往一起收缩一下，一抽搐，往一起收缩一下。右手搭在脸上，遮住了眼睛，看不到眼睛就不能完全下结论说人家在哭，也许鼻子塞住了，在擤鼻涕呢。我管不住自己的目光，目光又一次热辣辣落在枕头下那个鼓起来的包。我真要是一砖头下去，凭他这个样子，肯定无力反抗，我麻利地抢了钱塞进包里，然后抱了女儿离开医院。我带着两万元，在街头想怎么花就怎么花，想吃什么就吃什么，看上哪件衣服就买了。如果拿去买化肥，我们明年后年种庄稼的肥料还花不完。

我知道心里的魔鬼影子已经飘过去了，我现在不管怎么想，都只是在用一种臆想满足自己，对别人已经没有危害。

小翠进来了。身后跟着个男孩，穿着校服，背着书包。我一看就断定他是小翠两口子的儿子，长得和他爸一模一样，就是那个躺着的男人的缩小版。孩子有些胆怯，进来了一言不发，也不凑到床边看他爸，而是有些羞涩地坐在板凳上，接过他妈递的梨慢慢吃。小翠说娃娃要钱呢，老师要求交资料费，五十块。小翠摸了摸衣兜，掏出几块零钱，不够。她男人从枕头下摸出砖头来，解了猴皮筋，慢慢地数。他数钱的动作，远不如那个夹克衫熟练，幸好比小翠利索多了。数完了，一万，重新捆好。又数了另一捆。捆起来，想了想，抽出一张，递给儿子，说拿上交老师吧。

孩子几乎没说啥话，接了钱起身要走，说要迟到了。

男人让小翠和儿子一起出去，顺便把钱拿到银行存起来。小翠连连摇手，说她一个人不行，她不会存，她不识字。

我觉得小翠的这个举动有些亲切，我和她之间好像有了那么一点点共同的地方。如果让我拿着两万块一个人去存，我肯定也会害怕的，虽然我识字，但我还是会有很多担心的地方，在这人流密匝匝的城市里，我一个农村妇女，空手走在街上都总是怀着不可预知的担忧和恐惧，更不要说怀揣两万巨款。

那就小青来了再说吧。男人叹一口气，听口气有些不满。

小翠要去打开水。我也去。但是我们还是生分，她没有说给我捎带一壶，我也没有喊她等我一等好结伴一起去。

女儿厮缠，要吸肉肉。我哄一会儿才脱身。拎着水壶心里惦记着她，我一路小跑出了住院楼，开水房在锅炉房旁边。一行人在排队，我迟了，自觉排在最后。

看看还剩下五个人在我前头。天气不好，阴起来了，风从高处旋下来，卷着树叶子哗啦啦响，穿过人身子，能把整个人穿透，叫人顿时觉得秋意深重，寒凉的气氛十分明显起来。

秋雁北飞，秋草枯黄，再不用等多长日子，我念念牵挂的人也就终于能穿过内蒙古的茫茫草原，回来和我团聚了吧。

哎呀你做啥？没长眼睛啊？

有人惊呼。

惊得我们一排人乱了队形。

赶忙凑过去看，是小翠，她竟然对着水龙头走了神，傻愣愣看着开水从壶口漫溢出来，呼啦啦喷了一地，溅湿了她自己脚面不说，还烫到了旁边的人。一个中年男人也许真烫疼了，也许饶舌病犯了，反正他絮絮叨叨骂了好一串。小翠好像没听到人家在数落自己，她傻傻地拎着水壶，慢腾腾往回走。把魂儿扔了——骂人的男人用这句话终于圆满收尾。

还没进病房，我就被一个女人的声音吸引，正是从我们房里传来，语速很快，吧吧吧，一口气不停歇，不给别人插嘴的机会。我进去，一个女人站在床边，不看任何一张床位，她戴着眼镜，只回过头扫了我一眼，又转向窗外。匆匆一瞥，我依稀看见是一对小眼睛，高颧骨，白肤色，鬈发，栗色，小嘴唇上好像抹了口红，红得鲜亮。一看她穿衣打扮我就断定和我们不是一路人，是个有工作的人，平日里肯定过着一种我们无从想象具体细节的养尊处优的日子。

这样的女人不好惹。我凭借着生活里的经验，知道这样的女人比较难缠，一般都比较口舌麻利，脑子反应快，要骂人的话，不用像我们一样先要在脑子里酝酿搜寻组织词语，这样的人不用，直接从脑子里往外拎，成套的词儿排着队等着呢。

平时有个鸡毛蒜皮的事儿都要小青给你们跑腿儿，现在这么大的事情，你们竟然不吭声，哪里是忘了呢，明明是眼里看不上小青这个人了，有了舅舅、姑舅哥，小青就是外人了，就瞒着小青自己拿主意了，嗨嗨，你们的事儿当然没小青多嘴的地方，可是这牵扯到钱呀，钱可是硬头子货，没钱你日子一天都过不下去，我看你们到时节就不要哭哭啼啼再来找小青——

这说了半天，我听得迷迷糊糊的，小青是谁？为啥忽然要牵扯进这么一个人来？

她说着说着，掉过身子，直接面对着小翠，吧吧吧，吧吧吧，嘴像一挺我们在抗战电视剧里看到的日本鬼子使用的快机枪，子弹连着串儿发射。小翠被炸晕了，蒙头了，傻傻站着，木木地笑着，她好像还没有从开水房那个男人的数落里醒过神，低头揉搓着自己的左手，放嘴边吹一吹，揉揉，再吹吹。那片皮肉已经通红了，很快泛起一簇透明的水泡。

去，到药房买点药水涂上，要不买个创可贴也行。

男人催小翠。

小翠快快地走了。

鬈发红嘴唇顿时声音高了，冲着床上说你还不愿意了吗，我说她你还不爱听了是吗？你看看这个女人，不是我这做小姑子的不贤惠，容不下自己的嫂子，你说她脑子是不是不够用，这种时候她能向着娘家人？又不是啥正经的娘家人，一个舅舅嘛，隔山架岭八竿子打不着的关系算啥亲戚？你说她气人不气人？五万不行，四万我们肯定能要来，最少也是三万哪！你说她嘴一张就答应了两万！凭什么她当了这个家？她算个啥？我告诉你们，咱爸被她给生生地气病了，一回到家就睡下了，本来为你的事儿这二十天都没好好合过一眼，现在又被她气了这一场，现在算是彻底躺倒了！

唾沫星子横飞。

空气被激越的演讲搅和得也不安分了，热情澎湃地汹涌鼓荡起来。

女儿呆呆仰着小脸儿，她看傻了。

像一场暴雨，来得猛烈，走得也及时，不知道什么时候，这女人刹住脚，告辞走了。门被她甩了一下，重重阖上的同时，把一声悠长的震颤留在了我们心里。

我慢慢回味着，小姑子，小青，喊小翠为嫂子，那就是这个人的妹妹，那个老汉的女儿了。

想不到那老汉看着挺腼腆的，竟然能养出这么一个快嘴利舌的女儿来。

那个瘦老汉，怪不得随着那些谈判的人出去再没有回来，原来是生病了，气病的。

对面床上的男人用一束奇怪的目光看着我，我从这目光里看到了比较复杂的内容，是被我窥见了全部的家务秘密而恼怒吗，还是为自己有这么一个泼妇般的妹妹而羞赧？我装作不明白他的意思，也对他家事情不感兴趣，我泡了一包方便面吃起来。一桶方便面三元，一碗小碗烩面五元，我舍不得花那五元钱。买了一桶方便面吃了，把纸桶子留下，然后把一块钱一包的方便面泡在里面吃。

呵呵，他自顾自笑起来，笑声断了，又接上，连着笑了好一阵。我终于没法再装，扭头看他，他正目光炯炯地看着我，一逮住我目光就连忙说其实小翠没有错，换了我我也会这么做，小翠没有错，女人家啥最重要，娘家最重要，我总不能叫小翠断了娘家的关系吧？呵呵，我妹妹不懂事，那么大的人了就是不懂事。

我嚼着一口方便面，等我咽下去，他说完了，目光跳跳地有些巴结地看着我，似乎想从我眼睛里挖出些什么东西来。

我不知道他期待的是什么，只能歉疚地报以微笑。

气氛索然无味下来，就像一炉火，没有煤炭，只是几块硬木头，呼啦啦就燃尽了，燃尽了我们就要面对火光的幻灭和灰烬一点点暗淡下去的结局。

方便面一开始很好吃，可是吃到最后一口我忽然心里一阵难过，想吐，赶忙端着纸桶子跑出去。

他们确定明天就出院。

小翠提前拾掇东西。床底下，床头柜里，窗户边，不经意的地方都塞着挂着放着一些日用品，拖鞋、脸盆、水壶、棉签、创可贴、指甲剪、帽子、外衣、饭盒子、筷子、干粮袋和一箱子没有喝完的牛奶。

那个儿子又来了。脸色比中午难看，好像这个下午他病了一场，刚从病里挣扎出来。来了坐着，安安静静地看着父母说话、忙碌。男人试着挪了挪身子，腿子能动，脚还能从左边移到右边。身子动不了，主要是腰里牵制了全身，他咬着牙要试着翻一翻身，不要人帮忙，自己把两个胳膊肘撑着，一点一点往起来爬。女人和儿子都站起来，在一边眼巴巴看着。他像蛇一样支起了脑袋，眼珠子凸鼓着，再使劲的话我担心那对珠子直接从眼眶里蹦出来。幸好没有蹦出来，他挣扎到半途还是乖乖地放弃，重新躺下了，实验失败。

再缓二十天吧。女人安慰，这才二十天嘛。

男人的声音忽然很凄惨，说傻子啊，这可是腰里，脊椎折了，这闹不好可是会瘫痪的！

这话吓着了孩子，他蜡白着脸站到远处，不认识似的望着父亲，要从父亲的脸上看出什么奇怪的东西来。

他把钱丢了，一百块呢，中午我刚刚给的——小翠吁一口气，忽然剜一眼儿子，转脸给男人说。

男人好像没听到。他沉浸在刚才的挫败当中。

就是个吃屎的货，大愣愣一个人，连钱都拿不住，还能丢了？丢了就丢了，你不用交资料费了——你这个样子，万一真瘫痪了，你娃娃能不能再念书都成问题呢，你总不能指望我一个女人家打工供养你们几个念书吧？都到这一步了，我看你们还不想着给大人争气！

小翠骂着骂着，自己先抹了一把眼泪。这一抹不要紧，本来干巴巴的眼睛瞬间就决堤了，收不住声，猛烈地哽咽起来。说我守在床头边，喂吃喂喝，白天黑夜连轴转，没有功劳苦劳总有一点点吧？小青凭啥给我那么难看的脸子？以后的日子，吃糠咽菜都是我跟你过，她又不会帮一把，她……

儿子拉开门，要走，看样子心里负气，不愿意说话，小脸儿绷得紧紧的。小翠赶出去送了。回来又坐在板凳上唏嘘感叹，可惜那一百块钱了，拿来买白菜，够腌一大缸了，买盐，要吃多少日子呢，买铅笔墨水，足够娃娃使唤好几年了。最后叹一口气，说我们把娃娃亏了，开学跟我要一本成语词典呢，同学们都有呢，他老是借人家的不好意思，我咬着牙没舍得买，早晓得这样，还不如牙齿一咬给娃买了。

正说着，电话响了。一个清脆的声音在里面说妈，妈，我把钱寻着了，在我裤腿里头呢，压成一个窄条条我才没有发现，刚才一脱裤子溜出来了。

小翠突然放肆地笑起来，笑声很大，把我女儿从睡梦里给惊醒了。小家伙挺喜欢小翠，乌溜溜的眼睛瞪着小翠，不哭，傻兮兮也跟着嗨嗨嗨笑。

小翠一高兴，话就分外多起来，跟我攀谈起来，我发现这个女人其实很健谈，性子挺直爽，说话不藏头缩尾，我也喜欢这样的性子，我们就家长里短地一直说到夜深处。第二天小翠忙着办出院手续，然后雇一辆车来拉男人。瘦老汉来了，小青来了，小青的男人，一个很敦实的小伙子，也来了，大家用一张新毛毯子把病人卷起来，然后从四个边角上拎着，慢慢地挪进带轮子的床，然后推出去，抬到车里去了。

小翠把一个洗脚的盆子留给我了，牛奶箱子里还有三包牛奶，她给了我女儿，临出门趴下身子，在我女儿小脸蛋上亲了亲，左边一口，女儿接着把右脸蛋伸出来，她又亲了一口，叭——亲得很响，脆生生的。

我们来了也一周了，明儿也能出院了，大夫说戴着石膏回去好好养着，四十天后自己敲碎石膏去掉就可以了。

看着暮色从窗口一寸一寸浸进来，染黑了玻璃和墙壁，我忽然觉得这病房很冷，冷得空旷，心里说怎么不再住进来一个病人呢？就算大家挤在一起不怎么舒服，但是心里不会这么空得难受吧。胡思乱想中困倦袭来，身子靠住墙根，慢慢滑倒，恍惚中，门好像一响，有人直接推开门，水面上被风裹挟而来的小船一样瞬间漂进来，漂到我跟前，吓了我一跳，一张脸笑吟吟地浮在我面前，女儿又惊又喜喊了一声爸爸。

你，你咋来了？你咋晓得我们在这里？

我惊喜得声音直颤抖。

我女儿病了我咋不能来？鼻子下面长个嘴巴，我一问护士就晓得你们住哪个病房了。

他胖了，黑了，身材好像长高了。

他丢了我的方便面桶子，说我看着娃娃你出去吃面，不，别吃面，吃烩肉，牛肉羊肉都可以，一碗不饱的话再要一碗，吃完了再给娃娃也端一碗回来。

吃烩羊肉的时候，我的眼泪落进了奶白色的滚烫的羊汤里。我似乎能看到当接到公婆的电话后，他一路小跑着请假、赶火车、倒班车，顶着一身晚秋的寒气直奔这座小县城医院的过程和那一份仓皇惊吓与牵挂。

女儿得了爸爸买的玩具，很满意，吃饱喝足后撒会儿娇就甜甜地睡了。把她安顿在被窝里，他趴在床前看女儿，看着看着说半年没见，娃长大了，脸儿胖了，五官大了一号，眉毛黑黑的，长大了肯定是个俊姑娘。他神情奇怪地看着一边发呆的我，忽然笑嘻嘻地说，半年没见，老婆也长大了，变俊了，来，我摸摸，身上胖了还是瘦了。他真的走过来了，脖子下面那个圆鼓鼓的喉结不停地蠕动着，随着蠕动大口大口地吞咽口水，好像他整个人又饥又渴，只想把我一口吃下去解馋，粗重的喘息越来越逼近，直接喷射到我脸上来了。

我跳起来躲着，心里突然装满了委屈，他把我逼在门后捉住了，捧着我的脸，细细地看了看眉眼，然后就一口噙住不放。我又慌又乱，看看头顶上明晃晃的灯，再看看身后那一张床，床当然空着，可我老担心有人看到，心中又急又怕。他觉察出我在分神，哗啦从里面反锁了门，扭身又扑向我，动作更放肆起来，直接把我顶在门上，一下一下撞击起来。我被这奇异的姿态吓坏了，手心里全是汗，我觉得自己像猛然间生病了，发着高烧，迷迷糊糊，慌乱中紧紧抱住了一个壮实烫热的腰。这是我熟悉的腰，可是已经很久很久没能拥抱它了，我感觉自己伸出去的手软得厉害，在颤抖，我的动作和姿势都显得无比笨拙生疏。我十指紧缩又张开，最后像弹琴一样按在了他腰后那些琴键一样的脊椎骨上，我满脑子漂浮着小翠男人那单瘦颀长的身子从钢筋架子上栽下来的情景，那还仅仅是二层，如果更高一些呢，八九层十多层呢？我一节一节摸索着这些骨节，忽然落下泪来，用力按揉着他的腰部，哽咽着恳求他，一定要时刻系上保险绳，多麻烦多热都要系，我要他的腰好好的，一辈子都好好的。

他忙不迭地嗯嗯嗯答应着，我单瘦的身子像一束温湿的柴草，在他手里抖啊抖，终于被点燃了。泪水伴随着我欢快的呻吟包裹了他的身体，湿漉漉的泪水让他全身哆嗦了一下。他不知道我为什么忽然这么伤心，粗粗的舌头舔着我脸上的热泪，舔出一片冰凉。恍惚迷离中，我忽然想，小翠的男人，这辈子还能站起来，还能像这样孔武有力地顶着自己的女人吗？这一刻，我发现我爱他柔软坚硬伸缩有力的腰部远远胜过了别的部位。他不知道我为什么哭，从轻轻流泪发展到了大声啜泣，泪水湿了他肩胛骨，湿了他胸部肌肉，咸咸的泪味和他的汗酸味混合在一起，然后和这间病房里固有的复杂气味融合成了一片。

事后我让他躺在床上，掺了热热的半盆水，抱着他的脚泡进来，脚板上干巴巴的痂块和硬皮刚一接触水，竟然发出嗞嗞的炸响，好像脚板上所有的细胞都感到了水的温情和舒服，欢快地张开了嘴巴，在畅饮，在享受，在欢呼。他闭着眼，像一个放浪的女人正在享受一场醇厚的性爱，嘴里竟然发出了伴奏似的哼哼声。我学着小翠的样子，歪着头，撩起一捧水，看着水在半空里落下去，在这对日渐变得苍老丑陋的臭脚上溅出一束束明亮的浪花。

我的梦伴随着思念在这个迎送过无数人病痛和悲伤的狭窄空间里酣畅淋漓地发酵着，我不知道自己的泪水早就将那个干瘪丑陋的小枕头浸湿了好大一片，我深深地沉浸在这温暖旖旎的好梦里，蒙蒙眬眬中甚至期盼着我们短暂欢愉的结果能在我温暖的小腹里悄然发芽，并且在九个月之后发育成一个健康白胖的婴儿啼哭着来到人间。

雄鸡一唱

叶　舟*

1

交接班时，也恰是他们交换情报的一刻。

几个伙伴钻进了内屋，三两下，就除掉了身上的制服，赤条条的。天太热了，太阳吐着舌头，跟狗一样。伙伴们先要把身体晾一晾，裤裆是晾不干的，只好委屈了那一块肉。昝涛打了卡，刷指纹的那种，又给对讲机充了电，调整到最佳状态。昝涛问，那辆划伤的牧马人，车主还没回来呀？哦，对了，东门十一点钟方向的那个摄像头换了吧，那可是个死角。一个伙伴先穿了便装出来，用纸巾蘸了水，擦着鞋子。伙伴说，车主没回来，定时炸弹，车子破坏得很严重，不像是小孩子干的。另一个伙伴也踅了出来，头发趴着，油光可鉴，有一条大盖帽箍过的勒痕，跟着说，摄像头没换，今下午还捡了几个足球，等着瞧，六中的小子们一准儿会来翻墙揭瓦的。言毕，两人不告而辞。昝涛从包里掏出饭盒，搁在了冰箱里。夜宵，满满一盒蛋炒饭，不能馊了。

悄静了片刻，昝涛呵呵一乐，说，你夹不住尿呀，裤裆那么难晾？三女子

---

* 叶舟，诗人，小说家，著有《大敦煌》《边疆诗》《叶舟诗选》《叶舟小说》《敦煌诗经》《丝绸之路》《自己的心经》《我的帐篷里有平安》《秦尼巴克》《伊帕尔汗》《西北纪》等多部，曾获得过第六届鲁迅文学奖、《人民文学》小说奖、《人民文学》年度诗人奖、《十月》诗歌奖等。甘肃省作家协会副主席。

一手梳头，一手扶住门框，说，我故意磨蹭的，我的话不能第二个人听。其实，三女子不是女的，相反却人高马大，肌肉墩子，唯一的缺点是嘴上没毛，嗓音细成了一根丝，有点那个。昝涛说，我把你安插在白班，就等这句话了，我没看走眼。三女子环望一遭，外间值班室是白玻璃幕墙的，四周的街景一览无余，遂说，我可能知道谁偷了C栋一楼，那个女业主天天叫屈，丢了这，丢了那的，我还不确定，如果有我想抓个现行。昝涛揶揄说，别让那个女神经当枪使，咱们是负责安全的，又不是她家雇来的家奴，大天白日的她都窗帘紧闭，路上碰见了，下巴太高，傲得很。三女子兜头挨了一盆凉水，咧笑，牙花子猩红。昝涛摸出一张纸，三女子接了，一脸狐疑。昝涛说，偏方，专门治老寒腿的，你爹的寒腿，就要在这个三伏天治。这时，窗扇响了，昝涛打开一条缝，晚报的投递员塞进来一摞报纸。报纸都是烫的，这天气，的确是要惹祸的。

听说，下午地震了。

放你的屁，你不能乱咒呀，小心自己着祸。昝涛警告。

听说他们的一把手换了，下午宣布的。

三女子走了，昝涛接手了夜班的工作。保安公司派驻在这个小区的人手有八名，昼夜两班，按说每个班是四人。不巧的是，一个在当值时间偷喝了酒，被公司的抽检小组发现了，目前停岗待查。另一个，因为在电梯间发现了晕倒的老人，措施及时，抢救得当，公司奖励休假半月，工资足额发放。昝涛在这个班里算老人手了，年纪也长，所以说话办事有一定的威信。傍晚，天光大亮，这是一段平静期，一直过渡到天黑时，夜班才算真正落实。小区的广播响了。昝涛喜欢听央广新闻，尼斯的恐袭案，南方的暴雨和洪灾，土耳其的未遂政变，这世界真够一团乱麻的。窗外，业主们出入频繁，一人一卡，闸口起落有序，堪比城市地铁的安检。昝涛值守的是小区正门，又濒临主干道，自然是眼花缭乱，看久了绝对头晕。

事发突然，先是街上传来一声严重的刹车。接着，沙石飞溅，跟一梭子子弹似的，拍在了玻璃幕墙上。昝涛先缩脖子，再抬头看时，几扇玻璃已经花了，幸亏没裂。待昝涛出了门，冲到街上，那一辆巨无霸般的渣土车，已经横在了主干道上。行人湍急，但街上显得很空旷，因为刹车声已经变成了两条黑色的轮胎印，躺在地上，带走了危险和全部的惊叫。半车渣土被扔了下来，没三吨，至少也有一吨半。一个老妪杵在街上，离车不远，渣土淹了脚脖子，一直在晃。昝涛牵了她出来，知道她还软着，自己也哆嗦了一下。协警跑了过来。协警一开口就指责老妪没看红绿灯，没走斑马线，话也很糙。协警后来撕了一张罚款单，50元，说这是不遵守交通法规的代价，须当面缴清。昝涛说，手下留情吧，你看她一个乡下来的老妇人，身上这么累赘，耳朵也背了，罚了真没意思。协警刚一瞪眼睛，昝涛来了硬的，说，你看看我的窗玻璃，我还没找见下家呢，你来主持一下，赔给我？协警撤了，可能去问司机。司机瘫坐在路肩上，脸是煞白的，浑身湿透，差不多像刚从池子里捞出来的那样。

昝涛递了一杯凉白开。老妪接了，手一伸，掐了下昝涛的脸颊。值班室里冷气足，立式空调。业主们体恤保安人员，联名给集团上书，半月前才有了这个待遇。老妪抿了一口水，瘪了瘪腮，说，你属猪吧？昝涛苦笑说，姨娘，你说我属猪，我就属猪。这是老家的习惯，见了陌生年长的妇人，一般要喊姨娘的。老妪咧嘴笑，说，我儿子也属猪，属猪的人我一眼就能挑出来。昝涛问，你儿子呢，他太马虎了，放你一个人在街上走。老妪松开了表情，说，我家贵生就住在这里头，媳妇和孙子也在里头。

哦，贵生的学名叫……

王川，属猪的，我从狄道上来，找儿子来了。老妪说。

那么远，走了一天吧，姨娘你胆子太野。

昝涛拿出了花名册，指头按住，逐行搜索着号码。余光里，渣土车已经摆顺了姿势，司机挥锨铲土，扫把一过，门口慢慢干净了起来。昝涛不想追究玻璃的事，人金贵，玻璃算不得什么。找见了号码，昝涛用手机拨了过去，念叨说，姨娘，你看我咋收拾他，让自己的娘老子跑七八百公里，他却癞蛤蟆躲端午，不见来迎接的。占线。又拨了三遍，还是如故。老妪进门时的确累赘极了，左手揽包，右肩上挎着一只纸箱子。这时，门口的纸箱子里叽里咕噜的，声音从孔洞里传出来，带着一丝鸡屎的浊气。

姨娘，这是给贵生送的柴鸡？

老妪纠正说，属猪，贵生属猪。耳朵真的背了。

狄道的柴鸡最有名气，营养高，还紧俏。

他属猪，跟你一个属相，都忠厚实诚。老妪又说，碰上你这个好后生，我不吃亏呀。

昝涛嘘了一声，说，这下通了！

2

亲子教育，一期七个课时，一千六，不打折。

就这，还是翟芳托了关系，把名次提了提。这家教育机构如今火遍了全城，眼见着闹闹出了问题，王川和老婆一碰，当即决定了。今天是第四节课，名字很诱人，叫山水课，安排在了郊外的一座原始森林里。王川提前告了假，又借了朋友的一辆铃木，一赶早就来报到了。跟队老师说，游山玩水也是一门功课，听听鸟鸣，嗅嗅花草，也能在幼小的心田里如何如何。孩子们倒是放了风，蚂蚱一样，可苦了家长们。有一个家长搞丢了照相机，三个妈妈的高跟鞋掰了，摔了跤的人疼在身上，脸是绿的。整个队列里，只有闹闹是父母双陪，刚开始有一丝尴尬，后来混熟了，彼此跟姑舅姐妹似的。

夕光洒下时，剩下了最后一个节目：山羊胡子，兔尾巴。

山坡下，联系点的农户牵来了一只山羊，七八只白兔，圈在了一个栅栏里。高潮段落，娃娃们挣脱了大人，往山坡下滚去。也不怕摔倒，碧绿的青草像一块栽绒毯子。王川一家却盘腿坐着，谁也不吭气，泥偶一般。栅栏里闹翻了天，男孩追逐着山羊，拔着长胡子。女孩们抱着小白兔，在看红眼睛，在拍照。王川说，闹闹，你吃过手抓羊肉，但没见过活羊，你也一起去玩吧，拔一根胡子回来。翟芳不悦，讥讽说，有你这么烂讲话的么，他怕都来不及呢，还这么恐吓。闹闹一直僵着，面无表情，两个眼珠子始终望着虚空，但天上既无云彩，也无飞鸟。王川跟着儿子的方向看了一遭，也一无所获。王川问，他今天说了几句话？翟芳答，哼，能几句呀，统共就三个字，吃，喝，尿。王川的腿麻了，站起来走了几步，愉快地说，比前几天强，至少开口说话了，这钱没白花。

太阳落山了，倦鸟归林，寒意四布。

山顶上有一座庵子，传来了清凉的钟声。老师在喊，收队了，下课了。家长们分头找见了孩子，苦刑结束了似的，纷纷撤了。翟芳说，你听，这钟声多好，无忧无虑的，简直是世外桃源一样，真不想回去。王川调侃说，此地虽好，却不可久留。翟芳又说，真的心累了，也不知造了什么孽，我要是能出家就好了，当个女尼，青灯黄卷的，不受这份罪。王川一听，突地就怒了，掰断了一根树枝，咆哮说，翟芳，注意你的感情，你这话跟刀子一样。老婆撇过身，揩了一下眼窝，回击说，我感情咋了，我撑不住了，我快垮了。王川摸了一下儿子的脸，不为所动地说，闹闹，今晚上你的梦里肯定是一片花香，记得喊我，我也闻闻哟。翟芳叹了一下，又念了一句阿弥陀佛。

这一刻，电话响了。

电话是老彭打来的，劈头就剋了王川一顿。王川环望了一眼层叠的山峦，没信号是正常的。老彭比王川小，人却老相，不用化装，上公交车就有人让座。老彭说，小子，这等重要的会议你居然缺席，你错过了历史性的一刻。旁边，翟芳肩起了闹闹，往山坡下走去。农户拽着山羊欲走，却被翟芳拦住了。王川问，真这么干呀，集团全体干部就地免职，再竞聘上岗，这动作未免太大了吧。所以嘛，今天的这个会绝对是地震，一场八级地震，老彭回答。还是钱的面子大，翟芳塞给农户一张钞票，山羊也规矩了起来，咩咩地叫着，有一种讨好的味道。老彭说，一朝天子一朝臣，这新当家的上了台，肯定要重新洗牌，各个机构和部门重组，就是为了上市嘛。这的确是实情。集团公司酝酿了多年，一直想在上海滩敲锣上市，却只闻其声，不见其实，始终搁浅着，黄花菜都快凉了。王川回说，也对，一头狮子领着羊，羊也会变成狮子的，如果让一头羊领着一群狮子，那谁也看不起它们。山坡下，农户架住了山羊，翟芳将闹闹抱起来。儿子骑在了羊背上，脸忽地亮了。老彭说，小子，你有啥想法没？王川欣慰地说，咋的，你在试我的口风么，先讲你的。哼，我一无才学，二无靠山，我不痴心，也不妄想。翟芳催促农户，让他放开绳子，让闹闹纵羊驰骋一会儿。绳子放开了，王川的心，一下子提到了嗓子眼上。儿子危如累卵地悬着，摇晃不已。这个混账女人，王川叱骂一句。老彭问，别不耐烦，下一步你咋打算的呢？闹闹稳住了，拍了一下羊颈。山羊甩了一下蹄子，蓦地发足跑了起来。王川说，走一步看一步吧，僧多粥少，还轮不到我操心，我算哪根葱呀。山羊颠出去了七八米，闹闹老练极了，西部牛仔似的。王川呵呵起来。他第一次从儿子的表情上，发现了开心。老彭又说，你小子，我早知道你，你绝不是久居人下之人。终于，山羊一个刹车，将闹闹掀翻在了草地上，打了几个滚。王川说，你就别套我的话了，你做啥，王某人一定支持，挂了啊。

刚收了线，电话又追来了，是小区的保安昝涛。

这次，王川并没有训翟芳。老婆英明。老婆出其不意的一招，竟让儿子表情璀璨，趴在草地上，死活不肯起来。王川问，咋样，高兴吧？闹闹点头，说，高。翟芳笑了，也哭了，一顿粉拳，砸在了王川的胸脯上。翟芳掰着指头说，第四个字，今天说了这么多呀。王川抱起了儿子，扔在肩上，又给农户塞了一张钞票。下山时，翟芳尾在丈夫旁边，很哲学地说，我想透彻了，儿子不爱跟人说话，儿子跟人有距离，儿子跟动物亲，这就是找了好几年的病根呀。王川肩着儿子，看见明月东升。月亮长着一张俊秀的脸。月亮不错。

现在，王川踩着油门，往灯火阑珊里开去。

后排座上，翟芳搂着儿子，呼呼大睡。开心的一天，夫妻俩觉得值，闹闹破了纪录，终于从他嘴里蹦出来四个字。这话不对，不是四个字，简直是四字真言，四个金元宝，也是一连下了四天的春雨，把王川和翟芳的心都给下酥了，有一种甜。王川刚点了烟，没抽，隔窗扔了。眼窝有点湿，王川用指尖揩下来，吮在嘴里，真的不咸。他和翟芳是师大的同学，毕业后都留在了省城，一个进了中学，一个去了企业。两口子没靠山，应考却难不住，凭的就是死记硬背的功夫。结婚时，他们租住在一个筒子楼里，窗外就是铁路。一闭上眼，总感觉在出差途中，心里没踏实过。逢年过节，王川带老婆回乡探亲，母亲话里话外在试探，目光总焊在翟芳的肚皮上。王川说，先忙事业吧，等扎稳了营盘，再慢慢造人。这话很轻佻，生儿育女又不是打一捆柴、挑一担水那般简单。那以后，母亲不多嘴了，头发却花白起来。王川迈过而立之年的坎，集团公司高瞻远瞩，以经适房的名义，建了一座小区，按工龄、职称、职务打分。王川拿到了一个中套，四楼，南北通透。乔迁之日，翟芳下了一道懿旨，王川开始戒烟戒酒。那一段，王川天天去游泳，翟芳怕水，就在小区的广场上，跟大妈们跳舞。封山育林奏了效，很快，翟芳的肚皮吹了起来。翻过年，翟芳诞下了一个小子，六斤半。王川站在病房的窗口，望着满城的焰火，便说，正月十五闹元宵，干脆小名叫闹闹吧。

岂料，闹闹一点也不闹。一切都走到了愿望的反面，闹闹悄静，一尊瓷器那般悄静。

儿子长到了一岁半，坚决不开口，连妈妈这样简单的音节都不会。不仅不说话，儿子的眼睛也呆滞，直尺似的，无波无澜。比如，儿子盯着墙上的一颗钉子，一盯一天。又比如，儿子爱抠墙皮，弄得墙纸七零八落的，指甲皮也快抠掉了。翟芳问了周围的妈妈们，一致的结论是，女孩一般早慧，七八个月就发声，男孩慢一点，大概在一岁吧。又等了一年，情况如故。这时，翟芳火力全开，对准了丈夫，责问他在造人期间，是不是破过戒，沾过脏女人，把损坏的精子播在了良田。王川也自责过，怀疑家装之后的甲醛，疑心大理石厨台带着辐射，甚至去了几趟濬源寺，磕头、烧香、奉了供养。那几年，医院也没少去，把各个科室都拜访了N遍，化验单一米高，足够写完一套四大名著了。天气好时，楼下的草坪成了乐园，娃娃们鸡零狗碎地玩着。翟芳将儿子抱下去，去了几回，闹闹都闷声坐在一边，既不参与，也不哭笑，一根木头似的。那以后，翟芳短了精神，觉得心里结了一块疮疤，生怕被邻居们察觉。家里没雇过保姆，面积有限，起居也不方便。闹闹三岁半时，王川托了关系，将翟芳调进了一墙之隔的六中任教。课间休息时，翟芳两点一线地穿梭，开了门，眼前的景象让她喜忧参半。喜的是闹闹安全无虞，一动不动，早上搁在那，现在还在那。忧愁却是一团雾，让翟芳的身心一下子乏了，笑也是挤出来的。有一回，王川将闹闹的所有症状，一丝不苟地输入在了百度里，当即吓了一跳。王川揣着这个秘密，恶毒的秘密，在肚子里发酵了几天。王川自己快爆炸时，才说给了老婆。翟芳听罢，二话不讲，当即给了王川一个耳光，挺脆的。

翟芳说，我儿子自闭？你敢这么咒？

嗯，这个症状，要么是天才，跟那个霍金一样，要么就……王川斟酌再三，给老婆打了一个防疫针，说，要么就得你我一辈子当牛做马，把前世里欠下的债，慢慢还掉。

等着瞧，我偏不信邪。

出乎王川的意料，翟芳咬起牙，时刻围着儿子转，大有坐穿牢底的那份慷慨。

进了收费站，减速带一提醒，王川回到了现实中。缴了费，上了外环时，翟芳的手搭在了丈夫的肩上。这是一种罕见的亲昵，自从，唉，不提也罢。翟芳摸着他的下巴，指尖上充满柔情。翟芳问，没刮胡子呀，这么硬。王川却说，下午地震了，新当家的已经上位，开始重新洗牌了，这下真有热闹看了。王川简略讲了一通。翟芳却说，咱们小老百姓，过自己的日子，你别掺和了，闹闹今天的进步，比啥都强，我没别的奢望。环线上车流少，王川轰了油门，飙了一段。王川说，白天不懂夜的黑，我敢打赌，从今天起，小区里肯定灯火通明，谁都在谋篇布局，不敢怠慢。翟芳说，今天收获了四个字，说不定明天呀，闹闹还会有大的惊喜。王川笃定地说，呵呵，我回来了，我回来以后，一切都将与过去不同。下了立交桥，驶上了主干道，翟芳悄声问，晚上可以吗，今天高兴，我就想了。

什么呀?

翟芳忸怩，说，好久不做了，我怕我快锈死了，你讨厌。

不行，我妈来了。

奶奶来了，你咋不早说呀?翟芳这么喊，当然是随了儿子。

王川歉疚，说，母亲总是排在最后，这个吧，将来也是你和我的写照。

3

王川还掉了借来的铃木，打车返回时，被昝涛拦住了。

昝涛和小区的业主们都熟，一来性格爽直，二者，他天性肯帮人，脸上挂着一副持续的笑。快递到了，谁在外面拉不开栓，总会说，交给昝涛吧。谁订了鲜奶，也会说，让昝涛先搁冰箱里吧。昝涛另有一个特点，即便燠热难耐，身上的那一套制服却相当规整，绝不马虎。零点过了，气温居高不下，昝涛在小区里巡查了一圈，看见了王川。

昝涛说，姨娘她们都上去了，你呀，真的福气大，姨娘的身子骨还那么硬朗。王川对昝涛一向抱有好感，便停下脚，以示尊重。王川说，我老婆来过电话，说你的一盒蛋炒饭，让我母亲给吃了，这咋行。咋了，昝涛冷下脸，我孝敬一下不行呀，我一个没娘的娃，跟着你沾光。递了一支烟，昝涛拒绝了。王川自己点上，喷着一嘴烟龙说，是这，听说三马路的李家烤肉不错，咱们去吹几支冰啤吧?昝涛笑说，真不用，你不必变着法子谢我，进屋吧，姨娘的一个箱子落下了，你自己抱上去，不早了。

一只纸箱子，长方体，外面印着某个品牌的洗衣粉字样，两侧各挖了几个孔洞，用来透气的。王川狐疑，捂住了口鼻，说，这么臭，究竟什么呀?昝涛站在空调前，拔长脖子吹冷气，说，我刚给喂了水，怕渴死了。王川打开后，沮丧地说，哎哟，我这个娘呀，真是老古董，超市里的鸡肉那么便宜，何苦她几百公里带一只活鸡上来。昝涛冷下脸，说，王科长，你这个态度我可不同意，你过分了。王川噎了噎，说，我没别的意思，还不是心疼老娘嘛。昝涛却说，别小看了这个鸡，真的。

咋说，不就一只鸡嘛。王川道。

这叫翎子鸡。

翎子鸡？

王川热极了，巴不得上楼去冲凉，但昝涛的一番热情，又不能不对付。王川拨弄了几下箱子里的活物，不觉得是一只鸡，反倒感觉是整箱子的羽毛，手感很虚无。王川说，你别给我演封神榜，说这个鸡是落架的凤凰，得罪了玉皇大帝。昝涛不语，拿出一只强光手电筒，打开试了试。灯光若一场雪崩，忽地倾泻在了墙上，将王川压成了一张相片。王川抬臂遮住眼睛，忙喊停。昝涛呵呵笑了，说，你这叫原形毕露，你心里咋想的，我能猜出个七七八八，骗不了我的。灯光灭了，那一张相片又回归到了王川的身上，浑然一体。昝涛催促说，快回家去吧，别跟我磨牙了，你们下午地震了。

已经出了门，王川却不甘心，说，你话里有话，你不妨直说了。

哼，我又不是你家的张良。

王川不见怪，说，上次送你的那台旧笔记本，配置虽说低了些，但你女儿用没问题。听说，最近又要淘汰一批，我替你留心着。怀里是纸箱子，窸窣声不断，一股刺激的鸡屎味，冲鼻而来。昝涛怔了怔，便说：

我在狄道当过兵，我知道，这种鸡叫翎子鸡，罕见。

说说看！

昝涛说，你娘不简单，自己路也走不稳，居然捎着一只翎子鸡，晃悠着进了城，呵呵，我本来想责怪你几句，算了吧。王川挤对说，你也不简单，大半夜的，这么神道，你倒说说翎子鸡呀。不巧，对讲机响了，十万火急的样子，昝涛先撤了。

黑灯瞎火的，王川摸进了家。母亲和闹闹睡在了卧室。翟芳占据了儿子的房间，一张儿童床，显见没有王川的位置。王川拿了枕头，打算在沙发上将就一夜。冲完凉，鸡屎的浊气愈发激烈，夜晚的恬静被彻底颠覆了。王川有些懊恼，将纸箱子拎出了厨房，蹑手蹑脚，塞在了阳台上。这时，王川嗅见了一股潮湿的气息。几栋家属楼高可入云，切割出不规则的夜空。夜空呈粉红色，云层低垂，山雨欲来。王川怕鸡会闷死，便掀开了盒盖，敞在了夜幕之下。果然，鸡消停了下来，知道这是深夜，自己独在异乡为异客。

当初分房打分，王川排在了中下游，只能选择两头，要么顶层，要么下半截。后来图了坐北朝南，又考虑将来拉扯孩子，翟芳定夺在了四楼。小区统共三栋楼，呈三角形，便有人戏谑说在跳贴面舞，也有人说在搞三角恋。楼群中央，有一个绿化带，还建了一座微缩水景，潺潺之声总在傍晚响起。楼群外则是一条环路，左进右出，供车辆行驶。凌晨一点了，远处海关的报时钟准时敲响，声音很金属。王川抬望一遭，好家伙，每家每户都灯火通明，亮若白昼。王川猜得没错，从今天下午会议结束，谁都不肯甘为下风，谁都将粉墨一气，呛啷啷一声响板，从幕后闯进前台，生旦净末丑，各归其位。

准确讲，王川倒也不急。王川有自己的步骤。如果一群人都往一个方向上挤，那这条路，一定是有麻烦的。沙发有些硌，弹簧坏了，王川入睡前这么认为。

一下雨，昝涛便觉得事情好办多了。雨是一个借口。雨会混淆一切的。

C 栋地下停车口有一个死角，前面立了一面短墙，原本是消防栓的位置，后来废弃了。墙后，五个少年抱头蹲着，浑身湿答答的，瑟瑟发抖。昝涛说，你回东门去吧，这里有我，东门进出车，业主们万一打喇叭，明天投诉就来了。黑暗中，一个伙伴正在踢打少年们，踢累了，慢慢收住了脚，快感十足地过来，说，这帮小太保，不给点颜色，他就不信马王爷长了三只眼睛。昝涛说，你去吧，我来治他们的病，省得他们以后故意踢高球，拿窗户当球门，让咱们背黑锅。伙伴递来一个塑料袋，昝涛接了。伙伴说，你瞧，人手一部苹果，都是坑爹妈的货。雨开始大了，树木被风压了下去，跟受刑人一样。脚步声远走，昝涛这才轻松下来，宽了皮带，取下强光手电筒，开始问话。

说吧，谁把那辆牧马人划伤的？谁说了，谁先回家。

不是我，我们来找足球的。七嘴八舌的，集体辩解。

答案早料到了，但昝涛另有一份腹稿。昝涛说，你们和中国男足一样臭，不往球门射，偏偏射人家的窗户。知道吗，上次掉下来一块玻璃，刀子一样，直接插进了人家车顶上。再上次，玻璃崩碎了，把一个小丫头的脸划破，差点破了相。好吧，得寸进尺说的就是你们，半夜摸进来，共同犯罪，你们今晚的目标是？

这时，学生们一口一个叔叔，舌头是软的，狡辩是真的。

昝涛志在必得，又说，那辆牧马人值几十万，你们划伤了，光补漆就是一笔不小的数目。幸亏呀，这里不是派出所，我这人也好说话，一人一千，别跟我还价。否则的话，我立马通知警察，你们轻则被开除，走司法程序这条路，就得把课桌搬进号子里，一起难兄难弟吧。毕竟是未成年人，这下炸了群，不是哀号，便是相互攻讦。强光手电筒另带电击枪的功能，昝涛将按钮调至“电击”一档，打开了，但见蓝光放射，蛇行上下，噼啪作响。一时间，清冽的空气有些焦味，几乎将雨滴也蒸发掉了。昝涛笑说，呵呵，不是闪电，也没打雷，这是天老爷动了怒，命令你们快交代，交代罪行。果然，两个孩子起身，求告说，这就去找钱，等一下再来。昝涛说，反正我不急，苹果手机在我手里，我随时能找见你们的。等走远了，昝涛又低声喊，我在大门口等着，别去东门，天一亮就作废，我会报警的。

走了两个，又一个待不住了，哀告说，兜里有卡，立马去门口的银行取现。另一个也站起来，坦白说，姥姥家在附近，半小时之内准定回来。昝涛问，知道手机的赎金多少么？少年们嗫嚅着，等着跳楼价。昝涛恼了，扯着嗓子，断喝说，妈的，一人一千，滚蛋吧。

其实，真的无所谓，楼上听见了又咋样嘛。昝涛心说。

昝涛抬望了一眼楼上，灯火烁烨，今夜无人入眠。自打派驻这个小区第一天起，昝涛就腿快，手勤，一脸弥勒，广结人缘。业主们的嘉许是一回事，从各路得来的消息，林林总总，汇聚到他的手里，则是另一回事。昝涛知道，小区也是一个小社会，风也罢，雨也罢，总归不会安澜下来。昝涛一直想做一块暗礁，沉在底部。谚语不是说了嘛，煞后，煞后，锅底里才有肉，所以他一向耐得住。比如今天，业主们的集团人事地震了，先前人模狗样的那些家伙，统统被就地免职，上火是一定的，失眠是起码的，谁还顾及窗外的个把声音呀。况且这场雨，来得真是时候。昝涛揩了一把脸，冷不防，剩下的那个小子居然豹变，一家伙搡倒了他，拔腿跑了。

地滑，挣了几次，又跌倒了。昝涛眼里金星四射，骨折的感觉。对讲机飞了，强光手电筒的镜片也碎了，滚出去老远。万幸的是，几个手机还在。这一霎，昝涛看见环路上杀出了一个黑影，二话不讲，便将那小子收在了胳臂下，夹紧了，跨步走了过来。

三女子么？

嗯，涛哥，这咋了，被袭击了？

趁着说话，昝涛将一包手机塞在了灌木丛里，忙掩饰说，跌了一跤，不打紧。三女子也不是吃素的，扔下那小子，抽出了他的皮带，直接捆在了栏杆上。三女子从天而降，出手相救，并没惹起昝涛的感激。相反，昝涛却觉得麻烦来了。递了烟，两个人小心地点起来，对视了几眼。三女子抱怨一番。昝涛才明白，他媳妇和婆婆吵架了，吃了夹板气，索性负疚而逃，来这里躲清闲了。昝涛给了钥匙，工具间有一张床，催他赶紧去休息。岂料，三女子没接，却一脸的诡谲。三女子问，这小子干吗了，敢袭击你？昝涛思忖一番，说，他不尊重我，倒也没袭击。见三女子太黏，昝涛敷衍说，屁大的一点孩子，居然一见面，就问我要烟抽，我替他父母亲教训一下。临走前，三女子踢了那小子一脚，慨然说，我继续去蹲坑了，有事喊我吧。哦，你说啥？昝涛着急问。三女子说，雨这么大，一楼的那个女神经刚又打了物业电话，怀疑有人要偷她，我这就去蹲坑，守着那个变态出来呗。这么一讲，昝涛觉得夜更深了，麻烦是真实的，离自己不远。

到了正门，一进值班室，昝涛就给那小子除下了皮带。昝涛拿了毛巾，让他擦一擦，对方也置之不理。昝涛又打开塑料袋，让他拿上自己的手机，赶紧滚蛋。不承想，那小子索了烟，叼在嘴上，还让昝涛给喂了火。昝涛郁闷起来，说，你究竟想咋样么？小子说，等他们都来交钱时，你得当面证明一下，我宁死不屈，我没尿。昝涛虎下脸，拿出强光手电筒，但电击头没反应，没了想象中的那一声霹雳，威慑力顿时归零。昝涛说，你没尿，你走吧，我不追究你。那小子玩着手机，态度顽劣，说，我得等他们来，看着他们一个个认尿，把钱交给你。昝涛没了辙，观察了一下周围。此时，已经后半夜了，楼上的灯光陆续熄灭。雨除了是借口，还是一种催眠吧。

小杂种，你真要是我儿子，我掐死你。昝涛一个劲抽烟，脑子里开始翻脸，已经灭了那小子好几回。昝涛开始威胁，再不走的话，真要报警了。小子却称，报警也好呀，又没犯什么罪，顶多是翻墙来找足球的，还巴不得爸妈来领人，因为很久也没见爸妈了，都在外地做生意。昝涛苦楚极了，绥靖地说，各让一步吧，你给我面子，我也给你台阶下。那小子觉得可行，停下了手机游戏，等待下文。昝涛万无一失地说，是这，我给你一千，等他们都到了，你跟他们一起交完罚款，你一根毛也不损失，我也有面子不是。小子很痛快，答应了。昝涛打开钱包，数了一千整，交在了对方手里。那小子太贪玩，将钱扔在桌上，继续看手机。

来了一辆私家车，没打喇叭，闪了几下灯。

昝涛出了门，看见灯光下，地上的雨都起了泡，密密麻麻的。业主都这样，忘了带卡，一般会闪灯，喊保安来帮忙。昝涛按了遥控，放车进去，又落下了横杆。待昝涛再次进门时，妈的，却发现那小子不见了。

人不见也罢，桌上的一千元竟然也没了，还包括一袋子苹果手机。

这一刻起，昝涛真的炸了，揣上一根警棍，开始在小区的环路上兜圈子。心知无望，但肚子里的一团火不罢休，只好淋成了落汤鸡。十张红版的钞票，等于大半个月的薪水，谁的钱都不是用弹弓轻易打下来的。有天夜里，昝涛在地下车库里巡查，发现一辆车屁股上，扔着一台照相机，谁这么大意呀。昝涛也没客气，塞在胳肢窝里带走了。第二天去了旧货市场，当即变现。尼康单反，日本牌子，昝涛明白，贱卖了，但也很知足。哼，揣了这么久的一笔钱，却被一个小杂种给顺走了，这让昝涛很牙疼。又踅到了C栋一楼拐角时，三女子从树背后蹿出来，抱怨说，涛哥，你这么闹腾，还让我咋蹲坑。昝涛问，你吃过哑巴亏么？三女子懵懂摇头。昝涛说，妈的，哑巴亏就是吞了一肚子黄连水，又说不出苦来。

恰在此时，一束发光的鸣叫蓦地响起，照在了小区上空。

声音是从底层爆发的。三栋高层呈掎角之势，喇叭状，将声音放大了，一波波地荡漾起来，形成了海啸，惊涛拍岸。三女子愕然，说，见鬼了，这什么天外来物呀？昝涛说，几点了？三女子答，五点，天快亮了。——举目望去，楼上的灯光一扇扇地亮了，也有人趴在窗口上，探头外望，骂骂咧咧的。叫声停顿了一下，再次嘹亮，让铺天盖地的雨声也退居其次，不那么要紧了。这个清凉的夜晚，随着紧密的鸣叫声，眼睁睁的，开始塌方。

昝涛说，半夜鸡叫，这下乱套了，天下大乱。

是鸡叫吧？

嗯，这是翎子鸡，说来话长了。昝涛道。

4

翟芳鼾声轻微，睡得很香。平时，翟芳每夜都要起来三四次，掖被子，递尿壶，经营一番儿子。有几回，翟芳后半夜推门进去，见闹闹双目圆睁，像300瓦的灯泡一样，盯着天花板，几乎吓瘫她了。翟芳盘问儿子，究竟在想什么。闹闹却只字不语，表情深沉如谜。今天可好，闹闹在奶奶的怀里，翟芳便把自己大卸八块，睡得像一块海绵似的。迷蒙中，一场星星雨，慢慢下在了翟芳的身上，不是窗外的那种。星星们像一个个精灵，张着嘴，拱着翟芳的身体，让她很甜，很痒，魇在了睡眠中。这个梦是有来历的，翟芳上过网，说自闭症的患儿，都是星星的孩子，他们孤独地活在自己的世界里，对外界充耳不闻，视而不见。此刻，面对一群上蹿下跳的小星星，翟芳为难了，眼花了，摊开双臂，盲人般地探摸着，说，哪个是闹闹？谁是我的闹闹？

这一霎，王川在旁边打了个喷嚏。翟芳一惊，星星的孩子们忽地没了影，全部失踪了。

翟芳的郁闷可想而知。王川夹着枕头，行迹鬼祟，忙关了窗，拒绝了外面的雨声和凉意。王川钻进被窝，身体像一枚大号的括弧，将妻子箍在了怀中。这些年，夫妻俩不愿正视现实，但闹闹的症状，愈来愈逼现眼前，让“自闭症”这个词浮出水面，礁石一般。翟芳喘不过气来，星星的孩子们走了，失踪了，刚刚尝到的一点甜，一丝痒，却被王川上下其手，粗鲁地驱散了。翟芳挣扎着，恼恨起来。王川说，傍晚回来时，你给我下的帖子吧，咋了，说话放屁呀。翟芳像一条离岸的鱼，越拒绝，王川却越侵犯。后来简直动了粗，磨盘一般覆压在妻子的身上。王川说，先是搞了封山育林，后来你又妊娠期，为了闹闹，这四年多来，我忘了我还是个男人，一次也没。翟芳拖泥带水的，还没从梦魇里脱身。王川沮丧极了，哀告不止，却怎么也打不开妻子的身体。这是闹闹的房间，儿童床，禁不住折腾。床架的榫卯间，可能藏着无数个嗓子，王川一用劲，它们便尖叫，吱吱呀呀的。王川是那种一根筋的人，愈挫愈奋，两只手刚将妻子锁住，听见翟芳气息奄奄，打算放弃抵抗时，却出现了意外。

那是一束发光的鸣叫，在阳台上爆炸了。

猝然，尖厉，悠长，爆炸声持续了三秒多，但密集的弹片分崩离析，射向西面八方，几乎快将小区里的每一扇玻璃都震碎了。尾随其后的，则是一浪浪的冲击波，在楼群里翻滚、汇聚，一瞬间拧成了狂浪，喷薄向上，倾泻在了夜空里。

翟芳彻底醒了，伸手去开灯，却被王川扣住了。王川从翟芳身上滚下来，呼哧呼哧的，先前的激情覆水难收，又不甘心，慢慢酝酿着下一次情绪。翟芳怨恨地说，鬼哭狼嚎的，让人心里发毛，这什么呀？呵呵，江山易主，难免有一些异常的天象，我的好日子不远了。王川边答，边撩拨着妻子的浓发，煞是得意。翟芳嘀咕说，对，是天降异常，星星的孩子，这话真美，哪怕他不讲一句话，只要他来自星星，我也乐意，我陪他一辈子。王川不解其意，兀自说，我这个小科级熬了快五年了，也该出头了，我这次有八成的胜算，相信我。翟芳再次清醒了，脚尖找着拖鞋，自责说，闹闹该尿了，我得去。话未讲完，王川一把扑倒了妻子，用枕头捂住了翟芳的脸，低语说，别闹了，我妈可能起来了。翟芳不听劝，更不迎合，身体扭曲着，踢来蹬去的。王川更刺激了，血脉贲张，一下子使了强。妻子的身体怔了怔，冷若碑石。就在王川走向高峰的一刹，阳台上那一束发光的鸣叫，再次爆炸了。

声音尖细、悠长，呈螺旋状上升，缭绕不绝。

翟芳趁机挣脱了，忽然干呕起来，很恶心的样子。果然，翟芳厌倦地说，我已经锈死了，我恶心，恶心这件事，千万别再逼我了。

此时，王川也已经兴趣全无，拉开窗帘，看见天色微明，一层蛋青色的光芒渗透铅云，落在了小区上空。翟芳说，对不起，我不习惯这个了，我想吐，我可能废了。王川压抑着怒火，劝慰说，不怪你，这他妈的天光大亮了，哪来的怪物呀。翟芳没呕出来，但嗓子里冒怪声，叽里咕噜的，软弱地说，半夜鸡叫，这是公鸡在打鸣，我小时候天天能听见。闻听此话，王川一骨碌坐起来，直脱脱地说，灯下黑呀，这是咱家的鸡，简直家里进贼了。

咱家的？

对，我妈带来的狄道的翎子鸡。

哦，带什么不好，这奶奶，偏偏带一只公鸡进城。翟芳怨怼道。

天亮了，两口子睡眼迷离，草草穿戴起来，踅进了客厅。眼前的一幕，让他们骇然万分，杵在地上，一时间成了哑巴。母亲蹲在地上，一手磨着刀，一手洒水，刺刺啦啦的声音恐怖极了。母亲瞥见了他们，没吱声，样子得意。磨了片刻，母亲停下来，用指肚试了试锋芒，又开始磨另一把刀。王川哀告说，妈，这大清早的，双休日，你提刀弄棒的做啥？翟芳也求情说，好我的奶奶，进了城你就歇息一下吧，闹闹在你怀里，一夜没闹，他只恋你。母亲辛劳了一辈子，虽说上了年龄，但胳膊上仍有劲，磨起刀来有板有眼，脊梁也绷成了一张弓。王川想抢活，母亲拉下脸说，一边去，去给我烧一锅开水，天然气我害怕。翟芳进了厨房，依言烧了水。王川恳切地说，妈，你没个电话来，也不让我去车站接你，老家那边？翟芳踢了一脚丈夫的屁股，接了话头说，你警察呀，审问这，审问那，奶奶想闹闹了，闹闹也想奶奶了，这就是理由。王川从妻子的语气里，听出了一种释然，那种解放区才有的晴朗的天。事情明摆着，母亲待多长，翟芳就能轻松多久。夫妻俩对视了一眼，彼此交换了意见，一对阴谋家似的。这时，母亲方说，贵生呀，今天是啥日子？

礼拜六。王川答。

母亲停下手，扶住膝盖站起来，说，今天是你的生日，你属猪。

哦，不早过完了嘛，上个月。翟芳抢了话。

脑子不好用，我只记住了你农历的生日，狄道只过农历的，所以我就来了。母亲颤巍巍的，胳臂一伸，接住了翟芳的搀扶。母亲说，去，去把阳台上的翎子鸡拿来，我杀了，今天给你过生日，给闹闹补些营养。

腿上灌了铅，王川愣怔了许久，一直盯着母亲的白发，有点鼻酸。

这个节骨眼上，阳台上的翎子鸡又爆炸了。不同的是，这一次的鸣叫不发光，也不悠长，更像是一次抗议，一声激愤的詈骂。王川思忖，万物有灵，这话真没错，这家伙恐怕也知道大限将至了，所以才登高一呼。王川去了阳台，手在纸箱子里探摸，依旧感觉到很虚无。一箱子的羽毛，怎么也捉不住肉体。翎子鸡的咯咯声，却从乱羽丛中飘上来，挑衅味十足。后来，王川干脆将箱子倒扣在地，攥住了两条细鸡腿，倒悬着，拎进了客厅。

翟芳怕血，背过身子，贴在了墙上，不忍看。王川将鸡搁在地上，防它哗变，用脚踩住了鸡腿，两只手伸进一堆羽毛中，打算攥住鸡脖子。近些年，城里人的嘴吃刁了，来自狄道一带的柴鸡成了紧俏品，价格翻番，几乎是超市里冻鸡的三四倍。王川一家也吃过柴鸡，尤其翟芳坐月子的那一段，母亲满村子打听，谁要去省城，母亲早上宰杀下，晚上就能捎给儿子。柴鸡能催奶，翟芳在那半年，体重长了三十斤，双下颌都出来了，这才喊了停。虽说吃了那么多，但君子远庖厨，夫妻俩还没见过当场宰杀的。王川摸了一阵，捉住了羽毛丛中的肉体，失望极了。怎么说呢，这只虚张声势的鸡，徒有其表的鸡，除了这一堆花里胡哨的羽毛外，身体只有握拳那么大，可怜兮兮的。王川能感觉到，这小东西在痉挛，在发烫，埋下身子，做最后的抵抗，不，是抵赖。王川撇嘴，心说，按自己的饭量，这家伙去骨剥皮，也只够打个饱嗝而已，遑论还有一家人呢。母亲则面带骄矜，一个劲地夸耀自己带来的礼物，似乎比她珍藏了多年的嫁妆，腕子上的那一只银镯子还稀罕。

原来，狄道一带毗邻岷山山脉，实施了多年的退耕还林后，山河葱郁，生态修复，一些早就绝迹了的动物失而复现，大的如棕熊、雪豹和狐狼，小的像麋鹿、麂子与岩羊，这翎子鸡就是其中的一例。母亲又介绍，前一天碰见了一个进山采药的人，他捉住了一只瘸腿的翎子鸡，求爷爷，告奶奶，这才花了大价钱，好歹购了下来。这种鸡太诡了，要不是摔坏了腿，休想拿住一个活口，它自己就会气死的。母亲神道道的，王川始终忍着，没喷笑出来。又介绍说，翎子鸡不仅脾气大，还太犟，宰杀之前要先哄一哄，等它高兴时冷不防下手。否则的话，它的肉就会泛酸，排出一种不太好闻的气味，所以才活着带进了城里。这一刻，王川明白了母亲的用心，腾出一只手，将母亲的一缕额发，别在了耳后。

贵生，闹闹还不肯多说？母亲低语。

嗯，金口难开。

母亲说，这个鸡嗓门大，底气足，专治这病的。母亲又压低了声音，叮嘱说，你意思一下就行了，让闹闹吃肉喝汤，吃啥补啥，记住啦。

显然，母亲是有备而来的，手心里搁着一把松子，嘴里咕咕咕地逗引。炒熟的松子，裂了口，王川嗅见了一丝清香。王川想起小时候嗑松子的情景，没来得及回味，便瞧见从羽毛丛中，探出来了一只鸡冠，充满警觉，左右啄动。冠子呈烈焰色，峨冠博带，头顶的肉瘤像分开的五根指头，上下翻卷，傲气十足。翎子鸡埋下头，啄了一枚松子，刚要吞咽时，母亲霎时出手，一把捏住了鸡脖子。

母亲拔掉了鸡脖子上的一撮毛，将其拧成了一个问号，举起刀，打算下手。王川捧着碗，对准了鸡脖子，准备盛血水。翎子鸡伸长了脖颈，无辜地就缚，既不挣扎，也不号叫，杏仁似的眼睛盯着王川，眨也不眨。刀刃逼住了鸡脖子，母亲刚要下刀时，却听见客厅的地板上一声爆响，一只花瓶炸成了粉末。

闹闹站在面前。一股愤怒攫取了他，脸颊憋得紫红，嘴巴大张，挥着小拳头。

王川断喝说，闹闹，干什么？

放，放，放开它！

这一瞬，客厅里的空气像被抽光了，洪荒一片。王川看着妻子，翟芳盯着婆婆，奶奶扔下刀，丢下翎子鸡，开始抹眼泪。翟芳扑通一下，跪在了儿子的面前，揽住他，嘴巴像鸭子戏水，呱唧呱唧地乱亲一气。王川瘫坐地上，点了烟，觉得天花板上鲜花盛开，站满了菩萨。翟芳央求说，乖宝贝，再给妈妈讲一遍，好吗？放，放开，闹闹憋足劲，满足了她。翟芳又说，那给奶奶也讲一遍，奶奶最疼你了。闹闹顿了顿，很清晰地说，奶奶，放开。

这天早上，王川家仿佛被神灵摸了顶，赐下了福祉，降下了一场不大不小的奇迹。将近四年了，横亘在两口子心上的一种罪孽感，一件沉重的包袱，一道看似迈不过去的坎，居然，呵呵，它居然轻而易举，被一只翎子鸡，一个羽毛重重的怪物，这么破解了，化为了乌有。翟芳喜极而泣，泪水敷在脸面上，高兴得有些过度。母亲捉住了翎子鸡，蹒跚而来，塞在了孙子的怀里。称奇的是，握拳大小的翎子鸡，恰好被闹闹抱了个满怀，低眉顺首，似乎知道他就是救命的施主。闹闹也乐了，小脸贴在一团羽毛上，噘起嘴，慢慢吹气。一吹，斑斓的羽毛刷刷作响，起伏不定，弄得闹闹痒痒不止，于是越发乐了。

翟芳逗引说，宝贝，奶奶送你的礼物，谢谢一下。

嗯，他属啥？母亲问。

属鸡，闹闹恰巧属鸡，太有缘分了。

属猪？母亲真的耳背了，记忆也差，或者，她有一份故意。母亲怨怪说，闹闹刚说了那么多，歇缓一下吧，等一下再说也来得及。

这时，王川晴朗地说，呵呵，我有迷魂招不得，雄鸡一唱天下白，这诗人李贺能掐会算，还真的可以称得上我的千年知音啊。

5

今天高兴，翟芳订了座，请婆婆出去吃了一顿果木烤鸭。

雨没停，但也不大，半空中浮着一层雾，像透明的胶质。闹闹猴子般趴在翟芳的脊背上，小脚乱踢，催促快点，回家要和翎子鸡玩。刚到正门口，王川瞥见了昝涛，便把雨伞递给母亲，让她们先走。从凌晨开始，昝涛的心里就一直撂荒，郁闷，不甘，愤懑，算得上五味杂陈。见王川进门，昝涛堆起笑脸，说，这可能就是天伦之乐吧，王科长，你是个福气人呀。王川将一袋饭食搁在桌上，说，趁热，果木烤鸭，我妈惦记着你的那一顿蛋炒饭，亲手卷好的，别嫌弃。昝涛也不客气，一口吞一个，面酱挂在嘴唇上，像一抹黑胡子。昝涛说，谢谢姨娘，见了她老人家，我非磕头不可。王川呵欠一下，又说，你咋也是黑眼圈，你不是夜班么，干吗还……哦，一个伙伴今早辞了职，开出租去了，我没辙，我现在 24 小时连轴转了。昝涛吃毕了，打着饱嗝，递来一支烟。昝涛俯身过来，边喂火，边说，等一下你一定要扛住，他们人多势大。

哦，你把话说开，别讲不打粮食的话。

昝涛把烟拿反了，点了过滤嘴，呸呸呸地吐着。又说，半夜鸡叫嘛，姨娘带来的那只翎子鸡，后半夜就开始唱歌，他们不干了，正在开会决议，冲着你来的。

王川面带轻蔑，回说，公鸡不叫，天就不亮了么，扯不到一块儿吧。

纵然辩解，但王川后来仍依了昝涛的话，冒雨去了会议室。翎子鸡半夜起事，敲锣打鼓，声震云霄地开个人演唱会，惊扰了大家的清梦，这只是问题的表象之一。按昝涛的意见，贵集团公司正在洗牌，洗牌有两重意思，一是洗掉和周围同事们的旧怨，和缓一下关系，将来在民主测评时，多在“正”字上画一笔。另一个，就是洗干净自己屁股上的屎，别留下把柄。王川很诧异。王川从这个保安员的脸上，看见了一种烂熟于心的老练，一种精明。昝涛说，你别这么看我，我瘆得慌，听姨娘说，咱俩都属猪，一个圈里的，呵呵。王川说，我想死了，也想不明白，我的仕途跟一只鸡有关系么？这时，他们站在了会议室门前，门楣上嵌着一块铜牌，上书“业主委员会”。昝涛轻推了王川一下，低语说，他们去了三趟，敲你家的门，打算抗议来着，没找见你，这才让我通知你的，我的任务完成了，回见。

王川落了座，目光逡巡了一遭，心里便天塌地陷了。

都是熟面孔，在一个办公楼里打头碰面的，也用不着什么客套。男女代表各半，年纪跨度也大，重点部门的占了大多数。以前，王川也被抽签选中过，作为业主代表之一，曾和物业公司争过权，捍卫过权益。令王川意外的是，想象中的撕扯、谩骂和刀光剑影，现在都换了频道，一张张苦瓜脸盯着王川，表情里埋着委屈、哀怨和求情。王川含胸抱拳，先压低了姿态，忙说，让大家受惊了，太抱歉了。

又讲了一遍，但大家谁也不接他的话茬，气氛冷寂，王川被看毛了。

居然——业主们公推出来的代表，居然是老彭，彭强。王川一下子心生嫌怨，娘的，一点口风不露，临阵倒戈了。彭强捏着一份决议，清了清嗓子，照本宣科地说，本小区自入住之日起，一向邻里和睦，安谧如梦中家园。岂料，昨日晚间却发生了一桩令人遗憾的事件，个别业主为满足私欲，竟然置公德于不顾，公开豢养一只野蛮的动物，半夜打鸣，四方惊魂，破坏了和平，将整个小区和广大业主们，陷于一种深深的忧虑和不安当中。

很显然，这份决议是挨家挨户走访过的，统计数据也很详备。彭强没照顾王川的情绪，继续说，本小区有70岁以上的老人28名，大多患有高血压、冠心病和糖尿病，经不起折腾。昨夜今晨，急救中心的车子，已经来过三次了。王川埋头看微信，翟芳连发了数张图片，几乎让他失笑出来。其中一张，闹闹虚骑在翎子鸡的背上，挺胸收腹，披着一条斗篷似的花床单，右臂挥动，像极了一位少年将军。另一张，翟芳和儿子将翎子鸡搁在浴盆里，一边撩动翅膀，一边打浴液。王川熟悉儿子，但这一种前所未有的喜悦表情，仍令他很震惊，也很踏实。决议又说，本小区计有上百名中小学生，目前正值期末考试阶段，如果任由这一只野蛮动物，继续疯狂咆哮下去的话，全体家长将难以答应，势必诉诸集团公司，将采取进一步的维权措施。呵呵，王川心里冷笑，这简直是一份最后通牒，跟死刑判决没什么两样，就差说一句绑赴刑场，当众宰杀了。彭强念完，业主们开始单独发言，女性居多，大多是陈述自身的体弱、焦虑和睡眠质量，语气里带有抱怨、示弱和祈请，与决议书的强悍风格截然不同。翟芳又来微信了，母亲和闹闹各拽着翎子鸡的一只翅膀，老婆拿着吹风机，正在吹干。意外的是，翎子鸡竟然很受用，冠子殷红，引颈四顾，将一路上带来的风尘和疲惫，彻底一洗了之了，出脱成了一个蓬松鲜艳的家伙。另一张更夸张，翟芳在洗衣盆里铺了一块毛毯，临时当作鸡窝。毛毯上绣了牡丹，姹紫嫣红，是当初老婆的嫁妆之一。王川心说，为了儿子，她可真是舍了血本，败家子一个哟。彭强扔过来一支烟，王川抿了笑，点着了，喷出一口烟雾。烟雾里滑出一个圈，顺着气流跑过去，不偏不倚，端正地套在了彭强的头上，像一道紧箍。彭强吐了吐舌头，好像说了一声对不起，或者没办法。此刻发言的是人事处的闵红，女，副处长，甲亢患者，鼓着两颗发黄的眼珠子说，没错，我家里也养了两只狗，一只猫，但猫和狗不一样，它们自古而今都是人类的朋友，可谁听说过拿鸡当宠物的，鸡能干什么？闵红的话，泛起了广阔的涟漪，一些养猫养狗的人士同声附和，尽量撇清二者的不同，一再将翎子鸡推到了阶级敌人的阵营。另有一位女业主，性格泼辣，干脆扯开了上衣，露出一截白肚皮，声音哽咽。翟芳最后发来了一个短视频，是翎子鸡的特写。这家伙站在客厅的茶几上，披金挂银，抖擞万分。王川讶异地发现，翎子鸡的尾羽很长，也很俏，斑斓多彩，在一阵阵清风中，上下拂动。女业主哭诉说，她不久前才做完手术，天热，刀口感染化脓了，如果再遭遇半夜鸡叫的话，她就打算把户口迁到肇事者的家里。王川冷下脸，这一句打上门来的话，一下子惹恼了他。王川斜觑一眼，那一道伤口的确很吓人，红嫩，肿胀，突出，像一条蜈蚣拱在了皮肤里，随时会剥皮抽筋。这时，彭强咳了几声，示意王川看手机。王川输了密码，打开一瞧，是彭强发来的一则微信。彭强说：

闭嘴！赶快服软吧，小不忍则乱大谋。

这期间，仍有业主不时进门，加入到了这一场声讨中。椅子不够，便有人骑坐在窗台上，或骗腿跨在桌沿上。也不知哪一位慈悲，买来了三捆矿泉水，瓶子在空中飞，王川的面前也戳着一瓶，但他没动。在一个密闭的空间，在一个小雨淅沥的早上，控诉和哈欠一样，一般会传染的，而且症状也愈来愈深。王川独木难支，终于招架不住了。王川抱拳一揖，惭愧地说，诸位，你们教教我，我该咋办？

杀掉吃了呗，还用问吗？闵红干脆。

王川说，想想也挺惨的，我妈从狄道上来，抱着一只鸡，奔波了几百公里。这鸡才歇了一宿，就惹了诸位，让你们大家急赤白脸的，跟一只鸡过意不去。

嗬，你咋说话呢，没这么骂人的。闵红拍桌子。

王川反击说，我不计较你的猫狗，你也别盯着我家里的鸡。又说，你可以拿猫狗当宠物，我当然也能把鸡当朋友，人家国外还有拿鳄鱼、臭虫、螳螂什么的。

蜈蚣女人整理完衣服，截住王川的话头，概括说，天下之大，当然能容得下一只鸡了，问题是它目中无人，半夜三更在唱歌，在开演唱会，吵死了，简直翻了天了。

抱歉，让诸位不舒服了，坦白讲，我早上也被它吓了一跳。它真该死，只图自己高兴，自己过瘾，周扒皮，鬼子进村，忘了它是一个畜生，说了不算。王川口舌油滑，慢慢矮下了身段，期盼着寻找一种和解。王川嗫嚅说，我家闹闹，闹闹今年快四岁了。

嗬，跑题了，说的鸡，别牵扯孩子。有人抗议。

在座的诸位都见过闹闹，像翟芳，挺漂亮的。王川左奔右突，琢磨着一种恰切的方式，不显山，不露水，又能一吐苦楚。遂说，其实，家家有本难念的经，像闹闹一旦喜欢上这只鸡，我可真没……

闵红揶揄说，瞧瞧，老大的人了，给孩子推卸责任。

不，我的意思是，有一种病。

什么病?

王川语塞。

哦，他，他他，还有他，在座的都是病人，谁都亚健康，只有你王川结实，铁人一个，还有鬼心思养鸡。闵红谈经夺席，指点江山，又说，我看你王川现在也得了病，病得不轻。

你咒我吧。王川苦笑。

哼，你的病就是自私，枉顾了诸位的好心。闵红火力全开。

王川蔫了，瘟鸡似的。

本来还想说一两句闹闹的症状，求得大家的认可，讨一点同情，转圜一下气氛，但路都被堵死了，说出去又将成了谈资，王川感觉失败极了。王川枯坐着，给昝涛写了一条短信，说，你能搞到一种哑药么?昝涛迅即回复了，问，哑药?你干什么用的?王川回答说，把翎子鸡的嗓子弄哑，让它活着，但不能发声，更不能半夜唱歌。停了三分钟，昝涛说，哑药以前在乡下有，都是谋财害人的，城里咋会有这种东西?紧接着，昝涛又来了一条，说，我从网上搜一下，不过得需要时间，也不保证一定能买到。王川怅然地回复，来不及了，我快被逼疯了，这么办吧，你去一趟我家里，趁着闹闹不注意，用针尖把翎子鸡的嗓子给划拉了，我让我老婆配合你。

是一只野鸡，对么？蜈蚣女人问。

嗯，翎子鸡，野生的。

那就好办了。这时，蜈蚣女人摸出了钱包，搁在桌上，说，咱们同事一场，我术后虚弱，一直恢复不过来，你开个数字，把这只野鸡卖给我，我不还价的。

王川苦笑一番。

随手，王川给翟芳去了短信，让她抓紧哄儿子去睡觉，也让母亲回避一下，并说了昝涛的使命。翟芳坚决反对，说翎子鸡是闹闹的福星，天老爷赏赐的，来了没一天，闹闹就焕发出了一种别样的神情。这是千金难买的事儿，岂能，岂能恩将仇报，挑破鸡嗓子，去讨好上下左右的邻居们。翟芳不愧是老师，引用了一句格言说，即便杀光了全天下的公鸡，天还会亮的。此刻，王川身陷重围，明白这一桩鸡叫事件的轻重，忙解释说，不是去杀掉翎子鸡，是让它哑掉，别再造次，别再多嘴。王川无奈，只好提纲挈领地说，半夜鸡叫，将小区的全部注意力吸引了过来，集中在咱家了，我现在是靶子，乱箭穿心，又正是集团大洗牌的关口，你自己掂量吧。末了，翟芳回答说，软骨头，叛徒，照你说的办吧。

咋了，还舍不得呀？

王川恳切地说，那只鸡只有拳头这么大，补不了什么，我发誓。

总比一枚鸡蛋强吧？蜈蚣女人问。

未必。

唉，我不会看错人吧。闵红接过了话头，一层回忆般的情绪罩在脸上，唏嘘说，当年你王川参加集团的统一招考，你的材料是从我手里过的，你那个口吧，当初有三个人报名，我最后挑了你，就念你是狄道农村出来的，朴实，忠厚，听话。记得……

滴答一声，来了短信。王川点了烟，打开手机。昝涛的，上面说，你赶快加我的微信，顺便把我拉进你们业主的微信群，我有用。王川问说，弄哑了？回复说，王科长你可真够残仁（忍）的，连一只鸡都保护不住，看我的吧。王川没多想，便照昝涛的话办了，将他拽进了群里。王川是业主代表，他有这个权限。烟抽到了尾巴上，王川起身熄烟时，瞥了一眼窗外，烫了一下手。

雨打在玻璃上，一种叫作黄昏的东西，慢慢降了下来。

6

在王川看来，那辆车太 LOW，简直了，简直配不上大姐的身份。

车停在拐角处，一点不起眼。王川知道大姐的车位，进了地下车库，便直奔过来。像前几次一样，王川开了门，坐在后排，嗅见了旁边的香水味。足有一分钟，大姐没吱声，但鼻息很重。王川从后视镜里一瞄，大姐依旧云鬓高耸，但脸颊瘦了下来，颧骨更尖了。后来，大姐歉疚似的打开包，摸出两盒烟，搁在了王川的膝盖上。大姐说，没事儿，你抽吧，我家那位的，也不知好不好。芙蓉王，无字，白盒。王川落下窗子，点了一根，嘴巴尽量往外吐。声讨会散场后，王川又被个别的业主拦下，忍辱负重地待了半小时。会议还算圆满，达成了唯一的成果，王川负责让翎子鸡闭嘴，不能半夜扰民，而业主们将静观事态发展，保留进一步申诉的权利。在热烈的掌声中，王川势单力薄，接受了这一条款。

其实，王川的信心，基本建立在对昝涛的信任上。如果说，这一信心还有空间的话，那就是王川还留有后手。呵呵，大不了法西斯一下，给翎子鸡戴个口罩，做个头套，或者马嚼子之类的，令其钳口，禁言，剥夺一切发言权。再不济，王川深入一想，在这个节骨眼上，也就只有牺牲了它，斩立决，爆炒也行，清炖亦可，反正酒肉穿肠过，佛祖随喜。

刚走到楼下，望见了家里的灯光，王川心里一热，想到了闹闹。四年来的惊怕，以及业主们一下午的围攻，就像一个天平的两边，孰轻孰重，豁然眼前。那一刻，王川悔死了，闹闹的病症才现曙光，有了向好的苗头，难道就为了一顶乌纱帽，开铡问罪，满足业主们的非分要求吗。一想到鸡头落地，闹闹将陷入更深的沉默，从此永无宁日，王川的脊椎骨里，涌过了一种触电般的战栗。王川在楼下徘徊良久，抽完了半包烟。这时，大姐的信息来了，让他老地方见。

大姐忽然哽咽，声音湿答答地说，我老做噩梦，最近更厉害了，我总觉得有个人一直在跟踪我，晚上就潜伏在我家的花园外，打算偷窃，我这是病么？王川一惊。和大姐私下里接触了几回，她从来很干脆，一二三，谈完交办的话，便抬屁股走人，今天这是咋了？其实，大姐不需要答案，她只是在抱怨，在自说自话。果然，谈完最近的噩梦后，大姐的情绪和缓过来，将一摞资料递给王川，说，还得麻烦你，你重新写一遍吧，拜托了。王川窘死了，手心里出了汗，打开袋子，随便翻看了两眼。王川说，有什么具体意见么，我知道，我能力有限，可能达不到你的要求。岂料，大姐松开了表情，说，你别紧张了，不是你的论文不好，而是，是太优秀了，这不符合我的初衷。

我，我没明白大姐你的……

王川怔忡说。

哦，尽量次一点，掐头去尾，故意弄一些自相矛盾的、有破绽的地方。大姐战略性地说，我请几个专家看了，说这都可以出书了，我不能太突出，弄个中不溜的，能过关就行了。

王川说，我刚开始就当一篇硕士论文来写的，按要求。

呵呵，我那是在职的，什么破硕士呀，我自己也没当一回事。大姐化繁就简，淡漠地说，我家那位逼我，非要让我读一个在职的，你是大才子，还是他举荐你，让你帮我的。

大才子！

这话像一道闪电，掠过了王川的心田，带来了一场酥润的春雨。一时间，王川的内心草木发芽，鹅黄浅绿，仿佛一片盛开的草原。哦，王川思忖，原来在董事长的眼中，自己被归类为大才子，又不见外，将家事相托。这一瞬，王川立马有了一种带刀侍卫的感觉，以笔为刀，全心皈依，满血效忠。王川羞赧了起来，应承说：

我尽量破坏，让它言不由衷。

大姐愕然，挤对说，也别把我弄得那么不堪，好歹也是一硕士嘛，能混一张文凭就可以了，但不能太出色，记住了。王川将这几句话摩挲一番，刻录在了脑海里。大姐忽然伸手，说，给我一支烟。

点了烟，王川也衔了一支，恳切地说，大姐，祝贺你呀。

哦，喜从何来？

王川说，老板终于主政了，君临天下，大姐你现在贵为集团公司的第一夫人。王川谨慎措辞，又说，大家都望眼欲穿的，这下终于可以更上层楼，企业有望上市了。

你报名了么？

双休日，我也没看到文件，等周一吧。王川答。

嗯，论文不着急，你抓紧报名，只有三天的时间。大姐被烟呛了一口，落下旁边的车窗，又说，中层干部全员竞聘，你也别三心二意，会很激烈的。这两天，我家里的电话线都拔掉了，幸亏我家那位去上海考察股市了。

大姐，你像一个人。王川说。

像人？

不不不，我意思是说，大姐你特像一个影星。王川快速思索着，笃定道，就那个《琅琊榜》里演霓凰郡主的，叫、叫什么……

刘涛。

对，就是刘涛。王川附和。

点到为止，该说的话都说了。王川觉得，这就是一种默契吧，你承了我的情，下一步，你也该有所表示了。念想至此，王川越发对下午的软弱后悔不迭，软骨头，叛徒，活该翟芳这么骂他。忽然，地下车库的坡道上，传来了簌簌的脚步声，越来越近，越来越响。大姐骇然至极，猛地攥住了王川的胳臂，瑟瑟起来。大姐失声说，我害怕，是不是来跟踪我的，一定是，一定是，我怕极了。王川莫名无比，安慰说，有我在，大姐别怕，这是在咱的小区里。

坡道上出现了一条人影，耸动着，匍匐而来。后来，人影直接打在了对面墙上，像一个人被对折了起来，挂在上面。大姐惊悚地说，别下车，你陪着我，不许下去。少顷，王川清晰地看见了一顶大盖帽，一名保安员踅了过去，隐没在了柱子后。与此同时，墙上的人影也消失了，仿佛这个家伙匿在了水泥中，另有打算。大姐出汗了，埋着头，云鬓纷乱，一再问，走了么？那个坏蛋走了么？王川笑说，大姐，小区的保安，怕是在巡逻吧。大姐递来一把钥匙，恓惶地说，开车，你把我带上去，我不能再待了，快开车。

王川依言跨进了前排，坐在驾驶座上。插了钥匙，打火，王川打开了前灯。登时，两道灯光若雪崩一般，将整个车库照得亮如白昼。光亮中，一只黑乎乎的东西，倏忽闪了下翅膀，不知是鸟，还是蝙蝠，转眼消失了。王川启动了车子，拨转方向，对准了坡道尽头的出口。不巧，意外的一幕发生了。

一个人，不，准确说是闹闹，居然站在车前，举着小鸡鸡，正在撒尿。

面对驶来的车子，闹闹既不躲闪，也不畏惧。车灯刺目，闹闹眯了一下眼睛，专注地盯着裤裆里甩出的一根尿绳。哦，王川终于看明白了，闹闹正在用尿画画，一幅湿漉漉的构图，铺在儿子的脚下。王川惊住了，忙打开车门，拔脚跑到了闹闹旁边，一丝忧心却被儿子的笑脸击垮了。闹闹指着脚下，灿烂地说：

爸爸，鸡。

王川被幸福砸中了，忙蹲下来，哀求说，你再喊一声，喊一声爸爸呀。

鸡爸爸。儿子说。

很快，地上的那一只“鸡”被尿糟蹋了，乌烟瘴气的，分不清眉眼。鸡爸爸，爸爸鸡，闹闹嘴里乱语迭出，但王川丝毫不计较，替儿子系了裤子，拦腰抱起了他。王川将闹闹安顿在车里，催他喊一声阿姨，闹闹却又哑巴了。大姐平静了许多，也没发声。王川将车子开出去，停在了C栋附近。大姐拜了一声，俯身摸了一下闹闹的脸蛋，说了声，乖。

告辞后，王川沿着外环兜了一圈，将车子停在了自己楼下。不由分说，王川肩起儿子，步下生风，放弃了电梯，直接跑上了四楼。王川踢了几下门，大喊翟芳，仿佛火灾发生了一般。门开了，母亲愣怔地站着，翟芳也跑了过来，失魂一般。王川卸下儿子，忽然站在母亲的跟前，捧住了那一张沟壑密布的脸。王川惊颤地说：

妈，我亲你一下吧。

很粗暴，很不讲道理，王川在母亲的眉心里亲了，一下不算，又亲了两下。母亲木讷着，用袖口揩了揩他的口水，看见闹闹抱住了自己的腿。王川掉头，逼上前去，夸张地说，翟老师，我也亲你一口，不，三口吧。

翟芳退到了墙角，指了指婆婆，嗔怪说，吃错药了你？不许放肆啊，姓王的。

呵呵，亲爱的翟老师。王川双臂一圈，将翟芳搂过来，又捧住老婆的脸，强行将舌头塞进了她的嘴里。翟芳又掐又打，但慢慢缓了下来，羞臊无比。王川一边亲，一边讲了儿子刚才的灵光一现，灿烂笑脸。王川强调说，喊我了，喊我爸爸了，我等得都快破产了呀。这一说，翟芳的眼泪下来了，趴在丈夫胸脯上，抽了脊梁骨一般，浑身软塌塌的。

原来，按照王川的交代，昝涛来过家里。昝涛干练，简单介绍了下午业主们的围攻，说当前矛盾的焦点，只在于半夜鸡叫，惊扰了大家。他们群情激奋，欲置翎子鸡于死地而后快。婆婆和儿子都在，翟芳怕昝涛露了馅，忙拽他到厨房里讲话。翟芳拿出一枚大号的针，针尖锐利，明晃晃的。翟芳还叮嘱昝涛，说等一下我带闹闹去楼下玩，你下手要快。翟芳给丈夫坦白，她当时也糊涂了，竟然问昝涛，带没带止血药，别大出血。但昝涛的回答更妙。昝涛问，鸡的嗓子在哪儿？我在鸡的哪一块用针？闻听此话，王川再一次将舌头伸进了妻子的嘴里，很深。蜷曲的舌尖上，有一种心花怒放的感觉。王川嘟哝说，你现在也属鸡，鸡的嗓子我知道。翟芳搡开了丈夫，夸赞说，昝涛这人真不错，后来，他带闹闹和翎子鸡去了地下车库，说那里有一间休息室，完全可以收留翎子鸡，免得把嗓子给阉了，成了太监鸡。这样，王川恍然了，知道了事情的脉络。后来，王川肃立在母亲跟前，扑腾跪下了，打算磕头。

母亲悚然，呀，我没死呢，你行啥大礼？

哦，两件事，第一是谢谢妈的养育之恩，把我拉扯这么大，还惦记着我的生日。泪花敷在脸颊上，王川又说，从明年起，我只过农历的，公历的作废。王川深磕了一个头，再说，另一件事，还得谢谢妈的英明伟大，妈就是菩萨下凡，千里路上带来了一只，一只凤凰，对，不是鸡，绝对的凤凰，让闹闹拨云见日，开始说话了。话未讲完，王川看见儿子簌簌而来，跪在自己屁股后边，有样学样，也给奶奶磕了一个头。闹闹结巴说：

奶，奶奶。

翟芳哭了出来，用老师的口吻说，奶奶咋了，宝贝快说，说出来呀。

生日快乐。儿子说。

这天晚上，幸福不请自来，来王川家里做客。幸福刚到，屁股还没坐稳，彭强居然也尾随而至。见了老彭的那一张苍老嘴脸，王川登时不悦，横在门口。彭强揶揄说，你鼠肚鸡肠呀，气量没一只鸡的大，我是来拜访你家的翎子鸡的。一只蚊子缭绕，王川挥手驱赶，念咒般地说，滚开，滚开。翟芳拽开了丈夫，邀彭强进来。后者先问候了老人，摸了摸闹闹的头，发现他在奶奶的怀里睡着了。王川和缓了态度，让烟，打火，讥讽说，黄鼠狼给鸡拜年，你是来串门的，还是来监斩的？哼，实话告诉你吧，我已经……

别，别杀呀，刀下留人。彭强急了。

你这嘴脸，呸！

哎哟，翎子鸡，乃吉祥鸟，百年不遇的一只落地凤凰，我专门来沾吉的。彭强忽然像一位对方辩友，汗漫滔滔地说，你真傻瓜呀，古人还讲，鸡有五德，首戴冠，文也；足搏距，武也；敌在前敢斗，勇也；见食相呼，仁也；守夜不失，信也。彭强斟酌着，又一针见血地说，你家的翎子鸡，那一身的好羽毛，可都是当年，当年大清王朝的文臣武将们一生的追求，你小子，岂能宰杀了它。

呵呵，你抽风了，在这给我演穿越剧呀？王川讥诮说，别一惊一乍的，歇着去。

顶戴花翎，那可是吉祥之物呀。

王川哑了。

哎哟，好我的兄弟呀，你家里的翎子鸡，不，那一根根顶戴花翎，今晚上都刷屏了，爆屏了，天下皆知。彭强掏出手机来，递给了王川看，怨怼地说，啧啧，粪土当年万户侯，那是气魄和境界，咱们达不到，但也不能脑残吧。这个节骨眼上，烧香磕头，也要供一根翎子鸡的羽毛，明白吗？

果然，业主们的微信群里，翎子鸡俨然成了一个璀璨明星，赢得了无数点赞。

7

涛哥，这算几眼的？

双眼花翎。

这枝呢？

哦，这个算单眼的。

昝涛攥着两个乒乓球，团在手里玩，随口敷衍着对方。三女子惊讶完，过来坐在床边，样子亲昵。三女子说，见你第一面时，我就当你是我哥，亲哥，一个妈生的。昝涛靠着墙，两腿跷在乒乓球案子上，仰看着翎子鸡，不再吱声。三女子说，涛哥，照你刚才的话，那搁在清朝年间，你可就发财了，一根翎子，呀呀，起码值一块金砖吧。昝涛轻蔑一笑，将一只球抛了出去。球在空中划过一道弧线，冷不丁，被翎子鸡啄了一嘴，又原路返回，被昝涛准确地接在了手里。昝涛跟翎子鸡对打，彼此有一种默契，看得三女子眼花缭乱。三女子说，我看过电视剧，像宰相刘罗锅、铁齿铜牙纪晓岚跟和珅他们，戴的可都是孔雀翎子，有花翎和蓝翎，你不会是在诓我吧？终于，这句话惹翻了昝涛。昝涛给三女子来了一拳，申斥说，没文化真可怕，没文化的人一张嘴，一颗粮食也打不出来。

地下车库里，有一间偌大的空房，因为里面管道密集，一直废弃着。业主委员会体恤保安们的生活，便打了报告，让出了使用权。休息室很空旷，只摆了一张床，一张乒乓球案子。平时没人敢来睡，管道里常传出一些奇怪的响声，大家说像一座古墓，越说越邪。昝涛不怯，所以钥匙就挂在他身上。晚上，从王川家出来，昝涛一手拽着闹闹，一手抱着翎子鸡，进入了地下世界。闹闹觉得很新鲜，小眼睛都亮了，几乎忘了翎子鸡，抓起一盒乒乓球就乱扔，乱踩，放肆极了。翎子鸡带了伤，很乖，乐意任人摆布。昝涛将翎子鸡搁在案子上，仔细梳理了一下羽毛，又含上一口水，噗的一声，喷在上头。羽毛遇见了水，潜伏在里面的色彩一瞬间渗了出来，赤橙黄绿青蓝紫，斑斓无限，活色生香。很快，昨晚上的失手，以及由此带来的巨大的经济损失，已经被昝涛扔在了爪哇岛上。一种强烈的恶作剧的念头，像礁石似的，盘踞在了他的脑海中。

妈的，不就是一千元，不，应该是五千块嘛，老子看不起。昝涛认为。

闹闹吞了一只球，差点噎过去，幸亏发现得早。昝涛从他嘴里抠出来，见无大碍，便给他裤兜里塞了几个，说是送给闹闹的。但前提是安静，不许闹，帮叔叔一个忙。后来，闹闹很规矩，捧着一只雪亮的强光手电筒，对准了案子上的翎子鸡。

翎子鸡羽毛蓬松，气度优雅，像一位即将出席盛装舞会的王子。

灯光是一种衬托，昝涛在手机镜头里发现，每一根羽毛都纤毫毕现，细腻入微，在一种看不见的气流中，上下拂动，布满了韵律。昝涛采取了不同的角度，仰拍，俯拍，特写，全景，不停地指挥着闹闹，让他左右布光，呈现出翎子鸡这个主角最亮丽的一面。闹闹不明所以，却很兴奋，以为自己抱着一支冲锋枪，小嘴里突突突的，冲着翎子鸡扫射。先前，昝涛也从别人那里偶然风闻，说王川太不幸了，儿子今年四岁了，却不会说话，连一声爸妈都讲不出来，难怪王川一直短了精神，蔫头耷脑的。现在一瞧，昝涛知道那都是屁话，是人看人的可笑，是诋毁。昝涛边拍边问，闹闹，爽不爽？闹闹回说，方(爽)。又说，喊我一声干爹，喊干爹。闹闹愉悦地说，干，干爹。昝涛停了下来，认真盯了一番孩子，交代说，真乖，以后见了我，一定喊干爹。

也不知什么缘故，昝涛忽然仰面，哭了一声。闹闹蹒跚过来，抱住了昝涛的腿。昝涛揩了一下眼窝，收住泪水，忙关掉强光手电筒，让闹闹去玩乒乓球了。

花了半个小时，昝涛在手机里整理完照片，挑出满意的，裁剪一番，组成了一套。这还不算，昝涛又下载了一些相关资料，大多是清朝官吏的顶戴花翎，予以佐证翎子鸡身上的璀璨羽枝。将这些工作做完后，昝涛发布在了业主们的微信群里，心里涌起一股恶毒的快意。

下午时，那一帮人攻讦翎子鸡，围剿当事人王川，现在却被打了脸，一个个哑然不语。昝涛猜想，那些人正在屏幕前面羞愧不已，为草率，为莽撞，为自己跟一只鸡过不去而心生悔意。后来，昝涛又发了一段话，大意说，狄道一带产的翎子鸡的羽枝，自康熙爷开始，就是献给朝廷的贡品。因为稀罕少有，后来翎子鸡的羽枝，一般不做配饰，而是用来供奉。这种羽枝是一种传说中的吉祥物，求风得风，求雨得雨，不是宰相加身，便是元帅在手，自然是千金难购了。——这话刚发送出去，昝涛便收获了密集的点赞、鲜花和掌声，像泄洪槽中的鱼群，噼里啪啦的。昝涛互动起来，慨然问大家：

约不约？

昝涛坐在床上，忘了闹闹的存在，不停地释疑解惑，应答各方。翎子鸡站在案子上，脚下是一堆米粒，不用问，又是昝涛带来的夜宵，蛋炒饭。昝涛摸了一根烟，叼在嘴角。忽然，一根火喂了过来。昝涛抬头，见三女子站在面前。昝涛申斥说，你真像个鬼，脚上都没声音，妈的。三女子说，我在C栋那里蹲坑，腿蹲麻了，知道你在这里，便来跟哥说说话。三女子头发湿漉漉的，雨还在下。昝涛交代说，别让那个女神经给迷住，哥吃过女人的亏，女人跟你好了就好，一旦翻下脸，你身上就要着火的。三女子一笑，牙花子猩红，注意力迅速集中在了翎子鸡的身上。昝涛攥着乒乓球，团在手里玩，恼恨三女子的到来，打扰了自己，却也不愿彼此搞僵。后者问这问那，昝涛也大方，讲解了一番翎子鸡的神奇之处。昝涛挤对说，你嘴里一颗粮食也打不出来，读书少，见识更浅，电视剧那是哄人的，真正的和珅跟刘罗锅他们，戴的就是翎子鸡的羽枝，剩下的大臣们，当然是不值钱的孔雀毛了。哦，三女子沉吟着，有些被点化的感觉，知道自己补了一课，上了一个新台阶。三女子嬉笑说，哥，难怪你上知天文，下知地理，我记得你说过，你以前在狄道一带当兵，你见过大世面呀。这句话，让昝涛蓦地警觉了起来，呵斥说，谁说我在狄道当过兵？妈的，你不能乱喷，小心我拔了你的牙。三女子不服，继续说，你忘了么，端午节那天，我刚来没多久，咱俩在一起喝酒，你说了你的过去，还有当兵什么的。

闭嘴。昝涛捏碎了一只球，掷在对方脸上，说，我那是吹牛。

嗯，怪我，我以为是真的。

昝涛和缓了语气，心里却通了电，亮起了一盏红灯。昝涛安慰说，酒是不要脸的水，男人喝上那种水，吹牛都不用打底稿，我没当过兵，我一直在打工。

三女子也说，酒真的不要脸，那天我也醉了。

哦，醉了也好，醉了什么难肠事都忘了，可以不伤心。昝涛扔出了乒乓球，跟翎子鸡对打起来。三女子发现，翎子鸡其实是一个倔强的家伙，渐渐地被撩拨了起来，头上的冠子充了血，像一块红布。昝涛又说，不过吧，男人不喝酒，真对不起裆里的半斤肉。

这句话刺激。三女子失笑说，你说过这个，那天我送你回家时。

呀，你送我回家？

三女子诚恳地点点头，说，对呀，去了你的出租屋，后半夜时。

翎子鸡又啄过来一只球，昝涛没接，三女子却抢先抓在了手里。昝涛逼到了对方跟前，犹疑着，似乎在拿什么主意。猩红的牙花子一直暴露着，很恶心。三女子笑不拢，嘴里嵌着一颗大虎牙。昝涛顿了顿，说，改天请你去家里，你嫂子茶饭好。

那天没见嫂子，你说，你说嫂子很漂亮。三女子将球递给对方，昝涛仍没接。

我吹牛，她长得及格吧，马马虎虎。昝涛的目光开始松懈，从三女子的脖颈上解开，落了下来。昝涛发现，这个声若细丝的伙伴，胳臂上的肌肉，居然像一盘粗麻绳，绞结起来，像个肉墩子似的。昝涛说，你去干活吧，小心那个女神经吃了你。

嗯，那我撤了，吃夜宵了再找你。三女子说。

恰此时，案子上的翎子鸡，突地抖擞起来，尾羽泼剌剌乱颤，仿佛一把大扇子，慢慢打开了，将一幅奇异的画卷，呈现于眼前。翎子鸡带着一种赢了球的亢奋，脖子伸张，等着挂金牌。昝涛再次惊住了，因为每一根羽枝都那么生动，那么细腻。尤其是，羽扇上绣出的那一只只翎眼，沉静，宽阔，温润如玉。昝涛瞄了一眼三女子，便心生一计，扑通跪了下去，寻找着时机。三女子狐疑时，却见昝涛念念有词，行礼如仪，咚咚咚，连磕了三记响头。后来，三女子终于听清了，昝涛也没什么新花样，舌头一直在拌蒜，念叨说：

天灵灵，地灵灵……

此刻，三女子露出了破绽，脖子伸了过来，命门大开。

昝涛伺机，嘴里却继续念，天灵灵，地……

门开了，一股冷风打过来，昝涛的屁股一紧。昝涛弓起身子，从裆下看见，原来是业主闵红率着一群人闯了进来。这些人男女参半，并非都是下午参与围攻的，更多的是新面孔，集团公司的大小头脑，部门负责人等。昝涛觑见，闵红的脸上开了花，打了鸡血似的。但昝涛并没收起屁股，而是继续匍匐下来，接着装神弄鬼。刚刚开始下的一盘棋，被无辜惊扰了，昝涛不免郁闷。闵红喊说，昝涛，你约大家，大家立马都来了，你现在吩咐就是了。一时间，人群分散，包抄了过去，对着翎子鸡乱拍一气。

案子上，翎子鸡显然受了惊吓，一把敞开的扇子，此刻渐渐合上了，拢成了一团。三女子压根儿没走。三女子发现，翎子鸡殷红的冠子褪了色，先是粉红，最终完全失血，变成了一片煞白。三女子觉得，拍翎子鸡的确没意思，但手机另有使命，所以一直掂在手里。翎子鸡将脖颈缩了回去，那一块煞白的头巾，也掩在了羽毛之中。三女子摸了摸翎子鸡，握拳那么大，剩下的都很虚幻，像摸到了一团烟雾，比如三块半一包的红兰州，昝涛平时爱抽的那种纸烟，那种喷出来的淡雾。一念至此，三女子倦怠一笑。这个笑，大抵有两个特征。其一，牙齿上带血，似乎常年不晒日光，缺乏点什么；其二，表情松弛了下来，一松弛，便带有了厌倦感。昝涛瞥见了三女子的异常，心里了然，但在这样的场合，昝涛不便发作。突然，闵红扑通跪地，膝行了几步，趴在昝涛的屁股后边。闵红催喊：

小昝，你带大家拜一拜，快呀。

这……

闵红变色说，你瞌睡装死呀，除了升官发财，人生夫复何求。

快呀，快拜呀。业主们纷纷附和。

昝涛迟疑了一下，业主们的话，既有渴求，也带着不容置疑的口气。昝涛忙磕起头来，将脑袋撞在水泥地上，咚咚咚的。闵红是个胖人，边磕，边大喘气，呼哧呼哧的，像乡下的风箱一般。刚才拍照的那些人，此刻都规矩了，生怕漏掉了这个机会，这个千载难逢的鸿运。大家首尾相衔，密密麻麻地趴了一地，随着昝涛的动作而起伏，好像一排排人浪，波过去，又荡了回来。叩拜声不绝于耳，有几个的额头磕破了，渗出血来。三女子不为所动，倚在旁边，被眼前这滑稽的一幕吸引了，失笑着，忍着。闵红提醒说，小昝，不说点啥吗？应该说点，不然翎子鸡升了天，拿什么给玉皇大帝汇报？昝涛说，那当然。于是，昝涛又开始念叨天灵灵、地灵灵了。

桌案上，那一只翎子鸡埋着头，蓬松一团，像一尊瓷器那般，羞涩和安静。

王川杀来了。王川奔了进来，见到眼前的情景后，一个急刹车。彭强跟在后边，躲闪不及，撞在了一起。彭强手里的一瓶酒掉了，摔碎在地上，酒气四溢。幸亏抢救及时，另一瓶幸免，被彭强接住了。酒是茅台，王川存了多年，今晚上心情大悦，又听了彭强的一番鼓噪，便决定消灭了它。王川不愿吃独食，心里感激小区的保安昝涛，便连夜找了过来。不承想，却置身于一场闹剧中。昝涛抬看了一眼，慌忙起身。王川怒目金刚，冲上去就掀翻了乒乓球案子。翎子鸡扇了下翅膀，落在了角落里，毫发无损。王川斥道：

呵呵，妖魔当道，脑子进水了你们。

闵红和一群人簌簌起身，既没有甩打想象中的马蹄袖，也没喊"嗻"，一个个面红耳赤，尴尬极了。王川哀告说，诸位够狠的，你们变着法子，将王某人置于不义之地。又说，刚才的这一幕，如果被人爆料的话，绝对是一桩轰动性的丑闻，你、我、我们大家，碰了高压线，一定会吃不了兜着走。昝涛如芒刺在背，慢慢踅到了门口，打算负疚而逃。这一刹，昝涛却不经意地发现，三女子不见了。

这个异常，让昝涛一下子慌了神。

王川继续说，诸位，今天的这个闹剧，请大家烂在肚子里吧，泄露出去，对谁也没好处的，我保证。王川蹒跚过来，拽住了昝涛的手。王川说，昝涛都认识吧，问问他，他可以作证，这翎子鸡是我妈带来的，今天是我生日，本该下酒的，没想到成了大家伙的玩具，这么折腾你们，我真的抱歉，对不住了。昝涛从昏蒙中醒转了。王川的这个介绍，让昝涛不免骄矜。昝涛作为幕后导演，明白自己暂时脱逃了，与闹剧无涉。王川从彭强手里拿来茅台，塞给了昝涛。不用问，这分明是一种奖赏。岂料，闵红带来的一干人，依然意犹未尽，执迷于翎子鸡带来的快感中，不肯舍离。闵红说：

咄咄怪事，这么大的中国，难道容不下一只翎子鸡吗。

王川说，不折腾了，散了吧。

彭强却嘶喊说，别杀，一定放生。

这时，闵红晴朗地说，王川呀，你也别多心。其实吧，下午大家开会，并非对着翎子鸡来的，主要目的还是为了给咱的小区，营造出一种文化，一种宽松的氛围。闵红人胖，话却简练。又说，我是女人，女人都爱翎子鸡身上的这种羽毛，再说它那么一叫，我就知道自己的魂还在，明早还能穿上了鞋子，还活在宝贵的人世间。

在下附议。彭强道。

闵红决然地说，喏，这么宽敞的房间，足够翎子鸡撒欢了，我建议。昝涛足够机灵了。昝涛跑过去，咯咯咯一叫，揽起了翎子鸡。昝涛当众说，有我在，我会把它伺候好的。昝涛居然亲了一下翎子鸡，满嘴虚无，却牙齿很硬地说，每天早上，我会让它开唱，给你们报时，降下一声声福音的。

对对对，的确是福音。闵红和大家啧啧称是。

王川逡巡了一眼偌大的空间，蓦地想起了儿子。在王川的眼中，这里将成为一座乐园，闹闹的乐园。

8

人不留客，天留客。在昝涛看来，这谚语等于一句屁话。

彭强的舌头肿了，醉眼迷离，举止也慢慢嚣张起来，全然没了先前的拘谨。昝涛知道，这小区的业主们，大多是部门的负责人，头上压着几座山，对下面又没权，过惯了谨小慎微的日子。此刻，彭强的张牙舞爪，醉话连篇，倒也在昝涛的意料之中。让他放肆一下吧，又少不了我一两肉，昝涛安慰自己。一瓶茅台，很快见了底。彭强分完了，还眯起眼，对着瓶口瞄了瞄，控出了最后一滴。彭强咂在舌头上，埋怨说，好酒不经喝，好日子不经活，人生在世，不如意事常八九啊。昝涛举杯，跟彭强碰完，顺便揉烂了手里的纸杯。

兄弟，谢了！

昝涛见对方抱拳，忙还礼，说，瞧你，又不是我的茅台，客气啦。

哦，王川那小子，不值一提，不在咱的桌面上。彭强捏起一粒花生米，丢在嘴里，慨然说，与君一席谈，我觉得好有一比呀。

心里着急，却不能逐客。昝涛耐下性子问，说说看。

你我二人，跟当年的刘备曹操他两个夜饮一般。彭强脸上放光，又说，天下才华共三斗，咱俩各自一斗，剩下的，让王川他们窝里斗去吧，不稀罕。兄弟，你愿当谁?

昝涛的表情，灰烬似的。昝涛说，我谁也不当。

你曹操吧，我做刘备。

昝涛也有点薄醉，拍了桌子，说，曹操是奸贼，你少扣帽子。

呵呵，彭强激动起来，啜了酒，喋喋地说，想当年，刘备不过是卖草鞋的，曹操也好不到哪去，一个太监的养子，然使君与操，一向身怀鸿鹄之志。

话匣子一打开，彭强便刹不住车了。昝涛起身，瞥见翎子鸡探了探头，脖颈像一枚问号。昝涛知道，时间不早了。昝涛弄了一杯水，搁在翎子鸡跟前，想请它润润嗓子。脚步一响，翎子鸡羞涩了，将鼻脸埋在了羽毛当中，又变成了一尊安静的瓷器。昝涛微醺，哈欠四起，觉得翎子鸡比彭强稳重多了，遂坐一旁，慢慢观察。晚间，闵红带着一群人走干净了。王川待了一根烟的工夫，也拽着彭强撤了。不承想，彭强杀了个回马枪，带了一些干果和花生米，闪身进来。彭强浑身湿透了，谄笑说，长夜漫漫，独乐乐，不如咱哥俩一块儿乐。昝涛打开了茅台，知道这家伙一定另有他图。

果然，彭强讲完了三国，决意自己做曹操，让昝涛出任刘备。彭强絮叨着，喝掉了最后一滴，咂巴说，酱香型的，对酒当歌，人生几何呀。昝涛过来，扶他出门。蓦地，彭强却猿臂一舒，一揖到底，喊了声，玄德贤弟。入戏太深了，不要脸的水搞的鬼，昝涛带着轻蔑，手下使了劲。彭强的脚却扎了根，从昝涛的胳臂下，滑了出去。末了，彭强才亮出了底牌。彭强说，玄德贤弟，愚兄想求一根羽毛，翎子鸡的。瞬时，目光指向了角落。妈的，昝涛强压怒火，并无二话，直接冲了过去，拔下了一根羽枝。

彭强举在手上，嘴巴吹气，见羽枝猎猎拂动，色彩烁闪。

彭强快哭了，念叨说，双眼的，居然是双眼的顶戴花翎哟。昝涛开大了门，一股冷风吹来，表情骤紧。昝涛频频做出送客的手势，但彭强顽固，不肯罢休。僵持了一段，彭强将羽枝插在脖领子内，整理了一番。不待昝涛再次逐客，彭强突然疾步趋前，立定，啪啪啪，甩打了一下左右袖口，扑腾跪地。彭强深伏下去，叩头不止，朗声说：

臣隆科多，叩见陛下。

昝涛失笑死了，但忍着，没发作。

微臣和珅，叩见吾皇陛下。又说。

无语。

顿了顿，彭强哽咽地说，儿臣胤禛，叩见父皇陛下，恭祝父皇万岁万岁，万万岁。

昝涛回说，平身吧。昝涛快憋不住了，俯下身去，款款搀住了彭强的胳臂。昝涛送他出去，到了地下车库的坡道上，叮嘱说，雨太大了，小心别淋着。彭强弓着腰，不敢抬头，一根翎子尚在头顶上战栗，小丑一般。临别前，彭强居然泪下如雨，哀告说，父皇早些安歇吧，龙体金贵，大清的江山社稷还指靠着。

走吧，彭副主任。

昝涛催喊。

嗻，彭强最后说，皇阿玛，儿臣这就告退了。

地下车库里空空荡荡，仿若一座寂灭的古墓。坡道上的一盏灯光扑过来，煞是荒凉。昝涛看见，自己如一根细长的杆子，挂在墙上，孤单极了。这一瞬，昝涛终于爆发了。昝涛摸了摸皮带，拔出来一把改锥，冲上前去，在一辆车身上乱劈。牧马人，幽深的烤漆上，映现出了昝涛的嘴脸。昝涛痛恨自己，不想看见这张脸，因为恐惧，也缘于绝望。这么多年了，昝涛一直在逃避这张脸，但它却如影随形，像一句锁定了自己的咒语。上一次，昝涛也这么干过，但这张脸安全无虞，此刻又浮现了出来，逼视着他。现在，昝涛戳破了自己的眼睛，剜了鼻子和嘴，将整个脸颊也划破了，划花了，一塌糊涂的。愤怒过后，昝涛看见牧马人已经面目皆非。但昝涛顾不了许多了，下面的事更为紧迫。

雨水淅沥。尤其在路灯下，雨丝若一张绵密的网，让夜色下沉了几分。

时间差不多了，昝涛踅出车库，走进小区的中央水景一带时，感觉怀里的翎子鸡动了动。昝涛摘下雨帽，掏出翎子鸡，两手架住了它的翅根。这一瞬，昝涛有些伤感。它那么小，那么无足轻重的，却长了一身虚张声势的羽毛，一副让人惊魂的破嗓子。昝涛思忖，自己应该属鸡，属翎子鸡，不该在城里鬼混，山乡僻壤，才是能活命的地方。昝涛立意已决，等办完这件事后，立刻消失，越快越好。

翎子鸡簌簌一番，探出了殷红的冠子，抖擞着。两粒眼珠，仿佛刚划着的火柴。

四下阒寂，业主们沉浸在酷暑之后，一场清凉的梦境里。昝涛抬望着，一股血涌上了头顶。昝涛一时激愤，心说，你就死命地喊吧，把狗日的们都喊醒来，把全天下的玻璃喊碎，把天老爷也喊破。果真，翎子鸡伸了一下脖颈子，一口啄破了夜幕。

那一声鸣叫，立时变成了一片发光的瓦，扔上了天。

昝涛抱着翎子鸡，在小区里兜来转去，更夫一般。昝涛得意极了，觉得打鸣的不是翎子鸡，却是自己。一片瓦刚刚消失，另一片又从怀里扔出，腾跃而上，飘在了铅云之下。翎子鸡像一座砖窑，一个制瓦匠，左扔一片，右扔一片。慢慢地，天空被擦亮了，一点一点地，透出了一线曙色。昝涛望了许久，脖子也酸了。昝涛开始觉得，天空其实就是一座佛龛，用瓦片砌成的。佛龛上坐着一尊神，人做什么，天老爷都能看见。

这个想法，让昝涛暗吃一惊。

但一切都为时已晚。昝涛抱着翎子鸡，刚转悠到了C栋时，三女子从拐角里闪了出来。三女子说，涛哥，你没醉吧，我看见你抱着翎子鸡，转悠了好几圈了。昝涛沉吟一下，将翎子鸡塞在对方手里，说，你一直盯着我，没蹲坑呀？三女子接住翎子鸡，下意识地低下了头。趁此时，昝涛摸出了电击枪，打开了按钮。电击头杵在三女子身上时，劈剥一下，一道蛇形的蓝光，喷了出来。

昝涛忙让出一步。三女子瘫软在地后，昝涛顺势接住了翎子鸡，用袖子揩了揩羽毛，擦净了雨水。

三女子从昏迷中睁开眼，发现自己被铐在了管道上，动弹不得。

铐子是金属的，叮当作响。好似身上的电流还在，三女子挣了几下，又跌倒了。视野中，昝涛正在收拾行李包，两双鞋，几件外套，东西并不多。翎子鸡站在地上，一脸无辜，转瞬又打了一下鸣。此刻的声音，却不像发光的瓦，更多的像是一种乞食。翎子鸡瘸着腿，跳了几跳，够不着乒乓球案子上的米粒，不免灰败。也许，恰是翎子鸡的打鸣，替三女子叫了魂，他慢悠悠地醒来了。三女子凄厉一笑，说，涛哥，我胸膛上有一个蓝印，电击枪把肉都打焦了。昝涛从床下拽出一个箱子，很沉，里头都是他的存货。三女子说，小时候，我去县城的肉店买肉，老看见猪肉上有蓝印，人们说是卫生章，骗人的话，一定跟我一样，被电击枪撂倒的。东西太琐碎，收拾起来费时间，但昝涛不怕麻烦，仍旧打开了。一套工具，显得很旧，改锥，扳手，防滑手套，另有一把匕首。三女子在絮叨，昝涛并不接话。三女子咧嘴，牙花子猩红，又说，涛哥，铐子太紧了，我疼，你邮购的肯定是劣质品，求你了。昝涛攥着一把剪子，拿出几张证件，包括一张身份证，逐一铰烂了，扔在了三女子脚下。后者说，涛哥，我一直拿你当亲哥看，你罩着我，我刚到保安公司，还是你亲自点我的将，来这个小区的。昝涛不听，出去了一下，回来时，手里举着一只瓶子。昝涛将液体洒在了三女子周围，这才消停下来。三女子骇然说：

汽油，这是汽油呀。

昝涛方说，我恶心你的嗓子，二尾子。插一根翎子鸡毛，你就是个太监。

哦，你要把我灭口？

昝涛摸出一支烟，衔在嘴角，手里捏着打火机。昝涛说，妈的，你有两件事犯了我的忌，我现在治治你的病。越挣扎，铐子越紧。三女子知道没了希望，索性强硬起来。昝涛说，蹲坑，你老对我说蹲坑，这是什么意思？昝涛彻底翻了脸。

呵呵，你终于怕了，魏虎子，你也有怕的时候？三女子昂扬起来，喷笑说，魏虎子，不是不报，时候未到，我蹲坑守着你，就等今天了。魏虎子这个名字，像一块烙铁，昝涛骤然紧张。其实，昝涛知道“蹲坑”二字，专业术语，电视剧上经常演，但它第一次从三女子的嘴里冒出时，他就警觉了。翎子鸡低头啄食，寸进而来，一团虚幻的羽毛，令昝涛有些发虚。真的，人的一生，跟这团羽毛没什么两样，到头来还是虚活一场。昝涛踢了鸡一脚，沮丧地说，给这禽兽磕头，当先人一样拜，这前半夜的一场闹剧，是我故意搅局的，我就想试探一下你。三女子回说，晚了，魏虎子，你的相片我已经发了出去，看见的人，都确信是你魏虎子，我追凶追了这些年，终于……啪的一声，打火机响了一下，没火苗。昝涛在膝盖上擦了擦齿轮，又打了一下，照旧。这样的异常，令昝涛很沮丧。昝涛说，那你说说看，你从哪一天认出我的？三女子说，喝酒的那天。咦，那天我没醉，我从来就不会醉，因为那天我出了老千，喝下去的是水。昝涛自负，又说，那天我也在试探你，我才诈醉的。翎子鸡开了窍，先是跳上了凳子，攒了攒力气，而后一挫身子，飞到了乒乓球案子上。三女子回说，我送你回出租屋，就想看看你的真相，结果不错，第一，你没老婆，也没家，你其实一直孤家寡人；第二，你每天吃的都是蛋炒饭，说是嫂子做的，那是骗人的话，你是在同一家饭馆订的。昝涛哼了一声，问，这能说明啥？三女子说，这说明你就是那个凶犯，潜逃了多年，隐姓埋名，过着暗无天日的苦光阴。案子上散落着一些米粒，翎子鸡得偿所愿，羽毛霎时松开了，开始饕餮。昝涛厌倦地说，今天吧，我真的有一种轻松，我解放了，心里的磨盘打碎了，不折磨我了。昝涛打了一下火机，忽地跳出来一根火苗，在指尖上摇曳着。昝涛说，你究竟是谁？警察，还是线人？三女子顿了顿，哽咽说：

魏虎子，我姐没死。

说啥？

我姐没死，但跟死了一个样，她瘫痪了，也毁容了。

昝涛怔了怔，火灭了。昝涛突然大吼一声，扑了过去，在三女子的嘴巴上来了一拳。血喷了出来，三女子的牙花子不见了。昝涛苦楚地说，妈的，我辛苦逃了这么久，心血快熬干了，就怕警察抓了我，让我吃枪子。原来，原来她根本就没死，还活着。

三女子说，我姐也看了你的相片，认出是你，昨晚上电话报了案。

那，那你是改琴的……

弟弟，亲的。

你也撒了谎，说你媳妇跟婆婆吵架？

咱俩半斤八两。

昝涛捂住了脸，知道自己面色煞白。昝涛说，我想起来了，当时你姐跟着我时，你还在乡里上学，难怪我没见过你，你跟你姐不像，尤其是说话。

三女子回说，我挑破了喉咙，我故意的，我怕被你听出九莲县的口音。

挑破的？

嗯，你毁了我姐，也毁了我。略带疲倦，三女子哀声说，我姐出事后，我也就没上学，放弃了高考。这几年，我一直在追凶，天老爷开眼，让我顺藤摸瓜来到这。

昝涛长叹一下，你说得对，报应吧。

魏虎子，你现在去自首，也还不迟。这一瞬，三女子瞥见了管道上的一个断口，废弃的管道，像一张纷乱的草稿，又说，你老婆还没改嫁，你儿子也长大了，明年上初一。

闭嘴，昝涛咆哮说，不许提他们，不许，你没资格提他们。

与此同时，打火机，着了。

9

论文的题目是《公共危机管理初探》。

电脑开着，半包烟没了，一摞资料翻遍后，竟毫无头绪。王川枯坐良久，仔细回忆大姐的要求，先前那种独自受宠的感觉，现在被冷寂代替了。阳台大开，一种浸入骨髓的夜凉，让王川像一根针那般清醒。从地下车库回来，家人都去睡了，王川余勇未消，便想抓紧修改完论文，早点交了差，善始善终。在这个节骨眼上，大姐的一句枕边话，胜过一切。什么竞聘报名、演讲、民主测评等的，在王川的意念里，都抵不上这一篇文章。那么问题来了，王川最讨厌这句嚣张的话，但眼下，的确是问题来了。

修改，全面拉低智商，偶有破绽，埋下败笔，总之要往平庸里写，往"坏"里写。这是大姐的核心懿旨。王川的头都大了，肿了几圈。"坏"，也得是一种水平，不显山，不露水，万人如海一身藏。恰好，王川想起了一个朋友。朋友搞诗歌，也写小说，定期开一些乌烟瘴气的朗诵会，还时常出现在本城报纸的文化版上，人模狗样的。朋友的粉丝也多，据说全部赶过去的话，三天之内，可以拾光新疆境内的棉花。王川不耻下问，拨了电话，将眼前的困境与诉求，一股脑地说了出来。言毕，王川释然了许多，觉得立等可取。

孰料，朋友愕然，反问说，这是一个思想无能的时代，谁都在打草稿，谁也无法定稿，千万别以为你写的那些病句如何优秀，拉倒吧。王川一头雾水，觉得迎面碰见了一条癫狗，满口血腥。朋友又说，恭喜你，成了落地的小凤凰，终于知道了平庸，开始低于尘埃，他妈的尘埃。王川耐着性子，介绍了论文的概要。王川启发说，初探，初探就是允许犯错，允许粘贴复制，允许大而空吧？这时，朋友方说：

睁开狗眼吧，真实比虚构还离奇。

王川点了烟，又请教说，别那么哲学，我就是一个捉刀小吏，应付差事罢了。

唉，一个时代的坏掉，就是从文风开始的。

霎时，王川怒了。王川说，姓叶的，你能不能讲点人话，半夜三更的，你念什么咒呀？朋友姓叶，叶舟的叶。

呵呵一笑，朋友变兽为人，开始讲人话了。原来，朋友签了一部电视剧，仿《琅琊榜》的，剧组已经扎营在外景地了，却突然生变。王川蓦地有了快意，欲问其详。女一号是香港的，身价不菲，有夫之妇，却一枝红杏摸出墙，在半年前被逐出了豪门，绯闻持续发酵，占据了各大头条。这一瞬，楼下传来了翎子鸡的打鸣，不像前夜那么齐整，却显得东一榔头，西一棒槌的。朋友又介绍，开机在即，女一号却发难，将剧本扔在了朋友的脸上。绯闻让她炙手可热，红得像一只刚出笼的大虾，质问编剧说，我男朋友呢，他走了七年，七年之后又杀回来了，你得告诉我，因果何在？朋友回说，这是唐朝的戏，在大唐年间走丢了七年，难道不正常呀。王川兴奋了，一边耳食着长安城内的故事，一边捕捉着翎子鸡的动静。打鸣声零散，游走东西，既不发光，也不悦耳，仿佛一堵塌下去的墙，沉闷无比。女一号执拗，一问到底，说链条断了，没了这七年的铺垫，无论如何也演不下去的。朋友也不是吃素的，针尖对麦芒，整个剧组便撂荒了几天。朋友对王川抱怨说，什么鸡巴逻辑，狗屁，这个江湖乱道的自媒体时代，脸上写满了平庸两个字，不值得细究。那你咋办？王川劝慰。朋友哀叹说，从了，乖乖认屄吧，否则就要换枪手来写，老子还惦记着那一笔银子呢，钱的话，谁都能听懂。王川觉得，这才是一句打粮食的话。拎着手机，王川站在了阳台上。雨丝绵密，夜凉如水。视野中，昝涛抱着翎子鸡，正在小区里兜圈子。昝涛湿答答的背影，让王川想起了古代卖唱的人。今夜无人入眠，一想到跟朋友一样，都要夤夜伏案，王川便不再孤单。挂线时，王川问：

正在写呀？

没。

咋了，没灵感？

便秘一样，写不出来。

后来，王川坐在马桶上出恭，一边看报，一边咂摸着朋友的这个比喻。王川退而求其次，不敢跟朋友比，但写了那么多年的材料，一点就通。没错，写作就是便秘，而没有灵感的写作，则是长期的便秘患者，痛苦自知。报纸很旧，几年前的，上面污垢斑斑，一股鸡屎的味道。装翎子鸡的纸箱子，母亲没舍得扔，搁在卫生间里。目光过处，一篇法治类的通讯，忽然吸引住了王川。这是一份地级报纸，文章描述的是九莲县，毗邻王川的老家狄道，一山之隔。让王川失望的是，这篇短文竟是连载之五，掐头去尾，不成全貌。可即便这样，王川仍读得津津有味。故事大意说：

……由于魏虎子为人热情周到，人脉广泛，自此之后他的水泥预制板场生意兴隆，财源滚滚，魏虎子也成了九莲县家喻户晓的人物，致富能手。此时，财富的累积和轻而易举获得的声望，并没有让魏虎子百尺竿头更进一步。相反的是，他忘记了家庭的温暖、妻子的贤惠和儿子的仰望，腐化堕落将他逼上了另一条不归路。面对蔡改琴这个来自乡下的第三者的无理取闹，魏虎子一时间陷入了两难，他既不想离婚，抛家毁业，做一个九莲县城里千夫所指的当代陈世美，但又始终贪恋蔡改琴青春貌美的肉体，不肯痛下决心斩断跟她的非法私情。蔡改琴的虚荣与不劳而获的念头也一步步地害了她自己，让她陷入到了更深的情感泥潭，以至于万劫不复。

终于，一个邪恶的计划像毒蘑菇一样，在魏虎子的脑海里生根发芽了。案发那天，就在蔡改琴再一次闯进魏虎子的办公室，一番打砸和哭闹之后，魏虎子约她在一处建筑工地里见面。魏虎子是搞建筑材料的，熟悉九莲县的每一处工地。傍晚时分，夕阳张着血盆大口，一切都预示着不祥，但无辜而善良的蔡改琴仍旧如约而来，跟魏虎子站在楼顶见了面，双方再次爆发了激烈的争吵。那一刻魏虎子的内心一定后悔极了，眼前浮现出了妻儿殷切的面容，如果他天良犹在止步于此，悲惨的结局将会重新改写。但是出乎所有善良人们的愿望，气急败坏的魏虎子伸出了他罪恶的黑手，将一个青春绽放的女孩，一只迷途的羔羊，一把搡下了楼顶，推向了无底的深渊。魏虎子在他开始潜逃时最后凝望了一眼这个曾经深爱过的女孩，但事与愿违的是蔡改琴已经被楼下丛生的钢筋刺透了，好像一支快要融化了的冰糖葫芦，沾满了夕阳的味道。令魏虎子万万没有想到的是这一幕恰巧被工地的值班人员目睹了，这个双手沾满了鲜血的家伙刚一离开，九莲县公安指挥中心的110电话就响起了。欲知后事如何，且听下回分解。

找到了，痛快。王川喊。

翟芳在叩门，不悦地问，神经呀，找见啥了？

坏的，平庸的，总之是一篇标准的范文。马桶响了，王川料理完卫生，感喟说，这狗日的说得对，文风一坏，什么都会变质的。

快把闹闹带出来，别凉着了。

王川头皮发麻，儿子咋了？闹闹怎么了呀？

翟芳哇地一声，栽倒在了王川的怀里。王川发现，家里的大门敞开着，闹闹的鞋子和衣服也不见了。母亲原本和孙子睡在一起，迷迷瞪瞪地醒来，问了她几遍，耳朵真背了。

这一刻，闹闹却像个玩具，懵懂着，走进地下车库，趴在房门上，听见昝涛说：

你戳到我的疼处了。

可你也轻松了，不再人不人，鬼不鬼的。

倒也是。

三女子说，魏虎子，你犯的事，归法律说了算，我管不了。但我再喊你一声哥，求你自首前，先去见我姐一面，道个歉，说个对不起。三女子慢慢哭了，又说，昨晚上确认是你后，我姐当场就昏厥了，可能也活不上几天了。

昝涛渐渐松开了手，打火机灭了。昝涛说，我去，我给改琴下跪，我谢罪。

天杀的，难以置信的一幕发生了。闹闹拐了进来，慢腾腾地站在乒乓球案子边。一片刺鼻的液体，汪在地上，环绕着孩子。三女子惊骇万分，出去，快出去呀，连喊了几声。尖细的嗓音吓着了闹闹，一委屈，眼泪都快出来了。昝涛大怒，骂说，他妈的闭嘴，别吓着了娃娃。三女子不肯，又催喊，快跑，快跑呀，边说，三女子边顺着管道上的断口，想解脱自己。不承想，昝涛蹲了下去，搂住了闹闹。

闹闹认识昝涛，咧嘴笑，结巴地说，翎……翎子……子鸡。

不对，跟我念。昝涛一手搂住孩子，一手将翎子鸡拽过来。先前还很虚幻的羽毛，此刻收束在了一起，乖得像一只宠物。昝涛整理了一下表情，笑颜说，小哑巴，你可把王川两口子害苦了。今天，干爹得让你好好说话，像个人那样说话。跟我念，翎子鸡。

翎，子子，翎子鸡鸡。

昝涛不悦，妈的，把舌头捋直了，说翎子鸡。

鸡，子鸡。

哎哟，昝涛一时灰败，抱怨说，你跟我儿子一样，你们都是先人转世来的，索要上一辈子欠你们的债。王川的小祖宗，跟我念，翎子鸡。

翎子，鸡翎子。闹闹面色畏惧。

昝涛登时发怒了，一把扼住了翎子鸡的脖颈，举在闹闹眼前。昝涛说，小东西，你连这个玩意都说不清楚，长大了，你能干啥？一团虚幻的羽毛忽地奓开了，羸弱的肉体瑟瑟不已。翎子鸡越挣扎，闹闹越怕，哇地哭出了声。哭声再次激怒了昝涛。昝涛二话不讲，猛地一把，掰断了翎子鸡的脖子，随手扔在了一边。三女子快解脱了。昝涛的举动，充满了极度的危险，让他不敢弄出动静来，因为打火机还在昝涛手上。

昝涛搂住闹闹，眼泪敷在面颊上，抽泣起来。昝涛哀求说，不喊翎子鸡了，那你喊一声，喊一声魏虎子吧。

魏虎子。闹闹说。

哎，我就是。昝涛欣喜了。昝涛又说，叫我的魂，再喊一声魏虎子。

魏虎子。

昝涛又换了花样，说，喊我一声爹。喊爹！

爹。

终于，昝涛绷不住了，双膝跪地，稀里哗啦地哭了出来。边哭，昝涛边举起了打火机，一根火苗喷了出来。昝涛说，我回不了家，我没资格，我也没脸见我的儿子，我交代不了。身后，三女子解脱了，但铐子仍扣在手腕上。三女子摸了过来，双臂一箍，猛地锁住了昝涛的脖子，将昝涛扳倒在地。意外发生了，火掉在地上，噗的一声，液体站了起来。

快跑呀，闹闹快跑。三女子催喊。

闹闹转身跑了，却又回过头来，抓起翎子鸡的尸体，消失在了门口。——迎面，王川和一群业主们冲了过来，一人带着一只灭火器。好在地下车库里，有足够的灭火器。

10

这年秋天，闹闹开始上幼儿园了，燕子班。

七点半，翟芳系完了闹闹的衣服扣子，拉住小手，准备下楼去送。王川没抬屁股，坐在沙发上眯眼笑着，一脸阴谋。翟芳催促说，王大处长，今天开学第一天，爸妈都应该去送的，你可别偷懒呀。翟芳瞥了一圈，又问，奶奶呢，奶奶也答应送的。哦，天不亮，妈就去了濬源寺，说要去供三炷香，一炷给闹闹，保佑他多多说话，另一炷给魏虎子，王川答。翟芳截住话头，替他干吗？王川却说，妈一直记得他的那一碗蛋炒饭，今天开庭审他，妈是菩萨嘛。翟芳展颜说，那第三炷呢？

王川忽地站了起来，将一只宽大的盒子，搁在了茶几上。王川神秘地说，呵呵，我送儿子一个礼物，打开看看吧。

全家人拢了过来，三两下，解开了绳带。闹闹慢慢揭开了盒盖，登时怔住了。闹闹喜悦极了，脱口说：

翎子鸡！

鲜艳，蓬松，翘首而立。几根尾羽抽枝散叶，绽放开来，像一袭优美的晚礼服。

这第三炷嘛，我猜，一定是超度它的，王川说。闹闹用指尖碰了碰，翎子鸡既不动弹，也不给他打招呼。王川没给儿子解释什么叫标本。儿子还小，将来长大了，一定会理解的。翟芳激动起来，亲了儿子。王川笃定地说：

闹闹，你以后喊它的小名。

儿子张看着。

嗯，就叫它静静吧，安静的静。王川悄然拉开了门。

向西，向西，向南

王安忆 *

1

其实，陈玉洁和徐美棠早在十年前即有过交集，那是二十世纪九十年代初柏林，库当大街上，接近歌剧厅的街角，开一扇门，倚门立一个白衣白裤的亚裔男人，抬头看，门楣上方写几个汉字，就知道是中国餐馆。周末，向晚时分，白昼的跃动平息，夜生活尚未拉开帷幕，正在休憩的间隙。薄暮中，这条街仿佛被遗忘了似的，只剩下玉洁和这家中国餐馆。她与侍者对视着，忽觉得这并不是本族人，深目隆鼻，精瘦的骨架子，要知道，此地的中餐馆，不定是雇用华工的。对方也在犹疑，不知道当她哪里人。最后，他们用英语打了招呼。走进店堂，临窗坐下，唯有她一个客人。这时间对本地人远不到饭点，他们都是夜猫子。男人送上菜单，看见汉字写的菜名，就有一种安心。点了什锦面，还回菜单，问道：会华语吗？男人眼睛亮起来：原来是中国人，还以为从英国来，英国过来的人比较多。几近雀跃地，一个转身，到楼梯口，仰头向上喊：老板娘，有中国人！楼梯上响起脚步声，老板娘下来了。

---

* 王安忆，女，小说家。1977 年始发表作品，迄今出版长篇小说《长恨歌》《启蒙时代》《天香》等十三部、《王安忆中篇小说系列》八卷、《王安忆短篇小说系列》八卷，以及散文、剧作、论述等共计约六百万字。曾获茅盾文学奖等多种奖项，并有英、法、德、意、俄、西、以、日、韩、越、泰等译本。现任复旦大学教授，中国作家协会副主席，上海作家协会主席。

在中国人里，老板娘的身量算得上高大，亦因为中国人看中国人，才看出年纪在三十和四十之间，穿秋香绿色的裙装，袖口撒开，像鸟翼般，随动作起落。绕过空着的餐桌，走到玉洁跟前，双手支着桌面，问从哪里来。玉洁回答上海，对方自报来自青田。青田，知道吗？总归听说过青田石！这时候，什锦面上来了，罐头笋、猪肉、芥菜、甜椒，切成筷子粗细，很悭吝地放两株青菜，面和汤的味道与这些全不相干，显然来自现成的酱料。她埋头吃面，女人站着，眼睛越过头顶，望向窗外，继续说话。她的普通话带着口音，大约就是青田一带的吧，玉洁没去过那里，辨别不出来。话音流水般淌过去。视线与墨绿桌布上的那双手平齐，于是注意到这双手，硕大、丰润、骨肉匀停，能劳动，却不是苦作，所谓得心应手，大约就是指这样的。如此一坐一立，吃完了面，店堂还是只她一个客人，不禁出声道：生意冷清啊！女人被她的话唤醒似的，打住话头，低头看一眼，说：今晚比赛足球，都看球呢！德国人很奇怪，脑筋有毛病，我们和他们，完全是两种人类。她笑起来，结了账，推碗离座，道了再见。这就是玉洁和美棠的第一面，彼此都没有问名姓，连模样都是含糊的。

走出餐馆，天光依旧亮着，街上除她之外，多了一对情侣，忘情地接吻。夕照贴地而起，瞬间掠过去。歌剧厅前终于有了人迹，厅堂里已聚起些声气。检票与领票，前后照应，添几分动静。观众坐有半席之满，在足球杯的晚上，亦可称得上座了。剧目是芭蕾《吉赛尔》，乐池里传来定音的管弦声。

陈玉洁在外贸公司做公关经理，上海与汉堡是姐妹城市，两地往来频密。这一回是为一批货迟迟不能上岸，汉堡港的理由是中国货轮的外漆有几项环境指数不达标，装卸工人不能作业。玉洁在汉堡与各部门交涉，请求重新检测，再次审核，最后一关是工会，同意一定天数之后，才可接近货轮操作。汉堡有公司租赁的公寓，没有食宿之忧，只是寂寞得很。于是，周末便去柏林一趟。这个国家的工会拥有无限权力，休息日绝不允许工作，就不会出状况，她也只好休息。白天去勃兰登堡门，柏林墙遗迹，美术馆，老教堂……最后的节目是芭蕾。她买的四等票，这一区域只有十来个人，散坐四处。前边有空位，可是没有人移动，这是一个纪律严明的民族。想起方才老板娘的话，德国人是一种奇怪的人类，就又要笑。场灯暗下，乐池里的光就仿佛夜航中的船舶，她呢，茫茫大海中的礁石。音乐响起，舞者在舞台上列成各种队形，奔跑、跳跃、旋转。因为座位的关系，大约还有心情，离她十分遥远，就像一帧镜框里活动的图画。有一时，她睡着了，被掌声唤醒。掌声很整齐，先期经过排练似的，什么时候起来，什么时候止住。然后，中场休息。出去走动走动，第一遍铃声后回座，每个人都在原位上，她依然独自一人。音乐奏响，她又沉入睡眠。

走出剧院，天黑下来，街上却一片亮，路灯、霓虹灯、广告灯箱、咖啡座、餐馆全开张了。热狗铺前排着队，麦当劳里满是人，汽车揿着喇叭，年轻人呼啸而过，高举彩旗和气球。电器商店橱窗里的电视机播放新闻，站一圈人看，她才知道，德国队进入决赛。走在人潮中，几乎迈不开脚，满目都是笑靥，互相叫喊，擦肩而过一伙人，竟然横过旗杆抽她一下，回头看，无数笑靥相迎。可依然是离远的，隔一层膜。走回旅馆，洗漱上床，窗外依然喧哗。铜管乐队在游行，其中一支小号特别高亢，随她入梦里。是这样的夜晚，使得其他一些细节变得清晰，留下印象，以至于许多年过去，换了场景，这两人互相都认出了。

汉堡的公寓，人称中国大厦，是由几家国资单位联合买下一幢旧楼，再翻倒重起，专供企业外派人员居住。风格与周边高层住宅无大异，那多是战后的建筑，平行与垂直的线条结构，与现代极简主义有关，更是从实效出发，用料经济，施工快捷。中国大厦是近年造成，就更新，更高，因此也变得孤立。那白色的塑钢框架的窗户格子，一行行，齐崭崭，要是望进去，内容就丰富多样了。房间里斜拉的铁丝，晾着毛巾、衣服，床上张挂着蚊帐，桌面立着热水瓶，电饭煲噗噗地沸滚，里面炖着猪蹄和鸡膀；窗台内侧的瓦盆里养着小葱，蒜头抽出绿苗，其中一叶上缠着祈福的红丝线。过日子的劲头一股脑冒出来，中国式的日子，乱哄哄，热腾腾，与使领馆的中国式不同，那是官派的，这里却是坊间社会。

中国大厦的住客来自四面八方，你就可以听见各种方言在此交流：东三省、云贵川、江浙、山陕、闽广、两湖，最终又汇合成北方语系的普通话。有长住，有短留，长可至半年之久；短呢，落一下脚便转移。陈玉洁原本只计划一周，延宕到两周，事情办有六成，公司方面让她再坚持一周，索性彻底解决。不料余下的四成是为最琐碎困难，就又是两周过去，还看不到结束。一人在外，新鲜感维持半月已达临界，初始就有长久规划另当别论，她却是随事态演变，一日一日拖下来，难免焦虑心起，不耐得很，情绪变得低落。汉堡这地方，阴晴无定，云开日出时，眼前一派明媚，坐在湖畔，柳丝婆娑，微波荡漾，水面点点白帆，真仿佛仙境。转瞬间，天空沉暗，树丛密闭，湖中的天鹅呱呱地叫，鸽群呼啦啦盖顶而来，像是鹞鹰，豆大的雨点砸下。赶紧起身，回程中，乌云忽地破开，迅速向四围退去，湛蓝的穹顶越扩越广，万物晶莹闪烁。心情却鼓舞不起来了，鲜丽明朗的视野反而让人忧郁。

后来，非不得已便不出门，有时候，整天待在住处。白日里，客房都走空了，清寂中，动静声声入耳。清洁工开门闭门，说话嬉笑，吸尘器轰然响起，又轰然停止，修理工的击打，新入住的客人经过走廊，行李箱的轮子咯嗒咯嗒滚压地面，没有吵着她，却是让她安心，不自觉睡着。不知道过去多少时间，在一股饭菜的气味中醒来，恍惚以为是在公司的食堂里——饭点到了，窗户板推上去，大锅，小炒，米饭，面食，热气蒸腾，汹涌澎湃。雪白的四壁刺痛眼睛，闭了闭，方才想起身在何处。中国大厦的餐厅，中午不开张，少数几个客人，就直接到后面厨房，锅灶边上，盛饭盛菜，倒有几分居家的气氛。这一日，大师傅的媳妇从山西老家来探亲，下厨帮忙，做的是家乡饭猫耳朵。揉得十分筋道的面，揪成手指头大小的薄片，下在汤里。黑木耳、胡萝卜、西红柿、青芦笋、紫茄子、白山药，切成片，上下翻滚。大海碗，灶台上一字排开，老陈醋胡椒面，任意添。这一餐饭呀，吃得汗泪交流，痛快，亲热。

一同吃过猫耳朵，就有交情似的，由此，认识了来自沈阳的一个姑娘。她是通过熟人关系住进中国大厦，还是个学生，在波恩读商科，她带陈玉洁去到火车站的中国书店。书店门面不大，进深却几乎穿透一个街区，四层高。顾客多是中国学生，来淘减价的教科书，学生总是手紧，看的多，买的少。还有从火车站过来的行旅中人，为消磨候车的时间，也是买少看多。相比这有限的客流，书店显得过于宽敞。除了老板，一楼收银台后面的小个子广东男人，似乎没有其他店员。那是个寡言的人，甚至是腼腆的，偶尔在过道走个对面，头一低就过去了。但并不意味着性情冷淡，她很快注意到，书店仿佛是个中国留学生的服务站。临上火车需要办事情的将行李寄存这里；刚下火车的又推门咨询交通和住宿；自行车轮胎瘪了，进来借打气筒；再有借用电话和厕所，帮助收发留言消息。显然，中国人尤其留学生圈里人都知道他，一传十，十传百的。来自香港的他——沈阳女孩告诉她，并不像通常港台人那样，与大陆学生有隔阂，生成见。那时候，中国陆生留洋海外正在草创阶段，经济上，货币不能自由通兑；政治上，体制为对立两边；初度开放，人数少，根基浅，远没有形成自己的社会。与中国大陆亲近者，多是左翼知识界人士，而左翼运动发生地则以美国为中心，比如反越战，比如台湾学生的保钓。二战后的德国，正经历漫长的反省与疗伤，对于这个热爱思辨的民族，类似东方哲学的静修，难免是沉寂的。所以，来自社会主义中国的学生，呈孤军作战之势。后来，陈玉洁知道，香港人是一名基督徒。她开始进出书店，当那里是半个驻地，港务局方面的业务亦顺利结束，她回国了。

2

回想起来，九十年代是个节点，上个周期完成，进入下一个。东欧剧变，冷战告终，中国改革开放，经济腾飞，香港回归，美国“9·11”，中东战争，亚洲金融危机……世界资本主义体系一方面扩容，另一方面，介入异质成分。具体到中国大陆，由政府推行市场经济，进入全球化，同时筑起防火墙，可说旱涝保收，完身通过世界性危机，外汇储备激增，国库充盈，个人财富积累。

在陈玉洁个人，二十世纪的最后十年就好比一夜之间，又像是几个世代，来不及后顾，一径地向前。从外贸公司买断工龄，自营进出口。大学毕业分配在政府部门的先生早几年已辞去公职下海，先是承包一家体育用品商店，赚第一桶金，然后与几个同学去南非购买金矿，再又掉转龙头，向内发展，到山西开矿和炼焦。这十年于他们五十年代出生的人，可说是原始的，又是最后的发展机会。就在他们奋起的同时，六十年代后生冲刺新型产业的前沿，时间跃进两千年，就将是又一代风流引领。总算立定脚跟，不仅获得财富，更是在一波连一波的产业浪潮之间，占据衔接的一足之地。他们的事业起自计划和市场两种体制的狭缝，左右逢源，亦屈抑迂回，得尽先机，也种下后患，暧昧的受益最终造成身份的尴尬。

他们的孩子，一个女儿，在千金买醉的日子成长。陈玉洁至今记得，两千年世纪之交，一家三口乘豪华游轮夜游浦江。十五岁的女孩，穿一件珍珠白低胸露背礼服，那时候，真还不懂得怎么穿，将她往成年女性里打扮，更显得人小，比实际年龄更幼稚。手腕上套个珠包，踩着高跟鞋，站在大厅里，茫然不知所措。巨大的枝形吊灯从挑高的通顶上垂下，灯芯做成烛状，壁上也是烛状的灯，立在金银座的水晶盏里。无数彩带、气球、鲜花，玻璃珠子串在尼龙丝上，红灯笼也串起来。眼睛都不够用了，脖子也仰酸了。视线慢慢移下来，这就看见餐台，呈十字向四面伸展，冷食、热菜、烧烤，中式、西式、和式，蛋糕、水果、巧克力。女儿第一盘就直接奔甜品，各色小点心，粉红、淡紫、浅绿、鹅黄的奶油和咖喱，第二盘还是小点心。那颜色形状首先诱人，尤其诱惑女孩子；其次是香甜的口味，小孩子都是口重又嗜糖，平时受大人限制，从不曾饱足，此时敞开，非但不干预，还是鼓励的眼神。可惜到第三盘，便吃不动了，就这，还只是餐台上末梢的一点点，前菜和主菜丝毫未沾，都要哭出来。岂止孩子，大人不也是遗憾的？只不过能自持，不像孩子那般坦然不掩饰。接近子夜时分，餐台撤下，顶灯暗下，地灯点亮，一池莲花盛开，乐队和歌手仿佛是从地心升上来，音符从天庭降落，众人环绕起舞。父亲带女儿下了舞池，两人都不太会，基本就是走步，从这头到那头。看他们在人群中忽隐忽现，有几回女儿的脸正对她，表情十分严肃，好像接受成人礼，就觉得女儿正在脱去小姑娘的形骸，飞速地长大，长成那件珠光晚礼服里，真正的主人。舞池到处是这样的美人，衣袂飘兮，巧笑盼兮。她走神了，没注意人群哗动中倒计时的数秒，只听得最后一声，当！海关大钟敲响，彩带剪断，纷纷坠落，珠子漫撒开来，红灯笼亮了，原来里面都是电灯芯子。船正走到吴淞江口，调过头，外滩沿岸一带同时放起烟花。那游轮顶上的吊灯突然迸裂，露出玻璃穹盖，于是，一朵一朵烟花在深邃的夜空绽放，化成流星雨，缓缓垂落，时间就此走进二十一世纪。

女儿自小在祖父母身边生活，与他们聚少离多。在出生成长的十多年里，正是她和丈夫激烈打拼事业的阶段。他们都是上海普通人家，一条街上的邻居，就读同一所小学，又在“文革”中划地段分进同一所中学，是本地市民典型的婚配形式。中学毕业一个去崇明农场，一个留在上海分配工作，分得很好，在外贸局——照今天话说，就是办公室小妹。后来，崇明的那个凭一己之力考取大学，上海的，就是陈玉洁，由单位送外语学院委培商务英语，原去原回。那是个百废待兴的时期，机会很多，他们可说是得天时地利的一代。等两下里巴人读成，都已是三十岁，这才生了孩子。二十世纪八十年代，上海住房的紧张，全世界闻名，由此生出多少悲剧和喜剧。他们原是在公婆房间里隔出一条做婚房，两人上学各自住学校宿舍的几年里，丈夫的兄弟住进他们的房间并且生下孩子。这期间，他们夫妻的私人生活都是在周末和节假的宿舍，他或者她的同屋回家，让出空间，供他们享用。所以，住房局促是他们脱离体制自主创业的极大动因。挺着六七个月的肚子，肿着脚踝，去后勤部门索讨房子。局办公楼在外滩一座老建筑，殖民时代留下的，石砌的墙壁，天花板很高，动静都有回声，走在里面，是有压迫感的。当时不觉得，年轻，又是单位里最低阶职工，况且，大家不都一样？为住房、晋级、加薪、奖金，一趟趟跑领导办公室，赔着笑脸，叹着苦经，事后回想，却是很屈辱的。就这样，分来一间房，面积不大，朝向也不好，西北，是一套公寓里的一间。这套公寓不知出于何种历史原因，被拆分成三户人家，公用厨房和厕所。但无论怎样不便，住进公寓，身份就不同了，下一轮的争取和调配中，资本也不同了。很快，这一间加上丈夫单位增配的一个亭子间，二换一，换来新工房的一个独立单元。换房的经过，也是不堪回首。电线杆子上贴告示，房屋交易集市寻觅对象，所谓房屋交易集市就是马路边上，自发形成的几块地方。掮客一类的人物应运而生，他们手中掌握许多信息，从而串联上家下家。时间一久，陈玉洁自觉得也能成为业内一员，日后独立出来做贸易，是否从这里起念，只有天晓得。

这套一室半的单元房位处虹桥，其时还未开发，属城乡接合部，上下班需经过一条铁路。远远听见道口铃响，路障放下，挤进等待的自行车和行人里，一列火车吐着白气驶过。倘是客车，就看得见车窗里的人，满脸旅途的劳顿，不知道在他们的眼睛里，自己是怎么样的。这条铁路横亘在面前，将新城区和旧城区隔开，他们被划分在新的一边，既是逐出，同时呢，又是纳入，纳入另一种命运。

住进这一处房子，动荡结束，终于安定，将女儿接来。女儿已在市区一所重点小学就读，而这边且是草创，周边还很荒凉，学校的品质可想而知，决定暂不转学，每天由父亲接送，顺便可去看望婆婆。辛苦是辛苦，但一家人不必分住几处，算是团圆了。就在此时，方才发现，女儿与他们是生分的。跟阿娘长大，宁波人称祖母“阿娘”，阿娘们称得上是上海中等阶层的一个类型，她们精明、仔细、能干、豁辣——沪上人说，给宁波人做媳妇不易，可她们自己不也是从媳妇熬成婆的吗？她们带出来的小孩，尤其小女孩，都有一张刁钻的嘴和一副刁钻的性子。一上来，他们就感到棘手了。绿豆芽，要摘两头；鱼，只吃鳃上瓜子大小两片肉；豆腐是要去皮的。穿衣服也很麻烦，一件套头衫，后领的商标一头脱线，她按惯例索性将那一头也扯下来，多年紧张甚至惶遽的生活将她磨砺得粗糙和简单，孩子却哭了，说应该缝上去，否则就分不出前后。鞋面上的浮尘不擦拭干净也是要哭的，马尾辫不是高了低了就是歪了。随身搬过来的几大包杂碎，她看也看不懂。那些花花绿绿的铁发卡，掰开，再按下，沿发际线扣一排；喝水的壶盖藏着机关，这里一揿，那里跳起来，吐出一个嘴；透明的小贴纸上的人物动物有名有姓，贴哪里也有名堂，而且重要……这些零件又不是阿娘的传统了，而是来自现代都市物质生活，阿娘家住在淮海路中心地段。有一次，她下班早，去学校接女儿，遇到班主任，说起往返路途的辛苦，老师惊讶道，不是就住在附近吗？原来女儿一直将阿娘家的地址报给老师和同学。小姑娘和同学走在前面，她推着自行车跟随其后，看那矜持的小背影，比同年龄孩子高一点，所以就在中间，一个挽一个胳膊，有些小妇人的风度。陈玉洁说不上喜欢，也说不上不喜欢，女儿长大了，却不是想象中的长大。这种复杂的心情一直潜藏在母女之间，到两千年的跨世纪晚会，再度浮出水面，却是另一番情景。这时候，做父母的，与女儿相处和谐，陌生感逐渐消弭，甚至有几分亲热。

偶尔地，她会生出怀疑，这样的改善是出于哪一种原因。血缘是一种，共同生活是一种，还有，是不是还有什么？她从国外公务回家，省下津贴补助买礼品，最多的是女孩子的衣物，内心里多少有一些讨好的意思。她和丈夫总是讨好的，为补偿抚育的缺失，其实也没有那么理性，一家三口，本应是亲近的。女儿得到礼物，绽开笑容，一个反身，抱住妈妈的颈项。软软的小身子，贴在怀里，她有些羞怯呢！真希望不要长大，就这样。她喜欢女儿的笑脸，下眼睑很饱满，一旦开颜，便呈现两个窝，像猫咪，又像花。随年龄增长，圆脸变长脸，脸颊滑顺下去，笑窝不见了，显出少女的清秀，却又有一种凛然——不知道事实如此，还是心理的缘故，她始终有些怕她呢！这也是所有父母对长成的儿女的心理，生恐被遗弃似的。有时与朋友交流，彼此就像在攀比这种感受，很享用的呢！但内心深处，又觉着不像对方的单纯，在某个地方存着差别，而且是本质性的。生活在进行，不等她想明白，已经到下一个阶段。

他们买了商品房，先是四室两厅的公寓房。装修大半年，搬进去，住下两年。其中有一间北屋，从来不曾使用。紧接着就搬进另一套，复式两层。偏离开市中心，但后来居上，成高档地区，住户以日韩籍为众多。女儿进一家私立中学，和小学同学疏远往来，阿娘呢，也不常走动，这个老城区的孩子成了新人类。礼物和礼物激起的喜悦还在继续，却已不只是出国带回，且随时随地，量和质都在增加。整套卧室家具、钢琴、电脑、音响、万圣节的鬼装扮。这个街区已兴起万圣节，基本是自己和自己玩，没有讨糖和捣乱的小孩子，南瓜灯在店铺的玻璃窗里闪烁，少男少女们穿了吸血鬼的长袍在街上呼啸走过，其实显得很寂寥。最后，女儿高中毕业，直接去美国读大学，可谓人生大礼。因学业中等，就读一所设计专科学院，校址却是在纽约曼哈顿，学费和食宿极昂贵，有什么呢？钱已经不是问题。

因生意上的事暂时走不开，就由丈夫保驾护航送去纽约。看父女二人走进国际出发厅渐渐远去，女儿比两千年晚会上又高出半头，身着旅行装，双肩背包上垂挂粉红水晶的吊串，随着走步一摆一摇，就有一股跃动，欣欣然的。没有回顾，就这么径直走出视线，她们母女相处向来冷静，从不滥情。回到家中，推开女儿卧室的门，打算收拾整理，不料想，一下子撑持不住，坐倒在床沿。那是张童话里公主的卧床，高高的弹簧垫，白色床柱上托着金球，圆顶帐垂下来，珍珠纱上布着小朵玫瑰花。眼泪溃决，流了满面，这才相信“血浓于水”是千真万确。

3

多半的缘故是女儿在美国读书，还有就是寻找新商机。她将德国方面的贸易收缩了，转移到纽约。然而，距离上的靠拢并不使她们更亲近，分别初的那一段激情没再回来过，反而是，平淡下来。女儿抽条的身子显得很纤细，穿低腰的撒腿裤，长款的背心外面套一件横宽的背心，都是黑色，踩一双夹趾草编凉鞋。学习设计的人总是从自己身上开始实验，创造独特性。最终，很奇怪的，这些独特性又汇合成同一种风格。看女儿走在街上，走在魁伟壮硕的外族人里，四肢、身体、衣服。头发，一侧剪至耳上，另一侧，齐腮，垂下来——仿佛在飘。不少男孩，也有成年人，被吸引目光。这些目光，就像风，将她送得更远。偶尔地，女儿会挽着母亲的肘弯，便感觉到纤细的手臂里的骨骼，不是小时的柔软，而是坚硬的，有一股力度。

女儿租住的是一种称之为“工作室”的房屋，一大间，除厕所和冲淋房，再无其他区隔，住户根据自己需要分配使用。因为楼层很高，还可架成阁楼。这样的房型，得自二战以后的苏荷（SOHO）地区，废弃工厂车间被艺术家用作画室，渐变为风尚，建筑商适时跟进，开发房地产市场。以此可窥见波西米亚人走入布尔乔亚，嬉皮变雅皮的过程。所以，这间位于中城的“工作室”其实相当中产化，玻璃幕墙，细木地板，牙白色烤瓷漆的橱柜，后现代极简主义的灶具和卫浴，以及连房屋出租的餐桌椅、工作台。这样的环境里，席地而卧的床垫，东方图案的靠枕，随意摊放的杂物书本，反显出造作。她不懂设计专业是什么样的内容，从外部看起来，女儿无疑是业中人士的做派了。

在决定长住，计划买房之前，她都是住酒店。睡地铺起卧不方便还在其次，难以忍受的是无遮蔽全敞开的空间。不夜城的光，从窗帘叶片里透进来，躲也躲不开，好像当街躺着。女儿并不反对母亲住酒店，多少透露出迹象，孩子已经有自己的生活。一个不问，一个不说。有些私密的话题，至亲间反倒不易沟通，又尤其是她们这样亲中有疏的母女。有几次和丈夫同来，住的是中下城的老酒店。在美国，说老酒店不过是更欧洲化，代表新大陆居民来源地的历史。那都是狭小、逼仄的房间，自点早餐，到晚间，酒吧咖啡座上满满的，需挤过人堆，向柜台上领房间钥匙，沉甸甸的铜头钥匙放在柜台背板上的小格子里，射灯自上向下照着职员的脸，很像希区柯克电影里的一帧景。

丈夫喜欢这样的老酒店，女儿也喜欢，凡住这里，总是过来。换一种情形，就是她过去了。来到这里，多半是在底下酒吧消磨，单独的桌子永远不够用，于是，不相干的人凑在一长条大案子边上，各说各的。女儿显得格外兴奋，比平时话多，丈夫呢，捧着酒杯，缩着手肘，避免碰到邻座的人，脸上布着笑容。

她却怀疑，他们实际上真的有表现出来的那般享受吗。看上去，更像是一种坚持，将“快乐时光”坚持到底。酒吧门口的招牌上，不都写着“快乐时光”的字样！酒店的“快乐时光”里，中国人极少，像他们一家三口的中国人，大概仅此一例。那实在不是个家庭聚会的场合，这三人未免显得不合时宜，可他们一坐就是半夜。送女儿去住处——步行即可到达，两人再返回。子夜时分的清寂里，藏着无数喧哗，那沿街的，一半沉在地面下的门扉，一旦开合，就涌上来，引起一阵骚动。

他们沉寂地走过一段，凛冽的空气驱逐了困盹，方才她可是困盹得很呢，此刻醒过来，开始说话。她说，要不要在美国买房？好啊！他说。女儿的房租加我们的酒店费用，差不多是一套厨卫的钱了。说到这里，他就正色道：不要考虑钱，钱不是问题。话里有一股豪气。他们这一路对话，都是有豪气的。倒退十年二十年，做梦都做不到。是啊，钱不再是问题，可也是个问题，就像上了发条，开关启动，自行运作，以级数增长，令人不安。想这世界上任何物质的总量都有限度，哪经得起如此递进生产。她有时会提议关闭生意，不要再赚了，一个人一辈子究竟能用多少钱？丈夫的回答是，你以为我们是净赚？不是，我们是和世界通货膨胀赛跑，趁脚力好，多领先几步，等脚力弱下来，就少落后几步。然后，丈夫便举出几个数据，证明通胀的速度和程度。按马克思政治经济学理论，通货膨胀是为解决危机，同时酿成新一轮危机，所谓搬起石头砸自己的脚——丈夫一旦打开话匣子，谁也刹他不住。所谓“马克思政治经济学”，在他们一代人，就是蒋学模的一本教科书，在世界冷战格局下，以共产主义为人类社会最终目标的前提下，诠释资本演变。现在人早不读它了，但里面不乏真家伙，也就是硬道理。丈夫继续道，二次大战以后，技术革命大爆炸，迎来第三次浪潮，似乎可能消化危机，事实上，只不过暂缓，将局部纳入总量——“总量”这个词出来了，正是陈玉洁的担心。你以为总量可无限增长？他问她。不能，她回答。增长的是缝隙，就像受过冻的萝卜，糠的，这就是泡沫经济，所以，我们必须和通胀赛跑！最后总结。这时候，他又变成虚无主义，不相信人类历史的进步。

他们走进酒店，“快乐时光”方兴未艾，领了钥匙进电梯，经过一条狭窄的走廊，推开房门，迎面是满壁墙纸的缠枝花，天花板顶线的雕饰，窗帘打着沉甸甸的结子，床幔垂下流苏，椅套、茶垫、桌旗，丝线经纬底下藏着隐花，门窗、家具、用品的边缘都是曲线，底足是弯脚，镶着金边，重重叠叠，是维多利亚时代的风尚。事实上，酒店不过开业于二十世纪七十年代，酒店的典故，关于一名女演员的风流韵事，是百老汇款的。床垫很厚，很软，人卧得很深。听见枕边人的鼾声，不由哧地一笑：真会装！也不知道笑的是哪一个，然后，沉入睡眠。

她自己来，通常是住新泽西，真正的北美式标准间。遍布全中国，直贯县镇级的酒店模式就来自它。宽敞明亮，自助式早餐，价格只到那类老酒店的三分甚至四分之一。越过哈德逊河看曼哈顿，不过上海浦东与浦西的距离。这酒店主要客源是旅行团，尤其中国旅行团，占一半以上，其次东欧和日韩，再有些本土的学生团体。她虽是散客，但因为常来，一住又是半月一月，甚至两三个月之久，所以店方就将她打包进旅行团，享受大折扣，价格又下来一截。虽说钱不是个问题，可是，不还要和通胀赛跑吗？收缩德国方面的生意，转向美国，一时上还摸不到门。多年来积累的经验和人脉，都是在欧洲方面，在此可说白手起家，从头开始。来美国之前，都说这里地大物博，制度自由，有许多机会。听起来，很像近代史上所写，冒险家的乐园——上海，实地一看却大不以为然。近十年内，中国的人力物力，犹如水银泻地，充盈每一寸空间。大到并购企业，小至浙江义乌小商品市场的发圈发卡，工业有中型机械，农业有果蔬植种，几乎无一遗漏。于是又回到老本行，中国餐馆，购买老店，开张新店，华埠从曼哈顿飞跃皇后区法拉盛，迅速扩大。陈玉洁数次往返，一年时间过去，依然委决不下，往哪里开拓。她倒也不急，多年历练，磨出了耐心，只是出于勤勉的本性，不开源就必得节流，能省即省。

酒店里每天有一团团的中国游客进出，闹哄哄来，闹哄哄往。一个人住久，终有些寂寞，所以，并不嫌嘈杂，还以为有意思。那些常受指摘的大妈们，与她属同一代人，在匮乏和争夺中度过岁月，大堂里一个空位都不放过，即便只是出发前短暂的等候，她是理解的。有时候会主动搭话，提供咨询，解决语言沟通。有一回，一个老年团的旅客向她打听大都会博物馆的票价，她如实告之，从一元到二十五元，全凭自愿。对方顿时愤愤起来，这个团费以外的自选项目，导游收费竟每票三十。看他们气咻咻找导游论理的背影，便知引起事端不小，赶紧避开。这些闲嘴调剂了客居的生活，否则就太闷了。这个酒店，让她想起汉堡的中国大厦，住在那里的时候，独自一个人，但有公务在身，总是社会中人，多少有些刻意地回避交道，有大国企单位的骄矜，也有避免麻烦的用心，是一种自恃的寂寞，而现在，是真寂寞，仿佛游离在真空地带。

女儿从来没到过新泽西的酒店，静听母亲诉说那些杂碎，似乎只是出于礼貌。她们母女间一直或者说越来越保持礼貌。这固然没什么不好，可也没什么好。有一回，听完母亲的大妈们的故事，大约觉得应该做出些反应，不至显得态度冷淡，女儿说出一句评价：老阿姨多半是粗鄙的。她顿生反感，回击道："老阿姨"这称呼就很粗鄙！母女极少起冲撞，她出言又过激，女儿不禁怔一下，然后笑一笑，过去了。还是年轻人更有礼貌。她却有些微的失望，心底积蓄着一股冲动，自己都无法解释的，就是想刺痛女儿，可此方矛头一出，彼方适时避让开，到底没交上火。

女儿真正的兴趣所在，是关于买房。在这里，议题变得具体了，不像她父亲，从务虚始，到务虚终。每一次去——住新泽西酒店，就总是她去女儿住处，每一次，都得到一批售房信息，从网络上搜索下来，也有她朋友推荐，全是曼哈顿岛，或中央公园周边，或苏荷（SOHO）、切尔西，抑或第五大道。许多中国人在那里买房，女儿说。她以商量的口气建议，为什么不考虑皇后区，那是中国人聚集的地方。女儿笑一下，这样的笑容，常会使她瑟缩，自觉得变成受教育的人。女儿笑一下，说，从投资角度出发，曼哈顿的地产有更大的增值空间。她嗫嚅道，法拉盛一带正趋向上扬。自知说服力不够，就又添一句，中国餐馆多，生活方便。女儿回答一句，曼哈顿也有许多中国餐馆，重要的是文化生活丰富，性价比更高。对话沿着买房的主题进行，倘若换成她父亲，每一个岔口都会旁出去，比如餐饮，比如乡谊，比如文化，都可激发谈兴，见仁见智。说的和听的，一概忘记初衷，不知道来自哪里，又去往哪里。当年，她便是被带入迷局，一去千万里，回头看，沧海桑田。难免感到庆幸，几回折转关头，都没出错招，尚还有歪打正着处。似乎有一条潜在的轨迹，引导他们的脚步。事实上，应该感谢那个时代，刚从计划经济走出来，选择是有限的，非此即彼。倘是另一种选择，道路不同，结果未必有大差别。草创的世界，各路英雄殊途同归。不像今天，机会很多，陷阱也同样多。但不论怎样说，丈夫确是性情中人。女儿不像父亲，那么就是像她，理性、清醒、冷静。这些禀赋在她，更多体现在谨慎，甚至一定程度的保守。女儿呢？似乎，她忍不住想，似乎缺乏热情。

环顾女儿的住处，有一种刻意的凌乱，大小靠枕东一个西一个，斜面长案上散放着绘图工具，形状莫名的雕塑直接立在地板，台灯、蜡烛、香熏、几盆水生植物，分布餐桌、茶几、料理台、上阁楼的木梯边缘。杂物的堆砌中，因为总体上几何线条的结构面，呈现肯定的秩序。女儿不在的时候，一个人待在房内，小心翼翼地走动，避免搅乱这些物件的摆放。她觉得，这间“工作室”公寓房，很像一个橱窗，第五大道上的奢侈品商店橱窗。她怀疑，这面橱窗的背后，还有没有日常性的生活。她想起她的婆婆家，终年散发着咸鲞和虾酱的腥气，那是宁波人家特有的气味，从八仙桌底下的坛子里蹿出来。小小的女儿，跪在椅上，操一双竹筷，吃海瓜子，一只一只送进嘴，然后划一大口泡饭，很快，跟前堆起一堆壳，透明的粉红的螺钿。那细细的颈脖子里，也有一股子海瓜子的咸味。现在，小姑娘长大了，身上的气味换成可可香奈儿的国际香型。

在女儿的安排下，她还见过一位房屋中介商，荷兰裔的美国人，会用中文说“你好”“谢谢”“恭喜发财”，古怪的发音里有一股油滑。介绍的房屋在公园西大街，原本是酒店，然后改成住宅。宽大的门厅、走廊，房间在走廊两侧排列，依稀可见昔日酒店的痕迹。推进门去，迎面满窗绿荫，正对中央公园。受限于原先的客房的格局，内部形制多少有不合常理处。比如原先的套间要成为独立的两卧，不得不横断空间，立一面墙，辟出玄关，重新开门，难免局促，厨房和浴室对于家庭起居也是逼仄的。她倒有点动心，因为想起上海的那种前厢房，而且，使用过的房屋有一股烟火气，是过日子的气息。她没有流露喜欢，但询问的仔细，让中介先生窥见成交的可能性，即便这一处不行，还有另一处呢，中国人可是购房的国际主力。往返对答，中介先生也判断出这个中国女人属理性消费人群，相当专业，正对他口味。他就是不怕专业，而对不专业生惧，在这法制社会里，对规则有共识，一切都好说了。

女儿在一旁静听，态度变得驯顺，使向来严峻的表情松弛下来，小时候的笑靥隐约又回来了。她温存地投去目光，想到小小年纪一人在外的诸多不易。这一天，母女间相处和谐。和中介先生告别，对方说了一句恰如其分的中文：后会有期！三个人都笑起来。然后，她们走进公园，挽着胳膊。早春时分，气温还很低，前一场雪未化尽，吸纳着正午的热量，空气凛冽，直入肺腑，身上起着轻微的寒噤。载客马车走过去，马粪味扑鼻，带着畜类的体温，在清冷中散播开。一个跑步的男人赶上她们，身上冒着热气，奇怪的，也有着同样的体味。女儿的手伸在肋下，使她想起很早以前，那软软的小身子，不由紧了紧臂弯。母女间的肌肤之亲向来很少，事实上，不是吗？她也是缺乏热情的母亲。

女儿说：那人好像怕你呢，妈妈！如何见得？她问，小心翼翼地，多少有点巴结。女儿做了个表情：转着眼珠，飞快地睃了一眼，就像一个猎手跟踪他的猎物，有几分神似。她发现女儿竟然是活泼的，并非表面的矜持。谁知道，也许在心里骂我们呢！她说。嗯？女儿停下脚步，困惑地看母亲的脸。怕和骂，是同一件事，她说。什么事？女儿问。我们的钱！她回答。哦——女儿吐出一口气，迈开脚步，手滑出臂弯，走到前面半步。绒线帽顶的毛球随脚步摇曳，留长的头发从帽底流泻下来，垂到黑呢大衣肩背。她想起自己的青春，在惶遽中度过，不曾流连，就远遁不见踪迹。那背影忽然顿住，转回身来，说：所以，妈妈，所以，我们要买房子，买给他们看！这孩子气的话里有一股凛然，她明白这凛然的来由，不在父母亲身边长大的孩子，总是缺乏安全感，于是，过度防卫。清寂的公园，四边楼宇远在地平线上，母女二人站在大块的天空底下，仿佛遗世孑立，心中就有苍茫生起。这是她的孩子啊，近不得，远不得，拿什么去爱你呢？

下一回再来，是与丈夫一起，在林肯中心对面新建公寓里，全款买下一套。其时，复古主义一改为现代主义，自有一套理论。他认为，酒店是幻象，住宅则是现实，前者是一时间，后者是长此以往，一是传奇，一是日常，彼此不可取代互换。而且，他强调，必须新建筑，不能二手房，前人的遗痕会成为魅影，打扰现在式的生活，那些幽灵的传说，逐渐在科学中显形，比如红外线，比如超声波，比如暗物质，现代物理学正在向东方神秘主义归宿……她的心情却正相反，一旦买定房子，反倒像是做梦，一个明晃晃的白日梦，说话起着回声，身影倒映在蜡光铮亮的地板。丈夫似乎也有些生畏，噤下声气，办完手续的次日，便丢下妻女，独自回国去了。

4

有时候，她不禁会想：为什么是我，为什么是我们？四周都是异族人的脸，忽然间恍惚起来，不知道自己身在何处。面对生活急剧的变化，女儿比她镇定多了，更像是知道要什么，并且向目标接近。搬进几件家具——这时体会到丈夫拍板买新公寓的正确，不需要装修，直接就可入住。几件家具虽不足以填充偌大一套房，但到底消除些空旷。她继续寻找开拓事业的方向。女儿临近毕业，是读硕士，保持学生身份，若不是，就要求职。学习设计的学生一大堆，尤其是中国学生。这是个暧昧的专业，什么都沾，又什么都不沾。所以，她需要将女儿的出路纳入她的计划。这一日，到唐人街买菜，一时兴起，走上威廉斯堡大桥，往布鲁克林去了。

布鲁克林正在兴起，大有飞跃的势态。可是，像她，一个谨慎的生意人，本能地对这种经济发生的模式持保留态度，那就是制造业衰退，以艺术家为主体的设计型产业进入——这类产业的利益链相当含糊，在资本市场的考验中，命运很不确定，或者淘汰，或者转变，抑或真如预期的蓬勃发展，然后又回到萧条。苏荷（SOHO）地区经历大半世纪走完的周期，如今越来越短促。省略发生过程的复制，总是缺乏自然的生命力。历史进入现代，复制又在加速。大约在机器诞生，再推远，人类掌握工具的时候，就已经注定的命运——她发现自己在沿着丈夫辐射型的思路，漫游开来，哑然失笑。天下着毛毛雨，威廉斯堡大桥的步道上极少人迹，城市在脚下搏动，桥面震颤，顶上是巨大的钢架结构。这城市定是在生产钢铁的年代建设，你能感受坚硬的程度。钢铁铸造一座城市，尚有剩余，于是流向战争。在地面看，威廉斯堡桥不过从东河这岸到那岸，走上去，可是漫长。引桥跨越几个街区，河面又出乎意料的宽阔。偶尔有人迎面走来，观光客和慢跑者。列车轰隆隆驶过，整座桥梁都在跳跃。太阳忽钻破云层，大放光明，雾气下沉，沃拉博特湾、曼哈顿桥、布鲁克林桥，一下子浮托起来，水鸟飞翔。只转瞬之间，云层闭合，光线收起，景物又退下了，仿佛海市蜃楼。这地场真是大，开发四百年，不过只是一个角。所以，就还有一股原始的野蛮力量，从现代性中穿透出来。

计算一下，陈玉洁在桥上足走了有一个钟点，步道在引桥中段向地面下去，穿过桥墩的钢柱，就站在了路口。停了停，顺势一转，依街道数字排列，从小号码向大号码走去。路上很清静，建筑多是陈旧和简陋，多少是破败的，犹太人的“贝狗”店，还有中国餐馆，间杂着狭小门面的店铺，是年轻人自创的品牌服装和小礼品，后现代设计型风格，稀奇古怪，用途不明，显示出物质过剩时代生长的一代人的消费理念。这样的小店，每一分钟都有无数间开张，又有无数间关闭，不是作为单个，而是一个群体，维持着它们的存在。然而，谁能就此下结论呢？在一整个街区的草根性中，这些小铺子，却是华丽的眼，穿越到未来，那里兴许有传奇在等着呢！时间已到午后两点，饭店都歇了，准备晚市开业。又走过一个路口，看见中国字样“牛铃”，名字有一些新鲜的情调，但招牌底下的门面，却是唐人街的旧俗，红灯笼，绿窗棂，翘檐上的黄琉璃瓦，日晒风吹，再蒙上油垢，显得灰暗。倒也让人踏实，因有一股柴米油盐酱醋茶的气息，透露出温饱的人生。

店门侧边的街道，停一辆小型运货车，地面上的铁盖掀起，露出一个男人精瘦的上半身，接着卸下的货物。她伸头向店里张望，黑洞洞的，也是歇业的样子，正要退出，却听一个女人的声音：吃饭吗？循声看去，门内酒柜后面原来有人。她说是的，女人就说，随便坐。稍适应店堂里的暗，走进去，在临窗餐桌坐下。天光带着窗玻璃上的污迹，映在桌面。酒柜里的女人问：吃什么？声音远远传过来，更显得店堂的空阔。她看见桌上夹子里有一束菜单，懒得翻看，只简单说一声：炒饭！这是每个中国餐馆必备的速食。隐约感觉女人叹口气，走出酒柜，向后厨去了。显然，厨工们休息了，不得不亲自出马。小货卡卸车完毕，扣上挡板，路面的铁盖板放下，这些动静都是清脆的。后厨里的排风扇打开了，呼呼响，油锅哔哔炸开，葱花的气味就传过来，有一股居家的安宁。店堂里的暗将空间四合，人在里面，甚至是温馨的。她想，布鲁克林是个不坏的地方。排风扇停息下来，在惯性里当当响了两声，听见男人和女人的说话。不知道说什么，只是一些音节，短促地轻盈地来回。店堂和厨房连接处有一方亮，嵌着男人的身影。大约是搬运，推拉收放，动作生风，像是有功夫。女人端着餐盘出来了，未到跟前，已香气扑鼻。

葱青蛋白的炒饭上，覆着一层金黄，仔细看，是油渣，送进嘴，原来是炸虾米。女人并不走开，而是站在桌边，指导用餐，将虾米和饭一并入口，果然，米饭软又筋道，虾米松而酥脆，口感味觉受用无穷。好不好吃？女人问。好！她顾不上说话，只回答一个字。算你有口福！女人说，是我们家乡的饭食，从来不做给客人。家乡何处？她稍停下筷箸，问道。青田，女人回答，依然站在桌边，两只手支在桌沿。余光所见，是一双丰白的大手，就有些记忆回来。女人继续说：温州那一系的菜在外国打不开，洋人就认那几样，酸辣汤，咕咾肉，宫保鸡丁，春卷，美国人的脑子有病！陈玉洁忽然想起了，抬头看女人，女人不看她，眼睛平视窗外。有汽车驶过，还有人声，零落的，这一处，那一处。洋人是一种奇怪的人类，女人说，他们没有口福，从小到大，就吃那些炸鸡，烤牛排，煎三文鱼，无论什么肉，都要做成一块一块，用手抓得起来，然后再添加调料，所谓“沙司”，这“沙司”又只是几味，翻来覆去的。说话间，盘子清空大半，她的思绪已经跑开，听不到女人说话，却在一件事上盘桓。她见过这女人，可是又无法断定，不相信如此巧合。正是不相信，才更觉得是见过，因为非出于巧合，而更像是机缘。她放下筷子，问出一句：老板娘从何处来到美国？女人吁出一口气：说来话长。转身喊一声，男人即来到跟前，收走盘子。然后拉开椅子，在对面坐下：我就不当你客人，老乡见老乡。眨眼工夫，男人又到跟前，送上一壶茶两套茶具，腿脚进去颇有架势。女人说：你看他像不像李小龙？陈玉洁笑：像！女人正色道：练过咏春拳，拜师傅的！随后加一句：我男人。男人一笑，露出洁白的牙齿，旋即离开，不见人影。

十六岁从家乡出来，我今年四十六，整三十年，半个甲子。两人面对面，没有其他人，生出一股推心置腹的气氛。陈玉洁说：我比你长四岁，半百。对面人说：还以为我长你呢，真后生！谢了夸奖，心里推算回去，七十年代初，正是革命时期，国门紧闭，一个十六岁的女孩子，有什么通道出来？女人仿佛看穿她的心思，接下去的叙述正可为解答疑虑。十六岁，个头这么高，女人伸手在一米多点的位置比画一下，又瘦，自己都记不清，夹在什么人的胳肢窝里，搭车、乘船、走路，再搭车、乘船、走路，到了欧洲。她心里又是一动，定睛看过去——饱满的脸颊，眼睛周边略有些松弛，眸子却是亮的，短鼻梁，厚嘴唇，宽下巴，肤色稍显黑粗，但因为紧致，就有一层光，是个健康的女人。却又拿不定了，是那个人吗？其实连长相都没看清，仅一个轮廓，而眼前这个，具体，生动，于是，就不像了。陈玉洁小心翼翼地问：你的意思是偷渡？女人笑起来，抬手四下一扫：我们都是偷渡，他是游水，游到香港，然后——你们在哪里遇见的？她问道。女人做个制止的手势：还没到这一段呢！她被逗乐了，像不像的那回事扔到脑后，忘记了。

说出来怕你不相信，没有人相信，登岸头一站，意大利佛罗伦萨，竟然长个头了，身上阔出一圈，就是现在这样。确实让人不敢信，女人又一次窥到陈玉洁的心思，解释说：你知道为什么？她摇头。我们温州人是生在石头缝里的人，挤着手脚，好容易挤出来，砰地发开了，就像爆米花！两人都笑了。佛罗伦萨去过吗？她点头。你们是旅游，看的表面文章，不会知道内情——内情是什么？她问。对面人倾过身子，耳语般说：到处是我们的人。她不由也倾过身子，压低声音：真的吗？对面人点头：不只佛罗伦萨，罗马、巴黎、里昂、布鲁塞尔、阿姆斯特丹、柏林——她怦然心动：柏林？是的，到处是我们的人。哦！她说。再告诉你一个秘密，女人向她招手，示意靠拢，这样，就头碰头了。你知道，全世界的经济命脉掌握在谁手里？她回答：美国。不！女人摇头否决，犹太人。嗯？她离开些，看着对面人，那人狡黠地眨眨眼，说：温州人就是中国的犹太人。

光线移过来，从女人侧脸照过去，可能是用了一种植物染发剂，呈出红紫色，就像鸡冠，她忽然又觉着是同一个人，不是因为外形相像，而是某些潜在特征促成的机缘。女人自十六岁开始的阅历可够漫长曲折，难怪要话说从头。遭驱逐，买卖假护照，蹲移民监——移民监有什么呢？吃喝保证，还放电影，社工服务，心理疏导，还教英语，关键是要有人！女人强调。就这么一程接一程，一关过一关，后来到了柏林。又是柏林！她要插话，被制住：你知道我怎么到的柏林？我怎么知道？她反诘，两人开始熟稔。结婚！这倒出人意料了。也是青田人，早多年出来，已经入籍，在威斯巴登开餐馆，你不会知道，很小的城市。可是她偏偏知道，就在法兰克福近边。女人看她一眼：你倒是知道的不少！有些不满意讲述被打断。那一年夏季，威斯巴登举办美食节，市政府提供摊位三天，中国人的食亭总是春卷打底，青田人开车到阿姆斯特丹进春卷，阿姆斯特丹的春卷大王，上财富榜的，女人呢，正在那里打工，然后，就把人和春卷一起捎走，春卷送到威斯巴登，人带进柏林，那时候，还分东西两部，就在西柏林库当大街开出一家分店。她终于插进话去：我是不是去过你的店！然后说出时间，地点，以及老板娘的形貌，几可断定，就是你！对面人并不惊讶，在一个餐馆老板娘，阅人无数，不像她，会以为是传奇。有可能！女人承认，更像是敷衍，不忍让她失望。那时候，老头六十岁，我二十六，就是说，出来整十年，总算有了身份。

话说得轻巧，事实上，二十世纪七十和八十年代，欧洲殖民地纷纷独立，移民潮涌动，人口激增，德国二战重建中的土耳其劳工尚未消化，合法居留谈何容易。具体到个人，六十岁的年纪阅历，一定还有家小，而且，很微妙的，不是居住威斯巴登，而是飞地柏林，其间一定有许多曲折。但在对面的人，什么没经历过呢？就也不在话下。她好奇的是，如何一见钟情。青田话呀！女人说，有多少人听得懂青田话？无论你说英语、德语、西班牙语，就算普通话、广东话、上海话，青田口音藏也藏不住，老头听我说话，眼泪就下来了。她质疑：不是说，到处都有你们的人！女人说：可是也要遇得到，比如，今天，你遇到我！她感觉到女人的机敏，机敏里不单是反应快，还有一点慧心。男人走过来，与女人说着什么，又退回去。大概是商量，什么放什么地方，什么又作什么用。你们说的什么话？她问道。他说福建话，我说青田话。说得通吗？她怀疑。女人大笑道：要看什么人和什么人！说罢，推开椅子站起身，知道是结束的意思，就要买单。女人说：看着给吧。她抽出二十元，压在茶碟底下，女人抬头示意，走来一个华裔女人，收走钱。又有一个墨西哥人，过来擦拭桌子，员工进来上班了。不知不觉中，过去半天时光。走出“牛铃”，心里还有许多未解的疑问，比如，福建人与青田人，也就是女人的“前夫”，不知道能不能这样称呼，他们如何交接班？显然，福建人还年轻，看起来是出劳力的人；又比如，为什么从柏林来到纽约布鲁克林？但又觉得这些疑问已经有解，这样一个女人，可能制造任何传奇。她没有继续在布鲁克林游逛，也没有按原路返回，而是走过两个路口搭乘地铁，回曼哈顿去。这半日的经历让她疲乏，又有一种满足，邂逅、美食、陌路的人生故事，仿佛跟随走了一程。都是计划外的遭际，集中在同一时间里降临，令她应接不暇，倒把去布鲁克林的初始目的搁置了。

接下来的日子，变得忙碌了。女儿正式告知，要读硕士，于是，寻找学校，提交申请，报名，缴费，一连串的手续。其间，她注册的公司——其实是个空名，为的是签证与货币进入，此时，国内金融出台新政，汇兑额度有变，就需要打通关节，另辟路径，决定回国调停，买机票，定行程。可是，丈夫的合伙人来纽约度假，她当然有义务出面接待，于是推迟动身。这些到底也难不倒她，都在可控范围，冷静处理，乱麻中理出头绪。事情只要一件一件做，没有做不完的时候。客人到的这日早晨，先在电脑查到飞机准点信息，然后启用优步系统叫车，向纽瓦克机场去了。

虽然步步周到，接人却并不顺利，后来回想，其实是兆头。看起来，两件事情没什么关系，可大千世界就像一张网，网眼扣网眼，所有的事端都连在一起，所以，她还是视作预兆。飞机已降，却久久不见人出来。眼看着几次航班先后到达，依然少有人出来。打电话联络，对方不接听，等对方来电，她则手机故障，接不起来。特别通道出来三两人，问得的消息只不过是，海关处排长队，过关的效率低，窗口少，人越积越多。然后，又有三两人出来，再然后，就仿佛突破瓶颈，络绎成阵，却看不见要接的人的身影。她怀疑自己错过，因与这人所见不过几面，都不太想得起来确切模样，于是出门到出租车站上搜寻，忽又怕正巧这时人出来，掉头跑回去。往返梭行，焦虑得很，颇不像她一贯行事作风。好不容易，隔了玻璃门看见大腹便便一个男人，空着手，摇摇摆摆走来，已经看见她，远远地挥手。

5

合伙人一行四人，他、太太、太太的妹妹，再加一位助理。从行李车上一摞半空的箱子，就可知道，主要任务是采购。助理小殷兼任导游、翻译、拎包，陈玉洁并不必陪伴全部，为尽地主之谊，到的当晚，在哥伦布圆场边的一家米其林接风宴请，随后再视情形而定，随时准备提供服务，反正“全天候”，她笑道。合伙人姓戴，是丈夫大学里的同级，看年轻时照片称得上英俊，如今发福了，找不到原来的样貌，仿佛成另一个人。他们这一代成功人士，到此时多是急流勇退，享受胜利的果实，在戴先生，就是口舌之欲，所以养成现在的身形。经长途飞行，在时差的折磨里，照理没什么胃口，可戴先生的味觉依然能够分辨细微的差别。他说，和女士不同，他的任务是吃，因此，可不可以脱离团体，单独活动？眼睛看向太太，征询的却是陈玉洁的意见。小殷归购物团，陪吃就当另安排，方才不是说了吗？全天候。如此这般，以后的日子里，每到饭点，她就去到酒店，而戴先生已经在大堂等候。太太们早出发一二小时，甚至更早，天方亮，便驱车往长岛奥莱去了，然后，向晚时分，归来集合，一同去吃晚餐。她的计划是中午小吃，晚上大吃。前一晚就做功课，网上搜下菜单与图片，供作挑选，听多方意见，最后由她民主集中，做出定夺。

俗谚道：祸从口出。这话真就应验了。

要说她和戴先生，原本并不相熟，甚至可说生分。她和丈夫的事业，从头起就没有交集，各自的人际社会就也不重叠。晚饭好些，人多嘴杂，将时间分摊，各说各的，又总能说到一起，自然就热烈起来。中午一餐，单独相对，就受到冷场的压力。难免过度积极，一个没说完，一个就开言，形成争抢，为礼让一并打住，立时变得沉寂，又一并张嘴出声，彼此都是紧张和窘。这也被视作不好的兆头，如她的性格和历练，待人接物向来从容，这一回，却失态了。于是，话题泛滥，必要和不必要，该说和不该说，滔滔不绝，一泻几千里。说和听的都无法集中注意力，任其无度扩张弥散，其中多少挟带出一点实情。真正的端倪，是女儿识破的。

有两三回午餐，女儿与她同去，三个人，其中又有一个年轻人，气氛就活跃了，她也松弛精神，偷得几分悠游。每一次去，戴先生都会替女儿买礼物，每一次分手，就都提着大包小盒。回到家中，坐在地板上一个一个拆封，包装纸摊在四周，就像过圣诞节。她说：戴先生这么破费，真不好意思！女儿没抬头，忽然从鼻子里哼一声，戴——她这么称呼，“戴”，呈出一种客观的立场——戴送我礼物，爸爸送维维安礼物，总量上是平衡的。“总量”这个词是从父亲那里来，丈夫他，凡事都是从总量计。心里一惊，这才发现，“维维安”这个名字已经在说话中出现许多次，太多次，仿佛已经是个熟人。镇定一下，说：维维安是谁？与你有什么干系！女儿抬起头，望着母亲：别装了——说得不错，他们家的人都会装。别装了，女儿说，那是个小三，跟着爸爸到这，到那。是一代人的缘故，还是只是个体，女儿说话如此直接，直接到粗鄙。你爸爸的助理，自然要跟随左右。她辩护道，自己也觉着是软弱的。年轻人笑了：你听戴的口气，好像我们已经承认她，都没有一点遮掩回避。那更说明一切正常！她听见自己的声音变得尖厉。女儿又笑：好，好，正常！她看着女儿的脸，那么年轻，美丽，同时，又邪恶。做小三的，正是这样的脸。她控制不住地，举手抽过去一个嘴巴，那脸上立时泛起一片红，眼泪下来了。女儿将礼物从膝上推下去，站起身回自己房间，重重关上门，砰一声响。她被自己吓坏了，站在原地，动弹不了。从来没有动过手，一直是小心翼翼，也很久没看见过女儿的眼泪。地上铺着礼品的包装纸、彩带、晶片、玫瑰花样的按钉，似乎铺到了地平线。这么大的房子里，只有她和她。

心跳得很快，却很奇异的，有一种类似愉悦的痛快，终于，终于发生了！发生了什么？该发生的。她想起戴——现在，她在私下也称他“戴”了，戴有一口头禅，“你知道”，凡陈述一个人一件事，必要说一声“你知道”，于是，维维安的存在，就都是“你知道”。她好笑地想：你才知道呢，我什么都不知道！

为什么是我？仿佛天问。为什么不是我？反过来又问了一句。她陪女儿读书，他打拼挣钱，这样的家庭模式，在他们的阶层已成普遍。同时的“普遍”还有，还有维维安。她其实一直在等待维维安现身，必须有一个维维安。正因为有维维安，才能相安无事，社会和谐。她静了静，然后拨打小殷的手机，表示道歉，晚上突然有事，不能陪大家吃饭，但餐厅已经订座，某条街某个号码。小殷说，没事没事，包在他身上了。听起来，对面的环境很嘈杂，小殷的声音破壁而出。关上电话，尝试将戴的出行换一种组合，由丈夫率队，维维安，维维安的姐妹，或者说是闺蜜，再加一个“小殷”。很好，四个人是最合理的人数，乘车一辆，吃饭一桌，可一并出动，又可分头并行，而他们一家三口，在数学上是个素数，物理上则不对称，总之，缺乏平衡的条件。

她做好简单的晚饭，等女儿出来，心里准备着道歉的措辞，承认女儿的判断有道理，以达成共识，然后，然后怎么样？要表态吗？是决裂，还是接受现实？事情来得太快，猝不及防，可是，事实上，她一直在拖延。戴的来到，从接机开始，到每餐饭没话找话的焦虑，都是预兆，预兆真相逼近。她几次起身走到女儿房间门口，欲敲门又作罢，本来就有畏心，如今这一时刻，更是不敢面对。她这才发现，她们母女被安置在这地方，多少有着受打发的意思。饭菜都已凉了，女儿走出房间，看起来，表情无异常。走到餐桌边，直挺挺坐下，说，已经给父亲发信，要去巴黎学艺术——维维安去得我去不得？说罢，捡起筷子，吃起饭来。她久久不动碗箸，有一种寒冷，原来，她不需要表态，谁都不要她表态，她这个当事人，结果成了最无关的人。

戴在纽约的余下几日，循事先安排顺利度过，购买与美食均超额完成任务。又添了两口箱子，戴的腰围似也扩出一周。送到机场，看他们走进海关，四个人的背影换成那四个人，想象中的组合，迅速转身离开。最初的冲动，是回上海，机票就在手里，只需签日期，但很快颓唐下来，去又如何？一进一退之间，丈夫那边来邮件，说去了香港。那么，她也去香港。香港是客地，这样处境和心情，实在凄楚得很，于是又迟疑了。时间在无所作为中过去，越发像是一种默认。她转而希冀丈夫来，买房至今，已有一年半，丈夫再没有出场，回想那一回走，难免有落荒而逃的迹象。近来，关于女儿去巴黎的事，照理应当全家一同商量，可都是父女两人邮件往来。女儿每一项要求，合理或不合理，父亲全欣然答应，不作深询。既像是还债，又像是敷衍。这段日子，生活费用以及女儿的额外开销，依然按月汇到，不知从哪里收集的汇兑额度，更可能是及早转到外汇账户，这意味着什么？意味他希望她们母女安下一颗心，住在纽约，衣食无忧——从这点说，并没有放弃责任，继而想起戴的一句话，他感慨道：这世界上有多少单亲妈妈！怎么说起来的？前后文想不起来了，反正聊天嘛，漫天漫地地海聊，又都喝了酒。心里一动：维维安会不会就是其中一个？她不禁血脉偾张，心跳加速。去香港的念头又生出来，而且无比强烈。她拿起电话，打给惯熟的旅行社，了解飞香港的航班。问答之间，情绪复又平定。这就是她，与外界交道总是冷静、克制、礼貌、矜持。于是，讨论到具体票务事项时候，冲动消失，她改了主意。放下电话，她兀自笑一笑，忽明白一件事，所以她想做这，想做那，最终什么也不做，其实就一个原因，她不知道该做什么！有谁能告诉她，她该做什么？这就又明白第二件事，那就是，异乡异地，她去了来，来了去，无论住多久，都是在过路，她没有朋友。

女儿转向去巴黎读书，撤销纽约学校的注册，索回部分学费，报名一个法语课程，小班授业，价格极昂贵，父亲照单全收。有什么可商量的，“维维安去得我去不得”！最初的狂怒过去之后，女儿找到维护权益的方式，就是花钱，于是安静下来。法语课也给生活制定纪律，每日上课下课，朝九晚五，散漫的时间归入河床，流向某个目标。余下她独自一人，仿佛在宇宙洪荒，无边无际，无羁无绊。她毫不怪罪女儿自私，在这样的年龄，成长本身就有无数困难，何堪外部的变故，能保住自己就很好。至于她，即便最消沉的时刻，也有一种自信，自信不会坠落，只是需要耐心，切勿慌乱。丈夫不再来电话，当然，她也不去电话。显然已觉察出什么，也可能，本来就是戴领了使命，有意露出口风。也好，她想，很好。她想，真是太好了！她继续装不知道，他也装她不知道，他们都会装。

天气好的时候，她出门走走。樱花绽开，一树一树。什么种植，到美洲新大陆全都变样了。亚洲的樱花，像“雾”，扑朔迷离，在这里却是确凿肯定。历经寒冬，春阳高照，人们涌上街头，无端地笑和叫喊。她却从欢欣的人群中辨出几张落寞的亚洲人的脸，不由猜测他们的身份、来历、生活。梅西百货里，每个专柜几乎都配备中国销售员，接待中国顾客，其中也有落寞的脸，在柜台间无目的地游走，她就是其中一个。有人往手里塞广告和试用样品，说些什么，她听而不闻，只看见嘴的翕动。在凹凸分明的异族人面相里，中国人脸显得扁平多肉，中国话也显得音节短促，声调突拔。不乏有年轻貌美的女孩，妆容精致，穿着时髦，表情傲慢，出手极为阔绰，大约都是维维安们。未曾谋面，就知道维维安的形貌，这已经成为概念，她，是另一个概念。怪不得，她想，怪不得美国人分辨不出中国人谁是谁，因为都是概念。有一只手，拉住她的胳膊，不禁吓一跳。是兰蔻品牌的销售员，中国人。当然是中国人，唯有中国人，才会动手拉人。这只中国手，按着她的胳膊，向下滑去，握住她的手。她并不反感，也没有挣脱，就这么留在销售员的手掌里。那是个中年女性，眼影和唇膏都洇染出边缘，就这样大妈型的女人，加倍会拉人。试试吧！大妈恳求道，不一定买，试试没关系！身不由己地，被按坐在椅上，椅背放下来，成半躺，合上眼睛，由一片清洁棉片在脸上擦拭。柔软的、清凉的棉片抚过脸颊，不防备的，眼泪涌出来。棉片擦去旧痕，新泪又下来了，她几乎哽噎。棉片湿透，又换干的，很快又湿透，再换一片。整个过程中，"大妈"始终静默着，直到做完清洁，试妆完毕，她还是买下一瓶粉底霜，方才说出一句：对自己好一点。她惭愧起来，不回头地逃离兰蔻，走出梅西。

然而，这次际遇让她想起一个人，两回邂逅，称得上有缘，下一日午后，便出发往布鲁克林"牛铃"去了。她依然从威廉斯堡桥步行，走路可使心情平静，也可以消耗时间。也许是出发早了，还是脚下加快速度，或者是路熟，到地方，午餐供应尚未结束，正是热火朝天。老板娘亲自上阵，点单、下单、买单，托着菜盘餐桌间梭行。今天，换了一身白色衣裤，丝绸与化纤合成的材料，垂荡感很强，随动作起伏，前襟和裤脚上的彩绘花样时隐时现，有点像戏台上的女子。她茫然站在门口，铃一径地响，没人过来领座。有几度老板娘的眼睛掠过来，又掠了过去，似乎没有认出她。等了一刻，终于有人过来招呼，认出是上回管收账的华裔女人，将她领到中间一个单人小桌，靠着立柱，这样，更不易被老板娘发现了。女人快手快脚送上一杯水，从桌上夹子里抽出菜单放在跟前，旋即要离开，赶紧叫住，也不看菜单，就点一个炒饭，希冀唤起老板娘注意。一抬头看墙上的时钟，已过中午饭点，客流依旧汹涌，甚至排起等座的队伍。窗外街道上的人和车也比那日稠密，竟然有换了人间之感。不一时，炒饭上来了，不是上回的，而是所有中国餐馆里专对美国人口味的，虾仁、鸡粒、葱段、蒜头、芥蓝叶，盘边镶几片炸龙虾片。吃着炒饭，眼睛追寻老板娘的身影，立柱挡着视线，目标就常常消失踪迹。倒是后厨里的油烟一团一团送过来，仿佛看见那精瘦汉子立在灶火前翻着炒勺，铁铲当当地敲着锅沿。勉强吃下三分之一，再加把力，也为拖延时间，大约有一半光景，就招手打包和买单，起身向外走。她有意绕路，在餐桌间曲折往返，寻机会与老板娘照面。老板娘埋头在收银机前，她又加紧脚步过去，不等走近，老板娘却又离开了。推门的瞬间，她感觉到自己的荒唐，萍水相逢，何以解忧。这时候，身后伸来一只手，代她推开门，阳光扑面而来，几乎睁不开眼睛。是那个华裔女人，开口道：老板娘谢谢你，下回再来！不及回头答话，已被新进的客人从门边挤开。

阳光在地面流淌，这一条街就变得颜色鲜丽，忽然想起，这一日是周末，所以人多。她这一个闲人，早已经没有日程的概念，尤其这一段，作息制度瓦解，更失去坐标，仿佛回到混沌世界。走在布鲁克林的街上，路人中大半是游客，手里握着照相机，东拍拍，西拍拍。她也是游客，一个老游客，看惯了风景，却还不回家。无意中，跟着游人，走进小店，一踏入门，就听风铃一声响。店主和顾客都是年轻人，商品也是小孩子的喜好，就又走出来，继续向前。再进下一家，风铃又一声响，街上风铃声连连，呼应与唱和。终于折回头，上桥，向曼哈顿走去。桥上也比那一日熙攘，桥下的水面起着反光，闪闪烁烁。桥栏上零落挂着同心锁，胡涂乱抹的言语就离谱了。心情多少开解些，甚至还用手机拍了几张照片。走到引桥，曼哈顿的市声拔地升起，一片轰鸣，偶有电钻的锐响从中穿透，轰鸣又蛰伏下去。塔吊在半空中缓缓移动，好像巨兽在监控它的猎物。她，迎头过去，不是勇敢，而是没奈何。

6

事情一开头，就径直往下走。还是那个戴——自从戴来过，丈夫就不再与她直接通信息，这就更像是一个预先安排。戴和她通话，告诉说最近形势变化，她先生不便自己出面，所以托他转告。人事更迭，频繁出台新政，他们这些依凭国企背景的民企，本来身份暧昧，如今处境就十分微妙，所谓“拉一把过来，推一把过去”，无论过去还是过来，接下来的麻烦都很不少，正面与负面的拒斥力量相等。在草创时期，骑政策中线所为，到立法趋向完善的当下，几乎件件都是出轨，他们这一批创业者，可说是有原罪的人，蹚过污泥浊水，替世人顶着十字架——现在，她想，圣坛要出来了！耶稣也要出来了！说话人仿佛不是代言的戴，就是丈夫本人，远兜近绕，归纳起来，一个公式：抽象问题具体谈，具体问题抽象谈。她很知道，他们其实越走路越窄，尤其新一代的虚拟经济起来，他们的实体性经营方式就算走到了刀锋上，这才叫“拉一把过来，推一把过去”，过来过去都是下滑。生产和市场都是有限资源，又到了重新分配的时刻，危机随之来临。唯有丈夫这样的人，才会扯到“原罪”。对是对，可就是“扯”得很。她想着丈夫这个人，原来这么近，现在无比远。所以——戴说，现在，我们最好做隐身人，继续保持暧昧，留在模糊地带，回顾历史——历史也来了！她又看见丈夫的身影，回顾历史，这一片模糊地带比清晰地带宽阔，它处理了许多理论和实际的两难，总之——她打断戴的话：你的意思是——戴脱口说：不是我的意思！接着改口：也是我的意思。她不由一笑：你们的意思是什么？戴变得嗫嚅了，她忽然感觉，丈夫就在戴的身边，几乎听见他的呼吸声。戴期期艾艾道：就保持现状，一动不如一静。好的，她说，放心，我哪里都不去！对方沉默着，她也沉默，两边都等待着，等待谁先挂电话。是礼貌，在这里则成为一种对决。时间过去，对方到底没挨过她，挂了。她浑身颤抖起来，就像高热引起的寒战，不得不双手环抱，从一个房间走到另一个房间，从厨房走到浴室，从这个浴室走到那个浴室。这套公寓，简直成了囚室。她走遍每一个角落，来回穿梭，身上的寒噤稍平息些，才发现牙关咬得死紧。做着深呼吸，松弛肌肉四肢，心跳恢复正常，她能够思考了。

回想戴的电话，她以为国内正调整经济结构，许多企业主引退江湖，如丈夫这一行，涉及能源，追究起来，难逃咎由，滞留香港，不失为权宜之计。他早申办香港居留，如今满七年，便是合法居民，可是，可是……如果没有维维安，一切顺理成章，现实却是有一个维维安。她想到方才的回答，过于斩截，至少应该提些建议，比如，他可以来美国，全家团圆。丈夫英语不好，是一个否决的理由，再说，女儿要去巴黎，就谈不上团圆。那么，她可以去香港呀！她设想的反驳是，美国新买的房子怎么办？卖了！她在心里说。然后，又会得到一大段全球经济的预测性论谈——这个问题可撞上他的强项了。如此自问自答，果然只剩下一条路，她哪里都不去。想象中的对诘十分聒噪，都听得见声音，自己一个人的声音，对方只是沉默。这沉默漫延过来，将她一并淹没。

陈玉洁在沙发里坐下，疲倦极了。公寓里依然只有最初添置的几件必要的家具，动静都有回音，仿佛一个巨大的空洞。许多时间过去，日光转移，房间暗下，将空洞遮蔽起来，她感到一点安心。朦胧听见门锁响，一惊醒，原来睡着了。一张年轻美丽的脸，凑得很近，就在她睁眼的瞬间，又离开了。女儿回来了。惶惶想道，没有做饭，让女儿吃什么？等着听女儿抱怨，却没有。自从有了维维安，很奇怪的，不是在他们父女之间，而是她和她，起了隔膜。有时候，她觉得女儿恨自己，恨她无能，让维维安插足。大概还恨她不是维维安，否则，父亲的爱就不会这样分裂。两千年的晚会上，父女俩跳舞的情景出现眼前。两千年，不是开玩笑的，真的，什么终结了，什么又开启了！

思绪弥漫，忽听见女儿的声音：吃饭了。方才还动弹不得的身体，这时腾地起来。女儿打开餐桌上方的灯，摆放餐盘，盘里冒着热气，是速成的意大利通心粉。她坐到桌边，有些惭愧地，低头捡起叉子。餐桌很大，足可以坐下十至十二人的大家庭，就像意大利人的家庭。现在只有她们两个，一头一尾，隔着一具枝形烛台，阻断双方的视线。她大口吃着，夸赞道：很好！自己都听出声音里的巴结。女儿说：谢谢。她们简直成美国人了，家人之间不停地道谢和道歉，这可以视作礼貌，同时呢，是不是也意味感情荒疏？停了一时，女儿说话了：法语课放假，我准备去上海，看阿娘。哦！她答应道，明天替你订机票。已经订好了，女儿很快回答。她抬头望过去，离得很远，在烛台的金属花枝后面，埋在灯影里的，绰约的脸，又长长地“哦”一声。明白了，女儿去的不是上海，是香港，她父亲出的机票钱。还是那句话，钱不是问题。不知道他们父女如何交割的，背着她，她已经出局了，没她的事。心里却另有一阵轻松——从女儿的示好，浮泛的、冷淡的示好，就可看出有事，现在知道是什么事了。女儿很快吃完，将空盘子留给母亲，事情说完，洗盘子的活就还给她了。

洗完盘子，收拾干净锅灶，对着厨房的窗口看一会儿。这幢公寓楼，兀自耸立，站在高层，就像身处云端。城市之光升起来，又将它托得更高。是装糊涂，还是为佐证猜疑，她走出厨房，到卧室里取了一沓钱，去敲女儿的门。等里面说声“请”，才敢推进去。女儿背对门，蹲在地上整理箱子，她说：把这钱交给阿娘。女儿说：有了。还是将钱放下，用镇纸压住。女儿没有回头，从背影看，似乎在哭，肩背微微颤动。纤细的娇好的身体，后颈里有一个浅窝。她都能感觉到这身子的体温和气味，还有哭泣。她想过去抱抱这身体，可明显感觉到一股拒斥。还有她自己，也在拒斥着接近。越是至亲的人，越是近不了。女儿在疏远她，事实上，她不也在疏远女儿吗？两个受伤人，各领一份伤心，合起来就是两份，情何以堪。她悄然退出，带上门。

下一日，她又去了布鲁克林。本还是决定走威廉斯堡桥，但中途改变主意，转为地铁。忽然心急起来，等不及要到“牛铃”，见到老板娘。见到又怎样？上回去，见到也像不见到，原就是陌路，又因为陌路，才可倾心相诉。出来地铁，时间才到午后一时，生意正忙碌。但不是周末，兴许好些，就直往“牛铃”走去。她可以等，等客流过去，老板娘闲下来。就像上上回，面对面坐在无人的店堂，听老板娘讲述。这回该轮到她讲，就扯平了。过几个路口，即到“牛铃”，推开门，果然不是周末的热烈，七成座光景。华裔女人一边送菜一边回头照应：随便坐！显然认得她。走进几步，在上回立柱后面的小桌坐下。华裔女人端着餐盘经过，放下一杯水在桌上，来不及说一声炒饭，人已经走过去。四顾周围，没有老板娘的身影。华裔女人却又站到跟前，她想说炒饭，开口却是面条。什么面？女人问。牛肉面，她说。炒面汤面？汤面。这几句应答往来速度很快，方有结论，女人抄走菜单，又不见了。留心看店内形势，但见华裔女人和墨西哥跑堂，脚不点地，折返于前堂与后厨之间。后厨传出的声气亦有些两样，烟火吞吐不那么汹涌澎湃，铲勺砧板的敲击则显得零落。老板娘始终没有出现。汤面上来了，鲜浓异常，便知不是从食材中提取，而是来自现成的汤料，那几片牛肉是后放的，来不及煮滚，所以就半凉。有一种变故在发生。她慢慢地吃面，等待老板娘露面，或者说，等待事态水落石出。客人少去些，仅余几位，其中包括她。时钟指向两点，华裔女人立即挂出打烊的牌子，站到收银机前清点小费。看来，眼下由她掌管店内事务。

碗里的汤喝尽，墨西哥人已经换上自己的衣服，双膝敞着破绽的牛仔裤，白色 T 恤底下看得见硬实的肌肉，走过她身边，笑一下，露出洁白的牙齿。现在，她是最末一个客人了。推开碗，站起来，走到收银机前索得账单，按最高一档小费给付。慷慨的数字让华裔女人脸色变得柔和，她趁便问：老板娘不在？对方含混地说“是的”两个字。她又问：去哪里了？回答依然是含混敷衍的：出去了。什么时候回来？她紧问一句，收银机后的人抬起脸，表情转为警惕：是老板娘的朋友吗？这句话将她问住了，顿一顿，说：是。女人怀疑地看着她，复又低下头去，不再回答。她仓皇退后，向门口去，自觉有落荒而逃的意思，反倒不甘心，镇静下来，说道：我们在柏林就认识。华裔女人一怔，猜不出眼前人什么来历，脸上又换一种表情：老板娘的事情，我们并不知道。

吃了个软钉子，多少有些悻然，走出来，茫然四顾，不知要往何处去。身后玻璃门里，有一双猜度的眼睛，想：这个女人是做什么的？她终于举步，沿街走去，街道渐渐开阔起来，也更加清寂，绿地和石阶上面，矗立一座犹太教堂。从底下走过，却进入一扇栅栏，浓荫蔽地，花枝扶疏，蜜蜂嗡嗡飞舞。想不到布鲁克林如此广大。她在石凳上坐下，不远处是儿童乐园，有母亲和孩子玩耍，话音和笑声散开来，轻盈地振动空气。她吁出一口长气，醺醺然的，仿佛有一股醉意袭来。小孩子走近跟前，仰头看她。黑亮亮的脸蛋，头发被红绿丝线扎成五六个小辫，朝天冲起。小孩将一枝花扔过来，她探身去牵手，却一个转身跑了。就这样，坐到太阳西移，该起身走了。掸去膝上的落叶，出公园，循来路回去搭乘地铁。经过“牛铃”，禁不住往里看一眼，这一眼分明看见一个人，在银台后面，不是老板娘又是谁？猛一推门，门里人倒是一惊。这时，华裔女人忽从店堂深处现身，说道：她等你好久！心中涌起感激，感激代她说出这句话。老板娘并不觉得有什么唐突，从银台后面走出，领她到临窗的餐桌，就是她们头一回谈话的地方，面对面坐下，女人已经端上一壶茶。其实，她这时意识到，老板娘早已认她做朋友，所以也就不问为什么事而来。积郁的情绪舒缓下来，倾诉的欲望也不那么迫切了，平静地看着对面的人，这就发现这人样貌有变。原本饱满的脸颊变得松弛，于是皱纹生出，不仅是面部，衣服里的身子也枯索了，肩袖处空落落的。华裔女人退出店堂，留下她们自己，就像那一天，可是不对，少了一个，在后厨入口处，光影里的身影。你男人呢？她问。病了！老板娘说。什么病？照理不该这样紧追，疾病属于隐私，她们中国人却大可忽略不计。再则，她们是有缘人。肝病。老板娘果然不瞒她，她却纳闷，肝病的人做大厨，可是大胆得很。医生怎么说？她接着问。换肝！对面扔过来两个字。有保险吗？那人苦笑一下：我们这样的人，都是自己保自己。她倒吸一口气，不知道说什么好。那人却奋勇起来，高声说：我可以把我的肝给他，切一半，可是，什么医学伦理法规，非亲属关系，不可捐供体。可是夫妻属于亲属关系，而且是最密切的亲属！她说。对面的人奇怪地一笑：我和你说，洋人的脑子有毛病，他们相信文书，市政厅的注册，或者教堂里的誓言，戒指换来换去，你愿意我愿意，就不相信眼睛，这是一种有病的人类！她明白他们没有婚姻合法手续，倘现在办理，就又要增加审核手续。我的心肝！压低声叫道，将头埋在臂弯里，伏在桌面上，不动了。

本来是这一个说给那一个听，结果还是那一个说给这一个听。

精瘦、细长、腿脚有功夫、拜师学过咏春拳、福建籍的男人，柏林时候，是她餐馆的厨工，比她年少十岁，彼此有心，但因东家尚在。这东家于他们双方都是有恩，可说是收留他们的人，绝不可辜负的。青田女人看着她，又奇怪地一笑：按洋人的脑筋，我没有义务。我和老头，既没去过市政厅，也没上过教堂，威斯巴登那边，老头家里，还有一大群人呢！她没问一大群人里有没有他的太太，有又怎么样呢？我们有人心！青田女人握拳捣捣胸口。老头是在柏林这边走的，没受罪，一觉睡下，再没醒来，积多少德，才有这般福气？也是个受苦人，跟伯父出洋，漂到欧洲，二次大战以后，德国战败重建，需要劳工，才有了身份。这时候，积攒了些钱，就在威斯巴登这地方，做中国餐业，起先是一个亭子，渐渐做大，又各处开出分店，柏林店就是其中之一。老东家过世，她电话通知威斯巴登，等那群人来到，接上手，便离去了。店、房子、家什、钱款，都留下了，就带走一个人。下巴向后厨方向一抬，后厨沉寂着。所有东西都在人家名下，平日里，老头没少给她，做人要凭良心！拳头又在胸口捣捣。两人离开柏林，来到这里，也是投奔老乡，不是温州人，而是福建人，反正，都是自己人！从柏林来到纽约，可真看不惯，就像国内说的“脏乱差”，你知道——青田女人说，德国人特别会收拾，脑子有病归有病，收拾东西却不得不服气，一大优点！她不由笑起来，多少天来，头一次展颜。不过，“脏乱差”有“脏乱差”的益处，就是活路多，脑筋坏得轻一些，比较好商量。两人笑起来，并且，一发不可收拾，前仰后合，直笑到眼泪出来，才渐渐收住。

好了，开出这间店，安下家，再生个孩子——青田女人看着她，正色道，你不要笑！我没有笑！她辩解。你笑我生不出来，上回报纸说，七十岁的老太太，还生下一对双胞胎。她不知道哪一张报纸登过这样的奇闻，面对这个女人，伤心欲绝，又野心勃勃，还能说什么？我身体好，生理年龄很年轻，例假正常，整日假想着和男人上床！两人又笑，止住笑又添一句：只想和我男人上床。话说回到这里，气氛沉寂下来，愁容浮起，方才脸上的光彩褪去，蹙眉道：按我们家乡话说，我这样的女人身上有毒，沾一个，灭一个。她心里一惊，有些被乡下人的迷信吓住，嘴上却道：没那样的事！对面的人忽昂扬起来：有这样的事，也不是我！头一个，是寿数有限，该当死的；这一个，还没死呢！我命好，罩得住他，你信不信？她点头说：信！

茶喝干了，什么时候，华裔女人进来店堂，坐在一隅，将筷子插进纸套，再又按桌摆放。到开业的时间了。隔着距离，主雇俩来回说着什么，用的是相近的方言，就知道华裔女人也是青田一带籍贯。她听出几个字，“后厨”和“前堂”什么的，大约人工不足，不是缺大厨吗？于是就要重新调配。都没想一想，贸然脱口而出：我可以帮忙！那两人都一怔。青田女人说：你能做什么？至少，她嗫嚅起来，至少，洗碗！青田女人说：我付不起你这一等的洗碗工。她想表示不要工钱，又怕人以为说大话，不如客观一点，就说：按市价就行。两人都看她，检验说话的真假，她红着脸，又嗫嚅一句：反正我也没事。这一句话比较能信服人，她确实有闲人一个，谁都看得出来。于是，她留下来，当然不是洗碗，洗碗太屈才了，青田女人说，做前堂。这样，自己可以掌勺，不必让小工上灶。华裔女人取出一件制服，紫红色的棉布做成中式斜襟立领，裤子倒是西式，裤脚上各有一个盘龙的印花，脚下是塑胶平地布面鞋。她为难起来，商量说能不能就穿自己的衣服，像你一样——她指指青田女人身上的荷绿裙装。女人说：我是老板娘！她只得换上，两人都忍着笑。老板娘忽想起什么：你找我有事？她回答：没有，我就是没事！一半是人手的需要，另一半是，好玩，就像小女孩扮家家的游戏，穿上制服的她，变了一个人。青田女人上下端详她一回，问：怎么称呼？她说出名字，对方也说出，陈玉洁和徐美棠彼此结交认识。

7

如此，陈玉洁过起一种上班族的生活。每天十时走出家门，搭乘地铁。纽约高峰时段已经过去，人流稀疏下来，车厢里也空裕了。现在，她能够辨别出，座上客多有餐馆里的工人，表情既是漠然，同时又有一种自足。她虽然不像他们的职业化，可至少，也是有去处，知道要做什么的人了。十点三刻踏入“牛铃”——这是一个真正的牛铃，来自德国绿草茵茵的巴伐利亚州。华裔女人，她跟着美棠叫作阿初姐，已经在店堂，后厨里有人到，听得见砧板声响。美棠时在时不在，视福建人那边需要而定，事实上，不在的时间在增多，店内的事务基本由阿初姐掌管。这是个谨慎的女人，口风很紧，从对店务的态度，陈玉洁以为或者是有投资，或者就是恩情重。温州人以乡谊为契约，自成一个社会，内里的规则外边人是无法谙透的。饭店照常营业，但仿佛有一种气息发散出去，生意日渐清淡，小费收入减少，墨西哥人离开了。陈玉洁的加盟就变得重要起来，甚至必不可少。她且格外卖力，其中既有新鲜的成分，也有帮助美棠的原因，更主要的是，这一段日子，她的心情在好转。女儿走了——确定去香港无疑，女儿的信用卡是她的副卡，看得出消费地所在。难免想象父女聚首的情形，他将如何介绍维维安？会不会引女儿进他那个家——她确定无疑，那里有一个家，人是需要有一个家的。女儿和维维安怎么相处，她们应该年龄差不多，属同一代人，也许能做朋友。那晚，女儿饮泣的背影出现眼前，她明白，女儿对即将发生的事情早有准备。一个人的公寓，更显得大而无当，为摆脱四周空间的压迫，她将其余房门都锁上，只在自己的一间里活动。当走过客餐厅去厨房的时候，听见自己的足音，就觉得这种压迫追逐而来。于是，将咖啡机、面包机、微波炉移进卧室，尽最大限度减缩活动面积。

“牛铃”完全是另一个世界，这段时间的相处，阿初姐和她似走近了些，称呼从“陈小姐”改为“玉洁”，还与她商量店务。现在，没法和美棠谈什么事了，“魂灵出走了”，这是阿初姐头一回向她评价老板娘。生意几近减半，阿初姐建议做成自助餐，以低价招徕，后厨和前堂的劳动都可节省。陈玉洁则对自助餐的客源抱怀疑，只怕新客未来，旧客已走失，她的意见是减少菜式。事实上，她发现，客人经常点的也就那几味，大多只是虚设名目，装门面而已，但凡遇到促狭的客人点将，或是说无货，或是勉强凑合。如今的大厨是原来的小工，能将常用的几道应付下来已属不易，再要有额外之举，一定砸锅。阿初姐觉得有理，当场拍板。两人也不去问老板娘，自主改写菜单，送去打印压膜。次日的下半天，美棠来店里，对菜单的革新视而不见，一路走到临窗桌前坐下。这一回，是陈玉洁端上的一壶茶。因穿了服务生的制服，先没认出她，后又说：以为是阿初姐呢。又低头不语。两人一个坐一个站，沉默好一时，美棠抬起头，认真看她，她被看得发怵。过一会儿，那人开口了：原先他身体好好的，每日早起一套咏春拳，自从你来，就出这样的事！阿初姐在那头看着，身影显得紧张，怕她们起口角吗？她静一静，在对面坐下，说：我确是个有霉运的女人，但并不在这一路。哪一路？那人脸上浮起讥诮的笑容，问道。霉在桃花运上，她说。那人收起冷笑，暗处可见阿初姐的身影似也松弛下来，放心了。陈玉洁开始讲自己的故事，三言两语，交代完毕，自己也惊讶这样没有感情色彩。兴许，她说，你们夫妻和美，不定是借我的呢！美棠目不转睛地看着她，她接着说：无论什么事，总量不变——天哪，她也说出“总量”，这才叫不是一家人，不进一家门！总量不变，老天爷分配不同，这里多一点，那里就少一点。什么鬼话！对面人轻声道，脸上的愠怒退下去，换一种温柔的表情。

这一天，美棠在店里守到打烊。晚饭时，她亲自下厨，做一盘温州炒饭，端给陈玉洁。就是头一回来“牛铃”吃的，米饭炒到粒粒松散，珠润玉滑，覆一层金黄的油炸虾米。自己也不吃，就坐在对面，指导她如何将米饭和油渣合起，一并入口，直看她吃到盘干碗净，吁出一口气，起身说：走吧！

生意不可阻止地下滑，这就是个连环结。店堂越冷清，上客越少；上客越少，店堂越冷清。外卖还勉力维持原状，送外卖的人手，墨西哥人却走了。只有阿初姐自己送，陈玉洁路不熟，又不会骑摩托。她曾经想过开她的车来，可那是一辆迷你宝马，太不合时宜，就打消念头，整日留守，于是，店务有一半归她处理。每天提早一小时出门，推迟一小时进门，这又有什么用呢？客人继续少下去，有时候，一个上午不上座。厨工坐在后门口用手机打游戏，阿初姐到美棠处帮助料理家事，美棠回中国老家，找一位大师指点，福建人一个人在家休养。陈玉洁现在店堂里梭行，餐桌摆得不能再整齐，碗碟洗得不能再干净，玻璃窗明晃晃的，如此的清洁，只让人觉得肃杀。要知道，布鲁克林是个闹哄哄、乱糟糟的地方，整个纽约就是个闹哄哄、乱糟糟的地方，所有人同时说话，为使自己的声音听得见，不得不吊着嗓门，你高过我，我高过他，他再高过你，最后谁也听不见谁。

美棠从国内回来的那一日，情绪高涨，大师的箴言极其鼓舞。大师说，福建人的星命是在西边，前半段他是顺势行，从香港到欧洲，到美国，不是一路向西？然而，在东岸滞塞久了，应继续向西，所以，就准备迁移。“牛铃”怎么办？玉洁问。美棠说出一个字“卖”。阿初姐声色不动，陈玉洁则是一惊：卖？美棠斩截道：卖！陈玉洁不由惘然，她已经将“牛铃”当成自己的家，若不是有它，每日晨昏如何度过？不要！她的声音带着哀恳。美棠避开她的眼睛：人命关天！说罢走到银台，打开收银机，又推上，再打开。事实上，心绪烦乱，不知从何入手。玉洁镇定下来，说道：卖给我！连阿初姐都吃一惊，可是，不谓不是个出路。开个价！她说。美棠的手停下来，转脸向她，忽怒从中来，说：知道你有钱，有钱人买幢楼就像买棵白菜，可是，你知道怎么经营？你会吗！玉洁说：我雇你做经理。美棠止不住笑出来，笑着笑着哭了，人朝后一退，坐倒在地上，双手拍着地面。她上前拉扯，被阿初姐止住，动不了。号哭声在店堂里回荡，其中夹杂着诉说，是青田话吧，没一句听得懂。

这一日，“牛铃”照常营业，美棠对玉洁说，饭店接手，一日不可停业，否则就少去一堆回头客，若要装修，只有夜间施工，懂吗？方才一场恸哭，将多日的积郁清空，脸色变得澄明。懂了！她驯顺地答应，心想阿初姐不让她上去劝是对的。那人接着说：留住现金，现金为王，所以，中午必收现金，晚上才刷信用卡。懂了！她说。中国话说，天网恢恢，疏而不漏，这个国家是法网恢恢，密而有漏，你知道区别在哪里？不知道，她谦虚道。读过的书白读了吧！一个是天网，一个是法网！那人得意地说。天网是全罩，法网只罩一半，我们是罩不住的那些人，所以这也不合法，那也不合法，动一动就犯法，但是，在天道里，都是入籍的人，这就叫“星命”——说到此，停下来，仿佛陷入茫然，不知该往何处去，顿一顿，又接下去——所以，我们要往西岸去。西岸什么地方？玉洁问。走一程算一程！“叮”一声响，进来客人，阿初姐赶紧迎前领座。那人却不肯挪步，当门站着，这才看清是个洋人，英语却说得磕磕巴巴。他说不是吃饭，是寻工。问他会什么，回答“拉面”。这三个人就都笑起来，他却很认真，说曾经在老家布拉格跟过一个中国师傅，学过两年“拉面”——“拉面”两个字是用中文说的，发音很准。美棠和玉洁互相看着，问：要不要？一个说：你是老板，你说了算。另一个说：没过户，你就还是老板！那洋人不知道她们说什么，来回看她们的脸，最后美棠做了个拒绝的手势，来人退出了。

如此搅扰一下，卖店的话题搁置了。又仿佛是一个谐谑的开头，剧情变得活跃。到下半天，忽然上客了。美棠到后厨掌勺，小工将砧板剁得山响，阿初姐的女儿，一个高中生，也喊来帮忙。看女孩伸开小臂内侧，稳稳搁一溜碗碟的手势，就知道在中国餐馆里长大，却不会说一句中文。热腾腾的气氛，像是起死回生，又像最后的晚餐。第二日上午，街区格外寂静，一夜狂欢之后，宿醉未醒的样子。生意恢复平淡，美棠也回到时来时不来的旧况。阿初姐告诉说，在法拉盛找到一位中医，给开了方子，有几样药引很难得，老板娘正寻觅。这才叫病急乱投医！阿初姐叹道。陈玉洁倒有一时的心安，因暂时不会有变故，只期盼现状维持一日是一日。每到收工，与阿初姐一并结账，关窗闭火，两人在“牛铃”门前分手，一个驾摩托，一个步行往地铁口。周末的地铁，总是很乱，停开的停开，并线的并线，陈玉洁始终没有总结出规律，都是走着瞧。这日错了一条线，下在陌生的站点，站台上没有一个人，心里有些生畏，索性出站上到路面。远远看见新建的世贸中心，夜雾缭绕中，塔尖发出幽光。她辨别出方位，徒步往中城走去。

凌晨时分，城市在静谧中浮托起来，升高了，空气凛冽。她生出一种奇怪的分离，好像一个自己看着另一个自己，走过一条街，又一条街。红绿灯兀自转换，路口无车亦无人，只有她自己，穿行在楼宇之间的峡谷。她张开双臂，简直要飞起来，飞到楼尖上，俯瞰曼哈顿岛。

这一日，回到公寓，推门就见灯光大亮，上锁的房间敞开门，客厅地上桌上堆着东西，女儿赤着脚跑进跑出。她有一点激动，喊了一声，女儿转过脸，蹙眉看她，问道：哪里去了，这么晚！她说：上班。女儿转回头继续忙碌，似乎有一丝笑影掠过，笑她：你能上什么班！女儿看不起她，她很理解，转身回自己房间，女儿却又说出一句：看你过的什么日子！她站住脚，掉过头，看着女儿：我过什么样的日子，你们比较满意？她着重说“你们”，而不是“你”，话里有话，难免是刻薄的。她注意到女儿比走前略丰润，经历十多个小时飞行，竟然还很精神，看来这一个月过得不错。女儿瑟缩了，喃喃道：对自己好一点嘛！她心软下来，又一次听到这句话，由女儿说出来，到底不同些。她叹一口气，说：我过得很好。女儿低下头，将桌上一堆礼盒推向母亲：给你买的。谢谢！她说，看见包装袋上写着“崇光百货”“金钟广场”“太古城”的字样，不是从香港来又是从哪里？女儿说：下月就去巴黎，已经找好一所学校，那人付了全部学费。“那人”是指父亲，一阵痛楚袭来，她让孩子失去父亲。事实上，父亲还是父亲。停一时，她问道：爸爸还好吗？这个问题真把人难住了，女儿停了更久的时间，然后回答：不知道。

这一夜没有睡好，临天亮方才入眠，一觉起来已是上午十点多，大叫不好，赶紧起床。公寓里静悄悄的，女儿的卧室门紧闭，里面藏着女孩子酣甜的睡眠，几乎听得见纤细的鼻息声。她忽然想到，女儿走了，她又将是一个人在这公寓里，四壁空空，邻里老死不相往来，难得见面，需用外国语寒暄。禁不住悲从中来，冲出门去。电梯下到底层，穿过大堂，站在楼前的合欢树花影地里，静了静，将眼泪吞进肚里。

到“牛铃”已经中午，料想不到，美棠在店里，正和阿初姐说笑，看上去心情不坏，大约药引子觅到了。两人都注意到玉洁神色有异，阿初姐装没看见，美棠的眼睛一直追着，就晓得放不过她，不如照实说了。其时，心情平静下来，却如死水一潭。美棠的眼睛还在她脸上，仿佛看得穿她，说：你这样不行！陈玉洁不明白了：这样是怎样？美棠说：这样的就是这样！陈玉洁无心纠缠，不予理会。美棠的手搭上她肩膀，硬是扳过身子，这使她想起梅西百货里的那个兰蔻女人。中国同性间不忌惮肢体接触，这是多么好的文化啊！美棠扳过她的身子：你要学会崩溃！这倒出乎意料得很，转过眼睛，直看着对面的人。崩溃呀！美棠说。陈玉洁想起这青田女人坐在地上呼天抢地的情景，要是也能来那么一下，或许会轻松很多。可是，她真的不行！美棠继续启发：你看外国电影，洋人碰到屁大点事情，就尖起声音大叫，撕扯头发，然后到洗手间，拉开柜子，翻找药瓶子——哗啦啦撒一地！美棠学着电影里女人的疯狂动作，陈玉洁笑起来。要崩溃，才能救自己！美棠说。看她还是笑，便叹气：你可真能熬，那还怕什么呢？牛铃叮一响，上客了。

8

女儿索性不回来，她也就撑持了下去，可一来再一走，情况就不同了。公寓里又剩她一个人，形影相吊。她想，儿女就是让人软弱的一样存在。她很羡慕美棠能够崩溃，崩溃也要有能量不是吗？像美棠这种元气丰沛的女人，才可如火山爆发，岩浆奔腾。她显然热力不足，也是受文明毒太深，异化了本能，自持的结果就是自伤，一日一日萎缩。美棠说，跟他们一起去西岸，地方都定了，圣迭戈。为什么是它？从中国回来路上，在芝加哥机场转机，遇到一个台湾老太婆，说是老太婆，也就六十来岁，在圣迭戈开餐馆，抱怨儿女都不生孩子，不让她做祖母，说一旦有第三代，立马卖掉餐馆，专司喂养。美棠说，要卖就卖给她。虽是戏言，但两人认真交换通信方式。美棠向玉洁说着这段路遇，眼睛烁亮，在日渐消瘦、瘦成长条的脸颊上，有一点叫人害怕。这梦呓般的憧憬并不鼓舞，反是沮丧。事态不可逆地颓圮，越来越加速，越来越不祥。这两人各在迷局，头脑已经糊涂，单阿初姐一人清醒，照管店务。实在忙不过来就遣女儿来帮忙，有时小姑娘还带来意大利籍的小男朋友，两人唧唧哝哝说着情话，交臂而过抽空亲个嘴，难免打翻碗盏，或者上错菜点，轻佻的举止不合当事人的心境，但也调节了“牛铃”里的阴沉空气。

这一天的中午，依然小猫三只两只，帮工的小男女在学校上课，陈玉洁和阿初姐两人对付，尚有余裕。叮一声铃响，进来的是美棠，脸色平静，并不说话，径直走过店堂，向里走去，通往后厨的过道口一转身，不见了。陈玉洁寻到跟前，见地下室楼梯上，有人影一闪，随即也下去。暗中几条光线，从顶盖的金属板缝隙透进来。她磕绊着循动静迈步。空气中充斥一股咸腥辛辣的气味，由脱水的鱼鲜和肉类合成，是唐人街特有的，一旦走近，便扑面而来。她想起第一次来到这里，远远就看见，盖板翻起来，精瘦的福建人，半个身子探出街面，接货放货，行动生风。她叫了一声，纸箱后面传出回答：让我崩溃一下。她不作声了，等待有惊天动地的事情发生。时间在沉默中过去，什么都没有发生，但是，她又分明感觉到一种坍塌，先是一角，再是一面，然后一层一层陷下来。灯啪地打开，地下室一片通亮，却更像是夜晚。阿初姐的声音在头顶响起：你们在做什么？上客了。她振作一下，转身上去，留美棠自己，崩溃吧！她在心里说，按物质不灭的原理，收拾收拾，再做一个人。

方从地下室上来，不禁让地面上的光明眩了眼睛，今天是个好天气。她依阿初姐指点，去到窗边桌上，放下一杯水，客人屈指叩两下桌面道谢，然后将手点在牛肉汤粉一栏。这一位先生，亚裔的脸，从形状看，大约是香港人。她忽觉得面熟，仿佛见过，又不知在哪里。客人双手插在短夹克的口袋里，安静等待上餐。看不出年纪，似乎是中年，因发顶稀薄，面上也见沧桑，但却有一种单纯，让他显得年轻，就像一个在校的学生。汤粉送来，他自己从桌上调料瓶倒出辣椒酱，覆在碗上，筷子一搅，还未进口，额上已冒出汗气。从吃口看，也像广东一带的人士。牛铃响一声，进来人，隔一条街上修路的南美人，每回都是同样，一块猪排，炸成两面黄，一勺米饭，几朵绿菜花，最后浇上酱汁。近些日子，他们成为中午的主要客源。吃饭带打尖，可消磨一整段休息时间。

没什么赚头，但有他们在，店内就显得不那么萧瑟，客引客的，也带进少许生意。香港人还在吃，头埋进汤碗，顶上稀发受了热，竖起来，看上去有点滑稽。顺道时，她替他添了茶，手指头又叩两下桌面。她想，他要是发声说话，也许就想起来是谁。可他一直不张口，于是，那一点模糊的印象消失了。

南美人离座上工去了，香港人这才招手买单，临走终于开口，问道：老板娘不在吗？她犹疑一下，回答：老板娘很忙。哦，他说，然后走过店堂，推门出去。声音和姿态都是温和的，是个有教养的人，陈玉洁收拾起碗盘，心里想。中午营业过去，她们几个已经吃过，美棠方才从地下室上来，脸上没有泪痕，甚至相当平静，这平静是崩溃之后还是之前？她暗忖道。阿初姐下厨做一碗汤饭，拣几样咸菜放在面前，走开了。陈玉洁站在桌边，看徐美棠用餐，这情景使人想起初次邂逅，但是反过来，这一个坐，那一个站。她告诉说，方才来个客人，问起老板娘。美棠“哦”一声。她继续描绘客人的形象，也是没话找话，气氛不致太消沉：身量不高，黄黑皮肤，态度谦和，口音里——这就吃不准了，因为客人惜字如金，说话极少。美棠说：知道了！再找不出话题，就枯站着，看美棠吃下一碗汤饭。饱食使神经放松下来，方才的平静更可能是极度紧张。此时，脸上浮出红晕，显得十分慵懒。抬头看她一眼，说：那人也是从德国过来，原先在汉堡开书店——她这就想起为什么面熟，那个沉默的书店老板，搬着半人高的书走上走下。书店呢，盘给谁了？陈玉洁问。盘给谁谁要？赔本的买卖，拿老爹的钱不当钱，早晚一回事，关门大吉！美棠仿佛很来气，说出一大串。刚才应该叫你的，玉洁颇有遗憾。千万别！美棠举起一只手挡在脸前，我怕他。她纳闷着，想不出怕他什么。举起的手捂住眼睛：我怕上帝，他是上帝派来的。美棠的手久久不放下，看不见手掌后面的脸，她拾起空碗，走开了。

这天夜里，福建人走了。阿初姐电话给她，约好次日一早去吊唁。美棠的家在布鲁克林福建人集居的街区，不晓得是哪一代的唐山[①]客过海到这里，买下地皮，翻造房屋，出租给同乡人。纵横的街巷，墙上用中文和注音写着：同安

---

① 唐山：唐山人，台湾地区对大陆人的一种称呼。

道、南平道、泉州道……大约以籍贯命名。美棠所住莆田道，一条狭街尽头搭起灵棚，两行花圈排到街口。一是入乡随俗，二也是生计繁忙，丧事免去烦冗，一切从简。遗体直接从医院送去殡仪馆火化，然后送回，停放在本乡人的祠堂，一间独立的二层小楼。灵棚里只设一张相片，相片中人很年轻，也是精瘦，不笑，严肃地看着祭奠的来客。她和阿初姐各点三炷香，送上白包，就赶回“牛铃”，饭店照常开业，正如美棠说的，停一日，拒一批回头客。吊唁的人群里，看见前日来店里的香港人，听见有人与他招呼，称他潘博士。

三天之后，美棠来到“牛铃”。前一日里，新聘的大厨上工了，也是福建籍，但来自不同的县份，早几日就找下了，碍着美棠，等尘埃落定，这时才进店。他称阿初姐老板娘，陈玉洁并不以为意，很快发现，“牛铃”已然易主。其实，自福建人得病，美棠就一直向阿初姐出让她的份额，终于，所剩无几。等福建人走了，其余的全部脱手。这一切，都是在陈玉洁不知情下进行，她到底是局外人。美棠不在“牛铃”，她也就没理由在了，最后一次来到这里，一是向阿初姐道贺，二也是，怎么说呢？前后几个月相处，她总要道别一下吧！阿初姐将她们安顿在临窗的桌上，她们总是在这张桌上，面对面。阿初姐一道一道地上菜，很快铺满餐桌，留下她们自己说话，不再作陪——都是自己人，阿初姐说。这一日，最忙碌，进货、卸货、与新厨子交涉、又有应工的面谈。美棠双手抄在胸前，合目养神，她不敢打搅，沉静着。只听牛铃“叮”一声响，又“叮”一声响，再“叮”一声响时，进来了那个香港人，潘博士，看着她们，犹豫一下，走到立柱后面桌前坐下，与两人隔一段距离。

他又来了！她轻声说。谁？美棠合目问。潘博士，她说。美棠笑一笑。请过来一起坐？她问。美棠没回答，就知道至少是不反对，于是立起身过去请人。潘博士受她邀请，没有意外，站起身随后跟来。阿初姐眼明手快，立刻将他的茶盅碗盏收拾起，几乎同时摆开在她俩桌上。现在，他与她坐一边，面对合目不动的美棠。有了第三人，气氛就活泛一些，她说：曾经见过你，在汉堡的书店。他当然记不得，抱歉地笑。她又说：那时候，中国学生往你书店好比跑娘家。他欲开口说话，结果还是笑而不语。她觉出这人的有趣，说：书店关门，中国学生没地方跑了，会感到寂寞的！潘博士这才说出一句：今非昔比。这一句可解释中国学生的处境，也可用来解释他自己的，称得上言简意赅。怎么来美国的？她问，自觉得像是审讯，但好奇心迫使，还因为此人的厚道天真，所以就不怕失礼，放肆了。他依然笑着，低下头，惭愧的表情。美棠却在一边出声道：传播福音来了！陈玉洁想起当时就有人告诉，这是个基督徒。美棠说：把老爹的钱造完了，只剩下福音了！她想拦住话头，这话既是渎神，又是伤人。他却接了过去：书店很难经营。美棠睁开眼睛：要我说，所谓福音，就是诅咒，是不是？我男人已经见好，遇上你，掉转身坏下去，坏到底！这是美棠一贯的逻辑，起先不还把她当灾星，如今转到这一位身上，是出于迁怒，但也可能是一种怪力乱神论。他强辩一句：他到上帝身边了！美棠冷笑道：上帝是谁？我们不认识，他应该在我身边的，在那里——她的手指向后厨——在那里炒菜。后厨里的油烟涌出来，仿佛呼应她的话。美棠！陈玉洁叫起来，不要再说了！她真有点害怕，怕说话人会受罚。美棠转向她：起先还有些信呢，去教堂听讲经，听到什么“尘归尘，土归土”，就坐不住了，分明一个大活人，怎么就变尘土了？晓得这不是讲道理的时候，陈玉洁还是竭力劝阻：生死由命，不是潘博士的事！命？凭什么规定生死，是谁给它的权力？美棠态度很好，摆出一副讨论的架势。老天！陈玉洁乖乖地回答，就像受了魅惑，跟随走去。不还是上帝吗？美棠微笑着看对面两个人。她挣扎道：癌症是目前的科学尚无解决的难题。对面的人歪着头：科学出来了，到底上帝还是科学有决定权？这样就进入有神论和无神的命题。陈玉洁认真起来：上帝有决定权，但它要借用一双手去实施，科学就是这双手！徐美棠问：为什么是科学的手，而不是你我的手？她说：你我太渺小了，一个人的时间也太短促，要经过许多许多代，才能发出一点光芒，科学之光！对面人说：这话我不能同意，照这样说，我们都是白耗时间，浪费生命？潘博士被她们的对话吸引，兴奋起来，几次插话，企图发表意见，都被挡回去。他哪里是她们的对手，一个有强悍的性格，另一个则是知识的力量。

但他的笑容，那么谦逊和惭愧，更好像一切都是他的错，于是又显得无辜。他只能不断扶一扶杯盏，它们在双方激烈的手势底下，差那么一点点就倒翻到桌子底下去。

三人走出“牛铃”，已是薄暮，这一餐饭，从午前到午后，再到晚间营业时间。阿初姐送到门前，嘴里说着“再来再来”，事实上都知道不会再来了。三个人都有些醉，无端地高兴着，走在街上。抬头看见电线杆上高高吊着一只靴子，原来是修鞋铺招徕生意的广告。美棠说：洋人的脑筋很有毛病！潘博士弯腰拾起几块石头，瞄准了向靴子投射，终于有一块射中，靴子动了动。玉洁说：它接受了福音。三个人在威廉斯堡桥口分手，各往各处去。她走上大桥，引桥在布鲁克林上空盘旋，离河面老远老远，等她走到桥中心，灯光亮起了，在心里喃喃说一声“科学之光”，继续向前走。

后来，陈玉洁和徐美棠真的去往加州圣迭戈，西岸的南部。那个台湾老太婆出售的餐馆还要向南，临墨西哥边境的一个小城，到摘采草莓的季节，就有大批的墨西哥人过境到农场做工。这里的墨西哥人比纽约的温和，应该说，所有族裔的人都比纽约的温和、安静、亲切、友善。大城市将人磨砺成一种坚硬的材质。这餐馆是当地唯有的两家中国餐馆的一家，已有四十年历史，那老板娘用它养活了三男二女，终于，第三代出生，便收官退休，享含饴弄孙的天伦之乐。她信守诺言，将餐馆出让给徐美棠，严格说，是徐美棠的朋友陈玉洁。按先前的立约，陈玉洁做老板，徐美棠任经理，经理兼大厨，老板负责前堂。原来的一个厨工，一个跑堂，还有一条大狗，一并留下来。那狗太老，不能承受迁徙的动荡，似乎自知无法跟随旧主，很认命地趴在窝里不动。临别时，泪眼对泪眼，很久很久，无奈门外车喇叭一径地催，方才一拍两散。

餐馆总共十来种菜式，编号排序，无论鱼肉荤素，一律都是滚水中氽一氽，然后浇上预先调好的酱汁——老板娘称之“打沙司”，不惜赐教，如何配料，打出味厚色浓的“沙司”。出于恭敬，一一应道，心里却不以为然，决定另开新路，往精细清淡方面发展。来客对盘中物流露出谨慎的态度，几天时间过去，一个人也没有了。只得因循老板娘积几十年经验创立的路数，方才渐渐回来客人，生意重又兴隆起来。餐馆没有申请酒牌，不设酒吧，晚上收市比较早。总体上说，小城的夜生活相当节制，只有公路边上的一家餐厅，通宵营业。尤其周末，聚集着年轻人，电子乐的低音，咚咚地敲击，空气起着震荡。从纽约那地方过来，多少会觉得沉寂，可两个人互相做伴。打烊以后，坐在厨房灶头边，做两个温州家乡菜，烫一壶日本清酒，电视机里播放着美棠所说“脑筋有病”的节目，有当无的，半个晚上过去，剩下的便是酣畅的睡眠。她们的睡眠都改善了，公路上疾驶而过车辆，从梦里穿行，使人不至于彻底坠入虚空。

即便是这样平淡的日子，也会有意外发生呢！有一日早晨，门敲响了，里边人还没开业呢。敲门声止住，过一时，又响起，来回几番，终于耐不住，开出门去。这一开门不要紧，一声尖叫冲上天。陈玉洁以为发生抢劫，大白天的，竟还有这大胆的事，跑出来，也是一声尖叫。面前站着一个人，谁？潘博士！风衣上蒙一层土，身后一架租来的车，也是一层土，垂手提一个旧背囊，腼腆地笑着，不好意思抬眼。两个高个子女人，一人一边架着胳膊，脚跟离地提进门去。问他怎么会来？他不回答，也不需要回答，管他怎么来，总之，他就来了。

潘博士住了三天，重又上路了。他出身香港一户富商人家，父亲指望他参加家族事业，攻读商科。他对经商一无兴趣，但也听从父命，来到德国读经济。第一年就被高等数学击败，转读哲学，为此和家庭决裂。终究是自己骨肉，父亲给出一笔钱，从此不再负担，无论生活还是学业。另有一笔存于托管基金，结婚成家时方可支付。他用到手的钱开出汉堡的书店，书店终于关门，便到教会做义工，挣些吃喝。因他始终没有结婚成家，所以名下的第二笔钱便不得动用。逐渐地，他发现自己，最适合的生活是，做一名游僧。开车行驶在西部的沙漠，仙人掌一望无际，太阳照耀大地，前方是地平线，永不沉没。

双十一

林那北*

1

亚静往镜子前凑了凑。眉画了，腮抹了，唇涂了，她非常喜欢化过妆的自己。

青兵在她背上推了推说，快点!

亚静说好，转身就出了家门。她现在要去见一个叫陈建民的人。之前已加了微信，彼此发了照片，也大致说了各自情况。陈建民生于 1983 年，郊县人，在出版社当司机，已在城里买了一套六十多平方米的房子，首付是家里出的，他自己每个月还按揭，还行，快熬到头了。青兵觉得六十多平方米的房子虽然小了点，但这年头有房比从前财主有地活得还踏实，算不错了，去见见吧。亚静点点头，就去了。

十一月中旬，按说天应该凉了，却一直凉不下来，太阳还是燥燥的，晃得睁不开眼。亚静套了一件黑色高领打底衫，外披粉色格子薄衬衫，扎着马尾辫，脚上是双白运动鞋。其实她本来平时也这么穿，清清爽爽的。

陈建民不是亚静这几天见的第一个人，前天上午、下午、晚上，还有昨天上午、下午、晚上，亚静做的都是同一件事，就是在离家一百多米外的玫瑰咖

---

* 林那北，女，福建省作家协会副主席。已出版长篇小说《剑问》《我的唐山》，长篇散文《宣传队运动队》等二十三部著作。供职于某杂志，现居福州。

啡馆见人，往俗里说，就是相亲。算起来，陈建民是她这几天见的第七个人。日子一下子变得很不一样了，亚静想，那些当红的明星说不定还不如自己，他们只在屏幕上按剧本规规矩矩地演戏，而她则不一样，虽然青兵教她要这样那样，但临场全得靠她，她发现自己天赋挺好。

走进咖啡馆时，陈建民已经在里头了。个子不高，一米七出头，挺瘦的，但瘦得结实，脸红扑扑地泛着油光。亚静向之前约好的七号桌走去，还隔着五六米远，坐在那里的陈建民就站起来笑眯眯地看着她。有些男人坐着看上去很高大，站起来却马上显矮了，青兵其实就是这样的。刚开始亚静弄不清什么原因，细看了几次才发现原来是腿短。也就是说，长着长着，上身发育正常，腿却磨洋工不长了。亚静已经不奇怪陈建民跟青兵身材相似了，随便打量周围，没几个男人腿是长的，大概人种就是这样吧。

亚静走到桌旁后先把手里的包往旁边椅子上放好，再拖开椅子坐下，动作略有夸张，但毕竟成功掩饰了尴尬。陈建民说："你比照片好看。"亚静笑笑，这也是青兵教的，青兵说对方夸奖时或者遇到所有不好回答的问题，都笑而不答。在一些微妙的场合，女人的笑而不答是最有杀伤力的武器。亚静转转头，眼角很快就搜到青兵的身影。他紧随她走出家门，疾步快走，抢在她之前走进咖啡馆，已经坐到离他们七八张桌外，独自捧着一杯柠檬水或者可乐之类的饮料。亚静知道他不喝咖啡，说那味道像尿，也知道他脸虽然埋在吸管上，其实眼睛在打量这边。

陈建民重复了一句："你比照片上还漂亮。"

亚静想，没话找话真是折磨人。是青兵用手机反复拍她，然后选中一张，用手机软件 P 过，腰修小了，脸修圆润了，腿修长了，肩修窄了，皮肤修滋润了，就那么一眨眼的工夫，她就活脱脱像去韩国整过容。青兵把这样一个亚静自己都快认不得的美女放上网，陈建民见了面一对比，居然还不敢说真话，这就应了青兵之前的分析。青兵说，这个人可能挺厚道的。青兵一直最看重的就是厚道，他觉得现在的人都太奸了，那些一肚子都是鸡贼的家伙必须远远绕开，咱们玩不转他们哩。当然他主要是指亚静玩不转，这是实情。

服务生过来，问需要点什么。陈建民看着亚静，问：“你要什么？”

亚静走神了一瞬，她觉得陈建民长得有点像一个人，像谁呢？一时没想起来。她笑起来，说：“柠檬水就好。”在饮食上，她跟青兵的口味非常接近，选咖啡馆这里，不是为了喝咖啡。这一带饭馆不少，但都是巴掌大的小吃店，沙县小吃、尚干拌面之类的，又小又挤，地面上还东一块西一块扔着纸团。最像样的，只有这家咖啡馆了，虽然也不大，装修并没比外面的小吃店好多少，但挂上“咖啡馆”三个字，立即就洋派了。店外有三四十平方米的空地，空地边就是一排橡胶厂歪斜的工棚，厂倒闭了，工棚也早就废弃了，还没拆，砖瓦都破破烂烂萎在那里。再往旁走，就是十几排单层红砖房，以前应该是工人的宿舍楼吧，搭建得很随意，砖缝都没抹上，裸露着粗粝的砂石。工人们大都搬走了，空出来的房间都出租给从乡下来打工的人。幸亏有他们，这一带才热闹着。

柠檬水很快送上来，陈建民让她再点些主食，亚静说不必了。青兵提醒过她，一开始要克制，女人贪婪最讨人嫌。但陈建民还是帮她点了意面和几样小糕点，东西陆续端上来后，还把刀和叉子递到亚静手上，催她快吃，声音挺顺畅的，不像刚见面，倒像已经认识几十年了。

亚静当然就吃了，很好吃嘛，她不能再客气下去。期间她瞥了青兵几眼，青兵还在装模作样低着头，咬着吸管，吸那杯似乎永远吸不完的饮料。咖啡馆里只有他们三个人，有点怪怪的，但陈建民居然一次都没有往青兵那边看。亚静想起青兵曾教她如何识别男人是否对她感兴趣：话多不多和眼看不看。第一条陈建民表现不明显，甚至相反，几乎没说多少话，但一直做出想说的样子。第二条，哎呀第二条太泛滥了，她抬头低头总是撞到陈建民的眼睛，一直盯着她看，然后一碰上她的眼神，又一下闪开了，脸居然微微有点红。

他说：“你真的比照片上还好看哩。”

他又说：“你嘴唇最好看。”

让亚静公开征婚的主意是青兵出的，整了她资料、照片上传到征婚网的也是青兵——只能是青兵，亚静哪会想到这个？还挺神的，第一天就有五个人发站内邮件让她加微信，第二天又有两个人，第三天一个，第四天三个。亚静嘻嘻笑着，没想到，太意外了，挺刺激。青兵对这事比亚静起劲多了，他把自己的手机丢一边，整天抱着亚静的手机东拉西扯，搜索各种话题跟人家聊天。屋里灌满了叮咚叮咚的微信提醒音，一下子觉得家变大了，人来人往似的。不过有时在叮咚响过之后，他也会故意把手机往旁一扔，好半晌才再拿起，缓缓回复过去。亚静觉得奇怪，问为什么。青兵说："分寸，分寸知道吗？"亚静撇撇嘴，她当然不知道。

在见到陈建民之前，亚静已经见过六个人了。套路都一样，聊微信、发照片，然后约在咖啡馆见面。每次去青兵也都跟着，坐在不远处，慢悠悠喝着饮料。青兵混成现在这样真是委屈了，他怎么看都像是能成大事的人，一直也不偷懒，不断生着法子去挣钱，但钱却一直躲着他。青兵总结过，说自己命不好。亚静想了想，重重地点点头。人真的有命啊，这没有办法，老天爷脾气古怪，他什么时候把福气降给谁从来是没准的事，福气没到，就发不了财。

对青兵跟去见面，亚静其实稍稍顾虑过。她说："要是人家看到你怎么办呢？"

青兵把两手一摊说："看到也没关系呀，告诉他我是你哥哥呗，会怎么样？你们是相亲嘛，又不是偷情。"

亚静咂了咂嘴，她说不过青兵，另外她也没弄清是不是真有必要把它说清。她这样一脑糨糊的人，操心这个似乎本来就不对头，青兵怎么说就怎么做吧，听青兵的反正不会错。这辈子居然还会在咖啡馆里，以相亲的名义见男人，亚静打死都没想到。按上传到网上的资料，她生于 1992 年，身高一米六三，技校毕业，特长跳舞。有没虚假？除了技校并没毕业外，其他一样一样全部真实。照片虽然 P 过，毕竟是在她本人照片基础上，又没拿范冰冰的照片冒充。见第一个人时亚静还是慌得够呛，指尖一直抖，舌头都是麻的。到见第三个人时，她慢慢开始习惯，该笑该说都不那么慌乱。现在是第七个，她已经快接近老练了。

“我叫亚静。”没有说谎，她真的叫亚静，一出生就叫这个名字。

陈建民是不是所见的七个人中最帅的？不是。最有钱的？也不是。只是这一场见面时间最长，面食和糕点还没吃完，亚静的手机就响了两次，她接起，嗯嗯应着，然后看看陈建民，陈建民仍然没有站起来走的意思，她也就不走了。

电话是青兵打来的，青兵说：“行了，差不多了！”

2

加微信聊的人并不是都愿意见面，顾虑重重或者居高临下的，问了几句也就消失了。青兵刚开始没反应过来，连发几个微信，问：“人呢？”对话框就跳出一个加感叹号的小红圈，原来已被删除，人家溜了。聊到可以坐进咖啡馆里见面了，见过后立马又有四个删除了微信。从前的女人，甚至仅仅几年前，都活在照片没有 P 的日子里，现在不一样了，手机那么普及，手机 P 图软件那么好操作，谁肯让自己白白吃亏？所以见了面，惊讶亚静本人比照片差太远的，亚静也不意外。她问青兵：“那些明星照片肯定都是 P 过的，他们本人到底比照片丑多少？”青兵对这个不感兴趣，他皱着眉头琢磨的是另一件事。

那四个男的见面后为什么立即删除微信走人？

愿意见面，说明对亚静的其他条件还算认可，见了面就没有下文，说明对亚静长相无法接受。亚静眼睛不大但很细长，有点古代仕女那种感觉，谈不上好看，却有特色，笑起来眼睛一眯，萌萌的，很乖巧的样子。问题也在这里，亚静已经二十四岁了，乖巧有什么可夸的？城里这一茬男孩差不多全是在计划生育政策刚开始强力推行时生下的，几千年来女人的肚子原本都可以随便大起来随便生下来，猛然间只能生一个了，很多城里人肯定吓得不轻，心理立即适应过来还是有难度的。一根独苗，几个大人心肝宝贝地围着打转，冷了不行，饿了也不行，结果长到二三十岁，一个个都成细皮嫩肉小鲜肉，即使面相体格粗得像头猪，心里头也跟豆腐似的，一碰就化成一摊滴滴答答的水。他们找老婆是找另一个妈，乖一点是可以，但不能乖成傻子，也不能真像妈一样气场强大，总之心智太成熟或者才智太出色的都吃不消。

青兵把这些想法分析给亚静听时，亚静已经睡着了。

女人都爱吃爱逛街，亚静却不太一样。她不贪吃，也没太大兴趣买东西，她只是爱睡，别人八小时就够，她十二小时都嫌少。从电视养生节目里她知道太贪睡是一种病，具体什么病亚静没记住，大约跟脑部缺氧有关系。亚静没有紧张，因为电视里说这病不会致命。不致命瞎叨叨什么呀，明明摊在床上烂睡是天底下最舒服的事，管它哩，睡！

青兵跟她正相反，不眠不休完全无所谓，万一困了，蜷在那里打个盹马上又像条活蹦乱跳的泥鳅，这就是人与人之间的差距。按青兵的说法，一天睡八九小时，一辈子就得睡掉三四十年。闭着眼躺在床上什么都做不了，连知觉都没有，亏不亏？死了以后，反正有的是时间睡，那为什么要把活着的有限时间白白浪费掉？三四十年啊，做什么不好？听起来好像也不是一点道理都没有，但亚静就是做不到，不让她躺到床上，她站着眼皮也往下耷拉。不可能天底下每个人都像青兵，青兵一天到晚想的事太多。脑子歇不下来的人，就跟插了制氧机的鱼似的，氧气那么足，哪需要睡哩。

亚静睡觉时谁跟她说事她都不听，反正听不进去，说也白搭，耳朵的开关全关闭掉了。等到她舒舒服服醒来，伸几个懒腰，这时候就成为一个谦虚温顺的人，尤其是青兵的话，她一五一十全当成圣旨听进去。青兵跟她说的还是当下男人的择偶倾向，亚静揉揉眼睛，不知道青兵说这些跟她什么关系。她问：“你要干吗？”青兵说：“你该好好化化妆。”亚静噢了一声，就起来，跟着青兵出去买了几样化妆品。每掏一次钱，青兵嘴里都嗞嗞嗞地连声吸着冷气，亚静也没想到大商场里的东西这么贵。那买不买呢？青兵手一挥：“买！”于是就买下了。把新买的化妆品抹上后，亚静才发现被大多数人流着口水喜欢的好东西确实是非常好的，自己以前不逛街原来并不是真的不爱，而是和睡觉相比，逛街要花钱，她只好选择不用花钱的。

青兵抓住机会强调一句："这年头，没钱怎么能行！"

亚静点点头，没钱当然不行。

青兵用手机搜出一个传授如何化妆的节目让亚静看。这手艺其实也不太难，怎么才能让自己好看起来，差不多就是女人的本能，何况亚静以前真的在技校跳过舞，虽然她总共只上了一年就辍学了，毕竟还是参加过两次演出，而演出总要化妆。那时年纪小，都是老师帮忙描眉、上粉、涂抹胭脂，乱哄哄的没留什么印象，不过好歹是有过历史的。

现在不过是重新来过。

亚静在镜子前侍弄一番，细长的眼变大变更长，塌下去的鼻梁抹点亮粉一下提高了不少。再有就是嘴唇，她的嘴上唇比下唇厚，看上去像被蜜蜂蜇过肿起似的，但一抹上口红，很奇怪马上就不肿了，变得又饱满又丰润，一下子接近某个做口红广告的好莱坞明星了。哎呀，以前真是白白被自己糟蹋掉了！而且不是一年两年，是整整二十四年。同一个时代，却不是同等竞争，一旦明白这一点，任谁也不会轻易咽下这口气。

连青兵都吓了一跳。青兵说："妈的，还真是，女人确实靠打扮啊。"

青兵又说："我就不信这样子还弄不成！"

后来的事实证明青兵说中了，亚静化了妆后见的第一个人就是陈建民，陈建民说亚静比照片好看，尤其是嘴唇最好看。陈建民还说："有没有人说过你嘴唇很性感？"亚静摇头，确实没有人说过。回家后她又站到镜子前，吃过一顿饭后，口红已经没了，又变回原先那种又大又宽又没血色，反正挺难看的。亚静忍了忍，最终还是掏出口红重新抹上。青兵走过来，一把将口红夺去。青兵说："神经病啊，在家里抹个鬼！你以为口红不要钱买啊？"

亚静撇撇嘴，双手用力抓住青兵的手，掰开他的手指头，把他攥在手心的口红抢回来，扭身又走到镜子前，重重抹到嘴唇上，尤其上嘴唇，面积太大，必须来回多抹几下。她看到镜子中的自己像一朵花慢慢开放了，忍不住笑了起来。凡事都是这样，一直是苦的倒也就无所谓了，但一旦尝到甜头，再要无所谓就没门了。

从咖啡馆出来时陈建民要送她回家，亚静想起青兵的吩咐，就拒绝了。本来亚静只要向左转，走几十米，再拐进一条黑乎乎的小巷就到家了，但她却向右走，走到红绿灯路口，上了天桥，站在天桥上笑眯眯地向还愣愣站在下面的陈建民摆摆手。

这也是青兵事先教她的。

青兵读中学时写过诗，是语文科代表，还是校小记者团成员，曾立志当作家，可惜最终大学没考上，作家没当成，诗也不写了，但脑子终归比别人好使。从把亚静资料放到网上的第一天起，青兵就一招一式设计好亚静相亲的全过程。青兵问："是不是有点像作家写小说？"

亚静点点头。关于这件事，她现在也觉得挺有意思的。

3

在陈建民之前见过的六个人中，仅剩下两个还有联系，一个叫王新，一个叫徐必广。前者在王子酒楼当服务生，后者是送快递的，都是到南方打工的北方人。打工能有多少钱？亚静说算了吧，别跟他们费时间了。青兵不搭理她，捧着手机给王新发了个表情，又给徐必广发了表情，然后再问："大哥下班了吗？"

亚静瞥过一眼，心里骂道："大哥个屁！"

她伸过手想拿回手机，青兵却闪开了。青兵说："别吵，忙着哩！"

亚静说："这是我的手机。"

青兵扬扬手让她走开。亚静黑下脸，走开的人应该是青兵而不是她。她说：

"把手机还给我！"青兵侧过脸瞪了她一眼："你干吗？"亚静说："我要看微信。"青兵说："看我的去。"亚静说："你的有什么好看？我要看自己的。"话音未落，亚静已经一把将手机夺回来。

青兵盯着她的脸几秒，然后猛地吼起来："给我！"

又吼道："给我！"

亚静后退几步，虽然仍把手机别在后背，气毕竟没刚才壮了。她紧张地看青兵的脸，又看青兵的手，青兵的手果然动了——青兵正站在桌旁，桌上有只不锈钢杯，杯子很快到了青兵手里，又被举到半空，然后"咚"一声响。亚静虽然脑袋猛地往旁歪去，肩膀还是被砸中。

青兵一直爱动粗，这毛病他根本就改不了。

亚静把手机递过去时，眼泪就跟下来了。青兵讨厌眼泪，看都不看一眼，他急着看的是手机。亚静想出门去，又不敢，只好在屋角坐下，背对着青兵。微信"吱吱吱"的声音不停地从后脑勺传来，亚静双手抱住膝盖，看着墙，墙是多年前用陈旧的红砖潦草砌出来的，连勾缝都没有上，而屋顶覆着的乌黑瓦片已经结了不少蜘蛛网。对，他们住的就是橡胶厂废弃的工人宿舍。三年前刚来城里打工时，市区这种房子还不少，夹在高楼间，像没开化的小野人，周围扔满垃圾，污水东一块西一块。没有厨房，买罐煤气架在门口对付着煮饭；没有卫生间，用痰盂接着，端到附近的公厕倒。总之还对付得下来，而且左邻右舍有不少是老乡，闲时聊聊天打打牌也很方便，没觉得有什么不好。但这两年不行了，房地产商老是看上这样的破房子，拆了，建起高楼，眨眼间就成了高尚社区。只好搬，越搬越郊外，就到了橡胶厂这里。其实也保不准还能住多久，但房东黑得很，租金还是每个月都在涨。

亚静突然想起一件很重要的事，她脚尖一蹬，猛地转过身来。她说："你还是去上班吧。"

青兵仍然盯住手机屏幕，张着嘴，眉眼泛着光。

从老家出来后，青兵先是在家具店当搬运工，嫌挣得少；又去跟人学当油漆工，这挺没谱的，工程结束才能有工钱，往往还没完没了地拖欠；再去保安公司，钱倒是每月固定时间拿到，就是挣得更少了，而且上班不能玩手机，这就要了青兵的命。青兵没手机已经活不下去了，包月的流量不够，他走到哪儿都急吼吼蹭人家的免费 wifi。咖啡馆靠在窗外也可以蹭到信号，青兵对此就差喊万岁了。把亚静资料弄到网上后，他更需要看手机，就把保安工作给辞了。他让亚静也辞，进城后亚静给人做保洁员，说白了就是上门做卫生，每小时三十元，要是工做得勤比青兵挣得还多，但这几天青兵也不让她出去干活，就在家里候着，随时去咖啡馆相亲。总不能坐吃山空啊，亚静说："你把手机还我，要是有人喊我做卫生，我得去哩。"

青兵眼仍盯着手机，身子这时忽地往上一挺，嘴大张，笑出声来。

他说："红包！"

他把手指头往屏幕上重重一戳，怔了下，眉头又皱起来了，骂道："妈的，才十元！"

半个小时后，亚静和送快递的徐必广在咖啡馆见了第二面，十元红包就是他送的。亚静脸沉着，她真不想来，但青兵在她屁股上蹬了一脚。青兵说："十元不是钱吗？"他的意思是十元虽少，但跟其他人比，比如在王子酒楼当服务生的那个王新，说了半天话却一分钱都舍不得给，既然徐必广给了，好歹算是慷慨的人。在钱这个问题上，最能看出男人的心性品德，那种一分钱都要铜墙铁壁死死守住的，即使不是精于算计的渣男，至少心胸狭窄得跟老鼠洞似的。

但十元就不是老鼠洞了？

亚静就从这件事下手，她垂下眼睑盯着徐必广给她点的柠檬水，嘴噘起。刚才出来时，她没重新抹口红，上面只残留一点隐约的色泽。够了，她反正也没想花心思对付这个人。她说："你给红包什么意思？"顿一下她又说："既然给了，你给十元，打发叫花子啊。"

徐必广眼睛很大，鼻梁挺挺的，要说长得还算不错，个子也有一米七五左右。虽然之前已见过一面，但几个人连着见，亚静很快也就把他们混到一起，她早就想不起徐必广的具体情况。在微信上聊来聊去的反正都是青兵，她哪记得住谁是谁？不过每次出门见面时，青兵都会把对方情况概括说一下，比如这个徐必广，已经三十五岁，离过婚，有个六岁的儿子。亚静最生气的就在这里，这么大年纪了，不过一送快递的，还离过婚有个儿子了，却只肯花十块钱跟她约会。她可没那么贱。

手机叮咚响了一声。亚静往旁瞥了瞥，以为是青兵发的微信，拿起来看，竟是徐必广。她抬头看看徐必广，徐必广也正低头捧着手机，应该是故意不看她。"大吉大利……"一看就是红包。徐必广面对面给她发红包？她正犹豫着该不该点开，手机又响了，这次不是短促的提醒音，是持续地响。亚静整个人都缩紧了，谁会想到陈建民恰恰在这时候给她打微信语音电话。之前没有过，总之是第一次。亚静无措地转动几下脑袋，她在看青兵。但她其实并没看清青兵的表情，心跳很快，没想到自己这么紧张。她把手机竖到脸前，免得坐在对面的徐必广看到，然后关掉了语音。反正这时候不能跟陈建民对话，换了青兵也许仍然可以很从容，亚静却做不到。

放下手机时，她对徐必广笑了笑，这是她今天坐下后第一次笑。

徐必广也笑起来，问："红包点开了？"

亚静才想起红包的事，连忙重新拿起手机，点下那个橘黄色的方块图标，吓一跳，居然是大包。

手机这时又叮咚了一声，陈建民发来微信，亚静不敢看，把手机放入裤袋里。

徐必广说："收到了？"

亚静点点头。

徐必广说："收到多少钱？"

亚静眨几下眼，看着徐必广。

徐必广说："你说吧，你收到多少钱的红包？"

亚静白了他一眼："你发的你自己不知道多少？"

徐必广说："我想知道是不是你收到的。"

亚静更不解了，她说："不就一百元吗，你就这么嘚瑟？"

徐必广笑起来，有种如释重负的感觉。他说："看来误解你了，手机确实是你的。"

亚静说："什么意思？"

徐必广又笑笑，看上去他似乎不打算回答，不过最后还是说了："你叫亚静？对，你叫亚静。呵呵，对不起啊，我刚才一直觉得之前微信聊天和面对面见到的不像同一个人……"

亚静吸吸鼻子，抿紧嘴盯着他。

徐必广说："微信聊时你挺热情的，见了却……好像很不高兴哩……可能是紧张吧？"

亚静支吾着，咳了一声，还是有点后怕。这些天青兵掌管了她手机，出门跟人见面才把手机还给她，这就是青兵的聪明之处，要不这会儿就穿帮了。徐必广问："'双十一'你买什么了吗？"亚静摇头。其实她下单买了衣服和裤子，但她并不想说。徐必广很高兴的样子，指节在桌上连叩几下，说："居然还真有'双十一'不'败'东西的女人啊，难得难得。天下傻子真他妈太多了，疯了似的，以为真占了便宜，其实……唉，反正谢谢你啊，你这种人多一点，我们就少累一些。"亚静瞥了他一眼，她有点弄不清徐必广是不是在讽刺。不过讽刺也无所谓啊，她已经不想再坐下去了，徐必广反正也没点其他吃的。她欠欠屁股，扭了扭身子。她说："我还有点事……"

徐必广看看手机上的时间，说："我也就中午这一阵有闲。这一阵货都快送死了，从早到晚没完没了地跑。知道我送一件货多少钱吗？一块钱！就是说今天我给你打了一百一十块钱，我得送一百多件货……你要不要跟我去哪里坐一会儿？"

亚静说："这不就是坐吗？已经坐了这么久。"

徐必广抓抓头皮，还是笑："不是……这样坐。呃，公园里或者哪里，没有人的地方……”

亚静脑子嗡嗡嗡响着。这时徐必广把手伸过来，握住亚静搁在桌上的手。亚静像被烫了，猛地把他手抛掉。徐必广脸一下子黑了，眼瞪得更大了，还要再去抓亚静的手时，亚静已经站起来，左手举起，在耳朵上揉了几下——这是之前青兵跟她约好的，紧张情况下她就发出这个信号。果然手机很快就响了，亚静接起：“喂，噢，好。”

然后亚静说：“我真的还有事哩，我得走了。”

徐必广却不站起，他嘴抿得紧紧的，眼里瞪出凶光。亚静不想理他，提起包就往外走。她看到青兵也站起了，就跟在身后，心里顿时踏实了下来。青兵跟来当电灯泡看来是必要的。

出门后还是右拐，到红绿灯路口还是拐上天桥。站在天桥上她掏出手机，点开刚才陈建民发来的微信。“公园里菊花展快结束了，下午我开车带你去看看吧。”亚静不知怎么办好，见青兵从后面走近来，她把手机递了过去。

4

下午四点陈建民的车停在咖啡馆外面，是一部桑塔纳。当然不是他自己的车，是出版社的。陈建民已经站在车旁等着了。亚静和青兵一起向他走去，远远看到陈建民有些怔怔的，盯着青兵直看。走到跟前，亚静把青兵介绍给陈建民：“我哥，青兵。他也想看菊花展。”青兵伸出手，问：“一起去可以吗？”陈建民好像还没回过神来，手慌忙和青兵握了握，说：“可以可以。”其实亚静听出来，陈建民明明不愿意。

亚静坐到后座，青兵坐在副驾驶座上。车子看来已经有些年头了，一路嘎嘎响，屁股都颠疼了。

青兵不时打量着陈建民，兴致很高，说个不停。进城几年了？开车几年了？工资多少？有没有外快？家里兄弟姐妹几个？父母做什么？多大年纪……

陈建民答倒是都答了，但声音短促拘谨，脸几乎不转过来看青兵。

下车后，趁着青兵上厕所的间隙，亚静连忙说："对不起，我哥太八卦了。"

陈建民笑笑："没关系，他是为你好。"

亚静看了陈建民一眼，还是觉得很抱歉。她哪里想让青兵跟来？但青兵不依不饶。青兵说："怎么能单独坐他车去？赔了夫人又折兵的买卖连周瑜那么聪明的人都干过哩。不行，我一定要去。"亚静想说你去我就不去了，但她确实还是很愿意去。菊花老家就有，多了去了，野的更多，只是像城里人这样集中在公园里，搞得热热闹闹的，她还从没看过。她拗不过青兵，走出家门时，心里堵着几块石头。青兵有时真的挺过分的。

好在陈建民不计较，居然认为青兵是为她好。

公园里人很多，看上去都很爱花的样子，其实不过忙着用手机拍来拍去，自拍或者拍花，然后低着头在手机屏幕上划来划去，估计马上发朋友圈了。亚静也有朋友圈，都是一起做保洁的那些人。她举起手机远远拍了几张照片，好歹也逛次公园了嘛，这是进城后的第一次，回头她也要晒一晒。花确实很美，色彩多，花朵肥大，跟亚静以前在老家屋角田间见到的完全不一样。毕竟是城市，连花命都比乡下好。

亚静站在陈建民的侧面一起看向不远处的公共厕所，那里排着长长的队，看不清青兵到底在门内还是门外。陈建民转过头问："你不去去厕所？"亚静摇头。亚静说："对不起，他一定要跟来，我没办法。"

陈建民还是笑笑："来就来呗，迟早要见大舅子的。"

亚静不敢接话了，她用眼角横向看过去，看到陈建民向外凸起的喉结，居然这么大啊！一时间她想不起青兵的喉结有多大，再看看周围走动的男人，好像都没陈建民的大。她很想问问这有什么道理，但舔了舔嘴唇，终究没敢问出来。大概跟女人乳房一样吧，有的人大有的人小。都说大乳房性感，那大喉结呢？

这时终于看到青兵了，他边拉着裤门，边从厕所内小跑出来。跑几步又折回来，在水龙头前洗了洗手。陈建民说：“你哥有点怪怪的。”他脸没有转过来，声音也不大，亚静还是听清了，她正想着该怎么回答，青兵已经甩着双手到跟前。青兵说：“男蹲坑太少了，偏偏我肚子痛，拉稀了。这中午也就吃了一碗面，居然就吃坏肚子，哗哗哗地直喷水哩，还好里头有卫生纸……亚静你肚子呢？你怎么好好的？”

亚静瞪了他一眼。

陈建民提议绕着湖边走，菊花观景台就是沿湖搭建起来的，走一圈，大致都看遍了。三个人正要走，青兵的肚子又痛了。他再冲去厕所时，陈建民拉了拉亚静，意思是让亚静在旁边的木椅子上坐下。亚静后来眼睛动不动就落到自己左边袖子上，陈建民并没有碰到她肉，拇指和食指只是捏住她袖子。她穿一件红色的薄毛衣，半腈纶半膨体纱的那种，没什么弹性，被拉过之后，那里现出一块锥状，很久都消不下去。

亚静坐下后，陈建民也坐下，没有贴过来，离她有半米远，坐得也很周正，双手压在双膝上，上身挺得很直。亚静把手机攥紧，这时候那几个网上相亲的男人其实都不可能来微信，吸取了中午跟徐必广见面时的教训，出门前青兵已经把他们微信都设置成消息免打扰了。不过亚静还是担心，怕手机突然响起来。

陈建民说：“你肚子真的没事吧？”亚静悄悄吁一口气，她突然觉得胸口有点紧，以前都没这样过。她说：“下午你不上班没事吧？”陈建民说：“没事，下午替单位送了份文件，趁机溜了。本来……”亚静一边琢磨着他“本来”的内容，一边等着他往下说。但他没再说，默默坐着，望着厕所。亚静悄然叹口气，一下子觉得花没意思了，不想看下去，一点都不想看。青兵出来时，她站起来说：“算了，回家吧。”

青兵和陈建民对看一眼，都说那好吧。

亚静想，原来他们也早就打算回家了。

走几步青兵忽然又改变主意，他拍拍陈建民的肩膀说：“要不去你家坐坐吧。”

亚静怔住了，她看到陈建民的脸也僵着。陈建民支吾了半天，还是摇头，又连连摆手，他说：“不好意思，这个……没有准备，我家里太乱了。”

“乱有什么关系？我们又不是精神文明检查团。”说着青兵就开始拉住陈建民的胳膊往外拖了。

陈建民扭头看着亚静，眼神无助而无奈。亚静就走上前，一把推开青兵。她说：“快回去吧，一会儿你肚子又痛了。”不待青兵再开口，亚静又说：“走吧走吧，你快开车送我们回去吧。”

陈建民把车开到咖啡馆门口，然后就一溜烟不见了。青兵手压在肚子上盯着车子远去，嘟囔道：“这种破车！”又瞪了亚静一眼：“就应该去他家看看啊，你这个笨猪！”亚静不理他，径自快步走去。

刚回到家，微信就响了，是陈建民发来的。亚静正要点开，手机就被青兵一把夺过去。青兵看一眼骂开了，他说：“妈的，花花肠子都来了啊！”亚静问：“怎么啦？”青兵说：“他说下次带你去爬山，让你一个人去，不要我去。妈的，爬山，他到底打算爬什么山啊？”说到这里，青兵往亚静胸前瞥了一眼。

亚静一侧身，走开了。

青兵把消息免打扰设置解开后，亚静的手机一下子进了七条微信。青兵看了看，说都是徐必广的。

没想到，居然把徐必广得罪了。不让他摸手，不跟他去没人的地方而已。徐必广让亚静把一百一十元红包还给他。徐必广说：“街边的野娼搞一次只要三十元哩。你他妈的一百多元了还不知足！”

亚静气得脸通红，她说：“还他，马上还他！”

青兵白了她一眼，青兵说：“弄了半天，总共才挣一百多元钱哩，干吗要还？还个屁，是他自己愿意发红包来，发了还想退？做梦！”

亚静问：“要是不还他，他会不会找上门来啊？”

青兵手一扬，说：“他敢？——咦，你告诉他我们住哪里了？”

亚静摇头，她谁都没告诉，包括陈建民在内。青兵再三交代这个不可泄露，她当然记得。青兵手又扬了扬："那怕什么？去他妈的！"

看青兵那么淡定，亚静长吁一口气，似乎也镇定了下来，但心里还是七上八下的。不过一百多块钱，徐必广却跟被剥了一层皮似的，渣男。

这一夜亚静没睡好，一会儿醒一下，甚至到底是否睡了都不太清楚，整个人有点恍恍惚惚。她最擅长的睡功，居然说破也就破了。

暗暗地她不免怪起青兵。真是神经病啊，干吗要出这个馊主意啊？网上是个什么地方？根本就乌七八糟的嘛。

5

当时其实是这样的，"双十一"前大家不都在"剁手"买买买吗？亚静也把看上的两件毛衣一条裤子放进了购物车。结果还没买成，青兵就发现了。青兵觉得亚静不过一做卫生的，穿那么好干吗？亚静说这哪里好哪里好了？大都几十块钱，最贵的一件都没超过一百五十元哩。青兵说一百五不是钱？一件一百五十元，四件就要六百元。六百元如果加到一起买手机，说不定机身内存就可以从 32G 直接升到 64G。弄了半天原来青兵想给自己买新手机了。青兵不仅喜欢手机，他还喜欢汽车，更喜欢房子。他当搬运工一趟趟搬家具时，对人家新装修好的房子口水流了一地，做油漆工时又对别人正装修中的大房子啧啧啧地反复说道，当保安则是在一高档小区，每天眼皮底下小车进出、业主来去，这些都是刺激啊。

青兵说："没钱在这世上活着真是太没意思了！"

大概就是在说过这句话之后，青兵决定把亚静弄到网上。那个征婚网站动不动就往手机上推送广告，仿佛全国人民都急着找对象似的。还是有效果的，青兵就点击注册了，居然不需要验证什么，一注册就成功。"双十一"会员价打八折，交两百七十八元就成水晶会员，可以查看站内信件，也可以查看谁正在看你的资料等等，很顺利。如果亚静动手，肯定弄不成，青兵就一点问题都没有。青兵摸摸亚静的头说:“乖啦，你只要配合就行。”亚静说:“那衣服裤子让不让我买?”青兵连声说可以可以。亚静本来还很犹豫，青兵一说可以买，她心一松，就不管其他了，先买再说。

但是，一切并没有预想的顺利，实在差太远了。徐必广给的一百一十元红包是仅有的现金，其余的把吃过的饭、喝过的饮料以及坐过陈建民的车都折成钱，合起来也凑不够两百七十八元吧?连本都赔进去了，青兵恼火也不是一点道理都没有。

“你还是上班去吧。”亚静又开始劝，她自己也要出去挣钱啊。保安一个月挣两千三，保洁员多挣点，满勤的话能挣五六千，合起来就有七八千。两人花两三千，给父母寄一两千剩下三四千一年攒下来，也有几万了。要是攒十年二十年，就有几十上百万摆在那里了。

但几十上百万放在老家还可以，放在城里根本不够买一套像样的房子。二十年以后，一辈子都过去大半了，仍然买不起一套房，没有房就在城里扎不下根，最终也还是得滚回去……哎呀想着确实没意思。

青兵又低着头在手机上划拉，然后他说:“王新明天中午要请你在咖啡馆吃饭。”

亚静问:“哪个王新?”

青兵说:“王子酒楼的那个啊，三十二岁，脸颊这里有颗痣。”

有痣?亚静想了半天，没想起来，她叹了口气说:“算啦，不去了。”她确实不想去，王新，还他妈王旧哩，比徐必广还不如吧?徐必广毕竟还发过红包，他却一毛不拔。青兵马上说:“不行，说好了，必须去!”接下去青兵就开始接连不断说为什么必须去的道理。他真是怀才不遇，这种口才，这种说话的逻辑，唉，真是太浪费了。

亚静知道，她只有答应一条路。她说:“行啦行啦，去去去。”

第二天中午十一点半她果然就去了，但等到下午两点，王新都没有出现。青兵坐在不远处的桌子前不停给亚静发微信，让她催一催王新。亚静懒得催，不来才好哩。她慢慢想起来了，脸颊上那颗像停着一只苍蝇的黑痣，眼睛不大，脑袋两侧的头发剃得短短，露出青皮，头顶却留着蓬松的一大坨，正是时下最时髦的韩式发型，只是剪得不到位，哪里不到位说不上，看着就是怪。第一天见面时说了什么？这个亚静也忘了，东一句西一句没个准吧。这种人，精得跟猴似的，哪挤得出半滴油水？

手机又响了，青兵发来的，青兵说亚静再不催王新的话，他就要把她微信号切换到自己手机里了。这可不行。刚才亚静其实也一直在跟人聊微信，那人是陈建民，她跟陈建民说可以跟他一起去爬山，青兵不会跟去。陈建民很高兴的样子，说那就这两天吧，周末之前肯定安排。这些对话亚静打算在手机重新被青兵拿去前都删掉，没必要让青兵看到嘛。

既然青兵急了，亚静就给王新发微信。马上咚了一声，她看着，回过神来，站起，举着手机走到青兵桌子旁。

王新已经把她微信删掉了。

她笑起："走吧，回家吧。"一下子轻松了，还不等青兵站起来，她就转身先出了门。到家好一阵了，却不见青兵回来。她拨个电话去，青兵也没接。两三个小时后屋外有停放电动车的声音，然后青兵进来，脸青青的。他究竟什么时候取了电动车出去的？亚静竟然不知道。

青兵好久不吭声，过一阵才说自己去了王子酒楼。亚静脑中嗡了一声，她甚至看到了打架的场面，一地都是血。"你……你把他怎么了？"她的声音都有点打战。

青兵重重吐了一口痰说："王子酒楼根本就没有叫王新的人。妈的，骗子！"

亚静怔了片刻，扑哧一声笑起来，她觉得很好玩。"还说别人哩，我们都是骗子。哈哈哈，这年头谁不是骗子啊？"

有人敲门，亚静止住笑走过去开门。是邻居老王，手里捧着一个包裹。"你的快递，中午到的。你家没人，我帮忙签收了。"亚静一边道着谢一边接过，马上撕开看，是"双十一""败"的一红一绿两件毛衣。裤子是另一家网店买的，还没到货。

亚静忙着试毛衣时，青兵又捧起手机。亚静从镜子里看着他，不免狐疑起来。王新已经删了微信，徐必广正讨钱，青兵不可能跟他们两个聊天，只剩下陈建民，青兵跟他聊？亚静收起毛衣挨着青兵坐下，斜着眼看手机。明明是她的手机，她却失去了掌控的自由，这要是在外国，不知可不可以起诉。

其实青兵并不是跟谁聊天，而是登录征婚网，把化过妆的亚静正面、全身、半身照片逐一上传。亚静捋捋头发，大声说："你还不死心啊！"

青兵说："人没死，心怎么能死啊？就当生意来做啦，激动什么！"

亚静说："要做生意你自己做去，拿我照片干吗！"

青兵白了她一眼说："你长得漂亮嘛。现在生意多难做啊，我们又没钱，只剩你这一张脸了，不做怎么办？"

亚静不耐烦地要去抢手机，青兵身子侧开，说："别吵别吵！不能被动等着他们发邮件来，必须主动出击，撒大网！"说着他用指尖重重点了一下屏幕，虽是一闪而过，亚静还是看到了，是"统一打招呼"，也就是说青兵连问都不问一下亚静，就把亚静拿出来撩一大群男人了。在"择偶告白"一栏中，他也直接把亚静的微信号公开了。

"有意者请加微信。"青兵指着这行字得意地扬扬下巴，说，"之前没经验，早这么弄就好了。"

第二天亚静的手机果然有十几个陌生人要求加微信，青兵忙不迭一个个通过验证，嘴咧得大大的，点一下都像捡一块金元宝。"怎么样？"青兵转过头，一脸都是得意。

亚静站起，走开，走几步又停下。她打算跟青兵谈个条件，青兵如果不同意，她就坚决不同意再与那些陌生人见面。以前没去过咖啡馆，她多少还存有好奇心，如今已经去了这么多次，她其实早腻了。

6

亚静跟青兵说的是陈建民，她甚至把数学老师以前动不动就在课堂说的那句名言也搬出来："集中火力，各个击破。"意思是她老是认不清人，这一点青兵很清楚，刚开始她也总把青兵与他哥哥青工弄混了，而且她脑子也不够用，如果一下子见太多人，她肯定搞不定，两手空空，那不是白费力气了？对了，老家不是有一句谚语：双手抓不了两条鳗鱼？

"你是说先对付陈建民？"青兵皱着眉头问。

亚静点点头，看上去又老练又乖巧，这两样当然都不是亚静一贯拥有的。"如果这个陈建民确实不行了，我再见其他人也不迟嘛。"

青兵说："人家微信已经加进来了。这些人不会只加你一个，都是双手抓好几条鳗鱼哩。你又不是天仙，人家会非你不可，怎么等都可以？"

外面"哗"地一阵喊叫，是隔壁老王几个人在打牌。如果没有工做，就只剩下打牌可做了，赌个小钱，把日子打发掉。

亚静走过去把门掩上，又回过头说："加了微信也没关系啊，你不是照样可以跟他们聊？聊呗，但不要急着见面。陈建民这边也不用太长时间，一两天、两三天的，进一步接触下，看有没有戏，总得有点收成了再下一个嘛。各个击破应该就是这样子的吧？"

青兵眉毛往上一挑，笑起："可以啊，亚静你他妈都头头是道了啊。"

亚静嘴噘了噘，她最常做的就是这个动作，那么厚的上唇不知是不是这么噘出来的。其实暗暗地她不免也有一点惊讶，一夜之间，没想到自己无缘无故竟然变聪明了。她把手机从青兵手里拿回来，给陈建民发了一条微信：现在有空爬山吗？

青兵问："现在？"

亚静说："不是不能拖太久吗？那就越快越好。今天是周六嘛。"

恰在这时陈建民微信回进来了："可以，我马上过去，半小时后我咖啡馆门口接你。一会儿见噢！"还跟着几个笑嘻嘻的表情。

青兵说："也好，那一会儿我们就……"

亚静打断他："我自己去，你不要去。"

青兵眼球鼓起来："你什么意思？"

亚静说："我能有什么意思？人家不愿意你去就别去呗，去了只会添乱。"

青兵："可是你们一对狗男狗女的……"

亚静不爱听了，扭身往外走："那就不去了呗，我也打牌了。"

"等等！"青兵吼起来，他是真生气了，嘴抿着，鼻孔张得很大。亚静停下来，扭头看着他。青兵手举起，舞了一下说："算了，还是我去打牌，你自己去吧……不过，你得保证没事啊。"

亚静笑起："能有什么事？真是的。"

半小时后亚静穿着新到货的红毛衣，站在咖啡馆门外了。出门前青兵说："别忘了，手机也能转账啊。"青兵的意思是，红包有上限，两百元毕竟太少了，转账钱数大。亚静点点头，这个她当然知道。

陈建民很快也来了，还是开着出版社的那辆旧车。网上一直说今年会是冷冬，但到现在天都没冷下来。陈建民只穿一件衬衫，脸上还冒着汗，见只有她一个人，很高兴，咧大嘴笑起来，一股口香糖的味道马上扑过来。

这次亚静坐到副驾驶座上，她以前还从来没坐过小车的副驾驶座，其实连小车也没坐过。小车与大客车的区别在于座位一个高一个低……当然不仅这个，亚静不想比了，实在没法比。青兵以前老说想买车，他瞥一眼从旁边经过的车子，就能报出车的牌子和价格。亚静以前觉得好笑，现在看来其实是她可笑。车确实是好东西，真有钱了，一定得买。

陈建民侧脸看了她一眼，问："晕车吗？"

亚静一笑，摇头。她才不会晕。

陈建民就伸手往前一按，音乐响起来，是哪个男歌手在唱，过一会儿又换成女歌手，再换成男歌手。陈建民摇晃着脑袋跟着哼起来，虽不大，但就在耳边，听着很清晰。他声音居然这么好。亚静瞥过去一眼，又看到那个大喉结了，上上下下滚动。喉结大声音就好？她不清楚。

她说："你像一个人。"

陈建民侧过头问："谁？"

亚静歪着头想了想，还是没想起来，只好笑了。

陈建民也笑，身子向这边侧过来，问："你歌唱得怎样？"

亚静摇头，她以前跳过舞，但歌确实唱得一般，也不爱唱……她向外看看，觉得有异样。不是去爬山吗？山明明在西面，可是这车却是往东面走的，而且越走越远，已经出了城了。她犹豫一下，还是问了："这是去哪里啊？"

陈建民笑笑，不答。

亚静又问："去哪里啊？你不说我就不去了。"

陈建民看着前方说："去我老家，不远，再有三四公里就到了。"

亚静紧张起来："你要干吗？"

陈建民说："放心，只是去转一下，吃顿午饭马上回城。"

亚静喊起："不行，我不去！停车，我要下车！"

车子却反而加快了速度，颠得厉害，车上不知哪个部件"哗哗哗"地响。陈建民扭头笑着看过来，轻声说："你看你，吓成这样。我真的像个坏人吗？太冤枉了！我保证，绝对没事！你可以把手机拿出来，压好110键，有事马上拨打。行了吗？这是法治社会，别怕，乖！"

太阳很大，路上车往来密集。虽是已到郊区，但两旁都是灰蒙蒙的楼房，商店一家挨着一家，看样子被并入市区只是迟早的事。亚静慢慢有点松弛下来，应该也不至于有什么事，不过陈建民事先没说清楚，临时来这一手，她还是生气的。她沉着脸盯着前方，她得做好准备，万一车子开到荒凉无人的地方，她就真的要打110。

车子拐下大路时，亚静看到有一个蓝底白字的大路牌立在那里，上面写着

“陈厝”二字。陈建民说：“我老家到了。”亚静松了一口气。村子很热闹，到处是新房子，但因为盖得横七竖八，看起来村子却显不出新的样子。车停下，是一幢青砖三层楼的房子，只建个毛坯，楼层处的钢筋还有几根露在半空中。陈建民下了车，绕到副驾驶座这边，拉开门，让亚静下来。

事已至此，亚静也只能下车，跟着陈建民走进屋子。

两个六十多岁的老人正坐在厅堂里编竹器，陈建民喊道：“爸，妈。”

老人高兴地站起，手在身上拍几下，一下子像冒气一样冒出一层尘土，四下散开。他们都看到亚静了，一直看着她。陈建民说：“认不出来了？翠玲啊。你们不是看过我和她的合影吗？”

老人立即搬来椅子说：“哎呀翠玲，快坐下快坐下。”

亚静看着陈建民。她怎么改名了？她还跟陈建民合过影？陈建民却不看她。这时手机响了几声，是青兵发来微信。青兵问：“开始爬山了吗？”亚静回复道：“嗯。”青兵又问：“还有其他人吗？”亚静回复：“很多。”

至少第二条不算假话吧？

门外已经来了几个邻居，喊着建民建民。陈建民就出去，跟他们打着哈哈，又扭头招呼亚静：“翠玲，来，出来见见我叔我婶！”

亚静一边往门外走去，一边想青兵上传资料，是不是把她名字写成翠玲了？再一想，没有呀，征婚网她也上去看过，写的就是亚静，没有错。这件事她没时间琢磨，那几个邻居已经笑眯眯地喊着她翠玲，她只好先礼貌地点头应付。陈建民揽过她肩膀问：“怎么样，我媳妇漂亮吧？”回答很一致，都说当然漂亮。陈建民就大声笑起来，高兴极了。

媳妇？亚静心里颤了几下。

午饭是长寿线面，两个蛋，一堆土鸡肉。放下碗筷，陈建民马上说：“爸妈，我们得走了，下午还有急事哩。”老人很惋惜的样子，但还是点头说好：“以后多带翠玲回来，这么近，你有车，踏几脚油门就到了。”

陈建民说好好好，就爬上了车。

路上他一直不说话，亚静也不说，她不知说什么好。土鸡肉的味道好，以前在家吃过，到城里这么久，就再没碰过。手机微信提示音又响了，还是青兵，青兵问：“在哪？”亚静想都没想就回道：“山上。”点发送后她吸了吸鼻子，她也不知道自己为什么顺手就瞎编。

陈建民转过头看她，问：“去我家怎样？”

亚静一怔，不过她很快回过神来，刚才去的是他老家，他在城里不是已经买了自己的房吗？说的是这个家。她说：“不去！”

陈建民按了下喇叭：“上次要去我家看看的也是你们。去吧，这次我提前做了卫生，都整理好了，请你去视察嘛。”

亚静说：“不去！”

陈建民又按了几下喇叭，顿了下，又说：“去了我跟你讲翠玲的故事。”

亚静没有再应他，但她还是去了。上次确实是青兵提出要去他家看看的，被拒绝，现在既然机会来了，代青兵去看一眼应该也算不得什么。

7

陈建民家在凤凰小区，一看名字就知道是二十世纪的老房子。七八幢稀疏地排列着，都只有五层高，没有电梯，外墙的淡灰色涂料已经褪色，斑斑驳驳的水渍东一块西一块。爬楼梯时，陈建民在前，亚静跟在后面，跟得很紧，一抬眼就是陈建民一撅一撅扭动的屁股，不大，但看着很结实，肉硬硬地隆着。司机嘛，虽老坐着，毕竟踩油门和刹车腿得不断使劲。

突然陈建民站住了，亚静一趔趄，脸差点就撞到人家屁股上。

“对了，我买的只是二手房。”原来陈建民要解释的是这件事。

亚静想，按青兵的说法，就是类似这样不显眼的二手房，离他们也还有十万八千里远。

屋子确实很整洁，客厅的沙发布面皱巴巴的，却很干净，一看就是自己在家随便洗，没有在洗衣店高温熨过的。有两间房，一间摆着床，一间堆着杂物：跑步机、铝合金衣架，甚至还有一张塑胶瑜伽垫。亚静跟在陈建民背后转一圈后回到客厅，陈建民让她坐。她看看沙发，俯身用两个巴掌在上面用力抚了几下，褶皱似乎真的一下子少了。然后她又扫了一眼客厅角落的柜子和电视，再重重拉了拉沙发的四角，重新放好靠垫。这是她进城后已经做了三年的活，熟门熟道。如果这屋子让她来做卫生，电视和柜子都得再擦一遍，门旁的鞋架也得重新整理，夏天的凉鞋该收起来了，运动鞋不能那样底朝天胡乱塞进去。还有门后，雨伞和卫衣不能那样混挂，应该分开，雨伞可以插到鞋柜后，卫衣领口后那个商标可以挂到弯钩上。

青兵曾赶时髦帮她查过星座，处女座，她喜欢到处有序干干净净，一乱就扎眼，所以很多东家都喜欢她上门，钱给多给少她都一样干活。

做保洁员其实挺好的，要是以后陈建民需要，她愿意来做。

但她还是很快回过神来，陈建民是她相亲对象嘛。

她坐下，手交叉着放在两腿间，眼珠子转来转去的却不知搁哪儿好。陈建民烧水泡茶，然后在她旁边坐下。沙发大的一张、小的两张，她就坐在大的上，她觉得陈建民应该坐旁边那张小的，但她是客人，不好指挥主人坐哪里。

结果陈建民的一条胳膊就搭到她肩膀上了。中午在他老家时也搭过，那是演给邻居看的，这会儿再搭，亚静就不乐意了。她往旁挪了挪，胳膊还在。她又挪了挪，胳膊仍然在。她就想站起来，可是脚却没有力气，也可能胳膊太重了。这时候胳膊往后一拉，她就跟着向后仰去。她“啊”了一声，声音细细的，还要再喊，陈建民湿润润的嘴已经凑上来。

接着陈建民的手伸进衣服里，到了她胸上，又到了两腿间。

她一直觉得不行不行，这样不行，但整个人还是越来越松软，闭上眼，喘着气，额上起了一层汗。还在上楼梯时她就已经把手机声音关掉了，完全是下意识的，之前她哪有这方面的经验？陈建民上身全部压过来，下嘴很重，把她的上嘴唇全部含住，嗞嗞嗞吸着。乳房也重重捏，揉面似的转来转去，有点疼，但她也顾不上疼了。

陈建民抽空问：“是处女吗？”亚静摇头。陈建民捏得就更重了，手指头还往里捅，捅得也重。但接下去却没有再发生什么，是戛然而止的，仿佛有人突然站到面前，陈建民一把放开她，收回手，仰到沙发靠背上，眼紧紧闭着。

红毛衣是外披式的，里头还有一件花衬衫。衬衫的纽扣敞着，胸罩也松到一边，有一半的乳房挤到外边，乳头都清晰可见。至于下身，她穿的是牛仔裤，裤头松着，裤门拉链开着，短裤也褪得差不多了。亚静不知道怎么办，她拉了拉短裤，又拉了拉前襟，只是象征性的，并没用上力，明显有点不甘心。然后她也靠在沙发后背上，也闭上眼。脑中嗡嗡响着，她相信还会再发生点什么。到底是什么？

陈建民的手又伸过来了，这次不是摸她，而是帮她先系上胸罩扣子，又系好衬衫扣子，接着抓住她的裤头用力提了提，把裤子也穿好了。她又恢复到进门前那么正正经经的穿着打扮了，好像什么都没发生过。

可是明明已经发生过了啊。

陈建民倒了两杯茶，一杯递过来，一杯自己倒进嘴里。然后他点了烟，抽到一半时终于开口，他说：“我答应你要说一说翠玲的故事。”

翠玲是他前女友，美容师，谈了快一年。这房子其实就是为了娶翠玲才买的，翠玲也住进来了，跑步机、衣架、瑜伽垫都是她的。两个月前翠玲却跟店里的美发师好上，死活从这里搬走。高速路将从村里穿过，房子要拆迁，按家中人口赔偿，全村人都忙着结婚生孩子这件事，总之想尽办法添上人口多捞些钱。父母也催他结婚，但翠玲却已经走了。父母说翠玲不结婚就拉倒，赶紧找别的女孩。怎么能随便找个呢？要结婚他只能跟翠玲。

陈建民说这些时，亚静仍然靠在沙发上闭着眼听着。她突然想到一个问题，便问：“我长得像翠玲？”

陈建民侧过头看她一眼，站起，走到柜子前，把扣在上面的一个相框拿起，举在胸前看了一阵，手掌抚几下，重新走回沙发。站到亚静面前，相框又藏到身子后面了。

“想看？”

亚静没有动。

陈建民又把相框举到眼前看一眼，转身走开，又把相框扣到柜子上了。再坐到沙发上时，他先长长叹了一气。“我上征婚网前其实心挺灰的，父母催得急，索性就在上面找个呗。但是看到你的照片，一下子就……你别生气，其实翠玲比你漂亮，主要是气质好，美容师嘛。但脸形，尤其是厚厚噘起的上嘴唇，都很像，越看越像……”

陈建民叹了口气，俯下身子，双手抱住头。“我完全没有想到自己会这么爱她，其实一开始就知道她不是真心，老家这么近，她一次都不肯跟我回去让父母看看，真心的哪会这样？但无论她怎样，我这心里都只放得下她！可能我上辈子欠了她。”

眼角有点痒，亚静用手抹一下，是眼泪。她站起，揪住衣角整了整。陈建民也跟着站起，靠近来，低头看着她，又用胳膊环住她，把她揽进怀里，手还在她屁股上摸了摸，拍几下。

亚静“哇”地哭了，终于哭出声来，浑身抽搐。

陈建民下巴抵在她头顶。“你哭的声音也像翠玲，抱着的感觉更像，刚才一恍惚都觉得是翠玲回来了。可是你不是翠玲。她走了，可是只要她一天没结婚，我就等她一天。即使结了，也还可能离，我还是得等她。很抱歉，我利用了你。之前父母看过翠玲的照片，我要是不带个人回去让他们看看，他们会自作主张替我定亲、送彩礼、办婚礼……我真的只想跟翠玲结婚。”

亚静双手用上劲，把陈建民推开，然后不看他，套上鞋，自己开了门往外走。

陈建民追出来，说：“我送你回去。”

亚静头也不回，双脚急速地踩住台阶下楼。

但陈建民还是跟来了。车就停在楼下空地上，陈建民拉她上车，硬按在副驾驶座上，然后发动了车。亚静很奇怪自己的眼泪一下子就没了，她掏出手机，看上面有十几条微信，还有六个未接电话，都是青兵。

她回拨过去，嗲声说：“老公，是我啊，我是亚静。”

又说：“老公放心，我马上就到家了。”

车猛地停下，陈建民踩了刹车，转过脸看了她一会儿，什么也没说。过一会儿车子重新发动，开得很快。

已经临近傍晚，太阳柔软了下来，光清淡得似有似无。虽是周末，街上人却一点没少，每一条路都是堵的。远远看到咖啡馆时，也看到青兵了。他站在大门外，脸色铁青。

8

亚静跟青兵定亲时只有二十岁，半年后就办了酒席算嫁给他了。农村女孩出嫁早，这不算什么，然后两人就一起到这座城市了。其实青兵高中一毕业就离家打工，先去的是深圳，后来又去东莞，赚了点钱好歹够结个婚。但接下去要面临的就不单单结婚这么简单了，孩子要生、要上学，父母越来越老得赡养。婚后第一次离家时，青兵就跟父母说了大话，就是以后要在城里买房，把他们接去住。父母摆着手说：“你们自己混好了就行，多挣点钱，尽快把孩子生了。”

但是三年过去，钱既没挣多少，孩子也一直没生下来。

很奇怪，没有采取任何措施，亚静却从来没怀过孕。有一两次例假推迟了好几天，以为有了，刚准备高兴，裤底又忽地见红。要不要去查一下？亚静倒是想去，却被青兵阻止了。二十四岁在村里可能显大，在城里根本还是小屁孩，当保安时每天都听得到很多八卦，七幢那个开宝马的女人三十六岁了还是单身，五幢那个整天化着浓妆的女人三十二岁了刚和第三个男朋友分手，诸如此类，都不算什么。另外，检查不是需要钱吗？谁不知道现在医院乱收费？过几年再说吧。

一直没怀孕的亚静，身材就还停留在少女阶段，瘦瘦的，薄薄的。

亚静后来一直猜翠玲的样子，有时盯着镜子看，有时盯着投到地面的影子看。

那天陈建民的车没有开到咖啡馆面前，见青兵站在那里，离着还有近百米吧，陈建民就提前踩下刹车。亚静什么话也没说，开了车门就下去了，走几步手机响了，是陈建民发来的，只有一个短句：裤子后袋有五百元。

她顺手就把这条微信删了。

回到家青兵问都做了什么。她就说到了山上，山上人之多，路之挤，风之大，景色之好。又说山脚下那几家酒楼菜之贵，之难吃。这些都不难，她去人家家里做卫生时，早就听业主叨叨过。不知青兵信了没有，应该没信。青兵问："为什么车停那么远？他心里有鬼吗？"

亚静笑起，"鬼个屁！"她还在青兵身上娇嗔地打了一下，"人家接到领导的电话，突然有应酬，让他赶快去接。"

青兵还是很狐疑："那也不差这几步路啊。"

亚静说："几步也是步嘛。是我说可以了，让他停下来，别耽误事了，车子本来就是偷开出来的嘛。"其实当时陈建民比亚静更早看到青兵站在那里，他踩下刹车后亚静才知道怎么回事。

青兵侧过头酸酸地看着她："咦，挺贴心的啊。"

"去你的！喂，晚上还是吃稀饭吧？"这个话题亚静觉得应该打岔掉了，说着她走到米桶前准备淘米。

但青兵仍然不放过，他跟过来，鼻子凑近来上上下下地嗅着。亚静笑着推开他："真是的，你以为自己是狗啊！"青兵手抓住她肩头，重重晃了晃，说："他真没把你怎么了吧？"亚静眼一翻，故作生气地说："你自己检查看我身上哪块肉少了，如果真少了，就肯定有。"青兵说："给你钱了吗？"亚静摇头说："哪能一下子就给？"青兵还是不甘心："那礼物有吗？至少得送你点什么吧？"亚静还是摇头，说："没有。"

青兵松了手，眉头还是皱的。“你手机呢？”他把巴掌伸到亚静面前。亚静从裤袋里掏出手机递过去，青兵坐下划拉着。他问：“怎么大半天这个陈建民就没有再给你微信了？”亚静说：“不都在一起爬山吗，有什么可微？”青兵说：“他也不发几个红包给你，好歹陪了他这么久嘛。”亚静装作没听到。他们只租一间屋子，一张床就占去大半，和其他人一样，灶放到门外。烧的是小煤气罐，睡觉时隔在墙外面会安全些。

亚静把洗好的米放进锅，端出去，低着头站在灶前，长长吁出两口气，胸口还是发闷。

中午出去前，微信刚加进来的那些人也都被设置了免打扰，这会儿解开，肯定有一堆信息涌进，够青兵忙乎一阵子的。让他去忙吧。

“亚静，亚静进来！”

亚静只好进去。

青兵说：“这个陈建民怎么把你删了？”

“呃？”亚静也很意外。

青兵很生气：“妈的他一分钱还没出哩，竟删了……咦，这条短信你有没看到？”

亚静凑过去。她不发短信，短信要花钱，一般也没有熟人给她发，发到手机的都是各路广告，所以她通常懒得看。但这条短信显然不是广告，写得很长，只显示号码而没有显示名字，所以肯定不是通讯录里的谁。一直拨拉到最后，都没有落款，但短信中提到了一百一十元红包。

徐必广？就是送快递的那个。亚静问：“他说什么？”

青兵没有马上答，他侧着头盯着亚静，半晌才问：“你告诉他手机号了？”

亚静摇头。

青兵说：“我只在网上公开你微信号，并没有提手机号啊，他怎么知道？”

亚静这才回过神来。短信是发手机上，确实，他怎么知道号码？她去抓青兵握在手中的手机，想看看都写了什么。青兵身子一扭侧开了。亚静急起来：

"到底说什么了？"青兵不理她，掏出自己的手机，嘴里一边念着发短信的手机号，一边在自己手机上按下号码，然后拨打出去。

铃声居然在门外响起来，和手机铃声一起响的还有敲门声。

亚静和青兵对看了一眼，都怔住了。

最后是青兵过去开的门，果然是徐必广站在门外，也不待请，就跨进来了。

"把一百一十元还给我！"他一只手抱着一个包裹，另一只手伸出来，看看亚静又看看青兵，脸色非常难看。

青兵说："别跟我玩这一套，老子不怕！"

徐必广说："那老子就怕了？老子反正婚结过，儿子也有了——一百多元可以给我儿子买一堆好吃的，我干吗要给你们？"

青兵说："去问问全天下的人，发红包有退的吗，呃？走，快出去！"

徐必广把手上的包裹往地上一摔，吼起来："不把钱还我，老子今天就不走了！"

包裹并不是一下子就跌到地面，而是先撞到桌上的两只碗，碗噼噼啪啪摔落，碎了，声音脆响。隔壁老王听到了，跑过来连声问："怎么啦怎么啦？"

徐必广指着青兵，又指着亚静，大声说："这两个是骗子，他们……"话还没说完，青兵已经抓起旁边的锅盖照着他头砸过去了，徐必广跳起，扑过去。椅子倒了，桌子翻了，床也歪了。房间实在太小了，两人扭打到一起根本施展不开。

老王脸色都变了，指着亚静说："快，快打110！"

见亚静只顾着往屋角躲，老王自己取出了手机。亚静连忙冲出去，反身把门带上。她把老王已经举到耳边的手机拉下，点了关闭键。老王说："怎么回事啊你？"亚静笑了笑，她回头看着不时晃动的门。门里响成一团，不过传出来的声音闷闷的，听得不太清楚。

她说："老王，能先借我十块钱吗？"

老王愣愣地掏出钱递过去。亚静推开门，她看到青兵已经躺在地上，不过没死，身子蜷着，手捂住脸长一声短一声哼着。徐必广张大腿站着，手里还握着锅铲，大口喘着气。亚静手伸进牛仔裤后袋，掏出一沓钱，共五张。她取出一张，加上老王借的十块钱一起递过去。徐必广显然有点意外，但也没客气。他就是来讨钱了，讨到了，把铲子往地上一扔。“哼，”他说，“以为老子钱都跟你们一样是骗来的？老子挣的都是血汗钱！脚跑没皮了才能挣到一百多块！”说着他看了地上的青兵一眼，好像有点怯了，“我跟你说，是你们自己惹的啊。揭穿骗子，我算得上为民除害。有什么后果，你们自己负责！”边说他边快步往外走。

他电动车就停在门外，上面还堆着很多包裹。见他走了，老王也要进屋，被亚静拦住了。老王指着青兵说：“他怎么样了？要不要送医院？”亚静笑笑说：“不用。”就关上门。

老王在门外喊：“需要送医院喊一声啊。”

亚静说：“谢谢。”她声音很小，不知老王有没听到。不过无所谓，没听到就没听到吧。她蹲下，摇了摇青兵的胳膊，她说：“你没事吧？”青兵把手拿开，额头破了，还在流血。亚静就去推出电动车，把青兵扶上后座，她载着，去了医院。伤口清洗一下，包扎好，没大事，又回来了。加上挂号，这一趟花了五十四块钱。

青兵看来真是打累了，回到家，倒头就睡过去了。亚静搬张椅子坐到门口，手机又回到她手里。她翻到那条短信，徐必广说自己原先不是送这一片的快递，特地调了片区。他已经弄清，他们是夫妻，不是兄妹，如果不把一百一十元钱还了，他就绝不客气，要在网上揭发他们，把他们搞臭。

亚静在心里骂了一句。

回过头，她看到屋里扔在地上的那个包裹，就站起，俯身捡了，撕开。原来是“双十一”买的裤子。翻过来看上面的快递单，户名是她，留的手机号也是她的。噢，她明白了，徐必广不是神，快递员嘛，只要盯上了，弄到她手机号码不难。

手机叮咚叮咚地响，她懒懒的，还是点开了。不过没看，只是打开通讯录，把这些天加进微信的一个个都删了。删到陈建民她手在半空停了两秒，然后她写了一行字发出：

“翠玲不会回来了。”

很快发送不成功的提示音就响了。真的删了，居然真的删了。

她把裤袋里的钱都掏出来，抽出一张十元放一边，准备回头还给老王，又点出两百七十八元放到床边，青兵醒过来就会看到它们的。不是在医院又花了五十四元吗？再一减去，手里就只剩下五十八元。她闭上眼靠到墙上，想起在陈建民家沙发上也差不多这么靠着。被摸了半天，才挣到五十八块钱。她叹了口气，开始看手机。摸就摸吧，又没少一块肉——对了，陈建民长得真的很像一个人，到底是谁？她歪着头想了想，还是想不起来。

那就不想了吧。她手指开始在手机屏幕上拨拉，“双十二”反正眨眼就来了，她要看一看，剩下的这五十八块钱还能在网上买件什么衣服。

流杯池

黄　茜*

1

徐太太坐在沙发上剥荔枝。这是今年的第一批新荔，青黄里透着烂醉的酒红。徐太太跷着涂了水银蔻丹的指尖，把那饱圆的荔枝用指腹一挤，就着细微裂缝，轻轻巧巧剥出一壳荔肉来。她也不立即吃掉，把剥开的荔枝托在手心里细细端详，深知此刻自己的脸，衬着下午四五点钟的光照，在来客眼里，正如荔枝般发出莹莹的瓷白的光。

徐太太四十来岁年纪，二十多岁人的打扮。她在家里总是一副慵懒的神气，哪怕来了客人，也喜欢懒洋洋倚在沙发上，或是用手撑着因格外宽大而总是显得好奇的额，或是以某种姿势舒适地盘曲着双腿，显示出瑜伽练习者无比的柔韧感。

丁木子也把一颗荔枝在手里来回捏着，搓着，揉着，果壳上的鳞斑状突起硌得她的手微微发疼。她挺直腰板坐在沙发旁边的一张黄花梨木旧式榻上，天气虽然不很热，却感到屁股上汗湿了一片，嗓子像熏了烟似的，又干又痒。

“七弟真是有福气，一眨眼，女儿出脱得这么俏丽！”徐太太把眼睛在侄女

* 黄茜，女，四川内江人，北京大学世界文学与比较文学专业硕士。诗人、译者，诗歌、译作散见各类文学刊物。曾获未名诗歌奖、刘丽安诗歌奖。出版有诗集《女巨人》，译作《双生》。现供职于《南方都市报》。

身上一转，又转回荔枝上。丁木子垂下头，不好意思地笑一笑。她小麦色的窄窄的脸，在斜光里像是揉了碎金，与徐太太那一种腻味的白很是不同。

“爸爸妈妈让我代问三姑姑好。这次来上海，还要多亏姑妈照顾。”

“这么说，你到这里是来念书的？你刚进门我吓一跳，还以为七弟又变着法儿找我借钱呢！”徐太太扑哧一笑。

丁木子脸上讪讪的，并不记得他们家找姑妈借过钱。正相反，她的爸爸丁宝振近年来跑建材生意，着实赚了一笔。丁宝振走南闯北，也算见过一点世面，家资厚实起来后，便毅然决然送女儿到上海读书，顺便拜会她那出嫁二十年再没回过乡的姑妈。然而，丁木子心想，提防厌恶穷亲戚，大约是城里人的通病。

“在哪个学校念书？考上的还是交钱读的？”

“交钱读的，在民族大学。”说到这里，不知为什么丁木子的腰板直了直。

“那很好……”徐太太让手心里的荔枝滚到一只天青色的果壳托盘里，原先前倾着的身子向后仰躺在沙发背上。她似笑非笑，半眯着眼睛，小嘴微张，鼻尖发皱，像是在酝酿一个久未打出的喷嚏。这是2001年，上海的一些公立大学为了筹募资金，报名的学生依然可以缴纳一定数额的“建校费”入读。可十万块不是小数目，那些交钱读书的子弟，家里非富即贵，非政即商，平头百姓谁出得起这个血？也有像丁宝振这样的暴发户，几年间赚得盆满钵满，有了钱以后心也高起来，不惜血本要送女儿到大学里镀金。并不指望她念书，原本也不是念书的料子，十次考试九回挂科，生得多俊气的一个人，却被老师敲脑袋骂“榆木疙瘩”。但家里培养出一个大学生，哪怕抛金撒银换来的，在双石镇跟人说起来，丁宝振面子上也很过得去。

徐太太心下暗自忖度，别看七弟小时候不学无术，傻头傻脑，如今竟也混出了个模样。她又拿眼睛把丁木子上上下下打量，浓翠的、未经修饰的眉，一双眼睛狭而长，瞳仁格外黑漆水亮。或者因为睫毛浓密的缘故，下眼圈有一层淡青的阴影，让她略嫌单薄的蜜色的面孔有了些层次。鼻梁纤巧挺直，因为总是咬嘴唇，两片唇胭脂花似的薄而红。丁木子今天为了来拜会徐太太，特意穿了一身粉青的棉布裙子，一双薄荷色系扣凉鞋，乌黑油亮的头发剪成齐肩长短，用一方白手帕随意扎在脑后。打扮得倒是清爽，徐太太心道。然而这句话刚从心底冒出，她的嘴角又不禁轻慢地一牵。她觉得丁木子身量太高，骨架太大，年轻瘦削时方还看得过去，稍微发一点胖，就要变成外国电影里看到的五大三粗的俄罗斯妇人。笨重到叫人不好意思！因为徐太太自己是娇小玲珑的，四十岁以后才发了福，雪白丰腴的膀子，将她的塔夫绸睡衣的衣袖绷得滚圆紧张。可是徐太太深信娇小的优势，即便胖成了球，也是娇滴滴的一团球。

“读的什么专业？”“在工艺美术系，学室内设计。”丁木子正被徐太太盯得自惭形秽，巴不得说几句话打破气氛。“开学都快一学年了吧，怎么才想起来看我？”“学校里课程紧，知道姑妈也忙。我爸爸在家里老说我妈和我不能干，说姑父的珠宝生意，有一半都是姑妈支撑打理！”徐太太轻轻打个手势：“嗨，我能做什么，都是瞎胡闹！”然而却面露自得之色。略一沉吟，又说：“你爸做建材，你学室内设计，以后双石镇的房地产岂不要被你父女俩一手包办，想得倒美！”她忍不住呵呵笑起来。“姑妈说笑话，双石镇指甲大的地方，穷乡僻壤的，哪有什么房地产！”丁木子也笑了。

徐太太心里一凛。二十多年来，双石镇就像她的缅甸印花桌布上的一块洗不去的茶印子，被徐太太用一只梅瓶沉重地稳稳地压在底下，非翻天覆地不愿意挪开。然而丁木子突然出现，关于双石镇的所有记忆，青的白的荤的素的热的辣的，也似乎和她一起喧喧嚷嚷不由分说涌了进来，钻进这套位于上海最繁华地段的奢靡小公寓里，在她的茶几、沙发、贵妃榻、五斗柜、古董架上，在她的带铜锁的衣柜顶端和掐丝雕花的梳妆镜前，挤挤挨挨地站着、靠着、躺着，湿濡濡地絮叨着，挠得她心里发慌发痒。

对了，湿濡濡，这就是徐太太对双石镇的印象。每到盛夏时节，丁家院子里的杂草长到膝盖高，黄色的美人蕉开得灼目，看不见的蝉子在阴暗处搏命嘶叫。天气燠热，太阳把碎石马路晒得滚烫，踩在上面的塑料凉鞋也变热变软，好像随时会融化。可忽然来一场雨，从天到地整个便清凉下来，芭蕉树、梧桐树、老槐树的叶子褪了色，把雨水和空气，灰砖墙和玻璃窗，未及躲雨的花猫，惊慌的母鸡，凌乱的蚂蚁，透明的雨衣和雨衣外裸露的手腕脚趾，都染得绿茸茸凉津津。路上是大大小小墨绿的水洼，连家里的墙边桌脚也积着水，头发怎么梳也是毛毛的——川南小镇总有这么一股拧绞不干，抹杀不掉的缠绵的潮气。

徐太太原名丁宝琼，在兄弟姊妹里排行老三。她父亲丁德铨是生意人，开着双石镇最热闹的一家茶馆，人们都叫他“丁老板”。丁老板这一生既没信过国民党，也没信过共产党，在双石镇因诚信义气很受人尊重。丁宝琼是丁老板第一个太太所生。宝琼一岁多大，她妈妈得产褥热死了，她后来回想，觉得亲生母亲必定是温柔敦厚的天仙般的人物，虽然当年对母亲不可能有什么印象。丁老板的续弦、宝琼的后妈是一个土地主的女儿，身材薄得像纸，尖嘴猴腮，说话叽叽喳喳声调高得吓人。这个太太给丁老板又生了四个孩子，丁宝振是最小的一个。所以丁宝琼和丁宝振名义上虽是亲姐弟，也并没有那么亲，毕竟同父异母。

丁宝琼向来觉得父亲偏心后妈的孩子，跟几个弟妹关系都是淡淡的。丁宝振在家里是幺儿，受尽溺爱，丁宝琼最看不惯。后来她因为恋爱的事，跟父亲大闹一场。丁德铨怄得在茶馆里拍桌子：“你要走就走远点！老子眼不见心不烦！”因此做了徐太太这二十多年来，索性撇清关系，不跟丁家的人往来。在上海，就连许多跟她熟络的人，也只知道她是徐太太，芳名宝琼，并不知道她娘家姓丁。

丁木子让徐太太蓦然有了思乡之意。她意识到自己失神，假意打个哈欠，“上了年纪就是容易走神犯困！”一面猫似的伸个懒腰。——她养的那只名贵的蓝眼睛金吉拉，此刻“喵呜”一声跳到她的膝盖上来。丁木子赶忙说：“姑妈要是累了，我就不多坐。回学校还要换三趟公交车，十几站地，太晚也不好。”

“不急不急。”徐太太摆摆手，招呼丁木子再吃几颗荔枝，又往她的手里塞一把巴旦杏。她再开口时音调也更低沉些，说的不是普通话，而是许久没吐露过的家乡话。在上海并不少四川人，可不知为什么，徐太太宁愿说一口夹生普通话，也从不拿四川话和他们打交道。好像不用那一方的语言，她被语言所塑造的那个身份也就随之抹去，她就顺理成章地成了一个新人。然而这方言依然包裹在她的瓷白紧实的身心里，就像水果糖里浓甜的注心，咬开一条缝，就丝丝往外渗，宣布它才是主宰一切的灵魂所在。徐太太原本就像颗乳白的酒心巧克力。

“在上海住得惯不惯？书还念得下去？”“基本上习惯了。书念得不好，基础差，跟不上。”“不要紧，本来你老子供你上大学，也不是要你念出个今科状元。”“毕竟家里花了大价钱，不念出点名堂不好交差。”“那就看你老子是要满分成绩，还是要乘龙快婿。”徐太太扭过精巧的头，饶有兴味地盯着丁木子的脸，蜜蜡色面皮里泛出几许晕红，如同一点胭脂不小心掺在了新制的鸡油里。

“丁家人是各自打扫门前雪，无事不登三宝殿，你这会子悄声来找我，到底有啥子事？”按照徐太太的理解，八百年不走动的亲戚，忽然登门拜访，必然有事相求。

丁木子被徐太太说得面上一窘。她抓起随身带的帆布书包，从里面取出一只十厘米见方的小纸盒子。盒子上封着邮局的封条，写着地址，盖着好几个邮戳。边角已经磨损了，看起来经历好几番发送周折。

“都怪我，见了姑妈只管说话，把正事儿给忘了！”丁木子将盒子轻轻放在茶几上，推到徐太太面前，“前几天爸爸从双石镇寄了这个过来，说是有人寄给姑妈的，大概不知道姑妈来了上海，还寄到老家茶馆的地址。爸爸原想给退回去，又怕是什么要紧东西，想到我在上海，不如寄给我，由我给姑妈送过来，免得耽误事。”

以为人家来讨东西，没想到却是来送东西的。徐太太有点怪不好意思。她眉开眼笑地说：“啊哟，这点小东西，又不稀奇，劳烦你们大费周章。我啷子谢谢你哎？”“姑妈不要客气。姑妈晓得这盒子里装的是什么？”丁木子想来拿到包裹并没有动过，但好奇心是存了许久了。

徐太太伸手拾起包裹，初发地址是上海市徐家汇，发件人的名字被雨水洇得看不清，还留了个上海市内的电话号码。

大约是年少时的同窗玩伴，某一天忽然想起她来，可是又失却联络许久，只能往旧地址寄一点旧物，试试能不能收到？可是丁宝琼当年离开双石镇也算轰轰烈烈，方圆几十里谁不知晓？然而，丁宝琼早年的确有许多追求者，收到的匿名情书不计其数，所以，或者是当年的某个暗恋者，突然间忆起青春时期爱慕的对象，遂寄物遣怀也未可知。

徐太太掂了掂包裹，有些沉重。该不是一摞热烈的剖白书信吧？当着侄女的面拿出来，还真有些尴尬。但她毫不犹豫地拿起一把洒金小剪刀，细细地划开纸盒的四沿，又剥开一层白色的塑料泡沫减震纸，取出一个更小些的浅绛色木盒。木盒用细巧的金锁扣着，打开来看，竟是一块拳头大小的黑色石头，从某个角度看过去，倒是棱角分明，熠熠生光。

“这人好奇怪，大老远的，给姑妈寄来一颗炭！”丁木子吃惊道。

徐太太觑眼儿看了看，笑说：“怪道你不认得，我跟你一样，小时候也是在双石镇的炭堆儿里滚大的。不过这不是炭，这叫黑曜石，一种火山熔岩。可以用来打首饰的。它还有个名字，叫‘阿帕契之泪’。”

丁木子就着徐太太的手瞧了瞧，那黑黢黢的眼泪泛出透明的光泽，因为未经打磨，边缘锋利异常。在对着灯光的地方，能看到石头里有一个圆形亮点。徐太太把黑曜石从盒子里取出来，发现石头下边压着一张纸片。上面挺秀的字迹写着：“满月眼黑曜石，1976—2001。”

徐太太不免犯疑，又拾起邮局的递送单细看。寄件人那一栏，起首的一个字，看来看去像个“顾”字。姓顾？徐太太心里像被针尖儿刺了一下。

2

479 路公交车的车厢里笼着一层昏黄朦胧的灯光，乘客们仿佛都睡着了，仲夏的上海也似乎在颠簸摇曳里睡去。丁木子坐在后排靠窗座位，扭头看窗外一闪即逝的街市和巷弄。她回想下午在徐太太家的情景，心里不免堵着一口气：“我巴心巴肝地去做好人，她还当我心头有鬼。”她又想起那颗据说叫作“阿帕契之泪”的黑黢黢的石头，以及告辞时徐太太神思恍惚的样子，不觉撇了撇嘴：“嘿，我看她才是心头有鬼！”

上海是个最具烟火气的城市，然而精打细算的老道世故里，又有几番闪闪烁烁、捉摸不透的旖旎风情。丁木子的眼光掠过路边的海鲜大排档，路过掌灯时分依然滴着露水透着鲜嫩的水果摊子，又掠过有进出门铃便叮叮当当的小食店，以及一蓬蓬一簇簇的高楼广厦，她想真是闻名不如见面，徐太太虽然在双石镇的名声不太好，但终究也不是个下流无耻招人嫌恶的人。她就像丁木子在电车里、街道上甚至广告里看到的那种上海太太，哪怕出门买个菜，也要穿上香云纱斜襟低开衩旗袍，戴上水嫩葱绿的翡翠镯子。矫情是矫情了些，但心地并不坏。

临走时，徐太太让丁木子留下在学校的住址：民族大学宿舍楼 48 楼 204 室。还要去了宿舍的电话号码。丁木子想不通姑妈要她的地址有什么用，看样子以后也不会再往来。也许是出于礼貌吧。

电车驶过民族大学站，又过了两站，在离民族大学北门不远的芳园西路站，丁木子才随着推推搡搡的乘客下了电车。向晚下起毛毛雨来，细密的雨点落在脸上凉津津的。而城市在雨中愈发地生疏模糊了。

丁木子不觉加快脚步。沿芳园西路往北走几百米，路过几家水果店、杂货店、运动服装店和一家永远挤挤攘攘、以卖生煎和鸭血粉丝汤闻名的小食店，在点着橘色灯光的“宜而爽”内衣店向左拐，进了一条巷弄。这巷弄里是几十年的老式居民楼，因为地处大学附近，有许多单间和套间租给不愿意住校和来此考研的学生们。地方虽小，但这几年房价涨得惊人。一个十平方米的小单间，一个月也要 800 块。套间就更不用提。

坐在巷子口卖小玩意儿的大妈看见丁木子，笑吟吟地问：“回来啦？”不知为什么，丁木子被问得有些臊。她一低头，噔噔噔跑过巷弄，一口气跑上一幢旧居民楼的5层。这是一套小两居，统共不过六十余平方米，但在上海的这个街区，已算是奢侈住所。衬着瓷青的夜，屋子里的灯光像颗鸡蛋黄，暖融融的。丁木子走到洗手间，解开头发，取下一张毛巾将濡湿的头发和脸擦干。她在镜子里看见因夜色和雨水而显得含着泪似的一双眼睛，觉得有些俏皮。

丁木子心上轻悠悠的，信步穿过窄小的客厅，走向里屋。她听见有人挪了一下凳子。书房兼画室的那间屋门忽然开了，一个人影从门后闪出来，哗一声不由分说把丁木子搂在怀中：“哎呀，我就知道是你！”

“不是我还能是谁？”丁木子嗔道。她闻到他身上熟悉的松节油气味。

“我还当是我的拉布拉多犬。”那人说罢嘿嘿笑起来。

丁木子甩开他的手，恨恨地说：“你的拉布拉多犬能开门，能买菜，能洗衣呀！”

“开门倒是能开，买菜洗衣却很不好说。”唐骞一脸坏笑盯着丁木子，“不过反正就是养只爱犬，又不是讨个媳妇儿！”

丁木子剜了他一眼，自顾自走进书房，在画架边坐下。“把你的拉布拉多带来，我以后懒得管你！”架上是一幅有人物的风景图，才起了小稿。几个身着华服的人站在池塘里，池水没上他们的膝头，可他们却毫不介意，相谈甚欢。池塘背后是茂密林丛，繁花浓郁，山峦的线条柔而脆。

唐骞第一次看见丁木子时，她就是这个样子，一个人坐在画架边，扭头看画，似乎有些气鼓鼓的。唐骞也在民族大学工艺美术系，比丁木子高两届。半年前的一天，他走进油画课的画室，发现一个穿着松绿色上衣、雪青色裤子的女孩，背对他坐在自己的画架前，也是这样散着黑油油的头发，几缕发丝在窗户透进来的风里一飘一飘。接着她转过头来，又是困惑，又像是生气似的说：“怎么能把女人画成这样子？”那是一幅临摹莫迪里阿尼的课堂作业，画上的女人长脖，凸肚，看起来忧伤无比，是莫迪里阿尼即将生产的情妇的画像。唐骞觉得眼前这女孩蜜蜡色的脸新鲜又干净。按他的作风，本该借此机会大谈法国现代派绘画和天才早逝的莫迪里阿尼，借此俘获无知师妹的芳心。不过唐骞这次什么也没说，只嘿嘿一笑："我瞎画的。"

丁木子最初留给唐骞的印象是一团绿。十月的阳光洒在她的松绿色挖领小上衣上，那绿意于是随着光线流淌泼溅，把她的眼睛额头，裤子鞋子，手臂手腕，乃至她周遭的空气，她碰到的椅背画纸画笔，都染得绿莹莹的。他想起"天寒翠袖薄，日暮倚修竹"，或者"翠竹法身碧波潭，滴露玲珑透彩光"这样的句子来。后来得知丁木子来自川南小镇，就更觉得她是南方的玲珑天幕下一竿修长摇曳的竹影。

竹影原本适合隔着纱窗看的，那样才生动，才神秘和富于情味。一旦移入室内，就变成了呆眉呆眼的盆栽。

唐骞追求丁木子，一开始并没那么认真，这一点当然只有他自己知道。她是美的，但美得合乎分寸，完全算不上绝代佳人。唐骞更爱的是她的天真无知：对城市无知，对世俗无知，对艺术无知，对恋爱无知。她不似那些聪明的上海小姐，你才走了一步棋，她已看到了后三步。哪怕对于性的方面，她们也什么都知道，当然也可能是不懂装懂。唐骞最恨女人自作聪明。丁木子的无知，在旁人看来不过是见识浅薄，但在唐骞眼里，却有一种原始的蛊惑力，引人去打磨、启发、雕琢。

一开始，他们不过是在灯光昏暗的校园林荫道上拉拉手，或者坐十几站电车到人民广场的电影院看场电影。慢慢地，唐骞感到一切渐渐脱离了控制。这个初来乍到的外省女孩，对一切都感到新奇，她好奇地打量，顺从地适应，飞快地学习着。尤其是对于刚刚展开的恋爱的世界，她投入了最大的专注力。每当他们的恋情更进了一步，唐骞觉得可以在这个阶段稍稍喘一口气，她望向他的脸上的表情却总像个求知若渴的孩童，每每在问："那么，接下来怎么样呢？"让富有知识和经验的大人抵抗不住虚荣心的诱惑，不得不继续把一个新奇的世界指给她看。于是，从拉手，到拥抱，到接吻，到抵死缠绵，到秘密同居……他们的恋爱火速推进。唐骞还没有反应过来，这棵翠竹已经翩然步入纱窗，和他同枕共眠了。

唐骞有时候想，她要不就是太蠢了，蠢到轻易让人占尽了便宜；要不就是太聪明，聪明到任何智谋手段心机都那么不着痕迹。

丁木子抬起头来看着唐骞，叹了口气说："我今天去姑妈家了，给她送包裹。你猜包裹里寄的是什么，原来是块石头！"

"你姑妈多大了，也要演一出《石头记》？"

丁木子扑哧一笑。"怎么也是快五十的人了吧，不过看起来显小。在家里听说姑妈在上海过得多么好，双石镇多少人眼气。可我今天去看，她那个家，也就是个黄金打的笼子。"

"黄金打的笼子你都看不上，回头我家那破草屋你就更看不上了。"唐骞拉了把凳子，笑嘻嘻地在丁木子对面坐下。

丁木子一撇嘴："谁要去你家！"

"我妈妈这周末让我带你回家吃饭。"唐骞说，"难道你不想去？"

丁木子吃了一惊。她和唐骞恋爱的事，除了同居有点操之过急以外，论理也算光明正大。但不知为何，双方心里都有些忐忑，好像做错事似的，一直瞒着家长。半年以来，丁木子既没有向双石镇的父母透露只言片语，唐骞也从未考虑过向家里禀报。

"你为什么跟你妈妈说了？"丁木子心里紧张掺着惊喜。

"她要给我介绍对象，我不肯，只好把你供出来了。"唐骞耸耸肩，装出无可奈何的样子。

丁木子又吃了一惊。"要把谁介绍给你？""好像是爸爸同事的女儿，在德国留学，学经济的。"唐骞皱了皱眉头，对这个话题表示不耐烦。"你也知道，我最讨厌那种学富五车的知识女性，尤其是喝了点洋墨水的，满嘴外国词儿，一说话哇啦哇啦，听也听不懂。还是你这样的好，又会开门，又会买菜，又会生气，还可以做模特。""做什么模特？""下学期我们开人体写生课，你正好在家里给我做裸体模特！""没正经！"丁木子鼻子哼了一声，站起身来要走。唐骞抓住她的手，摇了摇柔声说："好啦，好啦，不过是去妈妈那里应个景。丑媳妇总是要见公婆的。”为了表示自己并不小气，丁木子回身在唐骞额头上亲了亲，搂着脖子坐在他膝盖上。两人都凝视着对面画架上那幅未完成的画。

一个想：“真塞给我个留洋女，打死也不能要。”另一个想：“只怕他妈妈不会喜欢我。”

这天晚上徐先生回家，发现他的太太正俯身桌前，用一支小狼毫抄写《心经》。衣裳头发都如惯常松松懒懒，神情却自有几分严肃。徐先生见雪白的纸笺上压着一块光彩烁熠的墨色镇纸，脱口赞道：“好透亮的黑曜石！”

徐太太得意地一笑。她自然不能告诉徐先生石头的真实来历，只说是自己在二手市场上捡漏捡来的。徐先生趁机拍太太马屁：“好眼力！好眼力！”又说：“虽然黑曜石不算名贵，不如我前几天送你的那块和田羊脂玉，但这样的成色，也是收藏级了。”

徐太太眼皮也不抬，缓悠悠地道：“这几年我天南地北也见过不少好东西，你送我那些，不过哄小孩子玩儿。今早上我出门买早点，楼下卖豆浆油条的李妈妈戴个紫罗兰翡翠镯子水头都比我的好，我现在出门只好一身素净，不好意思说自己家里做珠宝生意！”

“可别这么说，我给你的，哪一件市面上不值十好几万？”

“市面上是什么价，你懂门懂道地买回来又是什么价？只怕十分之一还不到！你要真是个平头百姓从商店里买的，我也领这个情。”

徐先生讪讪道：“无论如何，也算是稀有之物，寻常人家不常有。你看我前天给你的羊脂玉貔貅，温润厚重，雕工也好。”

“我看不出有什么好，又不能吃，又不能穿，又不能戴，沉甸甸地很是无趣。加之这貔貅凶神恶煞……”

“貔貅是种瑞兽，有嘴无肛，就像某些人，只进不出，聚财的呀！”

徐太太听出徐先生变着方儿说她小气，狠狠地瞪他一眼。

徐先生又赔笑说：“太太这两年索斯比、佳士得这些大拍卖行转多了，眼界也高了。可我只是小本生意，买不起什么翠玉白菜的！”

“现在承认是小本生意了，早先结婚的时候怎么说？我要个月亮你都捞得下来！”

徐先生的确说过这话，但那不过是男人逗女人的陈腔滥调。他面露为难之色，好像有些惭愧，突然上前夺过徐太太手里的毛笔，在那未抄完的《心经》空白处唰唰两笔，口内喃喃道：“了不得，老夫只好兑现诺言了。”

徐太太一看，落款处果然被画上了一道金钩月。她推开徐先生，又气又笑：“小家败气的，画月亮也不给画圆整！”

“不能让你一口气吃成个胖子，下次再要月亮怎么办？我要一点一点慢慢地画！”

这会儿保姆来叫开饭，夫妻俩嘻嘻哈哈地坐到饭桌上。晚餐做的是生滚鱼片粥，竹笋炒虾仁、松仁玉米两样小菜，还有一客荷叶糯米鸡。因为是夏天，特意给徐太太做了一份加黄豆和花生末的四川凉粉。徐太太一边喝粥，一边心不在焉地拿眼睛瞟徐先生。他们的这桩婚姻，面子上是极为和睦的。徐先生是个生意人，对内对外圆融周到，有时候甚至还有一点幽默感。徐太太自从嫁给他，虽说不上锦衣玉食，经济方面从来没有担忧过。结婚二十多年来，徐先生每天回家吃饭睡觉，恪尽丈夫义务，比上班打卡还要勤恳。两人生了一个儿子，一年前送去纽约大学读书，据说很有指望拿到绿卡。唯一可惜的是徐先生人生得矮胖，又过早秃顶，一脸醉醺醺的猪肝色，不如徐太太理想的英俊体面。

说起来，徐太太对自己的婚姻还是得意的。如果没有嫁给徐先生，她现在很可能是双石镇上一个普通妇人，每天烧锅扫地淘米洗菜，养着一大堆儿子孙子，也许还会再生、再养。然而上海给了她施展才华的机会。“一个天生的外交家。”徐先生有次这样说她。她的八面玲珑、左右逢源、精明细致，在大都会里派上了用场。他们初来上海的那会儿，生意上的多少交际应酬都少不了她出面。而她也好大喜功，恨不得把全上海的珠宝生意都揽到自家店里来，于是这几年，徐先生的事业可说是蒸蒸日上。

然而徐太太也有烦心事。她不是不知道徐先生在外头有女人。“这个矮冬瓜，腰子脸，居然还有女人当个宝！”她有时候恨得牙痒痒。她请过私家侦探，把那些女人的姓名地址照片身家底细样样查得清楚，以防有一天徐先生要离婚，手里握着对方出轨的依据，可以多分一些财产。徐太太清楚，在婚恋市场上，女人的价值是随年龄增长而下跌的，男人却正好相反。因此，对于外头女人的事，她连撒泼吃醋的气力都省了，一概装聋作哑，偶尔发现徐先生衣袋里的两张电影票根，钱夹里的不明汇款单，手绢上的口红印，只当作物证悄悄收起来。而她自己，好像中了“贞洁烈”的诅咒，越来越裹足椒房，懒于交际。因为徐太太的妖娆迷人，早已吸引了一批中产阶级里的崇拜者。正因为如此，她愈发要处处行得光明端正，不让人抓住一丝把柄，尤其不能让徐先生有怀疑吃醋的机会。她绝不会有出轨行为的。即便不能在力量上占优，也要在情感和道德上占优。说到底，她得为自己留一条后路。

这天晚上吃过饭，徐太太躺到贵妃榻上做海藻面膜，不觉打起盹来。徐先生边看报纸边抽完了一支烟，想起去年从古巴带回来的雪茄不知放在哪里，回身到书桌的抽屉里去找。翻过来翻过去，发现最右边的小抽屉里胡乱塞着一团揉皱了的纸团，展开来看，是一张包裹邮递单，上面写着上海徐家汇某街某巷，寄件人顾某某，后面两个字被雨水洇得看不清了。还留着一个市内的电话号码。邮戳盖了好几个，是从徐太太的老家双石镇转寄到民族大学的。徐先生记得徐太太有个侄女在民族大学念书，但未谋过面。

此刻徐太太在客厅里喊：“峥嵘，给我拿块热毛巾来！”他把纸团揉皱，放回原处，轻声关上抽屉。他微笑着走向他太太，心里默记着那个电话号码。

3

丁木子在学校最爱上的是现代美术史课。教课的老师很儒雅，声音缓慢清越，符合丁木子对民国先生的想象。然而这两天，就连现代美术史课也失却了原有的况味。丁木子一边转动铅笔，一边盯着正在播放的幻灯片走神。那是一帧挺摩登的女画家的照片。这个女子天资聪颖，在现代画派上独树一帜。早年她拒绝学长的追求赴新加坡留学，后来又婉拒了国画大师徐悲鸿的爱，把一生都奉献给艺术。她刚回国那几年，一度是宋庆龄的座上宾，画作广受上流社会追捧，风头盖过男性同侪。可惜因为太过骄傲，得罪了当权的某人，致使晚景凄凉，甚至要靠捡垃圾为生。

教授当然不会讲得这么简略，丁木子零零星星就记住这些。至于她的画，那是中国最早的一批抽象画，笔触奔放浓烈，好像有一个热气腾腾但又辗转不安的灵魂，要从色彩里挣脱出来。

“我看她呀，是一步错，步步错。当初要是嫁给了那位苦恋她多年的学长，就不会是这样的结果。”坐在丁木子身边的余璐璐偏过头来跟她咬耳朵。

丁木子满怀心事地看了她一眼。

余璐璐是丁木子在民族大学的室友，两人同住 48 楼 204 室，也是丁木子在偌大的上海滩唯一可以推心置腹的人。余璐璐出生于苏州的茶商之家，是家里的独生女，貌不惊人但聪明伶俐，不怎么用功就可以轻松拿高分。在上大学之前，家里已经给她定下一门婚姻，对方是国防科技大学的学生，身高一米八一，从中学起就是学校里的篮球队队长，无数女生爱慕追求的对象。余璐璐长得虽不出挑，可打扮起来别致新潮，加之心思活络，热情爽利，往往给人留下很深的印象。她和那个国防科技大学生经由家长撮合见面，两人共同看了一场电影，去定园的茶楼听一回评弹，路过平江路时下起蒙蒙细雨，于是躲进小吃店共吃一碗桂花酒酿圆子，对方据说就已经不可救药地坠入爱河，分别时抓着她的手请她等他毕业——彼时余璐璐已考取民族大学，两人无法在同一个城市念书——大有相见恨晚、非卿不娶之意。

“他呀，虽然长得牛高马大，其实内里相当羞怯。他从小到大收到的情书不下数百封，可没有一个女孩叫他看得上眼。”余璐璐每次讲到这里，总是面露得色。

更让丁木子艳羡的是，对方的父母对余璐璐相当满意，声明只要余璐璐嫁过去，定把她当亲生女儿看待。

丁木子对去唐骞家拜访的事没有十足的把握，终于向余璐璐吐露实情，请这个八面玲珑的女伴给自己出出主意。

余璐璐一只手托着圆圆的小下巴，捋一丝新烫的卷发放在嘴里咬着，喃喃地说："我那会儿和国防科大见面，是双方家长先有了意，所以一切并不难。"余璐璐喜欢把她那在国防科技大学念大三的未婚夫简称"国防科大"。"不过，我听说上海人家最挑外地媳妇，你这次过去，少不得被人横挑鼻子竖挑眼。最重要的是态度淡定，内心强大。木子这模样，倒是不怕人家看不上……"她像老先生审视青花瓷那样半眯起眼睛。

丁木子抬手打去："别说装模作样的。你就说我该做点什么！"

"伸手不打笑脸人，我看呀，你给你未来的婆婆带点礼物。她心情一好，也就不会太为难你。"

"带什么好？"丁木子对妈妈辈的女人的喜好感到茫然。

"太便宜的拿不出手，太贵的又嫌你铺张浪费，以后不会过日子。最好送点实用物。茶叶啦，香水啦，或者就送护肤品吧！"

丁木子在课堂上走神，一双杏仁眼不知盯着哪里的一束灰尘微光泛动。

顾正庭也看在眼里。他在民族大学教授现代美术史课已十几年，讲义倒背如流，每次上课不过是新瓶装旧酒，在老内容上翻出新花样。在工艺美术系，如同在每所大学的艺术院系一样，学生们不太重视史论课，尤其不喜爱读书，认为既与创作无关，也与未来的职业发展无关。站在讲台上，顾正庭往台下一看，十个学生里有五个在打瞌睡，三个在偷偷给旁边的男生或女生画速写，只有两个仰头认真看幻灯片，听他絮絮叨叨讲民国的文人琐事。其中那个坐得笔直、目光炯炯的女孩，就是丁木子。

然而顾正庭注意到丁木子，并不是因为她勤谨好学，或者美术史论成绩优异，而是因为他恰好兼任工艺美术系 99 级本科生的辅导主任，他可以接触到每个新生的详细资料档案。当他看到新生名录里，丁木子的出生地填写的是“双石镇”时，内心蓦地一惊。双石镇，一个于他有过太多牵绊的地方，每每回想，懊悔、恐惧、仇恨，以及掩埋在灵魂深处的一股天真的柔情，全都不自觉地向他涌来。那是记忆里的一座危险迷人的罂粟园，多年以后依然让他忍不住想去触碰。顾正庭自然而然对丁木子格外留意，虽然双石镇并不是只有一家姓丁。

下课后，丁木子和余璐璐正要并肩走出教室，去上下一节静物写生课。还在收拾教案的顾正庭叫住她：“丁木子同学，你近来上课精力不太集中，是不是家里有什么事？”他声音温和，不乏师长威严。

丁木子立在原地一怔，她惊讶于顾正庭这么关心自己，甚至惊讶于他能叫出自己的名字。“谢谢顾老师，我家里很好。”又急忙补充说，“我会改正的！”

顾正庭点点头，没再说话。

“顾先生也这么婆婆妈妈！”走出教室，余璐璐不屑地耸了耸肩。

丁木子去唐骞家拜访就在这个周日。她拿出自己攒下的零花钱，特意到人民广场的百货商店买了一款欧莱雅葡萄籽保湿抗皱晚霜，磨砂瓶里半透明的凝脂，闻起来一股略带酸涩的夏天的甘甜味道。丁木子唯恐显得乡气，挑了时髦的外国品牌。贵是贵了些，四百三十二块两毛三，相当于她半个月的伙食费。但丁宝振在金钱方面对女儿从不克扣，因此丁木子在上海的日子非但过得不拮据，还时常有些余裕接济她那大手大脚的男朋友。

当唐骞拉着丁木子的手把她带到父母跟前，丁木子把装着欧莱雅面霜的宝蓝色包装袋递给唐骞的母亲，而唐太太笑盈盈地看她一眼，大大方方地接过去时，丁木子心想，自己着实走了一着好棋。唐太太举着面霜端详半天，说：“年纪大了，确实要抗皱。这个法国牌子，以前倒没有用过。”又问：“你在哪里买的？”

“在人民广场的百货商店。”丁木子赶忙说，“伯母现在年轻得很。外国人都是在25岁开始用抗皱面霜。”

唐太太看起来不过四十出头年纪，丹唇贝齿，笑起来有点菩萨相。因为在高中做教师，讲话语调温柔，却有种不容置疑的果决态度。唐先生是大学里的历史教授，“文革”后第一批大学生，脸容轮廓与唐骞很像，只是更加文质彬彬。见过面后，他向丁木子微微一颔首，转身到厨房里准备午饭去。

在上海，这恐怕是再寻常不过的一个家庭。两室一厅的房子，统共不过六十余平方米。两间卧室，一间供唐先生唐太太使用，另一间在唐骞读大学之后被改造为唐先生的书房。丁木子悄悄伸头一探，只见四壁累累地都是书，连墙根桌脚都堆得满当，因为天气潮湿，散发出纸张特有的腐霉气味。客厅是狭长的，沙发后面挂着一张吴湖帆的青绿山水，唯有它暗示出主人不俗的趣味。透过暗绿的纱窗，能看见对面紧挨着的另一幢老旧的楼房。从楼里伸出几根晾衣竿，挤挤挨挨地晒着被单，枕套，孩子的尿布，女人的裙子、内裤、胸罩，男人的背心和裤衩。学问书籍、吃喝拉撒、饮食男女，就那么毫不讲究地混搭在一起。两个女人忽然在楼上尖着嗓子用上海话对骂，于是世俗的感觉更浓了。

丁木子暗自拿眼前这般景象和姑妈家的精致小公寓相对照，不禁为教授之家的简促感到吃惊。与此同时，来时怀揣的浓厚自卑心理，也稍稍淡薄下来。

唐太太笑容可掬地往丁木子手里塞一把玫瑰葵瓜子。一边往豆青的小茶盏里倒茶，一边跟她说家常话。问她是哪里人，父母做什么工作，家里兄妹几个，学校课业如何，等等，丁木子一一作答。唐骞倚在旁边的一把椅子上，饶有兴味地看着，并不插嘴。在厨房里做饭的唐先生不时出来搭上一句：“双石镇，是在四川荣县吧。我知道，好地方，吴玉章的故乡。”

寒暄了一会儿，唐太太忽然想起什么似的说：“绿茶配甜点，红茶配酸果，乌龙配瓜子。我这泡的是明前绿茶，得有些甜点来配！”又笑着向唐骞道：“你陪木子坐着，我到楼下拐角的杏花楼买点点心上来。”

丁木子和唐骞连说“不用不用”，可唐太太一转身早已出了门。

待到客厅里只剩下他们两人，唐骞溜身坐到丁木子旁边，搂住她的脖子：“你看，爸妈对你不错吧！”丁木子抿嘴一笑：“伯母挺和气，我倒是没想到。”“怎么，难道你以为她会绷着脸拿戒尺打你板子？”

唐先生出来招呼大家吃饭，发现唐太太出门还没来，讪讪地说："她这个人，想起一出是一出。"丁木子暗自感叹，唐骞颇有些桀骜不驯，但唐先生却客客气气，一点不摆教授架子。

午饭四菜一汤，都是唐先生的手艺。原来唐先生下乡当知青时，住在一个老乡家里，那老乡烧得一手好菜，也把这绝活传授给他。唐太太在外面耽搁了快有一个小时，回来时果然拎着几样杏花楼的糕点：绿豆糕、桂花条头糕、鸡仔饼、杏仁酥。她走得气喘吁吁，圆脸因出汗而格外红润，进屋看见午饭已备，似乎忘了糕点配绿茶的事，把手上的东西往五斗柜上一甩，迭声说："还等着干吗，饿了吧？快吃饭！"一边催促唐骞摆碗筷，一边有点不好意思地解释："都怪隔壁楼的陆老师，拉着我绕山头，讲他家闺女准备出国念书，考英语、申请学校、找房子、家人还要出去陪读，真要烦死人！"又向丁木子道："你唐伯伯今天亲自下厨，笨手笨脚的，你可不要见笑。我们上海菜，不知合不合你们四川口味？"

过后许久，丁木子还记得那一餐里有一盘青笋炒虾仁，粉白翠绿，苦里回甘。

父母没有给丁木子一分脸色，连唐骞都感到吃惊。他父亲唐教授是个书斋里的人，原本也该躲进小楼成一统，世间万事不萦心。可唐太太是个极其要强的女人，家里的大事小情，她向来说一不二。唐骞知道唐太太想找一个"门当户对"的儿媳，事实上大部分上海土著人家都是如此：人品要好，学历要高，相貌要端正，最要紧的，要是本地人。在儿女的事体上，教授家庭也不能免俗。唐太太确实已经相中了唐先生同事的女儿，双方家长都觉得彼此符合要求。唐骞原本以为唐太太今天摆的是鸿门宴，把丁木子叫来明里暗里嘲弄一番，让她知难而退。可唐太太今天却亲亲热热跑前忙后，临走时不住地夸丁木子懂事乖巧，又把杏花楼的点心让她带回去分给同寝室的同学当夜宵吃。看来丁木子真是博得了唐太太的好感。

走进他们在芳园西路临时租住的小屋，丁木子的心踏实下来。她长吁一口气，心里说，还好，没出错，没丢人，他们并不嫌弃我是乡镇上来的。

唐骞看她如释重负的样子，觉得可爱，从背后一把抱住她，径直往卧室里走。“看公婆的态度，这丑媳妇还真是要的！”

丁木子从他怀里挣脱出来，笑道：“那个要去瑞典留学的姑娘呢？你不要了不觉得可惜？”

唐骞一把把她推倒在床上，愁眉苦脸地说：“我倒是想要。可我们家里，一切由唐太太说了算。谁叫你今天牢牢地俘获了唐太太的心！”

掌灯时分下起雨来。丁木子穿着一件及膝的大码 T 恤衫，站在窗边愣愣地看了一会儿雨。她觉得外面好像起了一团浓稠的雾，挡在她和这个世界之间，挡在清明的过去和不可知的未来之间，虽然那只是雨水在昏黄的路灯的折射下形成的光团。

她走到洗澡间冲凉，在镜子前，看见自己窄窄的脸上泛出红晕，而眼睛却似乎噙着泪。每次看雨，都似乎把雨水接到了眼睛里。

她浑身舒爽地从浴室里出来。唐骞还在卧室睡着。丁木子感到肚饿，想起唐太太给的杏花楼糕点，正放在客厅的小茶几上。几样点心分别用牛皮纸包裹着，怪远的就能闻到甜郁的香味。她吃了一块杏仁酥，又打开一包绿豆糕。牛皮纸窸窸窣窣地拆开，忽然落出一个白色小纸团，里面裹着一小沓人民币。丁木子疑惑店家不小心把找零包进了包裹里。可她把那沓钱拆开一数，不多不少，正好四百三十二块两毛三。白信笺上，是唐太太端庄的字迹。

木子：

你是个好姑娘，但你不适合我们这样的家庭。请你理解。

丁木子一时没明白唐太太说的“我们这样的家庭”是什么样的家庭，也没明白唐太太有什么要“请她理解”。在那一瞬间，她唯一领悟到的是，原来，唐太太忽然出门，并不是着急要给客人买甜点。她坐车去了人民广场，在百货商店问明欧莱雅葡萄籽抗皱面霜的价格，或者还去银行取了钱，又在路边小店换好零钱，一分一毛都清清楚楚，以便把这份不合时宜的礼物连同她不愿意领受的人情，如数归还。这是比挑三拣四或冷嘲热讽更彻底的拒绝。丁木子全身僵在当地，只感到心脏无限下沉。等到唐骞喊她的时候，发现她的眼泪已经流了一脸。

4

“伪君子！不折不扣的伪君子！”第二天，当丁木子把去唐骞家的经过原原本本告诉余璐璐的时候，后者气急败坏，在寝室里拍桌子跳脚，“什么高知家庭，教授父母，我看只是徒有其表，比普通人还要封建、顽固、冷酷！”

丁木子的眼睛依然红肿着。昨晚，唐骞看到母亲的字条，只是尴尬地笑了一笑，说:“你别理她。”此后不再作声。丁木子悲凉地感到了:无论唐骞多么爱她，他首先是个儿子，然后才是个情人。

“他们嘴里不说，其实打心眼儿里看不起外省人。可是在上海，他们那点身家又算什么？一样地在泥土里摸爬滚打过日子，他父母是教师，你还是大学生呢！看不出谁比谁就高贵些！”余璐璐气得喉咙里呼噜噜的。

丁木子蜷着身子坐在下铺床上，用一张薄毯子盖着双腿。呆了半晌，方才说:“从昨天晚上到现在，我一直在想一个故事。在我们双石镇，有个男孩和女孩，一个是供销社社长的儿子，一个是茶馆老板的女儿，打小青梅竹马。‘文革’时，茶馆的老板不知道为什么，写信揭发供销社社长是反革命，导致社长被游街批斗，关在牛棚里自杀了。女孩的父亲禁止她再和男孩往来，男孩也对女孩的爸爸怀着深仇大恨。但他们还是很要好，打不听，管不住，经常偷偷地溜出家门，在河边或者小树林里见面。1976 年‘文革’结束，男孩的一个远房亲戚要把他接到城里，有人说是到昆明，也有人说是到杭州或者上海，女孩打算跟他们一起走。离家出走。她已经 18 岁了。她父亲知道了这件事，把她反锁在家里，锁了整整一个星期。把她放出来的时候，她就像一个鬼。”

余璐璐打了个冷战。

“后来呢？”

“后来，据说她性情大变。她在父亲的茶馆里帮忙，招徕南来北往的客人。她和所有男人打情骂俏，声言谁只要带她走，她就跟他睡。她被骗了几次，但没有放弃。她父亲也管不了她。她一心只想离开双石镇。”

此刻丁木子脸色惨白，神色恍惚。余璐璐给她端来一杯红糖水，她感到这个故事和丁木子的处境并没有特别的关联。她不知道，丁木子故事里的女孩，正是她那“名声不太好”的姑妈，金丝雀一样被关在奢华小公寓里的徐太太。

几个星期后，当丁宝琼打扮得花枝招展地出现在她的寝室，还是让丁木子吃惊不小。

星期二中午，余璐璐趴在书桌上看一本时尚杂志，丁木子卧在床上闭目午休。她只在晚上才去唐骞的出租屋，并且近来有时候连晚上也去得少了。倒不是因为她不再爱恋唐骞，而是自尊心不允许。唐太太的字条像一盆冷水，把原本火热的恋爱浇得只剩下一点余热。

敲门声响起，余璐璐跳起来去开门。一个穿着月白色旗袍、挽着低低发髻、蛾眉淡扫的女子不由分说走了进来，把一盒瑞士夹心巧克力往余璐璐怀里一塞，“你是木子的室友吧。我来找丁木子。”

丁木子迷糊中听这声音有些耳熟，蓦地从床上坐起。徐太太比上次见时还要年轻三分，要说是她的表姐也不会有人怀疑。余璐璐站在丁宝琼背后，夸张地用唇语说了一个“WOW”！

“你这里倒是很干净。可惜我没上过大学，从爸爸家直接到了丈夫家，不然也想体会一下住校生活！”徐太太一扭屁股坐在下铺的床沿上。丁木子往里挪了挪，揉揉眼睛，困惑地问：“姑妈怎么来学校了？找我什么事？”

“没事就不能找你了？”徐太太头一歪，觉得丁木子精神委顿，似乎更清瘦了。她不便立刻过问，只说：“我今天出门看一场拍卖预展，想起你的学校就在附近，顺道过来看看你。起来吧，我带你去雅漾咖啡馆喝咖啡。”

徐太太来找丁木子，也是下了一番决心的。她悄悄留着那张邮递单，趁徐先生不在家的时候，拿出来反复展看。地址是上海市徐家汇某街某巷某号，寄件人姓顾，徐太太隐约猜到寄件人是谁，但并不十分确信。毕竟事情已经过了二十多年，斗转星移，物是人非。在1976年的那个九月，给予她的心灵极大创伤的那件事，早已随着时间的冲刷慢慢从记忆里淡却。然而这颗满月眼黑曜石，让徐太太愈合多年的伤疤又隐隐作痛，就像陈年的风湿病，在每个梅雨霏霏的夜晚折磨得她无法入睡。痛楚、疑惑和愤怒，就像雨后生出的池塘边的杂草，而她仿佛又变回了二十多年前的那个丁宝琼，穿一身米色的的确良衬衫和海蓝色百褶裙，迈着小鹿一样的步子从供销社门前路过。她的青春和美貌在双石镇令人艳羡。

谁都认为她和顾正庭是天造地设的一对。顾正庭是供销社会计顾长声的独子，而顾长声和丁宝琼的父亲丁德铨是多年的至交。顾长声的妻子身体孱弱，常年卧床不起。顾长声工作繁忙的时候，就把幼子正庭寄放到丁德铨的茶馆里，托丁德铨看护。丁家孩子多，容易不那么寂寞。丁宝琼比顾正庭小两岁，两人几乎是在一起长大的。

在双石镇小学，顾正庭是少先队大队长，丁宝琼是宣传委员兼升旗手。“文革”在川南小镇来得较晚，并且对孩子们来说，那不过是逃课捣乱的一个好理由。镇上的小学和中学都停了课，一群小红卫兵趾高气扬在街上逡巡，有的甚至还结伴爬火车要到北京去见毛主席。顾长声和丁德铨不允许儿女做类似的事。在最混乱的那一段时间，是丁宝琼记忆里最美好的时光。双石镇有一座收购站，在收购站的二层阁楼堆满了从四邻八乡收来的旧图书。有线装书、字帖，也有课本、诗集、外国小说。看管收购站的李聋子是个和蔼可亲的小老头。顾正庭不知什么时候迷上了历史，既然学校里不上课，每天就到收购站的二楼上翻捡旧书，坐在书堆里埋头看上一天。丁宝琼为了不在家里带后妈生的弟妹，从茶馆里跑出来，也到收购站的二楼躲清静。少男少女背靠背，或者抵足坐在阴暗的光线里，一个人捧着《列宁传》或《苏维埃革命史》，另一个人百无聊赖地翻阅插图本《红楼梦》。十三四岁，正是情窦初开的年纪，孩童时两小无猜的兄妹情慢慢地在收购站二层霉灰飞舞的旧书堆里变了味儿，一个拿眼睛偷瞟另一个，对方的脸上会悄悄飞起两团红晕，不小心碰一下胳膊或手指，隔着衬衣也能有一股触电似的刺激的新鲜感。

顾长声出事那年，双石镇的中学已经恢复了上课。也许是地处偏僻川南的缘故吧，“文革”在这个小镇上制造的震动并不那么强烈，尤其愈到了后来，政治色彩愈为淡薄，一笔笔算的都是人情账。丁德铨的茶馆曾经是镇上开批斗大会的地方。几张平时供人搓麻将的方形茶桌拼起来，被批斗者反剪着手肃立其上，接受人民群众排山倒海的辱骂。然而丁德铨本人既不偏向当权派，也不偏向造反派。他从没在群情激奋里跟着喊一句口号，也从没向那些站在台上受折辱的人戳过一次手指。相反，每次批斗大会之后，众人渐渐散去，他会默默地将受批斗者带到茶馆后院，给他们端一盆热水洗脸，天冷的时候还捧来一碗热粥。末了一个个送出去，关牛棚的关牛棚，回家的回家。因此，当丁德铨写信告发供销社会计顾长声为了给妻子治病挪用公款，徇私舞弊，挖社会主义墙脚的时候，镇上的人没有几个是不吃惊的。

关于丁德铨和顾长声的反目，私下里也有一些传言。有人说顾长声的妻子病重那几年，有一段时间，丁德铨的续弦、丁宝琼的后妈时常到顾家看望，送糕饼汤水。大部分时候坐坐就走，有时候也留下来跟顾长声扯家常。有一次，镇上的一个傻子看见她从顾长声家的后门悄悄跑出来，头发乱糟糟的，上衣也没有扣整齐。不过傻子说的话，大家都觉得不足取信。还有一种说法，顾长声向镇长建议在双石镇修公路，还亲自画了修路地图，这条路恰好要经过丁德铨的茶馆。也就是说，要是修路，阻拦社会主义建设的丁家茶馆就必须从双石镇消失。

批斗顾长声，是“文革”在双石镇的最后一个小高潮。批斗地点不在茶馆，而是在供销社的天井里。文弱的顾长声在扔向他的臭鸡蛋、西瓜皮和烂菜叶里抖抖索索，在气势汹汹的拳打脚踢里几乎便溺。有人看见丁德铨也去了，从头到尾铁青着脸，攥紧拳头，没说一句话。

丁宝琼厌憎自己的父亲，大概也是从那个时候开始的。她已经十六岁，通晓了一点人情世故，即便通晓得并不透彻，也知道这是在“借刀杀人”。她偷偷地和顾正庭到牛棚去看顾长声，用军用水壶给他带去半壶米汤。顾长声半闭着眼睛瘫坐在地上，朝两个孩子咧嘴一笑。他们都没想到他第二天就把自己吊死在了房梁上。

在这之后，虽然丁德铨严令禁止丁宝琼继续和顾正庭来往，只是背着家里人。那一年，顾正庭卧床多年的母亲也离世了。不知因为怜悯还是负疚，丁宝琼感到自己对顾正庭的爱比以往任何时候都要热烈。明里，在学校，在食堂，在马路上，他们哪怕相遇也形同路人。暗里，他们却在人迹罕至的小竹林、打谷场，尤其是在收购站二层阁楼偷偷幽会。李聋子坐在一楼的藤椅上打盹儿，散发着霉味的旧书堆成的小山为幼嫩的情欲建立起天然的屏障。丁宝琼躺在一堆讲述社会主义农业建设的宣传册上，闭上眼睛迎接顾正庭湿漉漉的嘴唇。从天井透进来的金色阳光爱抚一样地洒到她的脸上。

“文革”结束那一年，顾正庭在苏州的一个远房亲戚写信到双石镇，要将他接到城里去。顾正庭正好可以在那里参加“文革”后的第一届高考。与此同时，丁宝琼发现自己怀孕了。既然丁德铨绝对不会同意女儿和顾正庭的婚事，丁宝琼斩钉截铁地告诉顾正庭，要走，带她一起走。

顾正庭若有所思地盯着丁宝琼的眼睛，有一两分钟没有说话。最后他说：“好，一起走。”

“你发誓不会抛弃我？”丁宝琼问。

离他们站定的地方不远有一个煤炭堆。顾正庭随手捡起一颗黑漆光亮的煤炭，递给丁宝琼：“以这块经过几百万年形成的煤炭发誓。”

在做了二十多年的徐太太之后，丁宝琼想起这段对话依然手颤心悸。她一直没有揣摩明白，顾正庭当初究竟是真情还是假意。如果是真情，后来发生的一切，他都欠她一个合理的解释。如果是假意，那么正像她父亲丁德铨咬牙切齿地宣称的一样："他是在对丁家进行报复！"

她第一眼看到丁木子带来的黑曜石时，并没有马上把它和这段往事联系起来。直到过后好几天，这颗由姓顾的人寄来的石头才变得愈来愈惊心刺目。她仔细辨认投递人的地址，然后刻意打车两次经过那个地方，发现那只是一家比较偏僻的邮局。她想试试寄信人留下的电话，但又不敢贸然直接问过去。她把电话号码最后一位改掉，拨通了，对方说，这里是民族大学。

在雅漾咖啡馆，徐太太撮尖了嘴慢慢地喝一杯卡布奇诺，丁木子则用吸管搅动着面前的一杯蜂蜜柚子茶。

"我看你有些事情不高兴，可不可以对我说？"徐太太知道，想要丁木子对自己推心置腹，必先解开她的心结才行。

"没什么……只是和男朋友有点小矛盾。"

"哟，交了男朋友啦。说给我听听，姑妈是过来人。"

不知为什么，丁木子突然对这位只见过一面的姑妈有了亲切感。她吞吞吐吐地把和唐骞的恋爱以及去对方家里的经过讲了一遍，徐太太之前的倨傲荡然无存，一边听着，一边微微点头，满脸同情和理解。说到最后，丁木子枕在她瓷实的手臂上呜呜哭起来，虽然徐太太还一个字未说，她已经觉得姑妈是全天下最懂得她的人了。

"恋爱的事，父母的意见是最不要紧的。"徐太太摸摸丁木子的头，慢条斯理道，"当初我嫁给徐先生，全家人反对，我爸爸气得要撵我出门。可我一直觉得，是他把我从龙潭虎穴里救了出来。我嫁给他这二十多年，几乎没有后过悔。"

丁木子似乎从徐太太的事迹里获得了希望和力气，用手巾拭干了眼泪。徐太太软语劝慰一番，末了轻声道："你也不用太死心塌地，这种酸腐知识分子家庭，上赶着巴结我我也看不上！以你的模样身段，又是大学生，只要人在上海，姑妈就有好的介绍给你！"

丁木子低下头去喝蜂蜜柚子茶，不答话。

徐太太远兜远转，终于转到自己感兴趣的话题上来。“说起上大学，你跟我说说，你们工艺美术系上些什么课，教课的老师是谁？”见丁木子眼含困惑，又说，“我有一个牌友，女儿比你小两岁，快高考了，也想考民族大学的工艺美术系。我给她打听打听情况。”

丁木子暗想姑妈这人还真够热心，一会儿过问我的事，一会儿过问别人家孩子考大学的事。她把系里本科生的课业安排一一道来：“本科生第一学年有五门必修课，基础素描、基础造型、大学语文、设计理论、现代美术史，对了，还有一门思想政治。教素描和造型的是罗池教授，他也是上海很著名的老油画家。八十年代那些描写上海摩登女青年的油画，就是他画的。教大学语文的是中文系的蒋珊教授，很年轻漂亮，出口成诵。教设计理论的是工艺美术系的系主任张勋，怪严厉的。教现代美术史的是顾正庭教授，这是我最喜欢的一门课……”丁木子讲到这里，发现徐太太的一双妙目闪闪发亮。

“这位顾老师，长相什么样？”

“四十岁上下，高高瘦瘦，很儒雅，很斯文。”

这回轮到徐太太低头用小银匙搅着残余的咖啡，不说话。

不久，徐太太唤侍者埋单，笑道：“你回学校吧，我也该回家了，徐先生今天晚上还要宴客。”走出雅漾咖啡馆，又拉着丁木子的手嘱咐：“有事情只管来家里找我。”

丁木子对徐太太心怀感激，没来由地说了一句：“现代美术史每周一和周三上午上课，在6号教学楼304。”徐太太早已扭头走了，只当未曾听到。

5

自从寄出那个包裹以来，顾正庭无数次埋怨自己一时冲动，但他又以一种私密的兴奋心情，想象这件事可能引起的后果。她可能根本收不到这个包裹，若是那样，一切就算白费。她也可能收到了包裹但不屑一顾。还有一种不可排除的可能性，黑曜石触动了她心底的往事，她会因为怨恨而前来指责他、质问他，也可能因为爱情再一次让他带她走。那他该怎么办？然而，只要想到此刻她有可能正在寻找他，顾正庭就觉得莫名满足。

自从父亲在牛棚上吊，母亲受到打击随之离世以后，顾正庭对丁宝琼的爱里就含着恨。也许恨有多深，爱就有多深。他不明白这两种截然相反的情感是如何混杂在一起的。当丁宝琼像一颗剥开的莲子一样躺在收购站二层阁楼的旧书堆里，顾正庭努力压抑着内心的怒蹿的猛兽，只差一点就要将眼前的女孩撕得粉碎。他的双手抚过她的额发，合上她的眼睛，卡住她纤细的颈项，在那里停留了几秒钟。他只想狠狠地掐住她的脖子，不用太长时间，也无须太多挣扎——她信任他，甚至不会立刻反应过来发生了什么。

有人到收购站卖废铁。李聋子在楼下重重地咳嗽了一声。他的手继续往下滑，他决定换一种方式。想到丁德铨因愤怒而扭曲变形的脸，顾正庭感到快意。

那一年，他 18 岁，她 16 岁。丁宝琼绝对想象不到，这就是她人生第一段亲密关系的开始。

他对她说过许多情话，包括那一句“以这块经过几百万年形成的煤炭发誓”，真真假假，他自己也说不清。但在十八九岁的那几年，他和丁德铨的女儿往来，只是因为那是一块禁区，他希望看到丁德铨受尽羞辱、怒不可遏。

丁宝琼怀孕了，他的心软下来，他决定带她走。如果他在这时候抛弃她，丁德铨在双石镇将颜面扫地，还有比这更狠的复仇吗？可是顾正庭不愿意将上一代的恩怨转嫁到下一代甚至下下一代身上。所以，当他捡起一颗漆黑光亮的煤炭，递给丁宝琼的时候，他的心有七分是真诚的，另外三分，是犹豫不决。

然而这件事，并不完全由他自己做主。他在苏州的亲戚坚决拒绝接纳一个未婚先孕的年轻女子，写信告诉顾正庭：“已经给你安排好了考试，但要来，只能一个人来。”顾正庭思前想后，终于在没有告知丁宝琼的情况下，比预定的日期提前两天独自离开了双石镇。

他搭了一辆过路车到荣县，从荣县乘长途汽车来到成都，再从成都坐火车到苏州，四天三夜，随身只带着最少的行李。一路上，他几次在梦里看见丁宝琼披头散发，像个鬼一样，哭着对他说："我怀过你的孩子！我怀过你的孩子！"

寄出包裹之后的一个多月，顾正庭开始做同样的梦，屡屡惊出一身冷汗。他决定，如果丁宝琼再次出现，必然要对她做出补偿。他已经做好准备迎接一个皮肤粗糙、凄凉苍老的丁宝琼。是的，她极有可能活得很惨，在偏僻守旧的川南乡镇，一个女人先怀孕后被弃，这样的名声能带来什么好下场？他猜测她还住在双石镇，嫁给了一个老头或者瘸子。直到某一天，他在办公室接到一个陌生男人打来的电话。"是顾先生吗？""我是。"对方沉吟了一下，说："你寄给丁宝琼的包裹收到了，我太太让我代她谢谢你。"如此挂断了电话。顾正庭一颗悬着的心放了下来，同时感到若有所失。

徐先生当天晚上招呼了一桌人来家打麻将，徐先生坐南手，顺时针依次下去是徐先生的老朋友周伯淳、他的发妻周太太，还有一位姓宋的，是仁济医院的外科手术大夫。徐太太先不上桌，亲自拾掇了两小筐樱桃，一盘杏仁，一盘奶油腰果，稳稳放在麻将桌的四个角上，然后坐在徐先生身后帮他看牌。

徐先生手气好，连和三把清一色。周太太粉面含嗔，嗲声嗲气道："徐先生还说要请客，来了不到半刻钟，把我们的钱都快赢光了。徐先生的饭咱们以后可得小心吃，honey，你说是不是？"她用手肘撞了撞身边的周先生，顺势打出一张四筒。

周太太年轻时被父亲带着去美洲转过一圈，回来后嘴里老蹦洋单词儿，honey，sweet，my god，oops，shit！周先生却斗大的洋字母不认识一个。他碰了宋大夫打的六条，又摸上来一张七万，看样子正好听牌，半晌才慢条斯理接茬："不是徐先生要赢，是徐太太往那边一坐，太有帮夫运！"

徐太太笑着把身子一侧，离丈夫远一点。"你哪只眼睛看见我帮他？我就是输光了，也不一双眼睛看两家牌，给他递小道消息！"

徐先生嘿嘿一笑，摸起来一张幺鸡，又打出去一张九万。"徐太太牌风好，比我们男人更堂堂正正。"

下一把周先生对对和，接下来姓宋的大夫和了一把同花顺。宋大夫本来有点闷声闷气，一和牌变了话痨，连声抱怨今年夏天雨水多，人都病恹恹的，跳舞跳不动，电影院也没有什么片子看，总之无聊得很。

宋大夫四十岁刚出头，长着一只突兀的鹰钩鼻子，从某些角度看也算一表人才。他离婚三四年，结交了一些女朋友，都是露水姻缘，按照他的说法，断不能再“自掘坟墓”。他一个人住着外滩附近的一所大房子，家里雇了一个保姆阿姨。这些天，他姐姐和姐夫去肯尼亚办事，把五岁的小侄女寄放在弟弟家。保姆又要带孩子，又要拾掇家务，成天没有好脸色，搞得他很焦躁。

“那孩子天天捣乱，不合意就哇哇哭。真恨不得把她的嘴缝起来。幺筒！”

“你呀，再找个女朋友，就不会这么无聊了。”周太太把手里最后一张条子打出去，暗自得意做了一把大牌。

“不行，不行。”宋大夫愁眉道，“太年轻的，我嫌浅薄无知，没有共同语言。成熟有风韵的，又都名花有主了。”

打了两圈，宋大夫让徐太太打，自己坐身后帮她看牌。他这会儿兴致很高，徐太太每打一张牌，他都要指点品评一番。徐太太是场面上应酬惯了的，也不违拗，也不发表意见，该怎么打还是自行其是。天气热，徐太太挽了高高的发髻，露出一段雪白肥腻的脖子。时不时的，她感到宋大夫向她的后颈窝里呵一口热气。

若在平时，她会享受这微妙挑逗的刺激，把它当作对徐先生的挑衅。然而今天却觉索然无味。她厌倦了一切绵里藏针、指桑骂槐、逢场作戏。她甚至开始怀念那个号啕大哭的鬼一样的丁宝琼，二十多年前的夜晚，发疯似的寻遍双石镇每个角落之后，被面色铁青、颜面丧尽的丁德铨死拉硬拽抓回茶馆。她手足冰凉，腹中绞痛，用牙齿撕咬枕巾和被子。镇上的医生来了又走了，她觉得自己死过一回，她感到身体里多了一团空洞。

至少，她还可以痛，可以失去，可以撕心裂肺。

徐太太下了牌桌，还让宋大夫打。另外三个人牌兴正浓。她去靠坐在沙发上，拿樱桃逗蓝眼睛的金吉拉。小猫追着血红的樱桃玩耍，毛茸茸的肉爪子一掀一掀。

徐太太来学校过后没几天，唐骞告诉丁木子要搬家。“搬到哪里？”“把出租屋退了，回家住。我可忍受不了学生宿舍里的臭脚丫子。”丁木子想起唐骞家拥挤促狭的书房，不明白他为何做此决定。“这里一个月两千块的租金，都是爸妈付。现在唐太太让搬回去，我也不能跟她硬犟。”唐骞耸耸肩，表示无可奈何。

丁木子觉得一股气堵在胸口出不来。大约唐家父母发现儿子继续与丁木子来往，索性断了他的经济来源，看这虚无缥缈的爱情如何建立在海市蜃楼之上。当然，不住在一起并不代表恋情终结，唐骞也没有分手的暗示，但丁木子能预见在今后的日子里，即便她和唐骞仍在同一所学校上课，同一个食堂吃饭，同一条小径散步，亲密感的缺失加上唐太太夜以继日旁敲侧击、谆谆劝导，必让两人日渐疏远。

在年轻人的成长中，在他们自食其力以前，精明的唐太太紧紧地抓住了最后一次声明自己权威的机会。

“你先别搬，房租我来想办法。”丁木子从未像现在这么坚决。

她不是要和唐太太争儿子，而是要给自己争一口气。她不好意思向家里伸手，于是和很多同学一样，打算周末出去做兼职。余璐璐就做着一份初中家庭教师的兼职，每小时 80 元补课费，周末两天，每天三个小时。“内容不过是帮傻孩子解几何题，讲牛顿第三定律，写篇英语作文，最重要的是在家长面前使劲夸他聪明，而老师竟没发现这个小法拉第的潜质！”余璐璐潇洒地打了响指，“很简单，不费吹灰之力。”

丁木子没有去做家庭教师，想到几何题、牛顿第三定律、英语作文，她就手心冒汗，着实不合适再去辅导别人。她托姑妈找了份 babysitting 的工作，课余时间帮人带小孩，收入居然也很不菲。

徐太太做的是顺水人情。她介绍丁木子到宋大夫家 babysitting，宋大夫原本推托，表示保姆一个人勉强也看得过来，用不着再雇人手。徐太太在电话里娇叹一声："木子是我侄女，非要打点零工勤工俭学。可是送到别的人家去，我又不放心。"对方赶忙说："那自然另当别论。"

丁木子一周去宋大夫家三天，大都是保姆下班回家，宋大夫在外面有应酬的时候。她和小孩处得很好，才去了两三次，女孩已经对她依恋不已，管她叫"钉子姐姐"。她心里估算着，如此下来，一个月除了挣下房租，只怕还有余裕。可惜她的勤谨并没有获得想要的回报。没多久，唐骞突然宣布要去德国留学，即刻启程。人都走了，房子当然也没有续租的必要。

"学校里的交换项目，去德国杜塞尔多夫艺术学院，本来轮不到我，上一个要去的学生突然放弃了，于是派我去。"

丁木子知道这件事多少与唐骞家里有关，但她没心力计较。"马上就走？语言怎么办？你又不会德语。"

"到了以后，先上三个月语言课，然后到自由艺术系报到。"唐骞对此行踌躇满志，毕竟，那里是德国，诞生过博伊斯、里希特、基弗等令人仰望的艺术大师。

这是他们最后一次在芳园西里的出租屋见面，客厅里摆着几个已经收拾好的箱子。那幅人们在池塘里开 party 的油画，唐骞只画了一半。背景里一个穿着红色晚礼服的女人，下半身还是几条粗略的线，她仿佛只有半个身子的女鬼，不合时宜地出现在这群体面欢乐的上流人士中间，居然也弯着杏核似的眼睛，露出惨淡哀愁的笑。丁木子缓缓在画架前坐下，背过脸去，无声啜泣起来。她的对面是一股强大的意志，无论她忍耐还是反抗，事情都会朝着那股意志所决定的方向发展，不会有任何改变。

唐骞摇摇她的肩膀，柔声说："我到了德国就给你写信。每天写。"

在这一瞬间，她发现了唐骞的懦弱。唐骞没有办法拒绝唐太太，一旦家里停止供养，他立即搬回生活了二十多年的小巢，就像惊慌的小鸡回到母鸡的翅膀下。丁木子一度把唐骞的"听话"理解为城里孩子的"好逸恶劳"，不愿意养活自己，因此根本没有资本反抗。可唐骞压根没想过反抗，他只是不知道如何拒绝，如何对人说“不”。当唐太太要他搬回家时，他没法说“不”；当家里因为显然的原因催促他去德国时，他没法说“不”；甚至当他已经决定要结束一段感情时，他也不能对丁木子说“不”。

于是使出他的惯用伎俩，虚假的柔情，虚假的承诺。唐骞就是一只软弱的毛毛虫，裹着一身天牛的壳。

丁木子一直以为自己依赖着唐骞，实际上是他依赖她。她一脸肃穆，抬头看到唐骞眼里近乎哀求的神色。他甚至连这哀求也不自觉。她按捺下心中生起的不屑，颔首说：“你写信吧，我会读。”她没有说：“我也会写。”

6

徐太太在家里翻箱倒柜，整个人钻进卧室里的紫檀木雕西番莲纹四件柜里，又一一拉开客厅里的小叶桢楠五斗柜的抽屉，最后从储物间搁置许久的陈旧的多宝柜底层拉拖出一只黑漆漆的手提箱来。她宽阔的额角沁着汗，双眼熠熠放光。

二十多年前，徐太太跟着徐先生，在众目睽睽之下离开双石镇的时候，手里就拎着这个箱子。箱子又小又轻，里面只装着丁宝琼的两套换洗内衣，两条裙子，以及用毛巾裹着的一把牙刷。丁德铨赌气到茶馆的账房里埋头算账，一手算盘打得噼里啪啦震天响，整条马路似乎都能听见他愤怒决绝的算珠声。

丁宝琼脸上涂了一层很淡的胭脂，用发网在脑后挽了个松松的发髻。她穿了一身宝蓝色无袖连衣裙——请镇上的冯裁缝照着时装杂志的封面做的——雪白的臂膀被太阳晒得像要融化。她拎着小手提箱，面目清新地出现在茶馆门口，然后昂首挺胸，扭着臀部噔噔噔走过双石镇唯一的一条碎石马路，向徐峥嵘下榻的镇公社招待所走去。

马路两旁，菜农挑着菠菜担子缓缓经过，五金店和副食品店正在浇水扫地，准备开门，男人在咳嗽，婴儿在啼哭，女人在家门口晾衣服、喂鸡、打骂孩子，一切如常。然而丁宝琼知道，一切也不过是假象。所有人都盯着她，这个丁老板家里不争气的、名声败坏的女儿，枉生了一副好皮囊，三年前离家出走了一次，现在又闹另一次。

热风让裙子的下摆缠住她的膝盖。新买的银色高跟鞋穿起来有点磨脚，丁宝琼的脚后跟已被打起了水泡。躲在浓密树荫里的蝉子还在拼命嘶喊，让她头晕目眩。

徐峥嵘正站在招待所门口，夹着黄鹤楼香烟的手指微微发颤，过早秃顶的脑门像抹了一层清油。当年他三十四岁，珠宝生意刚起步，身上背着几千块的借债。他有个富有的远房亲戚住在自贡市，徐峥嵘前去告贷，所乘的公共汽车在双石镇抛了锚，徐峥嵘滞留一天一夜，在茶馆里打发时间，遇见了丁宝琼。

她的腰上系着一块碎花围裙，走过来给徐峥嵘沏了一碗碧螺春。因为看他是外地人，遂问他从哪里来。徐峥嵘不大听得懂荣县方言，愣在那里。丁宝琼一笑，端来一盘盐水煮花生，用普通话说，送你的，不用钱。

徐峥嵘就是在丁家的茶馆里学会了打四川麻将。他边洗牌，边拿眼睛瞟丁宝琼。大部分时候，她百无聊赖地倚在柜台上，一边嗑瓜子，一边翻看苏联小说，《阿霞》或者《静静的顿河》，眼皮都懒得抬一抬。

徐峥嵘在亲戚处借到两万块周转资金。回程时又路过双石镇，这次他是刻意为了丁宝琼来的。他每天到茶馆里闲坐，从早上九点坐到茶馆打烊，有时候跟老乡打牌，有时候只要一盘盐水煮花生，慢条斯理地剥了吃。这样过了一个星期，丁宝琼也看出了点意思。她双手支在茶桌上问："你究竟做什么的？""做珠宝生意。""来四川干吗？""来借钱。""接下来去哪？""去新疆，然后回上海。""什么时候走？"徐峥嵘的目光在丁宝琼含翠带露的眉眼上一扫："这得看你。"

丁宝琼啪地扯一下围裙，扭身回到柜台后面去了。当天晚上，她和丁德铨摊牌，要跟这个外省人走。她冷冰冰地说，自己的年纪不小了，要为命运做一回主。丁德铨被她毫不理性的决定气得须眉倒竖，拍着桌子吼，要滚滚远点，老子眼不见心不烦。

一个月以后，他们在新疆领证结婚。丁宝琼顺理成章成了徐太太。

宝蓝色无袖连衣裙还稳稳地叠在箱子里，因为时间久了，衣料有些泛黄。徐太太把它拿到穿衣镜前比试，她现在较二十年前丰腴许多，这条裙子只怕再也穿不进去。她抖散裙子上的樟脑味，取出衣架，将连衣裙放到四件柜里郑重地挂起来。

她换了一身素净的家常旗袍，肉色的柔亮丝袜，一双半旧的漆皮高跟鞋。她没有化妆，刻意收拾得很随意，坐车去民族大学找丁木子。今天星期三，离上午最后一节课下课还有半小时。她已想好了，就说自己路过附近，发现有家川菜馆很正宗，叫丁木子一起吃饭。

这时候校园里格外安静，学生们不是在上课，就是在图书馆。几个男生骑着自行车叮叮当当从她身旁经过，有一个回过头友好地笑笑，多么阳光的一张脸啊，就像曾经的顾正庭。

丁宝琼在6号教学楼门口踌躇片刻。离下课还有一刻钟，她打算站在楼前的洋槐树下，等他被学生们簇拥着从楼里出来时，远远地看上一眼。她觉得促使自己来这里的不过是好奇心，这个人过得怎么样？贫寒还是富裕？胖了还是瘦了？他有几个孩子？有什么烦心事？她觉得她一眼就能看出他过得是否幸福。

教学楼一层有台饮水机，教师和学生们可以用自带的水壶在这里接热水。丁宝琼从楼外瞥见饮水机有一边水管没有关牢，顺势走进去把水管拧紧。既然进来了，她又决定不妨去教室门口看一看，反正也不会有人注意。她的高跟鞋踩在教学楼的楼梯和过道上，踢踢踏踏发出清脆又甘凉的声音。听见这声音的人，都觉这步子的主人一定性格爽脆、毫无畏惧。

踢踏踢踏声沿着左侧楼道上了三楼，在304教室靠近讲台的门口停下来。离下课还有十分钟，阻隔着她和顾正庭的这扇门就要打开，所有前尘旧事面临了结。丁宝琼忽然感到有些心慌。真是他吗？丁宝琼侧耳细听，一个男子正用缓慢清越的声音，讲述民国美术史。

“那个年代的艺术家也是眼光卓著的收藏家。比如说徐悲鸿，从赴法国留学的时期，就开始省出菲薄的生活费，搜购流散到欧洲的中国古代名画。他一生的庋藏据说有一千多件。”顾正庭也听到了踢踏踢踏的脚步声，甚至在来者刚刚踏进 6 号教学楼的楼门，走过去关上一个没拧紧的水管的时候，他就听到了。

这脚步声如此不同寻常，在他听来又如此怀着淡漠的忧愁，以致顾正庭模模糊糊地想到了一种可能。这一节课讲徐悲鸿，幻灯片放到最后一帧，台下只有稀稀拉拉几个学生还在仰头听课，几个男生已经开始一边看表，一边收拾桌子。顾正庭用眼睛寻找丁木子，她和余璐璐坐在后排，两颗脑袋凑在一起窃窃私语。虽然这是女学生上课的常态，顾正庭还是觉得她们在秘密谋划什么事。

脚步声在附近消失了。没有人从窗口走过去。顾正庭嗓子发干，心里咯噔一下。

他想象丁宝琼就站在离他一米远的门外，隔着门也能感受到她身上的夏日谷堆的热气。他想象她按捺着内心的伤痛与怨怼——虽然过了这么多年，这怨怼早该烟消云散了——捂着胸口在那里，努力听清楚他说的每一句话，企图从每个字眼里寻找对他残忍的不辞而别的解释。他想象她已经准备好了一通激烈的斥责，却以无比幽怨的方式表达出来，她每看他一眼都是在他脸上扇一个耳光子，挖一道指甲痕。可他唯独想象不出她的面容，因为他无法在记忆里复现那个十六岁的，从他手里庄重地接过一枚炭石的丁宝琼。

然而他不紧不慢地往下讲。“1937 年，徐悲鸿以重金从一位德国女收藏家手里买到了唐代吴道子的《八十七神仙图卷》。这是一卷白描人物群像，在中国美术史上意义非凡，悲鸿先生视为拱璧。他在图卷上盖上一枚印章——‘悲鸿生命’，把这份收藏看得和他生命一样贵重。

“五年后，日军空袭昆明，徐悲鸿在轰炸中仓促离家，临走忘了携带《八十七神仙图卷》。图卷在这次轰炸中遗失。徐悲鸿懊悔不已，乃至大病一场。他以为这幅图卷早已在战火里被人毁掉了，今生再也无缘得见。两年以后，他竟然打听出《八十七神仙图卷》的下落，以二十万现金和数十幅自己的画将它换回。

“他在失而复得的《八十七神仙图卷》上题诗一首：得见神仙一面难，况与伴侣尽情看。人生总是葑菲味，换得金丹凡骨安。从那以后，《八十七神仙图卷》一直陪伴着徐悲鸿，直到他离世。”

听到这里，丁宝琼鼻子一酸。她本来紧贴门边站着，此时悄悄退开两步，内心里情绪翻腾不知作何滋味。她想起放在案头的那颗黑曜石，即便在夜里也莹莹发出辉光，比最浓的夜色更漆黑，也更明亮。她几乎领会了它的含义，但她宁愿装作不曾领会。还有两分钟就要拉下课铃，丁宝琼感到一阵莫名的悲哀。原来在这个世界上，并不是所有事情都有终点，并不是所有情感都能够了结，或者所有的残忍都有个解释。二十多年来，这是她和顾正庭相距最近的几分钟。二十多年来，她虽然活得左右逢源，光鲜明媚，内心里却始终有一个空洞。在这几分钟里，这空洞被填满了，被灌入了水银，愈来愈沉，愈来愈沉，仿佛要把她整个人从云端压到泥土里去。事实上，二十多年前顾正庭不能给予她的——不管那是什么——今天她已经不想要了。

顾正庭再次听见踢踏踢踏声，一个身材娇小但丰腴的妇人翩然从教室窗前走过，缓缓向楼道尽头走去。顾正庭只见到一个窈窕的背影。大约不是她吧？毕竟看起来很年轻，他怅惘地想。邻班的教授提前宣布下课，蜂拥而出的学生们很快挡住了他的视线。

这天向晚又下起雨来，上海的夏天就是这样，闷热，黏稠，潮湿。丁宝琼打着赤脚，散着头发，抱着金吉拉坐在飘窗前发呆。她接起一个电话，是宋大夫打来的，对方咕咕哝哝讲了一大通，她回得有一句没一句，不久就不耐烦地挂断了。

晚上徐先生回家，发现案头上的那块碍眼的黑曜石已被收走。他喜滋滋地带来一条八卦新闻：“听说那姓宋的最近坠入爱河，还宣布要好好谈一场恋爱！可他对我有点躲躲闪闪，我猜测，他是不是爱上了你介绍去他家做保姆的小侄女，叫什么来着，丁木子？”

徐太太埋首抄写《心经》，一双黑眼睛忽闪忽闪，懒得答话。

猫王乔丹

蔡　骏*

1

六百年前，永乐帝都北迁。一户曹姓举人，自杭州行到吴淞江，稻花香里，结庐而居。隆庆、万历年间，曹氏在南岸三官堂庙，北岸长生庵间修义渡，得名曹家渡。甲申惊变，嘉定三屠，陈子龙与夏完淳殉难，男人剃头留辫易服。两百年田园旧光景，到约翰牛在黄浦江边圈地。太平天国烽烟起，忠王李秀成过曹家渡，战上海败于严寒。慈禧太后垂帘听政，帝国风雨飘摇快翻船，苏州河樯橹络绎不绝。湖州人的生丝栈，无锡人的面粉厂，苏州人的小商店，宁波人的裁缝铺，苏北人的贫民窟，各自到曹家渡上岸。五色旗取代黄龙旗，小汽车随洋人越界修路而来。极司菲尔路（万航渡路）、白利南路（长宁路）、康脑脱路（康定路）、劳勃生路（长寿路）如同几根麻绳，迎头撞上打了个结，至今仍未解开。

2016 年，我搬回了曹家渡。一个潮汐涌动的傍晚，我难得换了西服，出门赴宴。车库门口正对苏州河。忘记昨晚车停在哪了，我掏出钥匙，意外地看到

---

* 蔡骏，中国作家协会会员。已出版《最漫长的那一夜》《偷窥一百二十天》等 20 余部小说集。作品销量突破 1200 万册，连续 13 年保持中国悬疑小说最高销售纪录。多部作品被翻译成英、俄、韩、泰、越等多种文字出版。《地狱的第十九层》《荒村公寓》等多部作品被改编为电影、电视剧。

那只猫。

它盘踞在白色车前盖上，背靠挡风玻璃，犹如主人。它看到我，但不逃，辄然静止，像古墓里随葬的陶瓷猫。一只大猫，纯粹骨架大，从头到尾披黑，四只爪子与肚皮雪白。猫耳朵向前竖，这是某种示好。猫眼直勾勾跟着我移动，仿佛我暴出一颗令它垂涎的粉刺。每次身处幽闭空间，我会不自觉躲避别人目光，对猫也不例外。对了，它就坐在我的车上。它吐出舌头，舔了舔粉色鼻头，两声低沉的“喵呜”。我打赌这是一只公猫。按下钥匙，大猫跳下来，引擎盖留下猫爪印子。挡风玻璃有两根猫毛，一根黑，一根白，宛如飘浮半空的符号。点火，发动机像口煮沸的锅。开出车库，我放下车窗找那只猫。苏州河的水泥堤上，有它的漆黑剪影，慢慢行着，顾盼自雄。月光下，双目幽绿，再消失。

你听过猫的交配声吗？春秋两季，我坐在夜深人静的书房发呆，流浪猫们的淫欲与欢愉，此起彼伏来敲响玻璃窗。此种声音有幽怨的穿透力，撕心裂肺，如丧考妣，并绵延不绝，有时又像多声部合唱团，嗑了“伟哥”的交响乐。曹家渡的流浪猫猫口众多，自从在车库邂逅那只大猫，我就想从中分辨它的声音。

上海一天天变冷，鲍勃·迪伦得了诺贝尔文学奖，我梦见阿多尼斯的孤独是一座花园，其中只有一棵树，每根树枝上都挂着一只猫。这个梦，像某种不祥之兆。我走到车库，弯腰检查轮胎和底盘。它不在。秋冬时节，有些猫爱躲车底下、轮胎旁，甚至排气孔，用发动机的余温取暖。一不留神，它可能被轧死，甚至活活烫死。你们务必要小心。

打开车门，我被惊吓到了。大猫坐在驾驶位，直起上半身，前爪在方向盘上，像个非洲来的小孩。我后退两步。它跳下我的车，潜入隔壁底盘。我抓狂地检查车窗，关得比监狱还紧。每次我下车锁门，都会强迫症般拉车门确认。那只猫怎会在我车里？它有崂山道士之术？或者等到我开门？一只成精的大猫？它认识我，我想这不是错觉。

又隔几日。我步行到曹家渡芳汇广场。某朋友从南方飞来看我，约在星巴克，说起他在非洲创业与旅行的经历，炫耀了一场埃塞俄比亚艳遇，以及在马达加斯加的牢狱之灾，顺便捎来充满赤道气味的海货。

聊完散了。我看到一只流浪猫在街边翻滚挣扎，猫嘴喷血，多半被车撞了。肇事者逃之夭夭，有人看热闹，有人掩面绕行，但没人帮忙。这只猫活不久了，哪怕送去宠物医院，无非是一针安乐死。这是只体形娇小的花猫，多半未成年。我跑到水果店，买了个纸板箱，将垂死的猫套进去，挪到花坛，以免影响人们进出。

老头来了。他比我高很多，像一根行走的电线杆。没有驼背，也不秃顶，板寸雪白，老年斑像装饰女人的豹纹。他跨入花坛，抱起纸板箱就往外走。我不敢阻拦，尾随在后。老头对我视而不见，步频几乎跟我一样快，再加一双长腿，跟上他有些吃力。

对面有个天主教堂，门前的小广场，直冲曹家渡的十字路口。沿着绘满圣经故事的彩色玻璃和红砖墙，老头走到教堂后院的绿地。三角形小草坪，四周竹林掩映，中间有三棵樱花树。

他从墙角取出一支铁锹，在樱花树下挖坑。我往纸板箱里看一眼，可怜的花猫已往生，六道轮回之中，它必不愿再回畜生道。老头把死猫放进坑里，熟练地填土埋葬。我一回头，四周竟全是流浪猫，有的蹲坐草坪，有的藏身灌木，有的爬上挂满黄叶的树枝，还有的在陆续赶来的途中。这些猫发出“喵呜”的哀鸣，也有用沉默为同伴送葬的。无法目测统计数量，三位数毫无疑义。

中国人的盛大葬礼过后，都有一场饕餮聚餐，规格可比照婚礼宴席打 3.5 折。办完猫的葬礼，紧接着是路边野餐。老头解开布袋，掏出几大盒猫粮以及火腿肠，掰碎了扔到草坪上。流浪猫们一拥而上，但并未争抢打斗，而是井然有序，各自享用晚餐。这些猫大多健康灵活，只有个别瘦骨嶙峋，还有母猫带着小猫。教堂背后的樱花树下，老头把两根小手指放到嘴里，打出刺耳的呼哨，粗鲁地吼一嗓子：“乔丹！”

大猫钻出草丛。路灯下，黑色背毛油亮反光，如同冰海中潜浮上来的海豹。白色爪子，像踩着四个雪团，连带腹下白毛，窜过绿草坪，仿佛约旦王国的黑白绿三色旗。所有猫自动让路，散到数十米开外，毕恭毕敬蹲下。大猫不屑于猫粮，飞身爬上一棵樱花树，劈出个黑色闪电。

“它叫乔丹？”

我在心里自言自语。不晓得为什么，老头却听到了，转头回答：

“乔丹是曹家渡所有流浪猫的猫王。”

这是我们的第一次对话。我看到温柔地唱着《*Love Me Tender*》的球王飞向芝加哥联合中心球馆的篮筐……

猫王乔丹。

2

我刚搬到曹家渡那年，王菲还叫王靖雯，小虎队正青春年少，小马哥在录像带里出生入死。宜乔迁的黄道吉日，风和日丽，万里无云，多半是复活节。我爸蹬着三轮车，载着全家，穿过火车站前广场和大自鸣钟，碾过整条长寿路，途经我未来的小学和中学，直达五条马路汇聚的曹家渡。路口右转，沪西电影院的新片海报徐徐展开。苏州河畔，有栋孤零零的六层楼房。我天真地以为会在这里住一辈子。

二十多年后的万圣节，农历十月初一寒衣节。天气糟糕，阴冷，夹杂冰冷雨点。我后悔没穿秋裤，驾车经过曹家渡，方向盘右转到万航渡后路。天主教堂对面，沪西电影院的招牌被压在“香辣蟹”招牌下。车轮往前滚了五十米，我看到童年住过的房子，孤零零幸存在这世上。长大后重返故地，像格列佛告别巨人国。车开不进小区，冒险停在路边。穿过小型迷宫的入口，记忆像条散开的绒线绳，牵着我回到昏暗的楼道，底楼 103 室。

没有防盗门与猫眼。背后是楼梯，有人扛着自行车上楼，尘埃与时光一齐从头顶倾泻。我在门口犹豫的空当，就像我离开曹家渡的岁月一样漫长。我没找到门铃，只能用右手食指与中指关节叩响门板。我会被当作推销员或快递员吗？我想逃跑。

门开了。我看到他的雪白短发，乌黑马甲，头顶几乎碰到门框，像具四肢拉伸的骷髅。我认出了这张脸。

“你有什么事？”樱花树下埋葬死猫的老头，就像一块门板，声音沉闷粗哑。我把脸藏入楼梯下的阴影，伪装自己从未来过。几只毛茸茸的猫，挤到他的两腿间，探出脑袋来审问我。老头的态度不算恶劣，我却支支吾吾不知所云，从人口普查到猫的绝孕绝育，直到这扇门对我关上。

我以为我回不去了。走出门洞，一阵风卷着落叶而来。十二岁，我在这条巷子里练自行车却没学会。现在我的车停在路边，车窗贴着一张违章停车罚单。我没埋怨警察，撕下黄色罚单，背后响起老头的声音：“你以前在这里住过？”

他站在风口，还穿着黑马甲，露出棉毛衫包裹的胳膊。我没想到他会追出来。

“嗯。”

“你要进来看看吗？”他的表情严肃，但我听出了言语里的友好，“如果不嫌脏的话。”

我摇头，又点头。首先不嫌脏，并且愿意进去看看。跟着老头的背影，我只够到他的后脖子，近距离目测他的身高有一米九。

103 室，记忆折叠成莫比乌斯环，像暗室中渐渐显影的底片……进门左手边厨房，右手边卫生间，正面是爸爸妈妈的卧室，搬家新做了全套家具，席梦思床垫，日本牌子的彩电，贴满浅紫色墙纸，还有个柜子装满旧书，打发过我至少四个暑假。

我听到一声猫叫。卧室不见天日，浓烈的猫味像堵透明的墙。谈不上残垣断壁，但也离废墟不远。客厅有沙发和折叠餐桌，墙角里猫粮和猫罐头堆积如山。可进博物馆的显像管彩电，正重播昨晚的 NBA 比赛，休斯敦火箭 vs 波士顿凯尔特人，哈登暴力扣篮，现场声音震耳欲聋，流浪猫们四处乱窜。这里原本是我家最古老的五斗橱，还有几个樟木箱子，书橱摆满我的连环画小人书。

窗边有个方形餐桌，靠墙是张棕绷大床，我和外公各睡床铺一头，在他死去以前。

老头打开底楼天井。我先迈出左脚脚尖，接着脚后跟踩中猫屎。我用餐巾纸擦干净鞋底，抬起头，仿佛看见一只全身纯白的猫，尾巴尖烧成火红斑点，撩人地踱过墙头。

20世纪90年代的第一年，我在曹家渡农贸市场门口捡到一只流浪猫。年轻的公猫，骨头很轻，又圆又滑，手指穿过它的胯骨，搂住苗条腰身。它不惊慌，鼻孔里热气与男孩呼吸混杂。它的两只前脚搭住我的肩头，收缩爪子，让我抚摩脚掌心软软的肉垫。我给它起名小白。我家小小的院落，曾种满花花草草。爸爸用铁丝网搭起顶棚，缠绕遮天蔽日的葡萄藤。记得夏天夜来香的味道，春天的月季与蔷薇，冬天搬到室内的君子兰，每年短暂开放一瞬的昙花。小白就养在这些植物中间，偶尔在墙纸上留下猫爪印子，惹得我爸勃然大怒。我晚上抱着它睡觉，抚遍它全身，从两只薄薄的耳朵到脖子再到肋骨，变化多端最不顺从的火红尾巴，扫到小腿肚子毛茸茸的，又热又痒。我妈和老师都警告我，猫身上有跳蚤，但我无法与小白分开。

有一天，它失踪了。妈妈告诉我，小白出去谈恋爱了，跟马路对面的黑色母猫。我专门去那片老房子找过小白，甚至想赶走母猫，但一无所获。流浪猫不是宠物，你不能指望它陪伴你一辈子，或者相反。两星期后，小白突然回家。我惊喜地抱起它，但它的眼神有些怪，甚至让人害怕。这只猫不再跟我亲密，变得神出鬼没，一两天不见踪影，时不时叼只老鼠回来，整栋楼都能听到我妈的尖叫。直到它被卡车撞死的那天。

我没有目睹车祸的过程，就在门口的街上。当我看到小白时，它已在柏油路面打滚，脑袋轧扁，血溅一地，没几分钟就断气了。妈妈蒙住我的眼睛把我拖回家。我哭了一个礼拜，并在曹家渡的每个角落，寻觅这只尾巴尖上有火红斑点的年轻公猫。我一度相信猫是一种会死而复生的动物，某个夜晚，它目光幽幽地趴在窗外看我。我记得外婆葬礼后，她无数次出现在我梦中。我幻想外婆还能复活回家，每晚抱着我抚摩后背，后来才知道那叫托梦。但我再没看到过任何一只与小白相同的猫，也没有梦到过小白。

二十多年后，我冷得牙齿打战。荒芜的天井上空，飘过一朵灰色的云。老头让我回屋坐下。我不慎坐在一只大花猫身上，它发出厌恶的叫声跳开。我真诚地向它道歉，尽管它的皮毛颜色跟沙发布太像了。老头挥拳砸了大花猫一下："巴克利！不准你上沙发！"

"查尔斯·巴克利？"我居然记得这名字，中学时有个同学超级崇拜他。

"嗯，84 黄金一代的巴克利，他在 76 人、太阳还有火箭都打过球。"

在如同难民营的房间里，我如坐针毡。流浪猫们窜来窜去，不时有尾巴扫到我脸上。想必老头是一个人独居。

"快点滚！"他暴怒地喝道，我以为收到逐客令，但他按住我的肩膀。他在对猫说话，它们是自己翻墙进来的，"都是些打家劫舍的强盗。"

老头对流浪猫的评价不堪。但他不会对猫动用武力，除了口头警告与严正抗议，别无他法，屋里的猫气只会愈加旺盛。

"我该走了。"毕竟早已不是我的家，哪怕还能从墙壁缝隙里闻到发育第一年的荷尔蒙。

"别走。"阴沉的秋日下午，老头禁止我离开沙发。底楼采光本就不好，玻璃窗蒙着厚厚的尘埃，经年累月的猫毛，屋子变得分外昏暗。我看不清他的眼睛，只听到喉咙里含着痰的低沉声音，"我原来住在马路对面的老房子里。我记得你们家，还认识你外公，跟他在苏州河边下过象棋。"

"当我还是小学生，你就认识我了？"

"是的。我养过一只全身黑色的母猫。有一天，它带着一只白色公猫回家，尾巴尖有红色斑点，就是你的小白。它在我家只待过两个礼拜就走了。后来，它在街上被卡车撞死。我替它收了尸，埋在三棵樱花树下。"

我才确信无疑，小白真的死了，并且没有复活。

"它害死了我的猫。"老头说。小白死后，黑色母猫怀孕了。隔了两个月，母猫难产而死。唯独一只猫崽存活下来，超乎寻常的强壮，比普通小猫大了两圈。大概是它在娘胎里挤占了过多空间，杀死了自己的母亲和同胞兄弟姐妹。老头用羊奶一滴滴把它喂大。这只精力充沛的小公猫，即便没有母猫示范，三个月就会抓老鼠，六个月跟成年猫一样大。它的头部、身体以及尾巴，继承了妈妈纯黑的毛色，腹部与四肢却像它爹一样雪白，延伸到脖子底下。古人说这种毛色叫"乌云盖雪"，若肚子也是黑的，就叫"四蹄踏雪"。

"我给它起了个名字——乔丹。"

"猫王乔丹？"

坐在充满猫味的沙发上，我感到浑身燥热，大概被猫的体温传染上了。想起坐在我汽车前盖上的大猫，黑亮的皮肤犹如迈克尔·乔丹，这片"乌云"盖住的"雪"，来自我的小白。要相信人的第一感觉，它果然认得我。

"是，它是小白的儿子，也是曹家渡的猫王。"老头回答。

我很感激他，今天让我走进这道门，坐在我睡过四年的房间里，告诉我小白和乔丹的故事。

"猫王叫乔丹，刚才那只叫巴克利，其他的猫呢？"

"皮蓬！"老头向院子里吼，一只瘦长的黑猫窜进来，原来是乔丹在公牛王朝的战友，他摸摸"皮蓬"的脖子，看到窗外有只大猫，"大梦！"

"奥拉朱旺？"

"对，在火箭拿过两枚总冠军戒指。你再看那只花猫，活络得不得了，它叫魔术师约翰逊。"老头认识每一只流浪猫，全都用 NBA 球员的名字命名，有的还有外号，"大虫罗德曼""狼王加内特""石佛邓肯"。我的眼前，顽固地盘踞着两只白猫，一只叫姚明，另一只叫诺维茨基。

"前几天撞死的猫呢？被你埋到樱花树下。"

"它叫埃迪·格里芬，2007 年酒驾死于火车事故。"老头的世界里，流浪猫与 NBA 球员已合为一体，共赴生死。人们能记住的球员不过数百，但在曹家渡停留过的流浪猫，一拨拨出生，一拨拨死去，前赴后继来世间走一遭。若是人和猫同时出生，等到我们谈恋爱，猫早已五世同堂儿孙绕膝了。有些名字难免重复，比如邮差卡尔·马龙，被老头亲手埋葬过三次，分别是黑猫、花猫还有黄猫。最近有只斑点母猫怀孕，老头准备给小猫再起这名字。

唯独乔丹，老头只用过一次。在曹家渡，永远不会有第二个迈克尔·乔丹。

“乔丹刚满一岁，就从我家逃跑了。”老头说，这只猫有个癖好，每次奔跑行动，都会伸出舌头，跟乔丹扣篮吐舌头一样，也是小白遗传下来的基因。猫王乔丹始终与人类保持距离，从不亲密接触。哪怕饥寒交迫的冬天，它也拒绝任何猫粮或猫罐头，更不会像同类翻垃圾桶，宁愿自己捕食老鼠与麻雀。

小白死后，1992 年，比尔·克林顿携全家住进白宫，我家搬出了曹家渡。1998 年，克林顿与莱温斯基偷情被弹劾，三官堂桥下的老房子拆迁。恰好国家住房改革，街对面有套底楼房子，换过两任主人后刚空出来。他决定留在曹家渡，放弃分配在彭浦新村的 120 平方米新房，用区区十万块拆迁补偿款，买下 103 室的产权。他再没离开过这里，尽管房价已翻 50 倍，只剩四十年期限。2000 年后，比尔·克林顿搬出白宫，小布什与奥巴马接踵而至，希拉里·克林顿惜败于唐纳德·特朗普，未能重返丈夫偷情过的椭圆形办公室，我却重返曹家渡，孤零零的六层楼房，带天井的 103 室，不请自来的客人。

“曹家渡的猫王乔丹，它是小白的儿子，算起来，它至少有二十五岁了？”

“嗯，猫的平均寿命是十五岁。”老头摸了摸自己的白发，铜钱似的老人斑，“乔丹其实比我还老，留给它的时间不多了。”

3

猫王失踪了。

曹家渡的三家商场升起巨幅的“双十一”打折广告。最近每次出门，我会检查整个车库，蹲下来看所有底盘，有人以为我是小偷或变态。我发现很多流浪猫，有的被排气管烫伤过，但再没见过乔丹。

天主教堂背后的三棵樱花树下，老头打开猫粮袋子，依次给大鲨鱼奥尼尔、滑翔机德莱克斯勒、小皇帝詹姆斯喂食。夕阳与落叶之间，他的面色灰暗阴沉，老人斑比上次多了一倍，原本挺拔的后背驼了，双手犹如罚篮的慢动作。风吹过草坪背后的小竹林，轻细海浪般的“沙沙”声，他听得出神，袋子里的猫粮都被 NBA 巨星们抢光了。

“它会不会死了？”我说了句不合时宜的话，并为不经大脑思考而愧疚。当小动物预感死亡将近，通常会躲到一个阴暗角落，静悄悄离开世界，如同年迈色衰的老妓女，羞于让别人看到自己死后悲惨而丑陋的模样。

老头最后一次见到猫王，是在七天前。他经过曹家渡花鸟市场，看到乔丹走在苏州河边，叼着一只老鼠。那只老鼠的个头硕大，细长尾巴猛烈甩动，在猫口中挣扎。这说明乔丹的身体状况良好，哪里是病入膏肓等死的样子？

“不管黑猫白猫，能捉到老鼠就是好猫。”老头的口头禅，不管说起流浪猫还是 NBA，都以此作为终极评判标准。

“它会不会离开曹家渡，去了其他地方？中山公园？静安寺？更远的徐家汇？对啊，那里也有一座天主教堂。”我仰望教堂背后山墙顶上的十字架，夕阳打上去如水花金光闪闪。

“不会，只要猫王乔丹还活着，它就不会离开曹家渡。只要我还活着，我也不会离开。”

老头确信由于不为人知的秘密，乔丹正隐藏在曹家渡的某个角落。离开小草坪和三棵樱花树，抛下一大堆以 96 黄金一代命名的流浪猫，其中大半是乔丹的孙子或重孙。我们绕到教堂门口的小广场，正对着曹家渡的十字路口。

二十年前，这是个五岔路口。长寿路到此为止，往西是长宁路，南面射出万航渡路，直通静安寺，北面分出两条路，万航渡支路与万航渡后路——我家就在这条路与横跨苏州河的三官堂桥（现在叫曹杨路桥）的交会点。五岔路口之南，有块三角形孤岛，被万航渡路、长宁路、长宁支路包围，密集数十家商店、餐馆、理发店、照相馆、银行、邮局和新华书店，甚至有个胖嘟嘟的交警岗亭，如拥挤的曼哈顿岛（请原谅我如此不恰当的比喻）。五条马路与三角形孤岛，无数根电线在天空纵横交错，13 路电车拖着小辫子开过。当我戴着小学生的红领巾，正在曹家渡的中心路口，想象这是个神秘的五芒星，仿佛正大剧场在播的美国科幻剧《时间隧道》，辐射往五个地质纪元与三维时空。

这辈子我搬过很多次家，沿着苏州河东西两端颠沛流离。曹家渡是我住过的最诡异之处。东接静安，西临长宁，北倚普陀、沪西三区交界。对于躲避城管的排档和小贩而言，则是三不管的法外之地。我的小学和初中都在长寿路，所有人出校门往左走，唯独我往右走。坐 13 路电车，小学两站，初中一站。13 路终点站，一头曹家渡，另一头提篮桥监狱。我常被教育，若犯错误，从曹家渡上车一站到底。而今我温良听话的性格，可能就是如此养成的。每天早高峰，自行车铺天盖地，但因路窄，偶尔也会堵车。妈妈送我出门，终点站还要排队，分坐队与站队。我们选站队，反正一两站就到。公交站旁有个画像摊，给死人画遗像，不是对着尸体画，而是依照生前照片，我奶奶就有过这样一幅画。对面是沪西状元楼，糟卤老字号。隔壁的邮局，我此生写的第一封信，便是在这买了信封信纸邮票，寄给小学语文老师。她是来我们学校实习的漂亮姑娘，我才小学四年级，大概是喜欢她，至今记得她的回信。边上是新华书店，小学毕业前，我进去买了本《世界地图册》，看过不下五十遍，以至于我的初中地理成绩是全校第一。地图册还藏在我的抽屉里，早已彻底翻烂。还有游戏机房，常年有人打“街头霸王”或“三国志”，反正我从没挤进去过。

许多黑夜，我跟外公睡在一张床上，听苏州河的航船汽笛声，运来上游的农产品，春天的竹笋，夏天的西瓜，秋天的茄子，冬天的什么忘了，还有船上的老鼠。暑假的清晨，外公带我走过桥下的农贸市场，水桶里的活鱼用哀求的目光看你，宁可被流浪猫叼去化作猫屎。沿苏州河边走十分钟，就到中山公园后门，对面是华东政法学院。还有个精神病院。在我的童年里，曹家渡是个无所不有的国度，既有圣人，也有疯子。

此刻，站在教堂门口的小广场。华灯初上，车流如梭。新月被高楼顶施工的塔吊吞没。右边是后现代的玻璃幕墙商场，左边隔着万航渡后路是沪西电影院，背后藏着曹家渡花市。左斜对面是人气兴旺的悦达889广场。右斜对面三角形的街心花园，正是当年商店鳞次栉比的孤岛。状元楼、邮局和新华书店奇迹般地幸存下来，原地搬迁一百米，热闹市口不再，泯然众人矣。对面烧烤排档开张，曹家渡的黑夜烟雾腾腾。

4

猫王乔丹失踪的第二周，我在梦中跟小白重逢。它在我的潜意识之外，无主孤魂般流浪了二十年。缠满葡萄藤的院子，阳光像剪碎的玻璃纸。小白趴在我肩上，细长而坚硬的猫髭，刺破脸颊与颌骨，让我如一支冰激凌般融化。

手机响了，打碎这梦，小白比我更早融化，变成黑魆魆的天花板。忘了睡前关机，凌晨四点，哪个要投胎的来电？房产中介已加班敬业到如此程度？我选择接听，想知道电话那头是谁。

“这里是派出所，你是蔡骏吗？”

“对不起，警方提示这是电话诈骗，公安局没有所谓的安全账户。”我挂掉电话，重新蒙头睡下。根据我的经验，如果惊醒时间不长，被打断的梦是可以续上的。一分钟后，小白没有回到梦中，派出所的电话又来了，让我现在就去领人。

凌晨五点，派出所，我见到鼻青脸肿的老头。我怒不可遏，刚要向市局投诉，老头说：“他们没有打我。谢谢你过来看我。”

他坐在走廊的长椅上，用毛巾擦着额头的瘀青，像只等待宰杀的长颈鹿。

“谁？”

“花鸟市场。”

“天一亮，我就去找他们算账。”我虚张声势地撸起袖子管，老头指向对面——好几个头缠绷带的男人，鼻孔塞着棉花球，可怜兮兮地缩在墙角。

白天，老头去了曹家渡花鸟市场。那是个固若金汤的要塞，绝对可以防御重武器进攻。除了有个夜总会，底楼是几十家花店，价格比外面便宜很多，楼上是批发小商品的。花市靠苏州河的一边，有着鸟贩子的隔间，挂着成百上千的鸟笼子，从画眉到八哥、鹩哥、鹦鹉一应俱全——小时候我家里都养过，至今还有只会说人话的鹩哥。

此地是流浪猫的乐园，无它，有鸟尔。许多晚上关在笼子里的画眉，早上只剩羽毛和爪子。猫是鸟贩子们的公敌，他们想尽办法驱赶流浪猫，比如养狗、投毒等。老头怀疑是这帮人害死了猫王，大闹花鸟市场，在多家鸟店翻箱倒柜，不慎踩死几只画眉。他被鸟贩子团团围住，一言不合，拳脚相加。老头的身板超过所有人，并不惧怕打架这件事，撂倒一大片人后，鸟贩子准备抄家伙，有人打 110，警察及时赶到，不然就要吃亏。

老头和七个鸟贩子，一起被派出所关了一宿。审讯确认鸟贩子最近没伤害过流浪猫，老头签字认错，双方都写了谅解书，彼此两不相欠。警察要求家属来领人，老头却报了我的电话。

“你没有子女？”

“嗯，我没结过婚。”

“也没亲戚？”

“有五个兄弟姐妹，但他们都死了，其他人几十年不来往了。”

“朋友？同事？”

“我的朋友都死了。”老头像吃枪药一样回答，“除了乔丹。”

我提前终止这段对话，走到隔壁房间，向给我打电话的警察道歉，抓紧时间聊几句。他问我是不是老头的亲戚，我说不是，我们是老邻居（我没说谎）。我看到老头的身份证，才知道他的真实年龄：七十九岁。本以为他顶多七十岁。登记的身高有一百九十二厘米，年老后可能缩了一点。在他出生的年代是名副其实的巨人。

老头不是第一次来派出所。曾有居民报警，说他在公共绿地埋葬动物尸体，破坏环境传染疾病。派出所传唤过他几次，老头说这三棵樱花树原本就在他家门口，他有权在树下埋任何东西。三棵树长得格外旺盛，每逢复活节到清明节间，开满灿烂的樱花。许多人专程来拍照留念，作为曹家渡的一大景点。殊不知每片粉色花瓣里，都埋着一只猫魂。当樱花掉落成泥腐烂，大概就是猫儿们六道轮回的时刻。

我交了三千块保证金，将老头领出派出所。天蒙蒙亮，曹家渡上空闪着深蓝色的光。他吐掉嘴唇裂开的死皮："这帮鸟人，猫能吃掉几个雀儿？还不是关在笼子里闷死和挤死的？他们每弄来一百只鸟，路上就要死掉一大半。"

街边的早点摊开张，我给他买了豆浆和蛋饼。老头饿了一晚，接连吃掉四个蛋饼，才能补充巨大身体的热量。太冷了，我系紧纽扣，竖起衣领，煎蛋饼的地沟油烟，熏得我双眼模糊。

天彻底亮了，天主教堂的门打开。童年记忆里它并不存在。这两年搬回曹家渡，发现多了个教堂，但从未进去看过。

"从前这里有座庙，叫三官堂庙。"老头说。

"三官？"

"天官、地官、水官。"他给我解释。那时候香火旺盛，善男信女都来排队，"文化大革命"时被拆了。苏州河上的三官堂桥，也是因这座庙而得名。眼前的天主教堂，原本缩在长宁路的弄堂里，最早是一户姓曹的虔诚信徒捐献的房子，一般人路过看不到。

我们穿过小广场，踏上教堂门口的台阶。门不起眼，里面大厅却很气派，配着哥特式穹顶，纵深直达东罗马式祭坛，交错装饰着生命树、牛膝草、掌形花等《圣经》时代的植物。弥撒时间未到，已有教众陆续进来，多是白发老人。门后有个小小的告解室。有个老太太过来，用上海话向我说明告解由来，电影里神父假借忏悔传递情报全是瞎编的，以及我们所有人都是有罪的。老头不准我说话，拽着我坐到教堂中心的长椅上。仰望墙上的彩色玻璃，画着《圣经》故事，比如偷食禁果的亚当夏娃，耶稣在约旦河受洗，在三棵樱花树下的流浪猫公墓就能看到。

“喂，老高！”有个大妈坐到对面，她穿着素净，打量老头的脸，“哎呀，你怎么了？”

“我没事。”老头粗暴地拒绝大妈的关心，他对我耳语，“我家隔壁邻居，烦死了！”

“又跟人打架了？还是为了猫？你看你都几岁了？”大妈喋喋不休，钻进旁边小房间，拿出药膏和药水，直接搽到他受伤的部位。

“弟弟配合一下。”大妈下了命令。我抓住老头双手，不让他犟头倔脑。大妈是他的克星，手势颇为专业，退休前是地段医院护士，关照每天抹三次药膏，很快就会痊愈。

“你第一次进教堂吧，老高？”大妈给我们拿了两瓶水，看得出她年轻时是一枝花，口齿也伶俐，“看到你这副样子进来，我蛮心疼的。不过嘛，我又很高兴，只要进了这扇门，就离主又近了一步。”

老头白了她一眼，嘴上却言不由衷：“蛮好，蛮好。”

“在这里要庄重！你看祭坛上那幅画——喂，不准对圣像拍照！”大妈教训起来，我被迫收起手机，听她用字正腔圆的普通话布道，“大天使弥额尔，上帝指定的伊甸园守护者。你看他是个金头发的小男孩，手握大天使之剑，在跟撒旦的七日战斗中，将撒旦踩在脚下。”

画像上面有一行字母 Quisut Deus——我估计是拉丁文，问了句：“阿姨，那是什么意思？”

“谁如天主。”

十年前，大妈的老公得癌症死了。第二年，她受洗进了教门，那时教堂还没搬来。她成了义工，坚持每天做弥撒，发展了好多新教友。而她最想发展的对象，就是住在隔壁的老头。有时大妈还陪老头一起喂猫，对于他把教堂背后的三棵樱花树当作流浪猫公墓也不反对，本来欧洲的教堂就有墓地功能嘛。只不过，老头顽固地拒绝教化，更不肯踏入教堂大门一步。

"老高，你终于相信自己有罪了？"

"不，我是来找猫王乔丹的，它会不会藏在这里？"

这个回答让大妈很不高兴，但她笑笑："没关系，信仰的大门永远为你敞开，就算你信了其他教门，也欢迎进来坐坐。"

弥撒开始。我和老头是异教徒，识相地告退。走下台阶，背对钟楼，面对曹家渡的十字路口。老头把手指放到嘴里，打了个呼哨，一伙流浪猫窜出来，聚在教堂门口的小广场。他摸了摸它们每一个，依次叫出皮蓬、罗德曼、库科奇、朗利等最后一届公牛王朝球员的名字。唯独缺了乔丹。我的脑子里却闪过另一个人："嗨，我能叫你'禅师'吗？"

"芝加哥公牛的主教练菲尔·杰克逊？"

公牛王朝让人难忘的，除了乔丹，还有绰号"禅师"的主教练菲尔·杰克逊。2000年后，杰克逊又打造了科比的湖人王朝。"禅师"是球员出身，身高两米以上，最有名的动作，就是把双手小指，伸到嘴里打呼哨指挥球队。

老头欣然接受"禅师"这个绰号，打了第二个呼哨，流浪猫们闻声散去。曹家渡的太阳照常升起，从长寿路沿着13路电车的天线而来，金灿灿地照亮哥特式尖顶的十字架。

5

我决心帮助"禅师"找到猫王乔丹。

寻找一只猫，可能是一只成精的猫，就像破一桩离奇的杀人案。为这只猫，我都进过派出所了，我必须如名侦探那样小心翼翼，像女人笔下的小胡子波罗或马普尔大娘，又如男人笔下的私家侦探菲利普·马洛或酒鬼马修·史卡德，他们更似冷酷好斗的公狼。不过，单靠"禅师"的鲁莽（这可跟他的外号很不相称）往往适得其反，他绝不能再出去闯祸了。我想到一条柔软的线索——女人。推理小说在这种关键时刻，侦探往往会跟女当事人或女证人上床，但我不是这个意思。

我楼下就有一窝猫，有人支援硬纸板和破棉布，加上猫自己叼来的树枝。一只黄色母猫，带着三只小黄猫，其中一只腹部雪白。公猫早已始乱终弃。小猫刚断奶，深夜在猫窝外“喵呜”地叫着，长到三个月，母猫就会把它们赶走，以便自己再找公猫交配。小区最深的角落，有个物业废弃的小屋，挂着牌子：“请勿将小动物遗弃在此！没有遗弃就没有伤害！望各位勿爱心绑架！也请勿随意糟蹋爱心人士放置的猫粮及用具，请不要再有此种失德之行。”此地总是堆着猫粮，几十个猫屋里有旧衣服和被褥，常有小猫在这出生和过冬。管理这个秘密基地的，是居民中的爱猫者，全是三十岁以上的女人。

秋风飒飒，天上有六十八年来最大的超级月亮。我带着一大包猫粮，来到秘密基地，遇到三个家庭主妇。一个脸上化妆，一个穿着拖鞋和棉袄，还有个叼着女士烟。跟“禅师”相处久了，我认出这些猫是拉里伯德、萨博尼斯、哈达威、麦克格雷迪。我有轻度自闭症，跟女人说话会脸红，但为了猫王乔丹，我觍着脸跟她们交换微信，每人送一本签名书。有个大姐热情地把我拉进“曹家渡流浪猫爱心群”。这个群有五十多人，我是唯一的男性。我发红包求转，张贴寻找猫王的启事。大家七嘴八舌提供线索，有的明显扯淡，有的自相矛盾，也有故意添乱的。

其实，我从不认为自己是爱猫人士。我想念的是陪伴过我的小白，而非猫这个物种。就像我也养过狗，养过兔子，养过乌龟和鸟。“禅师”拒绝参与聚餐，他跟那些喂猫的女人完全不是一路人。此人天生独来独往，如果我不是二十多年前的老邻居，也不是小白曾经的小主人，他不会跟我多说一句话。

我召集了爱猫人士的聚餐，挑了悦达 889 广场四楼的寿司店，玻璃墙对准曹家渡的十字路口，斜对面是天主教堂。这家店不贵，但符合她们口味。这些女人都比我有钱，老公不是当官的就是搞金融的，孩子也都不小了，才有闲工夫每晚出来喂猫。总共来了七个，全都精心打扮，各自暗暗较劲。其中一个日本主妇，小眼睛，高鼻梁，雪白的皮肤，会说简单的中国话，跟老公在我们小区租房住。我知道这些女人很寂寞，但我让她们失望了。她们的嘴唇如加特林机关枪不停，但我没聊任何猫以外的话题。

说到猫王乔丹，她们只知道猫王，不知道乔丹。NBA巨星们是专属于“禅师”的秘密。但她们都知道“乌云盖雪”，还有黑猫白尾的“墨里藏针”、白猫黑尾的“雪里送炭”、黑猫白尾梢的“墨玉重珠”、白猫背上有黑斑的“将军挂印”以及全然纯色没有一根杂毛的“四时好”。但没人说起过白猫尾巴尖上有一朵火红，也许我的小白就是独一无二。于是，我给它也起了个雅号“飞雪封喉”。

这些女人说起猫来如数家珍。猫的黑夜视力是人类的六到八倍。我们双眼视野一百八十度，猫则有二百度。但猫不善于看远，只对眼前东西敏感。猫几乎是色盲，只能分辨蓝色和黄色——猫眼里的世界，我们都长着阿凡达的脸吗？猫能准确捕捉快动作，擅长抓老鼠捕鸟，但你要是给它做慢动作，它就不知所措了。

曹家渡的流浪猫，分为两类，一类是自然繁殖的结果，多是猫王的直系后代；另一类则是被遗弃的宠物猫，因为拆迁和旧区改造，有的纯属主人不负责任，少数是自己逃出来的。野外出生长大的猫，抵抗力和生存力都比较强，能自行寻找食物，也懂得如何躲风避雨度过寒冬。被遗弃的就很可怜，往往在饥寒交迫中死去，只能依赖爱心人士投放食物维生。

出乎意料，这一桌子女人都不喜欢猫王。她们常把流浪猫送去做绝育手术，这也是老头讨厌她们的原因之一。猫王攻击过一个女人，因为她抓了一麻袋猫去结扎——都是猫王的后代，它如魔王从树梢上跳下来，几乎抓破她的面孔。不过嘛，这件事仅限于口耳相传，无人亲眼见证，谁知道是猫王还是“小三”干的？

正说这段话的女人，一边吃着三文鱼刺身，芥末加多了，泪流满面。我请她们喝了贺鹤茂一滴入魂清酒，但我只喝玄米茶。掉眼泪的女人有四十岁了，留着日式大卷发，苍白的脸上长着雀斑。据说年轻时做过T台模特，不知有多少男人为她打破过头，如今围绕她的异性只剩下一堆被阉割的公猫。我避开她的目光眺望窗外，新月挂在对面工地楼顶，夜总会门口停满跑车。女人们酒酣耳热之际，忘了是谁起的头，聊起了“禅师”老头。

这个“长脚老棺材”啊！还会打呼哨召集流浪猫，像有法术耶。他会帮助怀孕难产的母猫，收养被遗弃的孤儿猫，但身上那味道重的啊，简直就是流动的毒气室！哎哟，有时我们喂猫，只要他走过来，大家就提前散了。对啊，我亲眼看到过，他像个骷髅一样，抱着死猫去教堂背后的三棵樱花树下埋葬，我是再也不敢去那个地方了。好邪恶！他什么底细？只知道他在曹家渡住了很多年，一辈子都没结过婚，怪得不得了……

一堆女人七嘴八舌，她们早就给老头起了“长脚老棺材”的外号。我插不进话，坐在寿司店的阴影中，打量她们放肆大笑的鱼尾纹，谈到恐怖传说时翻出的眼白，还有牙缝间来不及清理的米粒。但我知道，她们今晚都很快活，哪怕偶尔落泪。

晚上九点，我负责埋单。日本女人喝了好多清酒，微醺中，被人扶到门口，却提供了一条线索——悦达 889 广场 B1 层有个宠物诊所，她们经常带流浪猫去做结扎。两天前，她看到有人带一只老猫来看病，同样是“乌云盖雪”的毛色，很像猫王乔丹。

我背她到宠物诊所。医生正收拾打烊，他被我们这群人吓到，以为日本女人犯了什么急毛病，抓紧时间请他这兽医来处理。他说很遗憾，老猫已病入膏肓，年龄估计在二十岁以上，当天就不治身亡了。

“死了？尸体呢？”

“第二天就处理掉了，集中运送到宠物焚尸炉，如果是有主人的话，还会提供骨灰。”

“流浪猫呢？”

“下水道。”

听到焚尸炉三个字，我想，绝大多数动物，更愿意埋在教堂背后，三棵樱花树下，而非奥斯维辛。

医生打开电脑，从文件里挑出一张照片说：“我有个习惯，每只在我手里死去的宠物，都会给它拍照留念——喏，就是这张，是不是你们要找的猫？”

我盯着电脑屏幕，躺在托盘里的死猫，既瘦而大，纯黑身体与尾巴，雪白肚子和四肢，眼角有白色液体，可能是死亡时流出的脏东西。

真的很像猫王乔丹。

6

数日后，上海的气温再降。曹家渡的许多树叶，犹如城郊接合部洗剪吹染发的乡村少年，颜色从翠绿到金黄到咖啡色不等。“禅师”病了。他不认为病因是上回跟人打架，也拒绝承认年纪大了难以抵挡风寒，自称是为寻找猫王乔丹急火攻心。

我陪他去过一次曹家渡街道医院，从他家抽屉最底下掏出发霉的医保卡和病历卡，发现他已有七年没去过医院。挂号和收费窗口排着长队，大部分人年龄并不比他大，乐此不疲地取着药。我帮他排队挂号，带他找到门诊医生。我看到女医生露出不快的眼神。她打开原本紧闭的窗户，一句话都没问，也没做任何身体检查，戴上一副大口罩，就在病历卡上龙飞凤舞。突然，老头从医生手中抢过病历卡。女医生猝不及防，但手指头抓紧病例卡的一角，直接撕掉半页纸。灰白的大口罩后面，惊恐的双眼闪烁，爆出一句愤怒的上海话：“侬啊是有毛病啊？老棺材！”

老头已摔门而去，穿过狭窄曲折的走廊和楼梯，冲出街道医院。深秋街头，遍地落叶，犹如烤煳了的煎蛋。我在后面追问他啥事呢？老头像只奓毛的老公猫说，那个女医生嫌鄙他有一身猫味。我苦口婆心劝他回去，徒劳而已。

“禅师”固执地不去医院，在家里煎了好几包中药。次日，我去找他，刚走进楼道，鼻子里全是苦兮兮的味道，令人回想起住在这栋楼里的旧时光，疾病缠身如药罐子的外公。我在门口碰到隔壁的大妈，天主教堂义工，也是居委会成员。大妈说，邻居们投诉过无数遍，说老头家里太臭，总有流浪猫翻墙进出，有时跑错到别人家。但老头屡教不改，宁愿跟整栋楼的邻居为敌。有些楼上的家伙不怀好意，把脏东西直接扔到底楼天井。她让我劝劝老头，喂流浪猫不是不行，但要掌握分寸。我看着大妈胸口晃着的十字架，摇摇头说我尽力吧。

一进门，“禅师”问我：“隔壁的寡妇又说了什么？”

“哦，让你注意身体，有病一定要去看病，不要关在家里煮中药，邻居们又要投诉 103 室的怪味道啦。”

“放屁！”他绝对是在门后偷听了，“不要把她的话当回事。”

“她喜欢你吧？”我想我说出了真相。

老头关掉煤气灶的火，从铝锅里倒出一碗中药，味道像发霉了七天的猫屎。他把我引到客厅，故意把电视机的音量调大，低声说：“我早就知道。”

两只流浪猫从我脚下窜过，看起来有气无力，大概被中药味熏的。他正在看 NBA 比赛，洛杉矶湖人 vs 金州勇士，杜兰特又一个暴扣，斯台普斯球场鸦雀无声。第三节休息，大胸妹子啦啦队上来跳舞，我放下一筐水果，抱起名叫帕克的花狸猫。“禅师”非但不谢，反怪我没带猫粮。

老头掏出个铁皮罐头，黄色与红色包装，印着“乐口福”三字。他用指甲撬开盖子，倒出黄色粉末，用热开水冲进搪瓷杯。屋里除了中药和流浪猫的气味，多了浓浓的奶粉与可可味，麦乳精？他说放心喝吧，没变质，现在超市里还有卖。我啜了一小口，果然是童年味道，极甜而腻，尤其黏稠，现在没人受得了。时光在此折叠，而我上次喝麦乳精，也是在这个房间，外公亲手给我冲的，而他已没了二十多年。

我家还在曹家渡的时光，外公住过多次医院，未能逃脱最后一次。有一晚，我从医院探望出来，独自走了好久回家，沿着江苏路到三官堂桥，眺望整个曹家渡。也许年轻气盛的猫王乔丹，就藏在某个屋顶的瓦片间。一抬头，意外发现满天星斗，那是在上海能用肉眼看清猎户座三颗星星的最后一年。那年深秋，外公没了，我家从曹家渡搬走。小白死后，我爸养了几十只鸽子。我还有两只长毛兔，一只小乌龟，一对虎皮鹦鹉，家里一度挂满圆的方的各种鸟笼。更别说蟋蟀、金铃子、叫蝈蝈……爸爸被迫杀死鸽子和兔子，煮了一冰箱的鸽子汤与兔头，精心修理的花园变成荒芜的“圆明园”。

当我说起悦达889广场宠物诊所提供的线索，“禅师”吐出一口痰：“猫有九条命，猫王就有九十九条命，它不会轻易死的，除非见到尸体。”

1995年，乔丹成为方圆一公里内的猫王，统治核心在苏州河边的菜市场，连续让三十六只母猫怀孕生了上百只小猫。流浪猫家族风调雨顺，公猫荷尔蒙旺盛，母猫春心荡漾，老猫身体健康，该交配的都交配了，绝无剩男剩女，几乎每一窝小猫都存活了。大量居民投诉，流浪猫发情叫春扰民，影响准备高考的孩子复习。许多人家过年把咸鱼、风鹅吊在阳台上，常常半夜被飞檐走壁的贼猫掠去。秋冬季，马尔萨斯理论应验，恰逢严重的通货膨胀，菜市场价格暴涨，肉食供应紧张，水产尤其金贵。僧多粥少，要贴秋膘的猫，饿得皮包骨头。往年是鼠患猖獗，而这一年的老鼠被猫吃光了，曹家渡猫满为患，大街上有成群结队的猫族出没，根本不惧怕路人，犹如打家劫舍的强盗，看到好吃的就蜂拥而上，引起街道党委的高度重视。曹家渡分属三区，干部们隔一条街老死不相往来，此番打破行政界限，坐在沪西状元楼开现场办公会。一众人酒足饭饱，糟溜黄鱼和醉鸡在胃里发酵，联合发起规模空前绝后的“灭猫运动”。各居委会大妈带头，在主要路口张贴横幅“严格执行计划生育，严厉管控野猫数量”。计生委传授各种绝招，大量投放含有毒药和避孕药的猫食；联防队员彻夜巡逻，看到流浪猫就用网兜捕获，送去猫肉煲批发市场；他们在流浪猫最喜欢出没的地方，放置危险的捕兽夹，夹伤了一个男孩的腿才撤掉。每天早上，都有几十只猫横尸街头，更不用说在阴沟里饿死与冻死的，死猫腐烂臭气熏天。1995年是中国乙亥年，“禅师”将之记录为“乙亥之乱”。猫王为保护家族，跟三个街道的干部，进行持久而惨烈的对抗，无数次偷袭联防队员，许多人被它抓伤咬伤。它甚至夜闯街道办公室，在主任的桌上留下猫屎，撕烂“灭猫运动”的红头文件。街道办恼羞成怒，贴出告示，悬赏两百块，捉拿“恶猫”，打死也给钱。

每天都有“乌云盖雪”的死猫送到街道办，无法确认是否猫王，一律给两百块打发了。冬至过后，“禅师”给电视台写了封信，晚间新闻报道了“灭猫运动”，市领导刚出国考察归来，有感于猫狗在国外地位崇高，亲自下了条子，批示这种“运动”劳民伤财，破坏投资环境，有违国际大都市形象。“灭猫运动”无疾而终。经此一役，到了1996年春节，猫王家族的种群数量降到不及五十只，处于灭绝边缘。第二年，曹家渡的老鼠泛滥成灾，街道办再次动员居委会大妈张贴横幅，开展了一场声势浩大的灭鼠运动。

说话之间，有那么几秒钟，“禅师”变得一动不动，仿佛一具骷髅，或一尊化石。我不太相信如此戏剧性的故事，1995年的“灭猫运动”，更像天方夜谭。不知不觉，麦乳精已见底，我的胃里装满奶粉、可可豆、小麦粉。这个布沙发有热烘烘的猫味，让我像个小男孩昏昏欲睡，我随口说了句：“‘禅师’，你这个故事足够拍一部电影了！”

“电影？”老头像个侏罗纪公园的长颈龙般起来，“我想起一个地方——沪西电影院，放映厅楼上有很多猫窝。有一年，猫王乔丹是在那里过冬的。”

7

第一次到沪西电影院，约是1990年的暑假。我记得是部美国科幻片，最后是座海岛，有戴草帽的巨大石像，多半是复活节岛，发现史前的地外文明。放映厅黑漆漆的，冷气开得很足，银幕上的画面让我害怕。走出电影院，回到烈日下，双眼被晒得睁不开，只觉得生活在社会主义中国真幸福，至少外星人不敢入侵我们神圣的祖国，不是吗？那时候，沪西电影院有个巨大的圆弧形门面，不可一世地坐落在曹家渡五岔路口的东北角。大门两边的海报，画着最新的美国或香港电影。直到搬家离开曹家渡，才知道那些片子早已过时。

夜深后，我把车停在花鸟市场，出门右拐，一楼东北饺子馆，二楼香辣蟹，三楼才是电影院。顶上有栋三十多层的高楼，停业施工了整整五年。楼顶伸出个巨大的塔吊，宛若《星球大战》的飞船，永远悬挂在曹家渡中心的十字路口上空。沿街有个不起眼的售票窗口。午夜有三场电影：郭敬明老师的《小时代》、卡梅隆老师的《阿凡达》与《泰坦尼克号》。

三选一，我勾3D修复版《泰坦尼克号》。

坐电梯上三楼。早已不是童年的电影院，墙上贴着过期的海报，从《重庆森林》《大话西游》《黑客帝国》再到《暮光之城》。我看了眼电影院的介绍——始建于1926年。共产党与国民党还在蜜月期，北伐军刚从广州启程。曹家渡属于北洋军阀地盘，但不妨碍歌舞升平，阮玲玉甚至还没出道，人们只能看无声电影。九十年后，我独自坐进幽暗的午夜场，怀疑是否再次看到黑白默片？按照那个时代的习惯，影院里有一支管弦乐队，为银幕上的无声对白配乐，在大西洋的落日里响起《*My Heart Will Go On*》。

戴上3D眼镜，艨艟巨轮驶离英格兰海岸，茫茫无边的大西洋上，嫩得出水的莱昂纳多·迪卡普里奥面向镜头，救下将要轻生的露丝。放映窗里射出一束白光，银幕时而昏暗时而刺眼。整个厅里只有两名观众。她与我相隔三排座位，清汤挂面的长发间，脸庞被黑色眼镜遮挡。

一个半钟头后，巨轮撞上冰山。3D效果让我产生一种错觉，仿佛被冰刀刺破肚子。紧张时刻，背后传来什么声音，会不会是猫王乔丹？我一回头，看到长发妹正哭得稀里哗啦。犹豫两秒，我坐到她的身边，掏出餐巾纸给她。恰好银幕上灯火通明，她摘掉眼镜，看来与船上的露丝年纪相仿。

“我吓到你了吧？”她擤着鼻涕，泪水反射朦胧的光，像黑夜里流浪猫的眼球，“这部电影我看过十二遍，每次看到这里都会哭。”

“没关系，谢谢你，让我没有一个人看电影。”黑漆漆的电影院，只有我们两个人，我担心被当作骚扰的痴汉，“请问，你有没有看到过一只猫？”

她在黑暗中注视我的双眼，开出一张不是变态的鉴定证书：“你的猫长什么样？”

“不是我的猫，它是曹家渡的猫王。”我越是显得一本正经，就越是显得有精神病。然后，我用了漫长的三分钟，详细描述猫王乔丹的所有特征。

她戴回3D眼镜，不想漏过泰坦尼克号的沉没："我记得这只猫，在我楼下看到过两次。"

突然，她尖叫。我没有占人便宜，打开手机光束照着地上，座位尽头窜过一条黑乎乎的尾巴。不是猫，是老鼠。她没逃跑，只是换了个座位。她说常来这里看午夜场电影，但没遇到过老鼠，真是见了鬼。泰坦尼克号彻底沉了。如果，船上有只叫乔丹的流浪猫，是从冰海中逃生还是伴随成千上万只耗子沉没？电梯停了，只能走楼梯下去，我没有发现猫王的踪影。

影院门口是露天排档，白帽子的穆斯林在烤羊肉、板筋和鸡翅。惨白路灯下，烟雾浓重如灰色的云，被寒风糅杂上夜空，横亘在天主教堂的十字架上空。食客们坐在小板凳上，多是刚从附近各家娱乐场所下班。撸串的还有两个老外，斯拉夫人长相的金发美女，身材甩了露丝不知几条街。子夜后，秋风甚紧，我们坐在小方桌边。这边厢寒露逼人，我的鼻涕与眼泪同时掉落，用光了一包餐巾纸。她倒不怕冷，风吹得发丝乱飘，露出一截子雪白脖颈。

"我叫小鱼。"她补充一句，"我姓鱼，你知道鱼玄机吗？"

"嗯。"我知道那个唐朝女人，有人说她是荡妇，但我不能这么跟她说。

她又说，猫爱吃鱼，她天生怕猫。小时候，碰到猫毛就全身过敏，医生说严重点会要她的命。烤鱼来了。我隔着烟尘看她，像看一条刚被猫逮住，还没被刮鳞的活鱼："那你不适合住在曹家渡。你来这里多久了？"

"不到一年。"小鱼是北方人，眼睛细长，薄嘴唇，高而直的鼻子，像只白猫，"你呢？"

看着空旷的十字路口，我想了想说："二十多年。"

"哇。"她吐出烤鱼里的小刺问，"你为什么要找那只猫？"

"为什么？"这个问题难倒了我，"不知道。"

我啃着烤串，转头看马路对面，哥特式的教堂钟楼下，有只通体雪白的大猫走过。我在"禅师"家里看到过它，名叫保罗·加索尔。

小鱼的话不多，但比我多一些。拉拉杂杂说了几回合，像剪碎了的电影蒙太奇。我大致听出，她在曹家渡的写字楼上班，住在旁边的高层小区，租的单身公寓，养了两只仓鼠。

“喂，我家楼梯走道里，有一窝被母猫遗弃的小猫。但我不能养猫，既然你喜欢猫，求求你把它们抱走吧。”她咬着我的耳朵说。我在群里听说，偶尔会有母猫遗弃小猫，多半是初次怀胎，相当于我们的少女妈妈，毫无经验，自己也被生孩子吓坏了。

离开排档，走几步就到她的公寓楼。小鱼在前面，头发丝几乎飘到我眼里，带着烧烤的烟熏味，让我忐忑不安。这块地皮当年是上海绢纺厂，初中时，老师带我们来这个厂实践劳动过，不知哪一年关门拆了。她按了电梯的 19 楼。幽闭空间，带着两个人扶摇直上。也许不存在被遗弃的小猫，只是个露水姻缘的借口。我很想随便按个楼层逃跑，但为时已晚。我们出了电梯，走廊很长，全是小户型单元，出租给外来人员，租金在四千到六千元。

“小猫在哪里？”我煞有介事地问了句。没想到，她领我到逃生通道，推开一扇防火门，果然有个纸板箱的猫窝。我看到被褥，还有猫粮和猫砂，最后是四只小猫。

然后，我听到了小鱼的尖叫。

它们都死了。一窝小猫，总共四只，血肉模糊，墙壁和楼梯上，沾满血污，就像《德州电锯杀人狂》的拍摄现场。我能闻到空气里刚飞溅过血珠子的味道，在半封闭的逃生通道中挥之不去。我的鼻子颇为恐惧地连打七个震耳欲聋的喷嚏，恐怕惊醒了整层楼里熟睡的人们。我强迫自己靠近猫窝，像个勘查现场的刑侦人员。这些猫都被开膛破肚了，内脏和脑浆四溢。猫窝还有余热，说明惨案刚发生不久，与我在隔壁电影院看《泰坦尼克号》同时？

我把小鱼送到家门口，然后说再见，没有交换联系方式。

8

虐猫？

以前不是没发生过，比如杀流浪猫冒充羊肉串。“禅师”说曹家渡的地下有股戾气。七十年前，当他光着屁股在苏州河里游泳，此地尽是妓院、赌场与鸦片馆，或三者合一。曹家渡既是贫民窟，也是销金窟，更是亡命窟。新中国成立后，三官堂桥下的咸肉碎尸案，死者身上有副带小孔的扑克牌，公安局遂据此破案，凶手是变扑克牌戏法卖圆珠笔的小贩。

教堂背后的三棵樱花树，“禅师”代替法医，检查被虐杀的四只小猫。伤口不是被刀切开的，而是某种锯齿状的工具，异常残忍。若是人类所为，绝对畜生不如。我问会不会是公猫干的？偶尔公猫会杀死小猫，为了提前与母猫交配。这种事一旦出现，猫王乔丹便会立即干预，犯事的公猫会遭严惩，轻则终生驱逐出曹家渡，重则横尸街头以儆效尤。我用铁锹挖开树下泥土，随处可见猫的碎骨头。个别头骨还很完整，跟活猫的形状完全不同，像某种史前怪物。

“1999 年，我在这里埋葬了至少三百只流浪猫。”老头回忆，那年夏天，三角形小草坪光秃秃的，四周竹林低矮。如今的教堂还没影子，曹家渡依然是五岔路口，沪西电影院刚被改造。

公元后第二个千年结尾，传说世界末日将临，8 月 13 日英仙座流星雨的一夜。虽然，全人类平安过渡到了新世纪，但对曹家渡的流浪猫来说，1999 年是个不折不扣的世界末日。老头将之命名为“流星之疫”。中世纪的黑死病，杀死过一半的欧洲人，从 1347 年一艘来自黑海的帆船里的老鼠开始的。1999 年的“流星之疫”，也来自苏州河的樯橹。那艘运鲜肉的船上，窜出几千只老鼠。港务部门禁止该船靠岸，但老鼠都是游泳健将，化整为零，密密麻麻爬上堤岸。猫王乔丹率领它的家族，守候在河边各个角落，逮住老鼠们大快朵颐，吃不下也得弄死。曹家渡鼠尸遍野，环卫局打扫了整整一昼夜。

七天后，瘟疫暴发。老鼠对猫的报复。轮到流浪猫横尸街头，皮肉溃烂，口吐白沫，眼珠弹出，从长宁路到长寿路臭气熏天。环卫工不敢再来处理尸体，因为有老鼠的前车之鉴，害怕传染上什么毛病。只有“禅师”亲手埋葬了三百只死猫，公墓就是那三棵樱花树。不仅草坪，还有旁边的竹林和绿地，全被他用铁铲耕耘了一遍。接触过那么多死猫，人们都认为老头必死无疑，看到他就远远躲开。隔壁邻居简直用消毒药水在洗澡。然而，老头活得好好的，曹家渡的流浪狗也安然无恙，更无任何人染病。据说这是某种潜伏多年死灰复燃的病毒，但只传染猫和老鼠这两个物种，对人类和其他动物完全无害。原来，猫鼠才是同生共死的关系。

猫王乔丹捕鼠最多，当然没能逃过病毒，尽管身强体壮，这次也病得奄奄一息。为了救猫王的命，“禅师”骑着自行车，把它放在网兜里去找医生。那时宠物诊所很少，他跨过三官堂桥，沿着曹杨路往下骑了四十公里，找到乡下的兽医站。猫王吊了一星期药水，老头就住在乡下，白天一刻不离地盯着，晚上睡在它身边。他知道乔丹的脾气，哪能安分守己接受输液？

终于，猫王起死回生，老头又骑着自行车把它带回曹家渡。染上瘟疫的流浪猫，差不多都死了，幸存下来如猫王的不过寥寥数只。四年后，当“非典”来袭，曹家渡街头人迹罕至，倒是成群结队的流浪猫们，放心大胆地躺在大好春光下晒太阳。

天冷后，黑得早，教堂尖顶化入天空。三棵樱花树下，我代替“禅师”挥舞铁铲，埋上最后几抔黄土。这窝不幸的小猫，很快会变成一堆骨头。我是斯蒂芬·金的脑残粉，他的《宠物公墓》写一只被阉割的猫，被公路上的车撞死。它被男主人埋入宠物公墓，当晚就活着回来了。虽然还是那只猫的身体，灵魂却早已被替换……这是我读过的恐怖大师最恐怖的小说。如果，这三棵樱花树就是宠物公墓，我的小白是否早已复活？

葬礼毕，围观默哀的流浪猫散去，就像殡仪馆散场的人群彼此寒暄，互相给个眼神或蹭一蹭痒，想想身后事，也是猫间十五年，与天地长久相较，如梦又似幻；一度得生者，岂有不灭者乎？织田信长若是只流浪猫，作为尾张的猫王，前往桶狭间奇袭来犯的骏河猫王今川义元，大概也会如此高歌一曲。那么猫王乔丹，在整个上海西区的流浪猫战国中，究竟是怎样的一个角色呢？至少不是老乌龟德川家康。鉴于猫的平均体重只有人类的1/15，在猫的眼中，人类的一切都要放大十五倍。我们的住房就是宫殿，小区和商场都相当于小型城镇。曹家渡，则是布满高耸入云的钢筋山峰，内里连接无数层复杂如迷宫的宽阔山洞，平畴阡陌由沥青浇灌，白线与黄线纵横之间，飞奔着危险的钢铁巨兽，再不济也是“突突突”的助动车铁马，其间点缀着山川密林、丘陵沟壑，真是个阿西莫夫笔下的未来国度。面积远远大于梵蒂冈，介于新加坡与马耳他之间。人类是这个国家白天的主人，猫王乔丹就是黑夜的帝王。

“禅师”抬头看着对面的高楼，他猜那个虐猫的变态，很可能住在那栋楼的某个窗户里，说不定正躲在窗帘背后，拿望远镜窥视我俩呢。我有些担心，猫王乔丹虽有九十九条命，但碰到这样一个魔鬼，恐怕也难以侥幸逃脱。但我没有放弃，发动了我微博上的280万粉丝，还有微信公众号、今日头条、知乎专栏，以及一切可以动用的资源，甚至惊动了静安区团委，帮助我发布寻猫启事。

但我知道，最终能找到猫王乔丹的人，唯“禅师”一人。

9

不知从何时起，曹家渡成了风月地，密集盘踞着几家有名的夜总会。我有个小学同学，外号“麻皮”，当年家住大自鸣钟，这几年还有联系。他约我吃了顿饭，胡扯些半真半假的风流韵事。他说附近有家夜总会，以前经常请客户玩，但最近不能去了。我问他原因，麻皮掏出块手帕，耐心地叠成小老鼠形状：“鼠灾。”

“带我去看看吧。”我低头摸了摸皮夹子，“我请客。”

夜总会就在隔壁，却已门庭冷落，原来的豪车都不见，倒是停满了助动车。

小弟殷勤地把我们引入大厅，红地毯两边布满老鼠夹与粘鼠板，正好有只灰老鼠被粘住，发出吱吱的惨叫声，被小弟丢进滚烫的开水桶，扑腾几下发出滋滋的火锅涮肉声后安静了。装饰着LV、迪奥与爱马仕LOGO的包房，悬挂拿破仑在奥斯特里茨战役的油画，皇帝的左颊有道伤口，乍看是被库图佐夫的士兵用燧发枪狙击的，其实是被老鼠咬破的。沙发角落里散落大大小小的糖丸，若是警察来了必当作摇头丸的证据，旁边却压着文字警告“老鼠药，请勿食用”。

麻皮说，原本这家店一只老鼠都没有，但在短短两个礼拜，老鼠从厨房、厕所发展到包房。夜总会想尽各种办法，无法解决鼠患，客人与漂亮姑娘们一个个被吓走。

“养猫呢？”

“早就试过了，那些宠物店买来的猫，看到老鼠就吓得屁滚尿流。”他拍拍我的肩膀，吩咐妈咪把姑娘带出来，“现在剩下没逃走的，都是些歪瓜裂枣的，你可别看恶心了哦。”

妈咪只带进来四个姑娘，前面三个确实吓到我了，但我认出了最后一个。

“小鱼？”

她戴着沉甸甸的假睫毛，脸上抹着厚厚的艳丽妆容，我依旧喊出她的名字，就像一只猫看到出水扑腾的鱼。跟我在沪西电影院看过《泰坦尼克号》的姑娘，仿佛在灌满冰冷海水的宴会厅中，她认出了我，低下面孔，转身就走。

麻皮却说：“等等！这姑娘不错啊！”她被拽回来。麻皮把她让给了我，毕竟今晚我埋单，而他挑了个《葫芦兄弟》里蛇精脸的姑娘。麻皮开心地喝着小酒，催我点歌。而我沉默是金，不敢看身边的小鱼。她倒是唱了首席琳·迪翁的《*My Heart Will Go On*》。妈的，她唱得真好。麻皮完全听呆了。MV画面是电影原版。纵然一只老鼠从墙角窜过，也打不断这良辰美景。

一曲终了，麻皮起身鼓掌，敬了小鱼一杯。她不推辞，豪爽地一饮而尽。麻皮的兴致来了，点了首《黑猫警长》，抓起话筒高歌：“眼睛瞪得像铜铃，射出闪电般的精明。耳朵竖得像天线，听着一切可疑的声音。你磨快了尖齿利爪，到处巡行。你给我们带来了生活安宁，啊啊啊！黑猫警长！啊啊啊！黑猫警长……”

酒过三巡，麻皮夸我的歌也唱得好。我笨拙地面对点歌屏幕，按照歌手点歌的菜单里，看到个熟悉的名字。当我还住在曹家渡，一天在学校早操前排队，有个同学突然说陈百强死了。于是，我点了《一生何求》。这是个 TVB 剧的主题曲，唱到副歌，仰头发出高音，天花板的贴脚线，爬过七八只黑色的大老鼠。它们真有音乐细胞。

但我听到了姑娘的尖叫。我继续唱，直到把高音唱破，地板上钻出几十只老鼠。也许是我唱得太过投入，仿佛被歌手灵魂附体，引来整个夜店的鼠类，汹涌的灰色洪流。麻皮还没喝醉，他也逃遁无踪。小鱼夺过我的话筒，低声问：“你走吗？”我抓着她的胳膊，冲出老鼠们的包围，跳梅花桩似的踮着脚尖，以免踩死这些小动物。

一路狂奔，逃出夜总会。我深呼吸，寒夜里的空气，带着浅浅的雾霾。望向曹家渡的中心，永远施工中的高楼，彻夜响着机器轰鸣。“你还会来吗？”我问小鱼。但她摇头，金黄色的路灯光束，笼罩脸上半寸厚的粉底，宛如敦煌洞窟里的画像。她卸掉假睫毛，拎着 LV 包走入黑夜。不晓得是去看一场午夜电影，还是去哪个男人身边？我独自走到十字路口，凝视头顶高耸入云的施工塔吊，仿佛一根刺入星空的巨大阳具。

10

“你谈过恋爱吗？”

“谈过。”

“嗨！什么时候？在哪里？她是谁？漂亮吗？个子很高吧？”我的脑子抽筋，莫名向“禅师”提出这一连串问题。这不符合我的性格。对于七十九岁的老头，一辈子没结过婚，我不可能得到真实的答案，我想。

"在部队里，你猜得没错，她差不多跟我一样高，也是打篮球的。"

"跟你很配啊，为什么没结婚？"

"她死了。"老头放开双手，怀里一只叫基里连科的大白猫，喵呜一声跳走。

不知是中药起了作用，还是身体底子太好，他的病基本痊愈，但后背再也不能挺直，像只阿拉伯的老单峰驼。"禅师"说出去找找猫王乔丹。我陪他走出孤零零的六层楼房，回望我住过四年的旧地，像一座关门歇业的博物馆。种着玻璃碴的墙顶，走过一黑一白两只流浪猫，也许是对刚打得火热的情侣，明天又会各奔东西。猫就是这样的物种，淫荡滥情并且天亮说分手，很适合为约炮软件代言。

爬上横跨苏州河的桥面，对面有个地铁站，过桥步行几分钟就到曹家渡的中心。这条河的两岸布满高楼，偶尔点缀几块绿地，包括天主教堂背后的三棵樱花树。曹家渡花鸟市场，坚固而硕大的四层楼房，仿佛扼守着河岸的巴士底狱堡垒。武宁路桥被改造成山寨版的巴黎亚历山大桥，每夜灯火通明地照亮可笑的欧式雕塑，大概为了跟家乐福的法国外墙保持一致。

河面上卷来刺骨的风，老头穿着羽绒服，白发被吹得像只毛茸茸的猫，高得就像桥上的路灯。他盯着桥栏下面，静水深流的苏州河："1949 年夏天，我在这条河里游过泳，就是从这个位置跳下去的。"

刹那间，我几乎要搂住他的腰。"禅师"放声大笑，骑助动车路过的快递员异样地看他。

"不要怕，找不到猫王乔丹，我是不会死的。"老头说。

他生在三官堂桥下的老房子里。那一年，曹家渡的太平岁月终被打破，太阳旗飘扬在上海上空，数万难民从闸北虹口逃亡而来。老娘被炮声吓得没了奶水，只能用米汤把他喂大。他爹是英商电车公司的司机，每天威风地驾驶有轨电车在曹家渡与南京路间来回。不知何故，爹娘与兄弟姐妹都是中等个头，他却比别的孩子大一圈，被叫惯作"长脚"。对面工厂有个日本工程师，他的小女儿带来一只叫小雪的白猫，他在马路边种了三棵樱花树，据说是从京都带来的种子。天皇在广播里宣读投降诏书那天，工程师仓皇逃回日本。一年前，他的女儿就得白喉死了，小雪被遗弃成了流浪猫。七岁的“禅师”把它捡回家，在第二次世界大战的胜利日，展开七十年的养猫史。据说，我的小白就有这只猫的血统。

四年后，小雪病死，他又养了三只流浪猫。解放军进驻上海，一支炮兵部队过曹家渡，他抱着三只猫，挤在箪食壶浆的人群里，盯着乌黑发亮的炮管，发誓这辈子要当炮兵。十七岁，他如愿以偿成为炮兵团最高大的士兵，连长说他是填弹手的好料子。恰逢军区组建篮球队，教练看中他一米九的个头，立刻挑进体工队。他对篮球一窍不通，对连一次开炮机会都没有有过耿耿于怀。

隔壁的女篮队里，有个叫小雪的姑娘。哈尔滨人，皮肤白得吓人，据说有一点点白俄罗斯血统。她的弹跳力出众，既可在内线单打，也能拉出来投三分，最强是篮板。多年后，“禅师”还记得小雪半夜打开球场，单独训练他上篮和罚篮的基本功。矫正投篮手形时，不可避免身体接触，他的心脏怦怦乱跳，像只死里逃生的猫。他们谈了七年恋爱，但有一个约定，必须进国家队才考虑结婚。三年自然灾害后，她入选了国家队，他因基本功太差而落选。1966 年夏天，军区篮球队的最后一场比赛，小雪突然摔倒在球场上。当他背着她跑到医院，她的心脏安静下来，在他的背上渐渐变凉，像那只叫小雪的猫。

小雪死于马凡氏综合征。这是一种先天疾病，患者身材高瘦，手脚细长，容易心脏病发猝死。很多 NBA 的巨星，都在现役或退役后死于马凡氏综合征。

“但我没这种病。”老头补充一句，伸出巨大的手掌，抓紧桥栏杆，“你满意了吗？”

“对不起。”我为好奇心向他道歉。

那年夏天，他从部队退役，回到原籍的上钢八厂，做了一辈子机器修理工。钢铁厂在曹家渡隔壁的武宁路桥下，紧挨我念过的五一中学，每次路过大门，都能望见整堵墙上豪迈的标语：“全世界无产者，联合起来！”仿佛从切·格瓦拉到加西亚·马尔克斯还有菲德尔·卡斯特罗纷纷遥相呼应。曹家渡、大自鸣钟还有曹杨新村，住这一区的多是工人阶级，我也是工人的儿子。中学毕业后第二年，我们学校就被拆了，原址造起金碧辉煌气象万千的夜总会，与斜对面的“天上人间”并称魔都夜生活“双璧”。唇亡齿寒的上钢八厂，在“禅师”退休前一年，联合了“全世界无产者”一并化为废墟。至于他回上海以后的五十年，有没有再谈过恋爱，我没问下去。

夕阳洒在苏州河深灰色波纹上，像一整块打碎了的玻璃。我幻想看到猫王乔丹走过屋顶瓦片。乌云盖雪的皮毛，洒上一层金黄光芒，如油香四溢的焦糖布丁。我们下桥。遍地法国梧桐的枯叶，被狂乱的西风召唤，如一大群黄皮老鼠狂奔而来。

11

我陪“禅师”在苏州河上吹风的第二天，隔壁的大妈传来消息：教堂出大事了。

天蒙蒙亮，我和老头赶到教堂。好几个义工守在门口，更多的流浪猫蹲守在台阶前。它们的耳朵都往后竖，眼睛细眯起来，焦躁不安地来回走动。“禅师”说，猫的每种动作都有不同的含义，这个就说明看到了某种猎物。大妈给我们开门，教堂地板上铺满老鼠。不，是老鼠的尸体。我有些害怕。弥撒已经取消。“禅师”蹲下来琢磨，甚至抓起一只老鼠尾巴，倒吊起来观察。老鼠的喉咙都被咬断，血被放光——教堂里这么说很是亵渎，但这确是猫王的风格。他能闻到乔丹的气味，在千万只猫中绝无重复，就跟老头自己一样，钢种锅里煮了几十年的老荷尔蒙，不甜不腻，浓稠绵密。

猫王乔丹并非嗜杀的冷血动物，吃饱喝足的前提下，不会随意捕杀老鼠，除非被逼到绝路。十五年前的冬天，它让一只年轻的母猫怀孕，小猫出生没几天，母猫出去觅食的空当，整窝小猫被大老鼠咬死了。猫王开始对老鼠疯狂报复，捉住的每只老鼠都不吃，而是咬断喉咙放血而死。这么做并不残忍，甚至是最人道的一种死刑，至少痛苦的时间极短。而一只顽皮的公猫，有九十九种既残忍且漫长的方法虐杀猎物。

本堂神父也来了，是个中国人，穿着便装，对我们和颜悦色。我想起《悲惨世界》开头放走冉·阿让的米里哀主教。大妈介绍我们是灭鼠高手，我没表示反对意见，对“禅师”来说也不为过。神父带着我们走进地下室，没有发现宝藏或秘密，却看到一窝小猫的尸体——跟我在对面公寓楼上发现的小猫一样，开膛破肚，血肉模糊，必是同一作案凶手。

昨天晚上，本堂神父听到有小猫惨叫，就下来看了一眼，结果发现了恶魔。

“恶魔？”我对于此类话题，尤其是教堂地下室，总是深感兴趣。

那家伙难以详细描述，总之就是个怪物。从未见过的物种，体型差不多比猫还大，但绝对不是猫或近似动物。更不可能是狗。本堂神父背了《圣经》里一段话——

> 我又看见一只兽从海中上来，有十角七头，在十角上戴着十个冠冕，七头上有亵渎的名号。
>
> 我所看见的兽，形状像豹，脚像熊的脚，口像狮子的口；那龙将自己的能力、座位和大权柄，都给了它。
>
> 兽的七头中，有一头似乎被杀至死，但那死伤却医好了。全地的人都稀奇，就跟从那兽。
>
> 又拜那龙，因为它将权柄给了兽；也拜兽，说，谁能比这兽？谁能与它争战？

苏州河爬上来的水怪？想想苏州河流到黄浦江，黄浦江又从吴淞口潜进长江入海口，转个弯就摸到浊浪滔天的东海，穿过琉球群岛便是几千米深的太平洋，天知道藏了什么史前巨兽？比如日本人的哥斯拉，犹太人的利维坦，抑或福岛核电站？

不管老鼠，还是虐杀猫的变态者，抑或是《圣经》里的恶魔，有一点确凿无疑，猫王乔丹还活着，它在进行一场殊死搏斗，而且没离开曹家渡。这个发现让“禅师”略感欣慰，他很快就会再见到乔丹。为不辜负灭鼠高手之名号，我们帮助教堂里的大妈们，戴上口罩和手套清除死老鼠。“禅师”动作娴熟，看来精于此道。而我没敢吃午饭，害怕会呕吐一地，果然连晚饭都没吃上一口。

在天主教堂忙了一整天，直到黄昏走出这扇门，我俩依然是一对异教徒。教堂门口的小广场，隔壁商场的灯光照在“禅师”身上，投射出骷髅般的高大背影。我回头看自己的影子，怀疑多了一根尾巴。正对曹家渡中心的路口，有个长头发的流浪歌手抱着吉他，慢慢地唱一首英文歌：“Love me tender，love me sweet ; Never let me go. You have made my life complete. And I love you so.”

猫王正分身在曹家渡的无数个角落悄悄凝视我们，我这么温柔地想着。

12

第一次看乔丹打球，是我搬家离开曹家渡的那年。迈克尔·乔丹第六次加冕得分王，第三次成为常规赛MVP，芝加哥公牛在“禅师”率领下创纪录地六十七胜。季后赛，公牛三比零淘汰迈阿密热火，七局大战险胜纽约尼克斯，东部决赛六场击败克利夫兰骑士，总决赛对手是“滑翔机”德雷克斯勒领衔的波特兰开拓者，乔丹戴上第二枚总冠军戒指。以上，我是分别通过报纸体育版，晚七点体育新闻，以及周末的电视录播目睹的。第二年，我家搬到静安区的昌平路，芝加哥公牛拿到第一个三连冠，总决赛击败菲尼克斯太阳和巴克利。三十岁的乔丹退役，打了个不成功的棒球赛季，翌年归来。1995—1996、1996—1997、1997—1998，芝加哥公牛拿下第二个三连冠。世纪末，乔丹第二次退役。

第一次知道乔丹，却不是打篮球的23号，而是《丧钟为谁而鸣》的罗伯特·乔丹。这本书我艰难地看了半个暑假。海明威笔下的白人乔丹，在西班牙内战中想起《圣经》时代的约旦河，因为他叫 Jordan。耶稣就是在这条河里，接受施洗者约翰的浸礼，后来才有 Jordan 这个姓氏。无论美国或英国，约旦与巴勒斯坦，世界上有无数个乔丹。它是一条古老河流，来自黑门山的雪峰，穿越戈兰高地与加利利海，奔向沙漠中沸腾的死海。他也是一个身高 6 尺 6 寸，站立摸高 8 尺 10 寸，助跑单脚起跳最高 48 寸，地球上极少数可以在罚球线起跳扣篮的男人。而我正在寻找中的曹家渡的猫王乔丹，恐怕不会是我最后一个认识的乔丹。

2016 年初冬的曹家渡，在我住过四年的房间里，“禅师”充满流浪猫气味的家，剥落的墙上贴着乔丹吐舌头扣篮的海报，对手穿着犹他爵士的战袍，当是 1998 年总决赛，也是乔丹和芝加哥公牛的最后一个总冠军。“禅师”又给我泡了杯麦乳精，我渐渐喜欢上了这种味道，而我过去最讨厌甜腻甚至牛奶。我想雇个钟点工来打扫房间，但被老头拒绝。十二月，持续降温，徘徊在 5 摄氏度左右，房间里没有空调，阴冷如西伯利亚的松针刺入每个毛孔。我缩在“禅师”的布沙发里发抖。一只肥大的流浪猫蹭过来，钻到我的脚下取暖，发出拉风箱般的呼噜声。

“这只母猫喜欢上你了。你看到它的大肚子了吗？怀孕了。”

“又不是我干的。”我难得开了句荤玩笑。

“它叫哈登。”

老头把母猫赶走，我忍不住狂笑出来：“怀孕的大胡子哈登？火箭球迷知道吗？”

“你是哪支球队的球迷？”

“阿根廷。”

“吉诺·比利？”老头说出一个人名，长期在圣安东尼奥马刺打球，代表阿根廷击败美国拿到过雅典奥运会金牌，那届赛事的 MVP。在曹家渡，它是一只活泼好动的年轻母猫，盘踞在原来三角形孤岛的街心花园。

“不，我是迭戈·马拉多纳的球迷。”我怯生生地回答。

“他是谁？来过 NBA 打球吗？”

“他在巴塞罗那和那不勒斯踢过球，拿过 1986 年的世界杯冠军，1990 年世界杯的亚军。”

“足球？”

“嗯，其实，我更喜欢足球。对不起。”我冻得牙齿哆嗦，“我的俱乐部主队是上海申花。”

“那群矮子！”老头说起中国男子足球，就像吃了一口成年累月的猫屎，“你念的是五一中学吧？就在我们上钢八厂隔壁，你们学校出过很多篮球运动员。”

“嗯，好像是篮球特色学校，但跟我没关系。有一次，学校里出现个巨人，绝对有两米多高，校长还出来迎接他，说是男篮国家队的优秀校友回来了。我挤在人群中看热闹，就像看一只长颈鹿或擎天柱。那时我还住在这间屋子里。”

“你就没喜欢过篮球？”

“喜欢过，1995 年的暑假，每天傍晚，电视台都在播《灌篮高手》。”我还记得樱木花道、流川枫、三井寿、赤木大猩猩以及安西教练，也能哼出主题曲《直到世界的尽头》。两年前，我在电脑里听这首歌同时写了篇关于足球的小说，“咳，不说这个了。‘禅师’，你是哪个球队的球迷？芝加哥公牛？”

“我是华盛顿奇才的球迷。”

“这……”我认识火箭的球迷，湖人的球迷，甚至马刺的球迷，但从未碰到过奇才的球迷。

“晚上慢慢说。”老头穿上长裤和外套，“出发时间到了吧？”

我请“禅师”看一场 CBA 的比赛。今年上海球市火爆，姚明的队伍战绩不错，球票要么售罄要么归了黄牛党，我托关系才搞到两张后排的票。冬天黑得早，教堂尖顶下的路灯刺眼。冲过曹家渡的绿灯，横穿晚高峰的上海，我不停地刹车、起步再刹车，像一场与困兽的搏斗，经过黄浦江下的隧道，直达位于浦东的体育馆。

人声鼎沸的球场内，“禅师”全程站在最后一排。我有五六年没在现场看过球了，耳朵与心脏有些受不了。双方都有前 NBA 球星，主队的外线大神三分雨，客队的黑人内线暴扣，大胸美女啦啦队表演过后，漫长的比赛结束。人们如泄洪的流水退场，球场灯光依次熄灭，空出大片座位，老头反而坐下。清洁工在打扫垃圾。我着急地催他，但他不动不响，有那么几秒钟，我以为他是不是猝死了。

“我第一次看 NBA 比赛，是在 1979 年的夏天。”老头突如其来一句话，我被吓到几分。我陪他坐下，盯着空旷的球场上的篮网。

“哇，你那么早就去过美国？”

“我从没出过国。”他低头看自己长满肉刺的粗大手指，“中美建交，华盛顿子弹队访问中国，在万体馆跟上海队比了一场。”

那年夏天，万体馆的一万八千个座位全满，灰色、蓝色与绿色衣服的海洋里，四十二岁的他头发乌黑，穿着钢铁厂的工作服，在看台上鹤立鸡群。他记住了埃尔文·海耶斯的封盖，忘不了凯文·波特的助攻，动若脱兔的黑色巨人们，轻轻松松赢了主队 20 分。那天起，他不会再放过任何 NBA 的消息，收集所有报纸的体育版，早早买了电视机看中央电视台的比赛录播。1990—1998 年，他目睹了公牛的两个三连冠。1997—1998 赛季，华盛顿子弹改名华盛顿奇才。2001 年，迈克尔·乔丹复出，在奇才度过职业生涯的最后两年，彼时姚明已披上火箭战袍。

“你是华盛顿奇才的球迷，因为是你第一次看到的 NBA 球队？”

篮球馆差不多全暗了，保安打着手电来赶我们走。回到十二月的夜空下，气温降到接近零摄氏度，雨点冰冷细密。深夜十点，上海不再堵车。雨刷划过挡风玻璃，陆家嘴摩天楼顶的灯光，仿佛蹦极或自杀者从天而降，在引擎盖上稀里哗啦碎一地。车灯照亮浦东回浦西的隧道，电台放着今晚比赛的评论。我打开吹风消除蒙上玻璃的雾气：“我听说，以前冬天最冷的时候，黄浦江就会结冰。那流浪猫该怎么办？”

副驾驶座上的“禅师”闭着眼，半梦半醒地说：“2008 年，曹家渡后面的苏州河结过冰。”

21 世纪，对流浪猫最大的威胁，不再是街道办、饥饿以及疾病。2008 年，除了北京奥运会和汶川地震，“禅师”的编年史上标记为“五环寒灾”。一月起，南中国大雪纷飞，我飞去印度与尼泊尔，躲过了最冷的几天。每晚中央电视台《新闻联播》，尽是京广线大雪封山，上百万人滞留火车站过夜；高压电线被冰封阻断，几万平方公里停电抢险救灾。气温降到零摄氏度以下，三棵樱花树冻得光秃秃的，花鸟市场的鲜花都蔫了，鸟贩子损失惨重，每天冻死上百只画眉、八哥，唯独夜总会门庭若市。苏州河面结上一层薄冰，灰乎乎的半透明，能看到冰面下汹涌流水。不断有流浪猫冻死在屋檐下，幸存者逃难到居民家门口、有空调的商场和电影院，还有汽车排气管，又被碾死和烫死好多。每天早上，“禅师”都要拖着一麻袋死猫埋葬，公墓的泥土冻得硬邦邦，必须花十二分力气才能挖开。

最可怕的是，曹家渡来了另一群流浪猫。入侵者来自苏州河北岸，原本在沪西工人文化宫（我们从小叫它“西宫”），偶尔会流窜到南岸觅食，多数时井水不犯河水。那年西宫改造，流浪猫流离失所，便如入侵罗马帝国的匈奴人，推倒民族大迁徙的多米诺骨牌。夜黑风高，数百只猫窜过三官堂桥，浩浩荡荡杀奔江南岸而来，开始第一次流浪猫世界大战。入侵者的战斗力更强，它们是纯然的野猫，过惯了苦寒生活。曹家渡流浪猫的生活优越，此地房价更高，有闲钱喂养流浪猫的女人也多。好多猫原本是娇生惯养的宠物，后来才被遗弃街头，远非蛮族对手。眼看就要做了亡国奴，藏身沪西电影院的猫王乔丹，决定出山拯救子民。

对方派出三只大猫迎战，“三英战吕布”片刻成“温酒斩华雄”。胜利者乔丹找到西宫的猫王——是只肥硕的黄猫，怪不得属下都饿得瘦骨嶙峋。双方约定一对一单挑，展开上海西区流浪猫编年史上最惨烈的“双王合战”。决战地在三棵樱花树下，大有成王败寇，输者就地埋葬的气势。“禅师”从不介入流浪猫间的纷争，躲在楼顶用望远镜观察。战斗从喉咙深处滚动的低沉号叫开始，黄猫如愤怒的金毛狮王冲向乔丹。这场殊死搏斗，从清晨打到日暮，从晴空万里到大雪纷飞，从达安花园的羽毛球馆，绵延至花鸟市场的屋顶，最后是苏州河边的荒野，堪称曹家渡的凡尔登或伏尔加格勒。

乔丹赢了。西宫猫王俯首称臣。当晚，几百只入侵的流浪猫，逃回苏州河北岸故国。一只西宫阵营的小猫，不知何故坠落桥下。冰面刚化开，小猫在水里扑腾，眼看要被淹没。母猫在桥栏杆边哀号，同伴们只能惊恐地乱叫。突然，一只乌云盖雪的大猫，“扑通”一声跳入水中。

“猫王乔丹？”我正好开车过苏州河上一座桥，从天目西路进入长寿路，方向盘微微一颤，仿佛连人带车坠入冰冷的河水。

三十年来最冷的傍晚，猫王乔丹跳进苏州河。而落水的小猫属于入侵者，曹家渡流浪猫的仇敌。乔丹在水里游了十几米，终于叼起小猫。人们都觉得猫怕水，因为猫的身体小，落水会体温过低冻死，就像泰坦尼克号绝大多数遇难者都不是淹死的。但猫会游泳。2008 年的乔丹，已是十几岁的老猫，加上与西宫猫王一整天血战，早已筋疲力尽。在苏州河的零摄氏度水温里，猫王乔丹游得如此艰难，眼看要跟小猫同归于尽。那一刻，“禅师”飞奔到桥上，想起十五六岁少年郎时，经常从桥栏杆最高点跳水。但他从未尝试过冬泳。犹豫之际，奇迹发生了。猫王乔丹叼着小猫上岸，爬上对它来说悬崖般陡峭的河堤，就像飞人乔丹从罚球线起跳扣篮。小猫虽然得救，回到母猫身边，但瞬间冻死了。猫王乔丹浑身发抖，每个毛孔都能挤出水来。“禅师”用毛巾和电吹风帮它弄干净，又敷上兽医配来的药，在家里给它留出个温暖的窝。天亮前，乔丹偷偷溜走，躲藏回电影院自行疗伤。

猫王乔丹，跳下苏州河里救起小猫的情景，被人用手机拍摄传到网上，引起不大不小的轰动。这年冬天，曹家渡多了不少爱猫人士，比如我家小区里那些女人，送来大量被褥和猫粮，修建了九处流浪猫过冬营地。约有两百只猫幸存到天气转暖，鼠年春节以后。

“苏州河就是猫王乔丹的约旦河。”冰冷雨夜，我在曹家渡十字路口右转，自言自语。“禅师”问我什么意思？我笑笑，无从解释。

停在六层楼房前，我看到一只黑斑花狸猫，蹲在屋檐下避雨。这只公猫叫库里，它是乔丹的第七代后裔，体形不算大，但动作尤其灵活，眼神咄咄逼人。

“如果，乔丹真的死了，谁将成为下一任猫王？”我问“禅师”。

“乔丹将是曹家渡最后一任猫王。”

13

“猫王是个传奇，乔丹也是。”老头说着放下筷子。毕竟是老了，中碗牛肉拉面，还吃剩下几根，他说当年在军区篮球队时能连吃三碗。

这家面店在曹家渡东南角。装修和餐桌都是方方正正，门面是两块大落地玻璃。店内灯光反射玻璃窗，像镜子照出两个食客。一个形容枯槁，喝得汗流浃背；另一个郁郁寡欢，吃得思考人生。玻璃外紧挨一棵行道树，法国梧桐剥落的树干，仿佛布满乳黄色雪花。刚过晚高峰，开夜路的车很快，助动车也像赶着去投胎。万航渡路对面的公交车站，灯箱广告是“小鲜肉”代言的品牌，LED屏放着张艺谋新片预告，几个明星正热火朝天地保卫神圣祖国。

十二月最冷的一天，我穿上了羽绒服，“禅师”加了翻毛羊皮背心。拉面店的玻璃门推开，进来个清汤挂面的姑娘。她没化妆，坐在我们对桌，要了一碗干拌面。我认出了这张脸，她是小鱼。面还没吃完，我要埋单离开。“禅师”命令我坐下，他说浪费粮食是最大的犯罪。他的声音很响，体格巨大，自然引得小鱼抬头。我看到她的眼里飘过什么，对我摇头，继续吃面。我装作看手机，打开“曹家渡流浪猫爱心群”微信群，却发现被人刷屏炸锅：海底捞出事了。

那家海底捞，我吃过几次，这个点生意最火，平常有上百人排队等位，男女老幼如同纪委门口上访的群众，各自喝茶聊天嗑瓜子下五子棋等待叫号。我拉上“禅师”，扔下一百块钱，冲出兰州拉面店。我能用后脑勺感到小鱼盯着我的目光。

闯过长寿路的红灯，直奔商场大门。一大堆人尖叫着冲下来，其间我还看到一张熟悉的脸，居然是麻皮。我一把拽住他问什么事？他慌乱得张口结舌，连东北话都跑出来了：“粗……粗大四了（出大事了）！”说罢他挣脱了我，逃之夭夭。

我和“禅师”走逃生通道上去。海底捞门口没剩多少人，几个喂猫的女人在等我。她们今晚在此聚餐，为即将归国的日本主妇送行，没想到一只老鼠从天而降，活活烫死在沸腾的鸳鸯锅里。天花板响起雨点般的撞击声，不断有黑色的小东西窜来窜去，纷纷落入火锅，挣扎翻滚后阵亡。猫王终于出现，就像1995年乔丹从职业棒球联盟回归NBA，正在管线裸露的挑空区域捕猎老鼠。她们逃出来的同时，不忘拍照片发到群里，告诉我猫王乔丹回来了。

海底捞门口拉起警戒线，不准任何人进入，说怕传染疾病。我说老头是那只大猫的主人，依然无济于事，除非拿出养猫证，但派出所好像只发养狗证。我扒着门口缝隙往里看，火锅电源都已掐断，每口锅里漂着至少一只煮熟了的老鼠。火锅店是各种气味的大杂烩，就算鼻子再灵敏的猫狗都会晕头转向，但“禅师”嗅出了猫王的气味。我们都没看到它，只听到瓶瓶罐罐砸碎之声，还有老鼠掉下火锅的惨叫声和嗞嗞的烤熟声。空山不见人，但闻人语响。我和“禅师”就像守在电话机边等候攻克柏林与希特勒死讯的斯大林同志。

深夜十点，一群黑乎乎的东西陡然蹿出，密密麻麻冲向楼梯。电光火石间，我看到了猫王乔丹。乌云盖雪的大猫兼老猫，垂着尾巴追出海底捞，嘴里咬着一对老鼠飞奔下楼。“禅师”大喊它的名字，乔丹毫无反应。幸亏老鼠慌不择路没走直线，猫王跟着转了好几圈，我们才得以在商场门口追上。我搀扶老头，跌跌撞撞来到人行道，眼看就要追不上了，“禅师”把双手小拇指放到嘴里，打了个菲尔·杰克逊式的呼哨。

乔丹停住，像在芝加哥公牛的主场，回望黑夜里护法金刚般的“禅师”。而距我上次看到这只猫，已过去整整四十五天。它瘦了，肩胛骨几乎要顶破皮毛，几圈肋骨清晰可辨，原本乌黑的后背满是污垢，四肢与腹部不再雪白，沾满老鼠的血污与灰毛。乔丹吐出长长的舌头，抛下两只被嚼烂的老鼠尸体，唯一没有改变的是眼神。曹家渡十字路口的灯光下，我看到"禅师"的眼眶里有泪水打转。

猫王乔丹并没有回头，它选择"宜将剩勇追穷寇，不可沽名学霸王"，继续向逃窜的敌寇扑去。老鼠们躲入最近的建筑工地，那是座三十多层的高楼，历经折腾后早已面目全非。当年沪西电影院改建，原本的门面造起商场和酒店。也许是定位问题，卖的都是高端奢侈品，生意越做越差，很快被隔壁的芳汇广场、对面的悦达 889 超过，关门大吉，如同烂尾楼荒废数年。

我们打开手电照明，整个工地骤然安静。地上躺着几十只死老鼠，刚被乔丹追上咬死，但猫王去哪里了？"禅师"鼻子猛嗅，耳朵贴着地，屏息静气，不像炮兵，更像工兵。

"乔丹在地下！"老头发现一个地下室。但找不到大门，只有个通风口，直径约十厘米，刚好容得下猫王。洞很深，手电只能照出一点点，宛如《肖申克的救赎》挖了十九年越狱的洞。

我也把耳朵贴下去，听到轰隆隆的动静，就像女人肚子里的胎动——要真是个子宫，怕是要生出一窝的怪胎。我找来铁锹，用力凿开水泥板，搞得火星四溅，却连个青春痘般的坑都没砸出来。上夜班的建筑工人过来，劝我们不要白费力气，除非用炸药。

"难道是银行？"老头猜得没错。十多年前，这里就是银行，地下室就是金库。后来银行撤走，金库搬空后封闭，成为铜墙铁壁，唯独通风口没被封死。按照改造工程的计划，这里将变成地下车库的厕所。建筑工人说，一个多月前，工地上出现大量老鼠，多是从这个洞爬出来的。大家不是没想过灭鼠的方法，但全都失败了，这个洞里的老鼠很厉害，有人说那不是老鼠，而是个怪物。"禅师"确信，最近莫名出现在曹家渡的鼠患，全部源自这个地下金库。

考虑到猫王随时会出来，我决定彻夜守在通风口外。看一地的死老鼠，我的心里还是发虚，半夜的工地狂风乱窜，我缩在角落发抖。老头拍我肩膀说：“你回家去吧，我一个人留在这里。”

“乔丹值得我等待。”这是我的回答。

后半夜，我在微博直播寻找（或者说是营救）猫王乔丹的过程，全中国保护流浪猫的人士们成群结队而来，同时在线人数超过了十万。有个叫“夜游神”的网友，建议使用“管道内窥摄像机”，建筑工地可能会有。我问值夜班的工人，恰好这两天在做管道施工，他们打开工具箱，找到一副管道内窥摄像机——由一体化主控制器、柔性推杆电缆盘、摄像头三个部分组成，推杆把摄像头送入管道深处，加上 LED 照明灯，有视频预览和录像等功能。

工人们也好奇地下室有什么，几十亿元现金，还是价值连城的艺术品或珠宝？“禅师”知道这是痴人说梦，但不阻止大伙的劲头。摄像头被推杆送入通风口，像个微型机器人。电缆线另一头接上电脑，屏幕跳出管道内的画面——居然是彩色的，镜头突破幽暗狭窄的隧道，伪纪录片风格的恐怖电影。看得我头晕，就像自己也变成一只老鼠，钻入肮脏未知的地洞。绕过七八个油腻潮湿的弯道，我看到雨果在《悲惨世界》中所说的“利维坦的肚肠”……

昔日金库，LED 灯洒出幽暗的光，一厘米一厘米地啃掉黑暗，捉住乌黑的猫尾巴。我看到黑色猫臀，一双白色后腿。推杆绕过猫的身体，我和“禅师”屏住呼吸。猫王乔丹的侧脸清晰可辨，双眼发出绿色的光，像《生化危机》或《行尸走肉》里的动物。它被光线刺激到了，龇牙咧嘴地恐吓，摄像头无所畏惧地靠近，唯独被吓到的是屏幕前的我。猫王的牙齿里都是血，分不清是老鼠的还是自己的？核桃仁似的猫眼收缩。它的耳朵竖立，脊背拱起，毛发像刺猬似的奓起。“禅师”说过，这都是猫内心焦虑的标志。它在后退，它在咆哮，宛如表情夸张的哑剧演员。九十年前这地方是放映无声片的电影院。我什么都听不到，但能透过模糊的画面，感到猫眼里的恐惧。

“乔丹这辈子从没有害怕过。”老头补充了一句，他的右手也在发抖，不断触碰我的后背。他说，哪怕1999年的“流星之疫”，猫王乔丹感染病毒奄奄一息，也不曾有过这样的眼神。

它为何而恐惧？

推杆让摄像机转移，镜头晃得我想呕吐。光影交错之间，我的身体好像跟着眼睛钻进屏幕，直接坐电梯下到地狱。我看到它了。看到本堂神父所说的“恶魔”。看到那从海中上来的兽，看到它的“十角七头”，看到豹子、熊、狮子，还有地下的龙。不，何止“十角七头”。LED照明灯的幽光，直接从死海与约旦河深处射来，正面对准这头不可名状的怪物，才会让猫王乔丹也瑟瑟发抖。我的胃里好像钻进一千只老鼠。于是，我真的呕吐了。

谁能比这兽？谁能与它争战？

14

在我养猫之前，我先养过老鼠。

六岁，我住在外滩的背面，建于1921年的大楼里的一间斗室。爸爸带回来一对豚鼠，黑白双色与黄白双色，我管它俩叫豚鼠先生与豚鼠太太。记不清养了多久，一年，两个月，还是十天？小孩子眼里，一天也很漫长啊，哪像现在白驹过隙。它们的结局，是被我爸煮成豚鼠汤——在原产地南美洲是道传统美食。我忘了有没有吃过它们的肉？据说加西亚·马尔克斯、巴勃罗·聂鲁达、巴尔加斯·略萨们都吃过，老天啊。当时，我不知道它们死了，我还问妈妈，豚鼠先生和豚鼠太太去了哪里？妈妈说，它们去了动物之家，有宽敞的客厅、卧室、卫生间、厨房与小院子，再也不用跟我们挤在一起。而这样的居住条件，对当时大多数上海居民来说，都只是美好的梦想。

搬到曹家渡，我们才住进宽敞的客厅、卧室、卫生间、厨房与小院子。我收养了流浪猫小白。它在死亡前两天，叼回来一只死老鼠。那是小白第一次让我感到害怕。后来，家里的老鼠多了。外公没了之后，每晚我独自睡在棕棚大床上，常被窸窸窣窣的声音惊醒。有时老鼠会窜到被子上，我只能保持缄默，等它自行离开。后半夜，我睁开眼睛，看到一只小老鼠从窗户上窜过，月光下小小的剪影和轨迹。我很怕老鼠这种动物，长大后偶尔会在噩梦中见到。

三年前，我路过德国的阿尔滕堡。这是座萧条的古城，曾是有名的诸侯国，三十年前是社会主义民主德国的一部分。城堡中的自然科学博物馆门可罗雀。我独自在空旷的走廊徜徉，注视稀奇古怪的藏品，直到发现噩梦里的东西……硕大的玻璃柜子，海洋般的酒精溶液中，漂浮着一堆怪物。

何止“十角七头”，它有二十到三十个头，四十到六十个耳朵，八十到一百二十只爪子，无法统计的尾巴。但它不是史前生物，也不是基因变异的怪物，而是老鼠。或者说，是复数的“老鼠们”。博物馆标签上写着：Rattenkönig。

我查了字典，这个德语词的意思是“鼠王”。

这是一只硕大无朋、长着无数个脑袋和爪子的老鼠，还是无数个老鼠纠缠在一起？1828 年，一个磨坊主在壁炉后面的缝隙，发现了这堆怪物，已成为烟熏的干尸，送到阿尔滕堡的博物馆。1845 年，科学著作《哺乳动物》将它们标记为二十七只成年大鼠。但在 1963 年，民主德国的科学家打开玻璃柜精确计算，确认总共有三十二只老鼠，有五只因为残缺而被忽略。这些老鼠的牙齿长而尖锐，说明生前很久没有磨牙，困在墙壁缝隙里数月后才死亡的。它们如何又存活了那么久？也许是其他老鼠送来食物，鬼知道。

鼠王，英语 rat king，法语 roi des rats，德语 Rattenkönig。以上都是单数。本意并非老鼠，而是人。马丁·路德说过：“那就是教皇，老鼠的国王，站在最高的地方。”众所周知，路德一生都与罗马教廷作对，因此口出不敬。十六世纪的《动物志》认为有些老鼠年老后由年轻老鼠喂养才形成鼠王。也有人认为鼠王是一只拥有许多身体的老鼠，而“王”用来形容巨大。传说鼠王是坐在打结的尾巴王座上的国王。

其实，鼠王并非一个特别的物种，而是许多老鼠的尾巴缠绕在一起，无法分开而被迫形成的共生关系。通常在管道和地洞，众多老鼠狭路相逢，难以转弯使彼此尾巴打结，加上鲜血、污垢、粪便甚至冰冻，这些老鼠越是逃跑撕扯，尾巴就越盘根错节，一团乱麻似的死结。

鼠王是极罕见的自然现象，甚至比白老虎或狮虎兽更稀有。欧洲人传说，一旦某地发现鼠王，便是大瘟疫或大战乱的噩兆。鼠王记录最多的是德国，至今在汉堡、格廷根以及斯图加特的博物馆，都有酒精保存的鼠王标本。为什么是德国？我想起花衣笛手与鼠疫的故事，还有纳粹党卫军与奥斯维辛的焚尸炉，鼠王戴着王字冠，盘踞在狼穴地堡的王座上，妄图成为整个地球的王者。也有人怀疑大多数所谓的鼠王，都是德国人把死老鼠尾巴打结伪造的。最近一次记录，是 2013 年的加拿大，六只活松鼠缠绕在一起被人发现，后来兽医给它们做手术分开，也许是世界上第一例重获自由的鼠王。

凌晨三点，曹家渡十字路口的高楼工地，前银行金库的地下，通过管道内窥摄像机，我看到一只巨大的鼠王。

唯一能让猫王乔丹发抖的东西。镜头稳定下来，LED 灯光照亮鼠王全貌。如果你有密集恐惧症，可以直接跳过本章。我见到密密麻麻的老鼠脑袋，每个脑袋都配着两只眼睛，两个耳朵，还有两对龇开的门牙。它们彼此密不可分，就像从同一个子宫出来的连体怪胎。这些老鼠的尾巴纠缠在一起，像个辐射状的车轮，而轴心被牢牢粘住，像朵地底绽开的黑色大丽花。但它并非束手就擒的瘫痪者，比如蚁穴里肥大的蚁后，否则早被猫王乔丹擒获。

镜头又对准猫王。它开始适应 LED 灯光，弓腰抬臀，前爪拉着地面，尾巴下垂。乔丹即将扣篮的姿势，时不时吐出舌头。但它没有轻举妄动，因为心里清楚，对面是怎样的敌人。稍有不慎，耄耋之年的猫王，就会死在这地狱来的鼠王身上。

十二月的寒夜，我的后背全是汗水，与“禅师”两人凑在屏幕前，看着地下传来的画面。

虽然，鼠王中的任何个体，都不能单独行动，但鼠王作为一个整体，却可以毫不费力地迅速移动。它们中间有个带头大哥，那是一只黑色的大老鼠，目光咄咄逼人，毫不惧怕直捣黄龙的猫王。它是整个鼠王的发动机和中枢神经，通过它的大脑来判断。我猜鼠王中的每一只个体，都通过连接的尾巴，变成神经网络的终端，而带头的大老鼠就是中央处理器。它率领鼠王前进，动作和方向整齐划一，犹如百足蜈蚣，又如圆盘形战车，上百条鼠腿共同进退，绝无半点混乱，犹如孙子四如真言："其疾如风，其徐如林，侵掠如火，不动如山。"

据说，鼠王是猫的天敌，尤其小猫，往往会被鼠王残忍地虐杀……而在曹家渡，被鼠王杀死的小猫，几乎都是乔丹的后代。

猫王决定复仇。这场隐秘的决斗，始于一个多月前。它远离所有人，包括"禅师"。虽然，乔丹曾潜入我的车里，向我表达友善，因为它是小白的儿子。不过，鼠王攻击与猫相关的一切，如果发现乔丹跟我们亲近，也许我和"禅师"都会遭殃。猫王不想给我们添麻烦，所以单独行动。它躲在曹家渡的某个角落，要么是屋顶，要么是下水道，昼伏夜出。乔丹有足够的耐心，它用了一个半月，向所有的老鼠复仇，慢慢寻觅鼠王的线索。今晚，它在海底捞故意放过一群老鼠，让它们仓皇逃命到最近的鼠穴，终于发现银行的地下金库，正是鼠王的宫殿与王座。

猫王与鼠王的对峙，持续了整个后半夜，漫长得像第一次世界大战与第二次世界大战的总和，以及 1618—1648 年的三十年战争。

天快亮了。

15

寻找猫王乔丹的这些天，我在读奥尔罕·帕慕克的《我脑袋里的怪东西》。封面有个通天塔般的旋转高塔，孤零零站着一个男人，俯瞰围绕十字路口的密密麻麻的建筑。两千多年的伊斯坦布尔是"世界的中心"，被博斯普鲁斯海峡劈成两半。黄浦江把上海一分为二，从元朝建镇算起只有八百年。而在猫王乔丹与"禅师"眼中，曹家渡才是"世界的中心"。

清晨六点，空气几乎要结冰。我的眼眶熬得通红，饥肠辘辘，好在建筑工人递给我饼干和热水。谢天谢地，他们都是好人。这栋楼明年将改造完工，还会建造复杂的空中回廊，连接十字路口的四五家商场，到时候又是一番全新的景观。

曹家渡千变万化，只有一个人从未变过。我想。

那个人粒米未进，蹲在屏幕前，监视管道内窥摄像机的画面。猫王与鼠王都蓄势待发，如两次大战初期西线可怕的宁静。乔丹毕竟英雄迟暮，比不得八年前“五环寒灾”在冰冷的苏州河里游泳。哪怕篮球场上的乔丹，也有飞不动扣不进篮的日子。摄像机所拍到的鼠王，绝对是“开挂”级别的怪兽，个头与猫王不相上下。别说是猫，就算是只豹子，恐怕也不敢拿它奈何。

“我们把金库打开！”老头霍地起来，“有没有电锤？”

他从前在钢铁厂当工人，偶尔会用到这种超强破坏力的工具。对付坚固的钢筋混凝土，普通冲击钻根本没用。他说在地下室钻个洞，不会破坏承重墙，更不会让这栋楼塌了。建筑工人们经过商量，决定帮助“禅师”救猫咪。他们搬出强大的电锤，怕老头年纪大了控制不住，大家一齐帮忙。整个工地响彻“突突”声，地面出了裂缝。给大伙儿打下手的我，震得心脏受不了，用餐巾纸塞住耳朵。“禅师”趴在通风口，两根小手指插到嘴里打个呼哨，往里高喊：“乔丹！勿要妄动！等我来！”

他已准备好家伙，一把山东德州出产的电锯，马力强劲，听声音就鬼哭狼嚎，轻轻松松能把鼠王锯成两半。金库天花板终被打穿，我的虎口几乎被震出血。而平常使用这种电锤，打穿楼层只需二十秒。一阵烟尘扬起，我们都捂着口鼻。工人用手电往里照射，地面露出直径半米的洞口，裸露断裂的钢筋，像人死后的神经。“禅师”准备直接跳下洞口，我拽住他：“等一等！”

我看到了猫王乔丹。光线穿过氤氲的灰尘，像刺破丛林的晨曦。它趴在地下金库的中心，乌云盖雪的毛发，已被染成一团灰暗。两只前爪，牢牢扣住地面，踩着一大团灰乎乎的物体。

鼠王。

看到这个车轮形状的怪物，无数个老鼠脑袋和身体，我再次有了呕吐的欲望。“从海中上来”的怪物，“十角七头”的恶魔，无人能比这兽，无人能与它争战——除了猫王乔丹。

就在我们用电锤打开金库的十五分钟内，地下刚发生过一场血战。也许是自大天使弥额尔屠杀巨龙撒旦以来，我们所能见到的最可怕的一场战役。猫王身上有斑斑血迹，鼻头滴落浓稠的液体。偌大的鼠王被它擒获脚下，说不定已被送入地狱。

“乔丹！”老头沙哑地吼了一声。猫王回眸望向破开的洞口，猫眼被灯光刺得急剧收缩。

然而，我有句话还没来得及蹦出嘴巴，被踩在猫王爪子下的鼠王，突然动了。上百条鼠腿摆动，瞬间挣脱猫王的控制。它蹿上金库的墙壁和管道，几乎对着我们迎面扑来。“禅师”举起电锯要消灭它，鼠王已从他的裆下穿过。所有人都被吓住，幸好大门及时关闭。鼠王狼奔豕突，只能沿着楼梯往上逃。

猫王乔丹发出凄惨的“喵呜”声，也从天花板的洞口钻出来。它必在嗔怪我和“禅师”，为何在它即将胜利时，擅自打破金库，反而放走了鼠王？乔丹蹬起四条腿，冲上通往楼顶的阶梯。我第一个追上来，几个工人各自拿了铁铲和扳手跟上。我没看到“禅师”，我想他已没有力气爬上来了。

这栋楼有三十几层，施工过程四面围住，如密不透风的堡垒，鼠王无法半路跳下去。猫王紧追不舍，沿着鼠王一路洒下的鲜血，逐层往上冲刺。我一口气跑到七楼，几乎要把肺吐出来。咬牙冲到十层，小腿肚子抽筋，就要从楼梯滚下去，建筑工人才追上来，提醒一句：有电梯啊。

妈的！我差点吐血！不早说？两个工人守在这一层，防范鼠王再往下窜。而我跟着另外三个工人，坐进建筑工地的临时电梯，摇摇晃晃让我把刚吃完的饼干呕吐出来。额头上全是冷汗，我蹲在电梯角落，半分钟才升到楼顶。

三十五楼的天台，感觉整个人要被风吹走。我承认我有恐高症，只能遥望小半个上海的高空，无数摩天楼如刺破云层的山峰，抑或大雾弥漫的海面上的孤岛。

“乔丹！”轮到我高声喊它的名字。楼顶面积并不大，堆满各种建筑垃圾。还有个巨大的塔吊设备，用来装运施工原材料，远远伸出去十几米，悬空在曹家渡十字路口的百米之上。

我听到一声悲怆的猫叫，声音被风刮到四面八方，仿佛同时有无数个乔丹飞身灌篮。

“它在那儿！”有个工人眼尖，指向塔吊方向。黑乎乎一大团鼠王，正趴在塔吊末梢。猫王尾随而至。双方回到对峙状态，但金库深入地底，这里却是天空。一场上天入地的决斗。惊天地，泣鬼神。猫王，鼠王，似乎都是不死之身。英雄相惜，它们的阿喀琉斯之踵又在哪里？

背后响起刺耳的呼哨，“禅师”也乘电梯上来了。在曹家渡的制高点，他的身躯仿佛能顶破头顶的浓云。他冲到塔吊边，遥望猫王乔丹，连续吹了几个呼哨，要把它叫回来。猫王回头看他，一双绿色宝石般的眼里，充满混浊的液体与污垢，还在流血。我想起二十多年前，死于卡车轮下的小白。它对老头无动于衷，继续站在危险的塔吊上，不杀鼠王，誓不罢休。

我问工人们，谁会开这个塔吊？所有人都摇头，一旦开启塔吊，对楼下会有危险，很容易把上面的猫王和鼠王都晃下来。

“禅师”等不及了，手脚并用爬上塔吊。我的脑子发热，想要跟着他爬上去，却被几个工人拼命拦住。老头如走钢丝的卖艺人，双手抓着塔吊的铁格子，一点点往前去。马戏团走钢丝的都很瘦小，他则是一米九的大个子，明年要过八十岁生日。高空上狂风吹来，老头的白头发全乱了，如同断了线的蜘蛛人。

我从毛细孔到骨髓都冻透了，仰望塔吊上的“禅师”、猫王乔丹，还有难以名状的鼠王，眼前天旋地转。某种东西从浓云中坠落到我的眼里。一粒雪籽，冰冷的，从固体慢慢融化为液体，最后混合着泪水涌出眼角。

初雪来了。我的嘴里喷出大团热气，在这个高度由浓稠变得稀释。我听到三十多层楼下的警笛声。早高峰刚开始，曹家渡已被封路，车流一路堵到中山公园。上百米的高度，任何充气垫或防护网，都不可能拯救跳楼者的性命。但为防止塔吊上的人掉下来，砸到路人或产生车祸，警方必须封路。我声嘶力竭地高喊，劝“禅师”赶快从塔吊上回来。他看了看后面的距离，又对我摇头，意思是回不去了。白发苍苍的退役篮球运动员，爬到这个位置已是奇迹，再要原路返回爬回去……他又不是练体操出身的。就算是一只猫，爬到那上面也会恐惧。对啊，猫不会飞，它是会摔死的。

鼠王已爬到塔吊的极限，那是曹家渡的天涯海角，往前一步，就是乘电梯从天堂直坠地狱。幸好对地面上的人们来说，除非用高倍望远镜，没人能看清楚它的模样，不然将成为上千人终身挥之不去的噩梦。猫王乔丹在接近鼠王，咫尺之遥，猫爪在塔吊上磨刀霍霍。“禅师”继续往前爬，几乎要摸到猫王的尾巴，但他 85 公斤的体重，加上高空呼啸的狂风，让整个塔吊猛烈晃动。我能听到三十五层楼下女人们的尖叫声。

我克服了恐高症，从空中俯瞰天主教堂，整体平面形状是个粗壮的十字架。隔壁大妈正要去做弥撒，意外发现楼顶塔吊之上，竟是她所熟悉的男人。她不停地画着十字架，祈祷天主保佑他。教堂背后的三棵樱花树犹如小小的盆景。对面是我住过四年的六层楼房，孤零零矗立在苏州河畔。三官堂桥跨越波光粼粼的水面，因为曹家渡的封路，桥面上塞满了车。花鸟市场的大屋顶，像丑陋的瘌痢头。我家小区里金灿灿的银杏树，漂亮得像加勒比海盗的金山银海。悦达 889 广场与即将开业的长宁 88 中心，像两扇大门夹住眼前的塔吊。喂流浪猫的女人们赶到楼下，举起手机在微信群里直播。而我看到旁边 19 层的阳台上，小鱼清汤挂面的长发被风吹乱，像站在泰坦尼克号的船头，眺望另一艘船头上的猫王与鼠王，底下是黑茫茫的大西洋。

塔吊之巅，曹家渡的制高点，流浪猫帝国的阿尔卑斯山巅。大片雪花滚滚而下，猫王虎视眈眈，向前伸出锋利爪子。鼠王急得团团转，发出恐怖的吱吱叫声。中心纠缠的尾巴，紧紧收缩，陡然变成一团圆球。领头的大老鼠，做出此生最荣耀的决定。

鼠王飞向了天空。

它无法变出翅膀，却把自己压扁成薄薄的圆盘，既像个巨大的蝙蝠，又像一张灌满德奥古典音乐的黑胶唱片，更像外星人的微型飞碟，仿佛借着空气升力，就能高速旋转逃逸。

整个曹家渡都在尖叫，猫王把身体弯曲成一张弓，吐出舌头，全身舒展成一条乌云盖雪的丝巾，又如一颗对空发射的黑白色导弹，向着万丈深渊的高空，把自己发射出去……

You jump，I jump！

我变成十二岁的男孩，抬头痴痴仰望，曹家渡中心最高的天空，漫天雪粒与阴霾之间，飞过一盘光碟与一条丝巾，紧接着飞过一个老巨人。

尾 声

你有没有在楼顶上打过篮球？三十五层高的楼顶，飞雪连天的一大清早。你要有强大的肌肉、肌腱和韧带，憋足了视死如归的气概，才能跳得足够高，感觉在空中翱翔。你舒展开持球的手臂，仿佛抓着一把斧头，用炮弹出膛的速度，正对篮筐直直地扣进去。传说中的战斧式扣篮，你就像砍倒一棵参天大树，或是敌军大将的脑袋，血脉偾张的爽。篮球进入篮筐，穿过篮网，向着篮球场的木地板坠落。在楼顶扣篮的坠落如此漫长，不仅篮球，还有扣篮的你。一帧一帧慢动作，按了静音键。篮球与你同时自由落体。坠落一百五十米后，它与你无声地撞击地面，高高反弹跳跃，荡气回肠，粉身碎骨……

今年冬天的第一场雪，“禅师”摔死在曹家渡十字路口的圆心。

上万人目睹了他的死亡，包括四面八方围观的群众，13 路公共电车上的乘客，堵在四条街道上的司机，天主教堂的神父和信徒们，以及方圆一公里内高楼上的所有居民。据说，老头滞空滑行了将近半分钟，盘旋围绕着曹家渡的中心，大概是高空的风力太强，减缓了坠落速度，并且导致了螺旋形轨迹。我在想他从天而降的时刻，眼前所见是怎样的画面？最后撞到柏油路面前的一秒钟，他又想要说些什么？

曹家渡的封路和拥堵，直到中午才解除，“禅师”残破的尸体被送往殡仪馆，地面的血污早被融雪化走，顺着下水管道，排入最近的苏州河。

至于鼠王，未能如光碟飞出曹家渡。它更像澳大利亚土著的飞去来器，旋转数周后回到原点，几乎与老头同时落地，验证了伽利略在比萨斜塔得出的定律。坠地刹那，鼠王原本盘根错节的尾巴，全被震得粉碎。它们终获解放与自由，摆脱了领头老鼠的控制，变成一团团的血肉模糊，散布在长寿路、长宁路以及万航渡路之间。人们在地面搜索三天三夜，才集齐鼠王的残骸，总共四十九只死老鼠。这是人类有历史记载以来最大的鼠王。

科研机构的报告说，鼠王每一部分都经过 X 射线检测。每一根尾巴都有厚厚的胼胝，就是俗话说的老茧，表明它们纠缠在一起后共同生存了至少数个月。四十九只老鼠中有二十八只雌性，其中十四只正在怀孕，其他十四只在成为鼠王的一部分后也生过小鼠。这是生物学界的重大发现，说明鼠王依然有旺盛的生殖力，尤其领头的大老鼠，可以跟鼠王中的任何雌性个体交配产下小鼠——站在整个鼠王的角度来看，形同自体分裂生殖。考虑到啮齿动物惊人的繁殖速度，拥有二十八只成年雌性的鼠王，每月都能生二十几窝，绝对是移动的播种机。小老鼠数周就会达到性成熟，又生出成千上万的后代。经过基因分析，鼠王不同于中国常见的老鼠种群，很可能来自战乱的西亚地区，比如约旦河两岸。随便猜想，从海外开来一艘万吨巨轮，停泊在黄浦江边的码头，一群入侵者从下水道流浪到苏州河，溯流而上到曹家渡定居。它们在狭窄的管道内纠缠，不幸尾巴打结，最终变成史上最可怕的鼠王。

我们侥幸躲过了一场大灾难——如果鼠王未被消灭，等到来年开春，不仅曹家渡，大半个上海与长三角都将陷入可怕的鼠患乃至鼠疫之中。我想，鼠王的尾巴会被人工重新粘连起来，浸泡在福尔马林溶液的玻璃柜中，成为自然博物馆的镇馆之宝，也成为来参观的小朋友们毕生的噩梦。

至于，我们的猫王乔丹，它不见了。

原以为它会死在“禅师”边上，毕竟老头是为救这只猫，从塔吊顶上纵身一跃而送命。鼠王跳下去是走投无路，猫王为什么也跳下去？有人说，猫无法看清远方，所以猫王根本不明白下面有多高，只见一片白茫茫的空气，既然鼠王敢飞出去，为什么自己不能飞？但我不这么认为，否则天天都有猫从楼顶跳下来摔死，你见过吗？

我和喂流浪猫的女人们，103 室隔壁的大妈，天主教堂的义工们，以及大批闻风而来的志愿者，在曹家渡搜索了整整三个月，每块屋顶每条阴沟都没放过，至今未能发现猫王乔丹的尸体。除非，那天早上它飞进了苏州河，就像 Jordan 跳进了 Jordan River。或者，它飞到上海的另一边，甚至苏州河上游的虎丘塔和寒山寺。是的，我固执地相信乔丹还活着，就像我相信过猫是会死而复生的动物。

“禅师”享年七十九岁，没有家属，我领取了他的骨灰，埋葬在天主教堂背后的三株樱花树下，并用一个正版的耐克乔丹篮球陪葬。

大　树

张　忌*

1

这一年的天气有些不讲道理。夏天的酷热刚过，气温便迅速下降，每日里西北风凌厉。到了 9 月，秋老虎该出来咬人了，却又无缘由地下了几场不大不小的冰雹。冰雹过后，燥热一阵，便是漫无边际的雨季。

谁也不知道，那棵树是什么时候冒出来的。在漫长的雨季中，这棵原本不起眼的树突然开始疯长。它的成长速度超出了所有人的经验，就如同一把巨大的折叠伞，收敛在角落里，突然用力一撑，就遮天蔽日了。

这棵大树惊动了许多人，连市里的农林专家也来看过。看了以后，他们得出结论，说这是舶来品，就如同公路边四处绽放的一枝粗糙黄花。世界那么大，超出人们想象的怪事实在太多，专家还说，有些地方，都已经出现了巨型乌龟，在公路上爬，都分不清是龟还是汽车。

专家的话并不能让村里的人信服，他们不相信世上还会有车子那样大的乌龟，同样，他们也不相信一棵外国的树，会不远万里来到他们村子。退一万步说，就算是一棵外国的树，也要讲道理，也不能一夜之间长得那么快。

---

* 张忌，1979 年生于宁波宁海，2003 年开始小说创作，曾在《人民文学》《收获》《钟山》等杂志发表小说 70 余万字。出版有中短篇小说集《海云》《小京》，长篇小说《公羊》。其中短篇小说《李天道》和中篇小说《小京》曾入选 2004 年和 2005 年的《小说选刊》。

他们怀疑，这树是跟村里发生的一些事情有关。

五年前，镇上开始征收村里的土地。原本一万一亩都没人要的地，镇上出到了两万元。镇里的干部还亲自到村里来做工作，干部们说，土地征收后，这里就会变成一个度假村。有了度假村，外面的人就会源源不断地来这里旅游。这说法让村民们高兴。虽然，他们世世代代在此耕种，但他们对这片土地并没有多余的情感。现在，粮食不值钱，种粮食又那么辛苦，田地早就失去了原来的意义。卖了田，建起了度假村，就像这片地里长出了一棵棵摇钱树，这是多么鼓舞人心的消息。

很快，村里人都跟镇政府签订了征收协议。随后，村口的那条马路，便开始热闹起来，一堆又一堆的老建筑构件被运来，堆放在田间地头。据说，这是从安徽拆来的老房子构件，等土地平整后，它们将会像搭积木一样搭起来，变成一栋栋漂亮的建筑。看着这热火朝天的架势，大家都很高兴。镇上的干部没有骗人，那个期盼中的度假村，似乎依稀可见。

可没过多久，大家发现那些建筑构件堆放在田地里后，便没有了下文。更多的卡车，载来的是砖头和钢筋水泥。那些空地上，建起的不是一栋栋老建筑，而是四四方方的大厂房。厂房外面，搭起又高又长的围墙，墙头布满铁丝网。起先，村里人还不知道这是厂房，甚至还有人传言这是在造监狱。直到房子里的那些大烟囱竖起来，并排出黑色的浓烟时，大家才知道，这是工厂。

工厂越造越多，村子边每天都是车辆来往和机器轰鸣的声音。到最后，征收的那片农田，已经安不下更多的工厂了。于是，他们又打起了村对面那座山的主意。没用多少时间，几十辆挖掘机，就像白蚁一样，将对面的那座矮山啃噬一空。

后来，雨季就来了，而那棵大树也像着了魔一样，一夜之间就从平地里冒了出来。

私下里，就有人偷偷议论，田被填了，山被挖了，这里的风水也就败了。风水败了，怪事就来了，所以才会长出这么样的一棵大树。

2

康的父亲是最早注意到那棵树的。

康的父亲是村长。对于建工厂的事，他一直背负着巨大的压力。当初，是他一起陪着镇上的领导来村里征收土地。领导给村民们描绘度假村那个无比香甜的大饼时，康的父亲就站在旁边。他和村民们一起咂巴着嘴巴，仿佛品尝到了大饼的美味。

再后来，度假村就变成了工厂。工厂带来的巨大噪音，如同怪兽号叫，让村民们无法在夜晚安眠。更糟糕的是，那些从工厂里排放出来的污水，流在土地上，竟然寸草不生。村民们受了惊吓，便上门找康的父亲。他们质问，原本说好是造度假村，为什么变成了工厂？康的父亲无法回答，他只能跑到镇上去问镇里的领导。

听了康的父亲的问题，镇干部答道，办了度假村，你们可以在度假村里上班拿工资。办了工厂，你们照样可以在工厂里上班拿工资，这有什么区别呢？

康的父亲说，办了工厂，会有污染。

镇干部有些不以为意，污染怎么了？污染就不办厂了吗？全世界都在办工厂，就我们这里最娇贵吗？

随后，他打开电脑，让康的父亲看了一串数字。

你看看，1978 年，我们的人均寿命是 68 岁。你再看看现在，人均寿命已经到了 75 岁。这是多么简单的算术题。1978 年，我们有多少工厂，现在，又有多少工厂？如果污染真的有害，人的寿命怎么反而会变长呢？

镇干部的说法听上去很有道理，康的父亲没办法辩驳。最后，他只能打印了一份电脑上的材料，带回到村里。当村里人听说了污染不会短寿的事情后，显得非常高兴。他们不再纠结建工厂还是度假村，甚至，私底下还有些埋怨康的父亲。要知道，卖土地时，大家都是拿了双份的价钱。现在，却又上门去兴师问罪。不管怎么说，这都显得有些不近人情。

工厂就这样顺利地建了起来。村里的人，只要不是生了大病或者老得走不动路，都可以到那里上班。虽然没有度假村，但大家的钱却一分也没有少赚。

不知为什么，康的父亲却死活不肯去工厂。他的身体一直非常健硕，完全可以适应厂里的劳动，但他就是不肯去。不但自己不去，也不准家里人去。康发现，每次说到工厂，他的眉头就会皱起来，像藏了什么巨大的心事。

没事的时候，康的父亲总会去离村最近的那块空地上转转。那儿有一个巨大的排水管，几乎所有工厂的废水都会汇集到那里。废水流过处，草木变得一片焦黄，就像被火燎过一般。这让康的父亲忧心忡忡。他又想起了镇干部的那番话，他依然没办法相信这样的污染会跟他们的生活无关。但他没办法说，就算是有关，又怎么样？相比较而言，人们更愿意相信污染是无害的。

这一天，当康的父亲再次来到这块空地上时，发现那片焦黄的枯草中竟长出了一棵绿色的树苗。不知道是不是那些枯草的衬托，这棵树苗显得特别的青翠，就像刚用颜料涂抹过一般。

这个意外的发现让康的父亲感到无比震惊。这片被工业废水浸透的土地怎么会长出这么一棵生机勃勃的树苗？难道污染真的无害吗？他想不明白。随后，他做了一个小实验，他在那棵树苗边挖了一个引流槽，试图不让工厂排放的污水接近它。然后，他从家中的井里挑了干净的水，去浇灌。让他吃惊的是，浇了干净的水，这树苗很快就变得蔫头耷脑的，就像得了病一样。随后，他将引流槽捣坏，让污水重新流到树的根部。就在这时，他看见了一个奇特的景象，这树就像长了一个巨大的嘴巴，那些污水一流到它的旁边，就不见踪迹。而此时的树苗，微微颤抖，如同经历了最美好的事情。

那天，从地里回来后，康的父亲几乎一言未发，呆呆地坐在房中，失魂落魄一般。当天晚上，他就病倒了，躺在床上，脸变得通红，嘴唇微微抖动，发出一些模糊不清的音节。

3

康的父亲被送到了县里的医院。医生给他照了 X 光，片子出来后，看见他的胸腔里竟然全是黑的。这让医生也感到很困惑，他将那张塑料片子横过来看，然后又竖过来看，他不能确定康的父亲得了什么病，因为他从没见过一个人的胸腔会黑成这样。随后，他被转到了市里的医院。市里的医院同样不能诊断，再接着，他又被送到了省城。省城的医生皱起眉头说，如果是喉咙里有阴影，可能是喉癌，如果肺部有阴影，可能是肺癌，但康的父亲身体里全是黑的，这就奇怪了，总不可能每一处都得了癌症吧？

就这样，在各级医院差不多折腾了两个星期后，康的父亲厌恶了，他坚持自己没有任何病，要回家。让人吃惊的是，回家后，他似乎真没什么事，依然像从前一样健壮。康发现，从医院回来后，自己的父亲竟然还在长个。

事实上，在 17 岁的时候，康便已经和父亲齐头高了。现在，他已经 18 岁了。这一天，当他和父亲站在一起时，发现父亲居然比自己高了半个头。父亲 53 岁，照理说，他已经不可能长高了，因为老的缘故，他似乎还应该比以前更矮一些。

可现在，他却还在长个。

后来的日子，几乎每天都在下雨。在漫长的雨季中，那棵原本瘦小的树苗便开始日生夜长。有一天，偶尔放晴；父亲带着康去看那棵树。康站在树底下，仰着头，根本就看不清这棵树到底有多高。只有站到很远处，他才能看见这棵树的树冠几乎已经跟云朵长在了一起。

父亲将手搭在粗糙的树干上抚摸，突然开口道，也许有一天，我会爬到这棵树的顶上去。康觉得父亲的话很奇怪，他不知道他为什么要这样说。爬到树顶上去做什么？树顶上最多能看见整个村庄，再远一点，或许还能看见镇子，看见县城。除此以外，还能有什么呢？

康想不明白，但在那一刻，他忽然想起了父亲长个子的那个事情。他有种奇怪的感觉，父亲的长高会不会跟这棵树有着某种联系呢？

三个月后，康的父亲再一次倒下了。

和前一次相比，这次的病情显然要严重许多。父亲躺到床上，就再也没有下来。于是，他又一次被送到了县里的医院。县里的医院依然没有什么好办法，但父亲却绽着太阳穴上的青筋，不肯再去更远的地方。

就这样，父亲在医院里住了一个星期。第六天的时候，他陷入了昏迷。他躺在床上，悄无声息，身体几乎没有一点因为呼吸而带起的起伏。康坐在床边，觉得有些害怕。每过一会儿，他都会伸手去探一下父亲的鼻息。只有感觉温暖的气息从父亲的鼻孔里微弱地散发出来，他才会心安一些。

第七天中午，医生将康的母亲和康一起叫到了自己的办公室。医生说，虽然无法确认康的父亲得了什么病，但根据他身上的迹象，可以下结论，人已经不行了。医生的话并不出乎康母亲的意料。母亲说，真的不行了，你就给他打一枚强心针，这口气，要留到家里再咽。

下午，母亲办好了出院手续，医生则帮忙安排了车子和人手。傍晚的时候，医生给康的父亲打了一枚强心针。随后，急救车便闪着警示灯将康的父亲载回家。

康和母亲一起坐在车子里。母亲显得哀伤而又平静，始终一言不发。路不平，车子一直在摇晃，父亲吊着盐水，也在不停地摇晃。看着父亲，康有些恍惚。他不能相信父亲真要死了。一切显得过于突然，就像被拦腰砍了一刀似的。不知道是不是这种突然的原因，康觉得心里似乎不那么难过，这让他有些过意不去。

还没到半路，康就被车子晃得昏昏欲睡。他努力支撑着不断下沉的眼皮，恍惚间，他突然看见父亲的嘴角歪了一下，露出个笑容。康顿时惊醒，瞪大眼睛。可这时，父亲的那丝笑容已经消失了。康看了看母亲，母亲依旧木在那里，似乎什么也没看见。上车后，她就再也没有改换过自己的姿势。

终于到了家，众人七手八脚地将父亲抬上床，然后，跟着来的医生又给父亲打了一枚针，说这能让他撑过12点。康站在一旁，觉得诡异，对他这个年纪来说，他无法理解这样的行为有什么意义。撑过12点，算是在人间又多活了一天吗？都要死了，多一天少一天，又有什么关系呢？

父亲躺在床上，他看上去依旧平静。现在，康已经没有心情再用手指去试探父亲的鼻息了。医生已经说了，过了12点，他就会死。所以，就算有了鼻息，也没有了任何的意义。

母亲坐在窗边的那把竹椅子上，佝偻着身体，她看上去似乎比平常要更瘦小一些。房间狭小而昏暗，房顶的那个灯泡边聚满了细小的飞虫。不断地有虫子被电灯泡给烫死，掉落下来，但依旧有新的虫子继续朝着电灯泡飞去。

康看着灯泡，有些出神，他的脑子里似乎想了一些东西，又似乎什么都没想。这时，他的肚子猛地一阵抽搐，随后，便是一阵绞痛。他疑心自己是吃坏了什么东西。他看了看墙上的挂钟，快到12点了。他想守在父亲的身边，可肚子里却翻江倒海的，让他无法忍受。他只能告诉母亲，母亲点了点头。康往床上匆匆扫了一眼，便飞奔着跑向厕所。

康跑到院子里，推开茅厕的木门，刚蹲下去，便听见房间里传来一阵撕裂般的哭喊声。那一刻，他明白，父亲已经没有了。

康蹲在茅坑上，不知道时间有没有过12点。一阵风吹过来，掠过他的皮肤，一阵阵紧缩。他看着黑乎乎的四周，似乎有点伤心，又不是特别伤心。他依然不确定，自己的父亲是不是真的就这样死了。

4

父亲被放在一块门板上，用白布蒙住。和尚坐在旁边，念往生咒超度。作为唯一的儿子，丧事期间，每日，康都要跪在人群的最前面。虽然地上铺着干草，但他的膝盖还是被红石板硌得生疼。

葬礼一共举行5天。前两日，前来悼念的亲朋好友还很多。后来，人群便一天天地淡了。直到发殡的前一天晚上，父亲要落材（装入棺材），前来悼念的人才又稍微多了些。

在和尚的指挥下，大家在灵堂前举行了一个简朴的仪式。康看见父亲被白布匹盖着，装进那口棺材里面。那是一口狭窄的杉木棺材，看棺木的边沿，似乎比一块饼干也厚不了多少。在康的记忆中，以前老人死了，棺材都会很宽大，用料也足，就像一条船。而现在，却显得这么寒酸。当然，那时还是土葬。现在，改火葬了，再好的棺木，放到火炉里一烧，也什么都没有了。想想，的确也没有必要浪费那样的好树料。

父亲躺在薄薄的杉木棺材里，身上的白布被掀开。他穿着一身簇新的中山装，四肢收拢，这让他看上去像一条风干的鲞鱼。在那一刻，康盯紧了父亲的脸，企图再次从他脸上捕捉到一丝微笑。可是，直到棺材合拢，父亲依旧面无表情。在那一刻，康才有了一种真切的悲恸。他意识到，父亲是真的死了，再也没有回转的余地了。他脸上的那丝笑容，只不过是自己的妄想。

仪式进行到了晚上10点左右。前来吊唁的人群吃茶聊天，慢慢散去。过了12点，院子里就剩不下几个人了。夜宵也没人吃，零零落落地铺了一桌子。院子里，还剩下一桌麻将，都是父亲生前最好的几个朋友，他们坚持着要再陪父亲一晚。

落完材，母亲也被劝到房间里头休息。事实上，她早就支撑不住了。丧夫的哀伤加上持续的劳累，让她面临崩溃的边缘。

大人们让康也去睡觉，明天是正日子，要火葬，还要摆酒，很多事情要忙，不休息是不行的。康顺从地回到房间里，可躺在床上，他却没有丝毫的睡意。他睁着眼睛回想了一阵，父亲落材的那一刻，他的确很难过。但这种难过的情绪并不坚固，很快便淡了。他说不清楚自己为什么会这样。

康在床上翻来覆去好一阵，依然睡不着。最后，他索性从床上爬了起来。他觉得有些闷热，便将房间的后窗户打了开来。他趴在后窗户上，无聊地向远处张望着。从这里看过去，能清楚看见那棵长在村边的大树。看上去，它似乎又长高了一些，就像一棵被放大了无数倍的西蓝花。这时，康又想起了自己的父亲。他发现了那棵树，现在，这棵树顶天立地生长了起来，可他，却死了。

树下忽然闪过了一个人影。康一愣，这么晚了，树下怎么还会有人？他用力揉了揉眼睛，又仔细辨认，的确是一个人。这个人似乎有些慌张，朝左右打量一番，突然转身往树上爬了上去。

康呆住了，他简直不敢相信自己的眼睛，他认出来了，爬树的那个人居然是父亲。虽然看不清面目，但他绝不会认错自己的父亲。可是，他不是死了吗？自己分明看见他被放进了那口狭窄的杉木棺材。

康来不及细想，因为那个身影在树上爬一阵，很快便消失在了树丛中。康迅速地从后窗翻出去，朝那棵树飞奔过去。

到了树下，康仰起头，朝上张望，只见头上枝蔓纵横，深不见底。看了一阵，康疑心自己是看错了，如果是父亲，几个人都抱不过来的大树，他又怎么爬得上去？

康不肯死心，绕着巨大的树干又仔细走了一圈，终于，他发现了几根从树上垂下的藤蔓。藤蔓贴在树干上，并不起眼。康拉过一根，用力扯了扯，很结实。随后，他又发现，粗壮的树干上竟然还长着一个又一个的小疙瘩，就如同一架小梯子一般。康犹豫了一下，便拉住藤蔓，踩着那些小疙瘩，慢慢地往上攀爬。

爬了一阵，康便觉得两臂有些酸麻。他将藤蔓往腕上缠了缠，试图将身体更贴近树干，或许这样能省些力气。

康低头往下看了看，发现自己离地差不多五六米高了。从这里，可以看见自己家的院子，院子仍亮着灯，灵堂前，一张麻将桌，依旧有人在冷冷清清地打着麻将。在灵堂的中央，端端正正地摆放着父亲的棺材。

父亲会在那里面吗？康有些走神，就在这时，头上传来一阵窸窸窣窣的响声，他抬起头，似乎有个黑影，稍稍晃了一下，便钻进了郁郁葱葱的枝叶。

康赶紧拽着藤蔓往上爬，一些细小的枝叶刮在他的身上，窸窸窣窣地响。但康却没追上那黑影，随着攀爬，他的力气越来越少，两只抓藤蔓的手因为酸麻几乎失去了知觉。

此时，正巧旁边伸出了一根粗壮的树枝，康调整了一下重心，晃着身体，踩到了那根树枝上。现在，他必须得休息一会儿。再爬下去，他的手就抓不住藤蔓了。

康坐在树枝上，大口大口地喘着粗气。因为枝叶的遮挡，此时已经看不见村庄了。四下里，黑乎乎的一片。康想，如果那个身影真是父亲的话，那他就没死。如果没死，他为什么要装死呢？他为什么要爬上这棵树，他究竟要做什么？

康想不明白，他朝着四周打量了一番。四周的枝叶密密麻麻，似乎根本没有一丝缝隙。康忽然觉得有些害怕，他想起了那口被钉死的棺材。

就在这时，一侧的枝叶中突然透出一束光。康有些意外，这里怎么会有光，难道那是一个出路吗？

康朝着那丛树叶爬过去。终于爬近了，他伸出手，用力将那丛茂密的枝叶扒了开来。就在此时，这树叶突然像流沙般塌陷了，康顿时失去重心，双手乱抓一阵，便往那丛光中掉了下去。

再睁开眼时，康发现自己正躺在一片巨大的空地上。他觉得有些头晕，耳朵嗡嗡地响。在短暂的迷茫后，他揉着太阳穴，慢慢站起来。自己是从树上摔下来了吗？他抬头看，想找那片自己掉下来的树丛，可头顶白茫茫一片，根本就没有什么树叶。

康觉着有些诡异，他用力搓了搓脸，试图让自己清醒一些。康往前走，走了一阵，脚下突然“啪”的一声响。因为安静，这声音在空旷中被放大了无数倍。康被吓了一跳，低下头，看见脚下竟然踩着一个塑料瓶子。怎么会有塑料瓶子？康有些发愣，这时，有一股难闻的味道硬生生地往他鼻子里钻。康这才发现，自己踩着的这块地方，竟是一片巨大的垃圾填埋场。

垃圾填埋场？康在脑子里迅速盘转。他记得他们村边的确有个垃圾填埋场，每天，城里的货车都会运来垃圾，翻倒在那里。趁着垃圾还没有被那些压路机轧平，村里人都会去垃圾场里捡一些矿泉水瓶、废铜烂铁之类的卖钱。孩子们是最乐于干这样的事了，这是他们零花钱的来源。康也去过，那些垃圾里面，什么都有。菜叶子、鸡蛋壳、肉皮、塑料袋子、玻璃瓶。康总是忍不住想，这些垃圾一天天地堆高，会不会终于有一天就堆到天上去了。

自己是掉在垃圾填埋场里了吗？可看上去又不像啊，如果是垃圾填埋场，站在这里，一定能看见自己的村庄，怎会是这样白茫茫一片？

康将信将疑地继续往前走。又走了一阵，他终于看见了一条黄泥路。这条路不宽，却很长。不知是不是因为长的缘故，根本看不见尽头。在路的两边，开满着鲜花。这花生得奇怪，长着粉红色的巨大花朵，却没有绿叶，妖艳无比。

康犹豫了一下，大着胆子往这条黄泥路上走去。

奇妙的是，就在康踏上黄泥路的一刹那，路边的那些花居然就亮了起来，一朵一朵的，就如同夜晚的路灯，漂亮极了。

5

康没留意到那条黄泥路是什么时候消失的，因为路上开始起雾了，这雾气浓重而突然，让他感觉自己像走进了一间黑屋子。

康走得很慢，他感到有些害怕，眼前的一切，显得太过古怪。康开始有些后悔了，自己不该这么仓皇地爬上那棵树，起码应该跟母亲说一声的。现在，她应该还在睡梦中，在为明天的葬礼储存体力。等天亮时，如果自己回不去，母亲就会发现。如果是这样，她该多么的慌乱。她刚失去了丈夫，如果再失去了儿子，她该怎么生活啊？

康胡乱想一阵，这时，他感觉着天气又变得燥热了起来。虽然头顶没有太阳，却比在六月天的太阳底下烘烤还要糟糕。康赶紧脱下衣服，遮住自己的脑袋。又一阵，天气又突然变冷，这让康不由自主地打起了冷战，迅速将刚遮到脑袋上的衣服又重新穿到了身上。最后，气温终于恢复了正常，但空气中却开始传来一股腥臭的味道。一开始，康还以为自己又走到了那片垃圾填埋场，但仔细辨别一阵，才发现这臭味来自那些浓雾。这味道黏黏糊糊的，直往他的鼻孔里钻，让他有些无法呼吸。

康看不见出路，只能用手捂住鼻子，硬着头皮往前走。他已经走了太长的路，体力所剩无几。但他不敢停歇，他不能陷在这片浓雾里。

走了一阵，康慢慢察觉到了一个规律，这雾似乎有浓淡。那腥臭味浓的地方，雾气就浓；腥臭味淡的地方，雾气也会淡一些。于是，康便按着这规律往臭味淡的地方去。很快，他的方法奏效了，眼前的光亮一点一点地多了起来。最后，浓雾散去了，他重新站在了又一片巨大的空地前。

眼前的空地和之前的那块空地好像有些不大一样，四处分布着许多的土堆，高高的，就像一个个小山丘一样。康走近其中的一个，看见那其实并不是土堆，而是一个个的垃圾堆。康有些沮丧，他没想到自己刚离开了一片垃圾场，却又来到了另一片垃圾场。

就在这时，康突然发现前面不远处的一个垃圾堆上竟然趴着一个人，这个人赤裸着身体，肮脏极了，就像刚刚从一桶全世界最脏的污水中爬出来。

怎么会突然有个人？康有些害怕，小心地将身体伏下，躲藏在垃圾堆后。

垃圾堆上的那个人并没有注意到康，他只是蹲在那里吃个不停。他从垃圾里不断地翻出一些腐烂残败的食物，然后飞快地塞到自己的嘴中。

此时，康才看清，眼前的这个人身体居然是透明的，那些脏污的垃圾从他的喉管进入他的胃，然后溢满了他的整个身体。他的脸是惨白的，上面还泛着微弱的淡绿色的荧光。在这张惨白的脸上，有着一张巨大的嘴。他睁着眼，眼眶里却没有眼仁，只是白茫茫一片。

就在这时，康看见垃圾堆的另一面又出现了一个透明人。这个透明人弯着腰，正蹑手蹑脚地往垃圾堆上爬。爬到顶上，他就从腰间掏出了一根绳子，绳子上还有个圈套。他将手中的圈套挥舞了几下，突然朝着下面的那个透明人扔过去，不偏不倚，正好套住了那个人的脖子。被套住的透明人用力挣扎，拿着绳子的那个丝毫不慌乱，将绳子使劲地往手上缠，然后一屁股坐下，往垃圾堆的另一侧滑了下去。垃圾堆的顶部，顿时变成了一个支架。随着透明人的下滑，缠在另一个人脖子上的绳子越勒越紧。最后，咕咚一声，脖颈处喷出一股脏污的液体，脑袋掉在地上，翻滚了几下。

滑下垃圾堆的透明人走到尸体旁，在他口袋里摸索一番，摸出一块绿色的东西，然后放在自己腰间的口袋里，四处张望一番，就往前走了。

康趴在垃圾堆上，屏住呼吸，一动也不敢动。直到那个透明人走远，完全看不见，他才站起身来。他用力伸展了一下双臂，因为趴得太久，他的双臂已经有些麻木了。康想，自己得赶紧离开这个危险的地方。

康离开垃圾堆，提心吊胆地走了一阵。所幸，一路上再也没有危险的透明人出现。放松下来的康顿时觉着又渴又乏，身子一软，便斜靠在了旁边的一个垃圾堆上。他无力地舔了舔嘴唇，嘴唇粗糙干裂。他想，自己可能已经脱水了。现在，他几乎耗尽了所有的力气，仿佛都能看见眼前闪烁的火星子了。

康靠在垃圾堆上，迷迷糊糊间，他似乎听见了流水的声音。水？他顿时惊醒，这水流声仿佛给他的身体注入了一针激素。

康挣扎着往水声的方向走。不多久，眼前果然出现了一条河流。康觉得自己心跳加速，他恨不得马上跳进河里，让这河水将自己的身体浸湿。

但这兴奋并没有维持太久，当康看见河里的水时，他又绝望了。河里的水是黑色的，黏稠得就像石油一般，散发着阵阵的恶臭。

康身上那根刚绷起的弦瞬间又松掉了。他瘫倒在地上，很想咒骂，可他却连一点咒骂的力气都没有了。

康想，自己可能要死在这个地方了。死会是怎么样的呢？对于他这个年纪的人来说，死是遥远的，遥远得似乎永远不会发生。康不知道人为什么会死，就像父亲，前一秒还活着，后一秒就成了死人。似乎，生死之间不过就是一念之间，就像一层窗户纸，一捅破，人就死了。

现在，康觉得自己就站在了这层窗户纸的前面。他躺在地上，他的身体在微微颤抖，康觉得似乎有什么东西要逃离自己的身体。

康想，自己现在可能正在死去。

6

眼前似乎有个人影晃动了一下。康翻了翻眼皮，又疲乏地闭了回去。会是那个透明人来了吗？可是，那又怎么样呢？就算他拿着那根绳子，套到自己的脖颈上，那又能怎么样？现在的自己，跟躺在砧板上的一块肥肉没什么区别。

喂。康听见有人在喊他，这声音就像一根绳子，将他从很远的地方拉了回来。康再次疲乏地睁开了眼睛，这时，他看见眼前竟站了一个胖子。胖子微微弓着身，笑眯眯地看着康，然后伸手递过来一样东西。康斜了一眼，胖子的手中竟是一瓶水。康有些激动，又看了眼胖子，不知道他什么意思。胖子依旧笑眯眯地看着他，手微微提了一下，似乎是在鼓励康将水接过去。康愣了一下，几乎本能地将水夺了过来，仰脖往嘴里灌。他的身体已经干得快要冒出火来了，水倒进嘴里时，他都能听见干枯的喉管发出了嗞嗞的令人愉悦的声音。

不知道是喝得太快，还是幸福来得太突然了。喝完水的时候，康有些发蒙。好一会儿，他才打个嗝，清醒了过来。他看着眼前的胖子，似乎此刻才真正注意到眼前还站着一个人。

你从哪里来的，我怎么从没见过你？

我从，我从我家里来。

胖子笑笑，那你怎么会到这里呢？

我来找我的父亲。我爬上了一棵树，然后又从树上掉了下来。后来，我就看见了一条路，那条路上还开满了花。我往路上走，再后来，我就到这里来了。

哦。

你能告诉我这是哪里吗?

这里是丰城。

丰城?康皱了皱眉,他从没听说过这样的地方。

胖子想了想,说,不管你从哪里来,你都不能待在这里。你看看这里,没吃没喝的,又四处是透明人,太危险了。如果你相信我的话,你就先去我那里吧。吃点东西,休息休息,等有了体力,你再出来找你父亲。

康点头答应了。胖子说的是实话,现在,他的确需要找个地方,补充一下精力。虽然,他并不清楚胖子的底细,但那已经不重要了。如果不是他,自己或许已经渴死了。

胖子在前面走,康就跟在他的后头。康发现,胖子走路的时候,脚下会湿。起初,他以为是他脚底下沾了什么东西。仔细看,却发现是他身体里流出来的,落在地上,又黑又黏。康觉得诧异,是因为他太胖了,油脂溢出来了吗?

虽然空气灰蒙蒙的,看不透路,但胖子依旧能熟练地找到方向。终于,走了好长一会儿,胖子停住了身子,转身笑眯眯地看着康,说,到了。康抬头看,看见眼前出现了一个很大的城门。城门不知是用石头还是城砖垒成的,很是笨重。城门上写着“丰城”两个字。

胖子继续往城里走,康紧紧地跟着,生怕跟丢了。进了城,眼前出现了一条两三米宽的路。路的两边是房子,似乎都是一些店铺,挂着“售”的招牌,柜台上放着奇奇怪怪的东西,不知是些什么。康发现路上走着的人,脚下也会流出黑色的油脂,当他们看见脚底干干净净的康时,他们也显得神色诧异。但他们的眼神没有在康身上逗留,而是将头微微垂下,对着康身前的胖子小心翼翼地笑着,似乎是在讨好他。

走完街道,迎面现出一个店,这个店的铺面好像是这里所有的店里最大的。胖子笑眯眯地看了康一眼,这就是我的家了。说完,他就往店铺里走。

康跟在他身后,这时,他看见柜台外站了一个人,身上裹着一块布,微微佝偻着。康偷偷地看着他裸露出的身体,那皮肤竟是透明的。原来,这是个透明人。透明人正和柜台里的一个人说着话，康走过他身边时，看见他的腰上系了一根绳子，那绳子上，还套了一个圈。康不由倒吸了一口冷气，这不就是垃圾堆边将另一个人拉断了脑袋的那个人吗？

胖子似乎一点都不怕透明人，他十分轻蔑地拿眼白他：又拿什么破东西来了啊？

看见胖子，透明人一脸谄媚的笑。因为五官长得和平常人不一样，他的笑看上去难看极了。他将背上的包裹卸下来，准备把里面的东西倒到柜台上。胖子赶紧拦住了他：别弄脏了我的柜台，倒地上。

于是，透明人又将袋子放到地上，将袋子里的东西全部倒出来，摊了一地。

康看见地上散落的，有铁块，玻璃片，塑料瓶，还有其他一些奇形怪状的看不出面目的东西。显然这些东西都是从垃圾堆里翻找出来的。

胖子用手挡住鼻子，似乎很怕闻到那些垃圾的味道。随后，他有些吃力地伸出一只脚，绷着脚尖在那堆东西上划了划。不知是吃力，还是没看见好东西，他很快就将脚收了回来。

就这破烂，你还好意思拿到我这里来啊？

透明人听了，赶紧说，哦，对了，我身上还有些别的东西。说完，他便从身上的口袋里掏出两片绿色的塑料片，递给胖子，你再看看这个，这个你一定会喜欢的。

胖子将两片塑料片拿在手里，掂了掂，有些嫌弃地看着透明人，就这垃圾，我也会喜欢？

透明人可怜兮兮地看着胖子，老板，这可是好东西啊，我花了大气力才找来的。你也知道，这种东西外面很吃香的。

那么吃香，你卖给别人去好了，干吗拿我这里来？

透明人赶紧摆手，怎么能呢，有好东西肯定要先送到老板这里来啊。

胖子鼻子里哼了一声，哼，也就是我心软，不忍心看你们白跑一趟。行了，我就发发善心，留下这两片东西吧。

说着，胖子就将那两片塑料片扔在了柜台上，掸了掸手，然后跟柜台后的人说，你赶紧给他一点水，让他滚蛋。臭烘烘的，把我的店铺都给熏臭了。

柜台后的那个人应了，取出一个装着水的小瓶子，递给了那个透明人。透明人接过水，小心地拧开盖子，他并没有喝，而是将水放在鼻子下，用力地闻着。

胖子不耐烦地说，还不快滚。

透明人赶紧盖好盖子，跑出了店铺。胖子扭头跟柜台里的人说，你把这两片东西打磨一下，然后送点吃的东西进来。那人应了，胖子便带着康往里面走。

穿过店铺，后面是一个院子。院子不大，中间搭着一个架子，架子上长满了绿色的植物。康觉得诧异无比，这几乎是他在这里看到的唯一的绿色植物。就在这时，那个胖子终于将一直掩在鼻子上的手放了下来。他的大鼻子微微抽动了一下，然后将眉毛舒展了开来。

憋死我了。你不知道，我就怕出门，到处都是一股脏兮兮的怪味道。

他坐到架子下，招呼康也坐下。

康说，你柜台上那个人我见过。

哪里见的？

康说，我也不知道那个地方是哪里。我看见他将另一个人的脖子勒断了，还拿了那个人的东西。

胖子笑笑，嘿嘿，肯定是他干的，抢了别人东西，就跑到我这里来换水。

他们不是吃垃圾的吗，干吗要换这些水啊？

胖子干笑一声，嘿嘿，就算是透明人，以前也终归当过人啊。只要是人，总想喝上一口干净的水。这是瘾。

康看出来了，这里的水非常宝贵。胖子跟自己素不相识，却给了自己那么大一瓶。想到此处，他觉得有些不好意思，说，你的水那么宝贵，我们刚认识，你就给我那么多。

胖子挥了挥手，说，这是两回事，你怎么能跟那些人比。

正说着，便有人端了些吃的上来。

吃些东西吧，你肯定是饿坏了。

康有些不好意思地笑笑，狼吞虎咽起来。吃了一阵，柜台上的人又来了，将什么东西交给了胖子。胖子将东西拿在手上，打量了一番，然后点了点头，递还给他。康这时才看清，胖子手里拿的是两片叶子形状的塑料。

那个人麻利地踩到椅子上，然后将两片叶子安到了架子上。这时，康才发现，原来架子上的绿叶子全是假的，有纸片的，也有塑料的，都被做成树叶的形状。康突然想起了那个透明人送来的两片绿色的塑料，他有些惊讶，没想到它们竟是派这样的用场。

7

胖子给康安排了一个临院的房间，他让康先好好休息一下，等恢复了体力，再考虑找父亲的事。胖子还特意叮嘱，出门的话，一定要跟他说一声，不要擅自外出，不安全。看着弥勒佛一样的胖子，康心中充满了感激，他觉得自己的运气还算不错，到了这样一个鬼地方，居然还能遇见这么好的人。

可这究竟是个什么样的地方，怎么会出现这么多怪异的人、怪异的事？康的脑子里忽然滑过一个念头，丰城，不会是酆都城吧？都说人死了，要经过酆都城，难道自己真的死了？如果是这样，那这一切倒也说得过去。书上说过人死后都会经历一些稀奇古怪的事。可是，如果自己死了，那自己到底是在什么时候死的呢？康将事情从头到尾回顾了一遍，是爬上树的时候吗，还是扒开那丛树叶？死会是这样吗，让人毫无察觉？

康搞不明白，想了一阵，疲倦就开始慢慢聚拢了，像个秤砣，挂在了他的眼皮上。康迷迷糊糊地睡了过去。睡着的时候，他好像还做了一个梦，梦见自己和父亲一起挤在那口狭小的棺材里。他听见钉子钉进木头时发出嘭嘭的声音，父亲在身边，一个劲地抱怨，这棺材那么小，你怎么也好挤进来的。

后来，好像有人走进了自己的房间，在床前站了许久。他不确定这是梦还是真实，他实在太累了，都没有力气睁开自己的眼睛。

醒来时，不知已是几时了。他看看窗外，这里的天色永远是灰蒙蒙的，不明亮，也不黑暗。

走出房间，康看见那个胖子就在院子里，他手上拿着块擦布，正小心翼翼地擦拭着那些绿色的“叶子”。胖子见了康，又露出了那个和善的笑容，你一定睡得很好，看你的脸色，红扑扑的，多好看。随后，他又叹了口气，其实我以前也像你一样，脸色也那么好。唉，算了算了，不说这些，说多了，自己都会觉得难过。

胖子放下手中的东西，招呼康在架子下坐下。

我睡了多久，现在是什么时候？康问道。

胖子说，什么时候？这我可没办法回答你啊，这个地方没有白天，也没有黑夜。这么跟你说吧，我们这里就没有时间这回事儿。

没有时间？这可真是个怪地方。康想。

我今天想出去转转，看看有没有我父亲的线索。

胖子说，行啊，要我陪你吗？

不用不用，我自己去就行了。

胖子倒也不坚持，他朝外面叫了一声，有个人就将一包东西拿了进来，胖子将东西递给康，我把水和食物给你准备好了，放宽心，你一定会找到你父亲的。

康感激地看了他一眼，将东西接过来。

康出了门，从胖子的店铺里走出来，一直往前走，就能走到城门那里。和进来时相比，今天路上似乎人要少一些。让康觉得奇怪的是，看见他时，市集上的人似乎都有些畏惧，目光不敢直视。走了几步，康突然想到了什么，猛地转过头，看见胖子就站在门口，他看见康，弹簧般地露出笑容，轻轻挥着手，示意康继续往前走。

出了城，眼前马上便荒凉了，到处都是灰蒙蒙的，看不清。康站在城门口，忽然有些担心，他的脑子里浮现出了一个透明人伏击另一个透明人的场面。他感觉那些透明人就躲在垃圾堆后面，等他过去时，突然甩出一个绳圈，将自己的脑袋套住。

空气似乎要比之前又差了许多，没有风，细小的尘土颗粒悬浮在空气里，带着腥味，一动不动。走得快些，几乎都能感觉到那些尘土打在自己的脸上，生疼。很快，康便觉得自己的鼻孔里粘上了什么东西。他不敢太用力地呼吸，生怕一用力呼吸，那些尘土就会将自己的鼻子堵住。

康没有方向，只能凭着感觉往前走。也不知走了多久，他突然听见了一阵哗哗的流水声，近了，还是那条黑色的河流。康有些诧异，难道自己走的和昨天是同一个方向？他犹豫了一阵，转过身，又朝着另一个方向走。他估摸着自己走出了很远，早已远离了那条河流，可最后，他却又听到了流水声。

就在这时，康突然意识到了一个问题，难道这四周都被那条黑色的河流给包围了？可这讲不通啊，如果此处都被那条河流所包围的话，自己又是怎么从外面走进来的呢？

康不能再走了，现在，他必须得赶回去。他已经快没体力了，身上带着的吃喝也没了。可往回走，康又意识到了一个新问题，回去的路在哪里？到处都是灰蒙蒙的一片，根本就没有路。

自己怎么这么大意？怎么光顾着出来，就没记回去的路呢？

康硬着头皮慢吞吞地走，他企图从脑子里挖掘出一些来时的印象，但这四处都是同样的雾，他根本没有任何记忆。就在康有些手足无措的时候，他看见了地上有一些黑乎乎的东西。他脑子一闪，想起了胖子还有城里的那些人。他们走路的时候，地上就会留下那些黑色的汁水。难道？

康顺着这些黑色的印迹走。让他惊喜的是，走了一阵，他果然就看到了那个巨大的城门。现在，他可以确认了，的确有人在跟踪自己。会是胖子吗？他为什么要跟踪自己，怕自己走失吗？康不知道。

回到店铺的时候，胖子正躺在架子下的躺椅上，一边喝水，一边欣赏着头顶的绿色叶子。他总是在架子下待着，这似乎是他最喜欢待的地方。

看见康回来了，胖子便坐起身来，笑眯眯地看着他。

怎么样，有收获吗？

康看着胖子的脸，心想，难道你没有跟着我吗？但他不能说穿这个事。

康摇了摇头，走了好多地方，奇怪的是，无论我怎么走，可最后都会走到那条河边，这里是不是被那条河给包围了啊？

胖子依旧笑眯眯地说，我以前也是觉着这附近是被那条河给包围了，可是，如果是这样，那你又是从哪里来的呢？

康摇着头，他想不清楚。

那我父亲会在哪里呢，他会不会就躲在这里的某个地方，也在找出去的路啊？

胖子摇了摇头，你父亲肯定不在这里，如果他在，我肯定会知道的，这里没有我不知道的事情。

康相信胖子的话，这里的一切都瞒不过他。可是，如果父亲不在这里，他又会去哪里呢？

对了，他会不会从那条河游过去啊？

胖子一愣，脸上又恢复了那丝柔和的笑容，这样吧，你转了一天了，也累了，先休息。等你休息好了我们再说吧。

吃了东西，康回到房间里。他躺在床上想那个跟踪自己的人。

会是胖子吗？康不确定，他没办法从他的脸上看出端倪。他为什么跟踪自己呢？还有，父亲到底来没来这里，如果来了，他是不是已经找到出路了？为什么不能游过那条河，胖子欲言又止的，到底什么意思？

康躺在床上，没睡，他一直在想父亲的事。后来，是胖子来敲门，他说他要带康出去。胖子并没有说去哪里，康不好问，只能跟着他。出门前，胖子还到柜台上取了一小瓶的水。

路上，胖子一直在跟康介绍街两边的店铺，他告诉他，哪家是卖新鲜空气的，哪家店是卖食物的。正说着，他突然转了个弯，走进了其中的一家小店铺。

店铺的门口挂着一个售字，有一个柜台，柜台后站着一个伙计。伙计见胖子来了，赶紧热情地迎出来。两个人说了些什么，胖子便将水递给了那个人。那个人拿了水，便往里间走。再过一会儿，他就带了个人出来。

胖子跟康做了个手势，两个人往外走。那个带出来的人就像木偶一样地跟在他们身后。几个人一起，穿过了市集，走到了城门口那里。此时，胖子便停住脚步，从口袋中取出一条薄薄的纱巾，围在脸上，只露出一双眼睛。康觉得他看上去有些滑稽，就像一颗没有剥皮的土豆。

几个人在肮脏的空气里缓慢地走，最后，就走到了那条黑色的河流边。胖子冲着那个人低语了几句，那个人便继续直愣愣地往前走，就像看不见眼前有一条河似的。康赶紧叫他，他似乎听不见。康想伸手去拉他，胖子却阻止了他。他站在一边，缩着手，冷冷地看着。

就这样，那个人走到了河沿边，一脚踩在空气中，身子一斜，就掉到河里去了。那人掉入河中后，只见一丛白沫迅速地窜往河的深处。几乎就在瞬间，白沫消失了，那个人也消失了，眼前，除了黑色的河流，什么都没有。

康站在河岸上，呆若木鸡。

胖子看了看康，你现在明白，为什么我说没人能过得了河了吧？这河里的水，经受不住任何的重量。

8

胖子躺在架子下的躺椅上，康坐在旁边发着愣。他不知道自己在这个地方已经待了几天了。这里没有时间，他没办法计算。

每天，他都跑到城外去找出路，可最后依然还是走到那条河边。那条他来时的路似乎消失了，把他遗失在了这个地方。胖子倒是不催他，每次出门，都给他准备好吃喝的东西，并鼓励他，说他一定会找到出路，找到父亲。让康自己都有些不好意思的是，胖子对他找到父亲的希望似乎远大过他。

院子里的那口棺木应该早已送到火葬场了吧？康想，现在，母亲肯定也已经发现自己失踪了。真不知道她会急成什么样。她会像自己找父亲一样去找自己吗？她会注意到那棵大树吗，她会不会也爬到这棵大树上来？

康不知道，他想，或许自己根本就不应该去找父亲。父亲死了，还有母亲。而现在，他们两个，他都失去了。

哎，跟我说说你吃过的那些好东西吧。

康奇怪地看着胖子，不知道他说的是什么意思。

胖子说，就是你吃过的，你觉得最好吃的菜。嗯，就比如炒青菜。你肯定吃过炒青菜吧，绿油油的。不瞒你说，我每天最想的就是青菜。

哦，炒青菜我知道的。我在家里，我妈妈常做。我们家的青菜特别好吃，都是我父亲自家地里种的。

胖子眼睛亮了，那你赶紧说说，你们家的这个青菜是怎么做的？

康想了想，说，我记得每次炒菜前，我妈就会弄一点肥猪肉，在锅里煸出油来。然后，把猪油渣取出来，将那些猪油重新加热，再将青菜和猪油渣一起倒进去，大火用力地炒。不能多炒，炒久了就软了。青菜要硬一点的才好吃，又香，又脆，又甜。

胖子盯着康，用力咽了一下唾沫，你们家每天都能吃到青菜吗？

当然，自家地里种的。撒了种子，很快就能长出来。想吃，就去割一些。

胖子啧啧道，你们这一家子也太幸福了吧。他向后用力躺倒在椅子上，唉，真好啊。现在，我要好好地回味一下这道炒青菜了。说完，他将手放在肚子上，闭上眼睛，满脸的回味。

康看着胖子，觉着很好笑，不就是一盘青菜吗，干吗这么激动？

这时，天突然变黑了，还起了风，吹过来，头顶的塑料叶子便相互碰撞，响成一片。

胖子迅速将眼睁了开来。

康惊异地问道，天怎么黑了，是到夜里了吗？

胖子摇了摇头，不是天黑了，是要下雨了。

康一阵激动，几乎从椅子上跳起来，原来这里也会下雨啊。

胖子没有搭他的话，而是转身往屋后走。过了一会儿，从屋后传来一阵响声，康扭头去看，只见那里出来好几个人，抬着一口大缸。他们将缸放到院子正中，然后又跑到前面柜台，取来各种大大小小的塑料盆。

康好奇地问道，你们在做什么？

接雨水啊。

康恍然大悟，难怪你这里有那么多干净的水，原来接的都是雨水啊。

可话刚一出口，康又觉得有些不对劲。如果这么轻易就能得到水，为什么那些透明人会花那么大的代价到这里来换水？

想到此处，康不由得扭头去看胖子，胖子似乎也猜到了他的心思，他笑盈盈地看着天，不再说话。

那些人放好盆和缸，又跑回后面去了。胖子也拉着康躲到屋檐下避雨。

不一会儿，天越来越暗，最后，就像蒙上了一块黑布。突然，几声电闪雷鸣，豆子一般的雨点就噼噼啪啪下来了。看着雨，康感到一阵莫名的兴奋。他将手伸到雨中，让雨水打在手上，冰冰凉凉的。他已经好久没见过雨了。

但很快康就将手缩了回来，他感觉有些不对劲。雨里似乎有一股刺鼻的腥臭味道，仔细看，这雨竟是黑褐色的，落在地上，刺啦一声，几乎都能冒出烟来。

这水怎么是这样的？这要喝到肚子里，肚肠都要烂掉了。

胖子笑眯眯地说，如果我说我店里就是这个水呢？

康狐疑地看了他一眼，怎么可能呢，这水怎么能喝呢？

胖子笑笑，冲康做了个手势，转身往屋后走，康赶紧跟了过去。转过弯，有一道游廊。这游廊通着后面一幢巨大的灰色房子。房子顶有一个烟囱，正在往外冒着黑烟。

胖子将灰房子的大门推开，一股热浪顿时从里面翻滚出来。走进大门，康才发现，这里竟然是一个烧锅炉的场地。迎面，是一整排炉子，几乎每个炉子都生着火。旁边有人不时地往炉子里塞东西，火膛里一片火红。

房子的一侧，有一架狭小的楼梯，很不引人注目。胖子走过去，吃力地扶着楼梯的扶手，一步一步地往上走。康跟在他身后，看见他的身体好像嵌在楼梯里一样，楼梯吱吱嘎嘎地响，似乎被胖子压得喘不过气来。

走完了楼梯，转个身，又是一堵门。这门显得大而厚重，不知道是什么材料，看上去乌黑油亮的。胖子的眼睛绕过康，朝楼梯下面看了看，然后在腰间摸索一阵，摸出一把钥匙来。他将钥匙插进门上的锁孔，拧了一下，哒的一声响。胖子转过头，对康说，来，帮我推一把。说完便伸手搭在门上，使劲去推。康赶紧帮忙。两个人一起使劲，终于将门推开了一道缝隙。

推开后，康也觉得累，呼呼喘气，他瞥见门的边缘，几乎有半米厚。他想，这样的门，估计用炸弹都炸不开。

胖子侧着身，从门的缝隙里挤了进去。康身体小，进去要显得容易许多。

门后藏的是一间非常大的房子，和楼下不一样，这个房间里放的是一个巨大无比的玻璃瓶子。这玻璃瓶长得像只胃，两头都开了口子，一高一低，上头的口子小，下头的口子大。

似乎是推门时用了太大的力，胖子呼呼喘气。他走到墙边，伸手拉了拉墙上挂着的一只铃铛。铃铛响过，地板上吱吱嘎嘎响，露出一个方形的口子。康看见方形口上挂着一根粗绳子，绳子在转轴上吃力地转动。不多会儿，方形口里便拉上来一个塑料桶，正停在那个玻璃瓶低处的那个口子边。胖子扶住桶，用力将它一斜，随后，桶里的那些污水便被倒进了瓶子里。倒完了，胖子再拉一下铃铛，那根绳子又吱吱嘎嘎一阵响，桶又从地板上的方口中落了回去。

胖子掸了掸手，笑眯眯地对康说，这个地方，除了你，我可从来没有让其他人进来过。

康看着眼前这只巨大的玻璃瓶，猜想瓶子的底部应该是通着下面的炉子，那些雨水倒进瓶子里后，很快就会被加热。加热后，水蒸气就会蒸发出来，升腾到瓶子的顶端，冷凝了，又顺着玻璃瓶上的弧线往另一处口子走。在那个口子下，放着一个大缸，那些干净的蒸馏水便都流进了大缸里。

胖子招呼着康，一起走到大缸边。他伸手从缸里舀了一捧，递给康看。我没骗你吧，我这水就是天上落下来的雨水。

这时，康想起了柜台上的那个透明人，他拿了那么多东西，只换了几十滴的水。而胖子跟自己非亲非故，却给自己喝了那满满一瓶子的水。这到底是为什么呢？

康将心里头的疑问告诉了胖子。胖子笑眯眯地答道，很简单啊，只有你，才真正配喝这样的水。

康说，为什么？

胖子凑近康，用力地闻了一下，脸上露出了一个极为满足的神情。

因为你身上有人味。

9

康趴在那个狭小的窗户上，看着外面灰蒙蒙的天色。这让他想起了自己离家时的那个夜晚，他似乎也是这样躺着。那时，母亲睡在隔壁，院子里放着父亲的棺椁。如果，他就这样一直躺到天亮，那么，现在的这一切就不会发生了。可他却从床上爬了起来，然后趴在了窗上，他就那样无聊地望着那棵巨大的树，然后看见自己的父亲从树上爬了上去。

他觉着有些懒洋洋的。现在，他似乎已经习惯于在这里待下去了。每日，他都会出去寻找父亲，寻找可能的出路，但每次，总会走到那条黑色的河流旁边，那几乎就是这个世界的边缘。他一次次地让自己鼓足信心，但又总是一次次地在那条河流前消耗完自己的信心，这种来回让他的身体里的某种东西似乎失去了弹性。

这时，胖子从院子外走了进来，他身边还带了一个人，这个人看着毫无神采，就像那天带到河边的那个人。他们没有在院子里停留，而是往后面去了。

康觉着有些无聊，看着院子里那些绿色的“树叶”，他便从床上爬起来，走到院子里。他找了块抹布，踩到椅子上，开始擦拭那些叶子。很快，那些沾满了灰尘的绿色叶子，在康的擦拭下，开始重新变得翠绿起来。康眯着眼睛，鼓起腮帮子，冲着绿叶子用力吹了一口气，这些叶子便颤抖地发出清脆的碰撞声音。瞬间，康忽然体会到胖子为什么要造这么一个架子了。康低下头，有些悲哀地想，或许这就是他以后能看见的唯一的绿色了。

你在这里做什么？

康转过头，看见胖子从院子后的那条游廊走了出来。

你擦它干吗，这种事自然有人干，赶紧下来，可别把自己摔着了。

康从椅子上跳下来。

怎么样，今天出去有没有线索？

康摇摇头，胖子说，其实，你也不用那么急的，先安心待下来。就像你说的，你父亲已经死了，已经装在棺材里了。既然是死了，无论他是掉进那河里，还是找到了什么出路，他都是死了，也没什么太大的区别，对不对？

胖子将双手搭在康的肩膀上，示意他坐到他的那把躺椅上。

来，躺下来。好好欣赏欣赏你头顶的这些绿叶子，多好啊。你说，哪里去找这么漂亮的颜色？

康顺从地躺到躺椅上，他知道胖子是在宽慰他。其实他说得没错，在这个地方，这“绿叶”是多么的奢侈。

康在躺椅上睡着了，他做了一个梦，他梦见自己游过了那条河流。让他感到奇怪的是，那条河是那么的清澈，岸边都是绿色的粗壮健康的树木，风一吹，沙沙地响。那河水如此的透明，能看见一条条彩色的鱼，还有绿色的水草，像胡须一样飘动。他看见了父亲，站在对岸，伸出一只手，微笑地看着他。

康惊醒了过来，梦里的景象依旧清晰地在他脑子里浮现。他叹了口气。

醒了，就再也睡不着了。康便又拿起那块布，开始擦拭头顶的叶子。康伸手拂了一下头上的树叶，它们抖动一阵，发出硬邦邦的响声。他随后摘下了一片，放在手中看，塑料叶子散发出一种不真实的绿色。他觉得绝望，他一辈子都会困在这里了，每天吃着同样的食物，深陷在迷雾的困扰中，也许用不了太久，自己的身体里也会流出那些黏糊糊的油脂。

在家里，现在会是白天还是黑夜呢？妈妈在做什么，她会想自己吗，她会哭吗？

康扔掉抹布，走了出去。他有了一个决定，他要去尝试一下，他要从那条河里游过去。尽管那条河承受不了重量，但那又怎么样？或许，那就是一条出路。如果父亲也沉入了那条河流，或许，他们可以在河里相遇。现在，他都无法确定自己是活着，还是死了，还能有比这更糟糕的后果吗？

走出柜台的时候，没有人注意到康。柜台里的伙计正背身在忙着什么，康没有打扰他。他不想让任何人知道，他下了决心了，他不想让别人动摇自己的决心。

康就这样出了城。城外的雾似乎越来越重了，康觉得自己就像在凝固的黑夜里行走。没有风，那些空气中的颗粒永远积攒在那里，一动不动。康不知道这些颗粒是从哪里来的，或许有一天，这些颗粒会将空气填得严严实实的，就像墙，穿不透的墙。

康来到了河边，这河水油亮亮的，一片黑色，根本看不出有多深。康站在河边，往对岸望，在灰蒙蒙中，对岸显得如此的辽远。他慢慢地移动着脚步，将身体靠在了岸边。他低头看了看身下黑油一般的水，这水，黑得太彻底，完全看不到河床。脑子里浮现出了那天那个人掉进河里的场面，他就那样匆忙地在水面上晃了一下，然后就沉进了水里，再也不见踪迹。康有些恍惚，或许，那个人会在水底跟父亲相见。

康心底有一些恐惧，他用力攥了攥手中的那片绿色的叶子，暗暗鼓励着自己。康闭上眼睛，将身体往前倾倒，任由着自己往水里倒了下去。

10

康听见啪的一声响，他以为自己已经掉进了水中。随后，似乎有什么东西绑住了自己的身体，还用力往后拉。康睁开眼睛，看见自己还在岸上。低下头，发现自己的身体连着双臂绑了一根绳子。他下意识地挣扎了一下，可这绳子却拉得更紧了。他失去重心，向后倒在了地上。

康倒在地上，看见了一个透明人。他远远地站着，手里提着一根绳子，正惊恐而又贪婪地看着他。康的脑袋嗡嗡地响，他认得他，他知道落在他手里会是什么样的下场。他调整着身体，将腿朝着透明人的方向，提防他靠近时做最后的抵抗。

透明人就那样站着，他似乎想靠近，又似乎顾虑重重，迟迟没有动静，他似乎也害怕康。康稍稍缓和了一下情绪，突然起身，奋力往前跑。他试图通过突然的冲力，挣脱开透明人手中的绳子。可没几步，他又重重地摔倒在了地上。他的力气远远不及透明人。

康翻过身来，继续将腿对着透明人，他不能轻易就范。透明人稍稍靠近了一点，但仍跟康保持着一定的距离。他冲着康做了个往上的手势。康愣了一下，他似乎是想让他站起来。

康盯着透明人，说，我认得你，我见过你，你在胖子那里换过水。

透明人点了点头。

那你为什么还敢抓我？我是胖子的朋友，你如果对我不好，他不会饶过你的。

透明人又点了点头。

康见自己的话有些奏效，便继续威胁道，如果你伤害我，那个胖子一定会把你的脖子割断的。

透明人惊恐地摇头。

康说，既然你明白这些，那你为什么还要抓我？我知道你会说话的，你回答我呀？

透明人犹豫了一下，终于还是开口了，我不会伤害你的，只要你跟我走，我肯定不会伤害你。

康说，那你要带我去哪里？

你不要问我，我不敢说。你跟我走好吗，到时你就知道了。我肯定不会伤害你的。

康悄悄观察透明人的神情，看上去，他应该不会欺骗自己。再说，眼下自己也没有什么选择，他的力气比自己大，自己根本斗不过他。

好吧，那我跟你走。你可别打什么坏主意，要知道，胖子是我朋友。

透明人连连点头，随后，他就拉着康往前走。走了好一会儿，康看见了那座城门，心里有些犯嘀咕，他干吗将自己带到这里，难道他不怕胖子吗？

两个人进了城，让康意外的是，透明人竟然径直将他带到了胖子的店铺。柜台里的伙计见了，便走出来，递给透明人一小瓶水，然后领着康往里面走。这时，康有些明白了，似乎是胖子让这个透明人将自己抓回来的。他心里有一种不好的感觉，胖子平时对自己总是客客气气的，为什么要这样做？

两人走进院子，康不由朝架子看，胖子没有躺在架子下。康看着架子上那些绿色的叶子，忽然想起了自己走时从架子上摘下的那片叶子。难道是因为那个？

那个伙计没有停步，继续领着康往里走，穿过走廊，转个弯，又经过游廊，来到那幢制水的房子前。他推开门，领着康进去。

走到楼梯口的时候，伙计停住了身子。他似乎不敢再往上走了，说，你自己往上面走吧。康便往上面走，走到一半，他转过头，看见那个人正盯着他。他又继续走。走到楼上，看见那扇大门开着，又扭头看楼下的伙计，伙计挥挥手，示意他进去。

胖子就在房间里，康走进去时，他正盯着玻璃瓶，似乎丝毫没有注意到康进来。康看见玻璃瓶里泡着一个人，瓶里的水被煮开了，在沸腾，那个人就在沸腾的水中不停上下翻滚。

康记起来了，瓶子里的这个人，就是跟着胖子进院子的那个人。

康不知道他是不是已经死了。因为加温，玻璃瓶里的水沸腾得越来越厉害，最后，水中央竟然出现一捧水泡，将这个人托了起来。就在这时，康看见他的眼睛突然睁了开来，随后，他便手舞足蹈起来，表情十分的痛苦。康奇异地发现他的嘴巴竟然开始鼓胀，似乎有什么东西正在里面朝外顶。终于，他张开了嘴，有东西从他嘴里漂浮出来，丝丝缕缕的，不知道是什么。这些丝状的东西漂浮一番，又随着上升的水蒸气聚集在蒸馏机的顶部，触到顶部时，它们似乎一下子安静了，顺着另一根细长的管子往前流淌，康注意到，那根细管子尽头的水缸已经搬开了，此时，上面正绑着一个巨大的黑色袋子。那些丝状的东西钻进袋子后，干瘪的袋子便迅速鼓了起来。胖子快速走过去，拿绳子将口袋的口子扎紧。随后，康就看见有东西在袋子里不停地挣扎，并发出嘶嘶的声响。但这种挣扎并没有维持多久，很快，那些丝状的东西便不再动弹，袋子也迅速瘪了下去。

胖子将口袋拎在手上，晃动几下，有些失望地将它扔到了地上。他扭过头，冲着康歪了歪嘴，挤出个笑容，说，你看，又失败了。

这时，胖子似乎注意到了康身上的绳子，皱了皱眉，说，怎么搞的，怎么能把你这样绑着，要是把皮肤勒破了可怎么办？

说完，他就伸手松了松康身上的绳子，却没有将它解开。

胖子笑眯眯地看着康，对了，我还没问你呢，你为什么要走啊？难道我对你不好吗？我不是早就跟你说过，每次出门，你都要跟我说一声的吗？

听着胖子的话，康不知道他葫芦里究竟在卖什么药，他就为这事生气吗？

看见没，我刚做了一个实验。

什么实验？

胖子说，我在尝试着把人的灵魂煮出来。

煮灵魂？

是啊，煮灵魂啊。每个人都有灵魂，当然，我说的是我和你这样的人，那些透明人可没有灵魂。

康困惑道，你把灵魂煮出来做什么？

怎么说呢，这事本来不应该告诉你，可你问我了，我又是个诚实的人。好吧，那就告诉你吧，其实，我是想把我的灵魂煮出来，然后放到你的身体里去。

康吓了一跳，你把灵魂放我身体里做什么？

胖子走过来，小心地摸了摸康被绳子勒过的地方，说，还好还好，还没勒破。

胖子用手挡着鼻子，似乎是思考了一下。

唉，怎么跟你开口呢。其实，我这人是最不愿意向别人诉苦的。你说实话，你看见我，是不是觉得我这个人活得特别的光鲜，是不是？其实啊，这都是假象，我的心里啊，苦得很。

胖子将脸凑近了，低声说，我走路时，身体里就会流出东西来，你知道我流出来的是什么吗？

康摇摇头。

我告诉你吧，是灵魂。

康看着胖子诡异的神情，情不自禁地打了一个冷战。胖子将头微微垂下，继续说道，唉，我的灵魂每天都从我的身体里流出，等它流完了，那我就变成一个透明的透明人喽。你知道吗，当了透明人，就不能睡觉，吃东西也吃不出味道，一辈子只能跟垃圾为伍，你说，苦不苦？不过，现在好了，你来了。你不知道，从你来的第一天我就打算好了，我要把我的灵魂放到你身体里去，那样，我就永远不会变成透明人了。所以，这阵子我每天都在做实验，都快把我忙死了。

胖子突然将鼻子靠在康的身体上，用力地闻了一下，这味道多么的好，多么的美妙，就像，就像什么呢？

胖子将眉头皱起来，似乎在琢磨那个像的东西。康看着胖子的神情，忽然觉得想呕吐。

11

康躺在床上，脑子里晕晕乎乎的，要不是转身时，被手上缠着的绳子勒疼，他可能会继续昏睡下去。他不知道自己已经躺了多久了，他就像一堆垃圾一样被扔在这个房间里头，根本就没有人来搭理他。

他睁开眼睛，看了看窗口透出来的光。外面很安静，听不到一丝声音。不知道那个该死的胖子现在是坐在那个架子下面，看他的那些假叶子，还是躲在楼上继续他煮灵魂的实验。想起他那张笑眯眯的脸，康就觉得反胃。可是，这有什么用，他马上要将他的灵魂换进自己的身体了，到了那时，自己的灵魂将会寄居在那具肥胖笨拙的身体里，终日露着那种令人难受的笑容，直到有一天变成吃垃圾的透明人。

该怎么办呢，难道就这样坐以待毙吗？康不知道，如果是那样，肯定是比死还难受的事情。

有人进来了。康艰难地滚动了一下身体，去看那个人。进来的并不是胖子，而是柜台上的那个伙计。他手里拿着食物，还有水。他看着康，说，你坐起来吧，我喂你。

康说，我绑着绳子呢，怎么坐得起来？你把我的绳子先解开不行吗，难道我还能跑了不成？

那个人摇了摇头，那你就躺着吧。说着，他就将那勺食物递到了康的嘴边。康紧闭着嘴，用力摇头，不让那东西进入自己的嘴巴。那个人坚持了一阵，康还是不吃，便放下食物，又拿起水来喂。康依旧坚持着。

那个人喂了一阵，没有办法，只得将水放了下来。他看着康，冷冰冰地说，你这样有什么用？

康说，你能不能放了我？我得去找我的父亲，我不能总是留在这里。我还得想办法回家，你知道吗，我的母亲都不知道我出来了，如果她看不见我，她会伤心死的。

那个人看着康，说，我把东西放这里，现在，我要擦叶子去了。你好好想一想，我希望等我回来的时候，你就能想明白。

说完，他把东西放在床上，往门口走。走到门口的时候，他又转过身，说，你这样，没用的。

康躺在床上，看着那个伙计离开了房门。突然，他的心里一动：他要去擦叶子。康想起自己之前离开院子时，随手从架子上摘了一片叶子的。

康努力将手往口袋里移，可一动，那绳子反而勒得紧了。康感觉自己的手臂已经快被绳子磨破了，他忍着疼，继续努力着去掏那枚叶子。现在，它已经是他唯一的救命稻草了。

终于，康的手指触碰到了那片树叶，他小心地将它夹出来，然后捏在指间，开始割手上的绳子。因为手脚被绑住，他的手很难能用上力。割了一阵，很快，手就麻了。他休息一下，又继续开始割。

过了一会儿，那个伙计便回来了。康停止了动作，将塑料片捏在手里，故作镇定地说，你不用喂我，我是不会吃的。

伙计白了康一眼，我没想喂你，老板让我带你过去。

康的心里一凉，难道胖子已经实验成功了吗？

那人凑过来，解开了康腿上的绳子，然后，他将解下来的绳子系在康的脖子上，拉着他出了门，穿过走廊，转个弯，往后面的房子进去。走到楼梯下面，他将手中的绳子松开了，示意康走上楼梯。

康慢吞吞地一步一步往上走，终于，他再一次走进了那扇厚厚的门。

胖子迎面站着，手里拿着一个袋子。康看见有东西在袋子里挣扎，仔细看，能看出那是一个人形的东西。

胖子笑眯眯地看着康，看见没有，终于成功了。

康冷笑着说，恭喜你。

胖子愣了一下，你怎么一点都不问我是怎么成功的呢？

康鼻子里哼了一声，我都快要死了，还问这些干吗？

胖子惊讶地说，你怎么会死呢？我告诉你，你要享福了。我把我的身体换给你，你觉得自己吃了亏吗？怎么可能，我告诉你，以后，你就是这里的老板了，所有人都要听你的，都要拍你的马屁了。

这么好，那你为什么不把身体留着？

胖子白了康一眼，你这么说有什么意思吗？他甩了一下手，算了，我还是跟你说说实验的事吧，虽然你不想听，但我忍不住，你不知道我现在有多开心。你知道我是怎么成功的吗？其实很简单，非常简单。为什么以前不成功呢？是因为我缺了一个程序，就一个程序，缺了那个程序，灵魂就没法完整地煮出来。现在，我找到那个程序了，你知道是什么吗？其实非常简单，就是身体被煮热的时候，需要倒一桶冷水。冷水倒在身体上，一激，那样整个灵魂就能完整地出来了。你听明白了吗？你说我这个方法妙不妙？

说完了，胖子就拉了一下头顶的一根绳子，看见没，冷水就放在这上面，只要一拉这根绳子，水就能倒下来，很快的，哗的一下就倒下来了，特别方便。

康不说话，表情冷淡。现在，他将那块塑料片捏在手里，又开始用力地磨起来。

对于康的反应，胖子似乎有些失望。

你不要那么不高兴嘛。我最不喜欢看见别人不高兴。你想想，就算你不喜欢待在这个地方，起码你是做了一件好事啊。你帮我解了难，积了功德，这是多好的事情啊，多幸福的事情啊。哎呀，不行，我不能再说了，再说我都要羡慕你了。

胖子看了看玻璃瓶里的水，说，行了，水也开了，我不跟你说这些了，你这个人真没劲。

说着，胖子就将身上的衣服一件件地脱了下来，让康感到诧异的是，那衣服里装着的竟是一个无比肮脏的身体，上面布满了黑色的油脂，深一块浅一块的，就像一头刚在泥地里打过滚的猪。

胖子笑眯眯地看着康，说，你不用羡慕我的身体，等一下，他就属于你了。

康觉得有点恶心，他将头撇了过去。就在这时，他看见了墙上挂的那个铃铛。康极迅速地在脑子里打了一个主意，他不能这样等下去了，那片树叶不知什么时候才能把绳子割断。现在，他得拼一下，不管怎么样，总要试试再说。

康盯着胖子，眼见他脱完了衣服，又开始弯腰脱裤子，康咬咬牙，作势一把撞了过去，然后飞速跑到一边，拿头撞铃铛。

胖子倒在地上，很快便明白眼前发生了什么。但这时，已经来不及了，铃铛一响，地上便吱吱嘎嘎地打开了一个口子，康转过身，迅速往口子里跳了下去。下面正好是一大缸还没处理过的雨水，康掉进缸里，顿时被那股脏水呛了一下，他几乎是条件反射一般地从缸里站了起来。让他惊异的是，不知是刚才用了劲，还是那树叶割的，此时绑在他身上的那根绳子居然断了。

康迅速爬出水缸，飞快地往外面跑去。很快，他便穿过了那条街道，跑到了城门口。他扭过头，看见胖子和他手下的伙计也都追了出来，他们边追边喊，路上的人不知道发生了什么情况，也被吓得纷纷躲闪。

康转身继续拼命地跑，他从来就没有跑得这么快过。很快，他就跑出了城门，跑到了那条黑色的河流旁边。此时，康听见身后的脚步声和叫喊声仍然在不断地跟近，他来不及迟疑，一个纵身，便往河里跳了下去。

康闭着眼睛，等着身体掉入水中。但奇怪的是，他感觉自己没有掉进水里，而是掉在了一个说不上硬，也说不上软的东西上。他睁开眼睛，吃惊地发现自己居然落在一个巨大的白色泡沫箱子。怎么河里突然会有个泡沫箱子呢？

康想不明白，他也没有时间想，胖子他们已经追到了岸边。康看见泡沫箱子边插着一支竹篙，赶紧站起身来，握住竹篙，然后点着水，拼命地往河中间划。

胖子看着康撑着泡沫箱子跑了，显得气急败坏。一伸手，居然一把将旁边的一个人推到了河里。那个人掉进河里后，翻起一阵白沫，便迅速被河水吞没了。

康用力地撑着泡沫箱子，他听见岸上的声音越来越远，终于，一点都听不见了。康长长地松了一口气，又扭头往岸上看。此刻，岸上已经什么都看不见了，只是黑乎乎一片。整个世界，只有流水的声音，还有河面上微微的光亮。

就在这时，不知从哪里飞来了一群萤火虫，这些萤火虫看上去绿豆般大小，聚在一起，就像一盏灯一样明亮。它们在康身边盘旋一阵，然后往前飞。康有些出神，愣在那里，一动没动。那些萤火虫见他没动，竟又飞回来，然后继续往前飞。康忽然明白了，它们是在给他带路。

他用力点一下竹篙，往萤火虫的方向撑了过去。

12

也不知道撑了多久，泡沫箱似乎撞到了什么东西，用力摇晃一阵。这让康重心不稳，几乎摔倒。他有些慌张地将竹竿用力往水里插，让泡沫箱重新平静下来。这时，康才发现，自己已经到了岸边。看上去，岸上和对面没什么两样，也是雾蒙蒙的一片，根本什么都看不清。

康将竹篙攥紧了，用力踮着脚尖，将身体甩到了岸上。就在康上岸的这一刻，他的眼前突然一阵的明亮。等他看清楚眼前的景象后，他惊呆了。

此刻，康眼前的这条河流，已经不再是那条流淌着石油一般黑暗黏稠的河流了，它变得清澈无比，河岸边，长满了芦苇和长长的水草。水里停着的，也不是那个白色的泡沫箱子，而是一条漂亮修长的船。往河对岸望去，也不是黑乎乎一片，而是无穷无尽的柔和的光亮。

康有些怀疑自己的眼睛，他用力搓了搓，再睁眼时，那条河流似乎就变得更加的清澈了。河里的水哗哗地流动着，就如同里面安装了某种乐器，在水里，还能看见色彩斑斓的鱼，像婴儿般大小，一尾一尾地游动，一些落花和树叶漂在河面上，和水中的鱼交织折叠着，就像梦境一般。

康趴了下来，用颤抖着的双手合成了一个勺子，从河里舀了水放到嘴边。他轻轻抿了一口，好甜啊。康突然想哭，他已经太久没有喝过这么甜的水了。

康站起身来，不知是起得太快还是眼前的光线太过明亮，康觉得有些晕眩。他用手遮在眉上，慢慢地抬起头。他看见头上是蓝宝石一般湛蓝无比的天空。奇异的是，虽然是白天，可天上却有一颗又一颗的星星。他已经好久没有看到过这样的星星了，在他印象里，不知从什么时候起，天空总是灰蒙蒙的，就像是好久没有擦过的玻璃窗一样。

康离开岸边，走了一阵，就看见了一条大路，这是一条黄土路，宽阔而又漫长。康往路上走去，他的脚落在路面上，觉得很松软，似乎还能听见一点吱嘎吱嘎的声音。康一边走，一边往路边张望。他看见到处都是树林，郁郁葱葱的。突如其来的绿色让他有些不大适应，就在这时，他突然想到了父亲。他不知道父亲是不是也曾在这里走过，想到此处，他的心猛地揪了一下。

走了一阵，康发现路边的树开始稀疏了，从树的间隙中，可以看到两边的水田。田里种着秧苗，绿油油的。田边有条小溪，溪上安着一架水车，水在水车头上汩汩地流着。边上还有一只水牛，斜躺着，正慵懒地嚼着草。

看着看着，康觉得有些奇怪。这里遍布着人生存的痕迹，却始终没有看见一个人。

再走一段，水田不见了，路边出现了整片整片的草坪。草坪上摊着格子布，布上放着篮子、杯子、碟子，还有酒瓶。旁边还停着一辆自行车，自行车的车把上，还挂着一只风筝。

可是，还是没有人。

康的心慢慢地紧了起来，人们都到哪里去了呢？

就在这时，康突然听见了一种齐整的声音，唰唰的，就像雨水一样。他朝前望去，只见前方的黄泥路弯了一个弧度，隐藏进了一片树林中。从树林的空隙中，他终于看见了一支长长的队伍，许许多多的人，正整齐地往前走去。

康感到一阵的兴奋，他甩开腿，飞快地往前跑去。跑了一阵，他终于气喘吁吁地追上了前面的人群。可就在追上的那一刻，康又发现了一件奇怪的事，这人群居然都是由孩子组成的。他们的脸上洋溢着笑容，整齐而又缓慢地行走着。

怎么全是小孩儿，大人们呢？康走近其中的一个孩子，问道，你们这是要去哪里啊，为什么没有大人？那个孩子笑眯眯地看了康一眼，不说话，依旧往前走。

康转头往前看，队伍很长，虽然有些零落，三三两两的，但却一直绵延着，不曾断掉，也看不见尽头。

康想，或许前面会有大人，可能自己的父亲也会在那里。

这样想着，康便又往前跑了一阵。他从人群跑过时，那些行走的孩子根本就没人注意他，他们依旧慢吞吞地往前走着，就像上了发条的机械人一般。

跑到最后，康终于跑不动了，他始终还是没有看见大人。这支队伍漫长无比，根本看不到尽头，他没有力气继续追赶了。

康支着腰，沮丧地走到路边，靠着一棵树坐了下来。他抱住膝盖，看着缓慢移动的人群，他有些绝望，突然生起的希望就这样迅速地破灭，这让他一时之间有些不知所措。

就在这时，人群中走出了一个孩子，他站在了康的面前，看着康，目光柔和，就像看着一个认识很久的人。

孩子开口了，问道，你在这里做什么？

康说，我来找我的父亲。

孩子说，你为什么要找他？

康说，我的父亲死了，躺在了棺材里。可是，我又看见他爬上了一棵大树，于是，我就跟着他爬上了那棵大树。

孩子看着康，叹了口气，死了就是死了，你还找他做什么？

康扭头看了眼远去的人群，问道，这些人是去哪儿啊？

孩子没回答他的话，他看了康一眼，转身往人群走了回去。

康觉得这个孩子有些奇怪，他为什么要问自己那些话，难道他知道自己父亲的下落吗?

康赶紧起身追了过去。追到身边，那孩子就扭头看他，你跟着我做什么?

康说，你是不是知道我的父亲在哪里?

孩子笑了笑，那你认识我吗?

康想了想，摇了摇头，我觉得你的脸好像有一点熟悉。

如果我说，我就是你的父亲，你信吗?

康愣了一下，仔细端详着这个孩子的脸。这时他才发现这孩子的脸跟自己的父亲还真有一些神似。可是，自己的父亲怎么会是一个孩子呢?

那孩子看着康，笑眯眯地说，你5岁的时候，发过一次烧，身体缩成一团。人都差点烧坏了。我送你去医院，好容易止了烧，你却贪嘴要吃葡萄，结果拉得脱了相。还有，8岁的时候，你去河边游泳，腿抽了筋，在水里折腾。是一个撑竹排的人看见，跳下水，扯你的头发，将你拉上来。后来我问你，你却不承认自己抽筋了，还说是水里的水鬼拉住了你的脚。

孩子盯着发怔的康，你似乎还不信。那你还记不记得那棵树长出来时，有一次，我带你去看。我还跟你说，总有一天，我要爬到这棵树的树顶上去。

听到此处，康的眼泪突然就冒了出来。没错，他就是自己的父亲，他终于找到了自己的父亲。此刻，康很想冲到父亲的怀里大声哭泣一番。但他不能，父亲看上去那么小，小得那么不真实。

父亲似乎看出了康的心思，他笑笑说，到旁边坐坐吧。

说着，他便拉着康的手，坐到了路边。长长的人群继续从他们的眼前经过，就像一列没有响声的火车。

康看着身边的这个孩子，他很想叫一声爸爸，可是，他又觉得叫不出口。于是，他便舍去了称谓，问道，你怎么到这里的?

父亲说，我爬上那棵树，一直爬，一直爬，最后就到了这里了。

可是，你怎么会变成这个样子呢?

人死了，就会沿着从前走过的路，往回走一遍，越往回走，人就会变得越小。

康有些发愣，难道说，眼前的父亲是他小时候的样子？他想不明白。

父亲似乎不大愿意谈论这些，他站起身来，掸了掸屁股上的尘土，说，行了，我不能再拖延了，我得走了。现在你也找到我了，你也该回去了。

康说，回哪里？

父亲说，回家啊，你妈妈还在家里等你呢。

那你呢，跟我一起回去吗？

父亲苦笑着摇了摇头，你不是说了吗，我已经死了，我怎么回得去？

他转身朝着前行的人群看了看，还有些时间。走吧，我带你去个地方。

说着，他便带着康朝人群相反的方向走。走了一阵，康看见眼前突然现出了一面巨大的墙，这墙上还挂着许多的绳子。康不知道，这又是个什么奇怪的地方。

父亲停住了脚步，问康，你还认得这是哪里吗？

康摇了摇头。

父亲说，这就是那棵大树啊，你不就是顺着那藤爬上来的吗？好了，现在你可以再顺着这藤爬下去，爬到底，你也就到家了。

康摇了摇头，我不走，我要你跟我一起回去。

父亲说，我不是说了吗？我已经死了，死了的人是回不去的。

康说，那你要去哪里？

父亲说，我告诉过你了，这是爸爸的过去。人死了，就会沿着自己成长的路，倒着走一遍。

康依然对父亲的话似懂非懂，但他确定了一件事情，父亲是真的死了，不可挽回地死了。

他低着头，说，我想再跟着你走一段。

父亲笑了笑，好吧，那你就跟我再走一段吧，就当是你陪着爸爸走完这最后一段路。

于是，两个人便又尾随着人群往前走。走着走着，康突然感觉这情景是多么的熟悉。那时，也像现在一样，松软的土地里散发出馒头般的香味，不时有漂亮的鸟儿从树丛间穿梭而过，直冲上天。天蓝得透明，就像一颗巨大的蓝宝石，天上都是星星，一颗一颗的，就像用蘸着酒精的棉布擦拭过一样。

又走了一阵，眼前突然现出了一个山谷。山谷边坐满了人，这些人很小，小得就像一个拳头。在他们的身后，也是一排又一排的人，越往后，这些人就越大，整整齐齐，泾渭分明。

父亲说，看见没有，到了这里，孩子们都会慢慢变成婴儿，然后再从婴儿变成胚胎，最后从胚胎变成一颗尘土，被山谷里的风一吹，就再也看不见了。

此时，康突然听见山谷里传来了一阵风声，呜呜的，就像有人在哭泣一般。

行了，你赶紧走吧，再不走，就来不及了。父亲催促道，我现在正在慢慢地变小，等我小到没有记忆的时候，这一切就会消失的，到那时，你就再也回不去了。

康赌气地说，没关系，回不去就回不去，我要跟你在一起。

说什么傻话，你不回去，你妈妈怎么办？而且，你现在看到的，只是我的世界，等我没有记忆的时候，这个世界是会消失的。到那时，你怎么办？听话，走吧。

康觉得心里一阵抽搐，他难受极了，他实在不情愿就这样离开自己的父亲。

父亲看着康，说，你蹲下来。康顺从地蹲了下来，父亲踮起脚，努力地抱住了康，走吧，别那么难过，回去好好照顾妈妈。

康心里一阵紧，他也伸手抱住了父亲。父亲拍了拍康的肩膀，你还记得回去的路吗？

记得的。

行了，走吧。

康不情愿地松开父亲的手，转身往回走。走了几步，他扭过头，又看了看父亲，父亲站在那里看着他，脸上还挂着微笑，他挥着手，示意康继续往前走。康就又往前走了几步，当他再转过身时，就再也看不见父亲了。

康的眼睛开始模糊，他知道，这个世界以及他的父亲，将永远地消失了。

康推开大门的时候，那口薄薄的棺材依然放在院子里，那几个守夜的人依旧强睁着眼睛在打麻将。

没有人注意到康。他从院子里经过，回到自己的房间里。他有些恍惚，他在那棵树上，度过了那么长的时间，可这里，却连一晚都还没有过去。

康又趴在了那扇窗户上。从这里，能看见那棵大树，黑森森的，就那样连接着天地。

康还是不敢确认，刚刚他还在树上，可现在，他却趴在这里看着那棵大树。他忽然怀疑自己是不是真的上过那棵树，又或者，是自己刚刚做了一个梦。

就在这时，远处的那棵大树忽然颤抖起来，树叶开始发出窸窸窣窣的声音，随后，就有东西开始往下掉。康看仔细了，原来是树叶。这些树叶变得枯黄，纷纷扬扬地掉落，就像下了一场鹅毛大雪一般。直到最后，这些掉落的树叶将树干掩埋，在树脚下堆了一个巨大的馒头形状。

康的心中感到一阵又一阵的难过，他知道，那根本不是梦。父亲就在树上的那个山谷里，现在，他已经化作了一颗尘埃，被山谷间的风给吹走了。

此刻，母亲就睡在隔壁，他能听见她在隔壁咳嗽的声音，这声音让他感到安慰。她太累了，等天亮，父亲就要出殡，到了那时，她会更累，更伤心。康想，如果现在自己过去告诉母亲，父亲的葬礼已经在那树上结束了，或许明天她就不用那么难过了。

这时，康突然想到了一件事，自己都忘了问父亲关于这棵大树的事情。这棵大树究竟是怎么来的，那时的父亲怎么会想着自己有一天爬到树上去呢？还有，自己扒开树丛，经历的那个世界又是什么地方？

想到这里，康觉着有些沮丧，他知道，自己已经永远没有机会知道答案了。

大乔小乔

张悦然*

1

上瑜伽课前，许妍接到乔琳的电话。听说她到北京来了，许妍有些惊讶，就约她晚上碰面。电话那边沉默了片刻，乔琳用哀求的声音说，你现在在哪里，我能过去找你吗？

她们两年没见面了。上次是姥姥去世的时候，许妍回了一趟泰安，带走了一些小时候的东西。走的时候乔琳问，你是不是不打算再回来了？许妍说，你可以到北京来看我。乔琳问，我难过的时候能给你打电话吗？当然，许妍说。乔琳总是在晚上打来电话，有时候哭很久。但她最近五个月没有打过电话。

外面的天完全黑了，她们坐进车里。照明灯的光打在乔琳的侧脸上，颧骨和嘴角有两块瘀青。许妍问她想吃什么。她转过头来，冲着许妍露出微笑，辣一点的就行，我嘴里没味儿。她坐直身体，把安全带从肚子上拉起来，说能不系吗，勒得难受。系着吧，许妍说，我刚会开，车还是借的。乔琳向前探了探身子，说开快一点吧，带我兜兜风。

---

* 张悦然，女，毕业于新加坡国立大学，2012年起任教于中国人民大学文学院。著有长篇小说《茧》《誓鸟》《水仙已乘鲤鱼去》《樱桃之远》，短篇小说集《葵花走失在1890》《十爱》。作品被翻译成英语、法语、西班牙语、意大利语、日语、韩语、德语等多国文字。

那段路很堵。车子好容易才挪了几百米，停在一个路口。许妍转过头去问，爸妈什么时候走？乔琳说，明天一早。许妍问，你跟他们怎么说的？乔琳说，我说去找高中同学，他们才顾不上呢。许妍说，要是他们问起我，就说我出差了。乔琳点点头，知道，我知道。

车子开入商场的地下车库。许妍拉下手刹，告诉乔琳到了。乔琳靠在椅背上，说我都不想动弹了，这个座位还能加热，真舒服啊。她闭着眼睛，好像要睡着了。许妍摇了摇她。她抓起许妍的手，放在自己的肚子上，低声说，孩子，这是你的姨妈乔妍，来，认识一下。

在黑暗中，她的脸上露出微笑。许妍好像真的感觉到什么东西动了一下，像朵浪花，轻轻地撞在她的手心上。她把手抽了回来，对乔琳说，走吧。

许妍捂着肚子蹲在地上。明晃晃的太阳，那些人的腿在摆动，一个个翻越了横杆。跳啊，快跳啊，有人冲着她喊。她用尽全身力气站起来，横杆在眼前，越来越近，有人一把拉住了她……她觉得自己是在车里，乔琳的声音掠过头顶，师傅，开快点。她感到安心，闭上了眼睛。

许妍已经忘记自己曾经姓乔了。其实这个名字一直用了十五年。

办身份证的时候，她改成了姥姥的姓。姥姥说，也许我明年就死了，你还得回去找你爸妈，要是那样，你再改成姓乔吧。从她记事开始，姥姥就总说自己要死了，可她又活了很多年，直到许妍在北京上完大学。

许妍一出生，所有人听到她的啼哭声，都吓坏了。应该是静悄悄的才对，也不用洗，装进小坛子，埋在郊外的山上。地方她爸爸已经选好了，和祖坟隔着一段距离，因为死婴有怨气，会影响风水。

怀孕七个月，他们给她妈妈做了引产。据说是注射一种有毒的药水，穿过羊水打进胎儿的脑袋。可是医生也许打偏了，或者打少了，她生下来是活的，而且哭得特别响。整个医院的孩子加起来，也没有她一个人声大。姥姥说，自己是循着哭声找到她的。手术室没有人，她被搁在操作台上。也许他们对毒药水还抱有幻想，觉得晚一点会起作用，就省得往囟门上再打一针。

姥姥给了护士一些钱，用一张毯子把她裹走了。那是个晴朗的初夏夜晚，天上都是星星。姥姥一路小跑，冲进另一家医院，看着医生把她放进了暖箱。别哭了，你睡一会儿，我也睡一会儿，行吗，姥姥说。她在监护室门外的椅子上，度过了许妍出生后的第一个夜晚。

许妍点了鸳鸯锅，把辣的一面转到乔琳面前。乔琳只吃了一点蘑菇，她的下巴肿得更厉害了，嘴角的瘀青变紫了。

怎么就打起来了呢，许妍问。乔琳说，爸在计生办的办公楼里大吼大叫，保安赶他走，就扭在一块了，不知道谁推了我一把，撞到了门上。许妍叹了口气，你们跑到北京来到底有什么用呢？乔琳说，我只是想来看看你。许妍问，那他们呢，你为什么就不劝一下？乔琳说，来北京一趟，他俩情绪能好点，在家里成天打，爸上回差点把房子点了。而且有个汪律师，对咱们的案子感兴趣，还说帮着联系《法律聚焦》栏目组，看看能不能做个采访。许妍说，采访做得还少吗，有什么用？乔琳说，那个节目影响大，好几个像咱们家这样的案子，后来都解决了。许妍问，你也接受采访吗，挺着个大肚子，不觉得丢人吗？乔琳垂着眼睛，抓起浸在血水里的羊肉扑通扑通扔进锅里。

过了一会儿，乔琳小声问，你在电视台，能找到什么熟人帮着说句话吗？许妍说，我连我们频道的人都认不全，台里最近在裁员，没准明天我就失业了。她看着乔琳，是爸妈让你来的吧？乔琳摇了摇头，我真的只想来看看你。

许妍没说话，越过乔琳的肩膀，她又看到了过去很多年追赶着她的那个噩梦，上访，讨说法。爸爸那双昆虫标本般风干的眼睛，还有妈妈磨得越来越尖的嗓子。当然，许妍没资格嫌弃他们，因为她才是他们的噩梦。

她爸爸乔建斌本来是个中学老师，因为超生被单位开除了。他觉得很冤，老婆王亚珍是上环后意外怀孕，有风湿性心脏病，好几家医院都不敢动手术，推来推去推到七个月，才被中心医院接收。他们去找计生委，希望能恢复乔建斌的工作。计生委说，只要孩子活下来，超生的事实就成立。孩子是活了，可那不是他们让她活的啊。夫妻俩开始上访，找了各种人，送了不少礼，到头来连点抚恤金也没要到。

乔建斌的精神状况越来越糟，喝了酒就砸东西，还总是伤到自己，必须得有人看着才行。虽然他嚷着回去上班，可是谁都看得出来，他已经是个废人了。王亚珍的父母都是老中医，自己也懂一点医术，就找了个铺面开了间诊所。那是个低矮的二层楼，她在楼下看病，全家人住在楼上，这样她能随时看着乔建斌。乔琳是在那幢房子里长大的。许妍则一直跟着姥姥住。在她心里，乔琳和爸妈是一个完整的家庭，而她是多余的。乔建斌看见她，眼睛里就会有种悲凉的东西。她是他用工作换来的，不仅仅是工作，她毁了他的一切。王亚珍的脸色也不好看，总是有很多怨气，她除了养家，还要忍受奶奶的刁难。奶奶觉得要不是她有心脏病，没法顺利流产，也不会变成这样。每次她来，都会跟王亚珍吵起来。她走了以后，王亚珍又和乔建斌吵。这个家所有人都在互相怨恨。没有人怨乔琳，她是合情合理的存在，而且总在化解其他人之间的恩怨。那些年她做的最多的事，就是劝架和安抚。她在爸妈面前夸许妍聪明懂事，又在许妍这里说爸妈多么惦记她。她一直希望许妍能搬回来住。可是上初中那年，许妍和乔建斌大吵了一架，从此再也没有踏进过家门。

许妍骑着她那辆凤凰牌自行车经过诊所门前的石板路。乔琳从二楼的窗户探出头来，朝她招手。快点蹬，要迟到了，乔琳笑着说。许妍读初中，她读高中，高中离家比较近，所以她总是等看到了许妍才出发。有时候，她会在门口等她，塞给她一个洗干净的苹果。

许妍的手机响了，是沈皓明，他正和几个朋友吃饭，让她一会儿赶过去。许妍挂了电话。面前的火锅沸腾了，羊肉在红汤里翻滚，油星溅在乔琳的手背上，但她毫无知觉，专心地摆弄着碟子里的蘑菇，把它们从一边运到另一边，一片一片挨着摆好。她耐心地调整着位置，让它们不要压到彼此。然后她放下筷子，又露出那种空空的微笑，说刚才是你男朋友吗？许妍嗯了一声。乔琳说，你还没跟我说过呢，你什么都不跟我说，从小就这样。他是干什么的？许妍说，公司上班的白领。乔琳又问，对你好吗？许妍说，还行吧，你到底还吃不吃？乔琳说，有个人让你惦记着，那种感觉很好吧？

餐厅外面是个热闹的商场。卖冰淇淋的柜台前围着几个高中女生。许妍问，想吃吗？乔琳摸了摸肚子，好像在询问意见。她趴在冰柜前，逐个看着那些冰淇淋桶。覆盆子是种水果吗，她问，你说我要覆盆子的好，还是坚果的好呢？那就都要，许妍说。我不要纸杯，我想要蛋筒，乔琳笑着告诉柜台里的女孩。

那是九月的一个早晨，许妍升入高中的第一天。乔琳撑着伞，站在校门口。见到她就笑着走上来，你怎么不把雨衣的帽子戴上，头发都湿了。她伸出手，撩了一下许妍前额的头发说，真好，咱们在一个学校了，以后每天都能见到。放学以后别走，我带你去吃冰淇淋，香芋味的。

路过童装店，乔琳的脚步慢下来。许妍顺着她的目光望过去，亮晶晶的橱窗里，悬挂着一件白色连衣裙，发光的塔夫绸，胸前有很多刺绣的蓝粉色小花，镶嵌着珍珠，裙摆捏着细小的荷叶边。乔琳把脸贴在玻璃上，说小姑娘的衣服真好看啊。许妍问，你希望是男孩还是女孩？男孩吧，乔琳说，如果是男孩，说不定林涛家里能改变主意。许妍问，他后来又跟你联系过吗？乔琳摇了摇头。

汽车驶出地下车库。商业街灯火通明，橱窗里挂着红色圣诞袜和花花绿绿的礼物盒。街边的树上缠了很多冰蓝色的串灯。广告灯箱里的男明星在微笑，露出白晃晃的牙齿。乔琳指着他问，你觉得他长得像于一鸣吗？许妍问，你这次来联系他了吗？乔琳说，我没有他的手机号码了。许妍沉默了一会儿，说快到了，我给你订了个酒店，离我家不远。乔琳点点头，双手抓着肚子上的安全带。

于一鸣走过来，坐在了她和乔琳的对面。他T恤外面的衬衫敞着，兜进来很多雨的气味。空气湿漉漉的，外面的天快黑了。于一鸣抹了一把脸上的水，冲她们笑了。他的下巴上有个好看的小窝。

到了酒店门口，乔琳忽然不肯下车。她小心翼翼地蜷缩起身体，好像生怕会把车里的东西弄脏。许妍问，到底怎么了？乔琳用很小的声音说，别让我一个人睡旅馆好吗，我想跟你一起睡……她抬起发红的眼睛，说求你了，好吗？

车子开回到大路上。乔琳仍旧蜷缩着身体，不时转过头来看看许妍。她小声问，旅馆的房间还能退吗，他们会罚钱吗？许妍说，我只是觉得住旅馆挺舒服的，早上还有早餐。乔琳说，我知道，我知道，对不起。

车窗起雾了，乔琳用手抹了几下，望着外面的霓虹灯，用很小的声音念出广告牌上的字。直到车子开上高架桥，周围黑了下去。她靠在座椅上，拍了拍肚子，说小家伙，以后你到北京来找姨妈好不好？许妍没有说话，她望着前方，挡风玻璃上也起雾了，被近光灯照亮的一小段路，苍白而昏暗。

乔琳盯着于一鸣，说你的发型真难看。于一鸣说，我知道你剪得好，可我回去两个月不能不剪头啊。乔琳揽了一下许妍说，来，认识一下，这是我妹妹，亲妹妹。于一鸣对乔琳说，走吧，该回去上晚自习了。乔琳说，你先去，我跟我妹妹坐一会儿，好久没见她了。于一鸣说，咱俩也好久没见了，说好去济南找我也没有去。乔琳笑了，明年暑假吧，我跟我妹妹一起去。于一鸣走了。许妍说，别跟人说我是你妹妹行吗，非得让所有人都知道家里超生的事吗？乔琳垂下眼睛，说知道了。许妍问，你们在谈恋爱？乔琳说没有。许妍说，别骗我了。乔琳说，真的，他来泰安借读，高考完了就走了。许妍说，你也可以走啊。

乔琳笑了一下，没说话。

2

许妍找到一个空车位，停下了车。刚下来，一辆车横在她们面前，车上走下一个戴着黑框眼镜的男人。他说，又是你，你又停在我的车位上了。许妍认出他就住在自己对门，好像姓汤。有一次他的快递送到了她家，里面是一盒迷你乐高玩具。她晚上送过去，他开门的时候眼睛很红。她瞄了一眼电视，正在放《甜蜜蜜》，张曼玉坐在黎明的后车座上。

许妍说，我不知道这个车位是你的，上面没挂牌子。她要把车开走，男人摆了摆手，说算了，还是我开走吧。他钻进车里发动引擎。

乔琳笑着说，他一定看我是孕妇吧。现在我到哪里都不用排队，一上公交车就有人让座，等孩子生下来，我都不习惯了。

许妍打开公寓的门。她的确没打算把乔琳带回家。房子很大，装修也非常奢侈，就算对北京缺乏了解，恐怕也猜得出这里的租金一般人很难负担。但是乔琳没有露出惊讶，也没有发表评论。她站在客厅中间，低着头眯起眼睛，好像在适应头顶那盏水晶吊灯发出的亮光。

过了一会儿，她回过神来，问许妍，你主持的节目几点播？许妍说，播完了，没什么可看的。乔琳问，有人在街上认出你，让你给他们签名吗？许妍说，一个做菜的节目，谁记得主持人长什么样啊。她找了一件新浴袍，领乔琳来到浴室。乔琳指着巨大的圆形浴缸问，我能试一下吗？许妍说，孕妇不能泡澡。乔琳说，好吧，真想到水里待一会儿啊。她伸起胳膊脱毛衣，露出半张脸笑着说，能把你的节目拷到光盘里，让我带回去吗？放心，不告诉爸妈，我自己偷偷看。

乔琳的毛衣里是一件深蓝色的秋衣，勒出凸起的肚子，圆得简直不可思议。她变了形的身体，那条被生命撑开的曲线，蕴藏着某种神秘的美感。许妍感觉心被什么东西蜇了一下。

电话响了，沈皓明让她快点过去。听说她要出门，乔琳的眼神中流露出恐惧。许妍向她保证一会儿就回来，然后拿起外套出了门。

许妍睁开眼睛，看到自己躺在病房里。墙是白的，桌子是白的，桌上的缸子也是白的。乔琳坐在床边，用一种忧伤的目光看着她。许妍坐起来，问乔琳，告诉我吧，我到底怎么了。乔琳垂下眼睛，说你子宫里长了个瘤子，要动手术。子宫？许妍把手放在肚子上，这个器官在哪里，她从来没有感觉到它的存在。乔琳说，你才十七岁，不该生这个病，医生说是激素的问题，可能和出生时他们给你打的毒针有关。

……医生站在床前，说手术很顺利，但瘤子可能还会长，以后可以考虑割掉子宫，等生完孩子，但你怀孕比较困难。他没说完全不可能，但是许妍知道他就是那个意思。

医生走了，病房里很安静。许妍望着窗外一棵长歪了的树，岔出去的旁枝被锯掉了。乔琳说，我知道我说什么都没用，可是我以后真的不想生孩子。不知道为什么，想想就觉得可怕。

许妍赶到餐厅的时候，沈皓明已经有点喝多了，正和两个朋友讨论该换什么车。上个月，他开着花重金改装的牧马人去北戴河，半路上轮轴断了，现在虽然修好了，可他表示再也无法信任它了。

他们有个自驾游的车队，每次都是一起出去，十几辆车，浩浩荡荡。许妍跟他们去过一次内蒙古，每天晚上大家都喝得烂醉，在草地上留下一堆五颜六色的垃圾。有一天晚上，许妍和沈皓明没有喝醉，坐在山坡上说了一夜的话。他们两个就是这么认识的。许妍跟所有的人都不熟，是另外一个女孩带她去的，那个女孩跟她也不熟，邀请她或许只是因为车上多一个空座位。到了第五天，许妍坐到了沈皓明的那辆车上，他们一直讲话，后来开错路掉了队。两个人用后备厢里仅剩的烟熏火腿和几根蜡烛，在草原上度过了一个难忘的夜晚。

回北京那天，许妍有些低落，沈皓明把她送回家，她看着车子开走，觉得他不会再联系她了。她知道他是那种有钱人家的孩子，周围有很多漂亮女孩，只是因为旅途寂寞，才会和她在一起。也许是玩得太累了，第二天她发烧了。她躺在床上，觉得自己像一根就要烧断的保险丝，快把床单点着了。她感到一种强烈而不切实际的渴望。帮帮我，在黑暗中她对着天花板说。每次她特别难受的时候，就会这么说。

傍晚她收到了沈皓明的短信，问她要不要一起吃晚饭。她摇摇晃晃地从床上爬起来，化了个妆出门了。那不是一个两人晚餐，还有很多沈皓明的朋友。她烧得迷迷糊糊的，依然微笑着坐在沈皓明的旁边。聚会持续到十二点。回去的路上，她的身体一直发抖。沈皓明摸了摸她的额头，怪她怎么不早说，然后掉头开向医院。在急诊室外面的走廊里，他攥着她的手说，你让我心疼。她笑着说，大家都挺高兴的，这是个高兴的晚上，不是吗？

那个夏天，沈皓明时常带她参加派对。那些派对在郊外的大房子里举行，总有穿着短裙的女孩带着她的外籍男友。直到夏天快过完，她才确定自己成了沈皓明的女朋友。那时她已经学会了自己卷头发，并且添置了好几条短裙。到了九月末，她和几个从前要好的朋友坐在路边的烧烤摊，意识到自己以后也许不会再见他们了。来北京八年，一直在认识新朋友，进入新圈子，那种不断上升、进化的感觉，给她带来一些满足。

你想去莫斯科吗，沈皓明扭过头来看着她，春天的时候咱们开车去莫斯科吧？好啊，许妍说。她想到旷野上的星星，以及那些因为喝醉而感觉自由一点的夜晚。

饭局散了，许妍开车把沈皓明送回他爸妈家。当初租房子的时候，他是准备跟她一起住的。后来觉得上班太远，多数时候就还是住在他爸妈家。那边有好几个保姆伺候，饭菜又可心。他爸妈也不希望他搬出来，好像那样就等于认可了他和许妍的关系。

你表姐安顿好了？沈皓明忽然问，明天我妈让你来家里吃饭，喊她一起吧。

许妍说，不用，她自己有安排。沈皓明说，后天律师所没事，我可以陪你带她转转，买买东西。许妍说好。

回到家已经是凌晨一点。乔琳还没睡，正靠在床上看电视。她好像在哭，抹了抹脸，对许妍笑了一下，说你看过这个节目吗，把一个城里的孩子和一个农村的孩子对调，让他俩在对方的家里住几天。结果那个农村孩子把城里的“爸妈”给她买早点的钱都攒下来，想给农村的奶奶买副新拐杖。许妍说，都是假的，节目组安排好的。乔琳说，怎么会呢，那个农村孩子哭得多伤心啊。

许妍换上睡衣，在床边坐下，说你怎么会失眠呢，孕妇不是应该贪睡吗？乔琳说，我每天睁着眼睛到天亮，看什么都是重影的，好像那些东西的魂全跑出来了。许妍问，去医院看过吗？乔琳回答，说是精神压力大，可他们不让吃安定。许妍沉默了一会儿，问你后悔吗，把孩子留下来？乔琳笑着说，怎么会呢，我把衣服都买好了啦，白色的，男女都能用。

半年前乔琳打来电话，说自己怀孕了。男的叫林涛，比乔琳小两岁，和她在同一家商场当售货员。他父母一直告诫他，不能跟乔琳谈恋爱，沾上她爸妈，一辈子都别想安生。得知乔琳怀孕，他吓坏了，休假躲了起来。乔琳厚着脸皮找到他们家，林涛的母亲给了一些钱，让她把孩子打掉。乔琳爸妈说，怎么能打掉，就去林家闹，还跑到商场去找乔琳的领导。乔琳把工作辞了，跟她爸妈说，你们要是再闹，我就死在你们面前。

那段时间，乔琳常常给许妍打电话。她在那边问，为什么我的生活里总是有那么多的纠纷呢？

十月的一个早晨，两个女生在学校门口拦住了她，说你就是乔琳的小跟班吗，最好离那个狐狸精远点，别沾得自己一身骚。许妍不算意外，她已经发现乔琳在学校里非常有名，追她的男生很多，背后说闲话的也很多。

放学后她和乔琳碰面，没有提起这件事。走到大门口，那两个女生又来了。她们低着头，哭丧着脸说，我们说错话了，对不起，你千万别放在心上。乔琳皱着眉头，一言不发。

她们又去了冷饮店。于一鸣很快也来了。乔琳瞪着他，你的眼线挺多啊。于一鸣说，怎么了？乔琳说，别装傻，你让王滨去吓唬李菁菁了？于一鸣说，太嚣张了，不给她们点颜色看看怎么行。乔琳说，你要是真拿王滨当哥们，就别让他干这种事。他身上背着两个处分，再有一回就得开除。于一鸣说，我绝不允许她们这么败坏你。乔琳笑了笑，我才不在乎呢。

许妍对乔琳说，如果我是你，大概会把孩子打掉。乔琳显得很惊恐，说怎么可能，它是个生命啊。许妍说，这个世界上有很多错误的生命，生下来只会受苦。乔琳说，别说了，我绝对不能那么做。

许妍很清楚，乔琳不能那么做是因为爸妈。他们最初是反对计划生育，后来变成连堕胎也反对。特别是王亚珍，成了这方面的斗士。她经常守在医院门口，拦截去做流产的女人，讲各种怨灵的故事，还去吓唬医生和护士，让他们放下手术刀到寺庙里超度。有那么几个女人听了她的话，没做流产，生下孩子以后拍的满月照片，被王亚珍扩印得很大，拿在手里到处宣传。她还爱讲自己的故事：我的小女儿，当时被他们逼着流掉，又打激素又打毒针，我有心脏病，差点死在手术台上，可孩子不是照样健健康康地活下来了吗？你们现在什么困难都没有，有什么理由不要孩子？她以后一定也会把乔琳当成单亲妈妈的典范。至于乔琳该如何抚养那个孩子，她根本不去想。这几年一直都是乔琳在养家，现在她还没了工作。

她们的不幸，最终都会变成爸妈上访的资本。就像许妍子宫里生瘤，也被他们到处宣扬，无非是为了多要一笔赔偿金。许妍心里的愤怒，如同休眠的火山，这时又燃烧起来。所以或许并不完全是为了乔琳，更多的是想反抗爸妈的意志，给他们沉重一击。——她又给乔琳打了电话。乔琳有点受宠若惊，说你从没给我打过电话。许妍说，你最好再考虑一下，留下这个孩子，一生可能都完了。乔琳说，可它是活的啊，在我身体里动，真的很奇妙，那种感觉你不会懂的……许妍冷笑了一声，是啊，那种感觉我不会懂的。以后你的事我也不会再管了。

乔琳没有再打来电话。许妍偶尔想起来，会在心里算算月份，想一想孩子还有多久出生。

乔琳坐在操场的看台上，咬着一根棒冰，嘴上都是鲜艳的色素。许妍走过去，说你躲到这儿有用吗？乔琳不说话。许妍问，你是不是特别喜欢看男生为了你打架？既然你不想跟他们谈恋爱，为什么还要对他们好，让他们围着你团团转呢？乔琳说，可能害怕孤独吧。她抬起头，咧开橘色的嘴唇笑了，你是不是很讨厌我这样的女孩？

许妍在床上躺下，伸手关掉了台灯。但黑暗不够黑，窗帘的缝隙间夹着一道颤巍巍的光。她正犹豫是否要去消灭那簇光，乔琳的手穿过阻隔在中间的被子，找到了她的手。她说，你还记得吗，从前姥姥生病我把你领回家，咱俩挤在我那张小床上。许妍说，那是很小的时候，上了初中我就没再去过。

乔琳握紧了她的手，说我知道上回我说错话了，一直想给你打电话，可是真怕你再劝我把孩子打掉……许妍说，承认吧，你现在后悔了。乔琳说，没有，我想通了，不管我给这个孩子什么，给多给少，他都是奔着他自己的命去的。你小时候受了不少苦，现在不是也过得挺好吗？许妍问，你自己呢，你是奔着什么命去的，干吗非要背那么重的担子呢？乔琳在黑暗中笑了一声，我爱逞能，老觉得没我不行，其实我有什么用啊？她捏了捏许妍的手心，上访的事我早都不抱希望了，就是跟林涛怄一口气。当时他说，你家里要真是讨到了说法，再也不闹了，我就娶你。其实怎么可能啊，人家肯定早交了新女朋友。

许妍翻了个身，闭上眼睛，她感受着乔琳滞重的呼吸，如同一艘快要沉没的船。一个显而易见的却一直被她忽略的事实是，她的姐姐过得很糟，而且也许再也不会好了。她能帮她做什么吗？

她能。沈皓明自己就是律师，而且热心，爱帮朋友。他爸爸又有很多政府关系。

她不能。她根本无法开口。从一开始她就隐瞒了家里的事，说爸爸走了，妈妈死了，她是跟着姥姥长大的。这不是撒谎，她对自己说，只是出于自保。谁能接受一对不停闹事，总是被保安驱逐和扭走的父母呢？不过，既然她一直说乔琳是她的表姐——是不是可以让他们帮一帮这个表姐呢？但是也有风险，她爸妈曾在采访里提到过小女儿的名字，还说她现在在北京生活。一旦那些资料被翻出来，她的身份就掩饰不住了。

许妍勉强睡了几个小时，天快亮的时候醒了。她感觉到乔琳在耳边呼吸，嘴巴里的热气涌到她的脸上。她睁开眼睛，乔琳在曦光中望着自己。她一时想不起来从前什么时候，她也是这样望着自己，用那双圆圆的大眼睛，好像明白了什么重要的事要告诉她。但是她并没有开口。

你看我也是重影的吗？许妍问。

乔琳说，不，我看你看得很清楚。

于一鸣站在她的教室门口。他说乔琳三天没来上课了。许妍说，我爸把腿摔断了，她得照顾他。于一鸣说，我知道，快考试了，这样下去不行。你带我去找她。

外面下着雪，马路结冰了。他们推着自行车往前走。风很大，雪乱糟糟地降下来，天空像个马蜂窝。于一鸣的头发又长长了，他的脸很白，下巴上有个好看的小窝。他神情凝重地说，帮我劝劝乔琳，让她好好复习，跟我一块儿考到北京。许妍说，她不想走。于一鸣说，她在这里没有出路。许妍问，北京什么样？于一鸣说，北京的马路特别宽，到处都是商店，还有很多咖啡馆。你好好学习，两年以后也考过去。许妍问，我？于一鸣说，是啊，我们在北京等你。

许妍怔怔地看着他。他口中呼出的白气在空中上升，然后散开了。

3

第二天，许妍录节目到下午五点，然后匆匆忙忙赶去买甜点。那家蛋糕店是从巴黎开过来的，最近上了不少时尚杂志。她每次都为带什么礼物去沈皓明家而伤脑筋。

小巧的纸杯蛋糕陈列在玻璃柜里，上面镶着翻糖做的高跟鞋和花环，像是一件件奢华的珠宝。价格当然也贵得离谱，她最终决定买四个。这时乔琳打来电话，问她什么时候回来。许妍说，冰箱上不是有外卖单吗，你先叫东西吃啊。乔琳说，我不饿，你家门怎么锁，我在屋子里喘不上气，想出去走走。许妍把门锁的密码告诉她。她重复了一遍，说要是我等会儿忘了，能再给你打电话吗？

挂了电话，许妍扫视了一圈玻璃柜，目光落在一个有跳舞小人的纸杯蛋糕上。小人单脚支地，抬起双臂，好像正准备起跳，飞离地面。我要这个，她跟柜台里的女孩说。

许妍听到乔琳在身后喊自己。她追上来，把手里的布袋递给许妍，说裙子我帮你借好了，领子有点大，你别两个别针就行了。许妍说，我真的不想主持了。乔琳说，你要是不主持，我就也不跳舞了，晚会咱俩都不参加了。许妍问，干吗要费那么大力气帮我争取呢？乔琳笑了，大乔小乔要一起出风头才好。当时在学校已经有很多人知道她们是姐妹，并且叫她们大乔小乔。

保姆开了门，要帮许妍拿东西。许妍捧着蛋糕盒说，我自己拿到客厅吧。三个女人坐在客厅的沙发上喝香槟。其中一个短发女人笑盈盈地看着她，对另外两个说，皓明就喜欢这种瘦瘦高高的女孩。旁边披着披肩的女人说，现在的男孩都喜欢这种身材。

一个八九岁的男孩跑出来，是沈皓明的弟弟沈皓辰。他手里牵了一只短腿腊肠狗。那只狗穿着蓝色羽绒坎肩，背后有个帽子，跑快一点帽子就扣过来，盖住了它的脸。沈皓辰把狗拽到沙发边，向大家介绍，它叫贝利，有点感冒了。挑高细眉的女人问，你上次那条狗呢？沈皓辰说，送走了，妈妈嫌它老翻垃圾桶。短发女人说，你妈一开始可是爱它爱得不行啊。男孩耸耸肩，我妈妈是个很难捉摸的女人。三个女人笑起来。披着披肩的女人说，皓辰，过来，让阿姨抱抱。男孩勉为其难地向前走了两步，把头转向一边，阿姨，我也感冒了。披着披肩的女人摸了摸他的后脑勺，都那么大了，真是有苗不愁长啊。挑高眉毛的女人放下香槟杯说，后悔了吧，当时都劝你跟于岚一起去，还可以做个双胞胎。

谁在说我坏话呢，我可是听到了，一个矮胖的女人走进来，穿着深蓝色香云纱裙子，腰部有一朵白色荷花，是沈皓明的妈妈于岚。你儿子，短发女人说，他说你是个很难捉摸的女人。于岚笑起来，对男孩说，宝贝，你昨天不是还说我不用开口，你都知道我要说什么吗？男孩说，我知道你要说什么，但我不知道你在想什么。挑高细眉的女人说，你儿子是个哲学家。

男孩抬起头问于岚，我能让许妍姐姐陪我去玩吗？于岚说，好啊。她笑吟吟地朝许妍走过来，说我都没看到你来了。许妍微笑着说，我买了甜点，饭后可以吃。太好了，于岚说，那我就不让大李再去买了。许妍在心里飞快地算了一下，四块蛋糕，自己不吃，刚好她们四个女人一人一块。

她跟着沈皓辰来到后院。那里有几簇假山和一个凉亭，前面是一小片结冰的水塘。沈皓辰问，你说贝利能在上面滑冰吗？许妍说，不行，它会掉下去。玩点别的吧，我陪你去插乐高。沈皓辰摇摇头，我想陪着贝利，它太孤单了。许妍说，它感冒了，需要休息。沈皓辰说，都是我妈，非让它睡在花房里。许妍问，为什么不让它到屋子里去？沈皓辰说，我妈说我们还不了解它的脾气，要观察一段时间，惠惠姐姐刚来的时候，她也不让她跟我们一起吃饭，说她嘴巴臭，可能有胃病。

许妍通过这个男孩知道了他们家不少事，包括沈皓明刚和她在一起的时候，于岚还给他介绍一个银行行长的女儿。没准他们见了面，她没问过沈皓明。以后恐怕还有律师的女儿，医生的女儿，她显然不是理想的儿媳，不过他们也没公然反对。有一次沈皓辰说，我妈说哥哥带什么女孩回来都无所谓，谈谈恋爱又不是当真的。许妍相信沈皓辰不至于蠢到不知道这些话不该讲给她听，他是故意的，好让她心里难受。他也会把他妈妈讲保姆小惠的话告诉小惠，然后站在门外听小惠在房间里偷偷哭。这是一种什么爱好，许妍不知道，用沈皓明的话来说，他弟弟是个内心阴暗的小孩。

他们相差十八岁，沈皓辰叼着奶嘴的时候，沈皓明已经系着领结跟爸爸去参加慈善晚会了。他对弟弟没太多感情，一开始甚至忘了跟许妍讲。后来有一次随口讲到他，许妍惊讶地问，为什么？什么为什么，沈皓明问。许妍说，为什么能生两个孩子。沈皓明说，哦，我爸妈都入了加拿大籍，其实不入也可以，罚点钱就是了。

沈皓明推门走出来，对许妍说，我到处找你呢。他冲着沈皓辰的屁股拍了两下，别老缠着别人，你就不能自己玩会儿吗？沈皓辰哀求道，我们等会儿出去吃冰淇淋吧。沈皓明不理他，拉着许妍走了。

沈皓明的爸爸沈金松和几个男客坐在偏厅的沙发上。沈皓明带着许妍走过去，把她介绍给两个没见过的客人。他爸爸说，皓明，给你李叔叔拿支雪茄来。走出房间，沈皓明咕哝道，他怎么还有脸来。你说谁，许妍问。沈浩明说，那个戴鸭舌帽的男的，做生意把周围的朋友坑了一个遍，大家都不跟他来往了。沈皓明返回偏厅的时候，许妍拉住他，说笑一下。沈皓明皱着眉头，干什么？许妍说，你的怒气都写在脸上，让别的客人看到不好。沈皓明勉强露出一个微笑。许妍也给他一个微笑，进去吧，我去问问你妈妈那边有什么需要帮忙的。

许妍回到大客厅，发现又来了两个女客人。蛋糕不够分了，她有点不安地盯着桌子上的白盒子。开饭了，于岚对她说，我们过去坐下吧。

这种家宴是沈家的传统，每个星期都有一两回。客人彼此相熟，不会感到拘束。许妍环视四周，低声问沈皓明，高叔叔没来？沈皓明说，他开会，晚点来。披着披肩的女人问，皓辰呢？于岚说，让他跟保姆吃，那孩子絮絮叨叨的，大人都没法好好说话了。

戴鸭舌帽的男人挨着女人们坐，一直保持沉默，每当那碟花生米转到面前的时候，他都会夹起一颗。你的古董店还开着吗，旁边的女人问他。没有，他回答，停顿了几秒说，不过我正打算重新开起来。女人问，还在原来的地方吗？啊，对，他说。一个男客人笑了笑，你确定吗，那一带盖了新楼，租金涨了四五倍。所有的人都看向戴鸭舌帽的男人，屋子里一时很静。许妍觉得自己所分担的那份尴尬比其他人更多。她理解那个戴鸭舌帽的男人，他一定很渴望成功，只是运气差了点。

饭吃到一半，高叔叔来了。许妍也弄不清这个高叔叔到底在政府做什么工作，只知道他权力很大，帮人铲了不少事。戴鸭舌帽的男人忽然来了精神，一直看着高叔叔，听他跟周围的人讲话。他们笑起来的时候，他也跟着笑了。

晚饭结束后，大家移到偏厅喝茶。沈金松和高叔叔去了另外一个房间，戴着鸭舌帽的男人也跟了进去。沈皓明对许妍说，他肯定有事要让高叔叔帮忙。许妍问，他会帮吗？沈皓明说，不知道，我们去看电影吧？许妍说，早走了你妈妈会不高兴。沈皓明说，管她呢。许妍笑了一下，你可以不管，我不能不管。她拉着沈皓明来到客厅，女人们正坐在那里聊天。沈皓明听到她们都在谈论衣服和包，就说我还是去男士那边吧。

许妍在于岚旁边坐了一会儿，发现桌上的水果叉不够，就起身去拿。让佩佩把甜酒打开，于岚在她身后说。经过走廊，她看到沈金松他们还在那个房间里，好像在说什么房子的事。

她拿着叉子从厨房出来，听到旁边的房间里传来奇怪的声音，好像是干呕，伴随着细小的嘶叫声。她敲了两下，推开门，是沈皓辰，正仰面躺在地上哭。那间屋子长期闲置，空荡荡的，只有一只书柜立在墙边。她蹲下来，说你可真会挑地方。沈皓辰不理她，闭上眼睛继续哭。许妍问，就因为没陪你去吃冰淇淋？沈皓辰抹了把眼泪，说我早就习惯了。许妍问，为什么不叫你的朋友来家里玩呢？沈皓辰说，你要是整天转学，还会有什么朋友吗？他摇了摇头，说这个家里没有一个人真的关心我。许妍说，不要对别人有什么期望，你自己得变得强大起来。沈皓辰撇了一下嘴，我还是个孩子呀。许妍说，孩子怎么了？沈皓辰哀求道，你能让我自己静一会儿吗，我不想回房间，惠惠姐姐像只鹦鹉，一直说个不停。

许妍带上了房间的门。她确实没想过沈皓辰会有什么痛苦，生在这样的家庭，不是应该从梦里笑出声来吗？但是现在看起来，他或许也是一个多余的孩子。他爸妈要他不过是为了装点生活，其实已经没有耐心再陪他长大一遍了。于岚不能放弃太太们的聚会和旅行，沈金松不能放弃打高尔夫和应酬。沈皓辰总是和保姆待在一起，一任又一任保姆。他满意的他妈妈不满意，他妈妈喜欢的他不喜欢。

许妍回到客厅，她的蛋糕盒子打开了，摊在桌上，里面的蛋糕一个也没有动。有两个上面的花蹭在盒子上，变成了一坨红色烂泥，只有立着跳舞小人的那个仍旧完好。小人踮着脚尖，好像正从一堆废墟里往外爬。

戴鸭舌帽的男人出现在门口，咧开嘴冲着于岚笑了笑，说我来跟你说一声，我要走了。于岚点点头，让司机送你一下？男人说，我叫了辆车，司机好像迷路了。于岚说，坐下等一会儿吧。鸭舌帽迟疑了一下，走过来坐在沙发上。许妍把自己那杯没有动的甜酒放到他跟前，对他笑了笑。

快去把你的貂皮大衣拿来！短发女人把手搭在于岚的肩上。还有那个绝版的蜥蜴皮，挑高细眉的女人说。于岚去取了灰蓝色的貂皮大衣，还有几只包。女人们走上前，有的试穿大衣，有的摆弄着包。只有许妍和鸭舌帽坐在沙发上。鸭舌帽探身向前，目光呆滞地盯着茶几上的东西。他忽然伸出手，拿起那个有跳舞小人的纸杯蛋糕，整个塞进了嘴里。

乔琳走到舞台中央，射灯的光不偏不斜地打在她的脸上。她天生知道光在哪里。她趋着步子，荡着纤长的腿，将裙摆转得飞快。每次她双脚离开地面的时候，许妍都感觉到心里一紧。她不知道自己是在担心，还是在希望发生点什么。直到乔琳平安地弯腰谢幕，她才松了一口气，然后忽然难过起来。她想，很多年后，台下的人不会记得是谁主持了这场晚会，但他们一定记得乔琳跳舞的样子。

十点过后，客人陆续离开。许妍帮保姆收酒杯，被沈皓明堵在厨房门口。他搂了一下许妍的腰，眨眨眼睛，说不如今晚你就睡在这里吧？许妍挣脱开，一脸正色地说，跟我说说，你是从多大开始，留女生在家过夜的？沈皓明耸耸眉毛，十七？你爸妈也答应吗，许妍问。沈皓明笑着说，他们到我房间来了好几次，我估计是想看看有没有准备避孕套。你准备了吗？许妍问。沈皓明收住笑容，神情变得凝重，我想向你坦白一件事……其实我有一个……年轻时候总会犯些错误对吧……他低下头，双手捂住脸。许妍想把他的手拉开，他拼命躲闪，直到迸发出笑声，他一边笑一边摆手，我实在是憋不住了……许妍推了他一下，自己还觉得演得挺像是吧？沈皓明笑着问，要是我真从外面领回来个孩子，你帮我养吗？许妍说，那得看长得好不好看了。沈皓明说，好看，比我还好看。许妍说，养啊，为什么不养，省得自己去生了。沈皓明伸出双手兜住她，不行，你至少还得生两个。许妍望着他，笑了笑。她说，我还是回去吧，表姐一个人在家。沈皓明说，好吧，我明天陪你们，给你们当司机。许妍说，不用，她脾气怪，你在她会不自在。

许妍穿上外套，拢了一下头发，转过身来问，对了，刚才那个人找高叔叔什么事？沈皓明说，前些年他在郊区找了块地盖房子，当时和乡政府签过合约，但是不作数，现在地要被收走了……许妍问，这事难办吗？沈皓明说，嗯，不过高叔叔去想办法了。许妍说，所以还是会帮他？沈皓明说，不然呢，他住哪里呢？

回去的路上，许妍在心里掂量，是鸭舌帽拆房子的事难办，还是她爸妈的事难办。他既然连那个名声不好的人都愿意帮，是不是也意味着他可以帮她呢？不，不是她，是她的表姐乔琳。再找机会吧，她想，应该多和高叔叔见几面，让他觉得自己是沈家的一员。

许妍回到公寓，发现乔琳坐在楼下大堂的沙发上。她抬起头，抱歉地冲许妍笑了一下，我把密码忘了，你的手机关机。许妍问她坐了多久。她说没多久，我一直在院子里转悠，把开着的小商店都逛了一遍。这里真好，人都很和气，还借给我厕所用。

许妍看着她，乔琳，你能别把自己弄得那么惨兮兮的吗？

乔琳从三轮车上跳下来，笑着对她说，我把写字台给你拉来了，反正我以后再也不用学习啦。许妍打量着那张写字台，桌腿上的贴画已经斑驳，她还记得贴画刚贴上去的时候，上面那张明艳的赵雅芝的脸。她确实觊觎这张书桌很久。姥姥在窗台上搭了块木板，她一直在那上面写作业。

许妍问，成绩出来了？乔琳吐了吐舌头，连那个破烂煤炭学院也没考上。她们把写字台搬下来，乔琳拍了拍手上的灰，说我已经找到工作啦，明天就去华联商场上班，以后你买“美宝莲”都是员工价。她的手指上涂着藕粉色的指甲油，穿着低腰牛仔裤，长头发在胸前甩来甩去。她身上的美丽还在增加，但她好像并不把自己的美丽当回事，那股潇洒的劲特别令男孩着迷。

4

第二天，十点不到她们就出门了。往常的周末，许妍会和沈皓明在床上赖到十一点，然后去吃个早午餐。但是这一天，天刚亮许妍就醒了。失眠大概传染，她就没见乔琳闭过眼睛。但是乔琳坚持说自己睡了一会儿，还做了梦，梦见自己生了个罐子人。罐子人？许妍皱起眉头。对，乔琳说，就是那种马戏团里的小孩，养在罐子里，手脚都萎缩了，只有头特别大。她打了个激灵，跳下床，说我去做早饭了。

厨房里传出葱油的香味。乔琳用平底锅烙了两个葱花饼。这是小时候最熟悉的食物，许妍来北京以后就没有再吃过。要不是再闻到这股味，她已经忘记世界上还有这种食物了。

许妍想带乔琳先去景山，那附近有一段红墙她很喜欢。街上的车不多，她们静静听着广播里的歌。乔琳抿着嘴唇，似乎很悲伤。许妍说，别想了，那只是个梦。乔琳点点头，知道，我知道。没事的，我在等汪律师的电话，他说今天会打给我的。许妍觉得乔琳在把某种压力传递给自己，这令她感到很烦躁。

车子剧烈地震了一下，许妍回过神来，猛踩刹车，可是已经撞上了前面的车。乔琳拱起身体，护住了肚子。前车的女人对着许妍一通抱怨，然后给交警打了电话。交警来了，许妍把车上翻遍了，也没找到行驶证，只好给沈皓明打电话。过了几分钟，沈皓明拨过来，说在家里找到了，上次司机修车取出来，忘记放回去了。沈皓明说，我给你送过去，你在哪里？许妍沉默了几秒钟，说出了自己的位置。

她回到车里。乔琳头靠着车座，双手还放在肚子上。许妍说，我男朋友正赶过来，我跟他说你是我表姐，你不要提爸妈的事。乔琳点点头，知道，我知道。许妍还想交代几句，见她闭上了眼睛，就没有再说。

沈皓明到了，处理完事故，他坐上驾驶座，侧过头来冲乔琳笑了笑，表姐，我开车可稳了，你安心睡会儿吧。

已经过了十一点，沈皓明提议先去吃午饭。他把车开到附近的购物中心。三楼有家粤菜馆，于岚常约人在那吃早茶。沈皓明把菜单交给乔琳，让她看看想吃什么。乔琳看了一下，又把它递给许妍。许妍低头翻菜单，总觉得乔琳在看自己。一屉虾饺上百块，显然不是白领能负担的。乔琳大概早就把她识破了，借来的车，租的房子，一切都充满破绽。她抬起头来的时候，乔琳微笑着说，我吃什么都可以，辣一点就行。

我就知道许妍得撞，沈皓明说，不撞个两三回哪算真会开车？可是车上坐着你，不能有半点马虎。我早就跟她说今天我来给你们当司机……乔琳笑了笑，已经很麻烦你了。沈皓明说，她以前不也常麻烦你吗，她说上高中的时候你很照顾她，给她买雨衣，陪她打吊针……乔琳淡淡地说，那不算什么。沈皓明说，有时候表亲反倒更亲，我和我表姐的感情就比跟我弟好……乔琳问，你有个弟弟？沈皓明说，对啊，一个爱哭鬼，烦死人了。乔琳说，怎么能生第二个孩子呢？沈皓明笑了，你怎么跟许妍问得一模一样，我爸妈拿了加拿大护照。乔琳喃喃地说，哦，外国人……沈皓明说，以后我跟许妍至少生三个，你的小孩不愁没人玩。乔琳点点头，好啊。许妍埋头吃着刚上来的石斑鱼。生三个？她似乎听到乔琳在心里暗笑。

乔琳的手机响了。许妍很怕她会在沈皓明面前接起电话，但她站起来，离开了桌子。许妍对沈皓明说，下午你不用陪了，我就带她在后海逛逛。沈皓明说，我跟任国栋吃晚饭，上次他女儿百天不是没去吗，没事，五点出发就行。

乔琳回来了，脸色凝重，失神地盯着面前的盘子。她不吃，许妍也不劝。直到听到沈皓明说，那我们走吧，她站起来，驱着腿往外走。沈皓明喊住她，把落在椅背上的羽绒服交给她。

乔琳跟在他们后面，双手抓着她的羽绒服。里子朝外，破了个洞，钻出一簇棉絮。许妍简直怀疑她是故意的，想要他们给她买件新大衣。沈皓明说，我是不是应该给任国栋的女儿买点东西？买什么呢？他们绕着商场走了半圈，沈皓明忽然停住脚步，指着橱窗说，就买这个吧。小小的白色纱裙被云彩簇拥着，跟上回许妍和乔琳看到的那件一模一样。应该是连锁店铺，橱窗布置得也一模一样。沈皓明问乔琳，知道你的宝宝是男孩还是女孩吗？乔琳摇摇头。沈皓明说没事，转身进了那家商店。

乔琳立即告诉许妍，汪律师说他接不了这个案子。她咬了咬嘴唇，又说，他去开会了，我等会儿再打个电话求求他。许妍说，别这样，乔琳，你以前不这样。乔琳眼泪涌出来，说我真没用，什么事也办不成。沈皓明拎着纸袋走出来，把其中一只递给乔琳，说我买了个礼盒，里面什么都有，白色的，男女都能穿。乔琳把头扭到一边，抹着脸上的眼泪。沈皓明尴尬地拿着纸袋。过了一会儿，乔琳才回过头来，挤出一个微笑，说谢谢，真的谢谢你。

他们到后海的时候，天已经很阴。空气中零星飘着一点凉丝丝的小雪。河面结着厚实的冰，是青灰色的。沈皓明说，出来走走心情是不是好点了？乔琳点点头，说谢谢你们。许妍转过脸，朝河的方向看去。河中央有一辆鸭子形状的船，冻住了，船身倾斜，鸭头望着天空。

乔琳说，我们那里也有一条河，叫奈河，比这个还宽。沈皓明说，我以为你们那里都是山呢，我还跟许妍说什么时候去爬一次泰山。乔琳说，小时候有一回，我和许妍亲眼看到一个放风筝的小孩掉到水里，淹死了。他妈妈在岸上大哭，围了很多人。许妍说，我不记得了。乔琳说，你站在那里，我怎么拽都不肯走。一直等到人都散了，你用竹竿把那个孩子的风筝挑下来，拿着回家了。沈皓明问，那个小孩是她朋友吗？她想要那个风筝作纪念？乔琳笑了笑，她就是想要那个风筝。许妍盯着乔琳的脸。乔琳没有看她，好像还沉浸在回忆里，说那孩子的妈妈后来每天在岸边哭，抱着经过的人的腿，求他们去救她儿子。再后来岸边的树都砍了，盖起一排楼房。她沉默了一会儿，对沈皓明说，许妍想要什么是不会说的。沈皓明说，对，她什么都憋在心里不说。乔琳说，不要紧，只要你一直在那里，默默支持她就行了。

许妍看着面前的湖。午后的太阳照着水面，淬起一片金光。于一鸣放下桨，让他们的船在水上漂。乔琳忽然开口说，我看见过水怪。有个放风筝的小孩掉到河里，水面上升起一团白烟。那团白烟朝我们这边飘过来，我吓坏了，拉起许妍的手就跑。可她好像定住了似的，站在那里一动不动。我就也没跑，挽住了她的胳膊，心想要是水怪过来，就把我们一块带走吧。乔琳俯身向湖面，撩了几下水说，于一鸣，什么时候教我们游泳吧。

雪越下越大，河显得更灰了，冻住的鸭子船在身后变小，拐了个弯，看不见了。路边有间咖啡馆，他们决定进去坐一会儿。推开门，里面都是人。沈皓明说，嘿，整个后海的人全都躲到这儿来了。许妍付了钱，在等饮料的地方排队。做咖啡的男孩像是新来的，把热牛奶打翻了。沈皓明从背后戳了戳许妍，说你表姐把手机落车上了，我陪她去拿一下。许妍说，等买了咖啡一起去吧。沈皓明说，没事，很近，然后转身走了。

隔着玻璃窗，许妍看到他们朝来的方向走去，乔琳好像在说什么。她烦躁地看着那个做咖啡的男孩，把手中的收据折成小块，又摊开。

乔琳也许是故意的，汪律师不帮她，她就慌了神，觉得沈皓明没准能帮忙，就想跟他说一说。许妍气恨地用力一挣，把收据撕成了两半。

做咖啡的男孩拿过撕碎的收据，仔细辨认着上面写的是什么饮料。你们连基本的培训都没有吗，许妍气呼呼地问。她把咖啡放在桌上，拉开椅子坐下。乔琳会跟沈皓明说什么呢？事情万一败露了，她应该怎么解释呢？她脑袋一片空白，什么说辞也想不出来，只是不断去按手机，看时间的数字变化。

他们终于回来了。乔琳没坐下，她看了许妍一眼，说我再去打个电话。许妍看着沈皓明，想从他的表情里读出一点信息，但他一直在低头看手机。许妍碰碰他的胳膊，拿起桌上的咖啡递给他。他喝了一口，皱起眉头说，真难喝。乔琳回来后，脸色依然凝重，她喝了两口水，捧着杯子发愣。沈皓明看了看外面的雪，对许妍说，你就别开了，我让司机来接你们。

车来了，她们先坐上，沈皓明去取了先前在童装店给乔琳买的东西，让司机放在后备厢。他凑到车窗前对乔琳说，表姐，这两天你要是不走，到我家来玩。乔琳点点头，一直望着沈皓明走过去，钻进车里。他人真好，乔琳对许妍说。

路上她们没有说话。司机拐了个弯去加油。发动机熄灭，广播里的音乐停止了。乔琳望着窗外纷飞的雪说，我明天就回去了。许妍说好。

太阳从头顶移开，风吹着湖面，水的气味升起来。船从午睡中醒了过来，一点点动起来。许妍、乔琳和于一鸣不约而同地向后靠，蜷缩着腿躺下去，仰脸望着天空。也许是在等晚霞出现，但是渐渐地不重要了。许妍合上了眼睛。湖水像一双温暖的手臂环绕着自己。它的脉搏一起一伏，节律微小而有力。船在缓慢地动着，可他们没什么地方要去。不去对岸，也不回去。他们三个好像可以一直那么待着，谁也不会离开。

好像什么都不重要了。许妍松开了眉头。她不再计较他们到底有多么爱彼此。她只是知道她爱他们。那股强烈的感情使她觉得自己并不是多余的。她是他们当中的一员，即便是微不足道，可以被舍弃的，她也不在乎。

她睁开眼睛的时候，晚霞已经来过了。只有几块很小的云彩挂在天边。湖面一片金色，望不到尽头。但只是一瞬间，湖水转眼就开始变灰。当她转过脸去的时候，看到乔琳正望着湖面，似乎已经注视了很久很久，又好像是她的目光使湖面暗了下去。于一鸣还没有睁开眼睛，嘴角带着一丝淡淡的笑意。不要睁开眼睛，许妍在心里这样祝福着他。因为随即他会发现太阳已经落下去，船要往回开了。他们的旅行结束了。

晚饭许妍叫了外卖。乔琳没怎么吃，她说想去床上躺一会儿。许妍吃完看了会儿电视。她到卧室的时候，乔琳正坐在床上发呆。许妍走过去拉窗帘。路灯下，有个穿着羽绒服的男人在遛狗。是对门那个姓汤的邻居，他仰起头看了一会儿月亮，从地上抱起狗，夹在胳膊底下，走进了楼洞。

许妍听到乔琳在身后轻声问，沈皓明能帮上咱们吗？许妍转过身来看着乔琳，说你自己没问他吗，你们两个去拿手机的时候。乔琳摇了摇头，我什么也没跟他说，他问我想不想来北京工作，他可以安排，我说不用了。哦，许妍应了一声。乔琳说，他是律师，又认识挺多人的，没准还能托上政府的关系……许妍问，你怎么知道他是律师的？乔琳说，他自己说的，我真的什么都没问。她低下头，看着拱起的肚子，汪律师不接我的电话了，电视台那边也没回信，我实在没有办法了。这事折腾了那么多年，总得有个了结……许妍笑了一声，你为我考虑过吗？你是不是觉得我想要什么就有什么，过得很容易？你想过几天安稳日子，我不想吗？你小时候至少有个完整的家，我有什么？她的眼圈红了，这么多年了，你们就不能放过我吗？乔琳也哭了，对不起，对不起，我不该来打扰你……她仰起脸，吸了几下眼泪说，你没看到爸妈现在什么样子，爸早晨醒了就喝酒，手抖得已经拿不住筷子。妈整天守着电脑，到各种论坛发帖子求助，隔一会儿发一遍，那些人骂她是疯子，把她踢出去，她就重新注册了再发……我真的管不了了，我的身体垮了，在街上晕倒过好几回……她停住了，定定地看着前方，好像要把什么东西看清楚。

桌上的台灯照着乔琳，但她的脸是暗的，腮颊被阴影削去了。许妍望着她，她容貌的改变令她感到惊讶。那些青春时的光彩消失了，这也许是必然的，可它们好像从来没有存在过。没有人可以通过这张脸，想象出她少女时代的模样。许妍仿佛从二楼教室的窗户里看到那个总是微微扬起脸的长腿姑娘正穿过校园，她从那扇大门走出去，然后消失了。她去了哪里？

许妍走到床边，握住乔琳的手。那只手很烫，热量从指缝间汩汩流出来。乔琳的手指很长，这肯定不是许妍第一次注意到这一点，或许在漫长的青春期的某一天，她偷偷打量过这双手，暗暗惊讶于它们的美。但是现在，她第一次意识到，这双手很适合弹钢琴，要是它们能在童年的时候遇到一个钢琴老师的话，他肯定会这么说。要是那时候遇到一个舞蹈老师，可能也会说她适合跳舞。这具承载着苦难的身体，或许同时蕴藏着某种天赋。但是天赋不重要，对有些人来说，一生中没有任何一个时刻，会有人坐下来讨论一下她的天赋。许妍想起大三的时候，她得到了去电视台实习的机会，后来被留下了，那个频道的主任对她说，我并不觉得你很有当主持人的天赋，知道为什么选你吗？因为你身上有股劲，想从人堆里跳起来，够到高处的东西。

许妍握着乔琳的手，坐下来，她感觉自己在靠它取暖。但屋子里很热，地板也是热的，一点都不像十二月。她说，我答应你，我会去问问沈皓明。具体怎么说，我要想一想。我这么做不是为了爸妈，只是为了你，你明白吗？许妍攥了一下她的手说，给我一些时间好吗？乔琳点了点头。

十点过后，沈皓明打来电话。他说你猜怎么着，礼物拿错了，给你表姐的那袋才是给任国栋女儿的裙子。许妍夹着手机打开纸袋，解掉奶油色的缎带。那件缀满珍珠的小礼服折叠着，静静地躺在盒子里。要我现在送过去吗，她问。不用，沈皓明说，反正给你表姐买的礼盒任国栋女儿也能用。我打赌你表姐生女儿，他在电话那边笑起来，我买的裙子肯定能派上用场。

5

从北京回去不到一个月，乔琳就生下了一个女儿。比预产期早了一个多月，但是孩子很健康。她发过来几张照片，小小的一团，手脚却很长。沈皓明看了两眼说，跟你长得有点像。

那个月许妍很忙。台里在筹备一个新节目，过年的时候开播。每天连着录十来个小时，一段话反复说。这期间她去过沈皓明家一次，沈金松没在，只有于岚和几个太太在打麻将。许妍替了几圈，输掉六千块。临走时于岚说，咱们过年再打。许妍想这倒是个讨于岚开心的法子，于是许妍说服沈皓明过年不去苏梅岛，而是留下陪他爸妈。到时没准还能在家宴上遇到高叔叔。

许妍接到电话的时候是傍晚。还有三天就过年了，下午她和沈皓明去买了一堆烟火。回来的路上有点下雨，据说到了后半夜会转成雪，气温降十度。此前一些天北京都很暖和，让人有一种春天来了的错觉。

手机响了，跳动着一个陌生的号码，当时她正站在沈皓明家的花房里，指挥保姆把兰花搬到屋里去。沈皓辰也被喊来帮忙，许妍觉得让他干点体力活有好处，至少没那么多时间胡思乱想。他撇了撇嘴，说这些花可真丑。她双手叉腰看着他，你觉得什么花好看？假花，他回答。她让沈皓辰把面前这一盆搬到客厅，然后接起了电话。

是她妈妈。在那边大声号哭，告诉她乔琳自杀了，晚上一个人出门，跳进了城边的那条河。还在抢救吗，还在抢救吗，她连着问了好几遍。她妈妈说是昨天的事，人已经没了。许妍挂断了电话。

周围一片寂静。她搓了搓手上的泥巴，搬起一盆兰花往外走。

天气湿漉漉的，好像已经下雪了，仿佛有些凉飕飕的东西，带着爪子，紧紧地揪住了她的头皮。她伸出手，想触碰到空中的雪花。砰的一声，花盆跌落在地上。瓷片在地上打转。嗡嗡，嗡嗡。

沈皓辰走过来，看着她脚边的花盆。哈哈，他有点得意地说，假花就不会摔成稀巴烂。走开，她冲着他喊，蹲下把兰花从碎瓷片里捡起来。沈皓辰吓坏了，站在那里没有动。许妍敛起兰花磕了磕土，抱着它们走了。

她把花放在旁边的座位上，驶出了别墅区的大门。窗外是呼啸的大风，雪花如同决绝的蛾，砸在挡风玻璃上。她紧握方向盘，浑身发抖。泪水在眼眶里转悠，她蹙着眉头，盯着前面的路。为什么乔琳要这样做？她感到很愤怒，在北京的最后一个晚上，她不是答应得好好的，回去等着她的消息。她为什么就不能等一等呢？

车子冲下高速，擦着一辆卡车开过去，横冲直撞地拐了几个弯，在一片空旷的停车场停住。她狠狠地砸着方向盘，喇叭发出尖锐的鸣响，她不是说会想办法的吗，为什么不相信她呢？她靠在椅背上，大声哭起来。

手机在旁边座椅上响了好几遍，是沈皓明。她坐在黑暗里，等屏幕最终暗下去的时候，才对着它喃喃地说，我姐姐死了。

她没有回去参加追悼会。

除夕夜下着小雪。她站在院子门口，看沈皓明点着了烟花。她仰起头，望着光焰绽放，坠落。天空又黑了下去。几片雪落在她的脸上。

她给家里打了个电话。她妈妈一直在哭，不停地说，乔琳为什么那么狠心抛下我们？那边传来婴儿的啼哭，还有她爸爸的咒骂声，盆碗掉在地上，发出叮叮咣咣的响声。她妈妈问，你到底什么时候回来啊？这好像是她第一次对许妍表达需要。再过几天吧，她回答。你永远都别回来！她爸爸吼了一声，电话挂断了。

许妍一直没有回泰安。她心里有股怒气无法消退。她觉得乔琳不理解她，不相信她，甚至根本不希望她过得好。她这么做是为了让她永远感到内疚。在很长一段时间里，这股怒气有效地抑制了悲伤，使她可以正常入睡。

四月的一天，她去沈皓明家吃晚饭。那天只有他们自己家的人，吃了巴黎运回来的生蚝和新西兰鳌虾。于岚抱怨生蚝没有上次的新鲜。你下个月不就去巴黎了吗，沈金松拿着遥控器换台，屏幕上出现了一个穿白色西装的女主持人。她看了一眼手中的稿子，抬起头来：

"一九八八年，在泰安的一家医院里，患有风湿性心脏病的王亚珍生下了第二个女儿。她没有一丝做母亲的喜悦，只是感到很恐慌。在她的身旁，那个只有三斤八两的女婴睁开眼睛，好奇地打量着这个世界。那一刻她是否知道，这个世界等待她的不是温暖的祝福，而是无情的责罚呢？手术室的门外，乔建斌坐在长椅上，一夜没有合过眼。在经历了辗转于计生委和医院之间的几个月后，他已经疲倦不堪。然而他们家的厄运才刚刚开始……"

许妍盯着屏幕，一只手攥着毛衣领口，感觉自己就快要窒息。

这个《聚焦时刻》有时候还能看看，沈金松说。于岚说，有什么可看的，不是钉子户就是超生。妈妈，妈妈，沈皓辰说，你算超生吗？于岚说，宝贝，生了你加拿大政府还给我奖励呢。

"……记者来到乔建斌家。乔建斌被开除以后，全家人就以这家诊所维持生计。现在门口依然挂着'平安'诊所的招牌，但是已经好几年没有来过一个病人了。一楼的诊断床上堆满了各种保健药。有的早已过了保质期，王亚珍就留给家里人吃。她拿起一瓶药给记者看，这个是帮助睡觉的，我大女儿老睡不着，我就让她吃……在过去二十多年里，乔建斌和王亚珍一直通过各种途径寻求帮助，希望单位能恢复乔建斌的工作……"

镜头掠过他们家。角落里的蜘蛛网，桌子上油腻的桌布，泛着黄渍的马桶，最后停在墙上的照片上。那是一张他们全家的合影，可能也是唯一一张。当时许妍大概四五岁，站在最右边，乔琳的手搭在她的肩膀上。

许妍感觉所有人的目光好像都朝这边涌过来。她几乎就要从座位上弹起来，冲出房间了。

随后，主持人讲述了这些年乔建斌家的生活，也讲到那个超生的小女儿，因为早产和用药的原因导致不孕，但她的去向并没有提及。也没有提到乔琳的女儿，只是说乔琳这些年，一直在为这件事奔波，导致恋爱失败，也失掉了工作。两个多月前，有天晚上她像往常一样，哄孩子睡了觉，然后离开家走到河边，跳了下去。

画面切回演播室。女主持人说："就在自杀的前一天，乔琳还给本节目的编导发过一条短信。在短信里，她这样说：'陈老师，我恳求您给我们做一期节目。这不是我们一家人的问题，很多家庭都有类似的遭遇。我相信节目播出以后，一定会引起很大的反响。如果还需要什么材料，您随时找我。给您拜个早年！'"主持人垂下眼睛，停顿了几秒，"我们将这期迟到的节目献给乔琳，希望她能安息。同时，我们也希望热心的律师朋友能跟乔建斌一家联系，帮助他们走出困境。感谢您的收看，我们下期再见……"

沈皓明气呼呼地说，这也太操蛋了。于岚看了他一眼，你想干吗，这种案子又不是你管的。沈皓明说，我可以去问问我同学，说不定有人愿意接。沈金松说，犯不着打官司，这种事找对了人，就是一句话的事。于岚说，有捐款电话吗，直接给他们打过去点钱就是了。

保姆端上水果。电视里已经在播连续剧，但许妍不敢去看屏幕，仿佛先前的画面下一秒就会再跳出来。她缩着肩膀，低头盯着面前的盘子，直到听到沈皓明说，我们走吧，就站了起来，跟随他走出大门。

她抱着自己的包坐进车里，身体一直在发抖。你的外套呢，沈皓明问。她才发现忘记穿了，别回去拿了，她几乎用哀求的语气说。车子停了，她走下来，发觉自己在一个空旷的院子里，周围都是深红色的砖墙。她打了个寒战，问这是哪里？沈皓明说，苏寒有个生日派对，我不是跟你说了吗？

屋子里很吵，拼起来的长桌两边坐满了人。除了苏寒，她一个都不认识。沈皓明挨个介绍，她一直点头，却记不住任何一个名字。这是方蕾，沈皓明指着右边的女孩说，她跟我在英国一个学校，也读法律，算是我学妹。女孩笑了，你没念几天就转走了，也好意思自称是学长？沈皓明说，嘿，学校的校友录可是有我。女孩耸耸眉毛，那是为了让你捐钱好吗？沈皓明笑起来。许妍也跟着笑了一下。笑意在她的脸上一点点消失，泪水突然涌出来。

乔琳拉着她的手往山上走。许妍说，快下雨了，回去吧。乔琳说，你要去北京了，我得给你求个护身符。许妍说，可是摆摊的都回去了啊。乔琳说，再往上走走看嘛。

大雨降下，她们跑进一座庙里。两人抖着身上的雨水，乔琳长头发上的水珠溅在许妍的脸上，她咯咯笑起来。许妍说，严肃点，菩萨会生气的。乔琳收住笑，环视了一圈大殿，低声问，这个庙是求什么的啊？

许妍支起手肘，托住腮悄悄抹去眼泪。沈皓明正在问那个叫方蕾的女孩，你什么时候搬回来的？方蕾耸耸眉毛，你怎么知道我搬回来了呢，我看起来不像是回来度假吗？沈皓明摇了摇头，我才不信你在英国待得下去呢。

她们并排站在大殿中央。菩萨的脖子伸进黑暗里，看不见脸，但许妍能感觉到，有一簇白光从上面照下来。

乔琳小声问，你说那么多人来求她，她能帮得过来吗？许妍说，只帮她喜欢的人吧。乔琳笑了，说那她肯定喜欢我。当时我一直盼着妈妈能把你生下来。而且我还说，想要个妹妹。你瞧，菩萨就把你给我了。许妍说，当时你才两岁，就知道求菩萨了？乔琳说，我说不出来，但心里想的东西，菩萨一定能知道。许妍说，你要是知道后来发生的事，当初就不会那么希望了。乔琳说，我还是会那么希望的。我从来都没觉得不该有你，真的，一刹那都没有，我只是经常在心里想，要是我们能合成一个人就好了。她握住了许妍的手。她的手心很烫，仿佛有股热量流出来。

给我们拍张照片好吗？许妍听到有人在喊自己，是苏寒，她正站在方蕾和沈皓明的身后。许妍接过手机。苏寒笑着问沈皓明，还记得吗，那阵子每个周末我们三个都开车到郊外 BBQ。后来过了一个暑假，回来大家都变得很忙，就没有再聚。也可能你们两个聚了，没有叫我。方蕾斜了她一眼，你说对了，我们在瞒着你谈恋爱。沈皓明点点头，后来她把我踹了，我伤心欲绝，就回国了。苏寒笑起来，小心你女朋友当真，回头跟你吵架。沈皓明说，她才不会呢。

大殿里飘过几丝凉翳的风，雨好像停了，有个人靠在门边看着她们。那人穿着一件破袄，逆光里看不到脚，还以为是坐着，后来才发现，脚被袄盖住了，他是个矮人。很老，布满皱纹的脸像一团揉搓起来的废报纸。她们往外走，他在一旁开口说，你们想知道自己的命运吗？她们对望了一眼，没停下脚步。他说，不收钱，我就当给自己解闷。

他走到她们跟前，仰起脸盯着乔琳，说你早运不顺，有一些坎，三十岁以后越来越好。乔琳问，怎么个好法？他回答，儿孙满堂，有人送终。乔琳笑起来，有人送终就算是好吗？矮人没回答，把头转向许妍，你啊，想要什么东西，都得跟别人去争。许妍问，那最后能争赢吗？他摇了摇头，说我不知道。许妍问，你也有不知道的事啊？他点点头，有一些。

苏寒用手指戳了戳沈皓明，说你可得劝劝方蕾，她现在是个愤怒少女，什么都看不惯，整天批判社会。沈皓明说，这叫回国综合征，过一段就好了。方蕾问，就像你吗，坦坦荡荡地做着你的沈家大少爷？沈皓明有点激动，说别把我想得那么麻木不仁好吗，我一直都想做点事啊……

然后他讲起出门前看的电视节目来：有对夫妻意外怀了二胎，按规定应该打掉，忘了为什么拖了好几个月，反正不是他们自己的责任，七个月才去引产，孩子生下竟然活着……苏寒感慨道，命可真大。沈皓明说，可是这算超生，男的丢了工作……讲到乔琳自杀的时候，方蕾摇头，这是我觉得最可悲的，因为上一辈的问题，子女的一生都毁了。苏寒说，这个故事有意思的地方是，合法生的姐姐死了，不合法出生的妹妹倒是活下来了。现在他们不就只有一个孩子了吗，还算超生吗？

许妍离开座位，走进洗手间，反锁上门。

乔琳不是不相信她，而是对世界不抱什么希望了。许妍记得最后一次乔琳打来电话，是一天清晨。她说，我今天出月子了。许妍问，你的奶够吃吗，现在能睡着觉了吗？乔琳没有回答，只是说，都挺好的，我就是跟你说一声，你去忙吧。她的声音淡淡的，没有高兴，也没有悲伤，只是有种解脱的感觉。她好像一直在等这一天。等孩子出生，等她过了满月……她那么迫切地希望解决爸妈的事，不是期盼能过什么新生活，只是希望有一个让自己心安一点的结果。如果没有，她也不能再等了。她已经松开了双手。

外面的人在不耐烦地敲门。许妍拧开水龙头，把脸伸到水柱底下。外面的声音消失了，好像沉入了河中，耳边只有汩汩的水声。我就是想来看看你，乔琳转过脸来笑着说。那双有点发红的眼睛在黑沉沉的水底望着她，然后熄灭了。

许妍回到座位上，跟沈皓明说自己可能着凉了，想先回去。沈皓明说，我们一起走吧。在车上，他说，方蕾听我讲了新闻里那个事，也挺来气，说她有几个从国外回来的律师朋友，没准有谁愿意接。我回头再给高叔叔打个电话，让他跟泰安那边的人说一下。这事反响很大，不解决一下，他们自己也难交代。许妍怔怔地望着他，这是乔琳拿命换来的，她想，眼泪掉下来。沈皓明很惊讶，这是怎么了？他抓住许妍的手，你不会是当真了吧，以为我和方蕾谈过恋爱？我们在开玩笑啊。许妍摇头，没有，没有，我只是有点感动，你真的心肠很好，她望着沈皓明，伸过手去，摸了摸他的脸颊。他拿下巴蹭了蹭她的手心，笑着说，我忘刮胡子了。

6

五月初，许妍回了一次泰安。学校已经给乔建斌恢复了工作，按照退休教师的待遇发工资。据说那期《聚焦时刻》惊动了北京的大人物，出面给计生委打了电话。但是乔建斌和王亚珍对结果并不满意，因为赔偿金的事没有落实。他们还在继续上访。

自从节目播出以后，他们接受了不少采访。乔建斌的口才练得越来越好，见到摄影机镜头，眼睛就放光。他有些得意地告诉许妍，那些记者都挺佩服我的，觉得这个社会就缺我这种有点轴的人。王亚珍开了个微博，在上面写这些年他们家的遭遇，被几个有名的记者和学者转发了，很多人在下面留言。王亚珍每条留言都会回复，有的谈得来的，还加了QQ。

这些外界的关注使他们一天到晚都很忙碌，暂时缓解了丧女之痛。但是一旦他们回到眼前的生活，意识到乔琳永远不在了，情绪就会再度崩溃。家里的灯坏了，没有人修。冰箱里臭烘烘的，还放着乔琳买的蛋糕和酸奶。桌上的婴儿奶粉敞着盖子，已经结成了疙瘩。一到天黑，蟑螂就变得猖狂，在桌子上到处爬。于是王亚珍又哭起来。乔建斌的情绪比较两极。有时候安静地坐在那里，对着桌上的酒瓶发呆。有时候暴跳如雷，大骂乔琳没良心，白白把她养到那么大。王亚珍哭完了，就在那台陈旧的电脑前坐下，开始写微博：

"你们不知道我的大女儿有多好，长得漂亮又懂事，性格活泼，所有的人都喜欢她。我难过的时候，她总是安慰我说，妈妈，都会过去的。这个世界上没有过不去的事……"

她写着写着又哭了起来。许妍走过去坐在她的旁边。她转过身，搂住了许妍。许妍轻轻拍着她的背，让她安静下来。电脑发出叮当一声，王亚珍从许妍的怀里坐起来，抹了一把眼泪，有人回复我了，她说，连忙握住鼠标点击了两下。

回来的最初两天，许妍住在附近的旅馆里。第三天晚上，乔琳的孩子有点发烧，她留下来照看她，睡在了乔琳的床上。枕巾没有换过，上面还有乔琳没带走的香波的气味。许妍枕着它，想起小时候的愿望，从未被她承认过的愿望，那就是她可以睡在这张床上，不，不是和乔琳一起，而是她自己。这个破烂不堪的家，对她有一种吸引力，她渴望自己能作为一个合法的女儿，住在这幢房子里。在漫长的童年和青春期，她见过不少优秀的女孩，富有的、美丽的、聪明的，可是她一点也不想成为她们。她只想成为乔琳。她想取代她，占有她所拥有的东西。即便那些东西包含痛苦和不幸，也没有关系。因为她觉得那是本来应该属于自己的东西。如果没有乔琳……她无数次这样想。小时候她和乔琳站在河边，一样的太阳照着她们，可是她感觉到乔琳在阳光里，而自己在阴影里。如果没有乔琳……她可以向右挪两步，走到阳光底下。

小时候的愿望是如此真挚和恐怖，被她一直揣在心里，缓缓向外界释放着毒素。很多年后，它实现了。乔琳不在了。现在她睡在乔琳的床上，作为爸妈唯一的女儿。许妍把脸埋在枕巾里，失声痛哭。她可以撤销那个愿望吗，这一切是否会有不同？乔琳会幸福一点吗，而她是不是能长成另外一个人？乔琳不在了，她并不能走到阳光底下，她将永远留在阴影里。

婴儿发出响亮的啼哭。许妍抱起了她。黑暗中，孩子皎洁的脸上没有泪痕，也没有难过的表情，好像先前发出的哭声只是为了把许妍从痛苦里拉上来。她静静地看着许妍。小巧的眼仁里像是蓄满宽广的海水，许妍想对着它忏悔，但更想把所有的祝福都给它的主人。如果她的祝福也像她童年的愿望一样有法力，她希望她能得到自己和乔琳永远无法得到的幸福。

许妍从于一鸣身旁醒来，时间是凌晨三点钟。旅馆的窗户关不严，寒风钻进来。立冬了，北京很冷。许妍约于一鸣吃了晚饭，然后又去喝酒。快结束的时候，乔琳忽然在他们的谈话中消失了。许妍记得于一鸣怔怔地望着自己，随后的记忆一片模糊。许妍不记得自己说了什么，于一鸣说了什么。他们有没有接吻。她好像有点疼，也可能没有，只是她觉得自己应该有点疼。

她把于一鸣叫醒了。他从床上翻下来，抓起地上的衣服。女朋友还在家里等他，喝醉之前他就强调过这一点。他一边穿衣服，一边对许妍说，我知道是因为你刚来北京，有点想家，过些日子就好了。

走到门口，许妍喊住了他，拿起背包伸进手去摸索。他问怎么了。许妍说，乔琳有个东西让我带给你。他站在那里等了一会儿，她还是没有找到。他说，我真得走了，以后再说吧，然后拉开门走了。

那支钢笔一直放在书包的隔层里，许妍前两回见于一鸣总是忘记给。也许是想有个和他再见面的理由。但是现在，她非常想把那支笔给他。她打开灯，把包里的东西倒在地上。

乔琳的孩子特别安静。在度过最初那段离开母亲的日子之后，她很快适应了新生活。每次喝完奶就睡着了，醒来只是轻轻哭几声，然后安静地等着。许妍抱起她来的时候，孩子把头贴在她的胸口，好像在听她的心跳，脸上露出一丝微笑。每次放下她，她都会嘤嘤地发出两声，许妍心里一紧，又把她抱了起来。

外面已经很暖和，她抱着孩子走到太阳底下。槐花开了，地上落了厚厚的一层花瓣，被风吹着，散了又拢到一起。她走到河边，在石阶上坐下，想让孩子睡一会儿。但是孩子不睡，和她一起注视着面前的河。你闻到你妈妈的味道了吗？她问孩子。孩子笑起来。

孩子叫乔洛琪，名字是乔琳取的，但是好像没有人记得她的名字，爸妈都管她叫孩子，乔琳的孩子。他们好像仍把她看作是乔琳的一部分。她的圆眼睛和乔琳很像。有时候望着它们，许妍会有一种想和乔琳说话的渴望。但她不知道该说什么，她想说的乔琳应该都知道。现在乔琳知道世界上所有的事。知道许妍回来了，知道她和孩子在一起，知道她很想念她。

离开的那天清晨，许妍又抱着孩子出去散步。路过火车站，她对孩子说，这里面有火车，呜呜呜，汽笛拉响，然后哐啷哐啷开走了。以后等你长大了，坐着它去找我，好不好？孩子没有笑，静静地看着她。她心里一紧，攥住了孩子的手。她无法想象孩子如何在那样一个破败的家里长大。

回到家，许妍把晾在门口的婴儿衣服叠起来，放在柜子里。她看到了那只纸盒，压在柜子最底下，露出一个角。打开盒子，那件白色连衣裙和她记忆里的样子不一样，塔夫绸没有那么硬，荷叶边也没有那么复杂。她给孩子穿上，把她抱到窗口。阳光照在胸前的那些小珍珠上，像雀跃的音符。你知道你很漂亮吗，她小声对孩子说。孩子软软地趴在她的肩上，用脸蛋蹭着她的脖子。

许妍坐在火车上，听到鸣笛声一阵心悸。她合上眼睛，想睡一会儿，但是耳边都是嗡嗡的噪音。她心烦意乱地拧开水，咕咚咕咚喝下去，然后盯着窗外飞快掠过的树和房屋。她一点点安静下来，并且做了个决定。回去以后，她要把所有的事都告诉沈皓明。他早晚有一天会知道的。她想跟他商量，等孩子大一些，把她接到北京住。要是有可能，她想收养她。

司机在车站等她，接她去吃晚饭。沈皓明订了一间日本餐厅。刚谈恋爱的时候，他们来过一回，从榻榻米包间的玻璃窗望出去，能看到小小的日式园林，但是现在天色太晚，覆盖着青苔的石头都变黑了。喝点酒吧，她跟沈皓明说。我正想说呢，沈皓明拿起酒单翻看。

清酒端上来，盛在圆肚子的蓝色玻璃瓶里。她和沈皓明碰了一下杯子。沈皓明问，片子什么时候播？她怔了一下。沈皓明说，这次出差拍的片子。她说，哦，下个月吧，还不知道剪出来什么样。然后她问沈皓明，你妈妈去巴黎了吗？沈皓明说，没呢，下周走，她们非要坐徐叔叔的私人飞机。许妍说，挺好，她们四个可以在飞机上打麻将。沈皓明撇了撇嘴说，无聊透了。

窗外园林的轮廓被夜色吞噬，只剩下灯光照亮的一角，石头发出幽绿的光。许妍喝了一杯酒，抬起头看着沈皓明，说你知道吗，我一直觉得你身上有很多可贵的品质……她笑了笑，说你知道我不擅长表达，可我真的觉得你特别善良，有正义感……沈皓明问，你干吗要说这个呢？她说，而且你对我很包容，我们的家庭情况不同，生活习惯也不一样，我身上肯定有很多地方让你不舒服……沈皓明打断她，别说这种话行吗？许妍又给自己倒了一杯酒，把发烫的脸贴在杯子上，说我十八岁来到北京，谁也不认识。课余时间我当家教，做导购，帮人主持婚礼，赚了钱给自己买衣服，去西餐厅吃饭。我就是想过体面一点的生活，你明白吗，我小时候家里什么都没有，连写字台也没有，要在窗台上写作业……我特别珍惜现在的生活，珍惜你，所以我一直……许妍哭了起来。沈皓明蹙着眉头望着她，她心里一凛，不知道怎么说下去。

服务员送进来甜点。两人默默吃着。沈皓明给她倒了酒，又把自己那杯添满。许妍喝了一口，鼓起勇气说，我表姐，冬天来北京的那个……沈皓明啪的一下把杯子放在桌上。许妍愣住了。他沉了沉肩膀，说我这两天，在方蕾那里过的夜，嗯，他又倒了一杯酒，说我本来想过几天再说，可是你把我说得那么好，让我很惭愧，我没打算瞒你，你知道我最讨厌骗人的。许妍茫然地点点头。她攥住酒壶，想再倒一杯酒，但始终没有把它拿起来。瓶壁上有很多细小的水滴，像一种痛苦的分泌物。她轻声问，你们俩的事是刚开始，还是已经结束了？沈皓明不说话，点了一支烟，白雾从他的指缝里升起来。许妍用手臂支撑着从榻榻米上站起来，说我先走了，等你想清楚了，告诉我你打算怎么办吧。

她拉开门向外走，沈皓明追出来，把外套披在她身上，说你又忘了穿大衣。然后他张开双臂拥抱了她。这是最后的告别吗，她一阵心悸，推开他跑到路边，拦下一辆出租车。

回到家，她发觉自己浑身滚烫，好像在发烧，就设了闹钟，吞了两片药躺下来。帮帮我，她在黑暗中说。外面天空发白的时候，她感觉乔琳来了，背坐在床边，扭过头来望着自己。她的目光并没有应许什么，却使许妍平静下来。

闹钟响了很多遍，她挣扎着坐起来，看了看另外半边床，很平整，没有坐过的痕迹。她洗澡，烤了两片面包。手机上跳出一条短信。她没有看，走过去拉开窗帘，外面下雨了。她把杏子酱涂在面包上，慢慢吃起来。吃完才拿起手机，点开短信。

沈皓明：我们还是分手吧，对不起。

她喝光杯子里的牛奶，拿起伞出门了。

请假十天，积压了很多工作，她一口气录了三期节目。中场休息的时候，编导进来跟她聊节目改版的事：活泼一点，别死气沉沉的行吗？要是收视率再这么低，节目就得停播了。许妍说，那我就去主持一档新闻节目。编导朗朗地笑起来，《聚焦时刻》那种吗？真没看出你身上还有社会责任感。

许妍换了一套衣服，坐在镜子前补妆。她问化妆师，你觉得我剪个短发怎么样？化妆师说，嗯，挺好，别再留齐刘海了，挡着额头影响运势。许妍笑了笑，说听你的。

回家的路上，许妍拐进一家美发店。从那里走出来，天已经黑了。夏天的风吹着脖子，很凉爽。她去便利店买了两个面包，然后往家走。路边有一家酒吧，或许是新开的。她朝里面张望了几下，有很温暖的灯光。她推开门走进去。

酒吧很小，只有一个男人趴在角落里的桌子上。她坐上吧台，点了一杯莫击托。角落里的那个男人走过来，要添一杯威士忌，是对面那个姓汤的邻居。他冲她点了点头，然后回到自己的座位。

店里放着喑哑的电子乐，像是有什么东西发霉了。喝完第三杯，她觉得自己应该醉一次。她从来没有试过，交过的几个男朋友都很爱喝酒，她必须保持清醒，好把他们送回家。有人在敲桌子，她抬起头来，店主面无表情地说，我要关门了，我女朋友在家等我呢。然后他走到角落里，把她的邻居叫醒，站在那里看着他把口袋里的钱摊在桌上，一张张地数着。

许妍坐在姥姥家门口。明天就要动身去北京，箱子已经装好，还有很多小时候的东西要处理。她把纸箱拖到外面，坐在门槛上慢慢挑。乔琳朝这边走过来，手里举着两个蛋筒冰淇淋，融化的奶浆往下淌。她坐在许妍的旁边，把香草的那只递给她。

乔琳说，我买了支钢笔，你帮我送给于一鸣。她们默默吃着冰淇淋。一个住在隔壁院子里的小男孩走过来，约莫十来岁的样子，站在那里看着她们。乔琳指着冰淇淋说，下回我给你买一个，好吗？男孩没说话，仍旧站在那里。地上散着从箱子里拿出来的乱七八糟的玩意儿：装风油精的瓶子，雪花膏的铁皮盒子，一块毛边的碎花布……这些不成为玩具的玩具，曾是许妍童年最心爱的东西。乔琳说，雪花膏盒子好像是我给你的。许妍说，我拿纽扣跟你换的。什么纽扣，乔琳问。许妍说，那是我最喜欢的纽扣，你竟然不记得了。她把蛋筒塞进嘴里，起身进屋洗手，忽然听到背后发出叮咣一声响。

隔壁的小男孩从地上那堆东西里拿起一只风筝，转身就跑。乔琳对她说，走，我们把它抢回来！

男孩到了胡同口，转了个弯，朝大马路跑去。她们给一辆车拦住，落下了很远。但她们还在往前跑。乔琳脚踝上的链子发出丁零零的声响。她的长头发在风里散开了，许妍闻到香波的气味。小男孩消失在马路的尽头，但她们没有停下。头顶上翻卷着乌云。许妍恍惚发现这一会儿的工夫，把小时候整天走的那些街都走了一遍，如同是快进的电影画面，一帧帧飞过，停不下来。乔琳拉了她一下，伸手指了指天空。在天空的最远端，一只绿色的风筝，正在一点点升起来。

许妍停下来，和乔琳仰头望着天上。那只风筝垂着两条长长的尾巴，像只真正的燕子。它在大风里探了个身，掠过低处的黑云，又向上飞去。

许妍和她的邻居站在酒吧的屋檐下。邻居说，好像又下雨了。她笑着说，有什么关系呢。邻居说，我希望下雨，这样土能好挖一点。许妍晃了晃她的短发，你说什么？邻居说，我的狗死了，我等会儿去埋它。它现在在哪里，许妍哈哈笑起来，你不会把它冻在冰箱里了吧？邻居的脸抽搐了一下，说我真的不想回家，我们能再喝一杯吗？许妍说，好啊，我家里有酒。邻居问，你男朋友呢？许妍说，分手啦。邻居说，遗憾。对了，什么时候能尝尝你做的饭吗，经常在走廊里闻见，特别香。许妍说，也可能是外卖。邻居说，不是，周围所有的外卖我都吃过。许妍问，你没有女朋友吗？邻居说，我喜欢的都不喜欢我。许妍说，你肯定有很多怪癖。邻居想了想，喜欢在浴缸里泡澡的时候吃橙子算吗？

雨下大了，他们跑起来。许妍踩到一个大水洼，雨水溅了一身。她笑起来。来到屋檐底下，邻居抖了抖身上的雨水，转过头来问，对了，你的表姐怎么样了？她的孩子好吗？许妍不笑了，望着他。

他说，有天晚上我下来遛狗，拿着手电乱扫，结果忽然在灌木丛边看到一个女人，躺在那里跟死了似的。我刚想喊保安，她睁开了眼睛，说没事，我只是晕倒了。我想扶她起来，但她说想再躺一会儿。我也不好意思丢下她，就坐在旁边，陪她聊了一会儿天。许妍问，她都说什么了？邻居说，忘了……哦对，她说，我肚子里的小家伙好像很喜欢北京，不想离开这儿，我就跟他说，你很快会回来的，你以后会在这里长大的……嗯，你表姐还说，让我到时候别忘了带我的狗和她玩……

许妍哭起来。乔琳从未说过要把孩子托付给她，然而她却知道孩子会来北京的，大概是笃信自己和许妍之间的感情，并且因为她了解许妍是什么样的人，也许比许妍自己更了解。那颗在掩饰和伪装中裹缠了太多层，连自己都无法看清的心。

许妍看向天空，好让眼泪慢点掉下来。她点点头说，孩子很快会来的，跟你的狗一起玩……

邻居说，狗死了啊，我今晚要去埋它……

许妍喃喃地说，你不知道那孩子有多乖，一点都不吵，你一逗她，她就咯咯笑个不停，是个女孩，很漂亮，眼睛圆圆的，穿着白裙子，像个小公主……

邻居说，哦，那我再养一条狗吧……

雨声淹没了他的话。许妍站在楼檐底下，静静听着外面的雨。她不知道能否照顾好孩子，以后会不会为了前途想要抛弃她。她对自己完全没有把握。可是此刻，她能感觉到手心里的那股热量。有些改变正在她的身上发生，她的耐心比过去多了不少。也许，她想，现在她有机会做另外一个人了。

母 亲

曹 寇[*]

1

星期三的晚上，我接到一个陌生电话，当时我正在北京一个酒局上喝得昏天黑地。这个电话虽然没有像影视桥段中夸张的那样让我立即从酒精中清醒过来，但确实叫我吃惊不小。为此我还暂且从酒局中脱身，找了一个所谓僻静的地方。而这个僻静之所无疑正是饭馆厕所里的蹲坑隔间。也就是说，对方不仅能在话筒中听到我的声音，也许也能听到如厕人士的说话声、呕吐声、排泄声，以及抽水箱那一声声巨吼。不过，诚如厕所蹲坑隔间发明者的初衷那样，这确实是一个私密空间，使我们看上去每个人都有点隐私。

电话那头是一个嗲声嗲气的女人的声音。这不表明她是一个年轻女人，恰恰相反（如果我没有记错的话），这个自我介绍为“刘女士”的人，她应该五十多岁了。嗲声嗲气只是她的音色和说话方式，这在十年前就是这样。十年前，刘女士四十多岁，当时即已离异多年，但女儿蒋婷跟着她，当时蒋婷已经二十出头了，正在南京读大学。蒋婷和我巧遇于某张酒桌，然后我和她成了男女朋友。因为单亲家庭，蒋婷像很多同类女孩那样并不留恋自己的家庭和户口所在城市。据她自己说，我对她不错，她希望留在南京，毕业后找一份工作，也可

* 曹寇，1977 年生于南京。出版有小说集《喜欢死了》《越来越》《屋顶长的一棵树》和《躺下去会舒服点》，长篇小说《萨达姆时期的生活》，随笔集《生活片》。

以应我的要求与我结婚。要知道当年我正在婚龄的黄金阶段，无论从世俗舆论、个人愿望还是情感浓度上看，我都没有不想和蒋婷结婚的道理。因此，出于某种谈婚论嫁的秩序或规则，我和蒋婷去拜望过她的妈妈，也就是这位刘女士。当年年底，刘女士还曾应邀到南京我的家中和我们一起过了年，受到了我的亲友们的热烈欢迎。但是，过完年刘女士离开南京不久之后，我就和蒋婷分了手。从此再无任何联系。一晃十年过去了。

至于她现在为什么自称“刘女士”，我也不懂。

刘女士说，她现在正在南京出差，待两天，希望能和我见一次，聊聊。我只好在说话声、呕吐声、排泄声，以及抽水箱那一声声巨吼的间歇中告诉她，我现在在北京，要到后天才能回去。这不算谎言，虽然我还没预定好后天返回南京的高铁票，虽然我在北京并没有非得要挨到后天非做不可的重要事情，但她既然说待两天，我选择后天回去，正好她也走了。我确实想不出和她有什么非见不可的理由。我甚至想不出她的模样了，是那个穿着正式、烫着头的中年女人？包括她的女儿，我也陡然感到面目模糊了起来。真是遗憾，十年过去，我已经很少会想起这对母女了。

她显然没有想到这一点，在电话中，刘女士有点为难的样子。不过，她很快做出了一个决定，就是在南京多待一天。“我马上就去酒店前台办一下，加一天。好吗？”她这话让我有点过意不去。尤其是我还想到了她之前说如何打探到我的手机号码的事。我们不可能会互相保留十年前的手机号码。这十年正是手机及号码不断更新换代的时代，就算保留，号码很容易失效不说，在技术上也很困难。把一个号码用到十年以上的人并不多。不过，这里我倒可以卖个乖，我的号码就用了十年以上。这说明，她的手机中早已没有了我的号码，相信她的女儿也是。

她是这样找到我的手机号码的：虽然她十年前来过我家，但后来我搬家了，所以没有直接上门。不过，十年前我在城北郊区一所地理位置很特别的中学教书，便于记忆，所以她赶往了那里。最近几年，那一带刚刚开发，到处都是工地，治安混乱，尘土飞扬。她锃亮的尖头小皮鞋一定踩着了当地的污水，她那身行头和打扮很容易被聚集在小卖部门口打牌下棋的老头意淫一番。飘扬在空中的塑料袋还可能一个俯冲盖住了她勤于修刮的略显蜡黄的脸，让她非常愤怒地用两根指尖将它掀起、甩开。她很容易地就找到了我工作过的那所学校，但因为我早已离开（八年前），教职员工花名册上不再有我的姓名和联系方式，也没有曾经的同事与我还保持联络，最要命的是看门大爷已非当年那位（当年的说不定已经死了呢），后者并不愿意让这样一个操持着北方口音的中老年女人擅闯大门。另外，我不知道她是如何向我的前同事们介绍我和她的关系的。朋友？前女友的妈妈？亲戚？无论是哪一种，我都觉得足够幽默。神奇之处在于，正好我一个初中同学经过了校门。这位同学初中毕业就到社会上混了，结婚很早，他的孩子已经在这所学校就读了，幸运的是我已经离开了这所学校，否则我的初中同学很可能会成为我的学生家长之一。按理说，初中毕业后我也不可能和这位初中同学会有什么来往。巧合在于，不久前曾有过同学聚会，也是我参加过的唯一一次。我记得我的出现曾在同学聚会上造成了一个小小的涟漪，大家纷纷指责我"忘本"，居然那么多次聚会都没有出现过。但既然来了，就好。很快，这个涟漪就被波涛汹涌的敬酒和拼酒活动替代了。大概正是在觥筹交错之中，我们彼此礼节性地留下了对方的号码。然后像命中注定的那样落到了刘女士的手中。她不虚此行。她回到酒店，迅速换下被城北地段漫天灰尘污染的脏衣服，洗了个澡，还给自己贴了个面膜，这才在台灯橘黄色光线的照耀下拨通了我的电话。

所以，我从厕所返回酒桌之后，就和身边一位朋友说，明天我就回南京。怎么了？他很吃惊地问。我说，家里有事。然后重新投入酒席。我对当天的记忆到此为止。如果说还有什么的话，我记得和刘女士通完电话后我曾习惯性地拉了一下抽水箱的绳子，这可能与我当时蹲在坑上打电话有关。但我就是蹲着，并没有露出屁股。另外，我说"家里有事"这句话的准确性也让我十分怀疑和懊悔。我喝多了，第二天起来非常难受。但我还是咬着牙爬上了返回南京的高铁。

2

时间太久了，我似乎已经不太记得和蒋婷在一起的日子，但也没如我想象的那样全忘。我们是在酒桌上相遇的，结束后，我提议要不要再喝点？她没有像女大学生习惯性地那样申述次日还有课什么的，和我走了。我们在一家烧烤摊喝。一人要了一瓶小二。聊什么了，完全不记得。但可以肯定的是，我们都很高兴，因为我们后来又一人要了一瓶小二。次日醒来，她就躺在我身边，我们连衣服都没有脱，也没有盖被子，而是并排躺在被子上，在我的家里。头发遮盖了她大半个脸，我用手拨开那些头发，吻了她一下，她醒了，没有吃惊，更无尖叫，而是对我无声地一笑，露出了她并不整齐也不雪白的牙。

她的父母在她八岁的时候就离婚了。她跟妈妈。但她妈妈长年在外，北京、石家庄、济南什么的，当过幼儿园阿姨，保险推销员，公司文职人员，等等。蒋婷被放在山东聊城乡下，在姥姥家。姥姥对她最大的希望就是外孙女长大了不要像她的女儿那样跟人结婚又离婚。姥姥不仅觉得这是一件丢人的事，关键是孩子太可怜了，没有爹，也几乎没有妈。她一说这些，就会眼眶发红，抹泪不止。姥姥给蒋婷做吃的，做各种好吃的。蒋婷总是强调它们的好吃程度。这是一种记忆使然，并不真实，这是蒋婷自己说的，她知道这一点。舅舅们不喜欢她，蒋婷也不喜欢舅舅们。在蒋婷十五岁的时候，姥姥死了。蒋婷的妈妈将她接到了济南。蒋婷也见过几次爸爸。爸爸在广东，一个干瘦男人。爸爸在那里又娶了老婆生了孩子。她在爸爸家生活过一个暑假，她不喜欢广东湿热的天气，她也不喜欢穿裙子。但她喜欢爸爸，爸爸不爱说话，甚至有什么事，也不说话，只拿眼睛看看她。她的爸爸会打骂训斥他和后妻生的孩子。她知道他并不把她当自己的孩子那样对待，爸爸只是一个有血缘关系的陌生人而已。但她还是喜欢爸爸，听爸爸的话。考南京的大学就是爸爸的意愿。他年轻时候考过，但没考上。

蒋婷也不是不喜欢妈妈，只是始终没有找到跟妈妈怎么相处的办法。妈妈严厉起来让她惧怕，各种要求特别多，比如蒋婷对裙子的厌恶就和妈妈有关。后者总是爱买一些时髦而又廉价的裙子让她穿。穿出去倒也没什么，没听到有什么人笑话她。但因为源自妈妈的强迫，她确实觉得那些裙子穿在自己身上很别扭很丑。高中的时候，蒋婷叛逆了两年。跟男同学谈恋爱，学会了抽烟喝酒，和老师和妈妈吵架。有一天妈妈动手打了她，她居然反击了。她第一次发现妈妈原来比自己矮小，也没自己力气大。她吓坏了，但她不可能向妈妈道歉，而是在自己房间哭了很长时间，她很伤心。

妈妈在那些年也频繁地谈过几次恋爱，有过另一段短暂的婚姻，嫁给了一个姓王的叔叔。这段婚姻让蒋婷和妈妈的关系蒙上了一层阴影，那就是王叔叔有个十八九岁的儿子，他试图强奸蒋婷。虽然此事以妈妈与王叔叔果断离婚而结束，但对蒋婷造成的伤害，已经无从弥合。这种伤害不在于强奸企图和强奸本身，蒋婷说，就算王叔叔的儿子强奸成功了也没什么。问题是，妈妈这种动荡不安的生活突然让女儿的感觉很糟。她进而想到，一切的不幸似乎都是妈妈带来的。同学们的讥笑，舅舅们的冷酷，在蒋婷看来，甚至姥姥的死也与妈妈脱不了干系。据说正是因为妈妈跟一个有妇之夫谈恋爱，对方妻子没有找到妈妈，但找到了姥姥。姥姥羞愤难当，以中风抗议自己不堪的晚年，不久就死了。

认识不超过半个月吧，蒋婷就从学校宿舍直接搬到了我家。她的东西比我想象的要多，我不得不将两门橱换成四门橱。她还让我知道洗发水沐浴露牙膏什么的，除了超市货架上那些，还有别的。她将我的家布置一新，桌子开始习惯了台布，窗台也享受了绿植。更关键的是，当我步履沉重地下班回来，老远就能看到自家的炊烟（假设烟囱以虚线方式存在于我们的单元房外）。她已有的生活经历当然决定了她不会做饭，但这对她来说并不困难，网络和烹调图书很快就使她成为一名巧妇，并非贫困的经验（虽然蒋婷家庭破碎，但她自幼并不缺钱），而是考虑到我的收入有限，蒋婷在购物方面也做到了货比三家、价廉物美。随着学校里的课越来越少，她也懒得出门，偶尔跟同学聚会还会将我拉上。

收拾屋子洗衣做饭，一切停当，蒋婷会坐在阳台一角玩电脑或看书。

我的亲友显然被蒋婷感动了。他们一方面觉得这是我的福气替我高兴，另一方面他们甚至妒忌这一点。这小子凭什么这么好的运气？在他们的眼中，之前那些年我恋爱、相亲，没有一次成功的劣迹已经宣告我是朋友圈和这个家中的一个老大难问题。蒋婷的飘然而至，彻底粉碎了他们的自以为是。这甚至让他们在谈房价和股票的间歇还谈到了一些事关缘分和命运的话题。唯一让他们感到忧虑的是，蒋婷还是个学生，年龄比我小将近十岁。毕业工作后的蒋婷是否会有变化？谁也拿不准。而我唯一和必须做的，就是降低这一变化的系数，而降低变化系数的最有效的行动就是结婚。婚姻虽然是滋生婚外情、绿帽子、红杏出墙等坏事的肥沃土壤，但道德和法律的制高点势必将是烛照这些黑暗行径的道义明灯。现在迫切的问题是，我必须得到蒋婷妈妈的认可，同时尽快促成双方长辈的见面。

3

也就是说，我比电话中跟刘女士说的提前一天回到了南京。这点她并不知道。但李芫知道，李芫是我的老婆。后者在电话里问我，你打算怎么办？我说这不存在怎么办的问题吧，刘女士跑来找我，想见一见，就见一见呗。她说，你之前不是说你要在北京多待几天的吗？我说是，但现在我改主意了行吗？她说，哦，我懂的。

这是在高铁上我们彼此发的短信。刚下高铁，她如我所料地打来了电话。我理解为这是一种妻子的本能。本能包括她首先希望我在她的“视线”之内，其次，我们是一家人，理应勤俭持家，为了节省漫游费，在我一脚踏入南京本地后才打电话，可谓恰到好处。

李芫：怎么讲？

我：什么怎么讲？

李莞：你现在去见她？

我：我疯了吗？我先回家。

李莞：那晚上呢？

我：晚上我也在家啊。

李莞：不跟她见？

我：明天吧。

李莞：哦，好，我知道了。

这样的交谈过于吃力，让人感到不舒服。我想挂掉电话，但我还是控制住自己的情绪，补了一句：你什么时候下班到家？

她反问：你说呢？挂掉了电话。

李莞的反问当然也是一种情绪。我既可以理解为她是在指责我明知故问（她下班了当然要回家），也宣示着某种不确定因素。也就是她可能一气之下不回了。她是一个喜欢回娘家的老婆，这在以前时有发生。当然，这也和我们的孩子壮壮长期在外婆家有关。李莞的工作较忙，而我因为在家工作，不要说带壮壮，家里有人走动都会扰乱我的思路。恰巧李莞的妈妈刚刚退休，无所事事，而且喜欢自己的外孙，心甘情愿地带。不过，她要求外孙不叫她外婆，而是叫奶奶。壮壮也便有了两个奶奶，两个奶奶便有了竞争关系。如果壮壮被另一个奶奶（我的母亲）接走了，这个奶奶就会心神不宁，担心壮壮与另一个奶奶的关系超过她的。关于这一点，也正是我母亲对我失望的地方。她何尝不想多和自己的亲孙子多相处相处，而李莞显然是站在自己母亲一边的。婆媳之间与生俱来的不和因此加剧了。我作为夹在这对婆媳之间的儿子或丈夫，完全无能为力。我的位置一旦倾斜于某方，就会遭受反方向的眼泪、咒骂和负气而走。不过，现在这事还不至于让李莞到那一步。另外，以我对她的了解，她晚上肯定会回来，认真与我翻来覆去地谈论此事，并还会面授种种。

回到家，如我所料的那样，地板上已经蒙了一层灰尘，冰箱里空空如也。唯一让我感到意外的是，因为有段时间没人居住，进屋之后我居然能闻到家具和墙壁向我散发的气味。但这不重要。放下行李后，我就忙活开了。因为不用上班，结婚以来，家务都归我。我出门，李芫就回娘家。这并非是我对李芫的抱怨，我毫无怨言。她的履历没有让她有操持家务的必要，她繁忙的工作也限制了她一度有志于此的尝试努力。这既算是我们之间的约定俗成，也算是合情合理的家庭分工。

我记得蒋婷从我家搬走后，我一度还很不适应。阳台上的绿植因无人照料，渐渐枯萎。最后只剩下了一盆仙人球。但搬家的时候（已和李芫恋爱），我蓄意地放弃了它。还有墙上的几块污渍，那是蒋婷在和我发生争执时顺手操起茶杯砸的，如果我没记错的话，她当时喝的是速溶咖啡。此外，蒋婷刚刚搬走那段时间，我经常迟迟不能入睡，我总是会不自觉地听楼道里的脚步声。蒋婷的脚步声我能听出来。然后是她开门进来，在换鞋垫上，她会站一会儿，叹一口气，这才换上拖鞋进卧室。如果发现我睡了，她会蹲在床边看我一会儿，在我的唇上吻一下，然后我就醒了，回吻她。但我真的再也没有听到过她的脚步声。这不仅早已过去，而且我早已搬了家。在收拾屋子、做饭的整个过程中，我并没有过多地想到刘女士和蒋婷。她们和我婚前的那个房子有点关系，但在这个房子里没有她们的任何痕迹。

李芫并没有一到家就跟我开始谈论蒋婷和刘女士。在我们共同生活的这些年里，她对我的过往已经很了解了，她知道蒋婷是谁。如果她想知道刘女士为什么要来找我跟我聊一聊的话，我也无可奉告，这不还没见还没聊嘛。这或许说明李芫还是理智的，也有其应有的聪明。她问了问我这段时间在北京的情况，我以实相告。我则不得不表示关心一下我们的儿子，她说有奶奶（外婆）难道我还用得着操心？说的也是。我确实从来没有操心过自己的儿子。总之，气氛有点僵。上床做爱后，这种僵硬才缓和了下来。

李芫：明天，你跟她怎么见？

我：她说想来我家。

李芫：你答应了？

我：如果你不同意，我就叫她别来。

李芫：我干吗不同意，我还想看看她什么人呢。

我：另外，她还提到想看看我妈。

李芫：就是说你妈也来？

我：要不你把你妈也喊来？

李芫：去你的。

然后李芫想了想，说，那明天把壮壮接回来。

4

既然女儿反复说明不喜欢自己的妈妈，出于某种势利，和蒋婷前往济南看望刘女士那次，说成不当回事显得过了，也不符合我的性格，但确实准备得不够充分。见面礼只是百货商店买的几样南京特产，牛皮糖和桃酥之类的。后来据说，我的穿着也很让刘女士失望。总之，我的态度确实与在火车站等候多时的刘女士的热情难以匹配。

当时已是深秋，济南的深秋比南京要冷得多。穿着缀有花朵的高跟鞋、玫红色呢子大衣、头发刚刚烫过高高耸起的刘女士被车站附近的冷风吹得不断擤鼻涕。我们出站看到她时，她就正在用手帕擦鼻子。即便是十年前，使用手帕的人已经不多了。所以无论是穿着和做派，刘女士给我的第一印象确实是一个过时的女人。她将脑袋向后偏去，用一种身高比我高一个头的眼神打量我（事实上她没有我高），也让我对自己的判断力感到自信。简言之，她很县城，很土。她唯一让我欣赏的是她沙哑的嗓音，不过事后证明，这只是当时她在风口被吹感冒了的缘故。她的嗓音比女儿娇气，比女儿嗲。老实说，刘女士只比我大十来岁。我不免想起自己中学时暗恋过的与刘女士年龄相等的英语女教师。那是一个性感的女老师，尤其当你答对她的问题时她报以微笑和 Yes 的一连串神情和动作。毕业多年，我实在难以想象我的英语老师会成为刘女士这样。

我们在她的家里安顿了下来，两室一厅一厨一卫的单元房。虽然我能明确地感受到屋子刚刚整理打扫过，但仍然可见脏乱的实质。比如茶几上还残留着抹布草率抹过而留下的一个弧形灰尘形状。比如角落里一些类似瓜皮果屑的东西。比如原本可能胡乱摆放在沙发上的脏衣服，此时无非在她卧室里的衣橱中摆放着，因为她只是将它们攒成了一个硕大的不规则布球，那些衣服始终想滚出来，所以，衣橱门费力地虚掩着，倒像里面藏有一个偷窥者或奸夫。她家中真正让人觉得清爽的是厨房，虽然里面堆了不少纸箱、杂物，虽然灶台上落满了灰尘，但绝无各种瓶瓶罐罐，乃至在煤气灶和抽油烟机上，连烟熏火燎的痕迹都没有，与一个装修多年无人入住的房间相似。我们坐下不久，就出去找馆子吃饭了。其后几天，饭食都是如此解决。

可能与风俗有关，在济南的三天里，我都是睡在小房间的单人床上，母女二人则睡在大房间的双人床上。这是有意思的，也就是说，刘女士平时一个人也睡双人床，那是“她的床”，她岂会拱手让出？第二，虽然她明知自己的女儿早已和我同居，但她不愿意亲眼看见女儿和我睡在一起。另外，如此安排也算合情合理，双人床两个人睡单人床一个人睡，自古以来就是真理。难不成让蒋婷睡单人床我和刘女士睡双人床？只是每天睡前，蒋婷会在我的单人床上坐会，但开着门。刘女士不时会探头进来问女儿什么时候洗澡什么时候睡觉。如果刘女士在洗澡或干别的，我也对她的女儿做过爱抚和亲吻之类的动作，但因为时间有限，无法深入，这倒让我感觉不错。确实有一天下午，应该是第三天下午，刘女士出门要办点什么事，我和蒋婷做了一次。刚开始是在我的折叠单人床上，但场地不够，噪音太大，后来蒋婷才勉强同意移到刘女士的席梦思双人床上。我们的速度很快。它既是整个过程的耗时长度，也包括强度和获得高潮的短促。这让我们非常惊讶，也感到害羞。我们甚至没有看一眼对方，了事之后就迅速穿戴整齐，将双人床恢复原状，然后一本正经地双双坐在客厅沙发上看电视。此时，刘女士也适时返回。她的速度也快。

除了这些，就是我在这对母女的带领下游逛济南城，以便刘女士尽一尽地主之谊。刘女士热衷于比较。比如在大明湖，她会问南京有没有这样的湖？我报之以南京有玄武湖和莫愁湖，名气也不小。那么有像千佛山这样的地方吗？我说没有，不过南京有个栖霞寺，寺庙后面有几块绝壁，上面雕凿了不少大大小小的佛像。芙蓉街这样的老街区，南京当然也有，比如夫子庙嘛，都是卖低劣工艺品和假古董的地方呗。至于著名的趵突泉，南京确实没有，不过南京确实也有个旅游景点也叫珍珠泉。汤山也有温泉，虽然没有趵突泉这么有文化，但据说蒋介石和宋美龄夫妇当年还是经常去泡澡的。刘女士显然对我的说话方式不太满意。她不得不向自己的女儿求证：是这样吗？蒋婷毫无兴致，说她不知道。蒋婷到底知道不知道南京这些名胜古迹，我也不知道。我们没有一起去游玩过这些地方，其因在于我们都不喜欢去这种地方，我们愿意待在家里，侍弄绿植，洗衣做饭。

游逛了两天，虽然我什么也没说，蒋婷已经率先受不了了，也可能与此事无关，母女二人在第二个晚上发生了争吵。我在小房间里听到了隔壁沉闷而剧烈的说话声，但能听出她们是在控制自己，蓄意避免引起我的注意。我曾试图打听她们争吵的内容，蒋婷说与我无关，我便永远不得而知了。第三天，我们没有再游逛，就是待在屋子里看电视，聊天。也无非是她问我答。下午，刘女士速去速回了一趟，前文已述。没想到当晚，母女二人再次发生了更为剧烈的争吵。正在我关在小房间里手足无措之际，刘女士不经邀请推门而入，满脸泪痕地一屁股坐在我的单人床上。接着，她的女儿蒋婷也准时站在了门口。女儿看着母亲，母亲则将脸埋在两个青筋暴露的手掌和那条手帕中。她们都不说话，问也无济于事，不说话让我不知从何解劝，所以我只好作壁上观。

小林，刘女士终于擦干了眼泪，抬起一张因为啼哭和擦拭而红光满面的浮肿的脸对我说，今晚，我睡这，你去大床跟她睡。

这……我不得不吞吞吐吐起来，这样不好吧，你们母女……

不碍你的事，你别管，蒋婷打断我的话，甚至还用一只手稳住我，好像担心我听凭其母的安排马上就爬到隔壁那张大床上去似的，她说，我们收拾东西，马上走。说着她又掉转身去了隔壁，听得出来，她在收拾东西。

刘女士这才站起来，然后在门口回过头跟我说话：小林，对不住了，让你不舒服了。她从小就不听话，唉。

当然没有走。不过，蒋婷没有再和她妈妈睡一张床，而是和我挤在小床上凑合了一夜。因为拥挤，睡不好，次日起来，我俩都一脸菜色。

5

本来我们预计还要一起去蒋婷的乡下老家，她不止一次地说过，她那个村子与河北省仅一河之隔。那是一种北方的河，与南方很不一样。两岸没有很多植物，都是农田，河中也没有船只和渔夫。它就是一条河，单纯地由河床和河水组成，默默无闻，不舍昼夜，此外似乎没有其他任何意义。在这条河上，有一座水泥大桥可以将她送到她嫁到对岸河北的表姐家。舅舅们对她谈不上好，但表姐自幼带着她玩，一直对她不错。除了那些一望无际的玉米地，姥姥的坟头和表姐大概才能给她带来所谓老家的亲切感。不过，这些终归经不起推敲。它们过于戏剧，过于电影，并非生活的真相。真相是她连续两晚都和许久没见的妈妈仍然彼此憎恨（起码是表象上），发生了争吵。蒋婷决定直接返回南京。

说好了刘女士不用再送，但她还是跟到了车站。不是站台，而是候车大厅，她不能进来，如果进来，她需要买一张站台票。她就这么隔着候车大厅的玻璃墙跟着我们安检、验票，我们始终在她的视线之中。如果我们回头看她，她则满脸堆笑，并指手画脚，夸张地翻动嘴唇，似乎同时在向我们说唇语和哑语。她仍然穿着三天前接站时的行头，只是高高烫起的发型有所垮塌。我们（其实主要是我）不停地用手背向她的方向挥舞，示意她赶紧回去。但从另一个角度看，与撵她也无异。我注意到蒋婷终于掉了两滴泪。

我现在能确定的是，我并不了解蒋婷，或者没有彼此入心。比如时至今日我其实也不知道这对母女的矛盾具体是什么。蒋婷不爱谈论这些。她是一个沉默寡言的姑娘。我们之间的男女关系得以维系，我想这和我自己也是一个沉默寡言的人有关。在这个世界上，迄今为止，蒋婷是我唯一整天不需要讲话也不会觉得压抑窒息的人，反而觉得踏实和安全。我们各干各的，互不干涉，但又彼此认同，如胶似漆。这么说可能有点夸张。这么说吧，我们是十年前这个世界上一对相当安静的情侣。最后我们分手，或许也与安静被打破有关。

一大早我就给刘女士打了电话。我代表自己的全家邀请她来吃晚饭。她欣然答应了，出乎我意料的是，她并没有问到“全家”是个什么概念。她倒是喋喋不休地向我汇报，这几天她把南京很多名胜古迹都跑了。十年前到我家过年时去过的，有些地方她还重游了一遭。没去过的，比如总统府、中山陵什么的，她都觉得很好。她说南京真不愧是六朝古都啊，“确实不比济南差到哪儿”（原话）。那么，既然现在还是上午，而我约的是晚饭，她则需要马上去一趟栖霞寺。“就这么定？ OK ？”她说。我也只好 OK。也就是说，这通电话看起来并不像她要来找我，更不像是为了见我特意多待了一天，而是，她很忙，忙着游山逛水，忙着举起自拍神器在某个景点大门门前搜寻自己一个最适合最美的表情。晚饭到我家来，也看上去并非她的情愿和主动，而是受邀而已。我只是给她百忙的生活增添了另一忙。这一个忙对她来说谈不上重要，也谈不上拒绝。反正她透露出来的信息大致如此。

这倒也非我第一次领教。十年前，也就是我和蒋婷从济南回南京当年的年底，蒋婷不断接到刘女士的电话。蒋婷一如平常地刚开始并不愿意告诉我这些电话的内容，后来实在经不住其母的骚扰，才如实相告。鉴于蒋婷一般过年都不回家，刘女士敏锐地认识到女儿今年肯定会在我家过年，作为一名好些年没有和女儿一起过年的妈妈，刘女士想到我家来和我们一起过年。闻听此言，我没有立即表态。我一直不太擅长和别人相处，尤其在屋子里在家里与人相处。我和自己的母亲相处得也不算母慈子孝，大学毕业工作不久，我就搬出来自己过了。在蒋婷之前，当然也有过前女友曾在我家短暂地住过，大概正是因为同居，才让我难以忍受所谓的“二人世界”导致了不可避免的分手。而蒋婷，她之所以能跟我和平相处，前文已述。我毫无恶意地把自己的想法告诉了蒋婷。蒋婷表示理解，沉默良久。但刘女士的电话再次响了，蒋婷掐断不接，电话再次响起，然后任其歌唱。应该是一首流行歌曲吧，十年前蒋婷手机的铃声。这首掐头去尾的流行歌曲在我们之间反复唱响，始终不曾将全曲唱完，让我们非常难受。最后，我不得不像一个男人那样站起来，告诉蒋婷：接吧，告诉你妈，来吧。

然后就是和十年后一样的风格。刘女士迟迟不告知启程日期，还在春运期间声称不急着买票（当时网络订票还不太容易）。蒋婷的意思，让她没来成也不错。但出于礼节（尤其是我家人获知这一情况后），我不得不亲自致电邀请再三。三请四邀后，刘女士姗姗来迟，在除夕下午来到了南京。当然，我和蒋婷前往车站迎接，我的母亲和姐姐姐夫则在家里大烹大炒，准备着热情款待远客。在我母亲看来，善待准亲家母才是给我娶媳妇的标志和首要程序，她老人家看上去为此已经整整准备了一生。

如何和我母亲说刘女士十年之后再次造访这件事确实还挺费了我一顿脑筋。在她那里，刘女士母女早已是明日黄花，毫无记挂于心的必要。她现在耿耿于怀的是真正的亲家母（李芫的妈妈）夺走或削弱了本属于她的“奶奶权”，在此问题上和亲家母的明争暗斗才是生活中的核心事件，或许也是乐趣。让她深恶痛绝的是她的儿子还不能帮助她在斗争中占据上风。她形单影只，孤身作战，其悲壮在舞蹈结束后的广场上怎么说也说不完。这么一想，我认为曾经的准亲家母突然到来，或许她也未必不见。这样的听众要比广场上那些老大妈有效多了。这起码能让她在幻想中进行一番对比：如果远在济南的刘女士是她孙子的外婆该多好啊。

我显然低估了我妈的觉悟，她好不容易弄明白这件事后，突然在电话那头紧张了起来，首先质问我到底想干什么，你是真傻还是假傻？你已经结婚了，也有了小孩，她说，日子过得挺正常的，这么个女人跑来想干什么？你根本就不应该见这个女人，更不应该搞到自己家里去。李芫呢？她知道？她知道归知道，但你不能这么做，你这是对你的家庭不负责任的表现你知道吗？此外，我这么做不仅对不起已有的家庭，而且“你又给你老婆给你丈母娘抓了个把柄你知道吗？你又让我在她们面前理亏了一次你知道吗？儿子哎，你真是疯了。”

6

我的母亲对我的不满，还包括父亲死得早，所谓既当妈又当爹。也就是说她对我（包括我姐姐）付出的要比一般的母亲多。姐姐终归是别人家的人，这一逻辑也存在于母亲从来不认为自己是陈家人（娘家姓陈），而是林家人。不过，我的姐姐嫁出去后之所以能够获得她的好评，却又背离了这一逻辑，那就是姐姐勤于回娘家，给母亲和我带来了很多照顾和帮助。如果姐姐像她一样自绝于娘家，恐怕母亲的广场演说会更丰富磅礴。

母亲的愤恨集中在我的婚前和婚后。婚前，我始终没有结婚，这让她很焦灼。比如蒋婷这件事，一度让她血压升高卧床不起。她完全无法理解，一个姑娘已经到一个男人家住了，双方的家长也见了，怎么这事就黄了？这件事让她必须在床卧病一段时间，猛然置身广场，叫她如何和自己的老伙伴们解释呢？然后就是婚后，她不能和李芫和平相处，尤其是祖母权被亲家母悍然分割和夺取，特别让她失望。她号称“懒得”和李芫母女理论，但和亲生儿子我，她有必要声讨我的不孝，一把鼻涕一把泪地陈述自己的委屈，一如当年一把屎一把尿地把我抚养长大。

从另一角度来看，我的母亲毫无必要如此。诚如她的老伙伴安慰她的那样，乐得清闲。儿子不跟她住在一起，她独居三室一厅的大房子，每个月从国家那领取不算丢人的退休金。据说她在当知青的时候曾经是生产大队文艺骨干，除了唱歌跳舞，还会弹琴吹笛。早年，她还希望我姐姐能够延续她的兴趣爱好，斥巨资买了一架钢琴。可惜姐姐并非这块料，我显然也不是。换言之，如果她需要时间的话，那么她有大把的时间干自己喜欢干的事，她可以掀开蒙在钢琴上的布罩子，擦掉上面的灰尘，用满是皱纹的手在黑白琴键上敲出她喜欢的音符，我相信，这时候她的脑子里会像放电影一样再现她少女时代的70年代的列车、农田、灌溉渠、大队书记、树杈上的灰蓝色的高音喇叭、乡村夜晚的狗叫声……但她没有动过那台钢琴。当然，据说广场歌舞也有上述功效，而且是以集体的方式，她们过惯了集体生活。她们不擅长独自面对自己。她们对劳动的理解仍然与农业生产有关，就是要动，要出汗，要累得够呛，在抱怨中获得成就感。具体到她现在的年纪和身份，带孙子是实现这一成就感最合法最合乎天性的方式。可惜李芫的妈妈，我的岳母和她履历相似，所见略同。她们的矛盾实质，或许就是只有一个孙子或外孙。

在这一点上，如果刘女士是壮壮的外婆的话，确实可能不会与我的母亲形成上述对立。她还年轻，现在也不过五十来岁。十年前，她仍然还是一个待嫁的离异妇女。我母亲第一次见到刘女士的那天，也就是十年前的除夕之夜，前者大吃一惊。时年已六十岁的她完全无法想象一个四十几岁的女人可以和自己在饭桌的首席上并驾齐驱，加之刘女士的求偶愿望还健在，花哨的北方县城穿衣风格也让她身边的老太太显得更加灰暗。刘女士只比我姐姐大几岁，和我的姐夫相当于同龄人，我的姐夫居然恬不知耻地阿姨阿姨地招呼她吃菜喝酒。而坐在蒋婷身边的我的外甥，当年正处于青春期变嗓时期，虽然他并不愿意和我们多说什么话，但就我的经验看来，二十出头的蒋婷也未尝不可以成为他性幻想的对象之一。

那是一顿非常诡异的年夜饭。吃完饭后，遵照某种传统，刘女士率先拿出钱包给了我外甥压岁钱，然后滑稽地不得不接受我外甥在我姐夫教导下的一句“谢谢奶奶”的谢词。我妈不甘示弱，当即也给了蒋婷一个大红包。本来平辈之间不应有压岁钱一说，我那好心的姐姐思前想后觉得没必要占刘女士的便宜，所以她又给蒋婷来了一个红包。这期间的拉扯、谦让和感激，让人眼花缭乱烦躁不已。大家还一起坐下看了会儿春晚，等待赵本山出场，既而像往年一样哈哈大笑后才各自散去。之后几天也没闲着，不是我姐姐姐夫邀请，就是我舅舅舅妈邀请，团团圆圆一大桌人，老的老小的小，节目相似，总之，我和蒋婷疲惫不堪。

我不是说此类场景在我和李芜婚前婚后不再发生，相反，她就是南京本地人，遍布亲友，场面更为壮观。我只是想说明，在当年，我和蒋婷还很不适应这些。它们吓到了我们，让我们面面相觑而又看不清对方。我们试图就这些聊一聊，但我们很快发现，我们怎么聊似乎都不在正题上，让我们开始怀疑自己的理解力以及在某种程度上开始怀疑对方。生活比我们预想的要喧嚣得多。若干年后，当我和李芜遇到相同的场景时，我却没有了这些感受。李芜和所有的亲友都能应付，她的应付不是虚情假意，而是真情实感。在这方面，她不仅得体，而且勤奋，她的存在使我也坦然了起来，认为这些都是人之常情，堪称活在世上的证据。然后最终认识到，这一切没有什么不对，很好。

与去济南不同，我和蒋婷睡大房间双人床，刘女士则睡小房间单人床。南京没有暖气，我们给刘女士添置了电暖器她仍然觉得冷。睡觉并不费劲，但起床颇费踌躇，她每天都在空调热风的吹拂下和电暖器的烘烤下起床，因此她的房间门打开时，一股热烘烘的女人体味会涌入寒冷的客厅，让我的镜片为之一湿。那些饭局消停后，我和刘女士在济南的所作所为相似，也带着她畅游起了南京。她喜欢这些，每到一处都要拍照留念。这些照片的特点是，她要求自己位居大门入口处，必须要把某个公园景点的门楣题字涵盖在内，这样一来，在那些巨大的牌楼和雕刻之间，她在照片中显得很娇小。也有近景和特写之类的，比如她单手扶住一根梅枝，在花团锦簇中露出她那张攒满了笑容略显宽阔（腮帮子大）的脸。就像她跟老天说好了那样，年后没几天，天气转暖，果然春回大地万物复苏的景象。她还在山水之间脱掉了呢子大衣，穿着一件紧身的高领毛衣上蹿下跳。见此，我由衷地发出感慨，告诉蒋婷：你妈妈不仅年轻，长得也不丑。

7

我妈当然还是来了，而且来得很早。进屋第一件事是站在换鞋垫上谨慎地扫视一眼，这才午后，李芫当然还没下班，然后她才大口喘气，喊饿死了饿死了。她连午饭都没有吃，就去菜场买了一大堆菜。进了厨房，她没有先做那些菜，见我中午没有剩饭剩菜，她假装生气地找到半筒挂面给自己下了碗，并越来越生气地指责我（其实是妄想性地针对李芫）把厨房弄得这么脏，然后在面条煮熟之前利索地收拾一新。每次来儿子家，她除了当一回清洁工，也不忘自掏腰包买很多菜。虽然她声称是买给孙子吃的，但谁都知道，她其实是在讨好李芫。李芫父母健在，退休金更高，对我们的补贴也更多，这让她多少有点愧疚和不服气。这也算李芫轻婆家重娘家的原因之一吧。

吃完面。择菜洗菜的时候，我妈开始埋怨刘女士。

这个女人真是，大老远跑来干吗呀，又不算亲戚，都这么多年了。不会有什么事吧？

我不知道，我说，她在电话里什么都没讲。

就是嘛，要不我还不来呢。我不喜欢这个女人。我只是不放心。

你有什么不放心的？

不知道，我妈认真看了我一眼，你比我还老糊涂？你吃过这对母女的亏你忘了？

我没搭这句。如果说恋爱未成对方离开了你就是吃亏，那我确实吃了亏，但显然又不是这么个道理。

她现在人呢？见我不吱声，我妈问。

说是去栖霞寺玩了。

切，就知道。这个女人骚得很，我到现在还记得她穿那身花。

人家年轻吧。

年轻？我没记错的话，也是半老太婆了。

“半老太婆”这个词倒是让我想到一个问题，那就是十年不见刘女士现在到底是什么样子？如果我在大街上，或者我现在也在栖霞寺，能在人群中认出她吗？我不禁努力地开始回忆她的长相。但什么也想不起来。我只记得她较为花哨的穿着和高高烫起的头发。

因为要准备晚饭，我妈表示她今天不能帮我打扫屋子。但她认为今天打扫屋子非常重要，因为家里要“来客”，虽然这个“客”在来之前即已遭受了她的批判，所以我得动起来，好好收拾收拾，我只得遵命。

平时都是李芫打扫收拾屋子，我已经习惯了，她也不需要我动手，我的参与被她誉为添乱。但在跟蒋婷生活的那一年里，都是我们两人一起打扫收拾。当然不是说李芫不爱整洁，而是蒋婷更为苛刻，开关插座上的灰尘，沙发缝隙内的碎屑，连刷牙时，牙膏她都不愿意我从中间挤而必须从尾部开始。另外，她还热衷于重新布置房间。比如床原来在卧室里是居中摆放的，但过了一段时间她认为应该靠墙或靠窗，房间里的其他家具也便因此而挪动到新的位置。所以和蒋婷收拾屋子相当于一项工程，起码是一项重体力活，确实不是她一个人能干得了的。每当我们干完，她总是十分满意地在房间内全新的空间结构里走来走去。然后问我怎么样，我说，挺好的。然后等待下次重新集体搬动。

刘女士来那次，我们的床就在窗下。蒋婷的目的是当她中午醒来的时候，伸手拉开窗帘，阳光就直接照在她的身上。刘女士对此却很不以为然。她对女儿的生活处境非常不满意。她甚至攻击女儿的穿着，老气横秋，并强行拉着蒋婷去买了一件花哨的羽绒服。蒋婷和我的生活确实色彩暗淡，她喜欢单色纯色。刘女士不仅用自己的形象给我们的屋子带来了花色，还给我和蒋婷的大床购置了遍布玫瑰花瓣的四件套。刘女士走后，我和蒋婷躺在这些玫瑰花瓣间心情无比沉重。因为她告诉我，她不打算留在南京了，她要回济南。

那我们呢？我问。

你说呢？

分手？

不然呢？

好吧。

玫瑰花瓣的四件套也被我扔了。我从来没有那么彻底地搞过卫生。我把所有能让我联想到蒋婷的物件都扔了，尤其是我们一起生活时购置的物品。床肚下她遗留的长发，衣橱里她衣服取走后残留的气味，甚至我们没有用完的一包避孕套。我是不是还可以这么夸张：后来我连房子都卖了，换了现在的房子也是因为想彻底摆脱蒋婷在我生活中留下的痕迹？这肯定是做作了。我还没有失控到那个地步。换房子是因为我认识了李芫，我们决定结婚，在李芫看来，我原先和蒋婷住过一年的房子无法装得下她，尤其无法装得下她已经开始膨胀的子宫。

李芫和壮壮进门时，显然愣了一下。她知道我妈会来，但显然没有想到自己的家突然变成了这样，我从她的眼中才发现：我收拾屋子的能力和水平太高了。一切都被我擦过了，散发着静悄悄的反光，连换鞋垫上的鞋子，也被我鞋尖冲门外码放得整整齐齐。我妈则在厨房热火朝天地忙活。

哟，真隆重。她冷笑了一下。

8

我们一度认为刘女士不会来了。因为天快黑的时候我给她怎么打电话她都不接。我提议我们吃吧，但李芫不说话，我妈则看着儿媳，问孙子：壮壮，你饿不饿？饿了你先吃。就在我妈捧着饭碗追着壮壮喂食的时候，刘女士电话来了。她说她现在已经到了我们小区，不知道怎么走。我只好下楼去接。我控制穿鞋的速度，尽量慢腾腾地开门、下楼。

我确实也不急于立即面对刘女士，我承认自己有点慌乱。我不知道能不能认出她来，更不知道她到底来找我干吗。小区里都是晚归的人，有一个还冲我点了点头。我记得他有一条温顺的大狗，晚饭后在小区公园里经常出现，壮壮曾将小手放在它的牙齿之间安然抽回。我可能也回敬了点头，但还是跟一辆电动车彼此避让时差点撞上。

刘女士就站在小区门口那个桥上。我一眼就认出了她。她还那样，依旧是色彩鲜艳的大衣、围巾，区别是她戴了帽子，脚上那双高跟长靴显得贵重。除了挎包，她手上还拎着一塑料袋的东西。“阿姨”，我这么叫了声她，她连看都没看我一眼，就将那袋东西交给我拎着。

都是买给你妈妈的。太沉了，她抱怨道，估计手都被勒出了印子，说着她把手从手套里拿出来看了看，并没有。这些做完，她才笑盈盈地看着我。

小林，她说，你还那样哦。

嗯。我不知道怎么接她的话，走吧，都等半天了。

你妈妈在吗?

在。

她仍然没问我是否结婚之类的问题，而是就我们小区环境谈了起来。她夸赞我现在的居住环境比十年前好多了，还一把拽住我的胳膊，其因是被一条冲她皮靴跑过来的吉娃娃小狗吓得尖叫了起来。我注意到有小区的人多看了我两眼。

进门的时候，她明明先看到了李芫，但她还是越过李芫的肩膀先和我妈打招呼。大姐，你好啊。甚至连鞋也没脱，就冲过去跟我妈来了个拥抱。我妈尴尬地诺诺，一只手象征性地在她的背后碰了碰。这完了，她才微笑着向李芫致意。

小林，你的媳妇挺俊的，她说。没想到不需要我事先说明，也不需要我交代，她早已心知肚明。

谢谢。李芫答。

然后她就发现了沙发上的壮壮。壮壮或是认生，或是被刘女士进门时这一连串动作吓到了，把自己藏在沙发扶手后面只露出两个大眼睛看着她。

啊呀，多可爱的小家伙。说着她冲了过去，想一把抱住壮壮，不过被壮壮躲开了。他轻车熟路地跳下沙发，然后绕过茶几，迅速地躲到李芫的腿后。

没事的，壮壮，李芫说，去，叫，叫奶奶。

壮壮显然不会叫。

不用不用，刘女士蹲了下来，逗孩子，你叫壮壮啊，长得真壮啊。

然后她掉转头嗔怪我的样子，说，小林，你怎么不早说。又问壮壮，你几岁了？

五岁零四个月。李芫代答。

大姐，你真是好福气啊。她试图恭维我妈，我妈干硬地笑了笑，就立即转身去厨房端菜了。这时候她大概才意识到自己穿着一双靴子在我家擦拭一新的地板上，几枚偶蹄类动物般的脚印十分扎眼。她连说抱歉抱歉，返回换鞋垫那换上拖鞋。她瞬间矮了一大截。

要不要喝点酒？这只是礼节性地征询，我记得刘女士不喝酒，而且她极其反对蒋婷和我喝酒。不过这次她居然大喊，太高兴了太高兴了要喝要喝。迫于无奈，我也只得给我妈和李芫分别倒了点红酒。我妈和李芫也从来不喝酒。四个人真的像很高兴似的交杯换盏了起来。壮壮因为吃过了，大概也丧失了对刘女士的好奇心，回到沙发看动画片去了。刘女士频频举杯，不仅跟我们所有人都“干”了一回，还多情地和沉迷于动画片的壮壮也“干”了一下。饭桌上，主要她一个人在喋喋不休，然后自嘲是不是喝多了。事实是，直到饭后收拾碗筷，刘女士那半杯红酒也没怎么动。

奇迹在于，刘女士既没有提她女儿蒋婷，也不爱谈自己，居然也能用她密集的语言填满整个饭桌。她大谈南京的名胜古迹，谈房价，谈房屋装修，济南的草包包子，聊城的酱菜，以及各种逸闻趣事。看上去，她绝非蓄意避而不谈，而是不重要。看上去，她此番来我家，就是跟我、母亲和我素未谋面的妻儿见上一次。她表现得像极了一位多年不见彼此深知无须赘言但凭谈兴的亲友，也像一个我们在马路边捡回家让她吃顿饭的莫名其妙的疯子。其间，我妈可能有点扛不住，试探着问蒋婷现在的情况，但大都被她充耳不闻地略过了。不过她也不能一概予以不理，她简略地聊到了自己。说自己现在在一个保健床垫公司工作，职责就是向广大饱受病痛和失眠之苦的人推荐一种高科技席梦思床垫。好在她没有强烈推荐我妈去买这个床垫，她只是陈述她现在干什么。至于有没有重新组织自己的家庭，她则前卫或豁达地表示，世界是多极的，价值观也是多元的，人们没必要过一样的生活。有的人迷恋于夫妻双双把家还，有的人更乐于孤身一人逍遥自在。即便如此，我们仍然不知道她是夫妻双双把家还，还是孤身一人，我们只能自作聪明地从她的口风中认为她是后者。但这是错的。

晚饭结束后，我们一下子陷入了尴尬之中，不知道接下来是一起看电视呢还是干什么？李芫在收拾碗筷的时候曾用眼神示意过“她什么时候走”，我则用“我也不知道”的眼神答复她。这是我们，包括很多夫妻都会使用的交谈方式。刘女士确实没有表现出吃完就走的潇洒，而是在壮壮身边坐下，打算再跟孩子切磋切磋人生。可惜壮壮已经在沙发上睡着了。

李芫想把壮壮抱上床。

能让我看看他吗？刘女士说，语气近乎哀求。

这完全出乎我们的意料，让我和李芫面面相觑。

刘女士接过李芫递来的小被子，帮壮壮盖好，并职业地掖了掖被角，过程中一直深情地盯着壮壮的小脸。壮壮似乎被她看得有点害羞，将半张脸埋进了被子。她则微微探近身，继续盯着看。我妈从厨房里擦干手出来的时候，试图跟刘女士继续客套地说什么，后者赶紧用一根食指放在唇边，示意我妈小声点，不要吵醒孩子。我妈赶紧闭嘴，三个人环绕着刘女士和壮壮。

刘女士俯下身在壮壮的脸蛋上轻轻地亲了一口，这才站起来。我们看到她的眼圈有点红。但她笑着，一些皱纹在顶灯的照耀下出现了条状阴影。

那么，我走了？她像商量那样轻声问我们。

还早呢，李芫说，可以再坐一会儿。

不了，走了。说着她就径直去取自己的皮包。

我妈赶紧跟上，热情挽留，就差说出你也可以住这儿的话。但刘女士只是微笑，不为所动。她穿好大衣，系上围巾。然后向李芫招手，从皮包里取出两张百元钞票，硬塞给李芫。她惭愧自己不知道我们已经有了孩子，不，壮壮，壮壮真是个好孩子，而她居然空着手见壮壮，这是不应该的。弥补这一过失的唯一办法就是李芫替孩子收下这两张钞票。她甚至动情地说道，壮壮还小，也许根本就没有记住她这个人，更不会将来还能够想起。但她既然来了，和壮壮见了，就是一段缘分，这段缘分也不是能用钱来表示的，况且也不算什么钱，就是意思意思，见证这段小小的缘分。

老实说，这段话叫人动容，让我们不知说什么好。刘女士再次和我妈拥抱了一下，这次我注意到我妈双手都拍了拍她的背。然后由我送她下楼。下楼的时候，李芫给我使了个眼色。我懂她的意思。

9

有一件事，我妈和李芫都不知道，因为长期以来我无法描述这件事。

十年前的春节，鞭炮声消停后，我、蒋婷和刘女士，我们仍然像一家人那样住在一起。刘女士住的时间比她本来打算的要长。我们再也不用出门找地方吃饭，我们在自己家买菜做饭。我们一起看电视。我们还一起购物，一起去看过一场电影。有次我们打扫卫生收拾屋子时，刘女士还参与了进来。她力主我们把床重新居中放在卧室，我们顺从了。她也力主我们换上她送给我们的玫瑰花瓣四件套，我们也笑纳了。她还嘱咐我们以后酒要少喝一点，多出去运动运动。说着她还推开了窗，窗外确实春光明媚。有几片风筝在我们的视线内飘荡。

这是一面。另一面是，刘女士四十来岁，迟迟不走，她给我造成了一些难以启齿的困惑。比如她当时正在经期，沾满血的卫生巾就这么公然摆放在马桶一侧的纸篓里。她换下的内衣就这么悬挂在我和蒋婷居住的大房间的阳台上。

我们在睡觉，她会就那么穿着秋衣秋裤突然推门进来说个什么事。逛商场或看电影，她甚至还在另一侧挽起我的胳膊。然后就是有一天，蒋婷出去买菜，她在洗澡，她围着浴巾叫我帮她将水温调一下。调好水温后，我看了她一眼，我承认我看她那一眼中掺杂了不伦的情欲，她很敏锐地感觉到了，这是我从她看我的眼神中领悟出的，她的眼睛和神情只是一面镜子。没有更多了，仅此而已，但仅此足够。

在我这十年的猜测中，她应该把这件事告诉了蒋婷，用什么方式说的，我不知道，蒋婷甚至没有告诉我她为什么要走。迄今为止，我都认为蒋婷离开我与这件事有关。

蒋婷说她要回济南，我送她。在此之前，她已经给自己打了很多纸箱包裹。这些纸箱包裹就堆放在客厅里。在离开之前，她仍然和我睡在一起，我们仍然做爱，仍然一起买菜做饭。这一度让我觉得她是在生气，而并非真的要走。她说她买了车票，我仍然不觉得这是真实的。然后就是她跑邮局寄这些纸箱和包裹。她拿不动，我必须帮忙。我们搬动这些纸箱包裹费了很大力气，汗流满面，相视而笑，我还是不觉得她走是真实的。然后她就走了。我把她送到车站。她仍然有很多行李，我不得不买一张站台票，把她送上火车。安置好了，我还嘱咐她方便面、火腿肠、水果、零食这些在火车上吃的东西放在哪儿。她都点头说好。然后火车要开了，我下车。我仰着头看着车窗玻璃后的她，她冲我笑，挥手。她走了，真走了。

她在南京的手机号码注销了。网络通信也毫无回音。我家的钥匙她放在了茶几上，有两个月我都没动那串钥匙。后来我不得不将钥匙收起来，钥匙在茶几厚厚的灰尘上划了两道黑色的印子。在深夜，我还在听楼道里的脚步声，我能听出她的脚步声，但没有她的。她消失了，整整十年。

蒋婷在这十年里结过一次婚，但很快就离了。刘女士说，因为那个男的会打她。有一只眼睛几乎被打瞎了。现在蒋婷跟一个男人同居，那个男人是一个坏人，无所事事，天天问蒋婷要钱，蒋婷都给。蒋婷的工资也一般，自己并不用什么钱，绝大多数给那男人花掉了。蒋婷没有生孩子，她想生一个，但每次都掉了。

我觉得我们家婷婷过得太苦了。刘女士有了点哭腔。

是，我说，是不容易。

但她自己觉得很好。

10

刘女士和我在小区花园的长廊里坐了会儿。

我猜你已经结婚了，她说，但是我不能肯定，我觉得你应该没有结婚。

对不起，我结婚了。我说。

你误解了，我没有说你结婚不对，你当然要结婚，我也没有叫你和我们家婷婷重归于好的意思，那是不可能的。

是，确实没有任何可能了。

我只是挺难过的。

别难过了阿姨，你不挺潇洒自在吗？

怎么可能，谁能潇洒自在呢，我们又不是神仙。

那你为什么不重新嫁人呢？

然后她说她有个男朋友，说起这个男朋友，她高兴了不少。这个男人在她口中叫老陈，六十岁左右，是个医院的退休医生，老婆死了，孩子也都各自成家立业了。老陈对她很好，嘘寒问暖，体贴照顾，这辈子也没有哪个男人对她这么好过。另外，老陈的孩子也很认可她，尊敬她。五十岁生日，就是老陈和他的孩子们给她过的。蒋婷也不反对，但是蒋婷没有参加她的生日宴，这些年也不太跟自己的母亲来往。她不知道自己该不该嫁给老陈。

为什么？

刘女士沉默了好一会儿。突然问我，你觉得我还适合结婚吗？

当然没问题。你不老，况且这跟年龄没关系。

那你妈妈呢？

我妈？如果她愿意跟个老头结婚，我没意见。

说得好听。

真的，我想不出我有什么反对的理由啊。

好吧，我信你。

这时候那个遛狗的家伙出现了，他看到我和一个陌生女人坐在一起，似乎无意撞破了奸情那样很不好意思地打算绕道而行。我不得不主动招呼他，然后摸了摸他的狗。虽然他不怀好意地盯着刘女士看，但我没有也无必要向他介绍她是我的什么人。

小林，你人很不错。刘女士等遛狗人和他的狗走了后，郑重地说。

我有点心虚，我说我自己不知道。

她说，真的，我挺喜欢你的。

我一下子紧张了起来。

你又误解了，刘女士甚至笑了起来，你别胡思乱想。

没没没，说着我站了起来，感到无所适从。

她笑，笑出了声。然后陷入了沉默。

过了好一会儿，她说：小林，你是个适合过日子的好小伙，哦，现在也不算小伙了。

我不知道怎么接话。

小林！刘女士突然严肃了起来。

嗯？

你知道吗，我一直把你当我的女婿看，虽然这么多年没联系，我还是把你当我的女婿看。

为什么？

因为我不喜欢婷婷后来找的那些男人。

也不能这么看问题吧？

刘女士没有搭我的话，她径自说了下去，我和婷婷爸爸离婚很早，这你是知道的，娘家现在也没什么人可走的，我没什么亲人，有的时候我都不知道我们家婷婷算不算我亲人。我来找你真的就是探望一下你和你妈，哦，现在还有你媳妇和你的壮壮。

谢谢你这么想，我会告诉我家里人的。

唉，她叹了口气，但是我可能是自作多情。你现在知道了吗？

什么？

就是老是下不了决心跟老陈结婚？

我真的不知道。

我要是想结婚，多少次婚都结了。我只是放不下我们家的婷婷，你懂吗？

你可以不用管她的。

我觉得好累。

说到这里，刘女士居然哭了起来。

我不知道怎么安慰她，或者她也不需要安慰，她需要哭一下。等她哭完了，才掏出纸巾擦了擦脸。她已经不再使用手帕，这说明了十年确实是一个不容小觑的时间长度。

好吧，她站了起来，就这样吧，不早了，我得回宾馆了。

我也站起，陪着她向小区大门走去。外面停着几辆出租，她老远就冲它们招手叫唤。这一下子让我很焦躁。

我能问你个问题吗？

我感到自己的脊背发硬。

啊，什么？

我说了一遍我的问题，声音确实很小。

什么，你再说一遍？

我清了清嗓子，一字一顿痛苦无比地说：你知道蒋婷为什么要跟我分手吗？

刘女士应该没想到我会提这个问题，或者在她看来这根本就不是问题，她的回答也表明了这一点。

她说：啊，你不知道？

我说：我真不知道。

她说：那是因为她不爱你啊。